Dünyanın Uyanışı

Şengül Boybaş

ROMAN
küsurat

Şengül Boybaş
DÜNYANIN UYANIŞI
Roman

kusurat

Küsurat Yayınları: 19
ISBN 978-605-68825-0-0
Yayıncı Sertifika No: 35019

Genel Yayın Yönetmeni: Burak Aksak
Editör: Büşra Hacısalihoğlu Aksak
Düzelti: Gizem Demir, İnci Aksak, Mehmet Özer
Kapak Uygulama ve Sayfa Düzeni: Songül Karakoç

Birinci Baskı: Aralık, 2018
Sekizinci Baskı: Şubat, 2020

KÜSURAT YAYINLARI:
Gümüşsuyu Mahallesi, İnönü Caddesi,
Meriç Apartmanı No: 57 D: 4
34437 Beyoğlu/İstanbul
Tel: 0212 243 30 68
www.kusuratyayinlari.com
E-mail: info@kusuratyayinlari.com

Baskı ve Cilt:
Optimum Basım Yayın San. ve Tic. Ltd. Şti.
Tevfikbey Mahallesi, Dr. Ali Demir Caddesi
No: 51/1 34295 Küçükçekmece/İstanbul

Görsel kaynaklar 123RF ve Shutterstock web sitelerinden sağlanmıştır.

ŞENGÜL BOYBAŞ

DÜNYANIN UYANIŞI

ŞENGÜL BOYBAŞ

1980 yılında Tokat'ta doğan Şengül Boybaş, Halkla İlişkiler ve İşletme lisans programlarının ardından Livkon International'da Life Coach & NLP sertifika programını tamamladı. Çeşitli sektörlerde çalıştıktan sonra, eğlence sektöründe organizasyon işleri yapmaya başladı.

Eğlence sektöründeki başarılı kariyerinin ardından 2000 yılında kendi ofisini açarak gelecek odaklı bireysel danışmanlık ve koçluk hizmetleri sunmaya başladı. O günden bu yana dünyanın dört bir yanından gelen danışanları ile binlerce bireysel okuma gerçekleştirdi. Dünyanın Uyanışı yazarın Göbeklitepe'de yaptığı araştırmalardan sonra hazırladığı ilk kitabıdır.

küsurat
yayınları

ÖNSÖZ

Önceden söylenen söz...

Kendi serüvenini adlandırmak; biricik varlık nedenini hatırlayıp tüm dünyevi rollerden özgürleşmek; önce sınırlarını çizerek kendini yaratmak, sonra kendi sınırsızlığını keşfedip bugününü ve geleceğini dönüştürmek...

Bunların her biri, zorlu bir yolculuğun farklı aşamaları olsa da her insan için mümkün! Önceden söylenen sözlerin sonraki hayatımızın en büyük destekçisi olmasının garantisi, yola düşen sözcüklerin yolun bizzat kendisine dönüşmesi; geleceğin geçmişte, geçmişin gelecekte bulunup inşa edilmesi...

Başak tarlalarının ortasında koşup oynayan yedi yaşındaki bir kızın can yoldaşıydı o sözler; yıldızların yağmurlarıyla yıkanmış toprak yollarda atılmıştı tohumları. Okul uzaktı, şartlar zordu... Fakat heyhat! Okuma arzusu büyük sözler söyletmişti adımları küçük, hayalleri büyük olan o kıza.

O küçük ayakların daha kolay ulaşabileceği bir okul, hem hayallerime hem de bu önsöze yazılmış oldu böylece...

O kız büyüdü, kendi sınırlarını sınırsızlık olarak çizdi ve o günkünden daha kötü bir yere dönüşen dünyanın yeniden inşasına bir tuğla koymayı düşledi. Hem bu kitap hem de bu kitapla ilk tuğlasını koymuş olduğum okul, o küçük kızın eseridir, diyebiliriz.

Gelin hep birlikte bizi kendimizin ötesine ulaştıracak bir adım atıp başkaları için anlamlı bir şeyler yapalım. Umulur ki bu küçük adım sayesinde, sınırlarını sonsuzluğa taşıyarak tüm sınırlanmalardan kurtulanlardan oluruz...

TEŞEKKÜR

En sevdiğim sözcüktür teşekkür.

Tanrı'ya, evrene, insana, doğaya, içinde bulunduğumuz muhteşem döngüye, bizi biz yapan değerlere, kadim öğretilere, bu öğretileri geleceğe miras bırakan ışık insanlara...

Hepimizin bir olduğunu bilerek yaşadıklarımı anlamamı ve asla vazgeçmememi sağlayan, bu sistemin bana getirisi olan projemi insan yapan, misyonumun öneminin farkına varmamı sağlayan, "Bilime uyan, karanlığı kovan, ışığa koşan kişilerden ol," diyen anneme, sevginin her türlü bağını hissettiren aileme...

Bir gece yarısı beni çağırması yazarlık serüvenimi başlatan, önce kendimi sonra o kırmızı toprakları keşfetmemi ve kadim tarihi hatırlamamı sağlayan kutsal topraklara, vizyonlar, görüler zinciri olan ve Umre ziyaretimi yapmam için mucizeleri beraberinde getiren peygamberler şehrine...

"Toprak benimle konuştu, ben uyandım tapınak uyandı." Kırmızı ve sihirli toprağın hafızası benimkiyle buluştu. Buna şahitlik eden, bu serüvende beni yalnız bırakmayan, bu dünya üzerinde eşine rastlanamayacak güzellikte bir kalbe sahip olan Kevser Karagöz'e, onun inancına, sıcaklığına ve sevgisine...

"Tesadüf yoktur tevafuk vardır," cümlesinin vücut bulmuş hali olan Salih Tahir'e, yazma serüvenimde iki yıl boyunca tecrübesiz bir yazara duyduğu sabıra, sadakate, inanca ve en iyisi olmam için verdiği mücadeleye...

Asistanım Ersun Şahinbay'a, gereksiz kaprislerimi çektiği tüm zamanlara, en stresli anlarımda bana yaptığı güzel kahvelere...

Ve aşk, o kırmızı toprağın kaderi ile doğmuş bana...

"Bensin, biz bir bütünün parçasıyız," diyen, yeryüzündeki ruhumun diğer yarısına eş olan ruhum Bülent'e, hayat yoldaşıma, verdiği sonsuz desteğe...

Altın çağın son bilgesi, bilge olduğunu hatırlamayan, sözleri ve tavsiyeleriyle yol ve ışık olan sevgili dostum İzzet Çapa'ya ve Çapamag ailesine...

Acıları acılarım, umutları umutlarım, sevinçleri sevincim, yıkımları yıkımım olan ve beraber yaralanıp tamiri birlikte yaptığımız, yolu yolumdan geçmiş, birlikte yol yürümüş olduğum ve yürümeye devam edeceğim, beni ben yapan tüm danışanlarıma...

Büşra ve Rezzan... "Bir elin nesi var iki elin sesi var," atasözünün ne kadar doğru olduğunun ispatısınız. Bir insan tek başına hiç, imece ile çok şeymiş, gösterdiğiniz birlik duygusuna...

En son kendime... Bizim dışımızdaki hayatları fark etmenin mutluluğu bu. Başladığım yolun sonunda yaptırmak istediğim okulun bir tuğlasını inşa ettiğim için ve tüm bunlara vesile olan

Göbeklitepe'nin ruhuna...

Teşekkürler, teşekkürler, sonsuz kez teşekkürler...

"Oku daha doğmamış günleri bulacaksın.
Oku geleceğin evladı.
Oku ve sana çok uzak gelen ama aslında yakın olan geçmişin sırlarını öğren.
Bir kez yaşayıp sonsuza dek göçüp gitmez insan.
Birçok yerde birçok kez yaşar, hep bu dünyada olmasa da...
Oku, bize ebediyen yaşayacağımızı öğretir dünya.
Başı ve sonu olmayan ebediyet, bir çemberdir.
İnsanların gözünde Tanrı'nın birçok yüzü vardır. Yine de herkes kendi gördüğünün gerçek olduğuna yemin eder.
Yine de hepsi yanılır. Çünkü hepsi haklıdır.
Ruhlar güneşten fazla yaşar..."[1]

---

1 Anani
Firavun İkinci Set Baş Kâtip

"İnsanoğlunun hikâyesinin bittiği yerde,
onun hikâyesi başlıyordu..."

BÖLÜM I

UYANIŞ

Gözetleme deliğinden sızan beyaz floresan ışığının hayal meyal aydınlattığı dar, penceresiz odada, masanın başında oturan yaşlıca bir adam başını ellerinin arasına almış kara kara düşünüyordu. Bitkin görünümlü adamın yer yer ağarmış saçları uzun kıvırcık sakallarına karışmış, günlerdir yıkanmamaktan her ikisi de aşırı derecede yağlanmıştı. Odayı ele geçiren pislikten, üzerindeki üniformamsı kıyafet de nasibini almıştı.

Yaklaşık bir saattir bu halde oturuyordu adam. Gecenin ortasında ansızın uyanmış, bu seferkinin öncekilerden farklı bir uyanış olduğunu anlaması biraz zamanını almıştı. Onu içten dışa doğru uyuşturan çeyrek asırlık derin uyku, zamanın bitmek bilmeyen girdaplı akıntısı, sona ermek için bu geceyi seçmişti her nedense.

Bilmek ile bilmemek arasında yürüdüğü uzun ve meşakkatli yol, tam da ona alışmaya başladığı anda ansızın sona ermişti.

Şu an öyle bir yerdeydi ki! Cennetle cehennemi birbirine bağlayan karanlık dehlizlerde sıkışmış, yosunlu kayalıklar dört bir yanını sarmıştı. Gördüğü tek şey olan floresan ışığı güneşe dair anılarını çalıp onu beyaz bir karanlığa mahkûm etmişti.

Sözcüklere çoktan veda etmiş, bir hazine sandığı gibi içine gömdüğü cümlelerin esiri olmuştu. Başlangıçlar ve sonlar onu terk etmiş, ruhunu çiğneyerek öğüten bölük pörçük görüntüler yüzünden hem her şey hem de hiçbir şey olmuştu. Günler birbirini kovalarken boşluk ölüme eş olmuş, sonsuza dek bilmem kaç kez ölmüştü. Burada ne kadar kalmıştı acaba?

Üzerine abandığı masadan usulca doğrulup duvara bantlanmış eski bir fotoğrafı yerinden söktü. Bir eliyle fotoğrafı tutarken, diğeriyle masanın üzerinde duran tek camı çatlak gözlüğü yüzüne yerleştirdi. Gözlerini hiç ayırmadan fotoğrafa baktı. Kırk yaşlarında bir adam, yanında geleneksel kıyafetler içerisinde genç sayılabilecek bir kadın, kadının kucağında bir buçuk yaşlarında bir kız çocuğu! Neredeyse her gün görmesine rağmen kim olduğunu hatırlayamadığı bu kadın ve bebek, onun ailesiydi. Yaşadığı sıradışı uyanışın ardından, yitik geçmişiyle birlikte canlanıp ondan hesap sormak için karşısına dikilmişlerdi.

Bir şeyleri kabullenemiyormuş gibi başını iki yana salladı. Bir zamanlar kulağına umutlu şarkılar fısıldayan bu fotoğraf, hafızasının kuytu köşelerinde saklanan hüzünlü gerçeği acımasızca yüzüne haykırıyordu şimdi. Bildiği tek şey, onları sonsuza dek kaybettiğiydi. Onları yüzüstü bırakıp feci bir kadere terk ettiği…

İçinde arka arkaya uyanıp hareketlenen duygular ruhunu bir o yana bir bu yana savuruyor, yılların uyuşturduğu bedeni olup bitene bir anlam veremiyordu. Dayanamadı, fotoğrafı masanın üzerine bırakıp ayağa kalktı, odanın içinde bir aşağı bir yukarı volta atmaya başladı. Üzerine gelen duvarlar zaten dar olan alanı daha da daraltıp bir buzhaneye dönüştürmüştü. Ne kadar uzaklaşırsa uzaklaşsın, fotoğraftan yükselen çığlıkları yine de duyabiliyordu. Güçsüz düşerek yeniden masaya yığıldı, başını ellerinin arasına alıp hıçkırıklara boğuldu.

Biraz kendine gelince gözlerini ve burnunu elinin tersiyle silerek, kendisinden beklenmeyecek bir çeviklikle ayağa fırladı. Sandalyeyi kirişin altına çekti, hiçbir tereddüt belirtisi göstermeden bir hamlede üzerine çıktı. Göz hizasında sallanan darağacını bir süre hipnotize olmuş gibi seyrettikten sonra, ilmeği boynuna geçirdi ve kendisini taşıyacağından emin olmak için bir-iki kez çekerek tarttı.

Kıyameti bekler gibi beklemişti bu günü! Havanın aydınlanmasını, suların berraklaşmasını, zihninin yeniden bir sese kavuşmasını... Hiç bitmeyecekmiş gibi görünen bekleyiş, hiç beklemediği bir anda bitivermişti. Zamanın sonu gelmiş, saatler yeniden doğuşu göstermişti.

Derme çatma bir tabut yarı karanlık odanın içinde bir belirip bir kaybolmaya başladığında, umudu bir kenara bırakıp gözlerini dua eder gibi tavana dikti.

"Beni affedin, size geliyorum!" dedi ve kararından son anda caymaktan korkan birinin acelesiyle ayaklarının altındaki sandalyeyi tekmeledi.

KÂBUS

"İki nehir arasında uzanan bereketli topraklarda tek başıma yürüyorum. Güneşli, güzel bir gün; etrafımda yeşil ve sarının binlerce tonu her yöne uzanıyor. Gündüz olmasına rağmen üzerimde beyaz ince bir gecelik var. Karnım kocaman; içinde bir şeyin kıpırdadığını hissediyorum. Kuş sesleri eşliğinde yürürken ansızın hava kararmaya başlıyor. Başımı kaldırıp gökyüzüne bakıyorum; Ay Güneş'in önüne geçerek onu ince bir hilale dönüştürüyor. Hava kararmaya devam ederken biraz önceki hoş manzara, yerini üzerinde duman tüten yıkık binalara ve uzaktan duyulan çığlıklara bırakıyor. Orada durmuş sancı çekerken sislerin içinde koşuşan siluetler görüyorum. Çığlıklar atıyor, titreyen mum ışığı gibi bir belirip bir kayboluyorlar. İki nehrin tam ortasında duran bir adam görüyorum. Adam tanıdık geliyor ama onu daha önce ne zaman veya nerede gördüğümü hatırlayamıyorum. İki yana açtığı kollarını yavaş yavaş yukarı kaldırırken, anlamadığım bir dilde bir şeyler söylüyor. O konuştukça nehirler kabarıp yataklarından taşmaya başlıyor. Sel suları ayaklarıma dokunduğunda, su sandığım şeyin kan olduğunu anlayarak irkiliyorum. Koyu kızıl balçık; parçalanmış insan cesetlerini, kırık mızrak ve okları, paslı kalkanları ve çürümüş hayvan leşlerini beraberinde getiriyor. Sessizce yüzerek yanımdan geçiyorlar. Ay nihayet Güneş'in önünden çekilirken ilkinden daha kuvvetli bir sancıyla bedenim kasılıyor. Bu felaketlere sebep olduğuna inandığım gizemli adamı yakından görebilmek umuduyla ona doğru yürüyorum, fakat ben gittikçe o uzaklaşıyor ve sonunda ufukta kayboluyor. Çorak ve boş bir tepeye geldiğimi fark ediyorum. Tepenin üzerinde yalnız bir ağaç, aydınlanmaya başlayan ovaya inat karanlık bir hayalet gibi boşlukta salınıyor. Onu seyrettiğim sırada, yer büyük bir gürültüyle sarsılarak yarılmaya başlıyor. Sendeleyerek yere kapaklanıyorum. Topraktan fırlayan taş bloklar dört yanımı sarıyor. Sarsıntılar durup nihayet ayağa kalkabildiğimde, dev sütunlardan oluşan vahşi bir ormanın tam ortasında buluyorum kendimi. Ağaca doğru gitmek istiyorum fakat yerde açılan bir boşluk beni yutuyor. Dibi görünmeyen zifiri bir karanlığın içine yuvarlanıyorum. Düşüşümün ne kadar sürdüğünü hatırlamıyorum. Neden sonra, kendimi sert bir zeminin üzerinde yatar halde buluyorum. Buraya nasıl geldiğim hakkında bir fikrim yok. Sırtımdan bedenime bir soğukluk yayılıyor, hayal meyal bir şeyler görüyorum, uğultu halinde sesler duyuyorum. Mağara gibi bir yer burası, duvarlarda gölgeler dans ediyor. İlahiyi andıran tuhaf bir müzik duvarlarda yankılanırken, yanı başımda bir adamın durduğunu fark ediyorum. Ellerini başının üzerinde birleştirmiş, bir şeyler mırıldanıyor. Elinde hareket ettikçe parlayan bir hançer tutuyor. O an üçüncü kez sancım başlıyor, öncekilerin hepsinden daha büyük bir sancı! Zar zor dayanıyorum. Sancıyla aynı anda, ilahiler bıçakla kesilmiş gibi sona eriyor. Adamın elindeki hançer büyük hızla inip göğsümün ortasına saplanıyor. Hançerin ucunun önce aşağı, sonra yana doğru hareket ettiğini hissedebiliyorum. Karnımı yaran adam, içindeki bebeği çekip çıkarıyor. Bacaklarından tutup havaya kaldırdığı kanlı bebeğe bakarken gözlerim kararmaya başlıyor. Duyduğum son şey, bebeğin... Bebeğimin çığlıkları..."

"Bu kadar mı?"

"Evet, sonra uyanıyorum..."

"Pekâlâ, geçebiliriz o halde!" diyen psikolog, odanın diğer ucuna karşılıklı yerleştirilmiş koltuklardan birine geçip oturdu.

Uzandığı yerden doğrulup ayağa kalkan Atiye, kendine çekidüzen verdikten sonra geçip psikoloğun karşısına oturdu. Sehpanın üzerindeki bardaktan bir yudum aldı ve psikoloğun söyleyeceklerini merakla beklemeye koyuldu.

Psikolog, kırklı yaşlarında zarif denebilecek bir kadındı. Atiye'nin meraklı ve endişeli bakışlarına aldırmaksızın notlarıyla meşguldü; az önce duyduklarının içinde kaybolmuş gibi bir hali vardı. Önemli bulduğu kısımların altını çizerken arada bir çenesini kaşıyor, yüzünü memnuniyetsiz bir şekilde buruşturarak sayfalar arasında bir ileri bir geri gidiyordu.

Sıranın kendisine gelmesini bekleyen Atiye, hiç bitmeyecekmiş gibi görünen bekleyişten sıkılarak kadının ofisini incelemeye koyuldu. Açık pastel tonlar kullanılarak minimalist bir anlayışla dekore edilmiş ferah bir mekândı burası. Duvarlara düzenli aralıklarla asılmış tablolar, yaratılmaya çalışılan dingin ambiyansla uyumlu seçilmişti. Karşı duvarı boydan boya kaplayan kütüphane, ilk bakışta bir mobilya mağazasını andıran ofise biraz olsun derinlik katıyordu. Bu kitapların hepsi okunmuş muydu acaba? Atiye kendisi de iyi bir okuyucuydu, hatta işten arta kalan zamanının büyük bir bölümünü okuyarak geçirirdi fakat kitaplığındaki kitapların neredeyse hiçbirini baştan sona okuyamamıştı. Bunu bir arkadaşına söylediğinde arkadaşı onda odaklanma problemi olabileceğini söylemişti ama o aynı fikirde değildi. Kendisini yeterince heyecanlandıracak kitaplar bulamamıştı sadece. Yeni çıkan kitapları okumak için verdiği uzun mücadelenin ardından çareyi sahaflara dadanmakta bulmuştu.

Ortamda kadının özel hayatı hakkında ipucu veren herhangi bir şey göremedi. Evli miydi, çocuğu var mıydı, neleri severdi, nelerden korkardı, iş dışında neler yapardı? Psikoloğunun iş dışında bir hayatı yokmuş gibi davranmasının iyi bir sebebi olduğunu tahmin etse de karşısında tutkuları, zaafları ve korkuları olan gerçek bir insan olmasını yeğlerdi.

Nihayet defteri sehpanın üzerine bırakan psikolog, ellerini dizlerinin üzerinde birleştirdikten sonra bir şeyleri anlamaya çalışırcasına gözlerini kısarak konuştu.

"Bu kâbusu ne zamandır görüyorum demiştiniz?"

"Son bir haftadır her gece."

Psikolog, notlarına tekrar göz atıp birkaçının daha altını çizdi. "Bana anlattığınız için teşekkür ederim. Sizin için hiç de kolay olmasa gerek. Dürüst olmam gerekirse, bu kâbusların ne anlama geldiği ya da neden kaynaklandığı konusunda henüz bir fikrim yok. Önceki seansımızda anlattığınız sorunlarla bunlar arasında bağlantı kurmakta zorlandığımı da itiraf etmeliyim. Tek söyleyebileceğim, kâbusların karanlık birtakım semboller içerdiği ve semptomları henüz açığa çıkmamış derin korku ve çatışmalarla ilgili olabilecekleri."

"Yani?"

"Şöyle anlatmaya çalışayım Atiye Hanım; rüya gördüğünüz sırada beyin aktivitesi devam eder. Kimi uzmanlara göre rüyalar, özellikle de kâbuslar yüzleşmemiz gereken derin korku ve anksiyete durumlarıyla ilişkilidir. Başka bir deyişle, rüyalar zihne açılan gizli geçitler gibidir. O geçitlerden geçerek derinlere inen yolu izlemek, bu sayede o güne dek bastırılmış durumlarla yüzleşmek, kişinin içinde bulunduğu durumu ve onu nasıl aşacağını anlamasına yardımcı olabilir. Tıpkı iki boyutlu bir film karesini izler gibi, rüyada gördüğünüz sembollerin ve mesajların izini sürerek üçüncü boyuta ulaşabilir, böylece filmin finalini tahmin edebilirsiniz."

"Bu konuda bana yardımcı olabileceğinizi düşünmüştüm, burada olmamın sebebi bu."

"Sizi tanıdıkça bu kâbusları neyin tetiklediğini çözeceğimizi tahmin ediyorum. Korkularınız hakkında bir şeyler öğrenmemin faydası olabilir. En çok nelerden korkarsınız mesela?"

"En çok boğulmaktan sanırım..." dedi Atiye, "İkinci sırayı da karanlıkta yalnız olmak alır büyük ihtimalle..."

"Başka?"

"Bir fobim daha var ama aşırı saçma olduğundan, onu size söyleyip komik duruma düşmemeyi tercih ederim doğrusu."

"Nasıl isterseniz," dedi psikolog gülümseyerek, "Sizin için de uygunsa geçen gelişinizde anlattığınız sorunlarla devam edelim o halde, ne dersiniz?"

Atiye başını salladı. "Tabii ki, neden olmasın?"

Sayfaları çeviren psikolog, aradığı yeri bulup defteri katladı, heceler gibi konuşarak, "Yanlış hatırlamıyorsam," dedi, "algı ve hafızayla ilgili sorunlar yaşıyordunuz. Son görüşmemizden bu yana olağandışı bir şey yaşadınız mı?"

"Evet," diye cevap verdi Atiye, "gün içinde yaşadığım tuhaflıklar son görüşmemizden bu yana devam etti. Genellikle kafa karışıklığıyla sonuçlanan şeyler. Dün sabah üzerimde tanımadığım bir pijamayla uyandım mesela. Öyle bir pijama aldığımı hatırlamıyorum, birinden hediye filan da gelmedi."

"Anlıyorum," dedi psikolog, "Başka?"

"Kimi zaman, bulunduğum ortamla alakasız sesler duyuyorum," dedi Atiye, "Bazen evdeki eşyaların yeri değişmiş gibi geliyor ama değiştirdiğimi hatırlayamıyorum. Zaman zaman da yön hissimi kaybediyorum; dün işe giderken sokakları karıştırdım mesela. Üstelik bu ilk değildi, iki gün önce de benzer bir şey yaşamıştım."

"Başka? Daha önceden olmayan yeni bir şey?"

"Karnımdaki şişlik..."

"Şişlik mi? Karnınız bana gayet normal göründü."

"Biliyorum, öyle bir şişlikten bahsetmiyorum. Aynaya baktığımda ya da elimle yokladığımda her şey normal ama bu şey, nasıl diyeyim, bir türlü şişlik hissi gibi. Sanki hamileymişim gibi... Hatta karnımın içinde bir şeyin kıpırdadığını hissettiğime yemin edebilirim. Ayrıca hamileliğin diğer belirtileri de var, sabahları midem bulanarak uyanıyorum, başım dönüyor, kendimi halsiz hissediyorum..."

"Hımm, gerçekten hamile olabilir misiniz peki? Muayene oldunuz mu?"

"Muayene olmama gerek yok. Böyle bir şey söz konusu değil, zira hiç kimseyle birlikte olmadım."

"Anlıyorum," dedi psikolog, notlarına bir satır daha ekleyerek, "Başka?"

"Şey, konuyla alakası var mı, bilmiyorum ama kâbuslar başladığından beri Anu'nun bana karşı tavırları çok değişti."

"Anu?"

"Pardon, Anu kedimin adı... Normalde kucağımdan inmeyen hayvan bir haftadır yanıma yanaşmıyor; benden kaçar gibi bir hali var. Sevmek istediğimde tıslayıp benden kaçıyor. Hatta bir keresinde ısırdı beni!"

Psikolog, Atiye'nin son söylediklerini de notlarına ekledikten sonra, "Yaşadığınız sorunları ailenizden herhangi biriyle paylaştınız mı?" diye sordu.

"Ailem burada değil," dedi Atiye başını öne eğerek, "Olsalar da bir şey değişmezdi zaten."

"Neden?"

"Ailemle aramda kocaman bir uçurum var. Ne yaparsam yapayım, bir türlü kendimi onların dünyasına ait hissedemiyorum."

"Nasıl bir dünya orası?"

"Mahrumiyetin kol gezdiği, kendisi olmak isteyenlerin cezalandırıldığı donuk ve sıkıcı bir hapishane!"

"Bu onların suçu mu peki? Hiç düşündünüz mü?"

"Bilmiyorum. Tek bildiğim, benim suçum olmadığı... Öyle bir hayatı ne ben seçtim ne de hak edecek bir şey yaptım. Aklım ermeye başladığından itibaren de bunu onlara anlatmaya çalıştım. Ama beni dinlemediler, bir şeyleri değiştirmek için hiç çaba göstermediler."

"Bir ağabeyiniz olduğundan bahsetmiştiniz. O da sizin gibi mi düşünüyor bu konuda?"

"Hayır, onun da diğerlerinden aşağı kalır yanı yok. Aslına bakarsanız, bu konuda çok tartışırız onunla. Olaylara bakış biçimi beni çileden çıkarıyor!"

Psikolog, önemli bir detay yakalamış gibi yerinde doğruldu. "Nasıl yani?"

"Abim okuyup kendini geliştirmesine rağmen basit bir hayatı seçti..." diye açıkladı Atiye, "Köyün sürüsünü otlatır, iş olduğunda tarlada babama yardım eder. Ona, 'Dünya çok büyük bir yer, bir amacın olsun, bir iz bırak, bir gün geriye dönüp baktığında pişman olacaksın!' derdim hep. İşin ilginci, o hiç pişman olmadı, bense kendimi bildim bileli kovaladığım mutluluğu hiçbir zaman yakalayamadım. Beni deli eden de bu zaten... Bu günlerde kendime hep şu soruyu soruyorum: Mutluluğu boş yere uzaklarda aramış, hayatımı boşa harcamış olabilir miyim?"

"Cevaplayabiliyor musunuz peki?"

"Cevaplayabilsem burada olmazdım herhalde." Atiye'nin boğazı düğümlendi. İç dünyasını altüst eden, onu derinden yaralayan şeyleri bir bir haykırmak istedi fakat çalan cep telefonu buna izin vermedi. Çantasından apar topar çıkardığı telefonu sesini kısarak mahcup bir şekilde çantasına geri koydu. "Arayan, eski sevgilimdi," dedi, "Bunca sıkıntının arasında bir de onunla uğraşıyorum!"

Psikolog, eski notlarına göz attı. "Ah evet, Murat'tı yanılmıyorsam? Son seanstan bu yana hiç görüştünüz mü onunla?"

"Hayır ama bu gidişle görüşeceğiz galiba."

"Neden öyle söylediniz?"

"Murat ayrılmamızı bir türlü kabullenemedi. Olmadık zamanlarda beni arayıp mesajlar atıyor, işyerime hediyeler gönderiyor."

"Sakıncası yoksa neden ayrıldığınızı sorabilir miyim?"

"Bu konuda konuşmak istemiyorum."

"Anlıyorum, devam edelim o halde... İşyerinde bazı sorunlar yaşadığınızı söylemiştiniz. Biraz onlardan konuşabilir miyiz?"

"Ne diyebilirim ki? İşim her zaman beni hayata bağlayan şey olmuştur. İstanbul'a geldim geleli daha iyi bir kariyer için çabaladım. İşimde yükselebilmek için büyük fedakârlıklar yaptım. Bir ay kadar önce genel müdür beni çağırdı. Yanına gittiğimde, satış bölümünden Hülya'nın da orada olduğunu gördüm. Patronum yeni bir yöneticilik pozisyonu açıldığını, ikimizden birinin terfi edeceğini söyledi. Bir mülakat yapılacakmış. Uzun zamandır hayalini kurduğum ve sabırsızlıkla beklediğim gün nihayet gelmişti. Fakat ne yalan söyleyeyim, işin ucunda rekabet olmasını beklemiyordum. Hele ki öyle bir kadınla... Hülya hemen atladı tabii! Yalakalıklar, sırnaşmalar, bilirsiniz işte..."

"Peki ya siz? Siz ne hissettiniz?"

Atiye dolu gözlerle baktı psikoloğa. "Bu sorulara gerçekten gerek var mı?" diye sordu yalvarır gibi bir sesle, "Tek istediğim birazcık huzur, bana bir ilaç filan yazamaz mısınız?"

Psikolog, gözlüğünü çıkarıp sehpanın üzerine koydu. "Bu sorular sorununuzun kaynağına inebilmemiz için gerekli Atiye Hanım. İlaç konusuna gelince, psikolog olarak size ilaç yazamam zaten, iş oraya gelirse sizi bir psikiyatra sevk edebilirim. Zor bir dönemden geçtiğinizi, bir an önce normal hayatınıza dönmek istediğinizi anlıyorum. Fakat doğru teşhis olmadan sorunları kalıcı olarak çözemeyiz."

"Bir teşhisiniz olmadığını mı söylüyorsunuz?"

"Dürüst olmam gerekirse semptomlar ilk bakışta Alzheimer'ı düşündürüyor, fakat yerine oturmayan bir şeyler var. Birincisi, Alzheimer'ın bu kadar erken yaşta ortaya çıkması oldukça nadir bir durum. Ayrıca şikâyetlerin bu kadar hızlı ortaya çıkması da tipik bir Alzheimer tablosuyla uyuşmuyor."

"Alzheimer mı?"

Yaşadığı şeylerin üzerine bir ismin iliştirilmesi Atiye'yi rahatsız etmişti. "Tuhaflık" kelimesi daha sevimli göründü gözüne. Tuhaf olmak alışkın olduğu bir şeydi, tuhaflık iyiydi.

"Kesin konuşmak için henüz erken," diye devam etti psikolog, "Fakat eğer düşünürseniz, deneme aşamasında olan bir test var. Onu yapabiliriz."

"Nasıl bir testmiş bu?"

"Bir idrar testi. Hastalığın erken teşhisinde oldukça ümit vaat ediyor. Sizin için de sakıncası yoksa sonuçları görüp birkaç meslektaşıma danıştıktan sonra karar vermek istiyorum."

"Olur," dedi Atiye. Başka ne desindi ki? Yaşadığı şey her neyse, onu çözmeden eski hayatına dönemeyecekti belli ki.

"Test sonuçlarının gelmesi bir hafta ila on günü bulabilir," dedi psikolog, "Bu süre zarfında mevcut düzeninizden uzaklaşmak isteyebilirsiniz. Murat'la olan durumunuz ve işyerindeki tatsız rekabet semptomlarınızı tetikliyor olabilir."

"Nasıl yani? Tatile çıkmak gibi mi?"

"Öyle de olabilir… Fakat yerinizde olsam ailemin yanına giderdim. Onların desteğini almak bu süreci daha kolay atlatmanızı sağlayabilir."

Memlekete neredeyse beş yıldır gitmediğini hatırladı Atiye. Bir şekilde, gitmek içinden gelmiyordu. Ne zaman gitmesi gündeme gelse bir bahane bulup ertelemişti. Psikoloğu haklıydı belki de; yüzleşmekten kaçtığı şeyler şimdi ondan intikam alıyordu.

"Şu an ihtiyaç duyduğum şeyin bu olduğundan emin değilim. Bilemiyorum, bunu düşüneceğim."

"Karar sizin, döndüğünüzde yeniden durum değerlendirmesi yaparız," diyen psikolog, masasının çekmecesinden çıkardığı plastik kabı ona uzattı.

"Bu nedir?"

"İdrar örneği. Test için, unuttunuz mu?"

"Sahi ya! Unutmuşum."

Örneği verip müsaade istedi. Bina kapısından çıkınca alt sokağa park ettiği arabasına doğru yürüdü. Karşıdan gelen bir adamdan gözlerini kaçırdı. Gözlerinin içine bakarsa nereden geldiğini anlayacaktı sanki. Birkaç hafta önce, panik atak geçiren bir arkadaşına psikoloğa gitmenin son derece normal bir şey olduğunu söylediğini hatırladı. Sorunu yaşayan kendisi olunca durum farklı oluyordu demek ki.

İşlerin bu noktaya gelmesine şaşırdığı söylenemezdi. Mezun olup ev tuttuğu gün kendi kendine bir karar almış, kariyerinde ilerlemek için duygularının üzerini sıkı sıkı örtmüştü. Zamanla birikip sıkışan duyguların gün gelip dışarı çıkmak istemesi çok da şaşıracak bir şey değildi. Okuldayken her şey ne kadar da farklıydı oysa! İçini kaplayan sebepsiz neşe ve yaşama sevinci ayaklarını yerden keserdi. Kendisine ait bir dünyası, kurallarını ve sınırlarını kendisinin belirlediği bir hayatı vardı. Eline geçen her şeyi okumak, yeni insanlarla tanışıp saatlerce sohbet etmek, yeni yerler keşfetmek için her fırsatta çantasını kapıp seyahate çıkmak... Bunlar onun için sıradan şeylerdi. Başka bir dünyaydı orası, hem içeride hem de dışarıda.

Şimdilerde görebildiği tek şey ise varlığı bedenine sıkışmış, önünü göremeyen çelimsiz ve zavallı bir kızdı. Aynada kendine acıyarak bakmak, acıma duygusunun önce inkâra, sonra öfkeye dönüştüğüne tanıklık etmek neredeyse rutini haline gelmişti. Hayatının hiçbir döneminde bu denli kör hissetmemişti kendini. İşin kötüsü, hem umutla güneşin doğmasını bekliyor hem de gözlerini açmaya korkuyordu. Yakasını bırakmayan sorgulamalar onu hırpalamış, kasıklarına zehirli iğneler batar olmuştu. Hayatla artık konuşamamak, onun anlattığı hikâyeleri net bir şekilde duyup anlayamamak, zaten bulanık olan zihnini iyiden iyiye tüketmişti.

Köşeyi dönüp arabasına doğru ilerlerken, bedenine hükmeden dağınıklığın, kafasının içinde gürültülü bir orkestraya dönüştüğünü hissetti. Öne çıkmak için yarışan sazlardan oluşan bu uyumsuz orkestra, dünyanın en rahatsız edici şarkısını ara vermeksizin ustalıkla icra ediyordu.

Sonunda arabasının yanına geldiğinde, kendisini bekleyen nahoş sürprizi görerek yüzünü buruşturdu. Tabii ya! Hayatı bu denli tepetaklak olmuş, üstelik tam da işe geç kalmışken arabasının lastiğinin inmesinden daha doğal ne olabilirdi ki? Ters gidebilecek her şeyin ters gitmesine alışmıştı artık. Bir yanı kurbanlık bir koyun gibi durumu kabullenirken, diğer yanı sorunların neden hep onu bulduğunu soruyordu ısrarla.

Sigorta acentesini arayıp bir çekici istedi. Bekleyecek vakti olmadığından adres ve plakayı mesajla gönderip bir taksi çevirdi. Taksiye binerken, "Maslak lütfen!" dedi, "Yalnız biraz acelem var, mümkünse hızlı gidebilir miyiz?"

Telefonla konuşan taksici, duyduğunu ya da önemsediğini belli edecek hiçbir tepki vermedi. Taksiciye ayar vermek istedi fakat bir kez daha titreşmeye başlayan telefonu buna izin vermedi. Yine o arıyordu! Aceleyle sessize aldığı telefon, uzunca bir süre ısrarla çalmaya devam etti.

Neden panikliyordu? Açıp konuşsaydı ya!

Parmağı "cevapla" tuşunun üzerinde gezinirken Murat'ın numarasını engellemek geldi aklına ama onu da yapamadı. Pes ederek sessizliğe gömülen telefonu çantasına atıp dışarıyı seyretmeye başladı.

O, Murat'a söyleyebileceği şeyleri kafasında kurarken trafikten kaçma konusundaki ustalığını sergilemek isteyen taksici arka sokaklara çoktan dalmıştı bile!

YABANCI

Ortaköy meydanı yeni bir güne başlarken müşteri kapmaya çalışan kumpirciler, hediyelik eşya tezgâhları, hep birlikte üşüşüp yine hep birlikte kaçışan güvercinler, denizin kenarına sıra sıra dizilmiş amatör balıkçılar ve onların atacağı lokmaları bekleyen kediler, yepyeni bir Ortaköy hikâyesinde başrolleri paylaşmak üzere yerlerini almışlardı bile.

Sadece dikkatle izleyenlerin fark edebileceği gizli bir devinim vardı burada. Mekânları hıncahınç dolduran insanlar yüksek volümlü, kahkahası bol sohbetlerine devam ederken bir yandan da denize daha yakın masaları kesiyorlardı. Aynı şekilde, banklarda oturanlar da denize daha yakın banklara geçmek için fırsat kolluyorlardı. Ortaköy'ün ruhunda vardı hareketlilik; herkes kıpır kıpırdı, herkes bir şeylerin peşindeydi.

Bir kişi hariç...

Denize yakın banklardan birinde, kırklı yaşlarına merdiven dayamış esmer tenli, koyu renk kısa saçlı bir adam tek başına oturuyordu. Meydana sonradan eklenmiş gibi duran bu adam siyah takım elbisesi, yüzüne küçük gelen güneş gözlüğü ve rahatsız rugan ayakkabılarıyla, "Buraya ait değilim!" diye bağırıyordu âdeta. Ortam ne kadar hareketliyse o bir o kadar hareketsizdi.

Etrafındaki curcunadan habersiz halde oturmuş, başını kaşıyarak elinde tuttuğu telefonun ekranına bakıyordu.

Atiye neden açmıyordu telefonunu? Ortada sebep yokken bu kıza ne olmuştu böyle? Neden onunla konuşmak istemiyordu? Daha da önemlisi, ondan neden ayrılmıştı? Ona kaba davranmamıştı, başka büyük bir yanlışı da olmamıştı bildiği kadarıyla. Sadece onu sevdiğini söylemiş, belki birazcık da ısrarcı olmuştu ama seven böyle yapmaz mıydı zaten?

Yok yok, bu aşk meşk işleri ona göre değildi! Hareketli bir hedefi bir buçuk kilometre uzaktan rahatlıkla vurabilen kendisi, konu Atiye olduğunda arka arkaya ıskalıyordu.

Gerçek kimliğini öğrenmiş olabilir miydi? Başını kaldırıp düşündü, olasılıkları şöyle bir taradıktan sonra bu düşünceyi zihninden hızla uzaklaştırdı. Her şeyi kitabına göre yapmış, onu şüphelendirecek davranışlardan özellikle kaçınmıştı. Geriye tek bir olasılık kalıyordu, o da onu beğenmemesi! Olamaz mıydı? Olabilirdi pekâlâ! Eğer sebep buysa yapabileceği fazla bir şey yoktu. Zorla güzellik olmazdı ne de olsa!

Ansızın patlak veren bu ayrılık mevzusu, Murat'ın kendisini ilk kez incelemesine sebep olmuştu. Sahiden de, o güne dek kendisine hiç dışarıdan bakması gerekmemişti. Onu ilk kez gören bir kadının onunla ilgili ilk izlenimi nasıl olurdu acaba? Onu yakışıklı bulur muydu mesela? Hoşsohbet biri olmadığının farkındaydı ama ağzını açmadan önce yaydığı enerji nasıldı? İnsanları çekiyor muydu yoksa itiyor muydu? Peki ya sonrası? Sevmesi veya tahammül etmesi zor biri miydi? Sevilmek için başkaları gibi mi olması gerekiyordu? Başkaları gibi nasıl olunurdu ki? Dağlar bunu öğretmemişti ona.

Cevaplanması gereken soruların bu kadar çok olması canını sıktı. O bir aksiyon adamıydı, işi gereği hızlı karar alabilmek zorundaydı. Hayatı boyunca korkuya hiç teslim olmamış, elinden gelenin en iyisini yaparak sonunda bir şekilde düze çıkmıştı. Şimdiyse durum farklıydı. Bu görevi kabul ettiğinden beri tek kelimeyle aptallaşmıştı. Keşke cevap vermeden önce biraz süre isteseydi ama iş işten geçmişti artık! Bir yolunu bulup içine çekildiği bu bataklıktan çıkmalıydı. Bu kadar çok düşünmek ona göre değildi. Düşmekten beterdi düşünmek. Yüzünü buruşturdu, yumruğunu sıkarak, "Ah be Albayım, ne işler açtın başıma!" diye söylendi.

Yükselen güneş etkisini yavaş yavaş göstermeye başlamış, artan sıcaklıkla birlikte üzerine yapışan takım elbise vücudunu giderek sıkmaya başlamıştı. El yordamıyla kravatını gevşetti, telefonunu cebine soktu, etrafı seyretmeye koyuldu. İlgisini çeken bir şeyler bulamayınca hep yaptığı gibi saatini kontrol etti. Buluşma saatine birkaç dakika kalmıştı ve beklediği adamın tam zamanında geleceğinden emindi.

Köprü-Cami ikilisinin önünde fotoğraf çektiren gelin ve damadı gözucuyla izlerken gördü onu. Caminin olduğu tarafta beliren Şevket, onun oturduğu yere doğru umursamaz bir tavırla yürüyordu. Gözucuyla saatini kontrol etti, tam 10:00 olduğunu görünce istemsizce gülümsedi.

Yıllarca "Albayım" dediği Şevket'i üniformasız görmek tuhafına gitti. Birlikte uzun yıllar çalıştıktan sonra Şevket bir gün saha görevini aniden bırakıp masa başı göreve geçmiş, birkaç ay ortalarda görünmedikten sonra sürpriz bir şekilde ortaya çıkıp, "Aslanım, çok önemli bir görev için seni önerdim. Hazırlan, gidiyoruz!" deyivermişti.

O görüşmenin ardından ilk kez bir araya geliyorlardı.

Gelip önünde duran Şevket, beraberinde getirdiği iki kumpirden birini ona uzattı. "Sen turşu sevmiyordun, değil mi?"

Murat oturduğu yerden başını kaldırdı. "Sizi de sevmiyorum Albayım, ama bu sürekli karşıma çıkmanıza engel olmuyor!" dedi alaycı bir ses tonuyla.

Omuzlarından kavrayan Şevket, onu ayağa kaldırıp neşe içerisinde sarıldı. "Nasıl gidiyor asker? Sivil hayata alıştın mı bakalım?"

"Daha zor şeylere alışmışlığım var!" Bu söylediğine kendisi de inanabilseydi keşke.

"Tabii tabii, eminim!" dedi Şevket alaycı bir gülümsemeyle.

Önce Murat oturdu. Onun yanındaki boş yere oturan Şevket, elindeki kumpirden doluca bir kaşık aldıktan sonra avurtlarını şişirerek, "Neymiş şu çok mühim mesele?" diye sordu, "Senin için önemli bir toplantıyı kaçırdım, umarım buna değecek bir şeydir!"

"Görevle ilgili bir pürüz çıktı," diyen Murat, sessizliğin daha da uzayıp gerginliğe dönüşmesinden çekinerek, "Yakında halledeceğim ama," diye ekledi, "Üzerinde çalışıyorum!"

"Pürüz derken?" dedi Şevket, tek kaşını havaya kaldırarak.

"Ayrıldık!" deyiverdi Murat, "Yani... Kız ayrıldı benden. Bir süredir telefonlarıma çıkmıyor."

"Bu iyi olmadı işte!" dedi Şevket. Sesinde yine bir muziplik peşinde olduğunu ele veren yapay bir ciddiyet vardı. Gerilimi yükseltmek için bilerek uzattığı sessizliğin ardından, "Ben de seviniyordum," dedi, "seni nihayet baş göz edeceğiz diye!" İçinde tutmaya çalıştığı kahkahayı aniden serbest bırakırken, "Kız tavlamak terörist avlamaya benzemez aslanım," diye devam etti, "Avlanıyorum derken av oluverirsin böyle!" Sesindeki alaycılığın Murat'ı rahatsız ettiğini fark edince ciddi bir sesle, "Neyse, olan olmuş!" dedi, "Böyle bir durumda yapman gerekenler görev dosyasında yazıyordu. Benimle görüşmek istemenin başka bir sebebi olmalı, çıkar bakalım ağzındaki baklayı!"

"Birbirimizi ne kadar zamandır tanıyoruz Albayım?" dedi Murat.

"Geveleme oğlum lafı!" diye parladı Şevket, "Ne diyeceksen de işte! Şu Albayım muhabbetine de bir son ver, abin sayılırım ben senin!"

"Peki, o halde... Beni bu görevden almanızı istiyorum."

Büyükçe bir lokmayı henüz ağzına atan Şevket, boğazına takılan kumpirin etkisiyle şiddetli biçimde öksürmeye başladı. "O da nereden çıktı lan? Ne demek görevden al?"

"Ben yapamıyorum..."

"Neyi yapamıyorsun oğlum?"

"Bu görev bana göre değil komutanım. Ben askerim! Beni indirin çatışmanın ortasına, on dakikada temizleyip çıkayım. Vur deyin vurayım, öl deyin öleyim! Ama casusluktu ajanlıktı, bu işler bana göre değil. Hele de böyle aşk meşklisi!"

"Seni çok iyi tanırım. Bugüne dek hiçbir görevi yarıda bıraktığını görmedim. Benden bir şeyler gizlemiyorsun değil mi?"

"Önceki görevler farklıydı. Silahımı alıp operasyona çıktığımda başka biri olmam gerekmiyordu. Bu rol yapma işi bana göre değil."

"Oldu! Alayım seni görevden!" diye gürledi Şevket. Az önceki neşeli halinden eser kalmamıştı. Etraftaki insanların dönüp baktığını görünce sesini alçaltarak konuşmaya devam etti. "Peki görev ne olacak? Bunca insanın emeği ne olacak? Neymiş efendim? Beyimiz yapamıyormuş! Ulan ben sana işin başında sormadım mı?"

"Sordunuz."

"Sen de vatan için ne gerekiyorsa yaparım demedin mi?"

"Dedim ama..."

"Aması maması yok aslanım! Göreve devam edeceksin! Bu iş ikimizi de aşar, o kadar söylüyorum! Hem hadi seni görevden aldım diyelim, kıza ne diyeceğim?" Sesine komik bir hava katarak, "Atiye Hanım, buyurun yeni sevgiliniz!" dedi, "Kusura bakmayın önceki defolu çıktı da!"

"Yeter!" diye araya girecek oldu Murat.

"Yetmez!" diye bağırdı Şevket, "Cepheden kaçmaktan ne farkı var bu yaptığının aslanım!"

"Ağır konuşuyorsunuz!" dedi Murat. Ayağa fırladı, sinirden bütün vücudu titriyordu. Korkaklıkla itham edilmek zoruna gitmişti. İki yanına saldığı ellerini yumruk yapıp sıktı.

"Ağır filan konuşmuyorum aslanım, olanı söylüyorum!" dedi

Şevket, "Sen aramızdaki hukuka dua et, yoksa direkt rapor etmem gerek böyle bir şeyi."

Bir süre hiç konuşmadan duran Murat, Boğaz Köprüsü'nün altından süzülerek geçen devasa bir petrol tankerini izledi. Görevi bırakmak istemesinin asıl sebebini bir solukta haykırmamak için kendini zor tutuyordu. Dilinin ucuna kadar gelen "Ben bu kıza âşık oluyorum galiba" cümlesini gerisingeri kovalarken, uzun bir uykudan yeni uyanan kalbi gibi çırpınıp duran dalgaları izlemekle yetindi.

Murat'a fazla yüklendiğini anlayan Şevket, ayağa kalkıp onun karşısına geçti, elini omzuna koyarak gözlerinin içine baktı. Büyük bölümü asker eğitmekle geçen kariyerinde benzer durumlarla çok karşılaşmış, hemen hemen hepsini de ustalıkla çözmüştü. İkna yöntemleri konusunda uzmandı, muhatabının sınırlarını zorlamayı severdi. Dışarıdan öyle görünmese de yaptığı ya da söylediği şeylerden hiçbiri rastgele değildi. Bakışlarına yanıt alınca Murat'a oturması için başıyla işaret etti, kendisi de oturarak konuşmaya devam etti.

"Saha görevini neden bıraktım sence? Yorulduğumdan mı? Yoksa korktuğumdan mı?"

"Vardır bir bildiğiniz," dedi Murat. Bunu söylerken küskün bir çocuk gibi gözlerini kaçırmıştı.

"Bunu kendim mi istedim sanıyorsun?" dedi Şevket gözlerinin içine bakmaya devam ederek, "Halimden çok mu memnunum sanıyorsun? Seninle operasyona çıktığımız günlerde kimin kim olduğu belliydi. Hainler aramızda değil, karşımızdaydı. Bana kalsa aynı düzende devam ederdim. Ama düzen değişti! Yüzlerin yerini maskeler, silahların yerini yalanlar aldı. Hâl böyle olunca görev de yöntemler de değişti. Allah'ın her günü ciğeri beş para etmez tiplerle uğraşıyorum. Arkamı kollamadan tek günüm geçmiyor. Bunca eziyete neden katlanıyorum sence?"

"Neden?"

"Katlanıyorum çünkü mevzu sandığından çok daha mühim! Güven bana, bilmediğin şeyler biliyorum. Ülkemizin, hatta belki de tüm insanlığın akıbetini belirleyecek durumlar söz konusu. Birileri büyük bir oyun çeviriyor ve bu oyunun tam göbeğinde de ülkemiz var. Seni bilmem ama ben oyunun ne olduğunu öğrenmek için oturup beklemek niyetinde değilim!"

"Anlamıyorum," dedi Murat, "Bu kızı aylardır takip ediyorum. Bir ay kadar da yakındık. Çok net söylüyorum: Bu kızın hiçbir numarası yok, kendi halinde bir kızcağız."

"Kızla ilgili istihbarat çok yukarıdan geldi, bunu sen de biliyorsun. Hiçbir numarası yok dediğin bu kız, babasının örgütle bağlantısını çözmek için çok önemli bir anahtar olabilir. Hem, vatan bu haldeyken görev seçmek gibi bir lüksümüz de yok, bunu en iyi senin bilmen lazım!"

Kalbinin derinliklerinden gelen ses Murat'a itiraz etmesini, ne yapıp edip bu görevden kurtulmasını söylüyordu. Ne var ki durdan sustan anlamayan o sesi susturacak sihirli kelimeyi söylemişti Şevket. Vatan! Öyle ya, söz konusu olan vatansa gerisi teferruattı! Kaçacak yeri kalmamış, köşeye sıkışmıştı.

"Haklısınız sanırım," dedi süngüsünü düşürerek, "Bu şekilde düşünmemiştim..."

Şevket, aradığı damarı yakalamıştı. Murat'ın kulağına eğilerek konuşmaya devam etti. "Bak Hakan, sen davası için canını hiçe sayan yiğit bir adamsın. Kafanın karışmasına izin verme, odağını koru! Ülkenin sana ihtiyacı var, hem de hiç olmadığı kadar!"

"Anlıyorum, Albayım… Ne yapmam gerektiğini söylemeniz yeterli."

"Kızla arayı düzeltmeye çalış. Düzelmezse de dert etme. Gerekirse bir süre uzaktan takip edersin."

"Elimden geleni yaparım."

Şevket, birkaç saniye düşündükten sonra işaretparmağını kaldırarak, "Bakan Bey'in yanındaki görevini de ihmal etme," dedi, "Beyefendinin önayak olduğu yasa tasarısı ortalığı karıştıracak gibi görünüyor. Mümkün olduğunca yakınında olmaya çalış. Bu süre zarfında irtibatta kalalım. Anlaşılmayan bir şey var mı?"

"Bana güvenebilirsiniz," dedi Murat.

"Ha şöyle asker!" diye keyiflendi Şevket, "Sana söz! Bir dahakine sana şöyle vurdulu kırdılı bir görev ayarlayacağım. Gider iyice bir kafa dağıtırsın! Ne dersin?"

"Eyvallah" dercesine başını eğdi Murat. Sonra yerinden kalktı, az öncekine kıyasla daha zayıf bir tokalaşmanın ardından ağır ağır yürüyerek uzaklaştı.

Şevket, Murat'ın yeterince uzaklaştığından emin olduktan sonra cebinden bir telefon çıkardı, birisiyle bir şeyler konuştuktan sonra telefonu kapattı. Telefonu ve içinden çıkardığı kartı kırıp yanı başındaki çöp kutusuna attı. Etrafı bir kere daha kolaçan ettikten sonra geldiği yöne doğru yürüyerek uzaklaştı.

Az ileride ayakta takılan bir çift, Şevket'ten boşalan banka doğru hamle yaptı.

Ortaköy curcunalı mesaisine kaldığı yerden devam etti.

CAM TABUT

Yirmi dakikalık sarsıntılı bir yolculuğun ardından Maslak'a ulaşan taksi, birkaç sokak daha içeri girdikten sonra dikine yerleştirilmiş cam bir tabutu andıran yüksek plazanın girişine yanaştı.

Ücreti ödeyen Atiye, inmeden önce herhangi bir şey düşürmediğinden emin olmak için arka koltuğu son bir kez kontrol etti. Cüzdanını düşürüp ehliyetini ve kredi kartlarını yeniletmek zorunda kaldığından beri bunu bir alışkanlık haline getirmişti.

Acele ederek bina girişine yöneldi. Döner kapı, güvenlik ve turnikeden geçerek asansörün önüne geldi. Gün içinde yaşadığı onlarca küçük dejavu anından biri de buydu. Hayatta "iyi" bir yerlere gelene dek görmezden gelmeyi seçtiği tablo, yaşadığı son olaylardan sonra tüm çıplaklığıyla karşısına dikilmişti. Sayısız şey gibi bu absürd yaşam biçimiyle yüzleşmenin zamanı da gelmişti galiba. Her sabah aynı saatte uyanıyor, gözlerini açar açmaz bedenini saran umutsuzluğu yok sayarak işe geliyor, kurmalı bir fare gibi akşama kadar çalışıyordu. Sıkılmak, yorulmak, hastalanmak, depresyona girmek yasaktı. Hissetmek, yaratmak, düşünüp kendine ait cümleler kurmak sakıncalıydı. Hatırlayamadığı kadar uzun bir süredir, şarj edilebilir piller gibi doldur boşalt bir varoluşu yaşamaya mecbur bırakmıştı kendini.

Plaza hayatının anlamsızlığı üzerine daha derin düşüncelere dalmak üzereyken, asansörün kata geldiğini haber veren sesle kendine geldi. Kapı açıldığında, dimdik karşıya bakan donuk gözleri ve birbirinin kopyası kıyafetleriyle cansız mankenleri hatırlatan bir grup insanla göz göze geldi. Kabine girip düğmeye basarken, aynı yavaş ölümü paylaştığı bu insanların parçalı bulutlu yüz ifadelerinin zihninden silinip gitmesini bekledi. Yürüyen cesetleri hatırlatan bu insanlar, sadece karşılarına çıkan herkese değil, kendilerine de sırt çevirmişe benziyorlardı. Katlarda dura kalka çıkarken gözucuyla saatine baktı, neredeyse yarım saat geç kalmıştı!

Asansör on ikinci katta durdu. Atiye aynada üstüne başına çekidüzen verdikten sonra kabinden çıkıp ofis girişine doğru yürüdü. Burada çalışmayı sevmiyordu, dahası son günlerde burada bulunmaya bile tahammülü kalmamıştı. Ne zaman buraya gelse, danışmadaki kızın sahte gülümsemesini ne zaman görse ruhu çekilmeye başlıyor, nefesi daralıyordu. Biliminsanları Mars'ta hayat olup olmadığını tartışadursun, o burada hayat olmadığından emindi. Hayat uzun zaman önce burayı terk etmişti. Hiç bitmeyen bir hareketlilik vardı, evet, ama korkularına görünmez zincirlerle bağlı olan, kendinden ve kendi hayatına yön veren kuvvetlerden habersiz halde ortalıkta dolaşan bu insanların yaşadığı ya da yaptığı şeylerin hiçbirinin hayatla uzaktan yakından ilgisi yoktu.

Yapmacık gülümsemeyi aynen iade ederek yoluna devam etti. Çalışma alanlarını parsellere ayıran bölmelerin arasında yürürken eski ofisin daha güzel olduğunu düşündü. Şirket el değiştirdikten sonra geçilen açık ofis düzenine bir türlü alışamamıştı. Herkesin herkesle bu kadar iç içe olması ona çok anlamsız geliyordu. Neyse ki küçük de olsa kendine ait bir odası vardı. Dikkat çekmemeye çalışarak odasına doğru yürüdü.

Ortamda bir tuhaflık vardı. Başta kadınlar olmak üzere, ofisteki tüm gözler onu takip ediyordu. Hatta o gözlerden birkaçı, kapıyı kapatmasına aldırmadan jaluzinin açık kalan kısımlarından odasının içine kadar girmişti. Neler olup bittiğini anlamak için jaluziyi aralayıp dışarıya göz gezdirdi. Kahve makinesinin yanında duran iki kadının, odasının bulunduğu tarafı keserek bir şeyler konuştuğunu görünce jaluziyi hızla geri kapattı. Ne vardı? O yokken bir şey mi olmuştu?

Masasının üzerinde duran devasa çiçeği gördüğünde taciz düzeyine varan yoğun ilginin sebebini de anlamış oldu. Masanın neredeyse yarısını kaplayan çiçek buketini kimin gönderdiğini tahmin etmekte zorlanmadı. Yeter ama! Bunun bir noktada durması gerekiyordu!

Burada çalışanlar bayılırlardı böyle mevzulara. Kim kiminle berabermiş, kim kimden ayrılmış, kim kime ne almış? Kafaları işten başka her şeye çalışan bu insanlar, konu onun sevgilisinden ayrılması olunca daha bir iştahlanmış olmalıydılar. Öyle ya, kendini Leydi Di sanan bu kızın da kendileri gibi mutsuz, hatta sefil olabileceğini görmek, bunu herkesin görmesini sağlamak onlar için eşi bulunmaz bir eğlence olmalıydı.

Ellerini beline koyup "gösterişli" kelimesini yeni boyutlara taşıyan buketi incelemeye koyuldu. Bukete üzerine "Beni Affet" yazılı küçük pembe bir zarfı tutan sevimli bir ayıcık iliştirilmişti. Zarfı alıp açmak istedi fakat ayıcık zarfı tutma görevini biraz fazla ciddiye almış gibiydi. Pes ederek ayıcıkla birlikte çekip söktüğü zarfı açıp okumaya gerek görmeden çöpe attı. Çöp sepetinden kendisine bakan bir çift sitemkâr gözü görmezden gelmeye çalışarak, çantasını girişteki portmantoya astı ve masasına geçip oturdu. Bilgisayarını açıp gelen mesaj kutusunu kontrol etti, epey mesaj birikmişti. Daha fazla oyalanmamaya çalışarak, kutuda biriken mesajlardan en eski olanını açıp okumaya başladı.

Ofise gelişinin üzerinden birkaç saat geçmiş olmalıydı. Birikmiş işleri bitirebilmek için öğle arası vermeden çalışmıştı. Burnuna gelen o koku olmasaydı mesai bitimine kadar aynı tempoyla çalışacaktı, niyeti buydu. Çalışmaya ara verip havayı kokladı, çürümüş çöp kokusuna benzeyen pis bir kokuydu bu. Ayağa kalktı, odanın içinde gezinerek sağı solu kokladı. Eğilip masanın altındaki çöp kutusunu kontrol etti. Oturup çalışmaya devam etti. Kendisine öyle gelmişti galiba. Koku dışarıdayken üzerine sinmişti belki de.

Odasının kapısı açıldı. Gelen pazarlamadan Burak'tı. Koca ofiste oturup iki çift laf edebildiği birkaç kişiden biriydi Burak.

"N'aber?" dedi Burak, "Yarım saat önce uğradım, yoktun. Ne iş? Kaytarıyor musun yoksa?"

"Bir müşteriye uğramam gerekti," dedi Atiye, "Hayırdır? Sen niye uğramıştın?"

"Leyla Hanım'ın istediği raporu bitirebildin mi?"

"Rapor!" dedi Atiye telaşla, "Tamamen aklımdan çıkmış! Kusura bakma, az bir işim kaldı, on dakikaya masanda olur!"

"Asıl sen kusura bakma," dedi Burak, "Acele ettiriyorum ama yarınki sunuma yetişmezse neler olacağını biliyorsun."

"Bilmez miyim!" diyen Atiye, yerinden kalkıp odanın diğer tarafına yürüdü ve köşedeki dolabın kapağını açıp içini kokladı. "Bir koku alıyor musun sen de? Bir saattir kafayı yiyeceğim yemin ederim!"

"Koku mu? Yoo, ben koku falan almadım."

"Yok diyorsun yani?"

"Gerçi grip olduğumdan alamıyor da olabilirim," dedi Burak burnunu çekerek, "Nasıl bir kokuymuş bu?"

"Neyse boşver, bak sen işine! Raporu birazdan getiririm."

"İyi bari... Sana kolay gelsin!"

"Sana da!"

Masaya döndü, bilgisayarında Burak'ın bahsettiği raporu bulup açtı. Söylediği gibi az bir işi kalmıştı, ama son günlerde kafası o kadar doluydu ki herhangi bir şeye odaklanıp bitirecek enerjiyi kendinde bir türlü bulamıyordu. Şimdi bir de bu koku çıkmıştı. Önündeki rapora odaklanmaya çalıştı ama olacak gibi değildi. Başını ellerinin arasına alıp bir süre düşündükten sonra kat hizmetlerini arayarak birini göndermelerini rica etti.

Az sonra odaya gelen temizlikçi, Atiye'yi dinledikten sonra böyle bir şeyin mümkün olamayacağını, zira odayı sabah temizlediğini söyledi. Kokuyu ve çalışmasına nasıl engel olduğunu yeni cümlelerle bir kez daha anlatan Atiye, adamdan odayı tekrar kontrol etmesini rica etti. Daha acil işleri olduğunu söyleyen adam, cevap vermesini beklemeden arkasını dönerek kapıya yöneldi.

Bu kadarı da fazlaydı artık! Önce taksici, sonra temizlikçi... Onu ciddiye alan tek bir Allah'ın kulu var mıydı acaba! Yerinden kalkarken adamın arkasından seslendi:

"Sizinle konuşuyorum! Hey! Nereye gidiyorsunuz?"

Peşine takıldığı adamı danışma masasının önünde yakaladı. Son günlerde yaşadığı her şeyin acısını çıkarmak istercesine ağzına geleni söylemeye başladı. Ne biçim bir insandı? İşini doğru düzgün yapmak bu kadar zor muydu? Ortada bir sorun olduğunu ve bir an önce çözülmesi gerektiğini anlamayacak kadar aptal mıydı? İşini gerçekten yapmak isteyen insanlara hiç mi saygısı yoktu? Kazandığı parayı gönül rahatlığıyla nasıl harcayabiliyordu?

Bir anlığına kendine geldiğinde, ofisteki herkesin işi gücü bırakıp onları izlediğini fark etti. Hatta birkaçı, müdahale etmeli miyim gibilerinden koridora kadar çıkmıştı. Kendini kaybettiğinden sesinin kademeli olarak yükseldiğini fark etmemiş olmalıydı.

O sırada Hülya'yı gördü. O da diğerleri gibi kapıya çıkmış, olup biteni izliyordu. Başka zaman olsa umursamazdı ama kadının hemen yanında şirketin genel müdürü Cenk Bey duruyordu. Atiye'nin olduğu yöne bakan Hülya, bir yandan da adama doğru eğilmiş bir şeyler söylüyordu. Atiye'ye itici gelen her şeyin vücut bulmuş hali olan bu kadın, onu kötü göstermek için eline geçen bu eşsiz fırsatı kaçırmamıştı.

Hülya'yı duymazlıktan gelen Cenk Bey, sakin bir tavırla danışmanın yanına kadar geldi. Kat görevlisine gidebileceğini, kendisinin gerekeni yapacağını söyledikten sonra Atiye'den odasına kadar gelmesini rica etti.

Mesai arkadaşlarının meraklı ve yer yer acıyan bakışları arasında patronunu takip eden Atiye, kendini darağacına doğru yürüyen bir idam mahkûmu gibi hissetti. Diğerleri neyse de Hülya'nın önünde bu duruma düşmek ona koymuştu. Onun yüzünden, hem anlamsız hem de yıpratıcı bir rekabetin içine çekilmişti. Bitmek bilmeyen daha iyi olma mücadelesi, sonu gelmeyen toplantılar, bilgisayarına gelen tonlarca mesaj, hepsi bir önceki günün tekrarıydı. Yaptığı tüm girişimlerin sonunda, artık kanıksadığı modern hapishanenin avlusunda volta atarken buluyordu kendini. Olan bitene kayıtsız bir halde, film izler gibi tepkisiz ve duygusuzca izliyordu hayatını. İşin kötüsü, vasat sayılabilecek bu prodüksiyonda figüran bile değildi.

Cenk Bey önde Atiye arkada, uzun koridoru boydan boya geçerek adamın kapısının önüne geldiler. Odaya önden giren patronu onu içeri davet ederken kapıyı kapatmasını rica etti. Atiye bu odaya daha önce birçok kez gelmişti. Aylık değerlendirme toplantıları burada yapılıyordu. Diğer odalardan daha geniş olması ve on iki kişilik bir toplantı masasını barındırması haricinde tipik bir ofis odasıydı.

Makam koltuğuna geçmek yerine toplantı masasında rastgele bir yer seçen Cenk Bey, Atiye'ye hemen yanındaki sandalyeyi işaret etti. Adamın gösterdiği yere oturan Atiye, neler olup biteceğini kestiremediğinden şimdilik adamın söyleyeceklerini beklemeye karar verdi.

"Bir süredir sizinle konuşmak istiyordum Atiye Hanım," dedi Cenk Bey, "Kısmet bugüneymiş demek!"

Bir süredir? Farkında olmadan suyu ısınmış mıydı yoksa? Bir şeyler yapmalıydı. "Az önce yaşananlar için özür dilerim," diye araya girmeye çalıştı, "Kendimi kaybettim, bir daha olmayacak!"

"Sorun değil" anlamında elini kaldırdı patronu.

"Karar vermeden önce beni bir dinleseniz?" dedi çekingen bir ses tonuyla. Bu işe ihtiyacı vardı ve onu kaybetmemek için bir şeyler söylemesi gerekiyordu.

Bacak bacak üstüne atan Cenk Bey, "Tabii ki dinleyeceğim," dedi, "fakat önce size bir hikâye anlatmama izin verin."

Hikâye mi? İşte şimdi işi bitmişti! Patronunun doğrudan söyleyemediği şeyleri hikâyeyle anlatmak gibi bir huyu vardı. Çoğu zaman kendi kariyeriyle ilgili olan bu hikâyeler nadiren mutlu sonla biterdi.

"Bundan yirmi beş yıl kadar önceydi," diye lafa girdi Cenk Bey, "Genç ve heyecanlıyım, tıpkı sizin gibi. İşte yeni olduğumdan bir yandan çalışıp bir yandan da bilmediğim şeyleri öğrenmek zorundaydım. O zamanlar şimdiki gibi internet ya da eğitim şirketleri vesaire de yoktu, her şeyi yöneticimizden öğrenirdik. Patronumla aram fena değildi, sert biriydi ama adildi."

Atiye dikkatinin dağılmaması için dua ederken, patronu hız kesmeden anlatmaya devam etti. "Lafı uzatmayayım, bir gün aldığım bir haberle dünyam altüst oldu. Babam karşıdan karşıya geçerken bir arabanın altında kalmıştı. Hastaneye yetiştirmeye çalışmışlar ama yolda hayatını kaybetmiş. Öylece donup kaldığımı hatırlıyorum. En yakın dostumu kaybettiğime mi üzüleyim, annemi o halde gördüğüme mi kahrolayım. Cenaze, taziyeler, arayıp soranlar ve sonrasında gelen sessizlik... Hayat devam etti ama ben bir türlü babamın ölümünü atlatamadım. Zamanla işteki performansım da etkilenmeye başladı. Ufak tefek hatalarla başladı her şey, derken bir gün önemli bir toplantıda çuvalladım. O gün çok önemli bir müşteriyi kaybettik. İşten kovulacağıma o kadar emindim ki, direkt masama gidip eşyalarımı toplamaya başladım. Çıkmaya hazırlandığım sırada sekreter arayıp patronun beni çağırdığını söyledi. Şaşırmadım tabii! Korka korka kapısını çaldığımda, beni içeri davet edip oturttu ve bugün bile unutmadığım şu sözleri söyledi:

"Cenk Bey, babanızın ölümünün sizin için çok zor olduğunun farkındayım. Ama o elinden gelenin en iyisini yapıp yolculuğuna devam etti. Sizinse önünüzde çok uzun bir yol var. Dünya sizden hizmet bekliyor, şirketiniz sizden hizmet bekliyor, ben sizden hizmet bekliyorum. Size bir hafta izin! Gidip kendinizle, annenizle, hatta gerekiyorsa mezarına gidip babanızla konuşun ama bir hafta sonra gelip işinizin başına geçin. Onun ölümü sizin yeniden doğuşunuz olsun, mirasını kaldığı yerden devam ettirin. Onun yerine de yaşayın, onun için de yaşayın!"

Rahmetli patronunun son cümlesini tekrar ederken sesi titremeye başlamış, gözleri hafiften buğulanmıştı. Patronunun durakladığını gören Atiye, bir şeyler söylemesi gerektiğini hissetti.

Aklına gelen tek şey, "Bu çok iyi bir hikâye!" oldu.

O verdiği tepkinin yeterince samimi görünüp görünmediğini düşünedursun, derin bir nefes alan patronu, gözünde biriken damlayı serçeparmağının ucuyla silerek konuşmaya devam etti.

"Atiye Hanım, sizi ben işe aldım ve buna bir gün bile pişman olmadım. Sizi hep diğer çalışanlara örnek gösterdim. Son günlerde yaşadıklarınız yüzünden biraz gergin olduğunuzu görüyorum, hepimizin böyle dönemleri olabilir. Patronum bana o gün bir şans daha vermeseydi bugün muhtemelen bu konuşmayı yapıyor olmayacaktık. Bunun için ona minnettarım ve ben de size bir şans vermek istiyorum. Tıpkı onun dediği gibi, size bir hafta izin! Gidin ne yapmanız gerekiyorsa yapın ama o bir haftanın sonunda, buraya görmeye alışkın olduğumuz Atiye olarak dönün lütfen. Şirketinizin size ihtiyacı var, size ihtiyacım var!"

"Ne diyeceğimi bilemiyorum," dedi Atiye. Gerçekten de ne diyeceğini bilemiyordu.

"Bir şey söylemek zorunda değilsiniz," dedi Cenk Bey, "Ben üzerime düşeni yaptım. Sizin de üzerinize düşeni yapacağınızdan şüphem yok."

Çıkmak üzereyken bir an tereddüt ederek geri dönen Atiye, "Terfi mülakatı ne olacak peki?" diye sordu.

"Ha o mu? Dert etmeyin, döndüğünüzde yaparız!" dedi Cenk Bey gülümseyerek, "Bu arada, günün geri kalanında da çalışmak zorunda değilsiniz, isterseniz çıkabilirsiniz. Ben insan kaynaklarına haber veririm."

Birkaç kez teşekkür ederek odadan çıkan Atiye, insanların meraklı bakışları arasında odasına doğru yürüdü, bilgisayarını olduğu gibi bıraktı, portmantoda asılı olan ceketini ve çantasını alıp çıktı.

Çıkışa doğru yürürken, kapısının önünde merakla bekleyen Hülya'nın önünde duraklayıp sakin bir ses tonuyla, "Haftaya görüşürüz!" dedi ve arkasına bakmadan uzaklaştı.

ÖRGÜT

Dünyanın dört bir yanından devşirilerek bir araya getirilmiş eşsiz tabloların, paha biçilemez heykellerin ve antika silahların seçkin bir müzeye dönüştürdüğü yüksek tavanlı salon, dünyanın en tehlikeli ve en gizli örgütünün yönetim kurulu toplantısına evsahipliği yapmaya hazırlanıyordu.

Zarafetiyle göz dolduran on yedinci yüzyıl yapımı kristal avize, ahşap oymacılığının en güzel örneklerini bünyesinde toplayan yuvarlak masanın tam üzerine asılmıştı. Masanın etrafındaki on iki sandalyenin üçü hariç tümü doluydu. O sırada salonda bulunan üçü kadın on bir kişi, küçük gruplar halinde kendi aralarında sohbet etmekle meşguldü. Zengin ve güçlü insanlardan oluşan bu seçkin topluluk, toplantıya başlamak için kendilerinden daha zengin ve güçlü birini bekliyordu.

Her seferinde başka bir yerde düzenlenen toplantı, bu sefer "yaşayan en zengin tarih sever" olarak tanınan ünlü milyarder Alexander Traum'un 5. Cadde ile Batı 59'un köşesindeki ofisinde yapılacaktı. Salonda ayakta duran tek kişi olan Traum, masada dönen sohbete ilgi göstermeden odanın bir cephesini boydan boya kaplayan pencereden dışarıyı seyrediyordu. Altmışıncı yaşına yeni giren ünlü milyarder, ünlü bir aktris olan sevgilisinin Plaza Otel'deki şatafatlı doğum gününde hediye ettiği, ünlü bir İtalyan modacının onun için özel dokunmuş kumaştan diktiği takım elbisenin içinde bir işinsanından ziyade bir manken gibi görünüyordu.

Vücudu yaşına göre oldukça iyi durumdaydı. Yılların bir heykeltıraş gibi özenle yonttuğu yüzünü tamamlayan ağarmış saçları ve sakalıyla, erkeklerin yaşlandıkça güzelleştiği tezinin canlı ispatı gibiydi. Sahip olduğu sınırsız imkânların da bu güzellikte payı vardı tabii ki. Uzmanlar kontrolünde uygulanan sıkı bir diyet, dünyanın ücra yerlerinden getirilen egzotik cilt bakımı ürünleri, düzenli alınan vitaminler, gençleştirici kürler, detokslar ve tabii ki özel antrenörler ile doktorlar eşliğinde yapılan düzenli spor...

Manhattan'ın göbeğinde yükselen gökdelenin çatı katı, karşısına çıkan herkese ve her şeye tepeden bakmayı görev edinmiş bu adam için bulunmaz bir gözlem yeriydi. Yoğun iş programından fırsat buldukça burada durup önünde ufka doğru uzanan Central Park'ı izlemeyi âdet edinmişti.

Park her zamanki gibi o gün de her yaştan, renkten ve milletten insanı ağırlamaktaydı. Dünyadan habersiz el ele dolaşan âşıklar, tek başına ya da grup halinde koşan sağlıklı yaşam havarileri, öğlen yemeğini gölet kenarındaki banklarda yemeyi marifet sanan hippiler, bisikletliler, seyyar satıcılar ve tabii ki evsizler! Bu yükseklikten bakıldığında yuvalarına götürecek bir şeyler bulmak için koşuşturan karıncalara benziyorlardı.

"Küçük insanlar ve onların küçük psikolojileri!" diyerek omuz silkti. Minik dünyaları, bir o kadar minik sorunları ve bir böceğinkiyle bile boy ölçüşemeyecek hayal güçleriyle varlık merdivenin alt basamaklarını işgal eden bu yaratıklar, dünyayı olması gerekenden daha kalabalık bir yer yapmaktan başka bir işe yaramıyorlardı ona göre.

Onları suçlamıyordu aslında. Başka türlü nasıl olunacağını bilmiyorlardı ne de olsa. Sorun onlar değil, onları yönettiğini iddia eden sahte liderlerdi. Yapılması gerekenler belli olmasına rağmen, kendi şahsi çıkarlarının ve arzularının kölesi olan bu insanlar, dünyayı yok edip yeni baştan yaratma cesaretini göstermek yerine bu sefil ve anlamsız tiyatrodan nemalanmakla meşguldüler.

Bir süre amaçsızca ufku tarayan bakışları, yavaş yavaş aşağılara inerek binanın tam karşısında parkın ana girişinde yükselen heykele sabitlendi. Neredeyse her sabah önünden geçtiği bu anıtta, İç Savaş'ın Kuzeyli generallerinden William Sherman, kendisine yol gösteren bir meleği at üstünde takip ediyordu. Traum, dikdörtgen formlu pembe granit kaide üzerinde yükselen yaldızlı altın kaplama heykelin Amerikalı heykeltıraş Gaudens imzasını taşıdığını biliyordu, çünkü her yıl sanatın her türlüsüne milyonlarca dolar yatıran tutkulu bir koleksiyoncu olmasının yanı sıra, anıtta 2015 yılının Eylül ayında yapılan renövasyon çalışmasına da bizzat sponsor olmuştu.

İç Savaş'ta fayda sağlayacak önemli hamlelerde bulunan Sherman, kullandığı taktikler yüzünden kimi çevrelerce eleştirilen bir generaldi. Geri çekilirken tarlaları ateşe vermek, hayvanları öldürmek ve su kaynaklarını zehirlemek bu taktiklerden sadece birkaçıydı. "İşte amacına ulaşmak için gerekeni yapmaktan korkmayan cesur bir lider!" dedi Traum kendi kendine. "Küçük insanlar böyledir işte! Anlayamadıkları şeyi eleştirirler..."

O bunları düşünürken ufukta beliren bir helikopter, binaya doğru bir süre uçtuktan sonra çatıdaki piste inmek için manevra yapmaya başladı. Helikopterin gelişi salonda küçük çaplı bir hareketlenmeye yol açmış, kendi aralarındaki sohbete son veren katılımcılar toplantı için hazırlanmaya koyulmuştu.

"Nihayet!" diyen Traum, masaya geçip yapacağı sunumu son kez kontrol ettikten sonra masadakileri süzmeye başladı. Göz göze geldiği herkesi, teninin hemen altında biten samimiyetsiz bir gülümsemeyle selamlamayı da ihmal etmiyordu. Birlikte iş yaptığı bu insanları pek sevdiği söylenemezdi. Hatta onlarla ilgili duyguları söz konusu olduğunda "pek sevmemek" ifadesi hayli yetersiz kalırdı. Onların desteği sayesinde buralara kadar gelmesine rağmen, zaman içerisinde elinde olmadan onlardan tiksinmeye başlamıştı.

Çoğunu yıllardır tanıdığı bu tiplerin, gücü elinde tutmak için yapmayacağı şey yoktu. Olympos'un kibirli çocuklarıydı onlar, ne var ki kibirleri aynı zamanda sonları olacaktı. Bir gün korkusuz biri çıkagelip onların bu acınası varoluşuna son verecekti. Onlar kadar güçlü fakat gücü onlar gibi altın tepside almamış, onu elde etmek için savaşıp büyük sınavlar vermiş biri! Onlardan daha cesur, daha zeki ve daha karizmatik biri! Kendisi gibi biri...

Bu masada yer almak için yaptığı fedakârlıklar, gözünü kırpmadan sattığı dostlar geldi gözünün önüne. Gücü elde etmenin bir bedeli varsa onu dibine kadar ödemişti ve bundan pişman değildi. Hayatı boyunca yaşadığı ve yaptığı her şey, onu kaderine hazırlamıştı. Biraz daha sabredebilirse bu insanlardan ve onların saçmalıklarından sonsuza dek kurtulacaktı.

Toplantı salonunun kapısı açıldı. Masadakilerin meraklı bakışları arasında, içeriye otuzlu yaşlarda bir adam girdi. Oradakiler adamın kim olduğunu bilmeseler çiçek desenli renkli gömleği, vücuduna oturan kahverengi süet yeleği, paçaları bilek üzerinde katlanmış yırtık dizli dar kot pantolonu ve hippilere özgü yuvarlak çerçeveli güneş gözlükleriyle, onun odaya yanlışlıkla girmiş beş para etmez bir serseri olduğunu düşünebilirlerdi. Gerçekten de bu genç adam, yanları ve ensesi kazınmış küt saçları, uzun gür sakalı ve uçları yukarıya kıvrılan bıyıklarıyla, "hipster" kelimesinin sözlükteki karşılığı gibiydi.

Genç adamın hemen arkasında yürüyen takım elbiseli yaşlı bir adam, acele ederek ondan önce masaya ulaştı ve elindeki çantadan çıkardığı dosyayı onun oturacağı yere özenle yerleştirdi. Eski filmlerdeki uşakları hatırlatan bu ufak tefek adam, sandalyeyi çekerek "Efendisi"nin oturmasına yardım ettikten sonra, kendisine ihtiyaç kalmadığından emin olunca kapının yanına gidip ayakta beklemeye başladı.

Bu kadar güçlü insanları bu kadar uzun süre bekletebilen bu adam, bir hafta önceki ölümüne kadar dünyanın en güçlü adamı olan Walter Grubb'ın oğlu ve tek varisi Enrico'dan başkası değildi. Traum ondan bahsedildiğini sıkça duymuş, hatta bir keresinde aynı ortamda bulunmuş, ne var ki onu hiç bu kadar yakından görmemişti. Mahremiyetine takıntı düzeyinde önem veren Enrico hakkında, elli kişiyle aynı anda dövüşebildiğinden tutun da ücra bir adada münzevi hayatı sürdüğüne, IQ'sunun yüz yetmiş olduğuna ve hatta formunu korumak için arada bir Ortadoğu'ya savaşmaya gittiğine kadar onlarca şehir efsanesi dolaşıyordu. Anlatılanların onda biri bile doğruysa Enrico'nun işleri ele almak için kendi babasını öldürmüş olması işten bile değildi.

Biraz da bu sebepten, orada bulunanların Walter'dan daha fazla korktuğu biri varsa o da "Hayalet" lakaplı Enrico idi.

Masadakilerin hazır olmasını bekleyen Enrico, bir-iki kere öksürdükten sonra, imajıyla bağdaşmayan resmî bir tonla ağır ağır konuşmaya başladı.

"Beklettiğim için özür dilerim. Babamın bizi derinden üzen vakitsiz ölümünün ardından, sizlerle nihayet buluşabilmiş olmaktan memnuniyet duyuyorum. Aslına bakarsanız bu tarihi buluşma için bir konuşma hazırlamıştım ama doğrudan gündeme geçmek daha iyi olacak sanırım. Değerli vaktinizden daha fazla çalmak istemem. Sadece tek bir şey söylememe izin verin..."

Enrico, masadakilerin "olur" anlamında başlarını öne eğdiğini görünce, oturduğu yerde doğrularak konuşmaya devam etti.

"Babamın koltuğu üzerinde hak iddia ettiğimi duyduğunuzu tahmin ediyorum. Eğer bu koltukta oturacaksam örgütümüzün vizyonunda ve yöntemlerinde önemli bazı değişiklikler olması kaçınılmazdır. Nelerin değişeceğinin açıklanmasını sonraya bırakarak bu özel günde bir kereye mahsus sormak istiyorum. Aranızda liderliğim konusunda problemi olan var mı?"

Enrico'yu dikkatle izleyen Traum, tıpkı masanın etrafındaki diğer insanlar gibi, bunun bir sorudan ziyade bir meydan okuma olduğunu bilecek kadar iyi tanıyordu bu dünyayı. Sıradışı yeteneklerini babasının mirasıyla birleştiren Enrico, yenilmez hale geldiğinin fazlasıyla farkındaydı. Sorusu bir formaliteden ibaretti; Walter öldüğü gün örgüt onun emrine girmişti zaten.

Masadakilere tek tek göz gezdiren Enrico, herhangi bir itiraz olmadığını görünce, "Harika!" diyerek yanındaki kâtibe döndü ve toplantıyı başlatması için başıyla işaret etti.

Binbir teşekkür ederek söz alan kâtip, önündeki programa kısaca göz attıktan sonra, toplantının örgüt faaliyetlerine ilişkin raporla başlayacağını, ardından "toplantıya evsahipliği yapma nezaketini gösteren" Alexander Traum'un yeni yıl için talep ettiği bütçeyle ilgili kısa bir sunum yapacağını söyledi.

Sırayla söz alan katılımcılar, sorumlu oldukları faaliyet alanıyla ilgili son durum hakkında bilgiler paylaştılar. İlk sırada söz alan katılımcı, örgütün siyaset ve uluslararası ilişkiler alanındaki faaliyetlerini anlattı.

Örgütün ekonomik faaliyetlerini anlatmak için söz alan diğer bir katılımcı, genel amacı "dünyanın tüm ekonomilerini çökerterek mutlak politik kaos yaratmak" olarak açıkladıktan sonra, bu alanda yapılan çalışmaları abartılı bir üslupla bir bir sıraladı.

Üçüncü sırada söz alan katılımcı, örgütün din alanındaki faaliyetlerini anlatacağını söyleyerek, "Din, örgütümüzün hedeflerine ulaşmak için aşmamız gereken engellerin başında geliyor," dedi. Traum gerisini dinleyemedi çünkü yıllardır duymaya alıştığı bu konulardan artık gına gelmişti.

Bir sonraki konuşmacı, "Hedeflerimize ulaşabilmenin yolu insanı kontrol etmekten geçiyor," diyerek söze girdikten sonra, zihin kontrol yöntemlerinden nüfusun azaltılmasına kadar birçok konuya değindi ve sonunda raporunu, "İnsan ırkının yeni dünya düzenine direnme gücü yakında neredeyse sıfır olacak..." diyerek tamamladı.

Örgütün bilimsel faaliyetlere yaklaşımını anlatan başka bir katılımcı, sakıncasız sektörler hariç tüm buluşların ya kontrol altında tutulduğunu ya da hasıraltı edildiğini anlattı. O konuşurken Traum az önce ceketinin cebinden çıkardığı Victoria dönemine ait sedef işlemeli tırnak törpüsüyle tırnaklarını düzeltmekle meşguldü.

Kadın olan son konuşmacı, "Bu anlatılanlar size sıkıcı geldiyse sizi eğlence ve sanat dünyasındaki faaliyetlerimize kulak vermeye davet ediyorum," diyerek söze girdi. Fakat bu iddialı girişe rağmen, onun anlattıkları da Traum'u tırnak törpüleme işinden koparamadı. Bu insanların düşünme ve iş yapma biçimine duyduğu aşağılamayla karışık nefret, anlatılan şeylere ilgi göstermek şöyle dursun, tahammül etmesini bile bir hayli zorlaştırıyordu. Neyse ki araya girerek konuşan üyelere teşekkür eden kâtip, sunumunu yapması için sözü kendisine verdi.

"Teşekkür ederim Sayın Kâtip... Sayın Başkan!" diyerek söze girdi. Masadakileri selamlayarak başladığı sunumun ilk bölümünde kurucusu ve başkanı olduğu Dünya Tarih Vakfı'nın dünyanın dört bir yanında gerçekleştirdiği çalışmalar hakkında bilgi verdi. Beden dilini ustaca kullanıyor, kendinden oldukça emin bir tavırla konuşuyordu. Salondakiler, ki buna ondan hazzetmeyenler de dahildi, onun sahip olduğu ve zorlanmadan kullandığı doğal karizmaya gıpta ederlerdi. Eğer örgüt demokratik bir yapıya sahip olsaydı başkan olması işten bile değildi.

Sunumun ilk bölümü bittikten sonra, herkesin dikkatle dinlediğinden emin olana kadar bekleyen Traum, "Şimdi sizlere, bugün burada konuştuğumuz her şeyden çok daha önemli olduğuna inandığım bir şeyi göstereceğim," diyerek sözlerine devam etti. Dikkat kesilen katılımcılar, perdede beliren taş sütunların ne olduğunu ve ne anlama geldiğini anlamaya çalışırken yaşadıkları hayal kırıklığını gizlemediler.

Salondan yükselen homurtuları duymazlıktan gelen Traum, "Hanımefendiler, beyefendiler... Karşınızda Göbeklitepe!" dedi coşkulu bir sesle, "Her şeyin başladığı ve biteceği yer! Örgütümüzü yeni boyutlara taşıyacak destansı yolculuğun giriş kapısı! Dünyanın dört bir yanında yaptığımız kazıların son durağı! Hepsini ve her şeyi taçlandıracak muhteşem bir final! Anahtarların anahtarı! Sırların sırrı!"

Bu iddialı sunuş sonuç verdi; homurdanmayı bırakan katılımcılar onu yeniden dikkatle dinlemeye başladılar. O güne dek kazılan altı tapınakla ilgili bilgileri uydu görüntüleriyle ve müzedeki buluntulara ait fotoğraflarla harmanlayarak paylaşan Traum, geriye kalan tapınakların otuz yıl gibi bir sürede gün ışığına çıkarılabileceğini söyledi.

Yeni kazılar için talep ettiği bütçeyi gösterdikten sonra, ilgilenenler için detaylı bilgilerin dosyalarda bulunabileceğini söyleyerek bütçeyi onaya sundu.

Ona teşekkür eden Enrico, katılımcılara dönerek, "Bütçeyi oylamaya geçmeden önce soru sormak ya da görüş bildirmek isteyen var mı?" dedi.

Traum'un tam karşısında oturan kadın söz alarak, "Bay Traum, bilgilendirici sunumunuz için teşekkür ederim," dedi, "Bu tapınağın amaçlarımıza ulaşmaktaki önemini kavramakla birlikte, otuz yılın biraz fazla uzun olduğunu düşünüyorum. Bu süreyi kısaltmak için herhangi bir şey yapıyor muyuz?"

Masadaki sudan bir yudum alan Traum, "Bu güzel soru için teşekkür ederim," dedi, "Göbeklitepe, UNESCO'nun Dünya Tarih Mirasları listesine girmek için aday gösterildi. Biz de vakıf olarak bunun gerçekleşmesi için gerekli lobi ve destek çalışmalarını başlattık. Şayet bu olursa otuz yıl olarak telaffuz ettiğim süre beş ila on yıl öne çekilebilir..."

Masaya göz atan Enrico, başka soru olmadığını görerek, "Başka soru yoksa müsaadenizle ben bir-iki şey söylemek istiyorum!" dedi, "Malumunuz olduğu üzere, Bay Traum bu projenin hayata geçirilmesi için babamla birlikte çok emek harcadı. Şahsen, işlerin zamanından önce tamamlanacağına eminim. Zira kendisi tanıdığım en donanımlı ve istekli kişilerden biri..."

Bir-iki saniye durakladıktan sonra Traum'a bir bakış fırlatarak, "Hatta biraz fazla istekli belki de!" diyerek tamamladı sözlerini.

Bu son cümle, o ana dek sakince gülümseyen Traum'un başından aşağı kaynar sular gibi döküldü. Gayet güzel başlayan cümle, ne olmuştu da böyle bitebilmişti? Traum'un kafasındaki dişliler birbiri ardına dönmeye başlarken, Enrico masadakilerle ayrı ayrı göz teması kurarak sözlerine devam etti.

"Dürüst olmam gerekirse, ki fazlasıyla gerekiyor, bugüne dek milyar dolarlar harcanan bu projenin örgütümüze ne gibi bir fayda sağlayacağını anlamakta zorlanıyorum. İzlememiz gereken yol bu mu gerçekten de? Dünyanın dört bir yanında faaliyet gösteren çokuluslu teknoloji şirketlerimiz, küresel kamuoyuna yön veren düşünce kuruluşlarımız, algıyı yöneterek gündemi belirleyen medya organlarımız varken bu türden peri masallarına gerçekten gerek var mı? Bay Traum'a huzurlarınızda sormak istiyorum: Bu sözüm ona Büyük Plan'ın sonuçlarını yeterince iyi öngörebiliyor muyuz? İstenmeyen sonuçları ve olası riskleri kontrol altında tutmak için hazırlığımız var mı? Sonu belli olmayan bir maceraya sürüklenmediğimizden emin miyiz?"

Salonda çıt çıkmıyordu. Katılımcıların büyük bir kısmı bu yeni gelişmeyi tedirginlik ve merak içerisinde izlerken Traum'dan hazzetmeyen birkaç üye masa altından ellerini ovuşturuyordu.

Enrico'nun beklenmedik çıkışını şahsına yönelik açık bir saldırı olarak okuyan Traum, içinde kabarmaya başlayan öfkeyi kontrol altında tutmaya çalışarak cevap verdi:

"Sayın Başkan! Bildiğiniz üzere, uzun yıllardır titizlikle uyguladığımız bu proje, benim şahsi emellerimin değil, örgütümüzün asırlık vizyonunun bir eseridir. Asıl fikir babası ve gerçek mimar da, sizin de söylediğiniz gibi, bizzat rahmetli babanızdır."

O sırada Enrico'nun asistanı yanına gelerek kulağına bir şeyler fısıldadı. Enrico onu dinlerken bir yandan da devam etmesi için Traum'a işaret etti. Enrico'nun asistanı yerine dönerken, Traum sesine etkileyici bir hava katmaya çalışarak konuşmaya devam etti.

"Örgüte kabul edildiğim gün, ortak amaçlarımıza hizmet etmeye yemin ettim. Bunu bugüne dek hep yaptım ve bundan sonra da yapmak niyetindeyim. Benim için esas olan, kurulun aldığı kararlardır. Ve yüce kurulumuzun bu planın öneminin farkında olduğundan şüphem yok!"

Yerinden doğrulan Enrico, önündeki bardaktan bir yudum alıp boğazını temizledikten sonra, "Sevgili dostlar," dedi, "Örgütümüzün misyonu nettir, değiştirilemez ve değiştirilmesi teklif dahi edilemez. Bunu anlıyor ve buna saygı duyuyorum. Öte yandan, misyonumuzu gerçekleştirmek için benimsenen vizyon ve yöntemleri belirli aralıklarla sorgulayıp revize edebilmeliyiz. Neden derseniz dünya giderek artan bir hızla değişiyor, etki alanlarımızın dışında yeni güç odakları oluşuyor. Değişimin gerisinde kalmak demek, yok olmak demektir. Unutulmamalıdır ki ne Bay Traum ne şahsım ne de başka herhangi bir kişi örgütümüzün amaçlarından üstün değildir. Sizler için de uygunsa Bay Traum'un istediği bütçenin onaylanmasını, fakat bugüne dek izlenen yolun bir sonraki toplantıda masaya yatırılarak revize edilmesini teklif ediyorum. Kabul edenler? ... Etmeyenler? ... Kabul edilmiştir!"

Enrico, bu sözlerin ardından yerinden doğruldu ve "Bu konudaki görüşlerinizi dinlemeyi çok isterdim," dedi, "fakat az önce aldığım önemli bir haber yüzünden acilen ayrılmak zorundayım. Yeni toplantı tarihini asistanım sizlere iletecek. Katılımlarınız için hepinize teşekkür ederim!"

Yerinden kalkıp hızlı adımlarla salondan ayrıldı. Ona yetişmeye çalışan asistanı, masadaki kâğıtları alelacele toplayıp çantaya koyarak salonu terk etti. Diğer katılımcılar da ağır ağır toplandıktan sonra toplantının kritiğini yaparak küçük gruplar halinde dışarı çıktılar.

Salonda tek başına kalan Traum, bir süre hiç kıpırdamadan Enrico'dan boşalan sandalyeye baktı. Az önce neler olmuştu öyle? "Biraz fazla istekli!" derken neyi kastetmişti Enrico? Her şeyi biliyor olabilir miydi? Onun gibi zeki bir adam noktaları birleştirmiş olabilirdi pekâlâ! İyi ama, bir şeyler biliyorsa neden harekete geçmemişti de böyle aba altından sopa göstermişti?

Kimbilir, üzerine gelmeden önce konumunu pekiştirmek istiyordu belki de! İyi ama kurul üyelerini tek tek ve hep birlikte ezip geçebilecek güce sahipken böyle bir şeyle neden uğraşsındı? Öte yandan, etkileyici bir giriş yapmak, kurul üyelerine gözdağı vermek için kendisini kullanmak istemiş olabilirdi. Ne olursa olsun, temkinli olmalıydı. Enrico gibi bir düşman edinmek şu aralar hiç de işine gelmezdi.

"Bu saçmalığa daha ne kadar tahammül edeceğim!" diye homurdanarak ayağa kalkıp pencerenin yanına geldi. Central Park'ı gelen turist kafileleriyle iyice kalabalıklaşmış halde görmek canını daha da sıktı. Ceketini ve kravatını çıkarıp koltuğun üzerine bıraktı. Serbest kalmak isteyen öfkesini içeride tutmak için arka arkaya derin nefesler aldı.

Nefes terapisi işe yaramamış olacak, solundaki ahşap kaidenin üzerinde duran antika kılıcı çevik bir hareketle kaptı, havada biriki kez çevirdikten sonra yere paralel olacak şekilde sağ tarafına doğru savurdu. O tarafta duran iki metrelik dev çini vazo, büyük bir gürültüyle yüzlerce parçaya bölündü. Parçalar ofisin dört bir yanına dağılırken o birkaç derin nefes daha aldı. Öfkesi nihayet dinmişti fakat bu sefer de arkasından gelen sesle yerinden sıçradı.

"Toplantınız pek iyi geçmedi galiba?"

Ani bir hareketle arkasına döndüğünde davetsiz misafirin, evlatlığı ve sağ kolu Zotar olduğunu görerek rahat bir nefes aldı.

Zotar, âdeti olduğu üzere sessizce ona sokulmuştu; kollarını bağlamış, kendinden emin bir ifadeyle gülümsüyordu. Üzerinde yapılı vücudunu örten kaftanımsı uzun, siyah bir gömlek, boynunda iç içe geçmiş rengârenk Mandala desenleriyle süslü, taşlı yuvarlak bir kolye vardı. Kazınmış kafasının tepesinden fışkıran gür siyah saçları, arkada bir topuz oluşturduktan sonra yılan gibi kıvrılarak ensesinden aşağıya iniyordu.

"Söyler misin, böyle düşünmene sebep olan nedir Zotar?" diye sordu, "Altı buçuk milyon dolarlık antika bir kılıçla paha biçilemez bir mink vazosunu parçalamış olmam mı?"

"Öyle de diyebilirsiniz..." dedi Zotar, gülümsemeye devam ederek.

"İnsanlara böyle sinsice yaklaşmayı bırakmalısın," dedi elindeki kılıcı göstererek, "Seni ikiye bölebilirdim!"

"Denemesi bedava!" diyen Zotar'ın gülümsemesi büyüyerek tok bir kahkahaya dönüştü.

Birbirleriyle bu şekilde uğraşmak, ikisinin de en sevdiği eğlence biçimiydi.

Cebinden çıkardığı ipek mendille kılıcın ağzını sildikten sonra onu iki eliyle tutup uzattı. "Bu kılıç... Napolyon Bonapart'a aitti," dedi, "Onun kim olduğunu biliyorsun, değil mi?"

"Biliyorum" anlamında başını salladı Zotar.

"Napolyon büyük bir liderdi," diye devam etti Traum, "Bu kılıçla büyük zaferler kazandı. Avrupa'nın büyük bir bölümünü ve Mısır'ı fethetti. Anlayacağın, bu kılıç ona kendini birçok kez iyi hissettirdi. Neden? Bunun için yapılmıştı çünkü, amacı buydu. Bu kılıcı onca para ödeyip neden satın aldım sence?"

Kafasını kaşıyıp düşünür gibi yapan Zotar, "Hımm, kendinizi daha iyi hissetmek için olabilir mi?" dedi alaycı bir ses tonuyla.

"Bravo!" diye heyecanla bağırdı Traum, "Kendimi daha iyi hissetmek için! Tıpkı bu vazo ve burada gördüğün diğer her şey gibi..."

"Yani?"

"Demem o ki yeryüzünün tanrısı olan insan, kendini iyi hissetmek için gerektiğinde bir şeyleri yok etmekten geri durmamalı..." Kılıcı özenle yerine yerleştirip koltuğa oturdu. "Kendini iyi hissetmeyen insan, aslında yaşamıyordur. Yok hükmündedir! Bunu asla unutma evlat."

Traum'un sözlerini bitirmesini saygıyla bekleyen Zotar, geçip karşısına oturdu ve doğrudan gözlerinin içine bakarak, "Canınızı sıkan nedir saygıdeğer babam?" diye sordu.

"Sabırsızlık evlat! Sadece sabırsızlık..." Canını haddinden fazla sıkan bu konuyu değiştirmek istiyordu artık. Ellerini önünde birleştirip gülümsedi. "İyi haberlerle geldin umarım."

"Her şey öngördüğümüz gibi ilerliyor," dedi Zotar ellerini ovuşturarak, "Hastanedeki kaynağım, adamımızın kısa süre önce ortadan kaybolduğunu haber verdi."

"Onların işi mi dersin?"

"Kesinlikle... Üstelik zamanlama da manidar. Güneş tutulmasına şunun şurasında ne kaldı?"

"Peki ya kız? Zamanında hazır olacak mı?"

"Biz tohumu ektik; yeşerip yeşermeyeceğini zaman gösterecek. Şimdilik beklemekten başka yapabileceğimiz bir şey yok. Daha fazla müdahale etmek, istenmeyen sonuçlar doğurabilir."

Traum ayağa kalkıp bir süre odanın içinde dolaşarak düşündü. Kafasını meşgul eden bir şey olduğu her halinden belli oluyordu. Sonra birdenbire durdu, Zotar'a dönüp, "Planımız işe yarayacak mı, ne dersin?" diye sordu, "İkinci bir şansımız olmayabilir!"

"İçiniz rahat olsun Efendi Traum. Atharva Veda'nın gücüne defalarca şahit oldum. Eksik olan tek şey de kız sayesinde yakında elimize geçecek. Sonrasında önünüzde hiç kimse duramayacak. Sadece..."

"Sadece ne?"

"Şey... Bunu yapmak istediğinizden emin misiniz?"

Traum hışımla dönüp Zotar'ın gözlerinin içine baktı. "Şüphe ettiğin hangisi? Yeterliliğim mi yoksa cesaretim mi?"

"İkisinden de şüphem yok. Fakat siz de biliyorsunuz ki aynı masayı paylaştığınız insanlar son derece güçlü ve acımasız tipler. Onlar her şeyi görür, her şeyi duyarlar. Ve hepsinden önemlisi, ihaneti asla affetmezler. Özellikle de Enrico başa geçmişken planlarınızı bir kez daha gözden geçirmek iyi olabilir..."

"Bakıyorum da gözünden hiçbir şey kaçmıyor!" dedi Traum gergin bir şekilde gülümseyerek.

"O adama dikkat etmelisiniz Efendim," dedi Zotar gözlerini kısarak.

"İşin o kısmını bana bırak sen! Enrico planımızı anladığında iş işten geçmiş olacak. Sadece o da değil, hepsi servetlerini ayaklarıma dökecek, canlarını bağışlamam için. Ama hayır, o gün geldiğinde bana sunabilecekleri her şeyin ötesinde olacağım! Enrico denen o züppeyle başlayarak hepsini birer böcek gibi ezeceğim!"

"Haddimi aşmak istemem Efendim ama nefret kolaylıkla bir zayıflığa dönüşebilir..."

"Nefret mi?" dedi Traum gülerek, "Hayır sevgili evladım! Onlardan nefret filan etmiyorum, onlara acıyorum sadece! Kendilerini Tanrı sanarak etrafta dolaşmalarına, güçten sarhoş olmuş dimağlarına ve tedbirlilik diye yutturmaya çalıştıkları ödlekliklerine! Nefret ettiğim tek bir şey var, o da sınırsız güce bu denli yaklaşmışken bu sefil tiyatroyu oynamaya devam etmek zorunda olmak. Ama az kaldı! Bu iş yakında bitecek, düğmeye basıyoruz!"

Zotar, ellerini önünde birleştirip Traum'u selamladıktan sonra, ona olan saygısını göstermek için sırtını dönmeden geri geri kapıya doğru gitti.

Çıkmadan hemen önce onu durduran Traum, "Çok dikkatli ol

oğlum!" dedi, "Bu Enrico denen adamı çok az tanıyoruz. İstihbarat kaynaklarını ve operasyonel gücünü araştır. Üzerimize gelirse onu neresinden vuracağımızı bilmeliyiz."

"Siz merak etmeyin Efendi Traum," diyen Zotar, geldiği gibi sessizce ortadan kayboldu.

KOKU

Asansör lobiye doğru hızla alçaladursun, Atiye'nin ruh hali aynı hızla yükselişe geçmişti. Ofiste yaşanan olay can sıkıcı olsa da günün geri kalanını burada geçirmek zorunda olmamak moralini düzeltmeye yetmişti.

Turnikelerden koşar gibi geçip kendini dışarı attı ve oyalanmadan metro istasyonunun yolunu tuttu. "İnsanların ölmek için gittiği yer" adını taktığı Maslak'ta vakit geçirmek böyle bir günde yapmak isteyeceği son şeydi.

Metro istasyonunun merdivenlerini uçar gibi indi. Henüz mesai bitiş saati olmadığından istasyon fazla kalabalık değildi. Perona geldiğinde kapı kapanma zili çalıyordu, koşarak son anda trene yetişti. Rahat sayılabilecek bir yolculuğun ardından Şişhane durağında indi. Yürüyen merdivenin üzerinde dururken günün geri kalanında neler yapabileceğini düşünmekle meşguldü. Çıkışa ulaştığında karar verememişti, tek bildiği henüz eve gitmek istemediğiydi.

İstiklal o gün de her zamanki gibi civcivliydi. Tramvay yolunu dolduran kalabalığın içinde kimler yoktu ki! Kol kola yürüyen çiftler, okulu kırmış sürü halinde dolaşan liseliler, hayran hayran etrafı seyreden turistler ve cadde boyunca düzenli aralıklarla konuşlanmış sokak müzisyenleri... Bir yandan yürürken bir yandan konuşuyor, şakalaşıyor, ille de gülüyorlardı. Bu sahneyi yüzlerce kez gördüğünden başını kaldırmadan yürümeye devam etti. Son günlerde buraya ne zaman gelse, herkesin hayatı yolundaymış da bir tek kendisi sorun yaşıyormuş gibi hissetmekten kendini alamıyordu.

Durup bir süre etrafına bakındıktan sonra, seçimi ayaklarına bırakmaya karar verdi. Onlar da kısa bir tereddütün ardından İstiklal Caddesi'ni dolduran insan seline katılıp Tünel yönünde yürümeye başladılar. Ayaklarının onu nereye götürdüğünü tahmin edebiliyordu. Tünel meydanından sola dönen ayakları, hiç düşünmeden az ilerideki Galata Mevlevihanesi'ne yöneldi.

Fırsat buldukça uğrayıp zaman geçirmeyi sevdiği bir yerdi burası. Üşüyen ruhları çeken kendine has bir manevi iklimi vardı buranın. Detaylarındaki gizli zarafet ve etrafa yaydığı sıcaklıkla, şehrin sonu gelmeyen koşuşturmasının yerini sonsuz huzura bıraktığı bir vahaydı âdeta. Atiye buraya ne zaman gelse, avludaki mezar taşlarının yanına ilişip kimi zaman kitap okur kimi zaman da dua ederdi. Sayıları bir hayli fazla olan kediler karşılardı onu. Onlarla oynayıp stres atmaya bayılırdı. Gide gele, Mevlevihane'nin türbedarı Emin Dede'yle de ahbaplığı ilerletmişti. Bir ıslığıyla bahçedeki bütün kedileri etrafına toplayan Emin Dede, onlar karınlarını doyururken Atiye'ye taze demlenmiş çay ikram ederdi. Çaylarını yudumlarken bir yandan da hayat, ölüm ve ötesi üzerine keyifli sohbetler ederlerdi.

Düşüncelere dalmış bir halde yürürken, arkasında bitiveren tramvayın çanıyla irkilip kendini kenara attı. Biraz daha yürüyüp kemerli kapıdan avluya girdi. Emin Dede ortalıklarda görünmüyordu. Böylesi daha iyi belki de diye düşündü; sohbet edecek halde değildi zira. Türbenin hazîresine doğru yürüdü, en büyük mezar taşının dibine çöküp dizlerini kucakladı. Burası kendini rol yapmak zorunda hissetmediği yerlerdendi. Birkaç derin nefesin ardından, hayatı ve son günlerde başından geçenler üzerine düşünmeye başladı.

Bir inanç krizi yaşıyor olabilir miydi? Güçlü olacağım derken her şeyi kendi omuzlarına yükleyip acze mi düşmüştü? Dindar olduğu söylenemezdi ama dinsiz de değildi. Görünen ve görünmeyen her şeye hayat veren yüce bir yaratıcıya inanıyordu. Ne var ki inancı eyleme dönüştürme konusunda deneyimi yok denecek kadar azdı. Annesi ve babası din konusunda onu hiçbir zaman yönlendirmemişlerdi. Bu iyi bir şey miydi yoksa kötü bir şey miydi, bilemiyordu. Bildiği tek şey, içinden geçtiği zor dönemin kendisinden daha büyük bir güce teslim olmak için mükemmel bir dönem olduğuydu!

İçinde uyanan dua etme isteğine teslim oldu. Ellerini açtığı sırada yanına gelen kül rengi kedi sevgi dilenir gibi paçalarına süründü. Sevmek için eğildiğinde kedinin bir gözünün olmadığını fark etti. İçini bir hüzün kapladı; zavallıcık, kimbilir ne badireler atlatmıştı!

"Ey güzel Allahım!" dedi başını gökyüzüne kaldırarak, "Her canlı, muhtaç olduğu sevgiyi aramak için kendinden daha büyük birine, bir şeye yöneliyor. Hâlimi görüyorsun, şu kediciğin paçalarıma süründüğü gibi ben de senin paçalarına sürünüyorum. Benim ona acıdığım gibi sen de bana acı! Sen sonsuz sevgi ve ilim sahibisin. Bana bir işaret gönder, karanlık yollarda pusulasız bırakma beni!"

Duası henüz bitmişti ki avlunun diğer ucundan bir ıslık sesi yükseldi. Yanındaki de dahil olmak üzere bahçedeki tüm kediler ıslığın geldiği yöne doğru fırladılar. Elinde iki kapla bahçenin diğer ucunda beliren Emin Dede, kapları duvarın dibine koyduktan sonra kulübesinden iki bardak çay alıp Atiye'nin yanına geldi.

"Hoş geldin güzel kızım," dedi gülümseyerek, "Hayırdır, mahzun gördüm seni?"

Atiye'nin boğazı düğümlendi, gözleri doldu. Başını kaldırıp Emin Dede'nin yüzüne bakarken, "Korkuyorum..." diyebildi sadece.

Bardaklardan birini ona uzatan Emin Dede, karşısına oturup gözlerinin içine bakarak, "Korkma kızım," dedi, "İnanan için, sonu başından hayırlıdır." Sesi her zamanki gibi yumuşak ve huzur vericiydi.

Yerinden doğrulan Atiye, çayını karıştırmaya devam ederek, "Anlayamadım," dedi, "Rica etsem açıklar mısınız?"

"Bu dille açıklanabilecek bir şey değil kızım," dedi Emin Dede, "Sadece yaşayarak anlaşılabilir. Bunun için de inanmaya başlamak gerek!"

"Neye inanmaktan bahsediyorsunuz?" diye sordu Atiye, "Eğer Allah'ı kastediyorsanız ben Allah'a inanıyorum zaten. Üstelik O'nu çok da seviyorum!"

"İnanıyorsun, evet," dedi Emin Dede, "Hepimiz inanıyoruz. Gel gör ki O'na güvenmiyoruz. Bizden razı olsun istiyoruz ama çok azımız O'ndan razıyız. Bizi sevdiğine ve bizim için mükemmel bir planı olduğuna inanmakta zorlanıyoruz."

"Son günlerde yaşadıklarım buna inanmamı zorlaştırıyor," dedi Atiye.

"Rüyalar mı yine?" diye sordu Emin Dede.

"Onlar ve başka şeyler..."

"Hep aynı rüya mı yine?"

"Evet... Size anlatsam belki yorumlamama yardım edersiniz diye düşünmüştüm aslında."

Emin Dede, elini kaldırarak onu susturdu. "Rüyalarını önüne gelene anlatmamalısın kızım," dedi temkinli bir ses tonuyla, "Rüya tevili başlı başına bir ilimdir zira. Geçmişten bugüne birçok Allah ehli zat, ulema ve hatta sultanlar ile peygamberler bu ilimde ustalaşmıştır. Şöyle ki rüyanın işaret ettiği hususlar yorumlayan kişiye göre de şekil alır. Rüyalarını ehil olmayan kişilere anlatan sonuçlarına da katlanmalıdır."

"Peki ne yapacağım?"

"İşin ehline danışacaksın. Şayet öyle birini bulamıyorsan sende nasıl bir his uyandırdığına bakacaksın."

"Off, nasıl bir kaderim varmış benim!"

"Allah'ı sevmek, O'nun verdiği kaderi sevmekle başlar," dedi

Emin Dede, "Başına gelen şeylerin O'nun sana duyduğu sevginin birer tecellisi olduğunu görebildiğinde O'nu bihakkın sevmiş olursun."

"Bunu nasıl yapacağımı tam olarak bilmiyorum," dedi Atiye iç çekerek.

"Sen de bildiğin kadarını yap o halde! Bildiğini tatbik edene bilmedikleri açılırmış. Allah her şeyi sebeplere bağlamıştır kızım. Sebepler nahoş görünse de, boynuna bir ip dolanmış gibi hissetsen de, o iple seni kendine çekeni hatırla. Akıl bunun için verildi sana."

Çayından son yudumu alan Atiye, Emin Dede'ye çay ve sohbet için teşekkür edip müsaade istedi.

Kedilerle vedalaşıp avludan çıktığında ofisteki pis kokunun onu eşiğin hemen dışında beklediğini fark ederek yüzünü buruşturdu. Neyse ki Emin Dede'nin tavsiyelerini hatırlayarak kendini toparladı, kulaklığını takıp sevdiği şarkılardan birini açtı. Kokuya aldırmamaya çalışarak evine doğru yürüdü.

Yürüdükçe kokudan uzaklaşacağını umuyordu fakat umduğu gibi olmadı. Koku eve yaklaştıkça azalmıyor, bilakis gitgide artıyordu.

Sonunda oturduğu apartmanın önüne gelip açık olan kapıdan içeri girdi. Kapıcının duvara yasladığı paspası son anda fark ederek ona takılıp düşmekten kurtuldu. Islak basamaklarda kaymamaya çalışarak merdivenden yukarı çıktı. Eskiden olsa temizlik gününde apartman boşluğunu dolduran Arap sabunu kokusundan midesi kalkardı. Şimdi ise o iğrenç kokuyu biraz olsun bastırdığı için Arap sabununa minnettardı.

Nefesi tükenmeye ramak kala beşinci kata vardı. Uzun uğraşlar sonucunda çantasından bulup çıkardığı anahtarla kapıyı açtı.

Bütün gün köşe kapmaca oynadığı o koku, kapının açılmasıyla birlikte kesif bir dalga halinde yüzüne çarptı.

Kokunun kaynağı burası mıydı? Kendi evi? Bu nasıl mümkün olabilirdi?

Yine kâbus görüyor olabilir miydi?

Duruma anlam vermeye çalışarak ürkek adımlarla içeri girdi. Önce antreyi, ardından da antreye açılan mutfağı kolaçan etti. Açıkta herhangi bir şey de bırakmamıştı. Çöpü evden çıkarken kapının önüne koymuştu, yerinde olmadığına göre kapıcı almış olmalıydı.

İyi ama nereden geliyordu bu koku?

Koridordan salona doğru ilerledi. Burnu onu yanıltmıyorsa koku evin salonundan geliyordu. Kapının yanındaki düğmeye el yordamıyla basıp başını içeriye uzattı. Gördüğü manzara, tarif edilebilecek türden değildi!

Salonun ortasındaki kanepenin üzerinde çürümeye yüz tutmuş bir ceset boylu boyunca yatıyordu. Işıktan rahatsız olan çıyanlar ve adını bilmediği türlü haşarat panikle kuytu köşelere kaçıştı. Cüssesinden bir kadına ait olduğunu anladığı cesedin üzerinde küçük sinekler uçuşuyor, açılmış kısımlarından dökülen minik kurtçuklar halının üzerinde kımıl kımıl hareket ediyorlardı. Bunlar yetmezmiş gibi, koltuğun üzerine tüneyen Anu cesedin gözünden küçük ısırıklar alıyordu. Onu görünce sırtını kabartarak tıslayan hayvan, gözü kaptığı gibi yatak odasına kaçtı.

Diğer tarafa dönük olduğundan Atiye cesedin yüzünü göremiyordu fakat üzerindeki pijamanın kendi pijaması olduğundan emindi. Cesaretinden geriye kalan kırıntıları bir araya toplayarak cesede yakından bakmak için birkaç adım daha attı. Cesedin yarısı çürümüş haldeki yüzüne bakar bakmaz dehşete kapılarak bir çığlık attı ve olduğu yere yığılıp kaldı.

Kendine geldiğinde, salonun ortasında yerde yatıyordu. Üzerine eğilen otuzlu yaşlarda bir kadın, bir yandan kolonyalı mendille şakaklarını ovalarken bir yandan da yanındaki adama laf yetiştiriyordu. Kafasını hafifçe kaldıran Atiye, kadının yanında ayakta duran adamı tanıdı. Kapıcı Halim'di bu. Kendisiyle ilgilenen kadına dönerek cılız bir sesle konuştu:

"Seni tanıyorum," dedi, "Karşı komşumsun sen!"

"Cansu ben," dedi kadın, ıslak mendili Atiye'nin yüzüne bastırarak, "Bizi çok korkuttun şekerim!"

"Yeter" anlamında elini kaldıran Atiye, "Ne oldu? İçeri nasıl girdiniz?" diye sordu.

"Evde oturmuş televizyon izliyordum," dedi Cansu, "Bir çığlık sesi duydum, nereden geldiğini anlamak için kapının önüne çıktım. Bir de baktım ki dairenin kapısı aralık. Kendi başıma girmeye cesaret edemediğimden Halim Efendi'ye seslendim, hemencecik geldi sağ olsun."

O ana kadar hiç konuşmadan olup biteni izleyen kapıcı, "Görevimiz bir yerde!" dedi gururla.

Gördüğü manzarayı hatırlayan Atiye, kaçmak ister gibi istemsizce doğrulmaya çalıştı. Panikleyen Cansu, "Kendini yorma şekerim!" dedi onu tutarak.

"İyiyim ben," dedi Atiye elini alnına koyarak, "Birden gözlerim kararmış!"

"Ne oldu, neden bayıldın?" diye sordu Cansu.

Soruya anlam veremeyen Atiye, "Ne demek neden bayıldım? Görmüyor musunuz?" diyerek yerinden doğrulup, az önce cesedi gördüğü yere baktı fakat ortalıkta ceset filan yoktu. Her şey normal görünüyordu.

Lafa girmek için fırsat kollayan kapıcı, "Eh biraz dağınık tabii," dedi, "Kadın kısmısı çalışınca ev işlerine yetişemiyor haliyle. Bizim hanım evlere yardıma gidiyor, eğer şey ederseniz..."

"Oradaydı!" dedi Atiye afallamış bir ses tonuyla. Korkudan sesi titriyor, karşılaştığı korkunç sahne gözlerinin önünde tekrar tekrar oynuyordu.

"Ne oradaydı?" diye sordu Cansu, "Sen hayal filan gördün galiba!"

"Peki ya koku?" diye sordu Atiye, "Kokuyu da mı duymadınız?"

Hayır, duymamışlardı...

Atiye'yi baştan aşağı süzen Cansu, eliyle onun saçlarını düzelterek, "Bu gece bende kal istersen, yarına bir hal çaresine bakarız."

Atiye komşusunun teklifini kafasında değerlendirirken, kapıcı temizliği yarım bıraktığını söyleyerek müsaade istedi. Onu kapıya kadar geçiren Cansu, elinde bir bardak suyla geri döndü, "Biraz su iç, iyi gelir."

Suyu alıp bir dikişte içen Atiye, "Hengâmede sana teşekkür edemedim," dedi.

"Lafı mı olur hayatım, komşuluk öldü mü!" diyen Cansu, Atiye'nin biraz daha sakinleştiğini görünce ona doğru eğilip, "Kız?" dedi, "Ne gördün orda?"

"Anlatsam da inanmazsın!" dedi Atiye.

"Cin gibi, hayalet gibi bir şey miydi yoksa?"

"İnan ki bilmiyorum," dedi Atiye, "Bana neler olduğunu anlayamıyorum."

"Her neyse seni çok korkutmuş belli ki," dedi Cansu, "Bu gece burada yalnız kalmana gönlüm razı olmaz, teklifim hâlâ geçerli."

Atiye durup birkaç saniye düşündü. Bütün bu olanlar birer tesadüf olamazdı. Birdenbire ortaya çıkan tuhaflıklar, kâbuslar, psikoloğunun bir süre İstanbul'dan uzaklaş demesi, patronunun izin vermesi... Hayat bir şey anlatmak istiyordu ve o bunun ne olduğunu anlamıştı galiba.

"Kalamam!" dedi birdenbire, "Memlekete gitmeliyim. Orada beni bekleyen bir şey var, biliyorum! Şimdi çıkarsam akşam uçağını yakalayabilirim belki. Bileti yolda alırım!"

"Memleketin neresi?" diye sordu Cansu.

"Tokat," dedi Atiye.

"Öyle yerlere bu saatte uçak yoktur," dedi Cansu, "Bu gece kal bende. Sabah erkenden gidersin havaalanına."

"Teşekkür ederim," dedi Atiye, "ama değil bu binada, bu gece bu mahallede bile kalamam. Beni merak etme, havaalanı otelinde filan kalırım. Hem sabah daha kolay olur."

"İyi madem!" dedi Cansu, "Ben senin için söyledim."

"Teşekkür ederim," dedi Atiye, "Son bir ricam daha olacak, ben valizimi hazırlarken burada yanımda kalır mısın?"

"Tabii ki şekerim!" dedi Cansu.

Atiye yatak odasına geçip eşyalarını valizine doldururken, o güne dek komşusuna önyargılı davrandığını düşündü. Ona apartmanda birkaç kez rastlamış, her seferinde de mesafeli yaklaşmıştı. Sebep belki abartılı görünümü, belki de evinden çoğu akşam gelen yüksek volümlü müzikti. Ne olursa olsun, insanların gerçek yüzü zor günlerde anlaşılıyordu. Cansu'nun hikâyesini merak etti o an. Kimdi? Neler yaşamıştı? Biraz çok konuşuyordu belki ama olsun, özünde iyi bir insandı belli ki. Zor anında Hızır gibi yetişip Atiye'ye evini açmıştı. Bugün yaptıklarından sonra, onun için "en iyi arkadaş" tanımına en çok yaklaşan kişiydi.

Valizini alıp yatak odasından çıktı. Kapının önünde Cansu'ya her şey için bir kez daha teşekkür etti. Merdivenlere yönelirken dairesinin kapısına son bir bakış fırlattı.

İçinden bir ses hayatının bir daha eskisi gibi olamayacağını fısıldıyordu.

BÖLÜM II

MEMLEKET

Yemek servisinin tamamlandığından emin olan kabin amiri, uçağı boydan boya geçerek ön kısma geldi, anons sistemini açtı ve uçağın alçalmaya başladığını duyurdu.

Kalan çöpleri toplamak için acele eden bir hostesin uyandırdığı Atiye, uçakta okurum diyerek havaalanından satın aldığı kitabı eğilip yerden topladı. Tek satır okuyamadan uyuyakaldığı gibi yemek servisini de kaçırmıştı. Onun midesi guruldayadursun, alçalmaya devam eden uçak hafifçe yalpalayarak piste teker koydu.

Valizini alan Atiye, bir araç kiraladıktan sonra içindeki tedirginliği bastırmaya çalışarak çocukluğunun geçtiği köye doğru yola çıktı.

Buraya son gelişinin üzerinden neredeyse beş yıl geçmişti. Gelmemek için her seferinde bir mazeret bulmuştu fakat artık mazereti kalmamıştı. Görünen o ki ileri gidebilmek için geriye gitmesi gerekiyordu. Geçmişi, geleceğinin önünde aşılmaz bir dağ gibi duruyordu. Artık sadece iki seçenek vardı önünde: Ya bu topraklara ait olmaya çalışacaktı ya da ebedi bir göçebelik başlayacaktı ruhunun çorak topraklarında. Bir iç sesten ibaret kalamazdı; dudaktan kalbe akan bir tınıya dönüşmeliydi. Buraya gelip o güne dek ilişmemeyi seçtiği taşları tersyüz etmek zorundaydı.

Yollar hatırladığından çok daha iyi durumdaydı; çocukluğunun dar ve kıvrımlı stabilize yolları yerini geniş ve modern duble yollara bırakmıştı. Çamurlu yollarda bata çıka ilerlemeye çalışan bir traktör geldi gözünün önüne; çocukluğu o traktörün üzerinde geçmişti. Yaz-kış demeden onu her gün kasabadaki ortaokula götüren babasını hatırladı.

"Ne biçim evlatsın sen?" diyen iç sesini radyoyla bastırmaya çalıştı ama nafile! "Nankörsün!" diye devam etti ses, "Ne kötülüklerini gördün?"

Duymazlıktan gelmeye çalıştığı ses, o kadar da haksız sayılmazdı. Onca fedakârlıklarına rağmen ailesine karşı neden bir şey hissedemiyordu? İçinde iki farklı Atiye vardı sanki; biri delicesine ait olmak, anlamlı bir bütünün içinde erimek, diğeriyse bağlarını koparıp heyecan verici bir bilinmezliğe yelken açmak istiyordu. İkisi birbirine zıttı, ne var ki ikisi de kendisiydi. İkisi birlikte bir Atiye ediyordu belki de! Kesin olan bir şey varsa o da ikisinin de yalnız olduğuydu; doğumda da ölümde de yalnız!

Benzininin bitmek üzere olduğunu fark ederek yoluna çıkan ilk benzinliğe daldı. Hemen yola çıkmak istediğinden, aracı deposunu doldurmadan teslim almıştı. Depo dolarken bir bardak çay içmek için marketin önündeki masaya ilişti. Marketi işleten adam bir kadının buralarda yalnız başına dolaşmasını garipsese de, Atiye'nin oralı olduğunu öğrenince ona yakınlık gösterdi.

Hemşeri olmak bile sevilip kabul edilmek için yeterli sebepti. Bir şeylere, bir yerlere ait olmak böyleydi işte; kendine özgü bir büyüsü vardı. Kendisi de ömür boyu ait olmaya çalışmış; ne evde ne işte ne de aşkta tutunabildiğini görünce sonunda çareyi bağımsızlık türküleri söylemekte bulmuştu.

Ayaküstü sohbetin ardından, deposu doldurulup yıkanan arabasına atlayıp tekrar yola çıktı. Köy sapağına yarım saatlik yolu kalmıştı. Abisi geçen seferki gibi onu karşılamak için yola çıkmış mıydı acaba? En çok da onu özlemişti. Son gelişinde iyi ayrılmamışlardı;

biraz fazla üzerine gitmişti galiba. O günden sonra neredeyse hiç görüşmemişlerdi.

Eskiden de tartışırlardı ama sonrasında hemen barışırlardı. Ne var ki bu sefer barışmaya fırsatları olmamıştı. Acaba affetmiş miydi kendisini?

Onu gördüğünde neler söyleyeceğini düşündüğü sırada, yolun ilerisinde bir karartı dikkatini çekti. Biraz yaklaşınca gördüğü karartının yaşlı bir kadın olduğunu fark etti. Yaşlılıktan beli bükülmüş kadıncağız, sırtındaki kuru dal balyasını yere koymuş soluklanıyordu.

Sağa yanaşıp kadının az önünde durdu ve arabadan inerek yanına gitti. "Seni gideceğin yere kadar götüreyim teyzeciğim!" Kadının bir şey demesine fırsat vermeden odunları alıp bagaja yerleştirdi ve arabanın diğer tarafına geçip kapıyı açtı. "Buyur, böyle geç teyzeciğim!"

Yaşlı kadın, ön koltuğa oturduktan sonra onu bir süre baştan aşağı süzdü. "Allah senden razı olsun kızım," dedi minnettar bir ses tonuyla, "Hızır gibi yetiştin!"

Kadına gülümseyerek baktı. "Ne demek teyzeciğim, lafı mı olur!"

Bunu söylerken bir yandan da gözucuyla kadını inceliyordu. Karşıdan vuran güneş, yüzünü kaplayan kıvrımları birer birer aydınlatıyordu. İyisiyle kötüsüyle yaşanmış binlerce anının bilgeliği vardı o kıvrımlarda. Neler yaşamış, neler görmüştü kimbilir?

Öte yandan, ansızın karşısına çıkan bu kadında adını koyamadığı farklı bir şeyler vardı. Arabaya binmesiyle birlikte, Atiye'nin üzerindeki kasvetli hava yerini taze bir güvende olma ve umut duygusuna bırakmıştı.

Kadın bir süre dışarıyı seyrettikten sonra dönüp, "Kimsin, kimlerdensin kızım?" diye sordu.

"Adım Atiye, teyzeciğim. Buralıyım aslında... Dağüstü Köyü'nden..."

Koltukta hafifçe doğrulan kadın, Atiye'nin yüzünü dikkatlice inceleyip, "Maşallah yavrum, pek de güzelmişsin!" dedi, "Meryem'in kızı mısın sen yoksa?"

"Hayır teyzeciğim. Annemin adı Şerife. Tanırsın belki, köyün biraz dışında oturuyoruz."

"Şerife, he mi! Gözlerim doğru düzgün seçemiyor artık. Hoş, isimleri de hatırımda tutamıyorum ya neyse! İyiden iyiye kocadım anlayacağın! Ne demişler, yaş yetmiş iş bitmiş!"

Atiye gülümsedi. "Yok yok, iyisin maşallah! Baksana yüklenmişsin odunları."

"Rahmetli ölünce iş başa düştü," diyerek iç çekti kadın, "Dağ gibi adamdı, evimin direğiydi."

Atiye, kadının haline acıdı. "Başka kimin kimsen yok mu teyzecim? Yalnız mı yaşıyorsun?"

"Kimim kimsem kalmadı yavrum. Bir başıma yaşar giderim şuracıkta. Zaten bir ayağım da çukurda."

"Allah gecinden versin!"

Kadın, "Amin!" dedi ve ekledi, "Sen niye geldin ya buralara? Anacığını mı özledin yoksa?"

"Biraz kafamı dinlemeye geldim. Bu aralar biraz sıkıntılı şeyler yaşadım da..."

"Eee büyük şehir ne de olsa, kafa mı bırakır adamda!" dedi kadın gülerek, "İnsan evinin yolunu bile şaşırır!"

Atiye'ye mi öyle gelmişti, yoksa bunu söylerken belli belirsiz göz mü kırpmıştı? Başından geçenleri biliyor olabilir miydi? Yok daha neler! Ya tesadüftü ya da zihni ona oyun oynuyordu yine.

Kadın az ilerideki sapağı işaret ederek, "Buradan giriver yavrum," dedi, "Benim fakirhane az ileride."

Atiye kadının gösterdiği yerden saptı. Gittikçe bozulan dolambaçlı yol, birkaç yüz metre sonra yıkık dökük bir kulübeye ulaştırdı onları. Çatısı samanlarla kaplanmış, yılların yüküyle hafif yana eğilmiş ahşap kulübeye taş bir merdivenle çıkılıyordu.

"Sağ olasın yavrum, Allah senden razı olsun!" dedi kadın.

Arabadan inen Atiye, kadının inmesine yardım ettikten sonra bagajdaki odunları da indirdi. Kulübenin kapısına kadar çıkarmayı teklif ettiyse de kadına kabul ettiremedi.

"Sağ ol kızım, buradan sonrasını hallediveririm ben..."

Kadının soğuk ayran teklifini hava kararmadan önce köye varmak istediğini söyleyerek kibarca geri çevirdi Atiye. Köy yoluna çıkmak için tarif aldıktan sonra da, "Allahaısmarladık teyzeciğim!" diyerek arabasına binip motoru çalıştırdı.

Arabanın yanına gelen kadın, açık camdan başını içeri uzattı. "Benden sana bir öğüt güzel kızım, hazır buraya kadar gelmişken sadece kafanı değil, gönlünü de dinle biraz!" Bu, hayatında duyduğu en güzel tavsiyeydi belki de!

"Bunu yapmaya çalışacağım teyzeciğim," diyerek kulübeden ayrılan Atiye, anayola ulaşıp on dakika daha gittikten sonra sağ tarafında köyü gördü. Tıpatıp hatırladığı gibiydi; çehresi hiç mi hiç değişmemişti. Aynı donuk ve kasvetli enerji! Pek hazzetmese de evine varmak için köyün içinden geçmesi gerekiyordu.

Ağır ağır ilerleyerek köy meydanından geçti; ortalık tenha sayılırdı. Erkekler her zamanki gibi kahvede vakit öldürüyorlardı. Uzaktan duyulan davul zurna sesine bakılırsa kadınların çoğu düğünde olmalıydı.

Düğünleri severdi Atiye, köyün monotonluğuna birebirdi düğünler. Annesi elinden tutup götürürdü onu. Ne olup bittiğini fazla anlamasa da, abisiyle ve diğer çocuklarla koşup oynamak onun için paha biçilemez bir eğlenceydi.

İlerledikçe evler seyrekleşti. Tepe yoluna dönerek bir süre devam ettikten sonra, doğup büyüdüğü evin önüne gelip durdu. Motor sesini duyan annesi ve babası onu karşılamak için kapıya kadar çıkmışlardı. Abisini göremeyince hayal kırıklığına uğradı.

Babası ona sarılıp, "Şükür kavuşturana!" dedikten sonra onun itirazlarına aldırış etmeden valizini kucaklayıp içeri götürdü.

Annesi ona sarılıp bağrına bastı. "Arayıp geleceğini söylediğinden beri gözüme uyku girmedi," dedi, "Gel, gir içeri!"

Birlikte içeri geçip sedire oturdular. Valizi arka odaya götüren babası da gelip onlara katıldı. İkisi de Atiye'nin yüzüne bakıp mutlu mutlu gülümsüyordu. Gözlerine inanamaz gibi bir halleri vardı. Bir ara ortadan kaybolan annesi, elinde bir tepsiyle çıkageldi.

"Yavrum yoldan geldin, bir lokma bir şeyler ye!"

"Hay yaşa anacığım! Acıkmıştım sahiden de..."

"Getir hanım, getir! Ben de acıktım!" diyen babası, tepsinin içindekilere şöyle bir göz attıktan sonra, "Döktürmüşsün bakıyorum da! Kızın gelmese acımızdan öleceğiz burada!" diyerek ona takıldı.

Annesi, elini yumruk yapıp şakayla kocasının omzuna vurdu. "Allah'tan kork herif!" dedi gülerek, "Ne zaman aç bıraktım seni?"

Hep birlikte gülüştüler. Bir şeyler atıştırırken bir yandan da havadan sudan konuştular. Köyde kim ölüp kim kalmıştı, kim kime kaçıp kiminle evlenmişti? Kısa bir rapor geçen annesi şakayla karışık, "Sende yok mu bir şeyler?" diye sordu.

"Aman anne!" diye tepki gösterdi Atiye, "Kaç kez söyleyeceğim!"

"İlişmesene hanım!" diye araya girdi babası, "Koskoca kız oldu, sana bana mı soracak ne zaman evleneceğini!"

"Aman aman, iyi," dedi annesi gülerek, "Turşusunu kur kızının! Senin de işine geliyor tabii, evlenip temelli gidecek diye aklın çıkıyor!"

O an Atiye, eskiden kendisini bunaltan bu konuşmadan şimdi keyif aldığını fark ederek şaşırdı. Ne değişmişti? Sebep uzun süredir görüşmemiş olmaları mıydı? Yoksa ilişkileri zamanla olgunlaşmış mıydı? Zaman her şeyin ilacı mıydı gerçekten?

Cevap ne olursa olsun, ailesiyle olan ilişkisinde bir şeylerin değiştiğini ayan beyan hissedebiliyordu ve bu ona çok iyi gelmişti.

O sırada kapı çaldı. Gelen Atiye'nin teyzesiydi. "Atiye gelmiş kız, gözünüz aydın!" Eğilip yer sofrasında oturan Atiye'yi öperken,

"Kalkma kuzum, ye yemeğini!" diye ekledi.

"Nerden böyle Nazife?" diye sordu annesi, "Takıp takıştırmışsın yine, düğünden mi?"

"He ya," dedi teyzesi, "Bir koşu gidip geldim işte. Ee gitmemek olmaz, komşu sonuçta. Kız, Fadime de bi' güzel gelin olmuş ki sorma gitsin! Koluna dizmiş bilezikleri, nah böyle buraya kadar! Garibim çok sefillik çekti, az da onun yüzü gülsün, de mi? Lakin anası olacak karı da nasıl geriniyor! Paralı damat buldu ya, afra tafrasından geçilmez artık!"

Sabri baldızını severdi sevmesine ama uzun ve boş konuşmalarına hiç mi hiç tahammülü yoktu. Nazife ne zaman ağzını açsa, Sabri bir süre sonra ya ters ters bakmaya başlar ya da bir bahane uydurarak kalkıp giderdi. Baldızı da onun huyunu bildiğinden, o varken lafı fazla uzatmamaya özen gösterirdi. Bir şekilde geçinip gitmenin yolunu bulmuşlardı. Ama bu sefer öyle olmadı. Atiye'nin gelişinden yüz bulan Nazife, eniştesinin sabrını zorlamak pahasına konuşmaya devam etti.

"Hey gidi Atiye!" dedi elleriyle dizlerine vurarak, "Rabbim'e şükür, bugünlerini de gösterdi bize. Maşallah, pek bi' güzelleşmiş, pek bi' uslanmış. Kim derdi ki bizim dağ keçisi büyük şehirlerde okuyup iş-güç sahibi olacak? Gözümle görmesem inanmazdım valla!"

Teyzesinin bitmek bilmeyen hikâyelerinden yorulan Atiye, babasının da hafiften kıpırdanmaya başladığını fark ederek, "Yol yordu biraz," dedi, "Müsaade ederseniz içeri geçip biraz dinleneceğim."

"Tabii kızım, yorulmuşsundur," dedi babası. Bizzat müdahale etmek zorunda kalmadığı için sevinmişti.

Nazife konuşmanın yarıda kesilmesinden hoşlanmasa da duruma ayak uydurdu. "Ben de kalkayım!" dedi gülerek, "Bizim herif kahveden gelip yemeğim nerede diye böğürmeye başlar birazdan." Ablasını hızlıca uğurlayan Şerife, "Dur yavrum, sana döşek açayım," diyerek kızının peşinden arka odaya gitti. Ceviz sandığın üzerinde kule gibi yükselen denkten temiz döşek, yorgan ve yastık indirirken, "Abin gelenece uyu biraz," dedi. Atiye'nin yarasına parmak bastığından habersizdi.

"Bugün geleceğimi biliyordu," dedi Atiye, "Bugün gitmese olmaz mıydı? Sürüyü Hüseyin Abi'ye emanet edebilirdi pekâlâ!"

Annesi, Hüseyin'in hayvan otlatırken yardan düşüp belini incittiğini, abisinin bir süredir hayvan otlatma işini tek başına götürdüğünü izah ettikten sonra, "Abin geleceğini duyunca sevinçten havalara uçtu kızım," dedi, "Elinde olsa seni karşılamaya gelmez miydi hiç?"

Atiye'nin içi yine de rahat etmedi. Annesinin kendini iyi hissetsin diye böyle söylemediği ne malumdu?

Üzerine pijamasını geçirip annesinin yere serdiği döşeğe uzandı. Kollarını açıp keyifle gerindi. İlginçtir, o kadar para verip aldığı yatak şu döşeğin verdiği rahatlığın onda birini veremiyordu.

Annesi çıkmak üzereyken yerinden doğrulup, "Anne!" diye seslendi, "Meryem diye birini tanıyor musun sen?"

Böyle bir soruyu hiç beklemeyen Şerife, kısa bir şaşkınlığın ardından, "Meryem mi? Kimmiş o? Bu köyden mi?" diye soruyla karşılık verdi.

Ona mı öyle gelmişti yoksa annesi hafiften paniklemiş miydi?

"Bilmem!" dedi Atiye, "Gelirken yolda yaşlı bir teyzeye rastladım da o sordu, sen Meryem'in kızı mısın diye."

"Bilemedim ki kızım," dedi annesi Atiye'nin yüzüne boş gözlerle bakarak.

"Neyse!" dedi Atiye, "Teyze çok yaşlıydı zaten, biriyle karıştırdı muhtemelen."

Annesi onun başka bir şey söylemediğini görünce, "İyi bari, haydi biraz dinlen sen," diyerek kapıyı çekip çıktı. Yeniden döşeğe uzanan Atiye, yolculuğun verdiği yorgunlukla, yıllar sonra yeniden ailesiyle olmanın nasıl bir his olduğunu düşünemeden uyuyakaldı.

Sonsuza dek uyumak, ruhunu yaşlandıran yılların yorgunluğunu bir kerede atmak istiyordu. Bu öyle mükemmel bir uyku olmalıydı ki her şey düzelip normale dönene kadar uykunun kendisi bile uyumalıydı.

Ne var ki öyle olmadı.

Annesinin kapıyı tıklatmasıyla yerinden sıçradı. "Kızım, uyudun mu? Abin geliyor, kalk haydi!"

Gözlerini ovuşturarak saatine baktı, bir saat kadar uyumuştu. Dışarıdan gelen çan seslerini duyunca yerinden fırladı, çarçabuk üzerini giyinip avluya koştu. Abisi çobanlık yaptığı günlerde önce köylülerin hayvanlarını toplar, en son kendi hayvanlarını da alıp sürüyü meraya götürürdü. Akşam olunca önce köylünün hayvanlarını bırakır, en son eve gelirdi. O gün de böyle yapmış, kendi hayvanlarıyla birlikte ufukta belirmişti.

Sürünün ardı sıra yürüyen Mehmet, kapıda bekleyen kardeşini görünce durdu, yüzünde sert bir ifadeyle eve doğru bir süre baktı. Ahırın yolunu bilen inekler, ona aldırmadan yollarına devam ettiler. Atiye, ineklerin ahırın kapısında birer birer yok olmasını izlerken bir anlığına, abisinin küçük bir çocukken onu ineğe bindirişini hatırladı. O zamanlar bayılırdı bu oyuna. Düşmekten hiç mi hiç korkmazdı, ağabeyinin onun zarar görmesine izin vermeyeceğini bilirdi çünkü. Anılardan sıyrılarak yeniden ağabeyine baktı.

Neden durmuştu? Neden koşup boynuna sarılmıyordu? Ona kızgın mıydı hâlâ? Kardeşine daha fazla eziyet etmek istemeyen Mehmet, şakayı tadında bırakarak kocaman bir gülümsemeyle kollarını iki yana açtı. Beklediği işareti nihayet gören Atiye yerinden fırlayarak abisine doğru koştu.

Ona hasretle sarılırken, "Sen beni karşılamaya gelmedin ama ben geldim, bak!" dedi.

Mehmet, kardeşini omuzlarından kavrayıp, "Hoş geldin deli kız!" dedi gülerek.

"Nerede kaldın?" diye şakayla karışık bağırdı Atiye, "Az daha gelmeseydin ben gelecektim!"

"Gelseydin! Hem boş çoban pozisyonu da var hazır!"

Atiye'nin bir ara çığrından çıkan kariyer takıntısıyla uğraşmak Mehmet'in en sevdiği şeydi.

"Valla bu işi kaçırma bence! Bir kere yükselme garantisi var! Düşünsene, hayvanları her gün yaylaya çıkarıyorsun! Ama kariyer hedefine uymuyorsa bilemem tabii!"

Karşısında karnını tutarak gülen abisine gülümsemekle yetindi. El ele tutuşup neşe içerisinde eve doğru yürüdüler. Abisinin ahır kapısını kilitlemesinin ardından içeri girdiler. Onları sıkı fıkı gören anne ve babaları da neşelerine ortak oldu, oturup uzun uzun eski günleri yâd ettiler.

O akşam, Atiye'nin epey uzun bir aradan sonra geçirdiği en keyifli akşamdı. Çayın yanında annesinin yaptığı çöreklerden yerken durup kendini dışarıdan seyretti. Şaşılacak şey, ilk kez kendini ailesinin gerçek bir üyesi gibi hissediyordu.

"İyi ki gelmişim!" diye geçirdi içinden, "İyi ki kaçmamışım kendimden!"

Neyse ki yol boyunca kafasında kurduğu cümlelerden hiçbirini sarf etmek zorunda kalmamıştı. Her şey kendiliğinden gelişmiş, yaralar kendiliğinden kapanmıştı sanki. Kafasındaki sorular birer birer yok olmuştu. Bir tanesi hariç; o gitmemekte kararlıydı.

Yolda karşılaştığı yaşlı kadın kimin nesiydi?

NEREDEYİM BEN?

Servet, zonklayan başını tutarak yavaş yavaş araladı gözlerini. Doğrulup önce üstüne başına, sonra etrafına göz gezdirdi. Hastane kıyafetleri hâlâ üzerindeydi ama hastanede değildi. Ne olmuştu? Neredeydi?

Kendisine neler olduğunu hatırlamak için zihnini zorladı. Hatırlayabildiği son şey, gecenin bir saatinde hastane odasında ayaklarının altındaki sandalyeyi tekmeleyişiydi. Kendi elleriyle yaptığı darağacının boğazını sıktığını, nefesinin kesilip gözlerinin kararmaya başladığını çok net hatırlıyordu. Şimdi ise buradaydı. Peki burası neresiydi? Ölmüş müydü?

Yaptığı kötü seçimlerin bedelini ödemek için cehenneme gelmişti belki de! Başarı ve şöhret hırsıyla kör olan gözleri, tuttuğu yolun onu ve ailesini felakete sürükleyecek bir tuzak olduğunu görememişti. Tedirgin olmakla birlikte, geç olsa da günahlarının bedelini ödeyeceği düşüncesi onun için bir rahatlama vesilesiydi.

İçini kavuran suçluluk duygusu yatışıp daha gerçekçi düşünebilmeye başlayınca, henüz anlayamadığı bir sebepten ötürü hastaneden kaçırılıp buraya getirilmiş olabileceğini düşündü. İyi ama böyle bir şeyi kim neden yapmıştı ve daha da önemlisi, bunu nasıl başarmıştı?

Nerede olduğunu anlamak için etrafına bakınırken solunda kalan pencereyi fark etti. Pencereyi örten sararmış perdeyi kenara çekip dışarı bakmak istedi fakat pencerenin dışındaki panjur da kapatılmıştı.

Bir süre daha yatıp gücünü topladıktan sonra yataktan kalktı. Korkarak yokladığı oda kapısı dar bir koridora açılıyordu. Koridor yarı aydınlık bir salona getirdi onu. Mütevazı döşenmiş salonun yarısını kaplayan köhnemiş koltuk takımının üzerine kendisi için yeni kıyafetler koyulmuş, üzerlerine gümüş rengi yuvarlak metal bir çerçeve bırakılmıştı. Kendi gözlüğünün tıpatıp aynısıydı ama bunun camı çatlak değildi. Gözüne takıp denediğinde, numarasının doğru olduğunu görerek hayret etti.

Arkasına dönüp baktığında biri küçük bir mutfağa, diğeri ise loş bir koridora açılan iki kapı daha gördü. Koridorun başında bulduğu elektrik düğmesine bastı, titrek bir ampulün aydınlattığı koridorda ağır ağır ilerledi. Sağ taraftaki iki kapıdan ilkini açmasıyla birlikte keskin bir çamaşır suyu kokusu çarptı yüzüne. Işığı açtığında minik bir lavabo ve klozet karşıladı onu. "Buna da şükür," dedi kendi kendine; tuvalette iki büklüm olmaktan nefret ederdi.

Tuvalette işini bitirdikten sonra yandaki odaya girdi. Tahmin ettiği üzere, burası banyoydu. Aynanın karşısına geçip uzun uzun baktı kendine. Hastanedeki odasında ayna olmadığından bunu uzun zamandır yapamamıştı, yüzünün neye benzediğini unutmak üzereydi. Hepsi uzayıp birbirine dolaşan ağarmış saçlarını, sakallarını ve bıyıklarını görünce yüzünü buruşturdu.

Uzanıp musluğu açtığında, bir-iki gıcırtının ve duvarların içinden duyulan boğuk seslerin ardından su akmaya başladı. Diğer vanayı çevirdi; arkasından gelen şofben ateşleme sesiyle içini bir sevinç kapladı. Sıcak bir duş hiç fena olmazdı doğrusu! Hastanede yalnız yıkanmalarına izin verilmiyordu; su da asla yeterince sıcak olmazdı zaten!

Aynanın önündeki rafın üzerine diş macunu ve fırçası, sabun, makas, tarak, tıraş fırçası, ustura ve tıraş losyonu koyulmuştu. Onu buraya getiren her kimse, kişisel bakımını çok önemsediğini biliyor olmalıydı.

Eliyle tuttuğu saçlarını ve sakalını makasla kısalttıktan sonra, sadece bıyık kalacak şekilde sinekkaydı tıraş oldu. Bıyığının uçlarını dikkatli bir şekilde düzeltip aynaya son kez baktı. Sonuçtan memnun kalınca soyunup duşa girdi. Sular saçlarının arasından süzülüp omzuna, oradan da vücuduna yayılıyordu. İnsan olduğunu yıllar sonra yeniden hatırlamışçasına, hoş bir sürpriz gibi gelen rahatlamanın kollarına bıraktı kendini.

Gözleri yavaş yavaş kapanırken zihni geçmişe, her şeyin başladığı günlere doğru yolculuğa çıktı. Antikacı Levi Usta'nın üç katlı dükkânının merdivenlerinde buldu kendini. Üçüncü kata geldiğinde, duvar boyunca dizilmiş etnik objelerin arasından geçerek koridorun sonuna ulaştı ve çift kanatlı ahşap bir kapının önünde durdu.

Levi Usta, görünürde antikacı olmakla birlikte servetini tarihi eser kaçakçılığına aracılık etmekten kazanmış, çevresi geniş bir adamdı. Servet, tarihi eser işi hakkında bildiği her şeyi ondan öğrenmişti.

Kapıyı çalıp çalmama konusunda bir süre tereddüt etti. Söylemek için geldiği şeye Levi Usta'nın nasıl tepki vereceğini kestiremiyordu. Gerisingeri dönüp gitmeyi düşündü fakat yaptığı keşif hem kendisi hem de Levi Usta için önemli olabilirdi.

Cesaretini toplayıp kapıyı çaldı. İçeriden önce bir öksürük, ardından da ustasının onu içeri davet eden sesi duyuldu. Kapıyı açıp saygılı bir şekilde içeri girdi.

"Hoş geldin Servet," diyen Levi Usta, masasının önündeki koltuklardan birine işaret etti. "Geç, otur bakalım!"

Gösterilen yere geçip oturdu. Boğazını temizlemek için bir-iki kez öksürdükten sonra kelimelerini dikkatle seçerek konuştu.

"Usta, sana olan minnettarlığımı ifade etmekte zorlanıyorum.

Elimden tutmasaydın bugün bulunduğum yere gelemezdim."

"Eksik olma evlat," dedi Levi Usta, "Fakat ben bir şey yapmadım, bunu laf olsun diye söylemiyorum. Dükkânımdan içeri adım attığın anda parlak bir geleceğin seni beklediğini anlamıştım. Sana bildiğim her şeyi öğrettim, sen de beni yalancı çıkarmadın... Neyse, buraya sadece bana teşekkür etmeye gelmedin herhalde. Söyle bakalım, ne istiyorsun?"

"Sana danışmak istediğim bir konu var."

"Neymiş bakalım? Söyle!"

"Bugüne dek yaptığımız işler arasında ilginç bir bağlantı olabileceğini keşfettim."

Levi Usta gergin bir şekilde arkasına yaslandı. "Ne gibi bir bağlantıymış bu?"

"Malumun olduğu üzere, benden istediğin eserleri getirmek için dünyanın farklı yerlerinde birçok tapınağa girdim. Yakın zamana kadar buraların birbiriyle alakasız yerler olduğunu sanıyordum; ta ki tesadüf eseri bir yazı okuyana kadar. Kadim tapınakların astrolojik açıdan bağlantılı olabileceğinden bahseden bu yazı bir de liste içeriyordu. İlginç olan şu ki listede geçen yerlerle beni yolladığın yerler neredeyse birebir örtüşüyor..."

"Sen de buna inandın, öyle mi?" dedi Levi Usta parmağını sabırsız bir şekilde masaya tıklatarak.

"Hayır, hemen inanmadım," dedi Servet, "ama ilgimi çekti, konuyu biraz araştırdım, farklı kaynakları inceledim. Mesela bir kaynakta, kadim tapınakların enerji hatları üzerine inşa edildiği, bunların dünya genelinde bir ağ oluşturduğu iddia edilmekteydi. Daha önce de dediğim gibi, adamların bahsettiği yerler benim..."

"Sadede gel evladım!" diye gürledi Levi Usta, "Müzayedeye geç kalıyorum!"

Ustasının ses tonu ansızın değişmiş, az önceki müşfik adamın yerini avının üzerine atılmaya hazırlanan yırtıcı bir hayvan almıştı.

Ondaki bu ani tavır değişikliğinin sebebi neydi? Hocasının, içinde bilim geçen herhangi bir şeye sıcak bakmayabileceğini az çok biliyordu ama neden bu denli aşırı tepki göstermişti ki?

Hızını alamayan Levi Usta, koltuğunda doğrulup dirseklerini masaya koydu ve tehditkâr bir ses tonuyla konuşmaya devam etti:

"Kulaklarını aç ve beni iyi dinle evlat; bunu sana bir kez daha söylemeyeceğim zira. Az evvel hakkın vardı, elinden tutup her fırsatta destekledim seni. Bir hiçken bugün geldiğin yere bir bak! Yerinde olmak isteyen kaç kişi vardır sence? Sana tavsiyem, bu tür saçmalıkları bir kenara bırakıp sana sunulan fırsatları en iyi şekilde değerlendirmeye çalışman. Bu dünya acımasızdır evlat! Bugün buralara kadar geldiysem üzerime düşeni yapıp fazla soru sormadığım içindir. Sana da aynısını öneririm. İnan bana, böylesi herkes için daha iyi olur! Daha iyi olur! Daha iyi!"

Ustasının sözleri kafasının içinde yankılanırken dairenin kapısının anahtarla açıldığını duydu Servet. Hızlıca duştan çıktı ve beline bir havlu sarıp girişe koştu. Kendisini neyin beklediğini kestiremediğinden içten içe korkuyor fakat bir o kadar da merak ediyordu.

Kapıya geldiğinde, sıradan görünümlü bir adamın girişte durduğunu gördü. Kot pantolonun üzerine kolları manşetli lacivert bir mont giyip spor bir kasket takmış olan bu adam, elindeki market poşetlerini yere bırakıp anahtarı cebine koydu. Önünü açtığı montunu ve şapkasını çıkarıp portmantoya astı. Bütün bunları yaptığı sırada, Servet görünmezmiş gibi yahut orada yokmuşçasına rahat ve bir o kadar da yavaş hareket ediyordu.

Adam, saatini kontrol ettikten sonra eğilip yerdeki poşetleri aldı ve yine ona hiç bakmadan mutfağa yöneldi. Şaşkınlık içindeki Servet, biraz da aklına yapacak daha iyi bir şey gelmediğinden adamın ardı sıra yürüdü.

"Neler oluyor? Neredeyim?" diye sordu birkaç kez.

Konuşmayı sevmediğini belli etmekten kaçınmayan gizemli

adam, tezgâhın üzerine bıraktığı poşetleri tek tek boşaltmaya başladı.

"Kendimi asmama neden izin vermediniz?" diye bir kere daha sordu Servet, "Beni neden kaçırdınız?" Sorularına yine cevap alamayınca, "Beni burada zorla tutamazsınız," diye bağırdı bu sefer, "İlk fırsatta yine kendimi asarım!"

Adamın dikkatini çekmeyi başarmış olmalıydı, ona doğru dönen adam, sorularına cevap vermek yerine cebinden çıkardığı anahtarı ona doğru fırlatıp işine devam etti. Anahtarı havada yakalayan Servet, karışmaya devam eden kafasını kaşıyarak adamı seyretti. Getirdiği erzağı buzdolabına yerleştirmeyi bitiren adam, Servet'in yanından geçip salona doğru yürüdü. Salonun ortasına gelince durup etrafa bakındı. Her şeyin yerli yerinde olduğuna ikna olduktan sonra, arka cebinden çıkardığı sarı bir zarfı onu gölgesi gibi izleyen Servet'e uzattı.

"Bunlara ihtiyacın olacak, sakın kaybedeyim deme..."

Servet yumuşak bir ses tonuyla, âdeta yalvarır gibi konuştu bu sefer. "Lütfen bana bir şeyler söyleyin. Hayatı mahvolmuş bu adama acıyın, ne olur..."

"Burada güvendesin," dedi adam, insafa gelmiş gibi bir hali vardı, "Yakında sorularının cevabını alacaksın. Bu arada, bizden haber alana kadar dışarıya çıkma..."

Servet, "Siz kimsiniz? Neler oluyor?" diye sorduysa da başka bir cevap alamadı.

Seri hareketlerle pencereleri kontrol eden adam, perdeleri sıkıca örttükten sonra yeniden girişe yöneldi. Montunu giyip önünü kapattı, portmantodan aldığı şapkayı başına geçirdi ve kapı koluna uzandı. Çıkmadan önce durakladı, geldiğinden bu yana ilk kez gülümseyerek Servet'e baktı. "Bıyık yakışmış!"

Elinde zarf, antrede bir başına kalan Servet, sarhoş gibi sendeleyerek salona döndü. Yorgun bedenini koltuğa bırakıp bir süre düşündükten sonra, yanı başındaki gözlüğü gözüne geçirip zarfı açtı. İçinde sahte bir kimlik ve bir miktar para vardı.

Dibinde bir şey kalmadığından emin olmak için baş aşağı çevirdiği zarftan, hastanedeki son anlarında baktığı fotoğraf düştü kucağına. Bir kez daha fotoğrafa dalıp giderken önceki tahmininde haklı olduğunu düşündü. Cehennemdeydi ve yaptıklarının cezasını çekiyordu, bütün bunların başka bir açıklaması olamazdı!

Kendisini kaçıran adamların kim olduğu hakkında en ufak bir fikri yoktu. Öte yandan, onu gözlük numarasını bilecek kadar iyi tanıyorlarsa burada oturup öylece beklemeyeceğini de biliyor olmalıydılar.

Bilmiyorlarsa da yakında öğreneceklerdi…

KUTUPYILDIZI

Oturduğu yerden annesiyle babasının şakalaşmasını izleyen Atiye, belli etmeden gülümsedi. Memleketinde geçirdiği birkaç günün ardından kendini huzurlu, hatta keyifli hissediyordu. Buraya gelmekle doğru kararı vermişti belli ki. Bir ömür boyu peşini bırakmayan noksanlık duygusu onu yavaş yavaş terk ederken yaraları da eskisi kadar sızlamıyordu.

Açık havada yenen yemekler, abisiyle çıktığı eğlenceli yürüyüşler, çayla çöreğin yalnız bırakmadığı akşam sohbetleri... İstanbul'a döndüğünde bunların hepsini çok arayacaktı.

Zamanın nasıl aktığını anlayamadan koskoca bir gün daha bitmiş, gündüz geceye evrilirken annesinin ocağa sürdüğü çaydanlık inceden fokurdamaya başlamıştı. Otlaktan her zamankinden erken dönen abisi ona taze çiçeklerden yapılmış bir demet getirmişti. Masanın üzerinde duran çiçeklere bakıp gülümserken, ağabeyine bir kez daha teşekkür etmek istedi ama o ortalıklarda görünmüyordu. Annesiyle köy düğünleri üzerine ateşli bir sohbete daldığından, çıktığını fark etmemiş olmalıydı.

Atiye'nin sağa sola bakındığını gören annesi, onun derdini hemen anlayarak, "Muhtemelen hayvanlara saman vermeye çıkmıştır," dedi.

Bu, abisiyle baş başa kalıp eskisi gibi sohbet etmek için iyi bir fırsat olabilirdi. Üstelik onunla konuşmak istediği şeyler de vardı. Üzerine bir şey alıp kapının önüne çıktı. Burada durup bir süre cırcırböceklerini dinledikten sonra, acele etmeden ahır tarafına doğru yürüdü. İstanbul'da bulamayacağı bu diriltici havayı hücrelerine kadar içine çekmek istiyordu.

İşini yeni bitiren abisi, ahırın önündeki saman yığınının üzerine boylu boyunca uzanmıştı. Âdeti olduğu üzere ellerini başının arkasında birleştirmiş, gökyüzünü seyrediyordu. Ona arkasından yanaşan Atiye, "Bakıyorum da gökyüzünü izlemekten sıkılmamışsın," dedi.

Abisi yerinden doğruldu. "Hoş geldin! Neden sıkılayım ki?"

"Ne bileyim? Hiç değişmeyen bir şey sonuçta..."

"Gökyüzü değişir," dedi ağabeyi, "ama biz fark etmeyiz, çünkü vakit ayırıp onunla ilgilenmeyiz."

"İlgilenmek mi?" dedi Atiye alaycı bir ses tonuyla, "Seni duyan da bir insandan bahsediyorsun sanır."

"Bravo!" dedi abisi, "Tıpkı insanlar gibi, gökyüzünün de bir hayatı vardır. Onun da dönüm noktaları, geçişleri, dertleri vardır. O da bir hikâye anlatır bize. Ama biz ona kulak vermek yerine duymak istediğimizi duyarız. Sonra da sıkıcı deriz, öfkeli deriz ona..."

"Ne hikâyesiymiş o?" diye sordu Atiye.

"Ben her gece yeniden şans veririm gökyüzüne," dedi ağabeyi, "Bana yeni bir hikâye anlatması için... Buraya böyle uzanır, gözlerimi dört açıp beklerim, bakalım bugün bana neler gösterecek diye. Ben ona duyduğum sevgiyi böyle gösteririm, o da her gün mutlaka karşılık verir sevgime. Bazen kayan bir yıldızla, bazen nefes kesici bir şimşekle... Hep cevap verir ama, yeter ki dinlemeyi bil!"

"Hiç böyle düşünmemiştim..." diyebildi Atiye.

"En çok da yıldızları severim," diye heyecanlı bir şekilde konuşmaya devam etti ağabeyi. "Ayrı bir hukukumuz vardır onlarla. Gün bitip de buluşma vakti geldiğinde, ben işlerimi bitirmek için sabırsızlanırım. Onlar da birer birer yerlerini alırlar gökyüzünde. Kimisi nazlıdır ama, ağırdan alır. Önce selamlarız birbirimizi; onlar bana göz kırpar ben de onlara. Ben o gün başımdan geçenleri anlatırım, onlar da başka âlemlerin hikâyelerini anlatırlar."

Abisini hayranlıkla karışık bir huzur duygusu eşliğinde dinleyen Atiye, ara vermesini fırsat bilerek, "En çok hangisiyle konuşmayı seviyorsun?" diye sordu.

Gökyüzündeki en parlak yıldızı işaret eden ağabeyi, "İşte şu!" dedi, "En çok onunla sohbet ederiz..."

Atiye başını kaldırıp ağabeyinin gösterdiği yere baktı. "Tahmin etmeliydim," dedi gülerek, "Onca yıldız arasında gidip yerinden hiç kıpırdamayan tek yıldızı bulmuşsun!"

Atiye'nin kendisiyle bu şekilde uğraşmasını olgunlukla karşılayan abisi, "Biliyor musun," dedi, "Eski Türkler Kutupyıldızı'nın gökte sabit durduğuna, diğer gökcisimlerinin onun etrafında döndüğüne inanırmış."

"Hadi ya?" dedi Atiye gülerek, "Çok iyiymiş!"

"Bu kadar da değil," dedi Mehmet, "Kutupyıldızı, gökyüzü ülkeleriyle yeryüzü ülkelerini birleştiren kutsal bir kapıymış. Gökle yeri, ruh âlemiyle maddi dünyayı ve hatta insanla Tanrı'yı birbirinden ayıran sınırmış. Tanrı'yla temas kuran kamlar Kutupyıldızı'ndan öteye geçemezlermiş. Ruhlar da bu kapıdan aşağıya inemezlermiş."

"Bütün bunları nereden biliyorsun?" diye sordu Atiye.

"Bir kitapta okumuştum," dedi Mehmet, "ama asıl Kutupyıldızı hakkında sevdiğim başka bir hikâye var. Onu dinlemek ister misin?"

"Çok isterim," dedi Atiye, abisinin gözlerinin içine ışıl ışıl parlayan gözlerle bakarak, "Seninle sohbet etmeyi gerçekten çok özlemişim!"

"Dinle o zaman," dedi Mehmet, "Derler ki günlerden bir gün Kutupyıldızı Ay'a âşık olmuş. Ne var ki Ay'ın gözü Güneş'ten başkasını görmüyormuş. Kutupyıldızı ne kadar hızlı koşarsa koşsun bir türlü yetişemezmiş Ay'a. Ay'ın ilgisini bir türlü çekemediğinden, ağlayıp dövündükçe parlarmış gökyüzünde."

"Bayıldım bu hikâyeye!" dedi Atiye, "Bana birini hatırlattı..."

"Kimi?"

"Boşver!"

"Aşk böyledir işte," dedi abisi, "Ne kaçanı biter ne de kovalayanı!" Bir şeyler daha söyleyecekti ama sözünü yarıda kesen Atiye, onun gözlerinin içine bakarak, "Bunu nasıl yapabiliyorsun?" diye sordu.

"Neyi?"

"Böyle halinden memnun olmayı..."

"Yine mi bu konu?" dedi Mehmet, "Merak ediyorum, ne zaman vazgeçeceksin?"

"Bu sefer gerçekten anlamak için soruyorum," dedi Atiye, "Hiç mi rahatsız olduğun bir şey yok? Ne bileyim, pişman olduğun ya da hayalini kurup yapamadığın?"

"Bunda anlamayacak bir şey yok. Seninle farklı yaratılmışız, hepsi bu. Sen, yapmak denilen şeyi daha çok dışarıyla ilgili bir şey olarak görüyorsun, bense içeriyle... İçimde kopan fırtınaları göremediğinden, herhangi bir şey yapmadığımı veya yapmak istemediğimi sanıyorsun. Ben de sana baktığımda tam tersini görüyorum. Bunlardan biri ya da diğeri daha iyi veya daha kötü olmak zorunda değil. Bizler buraya farklı şeyler yapmak için gönderilmiş, farklı özelliklerle donatılmış varlıklarız. Keza kaderlerimiz de farklı. Kendimizi başkalarıyla kıyaslamak, başkalarına benzemeye veya onları kendimize benzetmeye çalışmak yerine, kendi kaderimizi sevmeye çalışmalıyız."

"Çok ilginç..."

"Nedir ilginç olan?"

"İstanbul'da ara sıra uğradığım bir mevlevihane var. Oradaki bir amcayla denk geldikçe ayaküstü sohbet ediyoruz. Biliyor musun, son konuşmamızda o da aynı şeyi söyledi bana. Sahi ona soramadım, sana sorayım. Bu söylediğin, kadercilik olmuyor mu peki?"

"Hayır, hiç de bile kadercilik değil!" dedi abisi, "Neden dersen insanın kaderini sevebilmesinin şartı onu anlamasıdır. Anlayamadığımız şeyi sevemeyiz. Hayatının neden bu halde olduğunu bir kere anladın mı, ister istemez değişirsin. Sen değişince kaderin de değişir haliyle. Değişim, anlamanın bir numaralı yan ürünüdür. Meseleye böyle bakınca da, kaderimizi anlamanın onu şekillendirmeye giden ilk ve en önemli adım olduğunu söylemek yanlış olmaz herhalde."

Ağabeyinin söylediği şeyler çok mantıklı geldi Atiye'ye. Eskiden de konuşurlardı ama daha çok tartışma olarak adlandırılabilecek bu konuşmalar sırasında, böyle sakince ve sabırla açıklamak yerine öfkelenip susmayı tercih ederdi. Yıllar onu da değiştirmişti belli ki.

"Bütün bunları yıldızları seyrederek mi çözdün?"

"Sanırım anlayamadığın şey şu," dedi ağabeyi, "Ben sadece yıldızları seyretmiyorum; sohbet ettiğim onlar değil sadece. Kendi iç dünyamı seyrediyorum, kendimle sohbet ediyorum. Yıldızlar birer vesile, birer vasıta sadece. Tıpkı bir ayna gibi!"

"Benim penceremden yıldızlar görünmüyor," dedi Atiye başını yenilgiye uğramış gibi öne eğerek.

Peşini bırakmayan sorular bir kez daha üşüşmüştü zihnine. Köyde kalsaydı daha mı mutlu olacaktı acaba? Yıllarca sarf ettiği onca çaba boşa mı gitmişti? Neyi değiştirebilmişti? Hangi alanda fark yaratmıştı? Koskoca bir sıfır! Şehir büyüdükçe kendi iç dünyası küçülmüş, kendisinden uzak yaşaya yaşaya evinin yolunu şaşıracak hale gelmişti. Tıpkı yaşlı kadının söylediği gibi...

Sahi, abisi şu gizemli kadını tanıyor olabilir miydi? Yolda başından geçenleri anlatıp kadını tanıyıp tanımadığını sordu abisine, ama o öyle birini ne görmüş ne de duymuştu. İşin ilginci, Atiye bu kadını bir yerlerden tanıdığını hissediyor ama nereden tanıdığını bir türlü bulup çıkaramıyordu.

"Bana tuhaf bazı şeyler söyledi," dedi Atiye, "Hakkımda benim bilmediğim bir şeyler biliyor gibiydi. Yarın onu görmeye gitmek istiyorum. Benimle gelir misin?"

Abisi Atiye'nin teklifini kabul etti. "Sürüyü biraz daha geç çıkarırım, sorun olmaz!"

"Unutmadan abi, sana bir özür borçluyum," dedi Atiye, "Son tartışmamızda biraz fazla üstüne geldim sanırım. Kalbini kırmayı gerçekten istemezdim."

"İstesen de kıramazsın ki!" dedi abisi gülümseyerek, "Sen benim kardeşimsin. Ne olursa olsun hep öyle kalacaksın!"

Neden böyle demişti? Ne olabilirdi ki? Geçirdiği uzun günün ardından, kendini abisinin ne demek istediğine kafa yoramayacak kadar yorgun hissediyordu. İçeri girip bir an önce kendini yer şiltesine bırakmak istiyordu. Ağabeyini kucaklayıp tekrar öptükten sonra, "Ben yavaştan yatıyorum abicim," dedi, "Yarın görüşürüz, Allah rahatlık versin!"

Kendisine tahsis edilen odaya geçmeden önce, su içmek için mutfağa uğradı. Annesiyle babasının uyuduğu odanın önünden geçerken, annesinin kısık sesle konuştuğunu duyarak durakladı. Söylediklerinin tamamını anlayamasa da, "Bugün bana Meryem'i sordu," ve "Ona anlatmak zorundayız," cümlelerini seçebildi. Konuşulanları daha iyi duyabilmek için kapıya yaklaşmak istediği sırada ayağını eşiğe çarptı. Ses duyulmuş olacak ki içeriden gelen konuşma sesleri bıçak gibi kesildi. Donup kalan Atiye, daha fazla ses çıkarmamaya çalışarak hızla odasına kaçtı.

Bu işte bir iş olduğunu düşündü yatağa uzanırken. Daha önce de Meryem diye birini tanıyıp tanımadığını sorduğunda annesi ufak çaplı bir panik yaşamıştı. Kimdi bu Meryem denen kadın? Bir süredir kafasının arka odalarına çekilen sorular birer birer yeniden ortaya çıkmaya başladı.

Uykuya dalmadan önce aklından geçen son şey, "Kadının yanına gidince şu Meryem meselesini de sorayım!" oldu.

Kahvaltılarını tamamlayan iki kardeş, önceki gün sözleştikleri üzere, yaşlı kadının kulübesine gitmek için evden çıktılar. Mehmet, kardeşine söz verdiğinden nereye gittiklerini söylemedi. Onun yerine, "Atiye köyün son halini merak etmiş de, biz biraz dolaşacağız," demekle yetindi.

Çocuklarının birlikte takılmasını tarifi mümkün olmayan bir mutluluk ve gururla izleyen Şerife, onların yanına tandırdan yeni çıkan çöreklerden vermeyi ihmal etmedi.

Bundan sonra Atiye ve abisi için işler tuhaf bir hal aldı. Kasaba yoluna çıkan ikili, bir süre ters yönde gittikten sonra Atiye'nin yaşlı kadını evine bırakmak için döndüğü sapaktan içeri girdiler. Atiye'nin dediğine bakılırsa, birkaç yüz metre sonra kulübenin karşılarına çıkması gerekiyordu ama hiç de öyle olmadı. Kulübe olması gereken yerde, birkaç ağaç ve bir kayadan başka bir şey yoktu. Yol da aynı değildi üstelik, önceki yol kıvrımlı iken bu dümdüz uzanıyordu.

Sapakları karıştırmış olabileceğini düşünen Atiye, anayola dönüp deminkinden az ileride bulunan başka bir sapağı denedi bu sefer. Sonuç yine hüsrandı.

Birkaç tur daha atmalarına rağmen yaşlı kadının kulübesini bir türlü bulamadılar. Sonunda, kadını bulmaktan umudu keserek eve dönmeye karar verdiler. Dönüş yolu üzerindeki bir derenin kenarından geçtikleri sırada, "Arabayı durdursana," dedi abisi.

"Hayırdır?" diye sordu Atiye sağa yanaşırken, "Niye durduk?"

"Burayı hatırlamadın mı?"

"Hatırlamam mı gerekiyordu?"

"Kaybolduğunda, seni üç gün boyunca köşe bucak aradık. Umudumuzu yitirmeye başladığımız bir anda, Çoban Hüseyin kucağında seninle birlikte kan ter içinde çıkageldi. Seni burada bulmuş, bizi de buraya getirip göstermişti."

Aşağıdaki büyükçe kayayı işaret ederek, "Şu kayanın dibinde işte!" dedi, "Sen hiçbir şey hatırlamıyor musun o olaya dair?"

"İlkokuldan öncesi yok bende..." dedi Atiye omuz silkerek, "Ne yaparsam yapayım, anlık görüntüler hariç hiçbir şey hatırlayamıyorum."

"Yıllardır bu olayı düşünüyorum," diye araya girdi abisi, "Anlamakta zorlandığım o kadar çok şey var ki!"

"Ne gibi mesela?"

"Hangi birinden başlayayım! Bir kere, o yaşta bir çocuk üç gün boyunca ne yer ne içer? Karın kışın ortasında üç gün nasıl hayatta kalır? Bunun kurdu var, ayısı var, çakalı var! Hadi kaldı, hiç mi korkmaz? Hüseyin seni bulduğunda mışıl mışıl uyuyormuşsun, hiç öyle tedirgin bir halin yokmuş. Yanakları al aldı diye yemin billah ediyor adam."

Bunlar Atiye'nin uzun zamandır bildiği, ara ara eş dosttan yeniden dinlediği, fakat çoğu zaman, özellikle de İstanbul'da yaşamaya başladıktan sonra, üzerini örtüp unutmayı seçtiği türden şeylerdi. Yaşadığı tuhaflıklar silsilesinin yeni olmaması bilmediği bir şey değildi. Bütün gün tarlalarda yalnız başına dolaşıp akşam eve gelince, "Arkadaşımla beraberdim," dediğini annesinden birkaç kez dinlemişliği vardı.

Kimdi o arkadaş? Şimdi neden hatırlayamıyordu?

Abisinin bir cevap bekler gibi suratına baktığını görünce, "Enteresan!" diyebildi sadece.

Annesinin çöreklerini sarılı olduğu bezden çıkaran Mehmet, bir parçasını uzatırken, "Dahasını da söyleyeyim mi?" dedi.

"Dahası da mı var?"

"Var ya! Dere yatağından çıkmana rağmen üzerindeki kıyafetler kupkuruymuş. Dahası, anamın giydirdiklerinden farklıymışlar. Hepsi yeni alınmış gibi gıcır gıcırmış!"

"Yok artık!" diyen Atiye, biraz da ortamda oluşan gizemli havayı dağıtmak için, "Ne biliyorsun, belki de o üç gün boyunca alışverişe gittim, olamaz mı?" dedi gülerek.

Abisinin de ona katılmasıyla bir süre katılarak güldüler fakat abisinin az önce anlattığı şeyler öyle şakaya vurmakla geçiştirilecek türden değildi.

"Şaka bir yana, bu sonuncu detay ilginçmiş," dedi Atiye, "Annemlere anlatmadım ama buna benzer şeyleri İstanbul'da da yaşadım. Aslına bakarsan buraya apar topar gelmemin sebebi biraz da bu. Bu aralar tuhaf bir şeyler yaşıyorum ve ne olduğunu anlayamıyorum. Yaşlı kadını görmek istemem de bu yüzdendi. O kadın bana olanlar hakkında bir şeyler biliyor kesin. Yolda tuhaf şeyler söyledi, bir şeyler ima etti sanki..."

"Babam tembihlemiş Hüseyin'i," dedi abisi, "Evladım bu gördüklerini hiç kimseye anlatma diye,"

"O niye o?"

"Bizim köyün insanını tanımıyor musun?" dedi abisi, "Küçükken sende bir tuhaflık seziyorlardı zaten. Bir de bunu duysalar ne yaparlardı kimbilir!"

"İyi yapmış o zaman!" dedi Atiye, direksiyona geçip motoru çalıştırırken. "Anlattıklarım lütfen aramızda kalsın abi. Sen annemlere bir şey söyleme, gerekirse ben anlatırım."

"Sen nasıl istersen!"

Ağabeyini köye bırakan Atiye, eve gelip annesinin hazırladığı lezzetli yemeklerden yedikten sonra, yanında getirdiği iki kitabı da alıp bahçedeki çardağa geçti. Büyük şehrin koşuşturmasından kitap okumaya vakit bulamıyordu. Getirdiği buz gibi ayran için annesine teşekkür ederken köyde yaşamanın güzel şey olduğunu geçirdi aklından. Tevekkeli değil, bu aralar bu köye dönüş masalı çevresindekilerin dilinden düşmüyordu. Köy hayatıyla ilgili onu rahatsız eden ufak tefek şeyler olsa da, kendini genel anlamda daha iyi hissediyordu. Her halükarda, ailesiyle olan ilişkisi bakımından buraya gelme amacı hasıl olmuş, geldiğine fazlasıyla değmişti.

Akşam yemeğinin ardından müsaade isteyip odasına çekildi. Telefonunu şarj olması için buraya bıraktığını ancak onu görünce hatırladı. Cevapsız aramalara baktığında, Murat'ın beş dakika arayla iki kez aradığını gördü. İçi burkulur gibi oldu. Ona fazla sert davranmıştı, bunun farkındaydı. Tek istediği konuşmaktı sonuçta, konuşmaktan ne zarar gelirdi ki? Ailesiyle görüşmekten kaçmamış, sonuç hiç de korktuğu gibi olmamıştı. Bir dahaki arayışında açıp konuşmaya karar verdi. Bunu sadece onun için yapmayacaktı, kendisinin de ihtiyacı vardı. Madem artık kaçmayı bırakmıştı, bu ilişkiden de kaçmayacaktı. Murat'la bir sonraki görüşmesinde ona neler söyleyeceğini kafasında kurmaya çalışırken uykuya daldı.

O gece rüyasında yaşlı kadını gördü. Kulübesinin önündeki taş merdivenlerin üzerine oturmuş, gözleri kapalı halde öylece duruyordu. Kulübeyi çepeçevre kuşatan sedir ağaçlarını hoyratça sallayan rüzgâr, tüm uğraşlarına rağmen onun saçının bir telini bile yerinden kıpırdatamıyordu. Bakışlarında Atiye'yi başka diyarlara davet eden gizemli ve çekici bir şeyler vardı.

Atiye'nin geldiğini fark etmiş gibi gözlerini açıp gülümsedi. "Gidiyor musun kızım? Hem de beni görmeden?"

Abisiyle birlikte onu ziyaret etmek istediklerini fakat tüm aramalarına rağmen kulübesini bulamadıklarını anlattı.

"Her arayan bulamaz..." dedi yaşlı kadın.

"Ama bulanlar arayanlardır!" diye tamamladı Atiye kadının cümlesini, "Öyle değil mi?"

"Hayır!" dedi kadın, "Bulanlar, bulanlardır."

"Nasıl yani?"

"Bulanlar, aramak yerine bulmakla meşgul olan, bulmayı kendine meslek edinen, aramanın bir yalan olduğunu anlayıp bulmakta ustalaşmaya çalışanlardır. Böyleleri, arıyorum dedikleri her ne olursa olsun kendilerinden başka bir şey bulamayacaklarını bilirler. Şimdi söyle bakalım kızım, sen arıyor muydun yoksa buluyor muydun?"

Yaşlı kadının ne demek istediğini anlamıştı. "Sizi bulmayı gerçekten istedim," dedi başını öne eğerek. Gerçekten de hayatının büyük bölümünü kendini arayarak geçirmiş ama bulmak şöyle dursun giderek kendinden uzaklaştığını hissetmişti hep.

"Biliyorum," dedi yaşlı kadın içine su serpen bir gülümseme eşliğinde, "İstemeseydin sana gelemezdim zaten..." Bu sözlerin ardından Atiye'nin yanına yaklaştı, kendi boynunda asılı duran kolyeyi çıkarıp onun boynuna geçirdi. Geriye doğru bir adım atıp onu baştan aşağı süzdükten sonra, "Mükemmel!" dedi keyifli bir ses tonuyla, "Sana daha çok yakıştı gerçekten de!"

Atiye kolyeyi elinde tutup inceledi. Kusursuz kesilmiş pembe bir kristal, çiçek biçiminde stilize edilmiş dört parçalı gümüş bir pandantife yerleştirilip ince deri bir ipe asılmıştı.

"Muhteşem bir şey bu!" dedi gözlerini ayırmadan, "Bana mı veriyorsunuz?"

"O senin zaten," dedi yaşlı kadın gülümseyerek, "Ben senin için saklıyordum sadece!"

Uzanıp Atiye'nin kulağına eğildi ve, "Bana uğramadan gitme kızım. Sana diyeceklerim var..." diye fısıldadı.

Uykusundan uyanan Atiye, bir süre şiltenin üstünde sırtüstü öylece tavana bakarak yattı. Göğsünün üzerinde belli belirsiz bir ağırlık ve serinlik hissettiğinde aklında delice bir fikir uyandı ama bu imkânsızdı! Bu fikirle bir süre mücadele ettikten sonra dayanamayarak yerinden fırladı, ışığı açıp çantasından bulduğu makyaj aynasıyla kendine baktı. Rüyasında hediye edilen kolye boynunda asılı duruyordu. Yine neler oluyordu? Rüya içinde rüya mı görüyordu?

Kolunu çimdikledi. Ama hayır, uyanıktı...

Bir süre ne düşüneceğini bilemeyerek başını iki yana salladı. Sonunda, yaşadığı acayipliğe teslim olurcasına şilteye bıraktı kendini. Sonrasında da sabaha kadar gözüne uyku girmedi zaten. Cevaplamaya cesaret edemediği sorular kafasının içinde dans ediyor, birbirinden çılgın olasılıklar birbirini kovalıyordu.

Bütün bunlar ne anlama geliyordu?

Aklını mı yitiriyordu yoksa aklının anlamlandırmakta zorlandığı yeni bir dünyaya mı ayak basmıştı?

Daha da önemlisi, bundan sonra ne yapacaktı?

DOĞUM SANCISI

Gizemli yaşlı kadınla rüyasında buluşan ve bu yetmezmiş gibi bir de boynunda "sihirli" bir kolyeyle uyanan Atiye, şaşkınlıktan ve heyecandan bütün gece uyuyamadı. Kadınla ilk karşılaşmasında bir tuhaflık sezmişti sezmesine ama böyle bir şey beklemiyordu doğrusu. Aklının sınırlarını zorlayan bu sıradışı olay, etkisinden öyle kolay kolay kurtulabileceği bir şey değildi. Bir yandan yaşadığı şeye mantıklı bir açıklama getirmeye çalışıyor, bir yandan da nasıl bir işe bulaştığını düşünerek elinde olmadan endişeleniyordu.

Yarı gerçek yarı hayal gibi geçen uzun bir gecenin ardından, günün ilk ışıklarıyla birlikte kalkıp çabucak üzerini giyindi. Kolyeyi çıkarıp çantasına koymayı son anda akıl ederek, odasından çıkıp etrafına bakındı. Annesi mutfakta kahvaltı hazırlamakla meşguldü. Babası ortalıklarda görünmüyordu, tarlaya gitmek için çıkmış olmalıydı. Annesine bir şey belli etmemeye çalışarak kahvaltısını bitirdi. Biraz dolaşmak istediğini söyleyerek evden çıktı. Yaşlı kadının kulübesini bu sefer bulacağından adı gibi emindi. Kolye bir tür davetti, hissedebiliyordu.

Gerçekten de bu sefer kulübeyi eliyle koymuş gibi buldu. Arabasını kulübenin önündeki ulu çınarın altına park ettikten sonra, taş merdivenlerden çıkıp kapıyı çaldı. Uzunca bir süre açan olmayınca umutsuzluğa kapılır gibi oldu. Merdivenlere doğru yöneldiği sırada kapı hafifçe aralandı. Kapının arasında görünen yaşlı kadın kollarını açtı, "Hoş geldin kızım!" dedi, "İçeri gel, kapıda kalma!"

Neyle karşılaşacağını kestiremeyerek ürkek adımlarla içeri girdi. Etrafa hızlıca göz gezdirdikten sonra yaşlı kadının gösterdiği sedire ilişti. Daha önce hiçbir yerde bu kadar heyecanlanmamıştı. İlk bakışta sıradan bir köy evini andıran, enerjisi yüksek bir mekândı burası. Odanın tek penceresinden giren ışık, ortamı zar zor aydınlatıyordu. Kare biçimli odanın duvarlarının sararmasından, uzun zamandır badana yüzü görmediği anlaşılıyordu. Kapının karşısına düşen duvarda canlı renk ve desenlerden oluşan el dokuması bir kilim asılıydı. Kilimin bir benzeri de yere serilmişti fakat daha büyükçeydi ve renkleri yer yer solmuştu. Kapının soluna düşen tel dolap, yanı başındaki tuğla ocakla birlikte mutfak görevi görüyor olmalıydı. Duvarın dibine dizilen farklı büyüklükteki kaplar, sepetler, çömlek ve kazanlar, evde bir zamanlar yaşanan kalabalık günlere dair ipuçları sunuyordu. Aynı duvardaki ahşap rafın üzerinde, "rahmetliye" ait olduğunu tahmin ettiği siyah-beyaz bir fotoğraf duvara yaslı halde duruyordu.

Ocaktaki demlikten çıkan buharlar tavanı boydan boya kaplayan ahşap kirişlerin arasında ağır ağır kaybolurken, yaşlı kadın çaydan bir bardak doldurarak ona ikram etti. Çaydan bir yudum alan Atiye, istemsizce yüzünü buruşturdu.

"Çok acı!" dedi, "Ne çayı bu?"

Kendine de çay dolduran yaşlı kadın, demliği ocağın üzerine bıraktıktan sonra gelip Atiye'nin yanına oturdu.

"Pelin otu..." dedi, "Acıdır ama çok şifalıdır. Biraz vereyim de yanında götür!"

Yaşlı kadının ilk buluşmalarına kıyasla gayet düzgün Türkçe konuştuğunu fark ederek şaşırdı Atiye. Fakat kafasını kurcalayan sorulara cevap bulmak için sabırsızlandığından bu detayın üzerinde fazla durmadı.

"Kabalık etmek istemem ama beni buraya pelin otu vermek için çağırmadınız herhalde?"

Yaşlı kadın Atiye'nin gözlerinin içine bakarak, "Benim seni neden çağırdığımın önemi yok," dedi, "Önemli olan, senin neden geldiğin."

Pelin otu çayından bir yudum daha alan Atiye, "Neden geldiğimi bildiğinizi sanıyorum," dedi.

"Neler yaşadığını biliyorum," dedi yaşlı kadın, "fakat neden geldiğini bilmiyorum. Onu ancak sen bilebilirsin."

Derin bir nefes alan Atiye, "Geldim," dedi, "Çünkü açıklayamadığım bir sebepten ötürü, karşılaştığımız andan beri, yaşadığım sorunların sebebini bildiğinizi hissediyorum."

"Yaşadığın şeylere 'sorun' demeyi bırakmadığın sürece onları neden yaşadığını anlayamazsın," dedi yaşlı kadın.

"Böyle düşünmemiştim," dedi Atiye, "Ne demeliyim peki?"

"Uyanış diyebilirsin mesela!" dedi kadın, "Ya da haber, mesaj, uyarı, muştu, çağrı veya davet... Ne dersen de, yeter ki 'sorun' deme."

"Kâbuslar için de geçerli mi bu?" diye sordu Atiye, "Onları da böyle mi anlamalıyım?"

Elini Atiye'nin karnının üzerine koyan kadın gülümseyerek, "Ne anlama geldikleri gayet açık," dedi, "Gebesin!"

"G-gebe mi?" dedi Atiye afallayarak, "İyi ama ben kimseyle birlikte olmadım ki!" Bunu söylerken yanakları kızarmıştı.

"Bedeninden bahsetmiyorum," dedi kadın şefkatli bir ses tonuyla, "Yıllarca, ruhunun derinliklerinde eşsiz bir emaneti taşıdın. Kendini bildin bileli onu içinde hissettin. O emanet zamanla büyüyüp gelişti. Hareket edişini, attığı küçük tekmeleri hissetmeye başladın. Son zamanlarda biraz da canını yakmaya başladı belki ama onu suçlayamazsın. Artık hazır ve doğmak için sabırsızlanıyor. Son dönemde yaşadığın şeylerin hepsi birer doğum sancısı güzel kızım. Sıradışı bir kadere gebesin çünkü..."

"İyi ama bu nasıl mümkün olabilir?" dedi Atiye başını iki yana sallayarak, "Ben sıradan biriyim!"

"Sıradan biri olman sıradışı bir kadere sahip olamayacağın anlamına gelmiyor," dedi yaşlı kadın.

"Nasıl sıradışı olabilirim ki?" dedi Atiye, "Sıradan bir hayatım, sıradan bir işim, hatta sıradan bir ailem var."

"Öyle mi dersin?" diyerek gülümseyen kadın, eğilip tel dolaptan irice bir çuval çıkardı. Çuvaldan aldığı birkaç avuç pelin otunu küçük bir bez keseye doldurdu. Eğildiği yerden doğrulup keseyi Atiye'ye uzatırken, "Güneş birazdan tepede olacak," dedi, "Eğer şimdi çıkarsan babanı öğle molası bitmeden yakalayabilirsin. Sana anlatacağı şeyler olduğunu tahmin ediyorum."

"Ne anlatacakmış bana?"

"Ne anlatacağını biliyorsun..."

"Hayır, bilmiyorum!"

"Biliyorsun. Derinlerde bir yerlerde, daima bildin..."

"Meryem denen o kadınla ilgili bir şey mi?"

Gündelik işlerine dönmüş görünen yaşlı kadın cevap vermek yerine, "Artık gitmelisin," dedi sadece, "Biliyorum, kafan karışık, korkuyorsun. Ama merak etme, çok yakında yeniden görüşeceğiz!"

Yaşlı kadından daha fazla bir şey öğrenemeyeceğini anlayan Atiye, onunla vedalaştı ve arabasına atladığı gibi tarlanın yolunu tuttu. Babası ona ne anlatacaktı acaba? Yaşlı kadın, "Hep bildin," derken neyi kastetmişti. Kadının söylediği şeyleri yol boyunca kafasında yeniden oynatarak anlamlandırmaya çalıştı.

Sıradışı bir kader derken neyi kastetmişti?

Sevinmeli miydi yoksa korkmalı mıydı?

KIZ

Sahildeki derme çatma iskeleden kalkan sürat teknesi koyun berrak suları üzerinde kayar gibi ilerlerken, bir eliyle küpeşteye tutunan Zotar, yüzünü yalayan rüzgârı daha iyi hissetmek istercesine gözlerini kapattı. Büyük toplantının ardından kafa dağıtmak isteyen Traum sevgilisiyle birlikte süper lüks yatına atlayıp soluğu Bahamalar'da almış, kendisi de işlerini yoluna koyduktan sonra hem önemli bir gelişmeyi rapor etmek hem de Türkiye'ye yapacağı yolculuk öncesinde kısa bir tatil yapmak için patronunun peşinden buralara kadar gelmişti.

Tekne, açıktan geçen yolcu gemisinin sebep olduğu devasa dalganın üzerinden atladıktan sonra hız kesip yata yanaşmak için manevraya başladı. Yanaşan tekneyi yatın arka kısmına bağlayan tayfa, Zotar'ın güverteye çıkmasına yardımcı oldu.

"Hoş geldiniz. Beyefendi sizi bekliyor."

Zotar, kendisine yolu gösteren tayfanın ardı sıra yürürken insanların lükse olan düşkünlüğünü asla anlayamayacağını düşündü. İçinde büyüdüğü kültür, şehvetin her türlüsünün iradeyi azaltıp kişiyi zayıflatacağını öğretmişti ona. Bu yüzden, Efendisi'nin tüm ayartma girişimlerine göğüs gererek lüks ve gösterişten uzak mütevazı bir hayat sürmeyi seçmişti.

Üst güverteye geldiklerinde, sevgilisiyle jakuziye kurulmuş halde kokteylini yudumlayan Traum ayağa kalktı ve elinden tutarak ayağa kalkmasına yardım ettiği sevgilisinin yanağına bir öpücük kondurdu.

"Bizi biraz yalnız bırakır mısın hayatım?" dedi.

Ani ziyaret kadının keyfini kaçırmıştı besbelli. "Burada da mı iş?" dedi somurtarak, "Hani baş başa olacaktık?"

"Bu iş gerçekten çok önemli..." dedi Traum, "Şimdi uslu bir kız ol ve bizi yalnız bırak. Lütfen..."

Eline geçirdiği bir şalı neredeyse kusursuz vücuduna dolayan kadın, başka bir şey söylemeden içkisini alıp ön kısma doğru yürüdü. Biraz uzaklaştıktan sonra, "Söz vermiştin!" diye sinirli bir şekilde bağırdı arkasına dönmeden.

Bornozunu giyip şezlonga geçerken, "Kadınlar..." diyerek gülümseyen Traum, içkisinden bir yudum daha aldıktan sonra, "Her şey yolunda mı?" diye sordu.

Zotar cebinden bir fotoğraf çıkarıp ona uzattı. "Daha iyi olamazdı!"

Traum, güvenlik kamerasından alındığı anlaşılan görüntüye uzun uzun baktıktan sonra, "Bu, o mu?" diye sordu.

"Ta kendisi!" dedi Zotar, "Hastaneye gelip Servet'i görmek istediğini söylemiş."

"O olduğu ne malum?"

"Danışmadaki görevliye Servet'in kızı olduğunu söylemiş..."

"Bu hiçbir şeyi ispatlamaz; onunla görüşmeyi kafasına koymuş acar bir gazeteci de olabilir pekâlâ."

"Doğruluğundan yüzde yüz emin olmadan böyle bir bilgiyi sizinle paylaşacağımı sanmıyorsunuz herhalde!"

"Tamam tamam, kızma hemen!" diyerek gülümseyen Traum, bir süre sakalını kaşıyarak düşündükten sonra, "Ne dersin?" diye sordu, "Kız biliyor mudur sence?"

"Sanmam," dedi Zotar, "ama düzenli olarak psikoloğa gittiğini öğrendim. Psikoloğun seans notlarını ele geçirmek zor olmadı; hafıza problemleri, olağandışı olaylar, kâbuslar... Bütün bunlar uyanışının başladığına işaret ediyor. Tahminimce, Gözcüler onu bize karşı kullanmak isteyecektir. Servet ellerinde olduğuna göre kızın inisiye olması da yakındır..."

"Ne bekliyoruz," dedi Traum yerinden fırlayarak, "Onlardan önce biz alalım kızı! Sahip olduğu yetenekler işimizi çok kolaylaştırabilir."

"O kadar basit değil maalesef."

"Neden?"

"Peşinde olduğumuz şeyin kaderiyle kızınki birbirine sıkı sıkıya bağlı," diye açıkladı Zotar, "Kullanabilmemiz için kızın onu bulup aktive etmesi gerekiyor."

"Peki ne yapacağız?" diye sordu Traum, "Oturup öylece bekleyecek miyiz?"

"Zaman aleyhimize işliyor," dedi Zotar, "Süreci hızlandırmak zorundayız. Kızın emaneti bulmasına yardım edeceğiz, sonrasında elinden alabiliriz."

"Bunu nasıl yapacağız? Onu arayacağını bile bilmiyoruz daha..."

"İşin o kısmını bana bırakın Efendi Traum," dedi Zotar gülümseyerek, "Ben her şeyi düşündüm..."

"İstediğimizi aldıktan sonra kızın yaşamasına izin veremeyiz."

"Biliyorum," dedi Zotar gülümseyerek, "Onun için mükemmel bir veda partisi düzenleyeceğim!"

SIR

Yaşlı kadının kulübesinden allak bullak olmuş halde ayrılan Atiye, bulmacanın eksik parçasını tamamlayabilmek umuduyla arabasını tarlaya doğru sürdü. Araba tepelerin arasında döne döne ilerlerken, durgun bir denizi hatırlatan tarlaların rüzgârla dansına katılan başaklar kendilerinden geçmiş gibi nazlı nazlı salınıyorlardı.

Atiye'nin iç dünyasıysa o kadar sakin değildi. Yaşlı kadının söyledikleri kafasında bir şimşeğin çakmasına yol açmıştı. Çocukluğundan bu yana, kendisi hakkında bilmediği önemli bir şeyler olduğunu sezmişti hep. Kabul etmekte zorlansa da kafasının içinde birleşmeye başlayan parçalar, aklına gelen delice fikrin doğru olma ihtimalini giderek güçlendiriyordu. Öyle ya da böyle, yıllardır oynamak zorunda bırakıldığı köşe kapmaca oyununu bugün sonsuza dek bitirip kendisiyle ilgili gerçeği öğrenmeye kesin kararlıydı.

Tarlaya biraz daha yaklaşınca gördü onu. Babası, güneşin etkisini artırmasıyla birlikte çalışmaya ara vermişti. Beraber geçirdikleri günlere dair kareler zihnine hücum etti. Çoğunda da bu tarla vardı. Kendini bildi bileli, tarlayla içli dışlı olmuştu babası. Ailesine ait olan bu tarlayı kendisinden önce babası, ondan önce dedesi sürüp biçmişti. "Tabiat nankörlük bilmez, onunla ilgileneni misliyle ödüllendirir," derdi hep. Arada bir kışlar çetin geçer, mahsul zayi olurdu ama olsun, hayvanlardan elde ettikleriyle zor günleri atlatırlardı. Tabiata küsmek olmazdı. Bu hep böyle olmuştu ve bundan sonra da dünya var oldukça nesillerce böyle devam edecekti.

Gözleriyle bir süre ufku taradıktan sonra, kuyudan çektiği suyla yüzünü ve ensesini ıslattı. Boynunda asılı duran havluyla yüzünü kuruladığı sırada, Atiye'nin arabasını görerek merakla izlemeye başladı. Arabadan inen kızına çardağı işaret edip kendisi de o tarafa yöneldi.

"Hayırdır kızım?" diye sordu, kollarını açıp ona sarılmaya hazırlanırken. "Keyifsiz görünüyorsun, bir şey mi oldu?"

"Az önce çok ilginç bir konuşma yaptım..."

Kolları havada kaldığına göre durum ciddi olmalıydı. "Konuşma mı? Ne konuşmasıymış? Kiminle?" diye sordu.

"Sana ondan bahsetmiştim," dedi Atiye, "Hani şu yoldan aldığım, bana Meryem'den bahseden yaşlı kadınla..."

"Yaşlı kadın demek... Ne dedi sana?"

"Dediğine göre, sıradışı bir kaderim varmış. İçimde büyük bir emaneti taşıyormuşum. Sen bu konuda bir şeyler biliyor olabilir misin?"

Üzerine keçi postu serilmiş tahta sedire ilişen babası, "Bu kadın her kimse," dedi, "seninle eğlenmiş olsa gerek. Ya da kimbilir, ne dediğini bilmeyen bunağın biri belki de..."

Babasının yanına oturan Atiye, onun devam etmesine fırsat vermeden hiddetli bir ses tonuyla konuştu.

"O kadın bunak falan değil! Benimle ilgili bir şeyler biliyor, bunu hissedebiliyorum. Ama tüm ısrarlarıma rağmen başka bir şey söylemedi. Seninle konuşmalıymışım, bana anlatacağın şeyler varmış, öyle dedi... Sakın inkâr etmeye kalkma! Benden bir şeyler gizlediğinizi biliyorum. Geçen gün odama giderken annemle konuştuklarınıza istemeden kulak misafiri oldum. Annem Meryem diye birinden bahsetti ve muhtemelen beni kastederek, 'Ona anlatmalıyız,' dedi sana. Neler oluyor baba? Benden ne gizliyorsunuz?"

"O tıkırtı sendin demek..."

"Evet, bendim. Soruma hâlâ cevap vermedin?"

"Böyle öğrenmeni istemezdim kızım. İnan ki istemezdim. Hazır olduğunda sana kendim anlatacaktım."

"Neyi anlatacaktın? Neye hazır olduğumda?"

"Miriam'i..."

"Efendim?"

"Miriam! Adı Miriam'di. Ama biz ona Meryem derdik..."

"Miriam, Meryem, her neyse," dedi Atiye sinirlenerek, "Kimin nesi bu kadın? Benimle ne ilgisi var?"

Babası hemen cevap vermedi, bir süre öylece uzaklara baktı. Atiye sesini biraz daha yükselterek sorusunu yineledi.

"Annen! Gerçek annen yani..." Bunu söylerken bir yandan da vereceği tepkiyi görmek için kızını süzüyordu.

Atiye afalladı. "Nasıl ya?" diyebildi, "Ne diyorsun sen baba? Ne demek gerçek annen?"

"Annen işte! Seni doğuran kadın..."

"Bu ne demek oluyor? İkinci eşin filan mıydı? Yoksa evlilik dışı mı doğdum ben?"

"Hayır... Meryem evliydi, evet, ama benimle değil..."

"Kiminle evliydi?"

"Servet'le!"

"Servet mi? O da kim?"

"Baban yavrum..."

"Babam mı?"

"Evet kızım, baban... Gerçek baban..."

Gözleri kararan Atiye, dengesini bulur bulmaz yerinden fırlayıp, "Ne dediğinin farkında mısın sen baba?" dedi, "Şaka mı bu? Ne olur bana bunun şaka olduğunu söyle!" Sayıklar gibi konuşuyor, olduğu yerde bir ileri bir geri hareket ediyordu. Babası onu sakinleştirmeye çalıştıkça da "benden uzak dur" dercesine ellerini kaldırıyordu.

Bir süre bu halde kaldıktan sonra yavaşça sedire çöktü. Bir süre ağzını bıçak açmadı. Dışarıdan durgun görünse de içinde kopan kasırga, adına "hayatım" dediği ne varsa çatırtılar eşliğinde gökyüzüne savuruyordu, Atiye ise bir zamanlar hayatının olduğu yerde yükselen moloz yığınının içinde kendini arıyor, bir türlü bulamıyordu. Hayatını örten koyu sis perdesinin nihayet aralandığına mı sevinsindi yoksa o perdenin altından bir hayat yerine koca bir yalanın çıkmasına mı üzülsündü? Ne yapsındı?

Kafasının içinde, "Yaşadıkların birer doğum sancısından ibaret," diye bir ses duydu. Yaşlı kadın... Söylediği gibi yanında mıydı şu an? Gözlerini kapattı, onun yanı başında oturup elini tuttuğunu hayal etti. İçini kaplayan dinginlik duygusundan güç alarak, yıllarca "baba" dediği adama döndü ve olabildiğince sakin bir ses tonuyla konuştu:

"Sen şimdi bana, Meryem ve Servet denen bu insanların gerçek ailem olduğunu mu söylüyorsun?"

"Evet..." dedi Sabri, "Açıklaması zor olan bazı sebeplerden ötürü, bir yaşından itibaren seni biz büyüttük. Biliyorum, bunu anlamak ve kabullenmek senin için çok zor..."

"Hayır hayır, anlıyorum..."

Atiye'nin durumu bu kadar çabuk kabullenebileceğine ihtimal vermeyen Sabri, az öncekine benzer bir çıkış için tetikte bekledi ama beklediği olmadı. Atiye aynı sakin ses tonuyla konuşmaya devam etti:

"Zor, evet çok zor ama anlıyorum. Anlamaktan başka çarem var mı ki hem? En kötü gerçek bile bir yalanı yaşamaktan daha iyi değil mi sonuçta? Sizinle ilişkimizde bir şeyin eksik olduğunu yıllardır hissediyordum. Aslına bakarsan buraya biraz da bunun için gelmiştim, her şeyi açıkça konuşmaya. Ama ne yalan söyleyeyim, bu kadarını hiç beklemiyordum. Anlamakta zorlandığım tek şey, bugüne dek bunu neden gizlediğiniz."

Sabri başını önüne eğdi. "Bizi bu noktaya getiren olayları seni üzüp incitmeden anlatmanın bir yolu var mı, bilmiyorum."

"En azından deneyebilirsin..."

Sabri yutkundu. Bu anın provasını kafasında defalarca yapmıştı. Zor olacağını biliyordu ama imkânsıza yakın olabileceği hiç mi hiç aklına gelmemişti. Sözcükleri dikkatle seçmeye çalışarak tane tane konuştu.

"Öncelikle bir şeyi kesin olarak bilmelisin, annenle baban seni dünyadaki her şeyden daha çok seviyorlardı. Eğer başka bir yolu olsaydı değil seni bırakmak, gözlerinin önünden bir an bile ayırmazlardı."

"Peki neredeler şimdi? Öldüler mi yoksa?"

"Keşke o kadar basit olsa!"

"Ne demek o?"

"Sanırım en iyisi her şeyi en başından anlatmak..." dedi Sabri arkasına yaslanarak, "Servet, yani baban, askerde benim komutanımdı. Son derece zeki, herkesçe sevilen bir adamdı. İnatçıydı ama hakkaniyetliydi. Beni çok kolladı, kısa sürede abi-kardeş gibi olduk. O zamanlar işini bilmiyordum, sivildeki hayatından pek bahsetmezdi. Terhis olduktan birkaç yıl sonra yolum İstanbul'a düşünce ilk işim onu ziyaret etmek oldu. Beni gördüğüne çok sevindi, evinde ağırladı, yedirip içirdi. Sabaha kadar hem askerlik anılarından hem de başka şeylerden konuştuk. Asıl işini o zaman öğrendim; bizim Servet Asteğmen âleme nam salmış bir hazine avcısıymış meğer..."

"Hazine avcısı mı?"

"Evet kızım. O güne dek girmediği mezar, boşaltmadığı tapınak kalmamış meğer..."

"Ee, sonra ne oldu?"

"Ben köye döndükten sonra fazla görüşemedik. Evlenip hayat gailesine düştüm, tarlaydı tapandı derken arayamadım, o da yoğundu belli ki, o ülke senin bu ülke benim geziyordu. Bir-iki kez telefonda görüştük, o kadar. Köye beni ziyarete geleceğini söylerdi hep. Ben de, 'Gel komutanım, bekliyoruz,' derdim."

Başını kaldırıp Atiye'ye baktı, ilgiyle dinlediğini görünce kesmeden anlatmaya devam etti:

"Sonra nihayet bir gün aradı beni. 'Sabri...' dedi, 'Nasipse önümüzdeki günlerde köye ziyaretine geleceğiz.' 'Buyur gel, başımızın üstünde yerin var,' dedim her zamanki gibi. Yanında kimi getireceğini merak etsem de ayıp olur diye sormadım. 'Biraz uzun kalmamız gerekebilir, bize bir yer ayarlayabilir misin?' diye sordu. Şaşırdım bir yerde, onun gibi dünyayı gezip görmüş bir adam bizim köyde ne etsin diye ama yine de bir şey sormadım, 'Gelin, ayarlarız bir şeyler,' dedim. O zamanlar, ahırın olduğu yerde bir ev daha vardı, biz orada oturuyorduk. Şimdi oturduğumuz ev de şehre göçen bir akrabamızdan boşalmıştı. Neyse, birkaç gün sonra baban yanında bir hanımla çıkageldi. Biraz tedirgin gibiydiler. Birer valizden başka eşyaları yoktu."

"Annem mi?" diye sordu Atiye heyecanla.

"Evet... Kucağında da yeni doğmuş bir bebek vardı."

"Dur tahmin edeyim, ben?"

"Sen tabii ya! Farklı bir havası vardı annenin, yabancıymış meğer. Adı Miriam'miş ama biz ona Meryem diyebilirmişiz. Nerede nasıl tanıştılar, bilmiyorum. Baban anlatmadı, ben de sormadım. Buraya yerleşip mütevazı bir hayat sürmeye başladılar. Annen ev işleriyle, baban bahçeyle uğraşırdı. Bizim ineklerden birini verdik, kendi yağlarıyla kavrulmaya başladılar..."

"Köye neden gelmişler, sormadın mı hiç?"

"Sormaz olur muyum, sordum tabii! Dedim ya, baban huzursuzdu hep, bir şeyler saklar gibiydi. Bir akşam punduna getirip, 'Hayırdır abi, bir durum mu var?' diye soruverdim."

"Ne dedi?"

"Önce bir şey demedi. 'Boşver, yok bir şey!' diyerek geçiştirdi, ama ısrar edince dayanamayıp, 'Peşimizde birileri olabilir,' dedi.

'Kim?' dedim, 'Mevzu karışık, ne kadar az bilirsen o kadar iyi,' diyerek kestirip attı. Ben de fazla üstelemedim.

Gel zaman git zaman, sen büyüdün. Maşallah, pek güzel de bir bebektin, bakan bir daha bakardı. Mehmet dört yaşlarındaydı o sıralar. Gelişinizi izleyen bir yıl boyunca her şey çok güzeldi. Kocaman bir aile olmuştuk, yediğimiz içtiğimiz ayrı gitmiyordu. Baban köy hayatına alışmıştı, bir yandan bahçeyi çekip çevirirken bir yandan da yazıp çiziyordu.

Bir ara yanıma gelip, 'İstanbul'a gideceğim,' dedi. Ustasını mı ne görmesi gerekiyormuş. Annenin itirazlarına aldırış etmeden gitti, iki gün sonra da apar topar döndü. Köye ilk gelişindeki gibi tedirgindi. Sonraki günlerde, onları ne zaman görsem annenle kafa kafaya verip konuşuyorlardı. Ne olduğunu sorduğumda, 'Merak edecek bir şey yok,' diyordu baban. Ama bir şey vardı belli ki.

Bir gün tarlaya gelip, 'Tertip...' dedi, 'Bize bir şey olursa Atiye'ye sahip çıkar mısın?' Durumun ciddi olduğunu anlamıştım. Fazla bir şey sormadan, 'Ne gerekiyorsa söyle!' dedim. Birilerinin onları aramaya gelebileceğini, böyle bir şey olursa kaçmaları gerekebileceğini anlattı. Seni bize emanet edip edemeyeceğini sordu. Tehlike geçince gelip seni geri alacaklardı. 'Tabii,' dedim, 'Bırakabilirsiniz!'"

"Sonra ne oldu?" diye giderek artan bir heyecanla sordu Atiye, "Geldi mi birileri?"

"Geldiler ya, hem de ne geliş! Bu konuşmanın ertesi günüydü. Sabah namazından sonra tarlaya gitmek için çıktım. Birkaç yüz metre ya gittim ya gitmedim, siyah bir helikopterin evin yakınındaki düzlüğe sessizce iniş yaptığını gördüm. İçinden siyah kıyafetli adamlar çıktı; tam teçhizatlıydılar, ellerinde son sistem silahlar vardı. İkili timler halinde evin etrafını sarmaya başladılar. Niyetlerini anlayınca onlara görünmeden dönüp ahırdaki çifteyi aldım. Bir yardımım olur diye evi gören bir yerde sotaya yatıp bekledim."

"Bir hazine avcısıyla karısı için bu kadar hazırlık fazla değil mi?"

"O an ben de böyle düşünmüştüm lakin adamların bu kadar yüklü gelmesinin sebebi az sonra anlaşıldı."

"Ne oldu?" diye sordu Atiye gözlerini kocaman açarak.

"Gizlendiğim yerden olup bitenleri görmeye çalışıyordum. Adamlar evin etrafını sarmış, içeri girmeye hazırlanıyorlardı. Sanki zaman durmuştu, hava kurşun gibi ağırdı. Birdenbire evin kapısı açıldı; yıldırım gibi dışarı fırlayan anan, adamlara sağlı sollu ateş ederek ormana doğru koşmaya başladı. Üzerine adamlarınkine benzeyen siyah bir kıyafet giymişti; elindeki silahlar o güne dek görmediğim türdendi. Zikzaklar çizerek koşuyor, bu arada aralıksız ateş ediyordu. Görülmüş şey değildi, şaşkınlıktan küçük dilimi yutacaktım! O hanım hanımcık kadın gitmiş, yerine bir ölüm meleği gelmişti sanki! İlk anda adamların dördü beşi telef oldu zaten, geri kalanlar da kendilerini güvenli bir yere zor attılar. Meryem adamların hatlarını yararak ormanın içine daldı, adamlar da peşinden! Onlar uzaklaşınca yan pencereden baban çıktı, kucağında sen vardın. O an anladım, annenin adamları uzaklaştırmaya çalıştığını. Babana verdiğim sözü hatırlayıp onunla buluşmak için eve yollandım. Baban seni bana emanet ederken, 'Tepedeki manastırda Meryem'le buluşacağım, orası kaçmak için tek şansımız olabilir,' dedi. Ben sana sıkı sıkı sarılırken o aceleyle tepeye doğru gitti; arkasından öyle bakakaldım..."

"Sonra ne oldu?"

"Olayın şokunu atlatınca evden Şerife'yle Mehmet'i aldım, hep birlikte dere yatağına gittik. Orası korunaklıydı, ortalık yatışana kadar saklanırız diye düşündüm. O sırada helikopter havalandı. Evlerin olduğu yerden dumanlar yükseliyordu. Sizi hanıma emanet edip bakmaya gittim, evleri ateşe vermişlerdi. Bizim ev kullanılamaz hale gelmişti, sizin evde küçük bir yangın vardı sadece. Yangını söndürüp sizi almaya geldim. Beraberce eve döndük."

Sabri'nin anlattıklarını nefesini tutarak dinleyen Atiye, "Annemle babam? Onlara ne oldu peki? Geri geldiler mi?" diye sordu.

"Maalesef," dedi Sabri, "O gün tepeden dönen olmadı. Son durumu bilemediğimden sizi bırakıp bakmaya da gidemedim. Epey bir zaman geçtikten sonra, traktörle sizi teyzenlere bırakıp geri geldim. Şerife'ye sıkı sıkı tembihledim, kimseye bir şey deme diye. Köylüler dumandan başka bir şey görmemiş neyse ki. 'Evde yangın çıktı, söndürdüm,' deyiverdim. Sonra ilk fırsatta tepeye gidip baktım. Ortalık sakin görünüyordu. Manastıra girdim, yerde kan izleri vardı. Kime ait olduğunu bilmiyorum. Etrafı kolaçan ettiysem de sizinkileri göremedim."

"Ne olmuş? Adamlar mı götürmüş onları?"

"Bilmiyorum. Ertesi gün jandarma geldi eve. Köylülerden biri dere yakınında babanı bulmuş. Aklını kaçırmış gibiymiş; üstü başı, elleri kan içindeymiş. Jandarmalar sormuşlar, etmişler ama dediklerinden bir şey anlaşılmıyormuş. Bir, 'Meryem, Meryem!' deyip tepeden yana seğirtiyor, bir, 'Atiyem, kızım!' deyip evden tarafa koşuyormuş. Çevreyi tarayınca manastırdaki vaziyeti de görmüşler tabii. Babanın elindeki kan orada bulunan kanla aynı grup çıkmış, annenin kanı olduğunu tahmin ediyorlardı..."

"Annemi bulamamışlar mı?"

"Yok. Yer yarılmış da içine girmiş sanki. Komutan bir şey görüp görmediğimizi sordu. Yangın çıkınca sizi alıp uzaklaştığımı, başka bir şey görmediğimi söyledim. 'Adam cinnet geçirip karısını öldürmüş belli ki!' dedi. 'Tuhaf davranışları var mıydı?' diye sordu, 'Yok, normaldi,' dedim."

"Götürdüler babanı... Sonradan mahkemesine de gittim. Hâkim 'Sanığın akli dengesi bozuk olduğundan cezai ehliyeti olmadığına,' gibi bir şeyler dedi; 'Akıl hastanesinde müşahede altında tutulmasına,' diye karar okudular. İstanbul'da bir yer, bir-iki kez ziyaretine de gittim ama görüştürmediler. Zaten kimseye tek kelime etmiyormuş, oradaki hastabakıcı öyle dediydi."

"Babam öyle bir şey yapmış olamaz!" diye haykıracak oldu Atiye ama sustu; adamı tanımıyordu sonuçta, babası olduğunu bile yeni öğrenmişti.

"İşte böyle kızım," diye devam etti Sabri, "Babanı o halde görmek istemezsin diye sana bir şey demedik. Gün gelir baban iyileşir, olanı biteni anlatıp kendini aklar diye umduk ama o gün gelmedi. Hayat devam ediyor sonuçta. Kendi evimizden geriye kalanları ahıra çevirip şimdiki eve taşındık. Şerife seni büyüttü, annenin yokluğunu hissettirmemeye çalıştı. Ben de seni kızım gibi bildim, döne dolaşa geldik bugünlere!"

Aynı noktaya uzun süredir bakmakta olan Atiye, "Babamı görmek istiyorum, bana kaldığı hastanenin adını söyler misin?" dedi fısıldar gibi bir sesle.

Sabri, düşüncelerini okumaya çalışırcasına Atiye'nin yüzünü inceledi. "Babandır, hakkındır, sana gitme diyemem," dedi temkinli bir ses tonuyla, "ama yine de bir kez daha düşün istersen..."

"Düşünecek bir şey yok! Böyle yaşamaya devam edemem. Hayatım boyunca sebebini anlayamadığım kocaman bir boşlukla yaşadım! Gerçekle yüzleşmeye korktuğumdan, içine düşmekten korka korka o boşluğun kenarında dolaşıp durdum. Ama artık yeter, ya o boşluğu sonsuza dek dolduracağım ya da içine atlayıp yok olacağım! Elimdeki tek ipucu babam, o gün o tepede neler olduğunu bilen tek kişi o. Onunla konuşacağım; beni görünce çözülür, her şeyi anlatır belki..."

Atiye'nin kararlı tavrını gören Sabri, ona babasının kaldığı hastanenin adını ve yerini söyledi. İşin doğrusu, onu yıllar sonra ilk kez böyle kararlı görmek hoşuna gitmişti.

Kimbilir, bunda da bir hayır vardı belki!

Onu bağrına basarken, "Yolun açık olsun yavrum," dedi, "Her şey gönlünce olsun! Biz buradayız, biz de senin bir aileniz. Babanla ilgili netice ne olursa olsun, bizi unutma, merakta da bırakma!"

Kalktı, sedirin üstündeki heybeyi açtı, içinden bir defter çıkardı.

"Şerife, Meryem hakkında sorular sorduğunu söyleyince aramızda bu konuşmanın geçebileceğini düşünerek bunu yanıma almıştım."

Uzanıp defteri alan Atiye, parmaklarını ürkek bir şekilde kapağın üzerinde gezdirdi.

"Bu nedir?"

"Babanın araştırması... İçinde işine yarayacak bir şeyler olabilir."

Atiye defteri çantasına koydu. "Bunların hepsini hazmetmek için zamana ihtiyacım var," dedi, "Bir de, babamı bir an önce görmek istiyorum. Bu yüzden mümkünse evden eşyalarımı alıp doğrudan havaalanına geçmek istiyorum."

"Git tabii kızım," dedi Sabri, "Nasıl gerekiyorsa öyle yap..."

"Kafamı biraz toplar toplamaz yeniden geleceğim ama," dedi Atiye, "Burası memleketim, siz de ailemsiniz..."

Sarılıp vedalaştıktan sonra arabaya atlayıp evin yolunu tuttu.

Kendini iyi mi hissediyordu yoksa kötü mü?

Mutlu muydu yoksa korkuyor muydu?

Rahatlamış mıydı yoksa daha mı gergindi?

Bilmiyordu.

Yolun onu dere yatağına getirdiğini fark edince abisiyle vedalaşmak istercesine arabayı kenara çekti. Aşağı inip ağabeyinin o gün gösterdiği kayanın yanına kadar geldi.

Yıllar önce bulunduğu yerde şimdi yeniden kaybolmuştu.

Buraya kim olduğunu bulmaya gelmiş ama kendini bulamadığı gibi "ailesini" de kaybetmişti.

Ya da yeniden bulmuştu, emin değildi...

Kaybetmekle bulmak bu kadar iç içe olmak zorunda mıydı?

Sıfırlandığını hissetti. Geçmişi yok olmuş, geleceği henüz başlamamıştı. Yıllar sonra tavan arasında bulunan eski bir albüme dönmüştü hayatı. Yüzlerce solgun fotoğraf arasından neyi nasıl birleştirip kime gösterecekti? Önünde uzanan dağlara, tepelere sordu, bir iz aradı çaresizce. Hiçbir şey hatırlayamıyor, hatırlamak için kendini zorladıkça daha çok canı yanıyordu. Mutluluk ve mutsuzluk, ruhunda oluşan devasa boşluğa çarpıp yere düşüyor, zihni hatırlayamadığı her an için ondan intikam alıyordu. O güne dek yaşadığı olayları, kurduğu ilişkileri, kısacası Atiye'yi Atiye yapan şeyleri cümlelere dökmekte zorlanıyor, kurmaya başladığı her cümlenin içinde kaybolup başa dönüyordu.

Pes edip vazgeçmek üzereyken zihninde bir ışık belirdi, bir fısıltı... Meryem'in fısıldadığı bu şarkı, ona bir yerlere ve bir şeylere ait olduğunu hissettirdi ilk kez. Yıllardır ağlayamayan Atiye, gözlerinin o şarkıya döktüğü bir damla yaşa tanıklık etti. Üzerinde durduğu dere yatağı gibi kuruyan gözyaşı kanalları, baharın gelişiyle eriyen karlar gibi yeniden dolup taşmaya, kontrolden çıkıp hiç durmayacakmışçasına çağlamaya başladı. Dizlerinin üzerine çöküp hıçkırarak ağladı, ağladı... İçinde bulunduğu durumu ifade edebilecek başka bir lisan yoktu. Ölüm ve yeniden diriliş mucizesine ölmeden tanık olmuş, kıymetli dediği ne varsa ellerinden bir anda kayıp gitmişti.

Öte yandan, şöyle bir düşündü de, çözme umuduyla geldiği ailevi sorunlar da çözülmüştü. Yıllarca ailesi bildiği Sabri, Şerife ve Mehmet'e karşı duyamadığı sevgi ve minnettarlığı şimdi fazlasıyla duyuyordu. Kendi kanlarından olmamasına rağmen onu bağırlarına basan bu insanlar, mutlu olması için ellerinden geleni esirgememişlerdi. Bu kendisine yetmemişti belki ama olsun, bunun için onları suçlayamazdı.

O gün baş başa kaldıklarında ağabeyinin neden, "Ne olursa olsun," dediğini artık biliyordu. Her zamanki gibi haklıydı sevgili abisi.

Ne olursa olsun ailesiydiler ve daima öyle kalacaklardı.

Küçük patikayı izleyerek yeniden yola çıktı, arabasına bindi, dereye son bir kez bakıp motoru çalıştırdı. Eve vardığında annesi ağlamaklı gözlerle karşıladı onu; babası arayıp haber vermiş olmalıydı.

Arabadan indi, hiçbir şey söylemeden annesine sarıldı, aynı anda hıçkırıklara boğuldular. Kaderleri böyle yazılmıştı ve bu konuda yapabilecekleri fazla bir şey de yoktu.

Kendini biraz daha iyi hissedince eve girip valizini topladı. Şerife'yle vedalaşırken ona üzülmemesini, sonunda her şeyin eskisi gibi güzel olacağını söyledi.

Valizini yerleştirdi, büyüdüğü eve son kez baktıktan sonra motoru çalıştırıp oradan ayrıldı.

Yol, altında yılan gibi kıvrılırken gerçeğin peşinde geçen bir hayat bir yalanı yaşamaktan daha sevimli göründü gözüne. İlk bakışta alakasız görünen olayların onu getirdiği bu son noktada, gerçek ailesini bulmadan asla kendisi olamayacağına kanaat getirerek, heyecan verici olduğu kadar korkutucu da olan yeni bir yolculuğa yelken açmaya karar verdi. O gün başlayan fakat ne zaman biteceği belli olmayan bu yolculukta elindeki tek şey, babasından kalan defterdi.

Yanındaki koltukta duran çantadan el yordamıyla çıkardığı defteri göğsüne bastırdı.

Bir gün büyüleyici bir şarkı yazıp yüksek sesle söylemek, kendi hikâyesini yeniden yazıp korkusuzca anlatmak için kendine söz verdi.

HASTANE

Üzerinde "T.C. Sağlık Bakanlığı Bakırköy Prof. Dr. Mazhar Osman Ruh Sağlığı ve Sinir Hastalıkları Eğitim ve Araştırma Hastanesi" yazan nizamiyeye yanaşan taksi, dörtlülerini yakıp durdu. Taksiden inen Atiye, arka koltuğu kontrol ettikten sonra kapıyı kapattı.

İstanbul'a döner dönmez, evine bile uğramadan dosdoğru hastaneye gelmişti. Babasıyla tanışacağı için heyecanlıydı fakat içeride göreceği şeylerden de korkmuyor değildi. İçten içe, bir mucize olup yıllardır tek kelime etmeyen babasının onu görünce düzelip boynuna sarılacağını, hatta oturup uzun uzun sohbet edeceklerini umuyordu ama olaylar çok farklı da gelişebilirdi. Her şeye hazırlıklı olmalıydı belki de.

Başını kaldırıp hastanenin tabelasına baktı. Bu kadar uzun bir yazıyı buraya sığdırmayı başaran tabelacıyı içinden tebrik ettikten sonra, "Benim sonum da burası olmaz inşallah!" diye geçirdi içinden. Tereddütlü adımlarla nizamiyeden içeri girip en yakındaki bloğa yöneldi. Seyrek ağaçları, yıpranmış bankları ve parke taş döşenmiş yürüyüş yollarıyla sevimsiz belediye parklarını hatırlatan hastane avlusu, yürüyüşe çıkmış birkaç hasta haricinde sakindi.

Kapısında A Blok yazan binaya giren Atiye, etrafa göz attıktan sonra sol tarafta kalan danışma bankosuna yöneldi. Bankonun arkasında oturan kadın, bankoya yaslanarak konuşan erkek hastabakıcının anlattıklarını dinliyordu. Kadını etkilemeye çalıştığı her halinden belli olan hastabakıcı, abartılı mimiklerle bir şeyler anlatıyor, kadın da ilgi odağı olmanın verdiği memnuniyetle gülücükler dağıtarak onu dinliyordu.

Kadının kendisini görmezden geldiğini fark eden Atiye, elini ağzına götürüp hafifçe öksürdü. Kadın adama eliyle bir dakika diye işaret ettikten sonra Atiye'ye döndü.

"Buyurun, ne vardı?"

Atiye, içinde kabaran ayar verme isteğini dizginleyerek sakin bir ses tonuyla cevap verdi.

"Burada kalan bir hastayı görmek istiyorum."

"Hastanın adı?" dedi kadın başını önündeki bilgisayara gömerek.

"Servet Korkmaz."

"Nesi oluyorsunuz?"

"Kızıyım," dedi Atiye, "ama soyadlarımız aynı değil. Sebebini sormayın lütfen, uzun hikâye!"

"Birinci derece yakınlar haricinde alamıyoruz," dedi kadın mekanik bir ses tonuyla. Bu sırada, önündeki klavyenin birkaç tuşuna bastıktan sonra ekrana baktı.

"Çok önemli bir aile meselesi, yardımcı olamaz mısınız?"

Hastabakıcıyla yarım kalan sohbetine dönmek için acele eden kadın, Atiye'yi sepetleyecek bir şeyler söylemeye hazırlanırken ekranda bir şey fark ederek, "Hımm, ilginç!" dedi. Önündeki telefondan bir yerleri arayıp konuştuktan sonra başını kaldırıp, "Bir kimlik görebilir miyim?" diye devam etti. Atiye'nin uzattığı kimliğe göz attıktan sonra, "Adli Psikiyatri Ünitesi, B Blokta, şu koridoru takip edin, merdivenlerden sola dönün, Doktor Atıf Bey sizinle ilgilenecek," dedi.

Atiye kadının ekranda ne gördüğünü merak etmekle birlikte, başka bir şey sormadan bankodan ayrıldı. Kadının tarif ettiği yöne doğru ilerlediğinde, B Blok girişinde beyaz önlüklü bir adamın kendisini beklediğini gördü. Onu karşılayan doktor, kendi kartıyla turnikeden geçirdikten sonra üst kattaki odasına kadar Atiye'ye eşlik etti. İçeriye ondan sonra giren doktor, oturması için yer gösterip kendisi de masasının arkasındaki koltuğuna geçerek oturdu.

Doktordan önce söze giren Atiye, "Bana yardımcı olduğunuz için çok teşekkür ederim," dedi.

"Bir şey değil" anlamında başını hafifçe eğen doktor, Atiye'nin gözlerine bakmamaya çalışarak, sadece görevini yaptığını söyledi. Doktorun sıkıntılı hali Atiye'nin gözünden kaçmamıştı. Onu karşıladığı andan beri bir şey söylemek için kıvranır gibiydi. Öngörülemeyen bazı gelişmelerden ve elde olmayan sebeplerden bahseden doktor, bir süre dolaştırdığı lafı, "Babanızla görüşmeniz maalesef mümkün değil!" diyerek bağladı.

Buraya kadar geldikten sonra pes etmeye niyeti olmayan Atiye, "Babamı uzun yıllar sonra ilk kez göreceğim. Lütfen yardımcı olun!" dedi.

Yerinden kalkıp kapıyı kapatan doktor, ona doğru eğilip kısık bir sesle, "Bakın Atiye Hanım, normalde bu bilgiyi sizinle paylaşmamam gerekiyor..." dedi.

"Neymiş o bilgi? Babamı neden göremiyormuşum?" diye merakla sordu Atiye.

"Babanızı göremezsiniz çünkü kendisi burada değil!"

"Burada değil derken?" dedi Atiye şaşkınlık içerisinde, "Başka bir hastaneye filan mı sevk edildi?"

"Hayır," dedi doktor, "nerede olduğunu bilmiyoruz!"

"Bu nasıl mümkün olabilir?" diye isyan etti Atiye, "Şaka filan mı bu?"

"Eğer bu bir şakaysa," dedi doktor, "emin olun şakayı yapan biz değiliz, babanız."

"Söylediklerinizden hiçbir şey anlamıyorum," dedi Atiye.

"Babanız dün gece esrarengiz bir şekilde ortadan kayboldu."

"Ne demek ortadan kayboldu? Kaçmış mı?" diye sordu Atiye. Bunu söylerken heyecandan sesi biraz yükselmişti.

Kısık sesle konuşması için onu eliyle uyaran doktor, "Ne olduğunu, nasıl olduğunu biz de tam olarak bilmiyoruz," dedi, "Tek bildiğimiz, hastabakıcının sabah ilaçlarını vermek için odasına girdiğinde onu orada bulamadığı."

"Ne yani, öylece buharlaşmış mı?" dedi Atiye, "Geride hiç iz bırakmadan..."

"Bu da başka bir konu..." dedi doktor, "Babanızın odasında çarşaftan yapılmış bir darağacı vardı. Ortadan kaybolmadan önce intihara kalkışmış, hatta intihar etmiş bile olabilir. Ne var ki ne odasında ne de hastanenin başka herhangi bir bölümünde ceset bulunmadı. Konuyla ilgili araştırma tüm hızıyla devam ediyor..."

"Babam burada neden tutuluyordu? Hastalığı neydi?" diye sordu Atiye.

"Babanıza katatonik şizofreni teşhisi koyulmuştu," diye cevap verdi doktor.

"Katatonik şizofreni mi?" diye tekrarladı Atiye.

"Evet," dedi doktor, "tahmin edebileceğiniz üzere, şizofreninin ender bir türü. Katatonik şizofreninin belirtileri ağırlıklı olarak hareketle ilgilidir. Katatoni dediğimiz şey, kişinin uzun süre hiç kıpırdamadan belli bir durumda kalmasıdır. Hastalar bir şeyi yapmakla yapmamak arasında kalırlar. Başkalarının söylediği şeyleri uzun süreler boyunca tekrarlamak, davranışlarını sürekli taklit etmek, basmakalıp davranışlar, otomatik baş eğme ve katalepsi gibi başka semptomları da vardır. Babanız mesela, vücuduna tuhaf şekiller vererek saatlerce öyle kalırdı. Buyurun dosyasında fotoğrafları da var!"

Atiye kendisine uzatılan dosyayı alıp fotoğraflara baktı. Dosyada, babasının birbirinden tuhaf pozlarda çekilmiş onlarca fotoğrafı vardı. Farklı görünmekle birlikte, babası fotoğrafların çoğunda kanadını açmış bir kuş gibi kollarını iki yana açmıştı. Buna benzer bir şeyi daha önce hiç görmemişti.

Dosyayı doktora geri uzatmadan önce, gayriihtiyari ilk sayfasını açıp babasının vesikalık kayıt fotoğrafına baktı. İki nehrin arasında duran adam, tam karşısında duruyordu işte.

"Hiç konuşur muydu peki?" diye sordu, "Bir şeyler anlattığı olur muydu mesela? Anılar filan, ne bileyim?"

"Çoğu zaman konuşmazdı," diye cevap verdi doktor, "Dediğim gibi, bu tür vakalarda bu beklenen bir durum. Kimi zaman da anlaşılmaz birtakım cümleleri arka arkaya günlerce tekrarlardı."

O sırada kapıyı tıklatıp başını içeri uzatan bir hemşire, "Doktor Bey, bir saniyeniz var mı?" dedi.

Doktor, "Affedersiniz," diyerek yerinden kalktı ve kısa bir süreliğine kapının önüne çıktı. Odaya döndüğünde ise, "Kusura bakmayın, hastalarımdan biri kriz geçiriyor. Acilen gitmek zorundayım," dedi, "Size daha fazla yardımcı olamadığım için gerçekten üzgünüm."

Doktora teşekkür eden Atiye, odadan çıkarak düşünceli bir halde merdivenlerden indi. Geldiği yolu izleyerek danışma bankosuna geldi, kimliğini geri alıp binadan çıktı. Önce köy, şimdi de burası! İkidir, cevap bulmak için gittiği bir yerden kafasında yeni sorularla ayrılıyordu. Babasına ne olmuştu? Neden ve nasıl ortadan kaybolmuştu? Hayatta mıydı? Onu bulabilecek miydi? Bulmak ile kaybetmenin bitmek bilmeyen dansı daha ne kadar sürecekti?

Sorularla giderek ağırlaşan başını nizamiyeye doğru taşırken, havuz başında eli çenesinde oturan Düşünen Adam'la karşı karşıya geldi. Durup heykeli bir süre seyrettikten sonra ağır adımlarla yanına geldi, kulağına doğru uzandı, "Benden sana bir tüyo dostum, düşünmenin hiçbir şeye faydası yok!" dedi ve yürümeye devam etti.

TEKLİF

Dikiz aynasından hastanenin girişini gözetleyen Murat, sıkıntı içerisinde çenesini avuçlayarak, "Yapma Atiye!" diye mırıldandı, "O kapıdan içeri girme sakın... Hâlâ bir şansın varken arkana dön, o taksiye geri bin ve uzaklaş buradan."

Görevini Atiye'ye olan duygularının önüne koyabilseydi, şu an burada olmasından fazlasıyla memnun olurdu. Zira Atiye, büyük bir gizemin tek anahtarı olan Servet'ten bir şeyler öğrenebilmek için tek umutlarıydı. Yine de, Atiye'nin bu karanlık ve karmaşık davanın içine daha fazla çekilmesine gönlü bir türlü razı olmuyor, onun hiçbir şeyden haberi olmayan masum kız olarak kalmasını yeğliyordu. Elinde olsa hiç düşünmeden arabasından inip onun karşısına dikilir, kolundan tuttuğu gibi onu o taksiye bizzat geri bindirirdi.

Hâl böyleyken, hem görevinin gereğini yerine getirmek için hem de Atiye'nin geri adım atacağına dair en ufak bir inanç taşımadığından, telefonunu çıkarıp bir numara çevirdi ve karşı tarafın açmasını bekledikten sonra, "Yapın!" deyip telefonu kapattı.

Artık geriye sadece beklemek kalmıştı. Bütün bunlara değecek miydi, Servet kızını yıllar sonra görünce çözülüp konuşacak mıydı? Bunu zaman gösterecekti. Arabanın radyosundan türkü çalan bir kanal ayarlayıp arkasına yaslandı.

Atiye yaklaşık on beş dakika sonra nizamiyede belirdi. Morali bozuk, suratı allak bullaktı. Taksi bulma umuduyla etrafına bakınıyor, bir yandan da bir şeyleri anlamlandırmaya çalışır gibi başını iki yana sallıyordu. Ne olmuştu? Neden bu kadar çabuk çıkmıştı içeriden?

Çevirecek taksi bulamayan Atiye, çantasından telefonunu çıkardı. Normalde bu durumda bir şey yapmaması gerekirdi. Atiye'nin onu burada görmesi her şeyi tehlikeye atabilirdi. Fakat kimbilir, belki içeride neler olup bittiğini çok merak ettiğinden belki de, ki bu daha kuvvetli bir olasılıktı, Atiye'nin eliyle gözyaşlarını sildiğini gördüğünden daha fazla yerinde duramadı. Motoru çalıştırıp nizamiyeye doğru ağır ağır yaklaştı. Atiye'nin önünde durup ön camı indirdi.

"Atiye?" dedi başını yolcu penceresine doğru uzatarak.

"Senin ne işin var burada?" diye sordu soğuk bir ses tonuyla, "Hem... Burada olacağımı nereden biliyordun?"

"Güzel soru!" diye düşündü, "Bakalım şimdi ne cevap vereceksin Bay Dâhi?" O bunları düşünürken Atiye de meraklı gözlerle kendisine bakmaya devam ediyordu.

"Bilmiyordum..." dedi inandırıcı görünmeye çalışarak, "Buradan geçiyordum, şans eseri seni gördüm. Hayırdır? Ne işin var burada?"

"Buradan geçiyordum? Seni gördüm? Geri zekâlı!" diye geçirdi içinden. Atiye gibi zeki bir kız bu cevaba asla inanmazdı; saksıyı çalıştırıp söyleyecek başka bir şeyler bulmalıydı.

Fakat o an beklenmedik bir şey oldu. Anlayamadığı ve belki de asla anlayamayacağı bir sebepten ötürü, Atiye başka herhangi bir şey sormadan telefonunu çantasına koydu ve "İyi madem..." diyerek arabasına bindi.

Arabada ağzını açıp tek kelime etmeyen Atiye, Murat'ın sohbet başlatma girişimlerini de cevapsız bıraktı. Ayaküstü konuşmak istemiyordu belli ki.

Arabayı Bakırköy sahilde sakin bir mekâna çekti. Kahveler gelene kadar ikisi de konuşmadı. Fırtına öncesi sessizlik dedikleri şey tam olarak böyle bir şey olmalıydı.

Atiye konuşmayı başlatan taraf olmayacaktı, bu kadarı belli olmuştu. İş kendisine düşüyordu ama nereden başlamalıydı? Hastanede olup bitenleri çok merak etse de, o konuya fazla odaklanıp şüphe uyandırmak istemiyordu. Hem, o gün için başka bir gündem vardı aklında. Halledilmesi gereken çok daha mühim bir mesele... Kahvesinden höpürdeterek bir yudum aldıktan sonra, "Rastlaşmamız isabet oldu aslında," dedi, "Ben de seninle konuşmak istiyordum..."

"İyi ya!" dedi Atiye kollarını önünde bağlayarak, "Konuş işte..."

"Telefonlarıma neden çıkmıyorsun?" diye sordu sitemkâr bir tonla, "Mesajlarıma da dönmedin?"

"Çok meşguldüm!" diye cevap verdi Atiye.

"İşyerine çiçek göndermiştim, notumu da mı okumadın?"

"Aslına bakarsan denedim," dedi Atiye alaycı bir tonla, "fakat o konuyu sevimli ayıcıkla görüşmen gerekiyor!"

"Ne ayıcığı, ne diyorsun Atiye?" diye çıkıştı Murat, "Benimle oyun oynama lütfen! Benden neden ayrıldığını düşünmekten günlerdir gözüme uyku girmedi. Sorunun ne olduğunu anlatacak mısın bana?"

Kahvesinden bir yudum alan Atiye, gözlerini Murat'a dikerek, "Pekâlâ..." dedi, "Sorun şu ki bu ilişkide gelecek göremiyorum."

"Neden? Sen kâhin misin?" dedi Murat, "Nasıl bu kadar kesin konuşabiliyorsun?"

"Bilmem..." dedi Atiye, "Ama birlikte olmaya devam edersek üzerime fazla düşüp beni boğacağını görmek için kâhin olmam da gerekmiyor. Bir haftadır yaptıklarını da düşünürsek..."

"Israrcı davrandığımın farkındayım. Ama elimde değil; sana olan duygularımı dizginleyemiyorum! Beni evine davet ettiğin gün, sana hislerimden bahsettiğimde beni ciddiye almadın. Ama ben ciddiydim, hem de çok! Varlığından bile haberdar olmadığım duygular tattırdın bana. Geçmişimi avuçlarının arasına alıp toz gibi üfleyerek savurdun!"

"Bak sen? Bütün bunları ne zaman yapmışım ben?"

"Tanıştığımız gün... Kapının önünde yanıma gelip benden bir sigara istediğin an yok mu, her şey o anın içinde oldu işte. Geçmişim, geleceğim, kısacası beni ben yapan her şey bakışlarında eriyip yepyeni, bambaşka bir şeye dönüştü. O an tüm hayatımı istesen gözümü kırpmadan verebilirdim. Şimdi iste, yine vereyim, tek bir sözüne bakar!"

Son cümleyi söylerken gözlerini Atiye'nin gözlerinden ayırmadan, ceketinin iç cebinden siyah kadife bir kutu çıkardı. O ana kadar hipnotize olmuş gibi dinleyen Atiye'nin bakışları gayriihtiyari kutuya çevrildi. Murat onun bir şey söylemesine fırsat vermeden kutuyu açıp yavaşça uzattı. Kutunun içinden kendisine göz kırpan yüzüğe bakakalan Atiye, ne diyeceğini bilemedi. Boğazı düğümlendi, gözleri yaşardı ve Murat'ın şaşkın bakışları arasında hıçkırıklara boğuldu.

Atiye'nin tepkilerini dikkatle izleyen Murat, "İşe yaradı galiba..." diye geçirdi içinden. Fakat Atiye ağzını açar açmaz, mutluluk gözyaşları sandığı şeyin bambaşka bir şey olduğunu anlamakta gecikmedi.

"Sana inanamıyorum ya!" diye bağırdı Atiye.

Mevcut şartlar altında iyimserlikten başka tutunacak dal bulamayan Murat, "Bu, evet demek mi oluyor?" diye sordu.

"Hayır efendim, çok bencilsin demek oluyor. Beni hiç anlamamışsın demek oluyor!"

"Haklısın, anlayamıyorum..." dedi Murat, "Seni sevmenin, seninle bir hayat kurmayı istemenin nesi bencillik? Ben senin için her şeyden vazgeçmeyi göze alırken sen nasıl oluyor da beni bencillikle suçlayabiliyorsun?"

Arkasına yaslanıp kahvesinden son bir yudum alan Atiye, "Anlamana yardımcı olayım o halde!" dedi, "Beni sevdiğini, bana duyduğun aşk için her şeyi göze aldığını söylüyorsun. Seni ciddiye almadığımdan yakınıyorsun. Oysa alakası yok! Son konuşmamızda söylediklerin olsun, bugün anlattıkların olsun, hepsini ciddiye alıyorum. Hem de tahmin edemeyeceğin kadar! Ve sorun da tam burada başlıyor! Sen kafanda bir senaryo yazıp bana da bir rol biçmişsin. Ama benim ne düşündüğüm ya da nasıl hissettiğim zerre kadar umrunda değil! İşte bu yüzden, 'Bencilsin!' diyorum. Beni sevdiğini söylemenin benimle uzaktan yakından ilgisi yok. 'Beni hiç anlamamışsın,' diyorum, çünkü şu an birini sevebilecek durumda olmadığımı anlamaktan binlerce ışık yılı uzaktasın. Ne haldeyim, neler yaşıyorum, bilmiyorsun. Dünyamın kendi içine doğru çökmeye başladığını, bu kara deliğin 'hayatım' dediğim şeylerle birlikte seni de yutup yok etmesinden ölesiye korktuğumu göremiyorsun. Tutturmuşsun bir aşk türküsü, burnunun dikine gidiyorsun! Dahası beni de tutup oraya sürüklemek istiyorsun! Bir ilişki için iki kişi gerektiğinden bihaber gibisin. Sana kızgın olmama rağmen seninle konuşmayı kabul edip buraya geldim. Sense beni dinleyip derdimi anlamaya çalışacağına, beti artıran kumarbaz gibi evlenme teklif ediyorsun bana. Şimdi anladın mı sorunun ne olduğunu? Daha anlatayım mı? Hâlâ seni ciddiye almadığımı düşünüyor musun? İnan bana, seni bu kadar ciddiye almasaydım senden bu kadar kaçmazdım!"

"Neden bu kadar öfkelisin?" diye isyan etti Murat yüzünü buruşturarak.

"Neden mi öfkeliyim? Bir bakalım... Dün bu saatlerde, annemle babamın gerçek annem babam olmadığını öğrendiğim için olabilir mi? Gerçek babamın gerçek annemi öldürmekle suçlanarak akıl hastanesine kapatıldığını öğrendiğim için olabilir mi? Bu kadarı yetmediyse, tüm cesaretimi toplayıp bu sabah tanışmaya gittiğim babamın esrarengiz bir şekilde ortadan kaybolduğunu öğrendiğim için olabilir mi? Delirmenin eşiğine geldiğim, son bir haftadır her gece uykumda ceset parçalarının arasında yürüdüğüm için olabilir mi? Bu kadar bilinmezlik içerisinde korkudan ödüm koparken, başımı omzuna yaslayıp güç alabileceğim tek insan, 'Kötü görünüyorsun hayatım, neyin var?' diye sormak yerine kendi şahsi mutluluğunun peşinde koştuğu için olabilir mi?"

Bir şey söylemeden Atiye'nin yüzüne baktı. Ne söyleyecekti ki? Yaşadığı her şeyden haberdar olduğunu mu? Psikoloğuna anlattıklarını kelimesi kelimesine bildiğini, zira kadının ofisine dinleme cihazı koyduğunu mu? Memlekette attığı her adımdan haberi olduğunu, nitekim babası ona aile sırrını açıklarken onları dinleyip konuşmayı kaydettiğini mi? Babasıyla tanışmak için hastaneye gideceğini önceden bildiğini hatta içeriye kendisinin sayesinde girebildiğini mi? Hangi birini?

Bunların hiçbirini söyleyemeyeceğine göre, susup Atiye'nin sağlı sollu "yumruklarını" almaktan başka yapabileceği bir şey yoktu. Elindeki son kozu da oynamış ve kaybetmişti. Şimdi ona düşen, yenilgiyi kabul edip köşesine çekilmek, duygularına sünger çekip görevine odaklanmaktı.

"Bunların hiçbirini bilmiyordum," dedi, "Sen bunları yaşarken yanında olamadığım için inan ki çok üzgünüm!"

Atiye onu bir kere daha şaşırtarak, "Boşver," dedi yumuşak bir sesle, "Nereden bilecektin ki? Hem seni ben uzaklaştırdım kendimden. Beni yanlış anlama lütfen, bunları sana kendini kötü hissetmen için anlatmadım. İçinde bulunduğum durumu anlamanı istiyorum sadece."

"Peki ne yapmayı düşünüyorsun?"

"Babamı bulacağım tabii ki! Bir gün gerçek bir hayatım olacaksa bunu yapmaya mecburum..."

"Bunu sakın yapma!" dedi Murat, "Bu iş göründüğünden çok daha tehlikeli olabilir!"

Murat'ın korumacı tavrına sinirlenen Atiye, "Senden izin istediğimi hatırlamıyorum," diye cevap verdi, "Hem sen niye bu kadar panik oldun ki? Senden yardım isteyen mi oldu?"

"Panik olduğum filan yok, ben sadece seni düşünüyorum. Babanın peşine düştün diyelim, onu bulsan bile daha fazla acı ve hayal kırıklığından başka bir şey geçmeyecek eline. Daha neler olduğunu bile bilmiyorsun, ya gerçekten öldürdüyse anneni? Ya sana da bir şey yapmaya kalkarsa?"

"Babam o benim!" diye bağırdı Atiye, "Bana asla zarar vermez!"

"Bunu bilemezsin, duygusal davranıyorsun!" dedi Murat, "Hem nereye gideceksin? Elinde tek bir ipucu bile yok. Onu nerede aramayı düşünüyorsun?"

"Bilmiyorum!" dedi Atiye ve kısık bir sesle ekledi: "Ama bir yol, bir işaret bulacağım... İnanıyorum!"

"Seni birazcık tanıyorsam eğer," dedi Murat oturduğu yerde doğrularak, "ben dahil hiç kimse fikrini değiştiremez. Ama sana yalvarıyorum, lütfen aptalca bir şey yapma. Bir şeyler öğrenirsen beni ara. Önemli yerlerde bağlantılarım var. Sana yardım etmeme izin ver lütfen!"

"Hayır! Bu benim hayatım, benim yolculuğum. Beni durdurmana da bana yardım etmene de ihtiyacım yok. Rica ediyorum, beni arayıp mesaj atmayı bırak artık. Bir daha da karşıma çıkma."

Atiye ile konuşmanın faydası yoktu. Daha fazla uzatmadan hesabı istedi. Atiye'den o güne dek ona yaşattıkları için bir kez daha özür diledikten sonra onu evine bıraktı.

Bir gün için yeterince yenilgi yaşamıştı. Şimdi yaralarını sarıp yeni savaşlara hazırlanma zamanıydı.

İŞARET

Murat'ın arabasından hiçbir şey söylemeden inen Atiye, içeriden kapattığı apartmanın kapısına yaslanıp başından geçenleri düşünürken, olaysız geçen sıradan günleri özlediğini fark etti. Bu kadar aksiyonu bünyesi kaldıramıyordu. Bir insan ne kadar yorulabilecekse o kadar yorulmuştu ve içinden bir ses bu temponun yakın zamanda düşmeyeceğini söylüyordu.

Binaya asansör yaptırılması için düzenlenen imza kampanyasına destek vermeyen komşularını tek tek anarak oflaya puflaya merdivenlerden çıktı. Evine girer girmez ilk işi gidip salona bakmak oldu. Eh, her zamanki gibi biraz dağınık olsa da en azından ortalık yerde yatan bir ceset yoktu. "Buna da şükür," diye düşündü.

Köşesinde sere serpe yatan Anu, dünyayı umursamaz bir tavırla patilerini yalıyordu. Mama ve su kabının dolu olmasına bakılırsa Cansu ablası onunla ilgilenme sözünü tutmuştu.

Çantasını ve ceketini koltuğun üzerine attıktan sonra gidip komşusunun kapısını çaldı. Cansu kapıyı yarısına kadar açıp aralıkta durdu; üzerinde siyah-beyaz kalın çizgili mini bir elbise, altında elbisenin şıklığını tamamlayan siyah fileli çoraplar ve yüksek topuklu kırmızı ayakkabılar vardı. Ağır makyajının keskinleştirdiği şuh bir gülümsemeyle kollarını iki yana açıp onu içeriye buyur etti.

"Nasıl görünüyorum şekerim?"

"Bomba gibi!" diye cevap verdi Atiye onu baştan aşağı süzerek.

"Hoş geldin!" dedi Cansu kıkırdayarak, "Ne yaptın şekerim, daha iyice misin?"

İçeri geçip salona yönelen Atiye, "Senin kadar iyi olmadığım kesin!" dedi gülerek.

Cansu kapıyı kapatıp onu izlerken, "Dağınıklığın kusuruna bakma," dedi, "Yeni aldığım bir-iki kıyafeti deniyordum da!" Ortalık yerde duran tripodu kenara çekti, koltuğun üzerine gelişigüzel yayılmış kıyafetleri ve poşetleri topladı, televizyonun sesini kısıp koltuğa oturdu.

"Yeni kıyafetleri böyle fotoğraf çekerek mi denersin hep?"

"Ne yapayım tatlım! Ben kamerayı seviyorum, o da beni! Birlikte gül gibi geçinip gidiyoruz işte!"

"İyiymiş!"

"Beni bırak şimdi, haberler sende asıl! Memleket nasıl geçti, neler yaptın, dinlenebildin mi?"

"Sorma! Hayatımın en tuhaf haftasını geçirdim diyebilirim," diyerek söze giren Atiye, memlekette başından geçen her şeyi bir bir anlattı.

Atiye'nin anlattıklarını büyük bir ilgiyle dinleyen Cansu, arada bir abartılı yüz ifadeleri eşliğinde, "Ne diyosuun? Yok artık! Daha neler?" gibi tepkiler veriyordu. "Ne yapacaksın?" diye sordu sonunda, "Gidecek misin babanı görmeye?"

"Gittim bile!" dedi Atiye, "O da ayrı hikâye!"

"Gittin ha? Eee? Ne konuştunuz, anlatsana?"

"Konuşamadık maalesef..."

"Ne demek konuşamadık? Ay taksit taksit anlatmasana, ölücem meraktan!"

"Dediklerine göre, babam arkasında hiç iz bırakmadan ortadan kaybolmuş."

"Nasıl kaybolmuş kız? Bozuk para mı bu ayol?"

"Bilmiyorum... Sabah kapısını açtıklarında odası boşmuş."

"Nasıl ya! Şaka mı bu ayol?"

"Aynen!" dedi Atiye gözlerini kocaman açarak, "Olacak iş mi? Düşünsene, yirmi küsur yıl öylece duran adam, ben gelmeden bir gece önce sırra kadem basıyor! Bende şans olsa zaten!"

"Ee, ne olacak şimdi? Ne yapacaksın? Düşündün mü?"

"Onu bulacağım... Bulmak zorundayım."

Cansu kollarını önünde bağladı. "İyi de sen onu tek başına nasıl bulabilirsin ki?"

"Hah! Hoş geldin Murat, hoş geldin umutsuz âşık!"

"Murat ne alaka? Eski sevgilinle mi görüştün yoksa?"

"Evet... Ama planlı bir şey değildi. Hastaneden çıktım, allak bullak olmuşum zaten. Bir de baktım, kapıda bekliyor bu!"

"Nasıl yani?" dedi Cansu kaşlarını kaldırarak, "Seni mi takip etmiş? Sapık mı bu adam ayol?"

"Orasını bilemeyeceğim artık! Çok da kurcalamadım açıkçası. Konuşalım dedi. İyi dedim madem, konuşalım. Halimi anlar da peşimi bırakır belki diye düşündüm."

"Ne konuştunuz peki?"

"İşte, sahilde bir yere gittik. Kahveler söylendi filan. Bir süre hiç konuşmadan öylece oturduk. Bekledim hani söze girsin, özür dilesin ya da ne bileyim hiç değilse derdini anlatsın diye."

"E yani! Sonuçta o konuşmak istemiş."

"Konuşmaz olaydı keşke! Özür filan hak getire, ağzını açmasıyla pırlanta yüzüğü burnuma dayaması bir oldu!"

Cansu oturduğu yerde havaya fırladı. "Ne diyossuuun? Teklif etti demek? Çok romantik diil mi ama yaa!"

"Dur Allah aşkına," diye çıkıştı Atiye, "Tüm hıncımı senden çıkarırım bak!"

"Ay niye öyle diyosun kız!" dedi Cansu, "Yıllardır bunun hayalini kuruyorum sonuçta. Şöyle zengin, boylu poslu biri de bana teklif etse fena mı olur!" Atiye'nin ters ters baktığını fark edince konuyu değiştirerek, "Tamam tamam!" dedi, "Sen ne dedin? Kabul etmedin herhalde?"

"Ne kabul edeceğim ayol!" diye gürledi Atiye, "Açtım ağzımı yumdum gözümü! Yok beni seviyormuş da yok ciddiymiş de! İnsan bir sorar, nasılsın, ne haldesin diye. Benim dünyam başıma yıkılmış, anam desen anam değil, babam desen babam değil, her şeyi göze alıp babamı görmeye gidiyorum, adam ortada yok! Beyimizin derdi sevmek, sevişmek. Olmaz olsun öyle sevgi! İnsan sevdiğini şu kadarcık olsun sahiplenir ya! Haksız mıyım ama?"

"Haklısın şekerim!" dedi Cansu, ciddi bir ifade takınmaya çalışarak, "Erkek dediğin, sevdiğinin derdiyle dertlenmeli!"

"Yok anam, yok!" diye devam etti Atiye, "Bu Murat sevmiyor, seveni oynuyor resmen. Teoride her şey yerli yerinde amma velakin pratikte bir şeyler eksik! Değişik bir adam, bakma sen, boş değilim aslında. Ama ne kadar uğraşırsam uğraşayım bir türlü çözemiyorum, tam bir kapalı kutu. Bir de diyor ki vay efendim babamın peşinden gitmemeliymişim!"

"Niyeymiş o?"

"İşte, çok tehlikeliymiş de, ya babam annemi gerçekten öldürdüyseymiş de, ya bana da bir şey yaparsaymış da. Laf! Babam ulan o benim, babam!"

"Şekerim, seni bir kez daha takdir ettim vallahi! Ben bir günde bu kadar şey yaşasam pat diye düşüp ölürdüm herhalde. Helal olsun, iyi baş ediyorsun. Aha buraya yazıyorum, sen babanı da bulursun, her sorunu da aşarsın."

"Teşekkür ederim..."

"Ee, nereden başlayacaksın peki? Var mı bir ipucu?"

Atiye, beraberinde getirdiği defteri çantasından çıkarıp Cansu'ya gösterdi. "Bu babamınmış. Bunun içinde bir şeyler bulurum diye umuyorum."

"Ne var içinde peki? Açıp baktın mı?"

"Hayır..."

"Hayır mı? Ben olsam meraktan çatlardım herhalde."

"Kendimi hazır hissetmedim sanırım... Biraz daha zamana ihtiyacım var..."

"Anlıyorum şekerim. Ama bir şey diyeyim mi, bir yandan da sana imrendim valla. Düşünsene, bunca yıl sonra ailenden yadigâr bir şey geçmiş eline. Ay, çok heyecanlı yeminle!"

Ona hak verdi Atiye. Gerçekten de deftere ilk dokunuşunda, tuhaf bir şekilde, kendisini babasına daha yakın hissetmişti. Zamanda yolculuk yapmak gibi bir şeydi bu. Duygularını ifade edecek bir şeyler söylemek istedi ama ağzını açmasına fırsat vermeyen Cansu, sazı eline alıp kendi ailesiyle ve bilhassa babasının ilgisizliğiyle ilgili hikâyeleri birbiri ardına sıralamaya başladı.

Cansu'yu uzun süre dinlemek, hele hele anlattıklarından bir şeyler anlamak öyle her babayiğidin harcı değildi. Konuşurken konudan konuya atlıyor, Atiye'nin tanımadığı kişilerden bahsediyor, birilerine sinirlenip saydırıyor, anlattıklarını aforizmalarla süslemeyi de ihmal etmiyordu.

Anlattıklarına odaklanmak için kendini çimdiklemek dahil bildiği her yöntemi denedi. Ama nafile! Çok geçmeden mevzudan tamamen koptu. Kendini biraz kötü hissetse de yapabileceği fazla bir şey yoktu. Halihazırda hikâyelere alerjik olan bünyesi, işin içine bir de Cansu'nun tekdüze ses tonu ve zorlama tespitleri girince tahammül sınırlarının sonuna gelip dayanmıştı. Dürüst olmak gerekirse bu kadar dinleyebildiğine kendisi bile şaşırmıştı.

Fakat az sonra, şaşırma sırası Cansu'ya geldi. Baygın gözleri gayriihtiyari televizyona kayan Atiye, tiz bir çığlık eşliğinde yerinden fırladı ve dehşet içerisinde ekranı gösterdi. Dönüp korkunç bir şeyler görmeyi bekleyerek ekrana bakan Cansu, devasa taş sütunlar önünde haber sunan bir muhabirden başka bir şey göremedi.

"Ee? Ne ki bu?" diye sordu şaşkın bir yüz ifadesiyle.

Ona cevap vermekle vakit kaybetmek istemeyen Atiye, apar topar kumandayı bulup televizyonun sesini açtı. Ekrandaki muhabir, son yılların en önemli arkeolojik keşiflerinden biri olan Göbeklitepe tapınağının UNESCO Dünya Tarih Mirası listesine alınmasına destek olmak amacıyla Şanlıurfa'da düzenlenecek bir festivalden bahsediyordu.

Atiye olduğu yerde donakalmıştı. "Göbeklitepe..." diye mırıldandı. Kâbuslarından dehşetli sahneler zihnine hücum ederken, oturduğu yerde titreyip soğuk terler dökmeye başladı.

Komşusunun sinir krizi geçirdiğini düşünen Cansu, "Ne oldu şekerim? İyi misin?" diye sordu telaş içerisinde, "Ne oldu? Konuşsana! Bir şey mi gördün yine?"

Atiye biraz kendine gelince, "Burası…" dedi sayıklar gibi bir sesle, "Burası neresi, biliyor musun?"

"Neresi şekerim?"

"Kâbuslarımda gördüğüm yer!" dedi Atiye heyecanla, "Bu bir işaret! Buraya gitmeliyim hemen!"

Cansu onu sakinleştirmeye çalıştı. "Sakin ol şekerim. Emin misin? Aynı yer mi? Bak, boşu boşuna kalkıp oralara kadar gitmeyesin sonra…"

"Eminim!" dedi Atiye yumruklarını sıkarak, "İpucu var mı diyordun, işte sana ipucu! Kaderim beni çağırıyor. Anlamıyor musun!"

"İyi de bebeğim," dedi Cansu, "bir başına nasıl gideceksin oralara?"

"Bilmiyorum," dedi Atiye, "ama bir şekilde gideceğim işte! Gitmek zorundayım!"

"Böyle olmaz!" dedi Cansu, "Ben de seninle geleyim…"

"Benimle mi?" dedi Atiye şaşırarak. Böyle bir teklifi hiç beklemiyordu doğrusu. "Yok canım, yok yok, sağ ol, gerek yok…" diyebildi sadece, "Giderim ben kendim…"

"Valla kız?" dedi Cansu civelek bir ses tonuyla, "Otur otur içim bayıldı zaten! Bana da bir değişiklik olur, fena mı!"

Onun ciddi olduğunu gören Atiye, biraz düşündükten sonra, "İyi madem..." dedi, "Ama hemen gitmemiz gerekiyor."

"Ayol acelen ne, gideriz!" dedi Cansu, "Sen uçak biletlerine bir bak hele, ben de birkaç boş valiz ayarlayayım."

Atiye'nin gözleri fal taşı gibi açıldı. "Birkaç derken?"

"Ee, anca yeter şekerim!"

Cansu o kadar kendinden emin konuşmuştu ki onu gören de dünyanın en normal şeyini söylüyor sanırdı.

BÖLÜM III

GÖBEKLİTEPE

Havalimanından kazı alanına doğru ilerleyen Atiye, içinde korkuyla karışık bir heyecan hissetti. Hayatında ilk kez böyle plansızca bir şeye kalkışıyordu ama bu yapmak zorunda olduğu bir şeydi. Tarihin en büyük keşiflerinden biri olan bu gizemli tapınak, hayatının en büyük keşfi de olabilirdi pekâlâ!

Babası Göbeklitepe'deki kazılarda görev almamış hatta burası, babası hastaneye yatırıldıktan sonra keşfedilmişti, bunu biliyordu fakat yine de buranın onunla bir şekilde ilişkili olabileceğine inanıyordu. Kâbuslarında gördüğü yerin burası olduğuna adı gibi emindi. Bir şekilde arada bir bağlantı olabilir, küçük de olsa ona yol gösterecek bir ipucu bulabilirdi.

Göbeklitepe'ye güneş tepedeyken vardılar. Havaalanından kiraladıkları arabayı kazı alanını yukarıdan gören bir tepeye park eden Atiye, çantasını aldıktan sonra, "Geliyor musun?" diyerek Cansu'ya baktı.

Cansu yolculuğun büyük bir kısmını telefonda birileriyle tartışarak geçirmişti. "Kusura bakma şekerim, önemli bir mesele," diyerek konuşmaya devam etti.

Atiye ondan ümidi kesip arabadan indi, etrafına bakındı. Bu tepe, o tepeydi. Kâbuslarında ulaşmaya çalıştığı yalnız ağaç, tam karşısında duruyordu. Birçok sebepten ötürü kendine benzettiği ağaca doğru birkaç adım attı. Taş duvarlarla çevrelenmiş bir yükseltinin ortasındaki yerinden ovayı seyreden ağaç, Göbeklitepe'nin asırlardır unutulmuş hikâyesini ona usulca fısıldamaya başladı.

Neler yoktu ki o hikâyede! Doğumlar, ölümler, buluşmalar, savaşlar, ritüeller!

Birini ürkütmeye çekinircesine parmak uçlarında yürüyerek ağacın yanına geldi, gölgesinde durup "sıradışı kaderinin" ilk durağını onun gözlerinden izlemeye başladı.

Öğlen güneşinin altında olanca ihtişamıyla yükselen taş sütunlar, hep birlikte bir Sessizlik Tapınağı'nı oluşturmaktaydılar. Bir Güç Yeri'ydi burası, buna şüphe yoktu ama bu güç, kâbuslarının hissettirdiğinin aksine yıkıcı ya da uğursuz değil, bilakis ruhuna dinginlik ve dirilik katan yenileyici bir güçtü.

Gözlerinin önünde uzanan ovayı ve ona zarafetle eşlik eden gökyüzünü seyretti. Ağır ağır hareket eden bulutlar, ovanın üzerinde birbirleriyle oynaşan irili ufaklı gölgeler yaratıyordu. Büyülenmiş halde bu ışık oyunlarını izlerken daha önce hiç hissetmediği bir duyguyu deneyimlemeye başladı. Arabadan inip toprağa ayak bastığı anda hissettiği güçlü enerji, topuklarından girerek önce bacaklarına, oradan sırasıyla karnına, göğsüne ve başına yayıldı. Müthiş bir yenilenme duygusunu beraberinde getiren bu sıradışı enerji, vücudunu boydan boya kat ettikten sonra başından çıkıp gökyüzüne akmaya başladı.

Enerjinin nereye gittiğini görmek için başını kaldırdığında, gökyüzündeki bulutların aşırı hızlı hareket etmeye başladığını fark etti. Hızlandırılmış bir videoyu izler gibiydi. Gökyüzünü kaplayan bulutlar, lavabo deliğinden boşalan sular gibi spiral biçiminde dönerek ortadaki açıklığın içinde kayboluyordu.

Bu tuhaf oluşum bir süre daha bu şekilde devam etti. Az sonra, rengi gökyüzünün geri kalanından farklı olan daire biçimli bir alan oluşmaya başladı. Alanın içi çok yüksek bir hızda titriyor gibiydi. Gözlerini ovuşturup yeniden baktı, gördüğü her neyse gerçekten oradaydı ve gözlerinin önünde açılmaya devam ediyordu. Açıldı, açıldı ve sonunda durdu. Bütün bunlar olurken Cansu telefonda konuşmaya devam ediyordu.

Tek şahidi olan ağacın altında büyülenmiş gibi oturan Atiye, gökyüzündeki tuhaf oluşumun yavaş yavaş yok olmasını ve gökyüzünün eski haline dönmesini hayretler içerisinde izledi. Bu da neyin nesiydi? Yine halüsinasyon mu görüyordu? Evde gördüğü manzaradan sonra her şey mümkündü. Ama sadece bir şey görmekle kalmamış, aynı anda vücudundan bir enerjinin geçtiğini de hissetmişti. O şey her neyse, ruhunu kendine doğru çekmişti sanki.

Alelacele arabaya dönüp gördüklerini anlattı. Onun gördüklerini Cansu da görmüş müydü? Olağandışı bir şey görmediğini söyleyen Cansu, anlattıklarına şüpheyle yaklaştı. Sonuçta hem yol yorgunuydu hem de hava çok sıcaktı!

Kendisine inanılmamasına hafiften bozulsa da Cansu'yu ikna etmeye uğraşmadı Atiye. "Evet, haklı olabilirsin," diyerek motoru çalıştırdı. Bir otel bulmak üzere Şanlıurfa'ya doğru yola çıktılar.

Yarım saat kadar sonra, Cansu'nun yolda internetten bulduğu otele vardılar. Restore edilerek otele dönüştürülmüş taş bina, dışarıdan oldukça gösterişli görünüyordu. Arabayı otoparka bırakıp resepsiyona yöneldiler.

İki güzel kadını karşısında gören resepsiyonist, kulaklarına varan bir gülümsemeyle otelin tamamına yakınının dolu olduğunu ama çok şanslı olduklarını, zira elinde son bir köşe odası kaldığını söyledi. Doluluğun sebebini sorduklarında, Göbeklitepe'de düzenlenecek festival için çok sayıda misafirin erkenden geldiğini öğrendiler. Biriki saat daha geç gelseler oda bulamayacaklardı belki de!

İki cümlesinden birinde oteli öven resepsiyonist, bir illüzyon şovunu andıran abartılı hareketlerle işlemleri tamamladı. Otel hakkında bilmeleri gereken şeyleri bir nefeste sıraladıktan sonra onlara oda anahtarlarını verdi. Lobideki asansöre binerek odalarına çıktılar, geniş ve temiz bir oda olsa da adamın övdüğü kadar değildi.

Sabahın erken saatlerinden beri yolda olduklarından, odaya söyledikleri birer sandviçi hızlıca yiyip dinlenmeye çekildiler. Uyandıklarında çoktan hava kararmıştı. Hazırlanarak akşam yemeğine indiler.

Ağzına kadar dolu olan restorana geldiklerinde, boş masa bulamayarak garsondan yardım istediler. Gözden kaybolan garson biraz sonra elinde iki sandalyeyle çıkageldi. Sandalyeleri yuvarlak bir masanın boş yerlerine sıkıştırarak "oturabilirsiniz" anlamında eliyle işaret etti. Masada onlar hariç yedi kişi daha vardı.

"İyi akşamlar!" diyerek masaya oturdular. Masadakiler hararetli bir tartışmaya tutuştuklarından, onları fark etmediler bile.

Atiye kendisine servis açan garsona teşekkür ederken çaprazında oturan adamın, hemen karşısında oturan kadına, "Melda Hanım, kusura bakmayın ama bu söylediklerinize siz kendiniz inanıyor musunuz?" dediğini duydu.

"Tabii ki inanıyorum, inanmasam neden söyleyeyim?" diye cevap verdi Melda Hanım, "Arkeologlar olarak şu kibirli tavrı bir kenara bırakabilseniz büyük resmi görebileceksiniz. Ama nerede! İşinize gelen şeyleri görüp işinize gelmeyenleri yok sayamazsınız. Bakın tekrar söylüyorum, Göbeklitepe'yi bizden çok daha gelişmiş dünya dışı bir medeniyetin inşa etmiş olması ihtimali göz ardı edilemez, buna işaret eden birçok delil var. Bu konuda sayısız belgesel yapıldı, binlerce görgü tanığı var, dünya dışı teknolojilerle ilgili Amerika'da açıklanan gizli belgeler var. Bunları nasıl yok sayabiliriz?"

"Yok saymıyoruz efendim," dedi adam burun kıvırarak, "Saçma buluyoruz sadece!"

Onu duymazdan gelen Melda Hanım, "Ben Göbeklitepe'nin de kendi kendini aktive edebilen dünya dışı teknoloji ürünü bir makine olduğuna inanıyorum," dedi, "Tıpkı dünyanın dört bir yanında inşa edilmiş megalitik yapılar gibi! Bu makineler, belirli şartlar oluştuğunda, mesela belirli bir frekansta devreye girerek programlandıkları işlevleri yerine getiriyor olabilirler pekâlâ."

Araya giren başka bir kadın, "Neymiş efendim bu işlevler, anlatın da öğrenelim madem?" dedi alaycı bir tonla.

"Birçok şey olabilir!" diye cevap verdi Melda Hanım, "Uzaya sinyal göndermek olabilir, Dünya'ya gelen UFO'ların yön bulması için olabilir, hatta bir boyut kapısı açmaya yarıyor bile olabilir!"

O ana dek tabağından başka bir şeyle ilgilenmeyen Atiye, boyut kapısı bahsini duyunca başını kaldırıp dikkat kesildi. Göbeklitepe'ye geldiğinde gökyüzünde gördüğü şey böyle bir şey olabilir miydi? Bunu çok merak etse de, uzman olmadığı konuların konuşulduğu böyle bir ortamda sivrilmek istemediğinden ağzını açıp bir şey söylemedi.

Diğer kadın alaycı tavrını sürdürerek, "Boyut kapısı mı? Nereye açılıyormuş bu kapı?" diye sordu.

"Birçok yere açılıyor olabilir," dedi Melda Hanım, "Paralel bir evrene olabilir, yıldızlara veya yıldız sistemlerine de olabilir!"

Az önceki adam lafa girerek, "Bırakın Allah aşkına!" dedi aşağılayıcı bir üslupla, "Olabilir olabilir! Tek söylediğiniz bundan ibaret, hani delilleriniz nerede? Bilimsellik nerede?"

Çantasından bir kitap çıkaran Melda Hanım, kitabı adama uzatarak, "Buyurun efendim, merak ettiğiniz her şeyi kitabımda yazdım. Okuyun, sonra yeniden konuşuruz!" dedi.

Kitabı gönülsüzce alan adam, onu bir parça çöpe dokunur gibi parmak uçlarıyla tutarak masanın üzerine bıraktı.

O sırada, Atiye'nin karşısında oturan ve o ana kadar sessizliğini koruyan keçi sakallı, fularlı adam yerinden doğruldu ve iki eliyle pantolon askılarını çekiştirerek konuşmaya başladı.

"Bakın hanımefendi, herkesin fikrine ve emeğine saygım var, söylediklerinizi de sabırla dinledim. Fakat affınıza sığınarak araya girmek zorundayım. Biz arkeologlar, büyük emeklerle ve fedakârlıklarla tarihin doğru anlaşılması için çalışıyoruz ve bunu da mümkün olduğunca bilimsellik ışığında yapmaya gayret ediyoruz. Sizin gibi sözüm ona araştırmacılar, bilimsellikten uzak iddialarla kafaları bulandırmaktan öteye geçemiyor. Göbeklitepe önemli midir? Bittabi! Fakat bu önem, alışılagelmiş tarih anlatımını altüst etmesinden kaynaklanıyor. Neden derseniz, bugüne kadar bilinen en eski tapınaktan yedi bin beş yüz yıl daha eski bir tapınakla karşı karşıyayız. O devirde insanlar küçük avcı-toplayıcı grupları halinde yaşıyorlardı. Bu da insanoğlunun yerleşik düzene geçtikten sonra tapınak inşa etmeye başladığı tezini çürütüyor. Bu konuda saatlerce konuşabilirim, fakat demem o ki böyle önemli bir keşfi dünyaya tanıtırken doğruluğu ispatlanmış bilimsel argümanlarla yola çıkmalıyız. Bırakalım uzayı filan, dünyayı kendimize güldürmeye gerek yok!"

Fularlı adamı dikkatle dinleyen kızarık yüzlü, gözlüklü başka bir adam, Melda Hanım'ın cevap vermesine fırsat vermeden araya girdi.

"Haşim Hocam, çok güzel anlatıyorsunuz da şu soruya da cevap verin," dedi, "Sırf Göbeklitepe tarih bilgimizi altüst etti diye mi yabancılar bu bölgeden kapış kapış arazi satın alıyor? Yerleşik düzenden önce tapınak inşa edilmiş diye mi istihbarat servisleri burada cirit atıyor? Dedikleriniz de önemli şüphesiz, fakat işin içinde salt tarih ya da kültürle açıklanamayacak başka şeyler de var. Petrol desek, Türkiye'nin doğusunda petrol olmadığını sağır sultan biliyor. Uzaylıydı filan o işlere benim kafam basmaz ama burada önemli bir şeye zemin hazırlanıyor şeklinde okuyorum ben. Elimde sayısız materyal var! Vaat Edilmiş Topraklar'dan tutun, Süleyman Mabedi'ne ve kötücül emellere kadar... Ortadoğu'da savaşlar ve terör neden bir türlü son bulmuyor? Fırat ve Dicle'nin arasında kalan topraklar neden kan gölüne çevrildi? Hepsini yeni kitabımda topluyorum, okumanızı öneririm."

Fırat ve Dicle nehirlerinin arası? Kan gölü? Savaşlar? Terör? Masada dönen sohbeti dinleyen Atiye'nin kafası ışık hızıyla karışmaya hızla devam ediyordu. Önce boyut kapısı, sonra kan gölü, bunların hepsinin bir şekilde gördükleriyle alakası vardı ama hepsini birleştiren anahtar neydi?

Adamın hocasıyla bu şekilde konuşmasından rahatsız olan kadın, "Bu bahsettiklerinizin Göbeklitepe'yle ne alakası var Ardan Bey, uçmuşsunuz siz!" diye tepki gösterdi.

Ardan Bey cevap vermeye hazırlanırken dördüncü bir adam, "Neymiş efendim? Türkiye'nin doğusunda petrol yokmuş, külliyen yalan!" diye daldı lafa, "Ortadoğu'nun dört bir yanından petrol fışkırsın, sınırın bu tarafında bir yudum petrol olmasın, manipülasyon bunlar efendim! Cesur olmak gerek, hazinenin üstünde oturmuşuz dünyaya el açıyoruz! Ayrıca buralar bir an önce turizme açılmalı, turizm demek döviz demek, döviz demek sağlam ekonomi demek, öyle değil mi efendim!" diyerek masadakilerden destek almaya çalıştı ama kendisini fazla ciddiye alan olmadı.

Onun cehaletine tahammül edemeyen başka bir adam sinirlenerek, "Beyefendi, bir jeolog olarak söylüyorum, burada petrol rezervi filan yok," dedi, "Lütfen kahvehanede duyduğunuz şeyleri gelip burada anlatmayın. Gülünç duruma düşürüyorsunuz kendinizi! Petrolmüş, şunun şurasında kaç yıllık petrol rezervi kaldı ki? Dünya değişiyor, gelişmiş ülkeler uzayda madencilik yapıyorlar, oradaki kaynaklar için rekabet ediyorlar, biz burada neleri konuşuyoruz!"

Atiye iyiden iyiye afallamıştı. Babasıyla ilgili mesele çözmeye çalıştıkça karmaşıklaşıyordu. Şimdi de işin içine uzaylılar, istihbarat servisleri ve terör girmişti. Bütün bunlar onun için biraz fazlaydı. Yemeğini hızlıca bitirip herkese afiyet olsun dedikten sonra masadan ayrıldı. Muhabbet Cansu'yu sarmış olacak ki, "Sen çık şekerim, ben biraz daha kalacağım sanırım," dedi.

Resepsiyona uğrayıp ertesi gün için birkaç öneri alan Atiye, odasına girer girmez üzerini değişip yatağa uzandı. Cansu'nun yokluğu, iç dünyasına kulak vermek için bulunmaz bir fırsattı. O etraftayken değil iç muhasebe yapmak, basit bir şey üzerine düşünmek bile büyük çaba gerektiriyordu zira. Cep telefonuyla selfie çekmediği zamanlarda ya sürekli boş bir şeyler anlatıyor ya da normal birinin asla yapmayacağı bir şeyler yaparak tüm dikkatini rehin alıyordu.

Bir süredir yapmak istediği şey için mükemmel bir fırsattı bu! Yerinden kalkmadan çantasına uzanıp, köyden ayrılmadan önce Sabri'nin verdiği defteri çıkardı. Şu an bu defter onun için bir hazineden bile daha değerliydi. Kim olduğuna ve onu nasıl bir kaderin beklediğine dair birçok sorunun cevabı bu defterde olabilirdi.

Defterin kapağını büyülenmiş bir şekilde inceledi. Kahverengi deri kapağın üzerindeki geometrik desenler, yıldızlar, spiraller ve gezegenler, onu gizemli bir yolculuğa davet eder gibiydi.

Kapağı özenle çevirdiğinde, kapakla ilk sayfanın arasında solgun bir aile fotoğrafı karşıladı onu. Bir köy evinin önünde çekilmiş fotoğrafta kırklı yaşlarda bir adam ile kucağında bir bebek olan genç ve alımlı bir kadın vardı. Bunlar babası, annesi ve kendisi olmalıydı. Eski fotoğrafları zaten severdi ama bu fotoğraf ayrı bir güzeldi, geçmişe açılan bir pencereydi âdeta.

Uzunca bir süre fotoğrafı inceledi. Geçmişiyle arasındaki tek bağ olan bu karenin içindeki tüm detayları fark etmek, anımsamak ve içselleştirmek istiyordu. Bunu yapabilirse kaybolan yılları yeniden getirebilecekti sanki.

Fotoğrafta el ele tutuşan annesiyle babası birbirlerine ne de çok yakışıyorlardı! Bulmacalarla uğraşmaktan işin bu yönünü ıskalamıştı gerçekten de. Annesiyle babası nasıl tanışmış, neler yaşamışlardı? Sabri, annesinin yabancı olduğunu söylemişti, nereliydi acaba? Türkiye'ye neden gelmişti? Ve hepsinden önemlisi, o gün o tepede neler olmuştu? Babası iddia edildiği gibi öldürmüş müydü annesini? Eğilip babasının yüzünü bir kez daha inceledi. Katile benzer bir tarafı yoktu ama belli olmazdı. Her insanın içinde ortaya çıkmak için fırsat kollayan karanlık bir yön vardı sonuçta.

Sayfalara hızlıca göz attığında küçük çaplı bir hayal kırıklığı yaşadı. Defterin içinde ona ilk bakışta anlamsız görünen bir sürü harita, çizim ve hesaplamadan başka bir şey yoktu. Ne kişisel bir not ne de bir mesaj! Babası çizimlerin yanlarındaki boşluklara el yazısıyla notlar düşmüştü. Bunları çözmek için bu konulardan anlayan birinin yardımına ihtiyacı vardı. İyi ama öyle birini nereden bulacaktı? Çaresizlik içerisinde defteri komodinin üzerine, yorgun bedenini de yatağa bıraktı. Kafasındaki soruların üzerini teker teker örttükten sonra, sonunda kendisi de uykuya daldı.

GEÇMİŞE YOLCULUK

Şehirlerarası otobüs tepelerin arasında uzanan karanlık karayolunda kayıp giderken, saatlerdir uyuyamayan Servet kan çanağına dönmüş gözlerle dışarıyı seyretti. Hayatının dik bir uçurumdan yuvarlandığı o karanlık günde olup bitenler kafasında canlanıyor, gözünün önünde bir belirip bir kaybolan görüntüler giderek netleşiyordu.

Atiye'yi Sabri'ye emanet ettikten sonra Miriam'e yetişmek için tepeye doğru koşmuştu. Kötü olasılıkları kafasından kovmaya çalışırken yolun yarısında bir an arkasına dönüp bakmış, biraz önce kızını emanet ettiği evden yükselen alevleri görerek kahrolmuştu.

Karısına mı yardım etmeliydi yoksa dönüp kızının güvende olduğundan mı emin olmalıydı? Sonsuzluk kadar uzun süren bir anlık muhasebenin ardından, karısına yardım etmeye karar vermişti. Tepeye daha yakındı, üstelik kızını Sabri'ye emanet etmişti, Sabri ona göz kulak olurdu. Miriam ise yalnızdı, üstelik peşindeki adamları atlatıp atlatamadığı da meçhuldü.

Arka tarafa gelen muavin, otobüsün birazdan duracağını, ineceklerin hazırlanmasını söyledi. Servet tepesindeki raftan ceketini alıp inmeye hazırlandı. Valizi yoktu; içini kemiren suçluluk duygusundan başka bir şey almamıştı yanına.

Uzaklaşan otobüsün arkasından bir süre baktıktan sonra, köye giden toprak yolda ağır ağır yürümeye başladı. Köye bir kilometre kadar kala, tepeye çıkan kıvrımlı patikaya saptı. Onun yaşındaki biri için biraz fazla dik bir yokuştu. Tepeye ulaştığında, manastırın uğursuz siluetiyle karşılaştı. Binaya doğru hipnotize olmuşçasına yürürken burayı ilk kez gördüğü anı yeniden yaşamaya başlamıştı.

Kalbini avuçlarının arasına alıp sıkan korkunun etkisiyle nefesi daraldı, hafiften gözleri kararmaya başladı. Yanı başında bulduğu bir ağaca sırtını verip soluklandıktan sonra, manastırın batı cephesindeki pencerenin önüne gelip durdu.

O gün tam burada durup içeri bakmıştı. Miriam'in kanlar içinde yerde yattığını görünce etrafı hızlıca kolaçan edip yanına koşmuştu. Korktuğu olmamıştı neyse ki; bacağından vurulan Miriam bir miktar kan kaybetmişti ama hayattaydı. Servet'i görünce boynuna sarılıp ondan destek alarak yerinden doğrulmaya çalışmıştı. Servet elini yaranın üzerine bastırmış, bunun işe yaramadığını görünce kemerini çıkarıp bacağın üst kısmına sıkıca sarmış, tamamen olmasa da kanamayı durdurmayı başarmıştı.

Düşününce içini sızlatan şeylerden biri de, gözlerini açar açmaz "Atiye? O iyi mi?" diye soran karısına gerçeği söyleyememiş olmasıydı. Söylemek istemişti aslında ama helikopterin tepeye doğru yaklaşan sesini duyunca bunun iyi bir fikir olmadığına karar vermişti.

Adamların geri gelmesi an meselesi olduğundan, ellerini çabuk tutmaları gerekiyordu. Miriam'in ayağa kalkmasına yardım ettikten sonra, boyut kapısının manastırın ortasında belirişini hayretler içerisinde izlemiş, koluna girdiği karısını kapanmaya başlayan geçide taşırken içinde kabaran korkuyu dizginlemeye çalışmıştı. Ne olduysa işte o an olmuş, ayağına yapışan kuvvetli bir el onu geriye doğru çekmeye başlamıştı.

O andan sonrasına dair hiçbir şey hatırlamıyordu. Sonrası yıllar süren bir karanlıktı. Miriam'e ne olduğu, oradan nasıl ayrıldığı, kendisini buldukları yere nasıl gittiği, arada neler yaptığı, hepsi birer muammaydı. Hatırladığı tek şey, akıl hastanesinin soğuk koridorları ve yıllarca tek muhatabı olan duvarlardaki çatlaklardı. Sebebini yıllarca anlayamadığı suçluluk duygusu onu denizin ortasındaki bir hapishane gibi kuşatmış, yüreğinde hissettiği acıyı başta kendisi olmak üzere kimseye anlatamamanın azabıyla her gün un ufak olmuştu.

O güne dair anılar gözünden yavaş yavaş silinirken, cesaretini toplayıp ayağa kalktı, sendeleyerek kapıya doğru yürüdü. Onu yutmaya hazırlanan devasa bir ağza benzeyen kapıdan geçerken ayaklarından başlayıp ense köküne kadar yükselen soğuk bir ürperti hissetti.

Bakımsızlıktan mezbeleye dönüşmüş binanın tavanındaki delikten sızan ışık, ortadaki sunağın tam üzerine düşüyordu. Parmaklarını taşın üzerinde gezdirirken karısını ilk görüşünde duyduğu koku geldi burnuna. Bu sefer de o kokunun peşine takılıp hayatının en tuhaf, belki de en güzel gününe doğru melankolik bir zaman yolculuğuna çıktı.

Levi Usta'yı ziyaret etmesinin üzerinden bir hafta ya geçmişti ya geçmemişti. Servet, kapıyı karşıdan gören çalışma masasının üzerine kapaklanmış halde, üst üste yığılı kitapların ve masaya gelişigüzel yayılmış haritaların arasında çalışıyordu. Ustası tasvip etmese de merakına yenik düşerek, başladığı araştırmayı bitirmeye karar vermişti.

Kafasında cevaplanmamış sorularla dolaşmayı sevmezdi.

Başını kaldırıp gözlerini ovuşturduğunda, kapının kilidinden çıkan beyaz dumanları görerek şaşırdı. O neler olup bittiğini anlamaya çalışadursun, gittikçe ısınarak akkor haline gelen kilit gözlerinin önünde sıcak çikolata gibi eriyip yere akmaya başladı.

Herhangi bir tepki vermesine fırsat kalmadan, kapı bir tekmeyle ardına kadar açıldı.

Tekmenin sahibi otuz yaşlarında, koyu renk saçları küt kesilmiş, cildi porselen gibi beyaz ve pürüzsüz, alımlı mı alımlı bir kadındı. Koyu renk güneş gözlükleri, vücuduna oturan kıyafetleri ve siyah deri pardösüsüyle Hollywood filmlerindeki ajanlara ne kadar da benziyordu! Bu kadın kimdi? Burada ne işi vardı? Servet kadının güzelliğiyle korkutuculuğu arasında gidip gelirken, kadın birkaç adımda oturduğu masanın önüne gelerek elindeki silahı ona doğrulttu.

"Neler oluyor? Sen de kimsin?" diye sordu Servet afallamış bir ses tonuyla.

Onu duymazlıktan gelen kadın, kalkıp arkasını dönmesini ve dizlerinin üstüne çöküp ellerini ensesinde birleştirmesini söyledi; emreden bir ses tonuyla konuşuyordu. Talimatları yerine getirilene kadar bekledikten sonra, silahı Servet'in ensesine dayadı.

"Son bir isteğin var mı?" diye sordu mekanik bir ses tonuyla.

"Bunu yapmak zorunda değilsin," dedi Servet, "Beni dinle lütfen! Hiç değilse sebebini söyle!"

"Uğraştığın işler sandığından çok daha tehlikeli," dedi kadın sesini yükselterek, "Buna izin veremeyiz!" Hareketleri ve konuşması, beyni yıkanmış bir asker ya da bir robotunki gibiydi.

"Ne işi? Neye izin veremezsiniz? Kimsiniz siz?" diye arka arkaya sordu Servet.

Kadının silahın emniyetini açtığını fark edince fazla zamanı kalmadığını hissederek, "Bir saniye, lütfen beni dinle!" dedi panik içerisinde, "Neyi kastettiğini anladım sanırım... Ama inan bana, hiçbir şeyden haberim yok, sıradan bir mezar soyguncusuyum ben!"

"Kime ya da neye hizmet ettiğini bilmediğine inanmamı mı bekliyorsun?"

"Doğruyu söylüyorum... Lütfen!" dedi Servet, "Bir süredir bir şeylerden şüpheleniyordum. Üzerinde çalıştığım araştırma da bununla ilgili zaten. İstersen notlarıma bakabilirsin... Orada, masanın üzerinde!"

Parmağını tetikten çeken kadın, masanın üzerinde duran notlara göz gezdirdikten sonra, "Neymiş o şüphelendiğin şey?" diye sordu.

"Girdiğim tapınakların birbiriyle alakasız olduğunu sanıyordum," diye açıkladı Servet, "Birlikte bir şebeke oluşturduklarını keşfettiğimde, birileri tarafından kullanılıyor olabileceğimi düşündüm. Yemin ederim, doğruyu söylüyorum, araştırmaya da bu yüzden başladım zaten! Neye hizmet ettiğimi bilmeden bunu yapmaya devam edemezdim. Bana inanıyorsun, değil mi? Hatta bu keşfimi anlatmak için Levi Usta'ya gittiğimde..."

"Ona güvenemezsin!" diye lafını böldü kadın, "O da onlar için çalışıyor!"

"Kimler için çalışıyor?" diye bir kez daha sordu.

Kısa bir süre tereddüt ettikten sonra silahını indirip hafifçe masaya yaslanan kadın, onun gözlerinin içine baktı. "Kim için çalıştığını gerçekten bilmiyorsun, değil mi?"

"Hayır" anlamında başını salladı Servet.

Kadın masum olduğu konusunda ikna olmuşa benziyordu ya da en azından Servet böyle olmasını umuyordu. Onun meraklı gözlerle kendisine baktığını gören kadın, eliyle "kalkabilirsin" anlamında işaret ettikten sonra silahını beline yerleştirdi.

"Doğru iz üzerindesin," dedi.

Servet yerinden yavaş yavaş doğrulurken kendisinde hem korku hem de hayranlık uyandıran bu gizemli kadının gözlerine bakmaya ilk kez cesaret etti.

"Bana adını söyler misin?" diye sordu çekingen bir ses tonuyla.

"Miriam..."

"Daha önce konuşurken, 'Buna izin veremeyiz,' dedin. Seni buraya birilerinin gönderdiğini anlıyorum. Sakıncası yoksa kim olduklarını sorabilir miyim?"

"Biraz hızlı gitmiyor muyuz?" dedi Miriam, "Şimdilik bu kadarını bilmen yeterli!"

Servet onun gözlerinin içine bakarak, "Seni yeniden görebilecek miyim?" diye sordu.

"Bilmem..." dedi Miriam geldiği gibi kaşla göz arasında çıkmadan önce, "Görmek istiyor musun?"

O günden sonra sık sık görüşmüşlerdi. Miriam tıpkı o gün olduğu gibi beklenmedik bir anda gelir, ona doyamadan kaçıp giderdi. O güne dek tanıdığı hiçbir kadına benzemiyordu, başka bir dünyaya aitti sanki.

Eski manastırın ortasında durup Miriam'le yaşadığı güzel anıları bir bir hatırlayan Servet, saatin ilerlediğini fark edince, anılara bir kez daha veda edip dışarı çıktı ve tepe aşağı yürümeye başladı.

On beş dakikalık tempolu bir yürüyüşün ardından, hayatının en güzel günlerinin geçtiği evin önüne geldi. Evin kapısını çalıp bir süre bekledi. Açan olmadığını görünce, Sabri'nin tarlada olduğunu tahmin ederek oraya yöneldi.

Tarlaya geldiğinde hatırladığı ilk şey, hasat zamanı çardakta çay eşliğinde yapılan keyifli sohbetler oldu. Bir kez daha hasat zamanı gelmiş, kavurucu güneşin altında boy atan başaklar tarlayı bir kez daha altın rengine boyamıştı. Çardağı geçip tarlanın içine doğru yürümeye devam etti.

Yüz metre kadar gittikten sonra, traktörün üzerindeki Sabri'yi gördü. O da birinin geldiğini fark etmiş, inip kendisine doğru yürümeye başlamıştı. Yolu yarılayınca durdu, elini güneşe siper edip bir kez daha baktı. Servet'i tanıyınca gözlerine inanamayarak koşmaya başladı. Tarlanın ortasında buluşup birbirlerine sarıldılar.

"Abi? Sen ha?" dedi heyecanla, "Allah'a şükürler olsun, bugünleri gösterdi bize!" Gözlerinden süzülen damlaları silerek eski dostunu kucaklıyor, bir an geri çekilip bakıyor, sonra yeniden kucaklıyordu.

"Hayırdır?" diye sordu, "Taburcu mu oldun?"

"Onun gibi bir şey!" diyerek soruyu geçiştiren Servet, daha fazla sabredemeyerek yol boyunca aklından çıkmayan o tek ve en önemli soruyu sordu.

"Atiye? Ne olur, bana yaşadığını söyle!"

"Evet" anlamında başını salladı Sabri, fakat kafası karışmıştı besbelli.

"Bir saniye!" dedi, "Seni hastaneden Atiye çıkarmadı mı?"

"Şükürler olsun!" dedi Servet, rahat bir nefes alarak. Omuzlarından devasa bir yük kalkmıştı. Karısına yetişip onu kurtaramamış olsa da kızı hayattaydı işte! Yıllar sonra da olsa ona kavuşabilecekti. Eski dostuna bir kez daha sarılmaya hazırlanırken birdenbire durdu, bir adım geri attı.

"Atiye çıkarmadı mı derken?" diye sordu, "Beni biliyor mu? Anlattın mı ona?"

"Evet..." dedi Sabri, "Ama yeni daha, bir hafta kadar oluyor."

"Bana her şeyi anlat lütfen! Mümkünse en baştan…"

"O günden sonra Atiye bizi ailesi olarak bildi," dedi Sabri, "Olanları nasıl izah edeceğimizi bilemedik, böylesi daha iyi olur dedik. Elimizden geldiğince yokluğunuzu hissettirmemeye çalıştık ama yine de burada çok mutlu olduğunu sanmıyorum. Zeki ve çalışkan bir çocuktu. Tüm zorluklara rağmen okullarını başarıyla bitirdi, üniversiteyi burslu kazanıp İstanbul'a okumaya gitti zaten. Okulu bitince de orada kaldı. Bize karşı mesafeliydi, fazla gelip gitmezdi, öyle fazla da aramazdı. Geçen hafta birdenbire çıkageldi, bir hafta kadar kaldı. Her şey çok güzeldi ama hali tavrı farklıydı. Bir gün tarladayken yanıma geldi. Birisinden Meryem ismini duymuş. Kimdir necidir bilmem, söylediğine göre esrarengiz bir yaşlı kadınmış. Kadın ona kendisiyle ilgili değişik şeyler anlatmış. Yanıma gelip ısrarla Meryem'i sorunca anlattım ben de. İçten içe anlatmak istiyordum zaten..."

Kızının yaşadığı şoku hayal etti Servet. "Ne tepki verdi?" diye sordu hüzünlü bir sesle, "Zavallı yavrucak, çok üzülmedi inşallah!"

"Başta şaşırıp üzüldü haliyle," dedi Sabri, "ama Allah var, olgunlukla karşıladı..."

"Keşke bunların hiçbiri yaşanmasaydı," dedi Servet, "ama kader işte, kaderden kaçılmıyor!"

"Öyle tabii," dedi Sabri, "Ne yapacaksın! Ama dedim ya Atiye'nin maşallahı var. Bir bir sordu, ne oldu ne bitti diye. O sordukça etraflıca anlattım ben de. Onu niye bırakmak zorunda kaldığınızı bilsin istedim. Hâl böyleyken böyle dedim. Ne yapacaksın dedim, ille de babama gideceğim dedi. Atiye bu! Kafasına koyduğunu yapmadan durmayacağını bildiğimden hastanenin adını neyin her bir şeyi yazıp verdim. Seni görmeye gelecekti, gelmedi mi?"

Servet yumruklarını sıkarak, "Beni o gelmeden önce kaçırmış olmalılar," dedi.

"Kaçırdılar mı? Kim niye kaçırmış?" diye şaşkınlıkla sordu Sabri, "Şu işin doğrusunu bir anlat hele!"

"Kim olduklarını bilmiyorum, neden kaçırdıklarını da! Çok sordum ama söylemiyorlar. Dışarı çıkma, bizden haber bekle diyorlar, başka bir şey demiyorlar. Öylece bekleyemezdim, buraya gelip kızıma ne olduğunu öğrenmem gerekiyordu. O gün Atiye'yi sana bıraktıktan sonra neler oldu Sabri?"

Servet'i çardağa buyur eden Sabri, ona testiden soğuk ayran ikram etti. O gün ve sonrasında yaşananları en ince ayrıntısına kadar anlattı.

Servet birdenbire eski dostuna dönerek, "Onu öldürmüş olabileceğimi düşündün mü hiç Sabri?" diye sordu.

"Ne? Hayır! Asla!" dedi Sabri ellerini önünde havaya kaldırarak, "Böyle bir şey aklımın köşesinden bile geçmez."

Servet minnettar gözlerle baktı ona. Sonra durdu, bir şeyi son anda hatırlamış gibi, "Atiye'yi bir an önce bulup onunla konuşmalıyım!" dedi, "Hayatı tehlikede olabilir..."

Atiye'nin adres ve telefon bilgilerini veren Sabri'ye sarılıp her şey için bir kez daha teşekkür ettikten sonra, ilk fırsatta yeniden görüşmeyi dileyerek ayrıldı. Anayola doğru yürürken dönüş konusunu hiç düşünmediğini fark etti. "Neyse," dedi kendi kendine. Hele bir kasabaya varsındı, gerisi bir şekilde hallolurdu nasılsa.

Biraz uzaklaştıktan sonra omzunun üzerinden eski dostuna bakıp, "Hey gidi günler..." diye mırıldandı. Miriam'le aynı yoldan köye doğru yürürken işin buralara varabileceğini ikisi de düşünmemişti herhalde. Sonuçta, mutlu bir hayat hayali kuran iki insandan biri tımarhaneye, diğeri kimbilir uzayın hangi boşluğuna savrulmuş, o günden sonra bir daha ortalarda görünmeyişine bakılırsa da, muhtemelen aldığı yaradan kurtulamamıştı. Miriam'in yüzü bir kez daha gözlerinin önüne gelirken içini derin bir hüzün kapladı.

Sonra, kızını hatırlayarak kendini toparladı. Artık geri dönmüştü ve bazı şeyler için hiç de geç değildi. Bundan böyle Atiye'yi bulup onu korumak, ona tüm sevgisini vermek için yaşayacaktı. Karısını geri getiremese de kızına baktıkça onu görecek, birlikte geçirdikleri güzel günlerin hatırasıyla teselli bulacaktı.

Ama ne olursa olsun, bu hayatta veya bu dünyada değilse de başka bir hayatta, er ya da geç mutlaka ona yeniden kavuşacaktı.

HARRAN EVLERİ

Sabahın erken saatlerinde bir çığlık sesiyle uyandı. Korku içerisinde yataktan fırlayıp etrafına bakındı fakat odada çıt çıkmıyor, Cansu yatağında mışıl mışıl uyuyordu. Şanlıurfa'ya geldiğinden bu yana kâbuslar kesilmişti ama tuhaflıklar bitmemişti anlaşılan.

Çıkıp koridoru kontrol etti. Her şey normal görünüyordu. Odaya döndü, perdeyi açıp dışarı baktı. Güneş doğmak üzereydi, tan yeri kızıllaşmıştı. Balkonda bir süre kalıp güneşin doğuşunu izledi; manzara muhteşemdi. Birkaç saat de olsa dinlenmek için girip yatağa uzandı. Kulaklığını takıp sevdiği şarkılardan birini açtı, az önce doğuşunu izlediği güneşin güzel şeyler getirmesini dileyerek yeniden uykuya daldı.

Uyandığında saat on buçuğu geçmişti. Banyodan gelen duş sesi, Cansu'nun az önce kalktığını haber veriyordu. Banyodan çıkan Cansu, "Günaydın şekerim!" dedi saçlarını kurularken, "Bitkin görünüyorsun. Ne oldu, gece uyuyamadın mı?"

"Sıkıntılı," dedi Atiye, "Sen ne yaptın?"

"Hiç, takıldım," diyen Cansu, Atiye kalktıktan az sonra masadakilerin hep birlikte terasa geçtiklerini anlattı. Hararetli tartışma hız kesmeden orada da devam etmiş, Cansu odaya saat iki civarında gelmişti.

"İlginç bir şeyler konuşuldu mu?" diye sordu Atiye.

"Yok, dönüp dolaşıp aynı şeyleri anlattılar," dedi Cansu, "Bir süre sonra ben de sıkılıp kalktım zaten. Ben kalktığımda hâlâ oturuyorlardı."

Atiye duşunu alıp hızlıca hazırlandıktan sonra birlikte aşağı indiler. Planları dışarıda bir yerlerde keyifli bir kahvaltı yapmaktı. Önceki akşam resepsiyonist, Atiye'ye Harran Evleri diye bir yer tavsiye etmişti, oraya gitmek üzere otelden ayrıldılar.

Harran Evleri, yazın serin tutan kerpiç binaları, külahı andıran kubbeleri, zengin menüsü ve birbirinden ilginç yöresel aktiviteleriyle Şanlıurfa'ya gelenlerin başlıca uğrak yerlerinden biriydi. Gelen herkese aileden biri gibi davranan sevimli bir çiftin işlettiği mekân, yerel kültürünü en iyi şekilde yansıtacak biçimde dizayn edilmişti. Duvarlara gelişigüzel yaslanmış at arabası tekerlekleri, arka avludaki buğday dibeği, ayran ve tereyağı yapmakta kullanılan ahşap yayık, ziyaretçileri küçük çaplı bir zaman yolculuğuna çıkarmaya yetiyor; bununla yetinmeyenler bölgeye özgü kıyafetler giyerek fotoğraf da çekilebiliyorlardı.

Harran Evleri'nde sıcak bir ilgiyle karşılanan kızlar, bitmesini hiç istemedikleri mükellef bir kahvaltının ardından yöresel kıyafetler giyerek yayığın başına geçtiler. Cansu sayesinde belki yüzlercesi çekilen fotoğraflar, her on beş yirmi dakikada bir ikram edilen birbirinden lezzetli tatlılar, türlü türlü çay ve kahvelerle Şanlıurfa kültürünü doya doya yaşadılar. Zaman hızla geçmiş, saat iki buçuk olmuştu. O gün bilmem kaçıncı kez kabaran iştahlarını hayatlarında yedikleri en lezzetli kebaplarla bastırdıktan sonra, karşılıklı oturup kahve faslına geçtiler.

Falın her türlüsüne bayılan Cansu, kahvesini hızlıca bitirip fincanını kapattı. Fincanın soğumasını beklerken fal baktıracak kimse bulamadığından yakınıyordu. Yeni keşfettiği falcının, hakkındaki her şeyi nasıl bildiğini ballandırarak anlattığı sırada az ilerideki masada yalnız başına oturan adamı fark etti. Düz sarı saçlarından ve renkli gözlerinden yabancı olduğu anlaşılan adam, bir yandan kahvesini yudumlarken bir yandan da onların oturduğu tarafa kaçamak bakışlar atıyordu.

Atiye'ye dönüp gözleriyle adamı işaret etti. Adamdan tarafa bakan Atiye, etkilenmemiş görünmeye çalışsa da, yabancı filmlerdeki aktörleri aratmayan yakışıklılıktaki adamın rahat tavırlarından ve çocuksu gülümsemesinden etkilenmişti. Biraz da bu sebepten olacak, hemen bakışlarını kaçırdı. Ona ya da başka herhangi bir erkeğe ümit verecek bir şey yapmak istemiyordu. Sancılı bir ilişkiden yeni çıkmıştı ve sonunu kestiremediği yeni bir maceraya kendini hazır hissetmiyordu.

Adam kahvesinden son bir yudum aldıktan sonra kalkıp kendinden emin bir şekilde masalarına doğru yürüdü ve izin istemeye gerek görmeden oturdu. Kapattığı kahve fincanını da beraberinde getirmişti. Fincanı masanın üzerine bıraktı ve yabancı birine göre oldukça düzgün bir Türkçeyle ve daha çok Atiye'ye bakarak konuştu.

"Falıma bakacak birini arıyorum. O kişi siz olabilir misiniz acaba?"

"Fala inanmam," dedi Atiye mesafeli bir ses tonuyla, "Bakmayı da bilmem!"

Adamın bu kadar çabuk pes etmeye niyeti yoktu. "Öyleyse izin verin, ben sizin falınıza bakayım!"

"Teşekkür ederim, istemem!"

"Neden?"

"Geleceği hiç kimse bilemez de ondan!"

"Yanılıyorsunuz, ben bilirim. İnanmıyorsanız izleyin ve görün!"

Adam Atiye'nin bir şey demesine fırsat bırakmadan Cansu'nun fincanını masadan kaptığı gibi içine bakarak konuşmaya başladı; bir yandan da gözucuyla Atiye'yi süzüyordu.

"Koyu kumral saçlı, beyaz tenli, uzun boylu alımlı genç bir kadın görüyorum. Size çok yakın biri, muhtemelen en iyi arkadaşınız!" Parmağıyla fincanın içini gösterdi. "Bakın işte tam şurada! Onun hemen yanında uzun boylu, geniş omuzlu, sarışın, uzun saçlı bir adam görüyorum. Buralardan değil galiba, yeni tanıştığı biri de olabilir. O da tam burada, işte! Hımm, enteresan! İkisi arasında bir yakınlaşma görüyorum, arkadaşınız da bu adamdan hoşlanmış sanırım. Büyük ihtimalle aralarında bir şey olacak, bakın burada kalp çıkmış!" Atiye'nin alaycı bakışlarını görmezden gelerek fincanı bıraktı ve elini uzattı.

"Ben Jack!" dedi gülümseyerek, "Umarım bu küçük oyunum sizi rahatsız etmemiştir. Normalde böyle şeyler yapmam fakat bugün kendimi tutamadım!"

Cansu, Atiye'den önce elini uzattı. "Merhaba, ben Cansu! Bu da arkadaşım Atiye!"

Jack, gözlerini Atiye'den hiç ayırmıyordu. "Atiye demek! Çok güzel bir isim. Sakıncası yoksa anlamını sorabilir miyim?"

"Eski Türkçede 'beni rahat bırak' anlamına geliyor!"

"Esprili kadınlara bayılırım! Sizin gibi güzel kızların bu tozun toprağın içinde ne işi var?"

"Kültür turizmi!" dedi Atiye, "Kesin olan bir şey varsa o da buraya aşkı aramaya gelmediğimiz!"

"Kendi adına konuş şekerim, ha-ha-hayt!" diye lafa daldı Cansu.

"Aşk arayarak bulunmaz zaten," dedi Jack Atiye'ye çapkın bakışlar atmaya devam ederek, "Bulduğunda anlarsın ama!"

"Aman aman, eksik olsun!" dedi Atiye.

Konuyu değiştirmenin daha iyi olacağına karar veren Jack, biraz daha ciddi bir ses tonuyla, "Bakın ne diyeceğim," dedi, "Göbeklitepe üzerine bir araştırma yapmak için bir süredir buradayım, buraları iyi bilirim. Eğer bir rehbere ihtiyaç duyarsanız emrinizdeyim. İsterseniz yarın size kazı alanını gezdirip detaylı bilgi verebilirim."

Atiye'yi kolundan çekiştiren Cansu, muzip bir şekilde gülerken bir yandan da sesini çocuk sesine benzeterek, "Kabul et, kabul et!" diye ısrar etti.

Atiye, yeni tanıştığı bu adamın teklifini kısaca kafasında değerlendirdi. Ona yazılacak biri şu sıralar istediği son şeydi, öte yandan Göbeklitepe'yi iyi bilen biri hiç fena olmazdı. Babasının notları geldi aklına. Jack'in yardımıyla onu babasına ulaştıracak ipuçlarını daha hızlı bulabilirdi ya da geçmişte defalarca yaptığı gibi yine kendini kandırıyordu.

Adamdan etkilendiği için sıcak bakmış olabilir miydi bu teklife? "Yok canım!" diye düşündü. Kendini beğenmiş bir budalanın nesinden etkilenecekti!

Şehirde bir ofis kiraladığını söyleyen Jack, burada hem çalışmalarını yürüttüğünü hem de kaldığını anlattı. Cansu, kaldıkları otelin ismini söyleyip onu ertesi sabah kahvaltıya çağırdı.

Kahvaltıdan sonra Göbeklitepe'ye gidip kazı alanını gezmek üzere sözleşip ayrıldılar.

Son derece dolu ve keyifli bir gün geçirdiklerinden, ne kadar yorulduklarını otele gelene kadar fark etmemişlerdi. Duş alıp biriki saat dinlendikten sonra akşam yemeği için restorana indiler. Otelin yemekleri fena değildi; yöreye özgü lezzetleri açık büfede bulmak mümkündü. Bu durumdan en çok memnun olan Cansu'ydu; tepeleme doldurduğu tabakla restoranın içinde bir o tarafa bir bu tarafa koşturuyor, bir yandan da, "Şu da çok güzel görünüyor!" ya da, "Mmm, bayılırım!" diyerek kendi kendine konuşuyordu.

Gündüz biraz fazla yediğinden kendini aç hissetmeyen Atiye, tabağına birkaç parça haşlanmış sebze alıp boş bir masaya geçti. Cansu'nun bu kadar yiyip de nasıl kilo almadığını düşündüğü sırada, önceki akşam aynı masayı paylaştıkları kadını gördü. Neydi adı, hani şu boyut kapılarından bahseden? Kadının kendine oturacak bir masa aradığını görünce, "Melda Hanım!" diye seslendi, "Buyurun, burası müsait!"

Gülümseyerek başıyla teşekkür eden Melda Hanım, tabağını masaya koyup sandalyeye yerleştikten sonra, "Dün sizinle fazla konuşamadık, neden erken kalktınız, bir şey mi oldu?" diye sordu.

"Yoo," dedi Atiye, "Biraz yol yorgunuydum."

"Siz de sempozyum için mi geldiniz?" diye sordu Melda Hanım.

"Sempozyum mu varmış?" diye sordu Atiye ilgiyle, "Haberim yoktu. Bizim geliş sebebimiz farklı..."

"Festival kapsamında Göbeklitepe'nin her yönüyle ele alınacağı bir de sempozyum düzenlenecek," diye açıkladı kadın, "Dün aynı masada oturduğumuz kişilerin çoğu da konuşmacı olarak davetli."

"Dün akşam sizi kelimenin tam anlamıyla linç ettiler," dedi Atiye, "Şahsen ben sizin adınıza rahatsız oldum. Sempozyum sırasında da böyle bir durum yaşanmasın?"

"Merak etmeyin, ben alışkınım," dedi Melda Hanım olgun bir gülümsemeyle, "Bu tür şeylerden çekinseydim uslu bir kız olur, onlar gibi herkesin duymak istediği şeyleri söylerdim."

Melda Hanım'ın cesaretinden etkilenen Atiye, ondan bu konuda öğrenebileceği birkaç şey olduğunu hissetti. Daha çok görüşebilmeyi umarak, "Urfa'da ne kadar kalacaksınız?" diye sordu.

"Sempozyumdan hemen sonra ayrılacağım," dedi Melda Hanım, "Başka bir etkinlik için Endonezya'ya gitmem gerekiyor."

"Hayatınız çok heyecan verici olmalı," dedi Atiye, "Bazen ben de her şeyi geride bırakıp dünyayı dolaşmanın hayalini kuruyorum."

"Evet, işim gereği dünyanın birçok yerine gidiyorum," dedi Melda Hanım, "Her yolculuk yeni bir macera, tanıştığım her yeni insan yeni bir dünyaya açılan kapı sanki."

O sırada elinde iki tabakla masaya gelen Cansu, Melda Hanım'ı başıyla selamladıktan sonra elindeki tabakları masaya bıraktı ve, "Ben gidip tatlılara bakacağım. En iyilerini seçiveriyorlar, sonraya kalmıyor!" diyerek tekrar gözden kayboldu.

"Kapı demişken," diye söze girdi Atiye, "Dün bahsettiğiniz boyut kapıları çok ilgimi çekti. Rica etsem biraz daha bahsedebilir misiniz?"

"Tabii ki," dedi Melda Hanım, "Ne bilmek istiyorsunuz?"

"Yanlış hatırlamıyorsam, Göbeklitepe gibi tapınakların başka boyutlara geçiş için kullanılabileceğini söylediniz. Bu nasıl mümkün olabilir?"

"Bilgisayardan anlar mısınız?" diye sordu Melda Hanım.

Atiye "evet" anlamında başını salladı.

"Göbeklitepe'ye yukarıdan baktığınızı hayal edelim. Ne görüyorsunuz? Daire şeklinde yapılar, doğru mu? Şimdi bu görüntüyü alıp bir kâğıda çizsek ortaya sembolü andıran bir desen çıkıyor, öyle değil mi?"

"Evet."

"Buna benzer desenlerin gelişmiş bir programlama dili olduğunu iddia eden araştırmacılar var."

Atiye dudaklarını büktü. "Bildiğim kadarıyla, öyle bir dilin çalışabilmesi için bilgisayar ya da onun gibi bir sisteme ihtiyaç var. Burada taş bloklardan başka bir şey yok. Söylediğiniz şey nasıl mümkün olur, bilemedim."

"İlginç olan da bu zaten!" dedi Melda Hanım heyecanla, "Bahsettiğim ileri teknolojide bu dili çalıştırmak için bilgisayar, işlemci ya da güç kaynağı gerekmiyor."

"Nasıl yani?"

"Gerekli şartlar oluştuğunda desen, yani kod kendiliğinden aktif hale gelip kendisine önceden yüklenen işlevleri yerine getirmeye başlıyor."

"Gerekli şartlar derken?"

"Belirli bir frekans olabilir. Mesela Stonehenge'in frekansının otuz megahertz olduğu söyleniyor. Bu yogilerin "Om" mantrasının frekansıyla aynı!"

"Çok ilginç. Peki işlevle neyi kastediyorsunuz? Bir boyut kapısı açabilir mi mesela?"

"İlle de öyle fantastik bir şey olması gerekmiyor, onu misalen söyledim. Zihni belirli bir moda sokmak ya da sadece huzur vermek bile olabilir. Tarlalarda bir gecede beliren esrarengiz çizimler ve hatta fotoğraflanan UFO'ların üzerindeki geometrik şekiller de bu teknolojiyle ilişkili olabilir. Belki de bu şekiller manyetik alan oluşturarak uçmalarını sağlıyor, bir düşünsenize!"

"Bunlar kulağa çok uçuk geliyor!"

"Haklısınız," dedi Melda Hanım, "Teknoloji ufkumuzun çok ötesinde olduğundan bunları anlamakta zorlanıyoruz ama Amerika'da bizzat görüştüğüm bir programcı, bu sembolleri çözmesi için gizli bir kurumun kendisini işe aldığını anlattı. Kaçırılırken buna benzer semboller gördüğünü iddia eden kişilerle de konuştum. Aslı olmasa bu tür projelere milyonlarca dolar harcanır mı hiç?"

"Haklı olabilirsiniz," dedi Atiye, "Bence de gerçekte olup bitenin çok azını biliyoruz."

"Sakıncası yoksa size bir şey sorabilir miyim?" dedi Melda Hanım.

"Tabii ki, buyurun."

"Boyut kapılarına olan ilginizin sebebi nedir? Dün fark ettim de masada konuşulanlara hiç ilgi göstermezken, boyut kapısı konusu açılınca başınızı kaldırıp ilgiyle takip etmeye başladınız. Buraya geliş sebebinizle ilgili bir şey mi?"

Kararsız bir şekilde sağına soluna bakınan Atiye, çatal bıçağını masaya bırakıp peçeteyle ağzını sildikten sonra Melda Hanım'a doğru eğilerek, "Size anlatabilirim sanırım," dedi.

O sırada elindeki tatlı tabağıyla yanlarına gelen Cansu, yerine otururken, "Neyi anlatabilirmişsin bakalım?" diye sordu.

"Göbeklitepe'ye ilk geldiğimizde gökyüzünde gördüğüm o tuhaf şeyi," dedi Atiye.

"Yine mi şu mesele?" dedi Cansu, "Sana o gün de söyledim…"

Devam etmesine izin vermeyen Atiye, "Ben ne gördüğümü biliyorum!" dedi hafif sinirli bir ses tonuyla, "Ayrıca yorgun filan da değildim!"

"Ne gördünüz?" diye sordu Melda Hanım, "Rica etsem tarif edebilir misiniz?"

"Tepedeki ağacın altında durmuş Göbeklitepe'yi seyrediyordum, öğle saatleriydi. Önce topraktan vücuduma bir enerjinin aktığını hissettim, bir şeyler harekete geçmişti sanki. Ardından gökyüzünde kalıntıların tam üzerinde normal dışı bir hareketlilik gördüm. Bulutlar dönüyor, gökyüzünde bir delik açılıyor gibiydi. Gözlerimin önünde daire şeklinde bir alan dönerek açıldı, bir süre öyle kaldıktan sonra kapandı."

"Orada öyle bir şey olsa ben de görürdüm!" diye söze girdi Cansu.

"Sen arabanın içinde telefonla konuşuyordun, görememiş olabilirsin!" diye itiraz etti Atiye. Fakat biraz düşününce yelkenleri indirerek, "Hoş! Gördüğüm şey gerçek olmayabilir de," dedi başını eğerek, "Daha önce gerçek olmayan şeyler görmüşlüğüm var sonuçta!"

"Şekerim uluorta anlatma böyle şeyleri, bak kapatıverirler seni de!" dedi Cansu gülerek. Söylediği şeyin ucunun nereye gideceğini hesap edememişti. Hatasını anlayınca, "Tamam tamam, sustum, pardon!" dedi.

Cansu'ya bakarak konuşan Melda Hanım, "Ben sizden farklı düşünüyorum," dedi, "Atiye Hanım'ın anlattıkları, boyut kapısı gördüğünü iddia edenlerin anlatımlarıyla birebir örtüşüyor." Durdu, hafifçe öne eğilerek, "Laf aramızda bu kişilerden biri de benim," dedi ve "Bu işlere neden sardırdım sanıyorsunuz?" diye ekledi.

"Siz de mi yoksa?" diye sordu Atiye heyecanla.

"Evet," dedi Melda Hanım, "bunu daha sonra anlatırım. Şimdi izninizi istemek zorundayım, bir görüşmem var da."

"Sizinle tanıştığıma çok memnun oldum," dedi Atiye, "Bana cesaret verdiniz."

"Cesaret, bizi gerçeğe ulaştıracak kapının anahtarıdır," dedi Melda Hanım göz kırparak, "Gerçek, korkakları sevmez!"

Atiye masadan kalkıp kendinden emin bir şekilde lobiye doğru yürüyen kadının ardından hayranlıkla bakakaldı. "Ne kadar güçlü bir kadın!" diye geçirdi içinden, "Onunla karşılaşmam tesadüf olmasa gerek!"

Yemeğin ardından bir şeyler içmek için terasa geçtiler. Hava çoktan kararmış, parıldayan ışıklarıyla Şanlıurfa şehri çok daha çekici bir hal almıştı. Hava sıcak olsa da arada esen kuzeybatı rüzgârı terası keyifli hale getiriyordu. Kenara yakın masalardan birine geçip oturdular. Garsonun getirdiği kırmızı şaraptan birer yudum alıp gevşedikten sonra günün kritiğini yapmaya koyuldular.

"Jack çok tatlı, değil mi ya?" dedi Cansu, "Filmlerdeki artistlere benziyor aynı!"

"Bırak Allahın'ı seversen!" dedi Atiye, "Kendini bir şey sanan serserinin biri işte!"

"Niye öyle diyorsun şekerim, bence on numara çocuk," dedi Cansu, "Yüz desen yüz, boy pos desen maşallah! Of! Bana göz koysa bırak terslemeyi, şimdiye çoktan koynuna girmiştim!"

Yüzünü buruşturan Atiye, "Onun gibi kendini beğenmiş tipleri çok gördüm," dedi, "İnan bana, böylelerinden hayır gelmez, kendinden başkasını sevemez bu tipler!"

"Aman canım, hayır gelip de ne olacak!" dedi Cansu kıkırdayarak, "Git evlen mi dedik sana? Hazır Murat denen o adamdan uzaklaşmışken biraz kafanı dağıtırdın. Hem adam yakışıklı ayol! O kendini beğenmeyecek de ben mi beğeneceğim? O kadar kusur kadı kızında da olur şekerim!"

"Aman istemem, eksik kalsın!"

Cansu muzır bir bakış fırlattı. "Madem istemiyorsun, yardım teklifini neden kabul ettin?"

"Adam arkeolog sonuçta!" dedi Atiye, "Babamı bulmama faydası olur diye düşündüm."

"Tabii tabii, ben de yedim!"

"Aman yürü git be!" diye çemkirdi Atiye, "Çok istiyorsan git sen yazıl, şu aralar bana ters!"

"Bak üzülürsün sonra?" dedi dudaklarını büzerek. Durup bir saniye düşündükten sonra, "Böyleleri çulsuz olur gerçi," diye ekledi, "ama ne yapalım, bu seferki de böyle olsun!"

Birer kadeh daha şarap söyleyerek erkeklerden ve ilişkilerden konuşmaya devam ettiler.

YÜZLEŞME

Manhattan'ı boydan boya geçen S-76 tipi Sikorsky helikopter, Özgürlük Heykeli'nin üzerinden süzülerek açık denize yöneldi. Traum, meşalesiyle Amerikan ulusunu aydınlatan bu ilham verici heykele bakıp ülkesiyle gurur duyamadı, zira henüz bilmediği ve sormaya da cesaret edemediği bir sebepten ötürü gözleri bağlı halde helikopterin arka koltuğunda oturmaktaydı.

Bildiği tek şey Enrico'nun onunla görüşmek istediği ve önceden haber vermeksizin helikopterini gönderdiğiydi. Ansızın gelişen bu durum, onu uçsuz bucaksız bir sorgulamanın kucağına itmişti. Son toplantıda yaşananlar düşünülürse endişelenmeli miydi? Hiçbir şey sormadan helikoptere bindiği için biraz hayıflandı ama başka bir şansı var mıydı? Söz konusu olan Enrico'ydu ve onun gibi biri çağırdığında soru sormak hayır demekle, dolayısıyla akla gelebilecek birçok kötü akıbetle eşdeğerdi.

Ofisten apar topar çıktığından Zotar'a haber vermeye fırsat bulamamıştı. Üstelik kendisini almaya gelen korumaların "ricası" üzerine cep telefonunu da ofiste bırakmıştı. "İnsanlar böyle ortadan yok oluyor demek," diye geçirdi aklından. Öte yandan, içinden bir ses endişelenecek bir şey olmadığını söylüyordu. Zeki bir adam olan Enrico, onun yeri geldiğinde çok faydalı olabileceğinin farkında olmalıydı. Muhtemelen Göbeklitepe hakkında konuşmak için çağırtmıştı onu, sunumda anlattıkları ilgisini çekmiş olmalıydı. Kuruntu yapmaktansa bekleyip neler olacağını görmek en iyisiydi.

Alçalmaya başlayan helikopter, pilotun usta manevrasıyla yere bir tüy gibi kondu. Korumaların yardımıyla helikopterden inen Traum, gözlerindeki bağ çözüldüğünde esaslı bir şok yaşadı. Zira helikopter beklediği gibi lüks bir malikânenin arka bahçesine ya da bir gökdelenin tepesine değil, denizin ortasındaki terk edilmiş bir platforma inmişti. Kendi etrafında dönerek gözleriyle ufku taradı, görünürde tek bir kara parçası bile yoktu.

Tam o sırada, karşısındaki kapıdan çıkan Enrico kollarını açarak kendisine doğru yürümeye başladı ve yanına gelince elini güçlü bir şekilde sıkarak, "Sizi buraya bu şekilde getirttiğim için özür dilerim," dedi, "ama görmenizi çok istediğim bir şey var!"

"Sorun değil," dedi Traum, "Ben de ofiste sıkılmıştım zaten."

Enrico'nun çıktığı kapıdan girerek merdivenle birkaç kat aşağı indiler. Kumanda odasına benzer bir yerden geçtikten sonra, platforma sonradan eklenmiş modern bir asansöre binip uzunca bir süre aşağı indiler. Asansörün oldukça hızlı hareket ettiği düşünülürse deniz yüzeyinin metrelerce altına inmiş olmalıydılar.

Asansörün kapısı açılınca, "Lütfen önden buyurun," diyen Enrico, "O gün toplantıda söylediklerimden sonra içim rahat etmedi," diye devam etti sözlerine, "Niyetim toplantının sonunda sizinle baş başa görüşüp kendimi daha iyi ifade etmekti fakat aniden ayrılınca konu havada kaldı."

Bir yandan konuşup bir yandan da yürüdüler. Farklı bölümlerden oluşan dev bir kompleksti burası. Böyle bir yeri inşa etmek için ihtiyaç duyulacak para, teknoloji ve insan gücünü düşünerek ürperdi Traum. Enrico bu yaşında böyle bir güce nasıl ulaşmıştı? Keşke Enrico'yu yok etmesi gerekmeseydi; ondan birkaç şey öğrenebilirdi.

"Bunu dert etmeyin lütfen," dedi, "Makamınızın gerektirdiği şekilde davranıyordunuz."

"Hayır," dedi Enrico, "asıl sizi buraya davet ederek makamımın gereğini yerine getiriyorum. Ne demek istediğimi ziyaretinizin sonunda anlayacaksınız."

"Bunu sabırsızlıkla bekliyorum," diye cevap verdi Traum.

Farklı bölümlere bağlanan birkaç koridordan daha geçtiler. Bir kapının önünde duran Enrico, "Hazır mısınız?" diye sorduktan sonra cebinden çıkardığı kartla kapıyı açtı; balkon gibi bir yere gelmişlerdi. Kenara kadar gidip aşağı bakan Traum, birkaç futbol sahası büyüklüğünde bir alanı kaplayan gelişmiş bir laboratuvar gördü. Laboratuvarın farklı bölümlerinin birleştiği noktada havada asılı duran bir enerji topu, mekânın tamamını hiç zorlanmadan aydınlatıyordu. Ne işe yaradığını bilmediği cihazların, bilgisayarların ve çeşit çeşit makinelerin arasında beyaz önlük giymiş belki yüzlerce kişi çalışıyordu.

"Muhteşem, değil mi?" dedi Enrico, "Ben inşa ettim diye söylemiyorum ama tam bir şaheser burası; hayatımın projesi!"

"Etkilendiğimi itiraf etmeliyim," dedi Traum. Etkilenmişti gerçekten de; hatta kıskanmıştı. "Böyle bir yeri inşa etmek çok zamanınızı almış olmalı."

"Tam on yıl!" dedi Enrico coşkulu bir ses tonuyla, "Burayı bu hale getirebilmek için gece gündüz çalıştım."

"Ortalıklarda fazla görünmemenize şaşırmamalı," dedi Traum.

Ona bakıp gülümseyen Enrico, "Biliyor musunuz," dedi, "örgüttekilerden burayı ilk gören sizsiniz; başka hiç kimsenin buranın varlığından haberi yok, babam dahil."

"Burayı harçlıklarınızla yaptığınıza göre," dedi Traum, "babanız size karşı çok cömert davranmış olmalı. Hiç şüphelenmedi mi?"

"Burayı babamın parasıyla inşa etmedim," dedi Enrico gururlu bir şekilde, "Kendimi bildim bileli, kendine yetebilen biri oldum hep. Hakkımda öğrenmeniz gereken çok şey var!"

"İşte buna katılırım!" dedi Traum gergin bir şekilde gülerek, "Fakat anlayamadığım şey, burayı neden başkalarına değil de bana gösterdiğiniz."

"Size gösteriyorum çünkü siz farklısınız. Birçok yönden benim gibisiniz; benim gibi tutkulu, bilgili ve beceriklisiniz. Birlikte büyük işler başaracağımıza inanıyorum."

"Eğer bu bir teklifse," dedi Traum, "cevap verebilmek için önce burada ne yaptığınızı veya ne yapmayı planladığınızı bilmem gerekiyor. Burası nedir tam olarak?"

"Burası!" dedi Enrico giderek artan bir heyecanla, "Geleceğin ta kendisi! Bugünkü bilim dünyasının hayal bile edemeyeceği araştırmaların korkusuzca yapıldığı, türünün tek örneği bir laboratuvar; genetik, yapay zekâ, robotik, sibernetik, hologram, aklınıza ne gelirse!"

"Ne işe yarayacak bu çalışmalar?" diye sordu Traum.

"Bir saniyeliğine gözlerinizi kapatın," dedi Enrico, "Yaşlanmanın, hastalıkların hatta ölümün olmadığı, zayıflığın aklınıza gelebilecek her türlüsünden arındırılmış, tanrıların birer masal ya da efsane olmaktan çıkıp yeryüzünde kanlı canlı dolaşmaya başladığı yeni bir dünya hayal edin! Bunların hepsinin burası sayesinde mümkün olacağını söylesem ne derdiniz?

"Tanrı rolüne soyunduğunuzu söylerdim herhalde."

"Bunun nesi yanlış?" dedi Enrico, "Eğer Tanrı rolünün hakkını verememişse, insan bedenini bu denli zayıf ve kırılgan yaratmışsa, bu rolü daha iyi oynayacak birine ihtiyaç var demektir! Bedenimiz, ölümsüz olmamızın önündeki tek engel. Tanrı bizi hastalıklarla, ölümle ve hepsinden önemlisi korkuyla yaşamaya mahkûm etti. Şu kemiklere bakın, ne kadar da kırılgan! Bunlarla neyi başarabilirsiniz ki? Gözle görülemeyecek kadar küçük bir virüs bile bizi yenebiliyor. Bu işte bir yanlışlık yok mu sizce de? Burası bunu değiştirecek! Burası sayesinde çok daha iyisini yapabiliriz. Yorulmayan, acıkmayan, hastalanmayan, yaşlanmayan ve ölmeyen bir insan ırkı düşünün! Böyle bir süper insanın başarabileceklerini hayal edin! Dünyayı yeniden inşa edebiliriz, hatta bu 'süper insanlar'dan kuracağımız orduyla evreni bile fethedebiliriz. Size bir şey göstermek istiyorum, benimle gelir misiniz?"

Asansöre binip birkaç kat aşağıya, son teknoloji ürünü başka bir laboratuvara indiler. Girişteki askıdan özel bir kıyafet alıp üzerine geçiren Enrico, aynısını yapması için Traum'a işaret etti. Kıyafetini giyip onu izleyen Traum, içeri girdiğinde devasa denebilecek bilgisayarların tam ortasına yerleştirilmiş insan-robot karışımı bir adam gördü. Adamın etrafını çevreleyen biliminsanları birtakım test ve ölçümler yapmaktaydı. Enrico, deney tezgâhının üzerindeki cam bir tüpü göstererek içindeki sentetik doku parçasını işaret etti.

"Bu nedir, biliyor musunuz?" diye sordu.

"Hiçbir fikrim yok..." diye cevap verdi Traum.

"Bu gördüğünüz minik şey," diye açıkladı Enrico, "laboratuvar ortamında geliştirilmiş yapay bir kas; doğal kastan seksen beş kat daha fazla mekanik güç üreterek ağırlığının yüz bin kat fazlasını kaldırabiliyor. Bu kası oluşturan lifler, insan saçının çapının on binde biri büyüklüğünde olmalarına rağmen çelikten yüz kat daha dayanıklı ve saniyenin yirmi beş binde biri hızla kasılabiliyor. Aynı boyuttaki doğal kastan iki yüz kat daha büyük ağırlıkları kaldırabiliyor. Henüz insan vücudundaki kasların yerini almaya hazır değil ama çalışmalarımız devam ediyor."

"İnanılmaz!" dedi Traum, "Böyle bir buluş tek başına insanlık tarihini değiştirebilir."

"Fiziksel ölümsüzlük insanın kaderinde var," diye devam etti Enrico, "İnsanların bilincini bu makinelere yüklemeyi başardığımızda onları istediğimiz gibi yönetebileceğiz. İstediğimize cenneti, istediğimize cehennemi yaşatabileceğiz. Düşünsenize, evrenin yeni tanrıları bizler olacağız! Tapınakları kazmakla olacak şeyler değil bunlar. Ha, ille de tapınak istiyorsanız son teknoloji sayesinde onu da yapabilirsiniz. Süleyman Tapınağı'nı hologramla ya da artırılmış sanal gerçeklikle yeniden inşa etmek ne kadar muhteşem olurdu, bir düşünsenize! Kabul edin efendim, artık din yok, sadece kod var. Ve eğer bir Mesih varsa eminim o yapay zekâdır."

Enrico bunları söylerken Traum, ilk kez kendisinden daha hırslı biriyle tanıştığını fark etti. Bu adam ya bir deliydi ya da dâhiydi. Ama hangisi olursa olsun çok tehlikeliydi ve planlarının önündeki en büyük engeldi. Er ya da geç onunla karşı karşıya geleceklerdi, bundan emindi.

"Ee, ne diyorsunuz?" diye sordu Enrico, "Benimle misiniz?"

"Bugüne dek sadakatim hep örgütümüze oldu," dedi Traum, "Örgütümüzün yüzyıllardır süregelen geleneklerinin, şahısların değil tüm üyelerinin amaçlarına hizmet eden bir misyonu var. Babanız bu misyonun en ateşli savunucularındandı. Bunları bir çırpıda değiştirmek ne kadar akıllıca olur, bilemiyorum."

"Örgüt mü? Bana örgütten bahsetmeyin lütfen! Tarihte ölümsüz olan hiçbir şey topluluklar tarafından yaratılmamıştır. Büyük işleri başaranlar daima korkusuz vizyonerlerdir."

"Kurul üyeleri gücünüzden korkarak size biat etmiş görünebilirler, fakat kişisel çıkarları olumsuz etkilendiğinde size karşı çıkacaklardır."

"Kurul üyeleri bir avuç yetersizden başka bir şey değil! Öyle olmasaydı, sahip oldukları sınırsız güçle bahsettikleri şeyleri şimdiye dek yapmış olurlardı, haksız mıyım?"

"Peki ya babanız?" diye araya girdi Traum, "O da mı yetersizdi?"

"En başta da babam!" dedi Enrico sinirlenerek, "Yetersizin, muhterisin önde gideniydi. Eski kafalıydı, yeni dünyayı okumaktan acizdi. Güce tapınmaktan önündeki parlak geleceği göremedi. Ona anlatmaya çalıştım ama hafife aldı, dinlemedi beni. Böyle bir vizyonun önünde hiç kimse duramaz. O duramadı; başka hiç kimse de duramayacak!"

"Mesele yeterlilik ya da yetersizlik değil," dedi Traum, "Yaptığımız her şey Büyük Plan'la uyumlu olmak zorunda. Örgüttekileri bu prensibe uygun hareket ettikleri için suçlayamazsınız."

"Büyük Plan'ın da kehanetlerin de canı cehenneme!" diye bağırdı Enrico, "Hayatım bu peri masallarını dinlemekle geçti! Neyse ki bunların büyüsüne kapılmayacak kadar akıllıyım. Bana rehber olarak aklım yeter. Büyük olan benim, dolayısıyla planı da ben yaparım. Ne derler bilirsiniz, geleceği bilmenin en iyi yolu onu yaratmaktır!"

"Haklı olsanız bile," diye araya girdi Traum, "bu projeye çok fazla emek verdim, üstelik sona çok yaklaşıldı. Bu kadar yol kat etmişken öylece bırakamam. Hem, zaten eski kafalı biriyim ben, teknolojiydi bilimdi böyle şeylerden zerrece anlamam. Bırakın size destek olmayı, bu yeni durumu içselleştirmek için bile zamana ihtiyaç duyuyorum."

"Amacım projenizi sonlandırmak değil," dedi Enrico, "Sadece onu biraz farklı bir amaçla kullanmak istiyorum. Birlikte hareket edersek size çok daha fazla kaynak sağlarım."

"İstediğim kaynaklara sahibim zaten."

"O gün para dilenmek için sunum yaparken ne kadar acınası halde olduğunuzu göremiyor musunuz? Sizin gibi birisi asla böyle bir duruma düşmemeli! Bir düşünsenize; sınırsız, koşulsuz ve sorgusuz maddi kaynaklardan bahsediyorum!"

"Kulağa cazip geldiğini itiraf etmeliyim!"

Gerçekten de baştan çıkarıcı bir teklifti. Traum güce ulaşmak için yıllarını vermiş, karşılığında huzur hariç her şeyi elde etmişti. Belki de artık durmalıydı. Güce ulaşmanın sonu yoktu belki de. O an ikinci adam olmak o kadar da kötü görünmedi gözüne. Ayrıca Enrico ile savaşmayıp onun yanında yer almak akıllıca bir karar olabilirdi. Enrico'nun elindeki imkânlar ve teknolojiler düşünüldüğünde, onu düşman edinmek tek kelimeyle çılgınlık olabilirdi.

Öte yandan, içinde yükselmeye başlayan başka bir ses, ikinci adam olmayı ısrarla reddediyordu. Dünyayı tek başına yönetmeyecekse onca emeğin ne anlamı vardı? Ayrıca bu teklifin bir tuzak olmadığı ne malumdu? Enrico'nun şu an ona ihtiyacı vardı ama bu ihtiyaç sona erdiğinde ne olacaktı? İlk işi kendisini rakip görerek ortadan kaldırmak olacaktı!

Düşünceleri Enrico'nun sorusuyla bölündü:

"Şu festival... Neden bizzat katılıyorsunuz? Bu gerçekten şart mı?"

"Vakıf başkanı olarak bunu yapmam gerekiyor," dedi Traum, "Bu projeye verdiğimiz desteği açık şekilde göstermemiz Göbeklitepe'nin listeye dahil edilmesi için önemli."

"Sizinle birbirimize benzemediğimiz tek konu bu," dedi Enrico, "Ben gözlerden uzak olmayı ne kadar seviyorsam siz de o kadar göz önünde olmak istiyorsunuz. Gösterişli davetler, sansasyonel partiler, ünlü sevgililer... Fakat bir dostunuz olarak sizi uyarmama izin verin lütfen. Bu kadar göz önünde olmak iyi bir şey değil. Şöhret felaketten başka bir şey getirmez; sizi zamanla avcunun içine alıp yönetmeye başlar, aklınızı bulandırır. Görünmez olan ise asla hesaplanamaz, ele geçirilemez ve yönetilemez. Görünmezlik güçtür."

"Sakin bir zamanımda bunu düşüneceğim," demekle yetindi Traum.

"Düşünün tabii," dedi Enrico, "ama sadece bunu değil, size yaptığım teklifi de düşünün. Böyle bir fırsat bir daha elinize geçmeyebilir. Hemen cevap vermek zorunda değilsiniz. Sadece burayı görmenizi ve benim görebildiğim muhteşem geleceği hayal etmenizi istedim."

"Bunun için size müteşekkirim," dedi Traum, "Sayenizde ufkum genişledi."

"Teklifim bir süre daha geçerli olacak," dedi Enrico Traum'un gözlerinin içine bakarak, "ama peşinen söyleyeyim, sabrımın da bir sınırı vardır. Yakın bir zamanda sizden bir cevap almayı umuyorum."

"Merak etmeyin," dedi Traum, "Çok yakında size cevabımı net bir şekilde ileteceğim."

BEYAZ ATLI PRENS

Atiye başını tutarak yatağından doğruldu. Cansu ile otelin terasında geç saatlere kadar oturup sohbet etmiş, bu arada şarabı da biraz fazla kaçırmışlardı. Gerinip esnerken etrafına bakındı. Gelişigüzel etrafa saçılmış kıyafetlerine bakılırsa pijamalarını zar zor giyip kendini yatağa atmış olmalıydı. Başını çevirip yanındaki yatağa baktı. Cansu o kadarını da yapamamıştı, yatağın üzerinde kıyafetleriyle sere serpe yatıyordu.

Jack'le sözleştiklerini hatırlayınca yerinden kalkıp pijamalarını çıkardı. Cansu'nun telefon alarmı beş dakikada bir çaladursun, o duş alıp üzerine rahat bir şeyler geçirdi. Makyaj yaparken bir yandan da Cansu'ya sesleniyordu. Atiye'nin sonu gelmeyen tacizlerine daha fazla direnemeyen Cansu, sonunda oflaya puflaya yataktan çıkıp sürünerek banyoya gitti.

Atiye, Cansu'nun hazırlanmasını beklerken kapıya bırakılan gazetelere hızlıca göz gezdirdi. Gündemden iyice kopmuştu ama bu durumdan şikâyetçi olduğu söylenemezdi.

Cansu'nun ruj rengine bir türlü karar verememesi yüzünden aşağı on dakika geç inebildiler. Kararlaştırdıkları saatte gelen Jack, oturup beklemek yerine onlara hoş bir sürpriz yapmak istemiş, açık büfeden bulduğu malzemelerle görenin iştahını kabartan mükellef bir serpme kahvaltı hazırlamıştı. Ortadaki omletin etrafına özenle dizilmiş peynir çeşitleri, tereyağı, biber reçeli, bal ve kaymak, közlenmiş isot, ezme, koyun yoğurdu ve taze mevsim meyveleri, "Kahvaltı günün en önemli öğünüdür!" diye hep bir ağızdan bağırıyorlardı.

Kızların geldiğini gören Jack, ellerini iki yana açarak masayı usta bir şef edasıyla sundu. Böyle bir sürprizi hiç beklemeyen kızlar şaşkınlıklarını gizleyemediler.

Masaya geçtikleri sırada Atiye'ye dönen Cansu göz kırparak, "Şanslısın şekerim! Baksana, enişte maharetli çıktı!" dedi.

Jack, garsonun masaya bıraktığı termostan bardaklara çay doldururken, "Ee, geceniz nasıl geçti bakalım?" diye sordu, "Umarım dinlenmişsinizdir, bugün çok ihtiyacınız olacak!"

"Buradaki terasın manzarası bir harika!" dedi Cansu, "Gece geç saate kadar oturup sohbet ettik. Laf aramızda, senin kulağını da epey bir çınlattık!"

"Öyle mi?" dedi Jack merakla, "İyi şeylerdir umarım!"

"Neler konuşmadık ki!" diye kıkırdadı Cansu, "Dersen ki özet geç, sohbetin yarısı benim senden neden hoşlandığımla, diğer yarısı da Atiye'nin senden neden hoşlanmadığıyla ilgiliydi."

Atiye'ye dönen Jack, "Bunu duyduğuma üzüldüm, aramızda bir elektrik olduğunu sanıyordum ama yanılmışım demek ki!" dedi alaycı bir ses tonuyla.

"Cansu'ya bakma sen!" dedi Atiye, "Sana karşı olumsuz bir tavrım yok. Ama bir konuda baştan anlaşalım; yardım teklifini kabul ettim çünkü bana yardım edebileceğine inanıyorum. Başka herhangi bir sebebi yok yani."

"Rahat olabilirsin," dedi Jack, "Benim de başka bir niyetim yok zaten!"

"İyi madem," dedi Atiye, elindeki ekmeğe tereyağı sürerken.

Sofradakiler o kadar lezzetliydi ki başta yaşanan küçük gerginlik kısa sürede yerini keyifli bir sohbete bırakmıştı. Havadan sudan konuşuyor, kahvaltının verdiği neşeyle arka arkaya espriler patlatıyorlardı. Eğlencenin her türlüsüne bayılan Cansu, haberlerde bahsedilen festivalin kendisini ne kadar heyecanlandırdığını anlatıyordu. Festival bünyesinde ne tür etkinlikler düzenleneceği hakkında hiçbir fikri olmasa da, "festival" kelimesi onu mutlu etmeye yetiyordu.

Jack, Atiye'ye bakarak, "Umarım o zamana kadar burada kalırsınız," dedi.

Atiye'nin kafası başka şeylerle meşguldü; arada bir başını sallayıp gülümseyerek sohbete eşlik ediyordu. Festival bahsi açılınca Jack'e önceki akşam Melda Hanım'la yaptığı ilginç konuşmayı anlattı. Ondan bahsederken gözleri parlıyordu. Ne kadar da ilham verici bir kadındı, hem bilgili hem özgür hem de korkusuz! Üstelik kendisi gibi o da bir boyut kapısı görmüştü.

Atiye'nin anlattıklarını ciddiyetle dinleyen Jack, "Anlattıkların imkânsız şeyler değil," dedi sonunda, "Umarım ne olduğunu anlamamıza yardımcı olacak bir şeyler bulabiliriz."

Jack, Atiye'nin o güne dek gördüğü çoğu erkekten farklıydı. Dinlemeyi ve konuşmayı bilen bir beyefendiydi. Ve bu özelliği, onu Atiye için daha da tehlikeli kılıyordu...

Kahvaltıdan sonra, Şanlıurfa merkeze on beş kilometre mesafedeki Göbeklitepe'ye gitmek üzere yola çıktılar. Atiye yol boyunca heyecanlıydı. Gökyüzündeki o tuhaf şeyi yine görecek miydi acaba? Onu başkaları da görmüş müydü yoksa yaşlı kadının bahsettiği şu sıradışı yetenekle ilgili bir durum muydu? Bu arada, köydeki kadının dediği gibi özel bir gücü varsa onu kullanmayı nasıl öğrenecekti? Veya öğrenmek istiyor muydu? Yaşlı kadına bakılırsa bu konuda fazla bir seçim hakkı yoktu, bu onun "sıradışı" kaderiydi! Peki ya babasını bulmakla gücünü keşfetmek arasında seçim yapması gerekirse, o zaman ne yapacaktı?

Bu sorular eşliğinde ufukta Göbeklitepe göründü. Onları

karşılayan kazı alanı, olanca ihtişamına rağmen ilk gelişinden daha farklı göründü gözüne. Tepeye ilk gelişinde hissettiği, onu derinden etkileyen sıradışı enerjinin yerinde yeller esiyordu. Kazı alanına girdikten sonra da değişen bir şey olmadı. Ya bir kereye mahsus bir şeydi ya da halüsinasyon görmüştü yine.

Rehberlik görevini de en az kahvaltı hazırlama işi kadar ciddiye alan Jack, kızlara kazı alanını gezdirmeye başladı. Kâh önlerinde kâh yanlarında yürüyor, Göbeklitepe'nin keşfi ve o güne dek yapılan kazılar hakkında bilgi veriyordu. Daire biçimli tapınaklardan birine geldiklerinde, ana sütunların arasında durup etrafına bakındıktan sonra, "Burayı şimdi gezmek ilginç, hatta eğlenceli olabilir," dedi, "fakat eminim, inşa edildiği zamanlarda buraya gelenler bizimle aynı şeyleri hissetmiyorlardı."

"Niye ki?" diye sordu Cansu.

"Neden olacak," dedi Jack, "O zamanlar burası ölümün kol gezdiği bir yerdi de ondan! Düşünsenize, burada kurban törenleri yapılıyor, cesetler vahşi hayvanların yemesi için ortalıkta bırakılıyordu. Pek eğlenceli bir şey olmasa gerek! Şu an üzerinde durduğumuz yerde oluk oluk kan akıyordu mesela. Tapınakların zemini neden sıvı geçirmez yapılmıştı sanıyorsunuz?"

Kâbuslarında gördüğü şeyleri hatırlayan Atiye, ayaklarından başlayıp tüm vücuduna yayılan soğuk bir titreme hissetti. Kan gölünün içinde yüzen parçalanmış beden parçaları bir kez daha gözlerinin önünden geçti.

Bu görüntüler geçmişe mi aitti yoksa geleceğe mi? Eğer yaşlı kadının dediği gibi kehanet gücüne sahipse gördüklerinin geleceğe dair şeyler olması akla daha yatkındı.

Buraya gelmekle hata mı yapmıştı? İstemeden büyük bir vahşetin içine çekiliyordu belki de.

Bu rahatsız edici düşüncelerden sıyrılmak istercesine kafasını iki yana salladı. "Buranın yerleşim yeri olduğunu sanıyordum?"

"Hayır," dedi Jack, "burası kimilerinin sandığı gibi bir şehir değildi, bir kült merkeziydi aslında."

"Kült merkezi derken?" diye sordu Cansu.

"İnançla ilgili yani," diye cevap verdi Jack, "Burayı kullanan avcı-toplayıcılar burada yaşamıyorlardı; çevredeki bölgelerden törenler ve dini ayinler için buraya geliyor olmalıydılar."

"Akşam yemeğindeki profesör de buna benzer bir şeyler anlattı burası hakkında," dedi Atiye, "Buranın tarihi anlama biçimimizi değiştirdiğini söyledi."

"Doğru söylemiş," dedi Jack, "Burayı kimin neden inşa ettiği büyük bir gizem. Gördüğünüz gibi, yapıların hepsinde daire şeklinde yerleştirilmiş on ila on iki adet T biçimli sütun var. Bunların arası sonradan duvarlarla örülmüş. Ortada ise birbirine bakan daha yüksek iki sütun var. Bunların üzerinde insan ve hayvan motifleri var."

"Ne tür hayvanlar?" diye sordu Atiye.

"En sık görülenleri boğa, tilki, yabandomuzu, yılan, yabanördeği ve akbaba. Vahşi hayvanlar anlayacağın. Bunlar kimi yerlerde süsleme olamayacak kadar çok kullanılmış."

"Süsleme için değilse ne için peki?" dedi Cansu.

"Bir hikâye ya da mesaj içeriyor olabilirler."

Elini güneşe siper ederek etrafına bakınan Atiye, "Bu tapınaklardan toplam kaç tane var?" diye sordu.

"Tespit edilen yirmi kadar tapınaktan şimdilik sadece altı tanesi ortaya çıkarılmış."

"Hepsini kazmadan nasıl biliyorlar kaç tane olduğunu?" diye araya girdi Cansu.

"Ultrasonik sonda denilen bir teknikle."

"Nasıl yani? Yerin röntgenini mi çekiyorlar?"

"Onun gibi bir şey, evet..."

"Buradaki tüm tapınakların kazılması ne kadar sürecekmiş, biliyor musun?" diye sordu Atiye.

Çenesini kaşıyan Jack, "Arkeoloji sabır isteyen bir iş," dedi, "Özenle çalışmak gerekiyor; hepsinin kazılması otuz yıl ya da daha fazla sürebilir."

O sırada bir şeylerle meşgul olan Cansu lafa girdi. "Bu sütunların bir anlamı var mı?"

"Büyük ihtimalle insanı temsil ediyorlar," dedi Jack, "Üstteki parça başı temsil ediyor olabilir. D Tapınağı'ndaki sütunların üzerindeki kol motifleri de bu teoriyi destekliyor."

Bu sırada dev bir sütunun yanına geldiler. Sütunun üzerinde başı olmayan bir çöp adam tasviri gören Atiye, eğilip çizimi yakından inceledi. "Bu, düşündüğüm şey değildir umarım!"

"Ne düşündün ki?" diye sordu Cansu.

"Görmüyor musun, adamın başı yok!" dedi Atiye.

"Sahi," dedi Cansu, "Ne olmuş şekerim, kurban mı edilmiş?"

Gülümseyen Jack, sütunun üzerindeki figürleri işaret ederek, "Bunlardan da anlaşılacağı üzere hayvan da kurban ediyorlardı," dedi, "Öte yandan, bulunan insan kemiklerinin miktarı da azımsanacak gibi değil. Bilemediğimiz şey ise bu insanların burada mı kurban edildiği, yoksa öldükten sonra mı buraya getirildiği."

"Diyelim ki burada kurban ediliyorlardı," dedi Atiye, "sence böyle bir şeyi neden yapıyorlardı? Bu insanlar bir suç filan mı işlemişlerdi?"

"Bilmiyorum ama ölüm kültüyle ilişkili bir konu olmalı. Yani, bizim aksimize, ölüm bu insanlar için bir ceza ya da son olmayabilir. Kimbilir, belki de burada ölüp gökyüzünde yeniden doğmak onlar için çok büyük onurdu. Biz ölmekten korkuyoruz diye herkes korkmak zorunda değil, haksız mıyım?"

Jack konuşurken Atiye onu hayranlıkla dinledi. Onun gibi yakışıklılık, bilgi ve nezaketi kendinde toplayan erkeğe az rastlanırdı. Ona yüzde yüz güvenmese de, çekimine kapılıp yörüngesine girmeye başladığını hissedebiliyordu.

Gözlerini ayırmadan ona baktığını fark edince toparlanarak, "Haklı olabilirsin," dedi, "Yine de ölmeyi istemek kolay kolay anlayabileceğim bir şey değil."

"Bulgular Göbeklitepe'nin kadim bir ölüm ve yeniden diriliş kültüyle ilgili olduğunu gösteriyor," dedi Jack, "Kadim gelenekte baş, insan ruhunu temsil eder. Bedenin başsız olması ruhun bedeni terk ettiği anlamına geliyor olabilir. Fark ettin mi bilmem, az önce yanından geçtiğimiz sütunun üzerinde de başa benzeyen yuvarlak bir şeyi taşıyan bir kuş figürü vardı."

"Fark ettim etmesine de ben onu gerçek bir başı kapıp kaçan bir akbaba filan sanmıştım!" dedi Atiye.

"Bir saniye bir saniye!" diye araya girdi Cansu, "Ben yine bir şey anlamadım! Ne oluyormuş? Kuşlar ölenlerin ruhlarını mı taşıyorlarmış? Nereye götürüyorlarmış peki?"

"Gökyüzüne tabii ki!" diye cevap verdi Jack gülerek. "Kafanın karışmış olması normal ama bunların çoğu temsili anlatım. Mesela buradaki kuş, akbaba maskesi takmış bir Şaman olabilir pekâlâ. Olaya bu açıdan bakınca, Şaman'ın ölen kişinin ruhuna ölüm ötesi yolculuğunda rehberlik ettiğini düşünebiliriz."

"Şimdi anladım," dedi Cansu, "Ruh cennete gidebilsin diye yol gösteriyor desene!"

"Bravo!" dedi Jack, "Tebrikler, sen daha iyi anlattın."

"Biliyoruz ki konuşuyoruz herhalde!" diye şımardı Cansu.

Günün geri kalanında tapınakları tek tek gezen kızlar, üzerlerindeki figürler hakkında Jack'ten bilgi aldılar. Karınları acıkınca yolda satın aldıkları sandviçleri yediler. Atiye bugün için Jack'e ne kadar teşekkür etse azdı. O olmasaydı büyük olasılıkla neye baktıklarını anlamadan öylece dolaşacak, birkaç fotoğraf çekilip gerisingeri otele döneceklerdi. Şimdi ise Göbeklitepe hakkında bilinmesi gereken her şeyi biliyorlardı.

Hava kararmaya başlayınca geziyi noktalayıp birlikte otele

döndüler. Akşam yapacağı bir görüşmeden önce biraz zamanı olduğunu söyleyen Jack, lobide bir şeyler içmeyi teklif etti. Cansu odaya çıkıp duş almak istediğini söyleyerek izin istedi. Atiye ve Jack lobideki koltuklara geçerek birer espresso söylediler.

Kahvelerden ilk yudumlar alındıktan sonra Atiye, "Bugün için çok teşekkür ederim Jack," dedi, "Gerçekten de çok faydalı oldu."

"Benim için zevkti!" diye cevap verdi Jack, "Küçücük bir yardımım bile dokunduysa ne mutlu bana."

Konuşurken bir yandan da masmavi gözleriyle sıcak sıcak Atiye'nin gözlerinin içine bakıyordu. Bu adam aynı anda hem bu kadar erkeksi hem de bu kadar çocuksu olmayı nasıl başarabiliyordu?

Jack, bir şey söylemeden bir süre daha baktıktan sonra, "Bana gerçekten teşekkür etmek ister misin?" diye sordu.

"Evet, bunu nasıl yapabilirim?"

"Bana buraya gelişinin asıl sebebini anlatabilirsin."

"Bu biraz uzun ve bir o kadar da karışık bir hikâye," dedi Atiye başını öne eğerek.

"Uzun ve karışık hikâyelere bayılırım," dedi Jack, "fakat tarih sever olduğun yalanını kendine sakla lütfen, beni buna asla inandıramazsın."

"Yakalandım sanırım!" dedi Atiye gülümseyerek, "Haklısın, birkaç gün öncesine kadar böyle bir yerin varlığından bile haberim yoktu."

"Fakat şimdi buradasın..."

"Evet..."

"Neden?"

"Önemli bazı sorulara cevap bulmayı umuyorum," dedi Atiye, "Beni aradığım şeye ulaştıracak küçük bir ipucu belki de..."

O sırada otelin ana giriş kapısı açıldı. İçeri giren takım elbiseli gruba gayriihtiyari gözü kayan Jack, tekrar Atiye'ye dönerek, "Ne arıyorsun?" diye sordu.

"Babamı..." dedi Atiye, "Buraya onu bulmaya geldim."

Jack ilgiyle yerinden doğruldu. "Nasıl yani? Burada mı görevli?"

Atiye, telefonuna gelen mesajı hızlıca cevapladıktan sonra başını kaldırıp, "Hayır," dedi, "ama burayla bir bağlantısı olabileceğine inanıyorum."

"Ne gibi bir bağlantı?" dedi Jack.

Yaşadığı tuhaf olaylardan ve tekrarlanan kâbuslardan bahseden Atiye, psikoloğunu dinleyip memlekete gidişini, yaşlı kadınla karşılaşmasını ve ailesiyle ilgili sırrı ortaya çıkarışını anlattı.

Onu ilgiyle dinleyen Jack, "Ne hikâye ama!" dedi, "Bütün bunlarla baş etmek zor olmalı; başarabiliyor musun bari?"

"Elimden geleni yapıyorum," dedi Atiye başını öne eğerek.

"Anlıyorum," dedi Jack, "Tek sebep baban mı peki?"

"Hayır," dedi Atiye, "buraya geldim çünkü burası kâbuslarımda gördüğüm tapınak. Ayrıca bir yerden başlamam gerekiyordu sonuçta!"

"Haklı olabilirsin," dedi Jack, "Yerinde olsam ben de aynısını yapardım herhalde. Eğer kabul edersen babanı bulmana yardım etmeyi çok isterim."

"Teşekkür ederim ama hayır," dedi Atiye. "Dün sormuş olsan evet derdim belki ama durumlar değişti, yarın sabah İstanbul'a uçuyorum."

"İyi ama neden?" diye itiraz etti Jack, "Babanı bulmak istediğini sanıyordum!"

"İstiyorum istemesine," dedi Atiye, "ama dün gece biraz düşündüm de samanlıkta iğne arıyor olmam bir kenara, bulduğum iğnenin canımı çok yakabileceğini düşünmeye başladım. Göbeklitepe hakkında öğrendiğim şeylerden sonra, bu maceranın boyumu aştığına karar verdim diyelim. Gerçek şu ki bunların hiçbiri bana göre değil. Ben böyle biri değilim. Bildiğim hayata, bildiğim sorunlara dönsem iyi olacak."

"Peki ya senden hoşlandığımı söylesem," dedi Jack, "yine de gider misin?"

"Gitmeye karar vermemin bir sebebi de bu zaten," diye cevap verdi Atiye mahcup bir sesle, "Zaten karmakarışık olan kafam seni tanıyınca daha da karıştı. Kör değilim, bana ilgi duyduğunu görebiliyorum. Dahası ben de sana ilgi duyuyorum. Fakat hayatıma bir erkeğin girmesi şu aralar isteyebileceğim en son şey, inan bana!"

"İyi ama neden yarın?" diye sordu Jack, "Biraz daha kal, daha yeni tanıştık!"

"Bu maalesef mümkün değil," dedi Atiye, "Buraya gelmem öncesinde gündemde olan bir terfi meselesi vardı. Dönmeye karar verince sabah insan kaynaklarına mesaj gönderip mülakat için randevu istemiştim. Az önce gelen mesaj onlardandı; mülakat tarihi yarın öğleden sonra olarak belirlenmiş. Sabah ilk uçakla gitmek zorundayım, biletimi aldım bile."

"Gitme," dedi Jack, "Bu kaçmak olur!"

"Kaçma konusunda ne kadar başarılı olduğumu tahmin bile edemezsin," diyen Atiye, çantasından babasının defterini çıkarıp Jack'e uzattı.

"Bu nedir?" diye sordu Jack defteri alırken.

"Bunu senin almanı istiyorum," dedi Atiye, "Araştırma notları ilgini çekebilir. Benim onlara ihtiyacım olmayacak. Hem onları benden daha iyi anlayabilirsin, sende kalmaları daha iyi."

"Tek bir şartla kabul ederim," dedi Jack, "Bu notlar babanın hastaneye kapatılmadan önce ne yapmaya çalıştığını anlamaya yardımcı olabilir. Sen yokken onu inceleyip işe yarayacak ipuçları arayacağım. Babanı bulacağız! Eğer seni birazcık tanıdıysam geri döneceğim dediğin o hayat sana göre değil, inan bana! Senin kaderin burada, benim yanımda."

Uzanıp Jack'in elini tutan Atiye, gülümseyerek onun gözlerinin içine baktı.

"Sen çok iyi birisin Jack," dedi, "Karşılık beklemeden yardım etmek istemen de son derece asilce bir davranış. Fakat inan bana, ne ben sandığın kadar cesurum ne de sen sandığın kadar yakışıklısın!"

KADERİN CİLVESİ

Gündüz vardiyasının bitmesine dakikalar kala, hesapları kontrol eden resepsiyonist kasayı kapatıp gececi arkadaşının gelmesini beklemeye başladı. En büyük korkusu havaalanından gelmesi beklenen grubun, mesaisi bitmeden önce kapıda belirmesiydi. Bol girişli yoğun bir gün olmuştu, bir an önce gidip dinlenmek istiyordu. Saatine bakarak söylendiği sırada korktuğu başına geldi. Takım elbiseli adamlardan oluşan kalabalık bir grup otelin kapısından içeri girerek resepsiyona yöneldi. Oflayarak yerinden kalktığı sırada arkasından bir el omzuna dokundu.

"Bunlarla ben ilgilenirim," dedi görevi devralmaya gelen resepsiyonist.

Derin bir oh çekerek yerini yeni gelen arkadaşına bıraktı. Çıkışlar ve kasa hakkında bilgi verdikten sonra eşyalarını alıp kaçar gibi uzaklaştı. Koridorun sonunda gözden kaybolduğu sırada arkadaşı sıraya giren misafirlerle ilgilenmeye başlamıştı bile. Sıranın sonunda bekleyen Murat dalgın bir halde saatine baktı. Dışarıdan hareketsiz görünse de fazla mesaiyi alışkanlık haline getiren zihni, sonu gelmeyen vardiyalardan bir yenisine daha başlamıştı.

Atiye ile sıkıntılı geçen son görüşmelerinden bu yana bakanın yanındaki görevine odaklanmıştı. Böylesi daha iyi olmuştu bir bakıma. Hem ona sıkıntı vermekten başka bir şeye yaramıyordu hem de ona olan duygularıyla görevi arasında kalmaktan kurtulmuştu. Ne var ki özlemişti de! Onu görmeden güne başlamak, çatışmaya mühimmatsız girmek gibiydi. Disiplin ve irade kelimeleriyle özetlenebilecek geçmişine rağmen kalbine söz geçirememek tuhafına gidiyordu. Sonunda dayanamamış, koşu yaptığı parka uğrayıp onu uzaktan da olsa görmeye niyet etmişti. Ne var ki bakanlıktan gelen acil telefon buna izin vermemişti. Şimdi ise buradaydı! Tek istediği ona daha yakın olmak iken şimdi aralarında görevi, vatanı ve bin iki yüz küsur kilometre vardı.

Kaderine razı gelmekten başka yapabileceği bir şey yoktu. Resepsiyonun önünde sıranın kendisine gelmesini beklerken kafasını dağıtacak bir şeyler bulmak umuduyla etrafına bakındı. İnsanlar ağır çekimde hareket ediyor gibi göründü gözüne. Atiye'yle tanıştığından bu yana zaman yavaşlamıştı. Ne yaparsa yapsın onu unutamıyor, onu düşünmeden bir an bile geçiremiyor, baktığı her yerde, hatta şimdi bile onu görüyordu. Hayallerini süsleyen Atiye, hayallerinden fırlayıp lobideki koltuklardan birine kuruluvermişti.

Gözleri ona bunun bir hayal olmadığını, Atiye'nin gerçekten de karşısında oturduğunu söylediğinde onlara inanmadı. Bu nasıl mümkün olabilirdi ki? Burada ne işi olabilirdi? Eğer karşısındaki gerçekten o ise bundan nasıl haberi olmamıştı? Apar topar çağrıldığı için ses kayıtlarını dinleme fırsatı olmadığını hatırladı. Şanlıurfa'ya gelmeye aniden karar vermiş olmalıydı. Peki neden gelmişti? Ve daha da önemlisi, Murat'ı burada gördüğünde ne tepki verecekti? Mutlu olmayacağı kesin gibiydi. Evlilik teklifi fiyaskosundan sonra onu daha fazla sinirlendirmek istemezdi doğrusu! Orada bulunmak için iyi bir mazereti olduğu düşüncesi onu biraz olsun rahatlattı.

Yüzüne yayılan gülümsemeyi dizginleyerek sevdiği kadının oturduğu tarafı izlemeye başladı. Uzak durması gerekirken yakınlaştığı, hiç ayrılmamak isterken uzak düştüğü, uzakta olmasına sevinirken karşısında bulduğu Atiye, bir kement gibi boynuna dolanıp aklını başından alan gülümsemesini de beraberinde getirmişti. Onu bu kadar neşelendiren kişi kendisi olmalıydı ama değildi işte! Sütunun arkasında kaldığından kim olduğunu da göremiyordu. Cansu olabilir miydi? Son günlerde aralarından su sızmıyordu ne de olsa!

Sıranın kendisine gelmesine bir kişi kala, kafasının içindeki sesler yeniden tartışmaya başlamıştı bile. Seslerden biri ona görünmeden odasına çıkmasını, sabah bir bahane uydurup İstanbul'a dönmesini öğütlüyor, diğeri ise, "Bak, gördün mü, kader de bir araya gelmenizi istiyor," diye fısıldıyordu kalbinin kulağına. İki sesten birini seçmeye çalıştığı sırada, araya giren üçüncü bir sesle kendine geldi.

"Siz de gruptan mısınız diye sordum?"

Sıra kendisine gelmişti. Özür dileyip başıyla onay verdikten sonra bankoya eğilerek, "Mümkünse sigara içilebilen bir oda istiyorum!" dedi.

Resepsiyonist tüm odalarda balkonda sigara içilebileceğini söylediyse de o bunu duymadı. Başı, elinde olmadan Atiye'nin oturduğu tarafa dönmüştü. Bulunduğu yerden, konuştuğu kişiyi görebiliyordu artık. Eee? Kimin nesiydi bu herif? Daha önce onu Atiye'nin yanında hiç görmemişti. Arkadaşı filan mıydı? Atiye'nin adama karşı samimi tavırlarını görünce canı sıkıldı. Şu an bir ilişkiye hazır olmadığı yalan mıydı?

Kayıt formunu uzatan resepsiyonist, "Ad, soyad ve cep telefonu bölümlerini doldurup imzalar mısınız lütfen?" dedi.

Kafası Atiye'nin yeni arkadaşının kim olabileceğiyle meşgul olduğundan soruyla kendine gelerek, "Efendim?" diye sordu.

"İşaretli yerleri doldurup imzalayın lütfen!"

Doldurduğu formu imzalayarak geri uzattı. Bunu yaparken gözucuyla Atiye'nin yanındaki adamı süzmeye devam etti. Onu kıskanmasına kıskanmıştı fakat işin o kısmı bir kenara, birdenbire ortaya çıkan bu adamda onu rahatsız eden bir şeyler vardı. Henüz adını koyamamıştı, ufak bir araştırma yapmalıydı belki de. "Dur bakalım, sıra ona da gelir elbet," diye düşündü.

İşlemleri nihayet tamamlayan resepsiyonist, oda anahtarını uzatırken otelle ilgili bilgileri arka arkaya sıraladı. Sadece kahvaltının sabah altıda başladığını anlayabilen Murat teşekkür edip kartı aldı, arkasını dönüp asansörlerin olduğu tarafa baktı. Asansöre ulaşmak için Atiye ve yeni arkadaşının önünden geçmesi gerekiyordu. Bu fikir pek hoşuna gitmese de fazla bir seçeneği yok gibi görünüyordu. Atiye'nin uzanıp adamın elini tutması karar vermesini oldukça kolaylaştırdı. Düşünmeyi bırakıp hızlı adımlarla o tarafa doğru yürümeye başladı.

Hiç beklemediği bir anda Murat'ı karşısında bulan Atiye, ilk bocalamanın ardından Jack'in elini bıraktı ve şaşkınlığını gizlemeye gerek görmeden, "Murat?" dedi iğneleyici bir ses tonuyla, "Ne işin var senin burada?"

Eliyle saçını düzelten Murat, "Aslına bakarsan önemli bir görev için buradayım," diye cevap verdi.

"Ne göreviymiş bu?" diye sordu Atiye gözlerini kısarak.

"Bakan Bey festival açılışında bir konuşma yapacak," diye açıkladı Murat, "Hazırlıklar için küçük bir ekiple birlikte beni önceden gönderdiler. Peki ya sen? Asıl senin ne işin var burada?"

"Ben mi?" dedi Atiye panikleyerek, "İşten izin aldım biraz kafa dinlemek için. Nereye gideyim nereye gideyim derken televizyonda burayı gördüm."

O konuşurken Jack'i göz hapsine alan Murat, "Arkadaşını benimle tanıştırmayacak mısın?" diye sordu.

"Pardon," dedi Atiye, "Bu Jack, bu da Murat!"

Murat elini resmî bir tavırla uzatarak, "Merhaba!" dedi.

Jack yerinden doğrulup gülümseyerek, "Selam!" diye cevap verdi.

Birbirlerinin gücünü sınar gibi sert bir şekilde tokalaştılar.

"Jack arkeolog," diye açıkladı Atiye, "Göbeklitepe'yle ilgili bir araştırma yapıyor... Biz de yeni tanıştık sayılır..."

"Belli oluyor," dedi Murat ağzının içinden.

"Memnun oldum!" dedi Jack, Murat'a bakıp gülümseyerek, "Siz ikiniz nereden tanışıyorsunuz?"

Murat'tan önce atılan Atiye, onun cevap vermesine fırsat vermeden, "İşten!" diye açıkladı, "Resmî bir davette tanışmıştık. Murat bir bakanın danışmanlığını yapıyor da!"

Renk vermemeye çalışsa da bu şekilde tanıtılmak Murat'ın zoruna gitmişti. Atiye kısmetini kapatmak istemiyordu anlaşılan.

Atiye'nin söyledikleri geldi aklına. Hiç kimseyi sevecek durumda değilmiş de, sevmek için iki kişi gerekmiş de, yazıklar olsun! O iki kişi tam karşısında duruyordu işte! Onun gibi bir adamın yıllar sonra sevmeyi hatırlayıp üstüne bir de sevilmeyi beklemesi, bedelini "herhangi biri" olarak tanıştırılmak suretiyle ödeyeceği affedilmez bir hata olmalıydı.

Kendini orada bir fazlalık gibi hissedip, "Yer yarılsa da içine girsem," diye düşündüğü sırada, kata gelen asansör imdadına yetişti.

"Görüşmek üzere!" dedi ve "taze âşıkları" baş başa bırakarak asansöre bindi. Kapı kapanırken Atiye ile göz göze gelmemek için başını öne eğdi.

MÜLAKAT

İstanbul'un saat tanımayan trafiğinde ağır ağır ilerleyen Atiye, Jack'in kaçmakla ilgili söylediklerini hatırladı. Evet, kaçmıştı belki ama başka ne yapabilirdi ki? Bu kadar bilinmezlik onun için çok fazlaydı. Her şeyi geride bırakıp yeni bir maceraya yelken açmak kulağa heyecan verici gelse de sınırı bir yerde çizmek zorundaydı. Neyse ki çok geç olmadan duydukları ve gördükleri aklını başına getirmiş, belki de büyük bir tehlikeden korumuştu onu.

Cansu İstanbul'a dönme kararını anlayışla karşılamış ama onunla birlikte dönmek yerine Şanlıurfa'da birkaç gün daha kalmak istemişti. En azından, onu da oralara kadar boş yere sürüklediği için suçluluk duyması gerekmiyordu.

Murat'la karşılaşmak kafasını karıştırmıştı. Aşk konusunda o güne dek okuduğu kitapları kafasında tarayıp içini rahatlatacak bir argüman aradı. Adına aşk denilerek göklere çıkarılan şey, bir erkekle bir kadının birbirine karşı normalden biraz daha fazla endorfin salgılaması değil miydi sonuçta? Tamamlayıcı genetik sinyallere karşılık gelen kokusuz bir feromon salınımı, fiziksel hatırlamaların tetikleyip beslediği bir algı oyunu. Annenin gözü, mutluluk veren bir gülümseme, bir koku ya da iki farklı tür arasında cereyan eden amansız bir savaş. Bakteriler ve virüsler her hücre bölünmesiyle bizden çok daha fazla ve hızlı çoğalıyor, biz ise buna elimizdeki tek silah olan cinsellikle karşılık veriyorduk belki de. Kartların karılması gibi iki kişinin genleri karılıyor, daha dayanıklı bireyler dünyaya geliyordu.

Olay bundan ibaretti.

Aşk o kadar da büyütülecek bir şey değildi!

Zihni kontrolsüz bir şekilde düşünceden düşünceye atlarken, mülakat saatine sadece yirmi dakika kaldığını fark ederek hızlandı. Neyse ki trafik akmaya başlamıştı. Plazalar ufukta belirdiğinde, Şanlıurfa'dayken aldığı kararı sorgulamaya başlamıştı bile. İşte her şey yeniden başlıyordu. Her sabah yataktan çıkmak için vereceği mücadele, anlamsız olduğunu bile bile yapmaya devam edeceği işler, ağzı başka yüzü başka konuşan insanlar, pazartesi başlayıp hafta bitmeden sona eren diyetler... İşe döndüğünde yeniden giymek zorunda kalacağı kıyafetler birer birer gözünün önüne gelmeye başladı: Etekler, ütülü beyaz gömlekler, topuklu ayakkabılar, toplanmış saçlar ve hepsinden önemlisi bunların tümünü bir arada tutmaya yarayan o yapmacık gülümseme.

İlk sapaktan dönüp adını bile duymadığı yerlere gitseydi ya! Üstü açık kırmızı arabasını sahil boyunca sürdüğünü hayal etti. Saçlarını rüzgârın dağıtmasına izin vermek, ruhunu ona biçilen tüm rollerden azat etmek, hayatını hesapsızca yaşamak, onu hayalini kurduğundan başka bir şeye dönüştüren mecburiyetleri bir kutuya doldurup uzak bir geçmişe postalamak... Yeşil ışığın yanmasını beklerken, bir anlığına gözlerini kapatıp bu yeni hayatı düşledi. Gözlerini yeniden açtığında, yanında duran arabanın camında yansımasını gördü. İç dünyasını bayram yerine çeviren bu özgürlük düşü bedenine de yansımış, saçları göz kamaştırıcı bir ışıltıyla gülümsemeye başlamıştı.

Öte yandan, özgürlükten ibaret değildi hayat. Anlam arayışı gibi daha önemli şeyler de vardı. Bu yüzden, büyük kararlar alıp geri dönüşü olmayan bir yolculuğa çıkmadan önce, aradığı anlamı burada asla bulamayacağından emin olmak zorundaydı. Bu konu üzerine düşünmek hem kafasını hem de kalbini fazlasıyla acıttığından, düşünmeyi bırakarak nihai seçimi akışa bırakmaya karar verdi.

İşin kötüsü, peş peşe yaşanan gelişmeler yüzünden mülakata doğru düzgün de hazırlanamamıştı. Önemli soruların cevabını kendine bile veremezken mülakat jürisine ne diyecekti? "Neden sizi terfi ettirelim?" diye sorduklarında cevabı ne olacaktı? Sahi, terfi etse ne olurdu, etmese ne? Bu soruya verilebilecek tüm cevaplara eşit uzaklıkta olduğunu fark etti.

"Gönlünü de dinle!" demişti yaşlı kadın. Aynı soruları bir kez de gönlüne sorup cevap bekledi. Fakat cevap gelmedi. Görünüşe bakılırsa gönlü konuşmama hakkını kullanıyordu. Gelmeyen cevapları beklerken karşısına dikilen plaza, bir kez olsun bir şeye yaradı ve onu debelendikçe battığı bataklıktan bir hamlede çekip çıkardı.

Her zamanki ritüelleri bir kez daha gerçekleştirerek rutin bir "çalışmama" gününün daha yaşandığı ofise adım attı. Açık ofisi boydan boya geçerken, kafalarını masaya gömüp işten başka her şeyle meşgul olan insanları bir kez daha ibretle seyretti. Ne yaptıklarını çok iyi biliyordu çünkü son zamanlarda kendisinin de sıklıkla yaptığı bir şeydi bu.

Odasına uğramadan doğrudan yönetim bölümüne ilerledi. Geldiğini gören asistan, "Mülakat için son hazırlıklar yapılıyor, şöyle oturup bekleyebilirsiniz," diyerek ona yer gösterdi.

Asistanın gösterdiği tarafa döndüğünde Hülya'yla yüz yüze geldi, orada beklediğini gördü. Açık renk bir takım giymiş, saçlarını kısa kestirip boyatmış, makyajı her zamankinden hafif tutmuştu; amaçladığı pozisyona uygun bir imaj yaratmaya çalışmıştı belli ki. Atiye'nin yüzüne hiç bakmadığına göre ya buna yüzü yoktu ya da kendince, onu muhatap almaya değer bulmadığını göstermeye çalışıyordu.

Ondan mümkün olduğunca etkilenmemeye çalışan Atiye, boş

yerler olmasına rağmen geçip yanındaki sandalyeye oturarak sabırsızlıkla beklemeye başladı. Onun bet suratını görmek zorunda kalmayacağı tek yer burasıydı zira!

İnşallah önce kendisini çağırırlardı! Bir zamanlar koşarak geldiği bu ofiste fazladan on dakika geçirmeye bile tahammülü kalmamıştı artık. Saatine bakma bahanesiyle Hülya'yı süzdü gözucuyla. Görebildiği tek şey, içinde ona, bu şirkete ve kariyer denen şeye karşı uyanan tiksinti oldu.

Asistanın masasındaki telefon çaldı. Telefonu açan asistan, "Tabii ki, hemen gönderiyorum," dedikten sonra onlardan yana dönerek, "Hülya Hanım, sizi bekliyorlar!" dedi.

Hülya yerinden kalktı, eteğini çekiştirdi ve podyumdaymış gibi abartılı hareketlerle kapıya doğru yürüdü. İçeri önce çağrılmış olmaktan bile kendine bir paye çıkarmaya çalışır gibiydi. Allahım bu ne bitmek tükenmek bilmeyen bir hırstı! Hülya'nın içeri girişini izleyen Atiye, ondan bu kadar nefret etmekle ona haksızlık edip etmediğini düşündü elinde olmadan. İçini bir hüzün kapladı. Eskiden böyle biri değildi Hülya. İşe aynı dönemde girmişlerdi. Atiye ondan bir-iki ay önce başlamıştı sadece.

Onunla ilk kez konuştuğu anı hatırladı. İşteki ilk gününde kahve makinesinden iki kahve alıp Atiye'nin yanına gelmiş, gülümseyerek, "Merhaba, ben Hülya!" dedikten sonra sandalye çekip karşısına oturmuştu. Atiye en çok da rahat tavırlarından ve medeni cesaretinden etkilenmişti galiba. Kendisinin kolay kolay yapabileceği şeyler değildi bunlar zira.

O günden sonra güzel bir arkadaşlık gelişmişti aralarında. Ona bildiklerini öğreten Atiye, yabancılık çekmemesi için onu diğer çalışanlarla tanıştırmıştı. Zeki bir kız olan Hülya, işleri çabucak öğrenerek kısa sürede kendini geliştirmişti. Gel zaman git zaman, iş dışında da birlikte vakit geçirmeye başlamışlardı. Hayattan keyif almayı önemseyen havalı ve esprili bir kızdı, onunla birlikteyken zamanın nasıl geçtiğini anlamıyordu. Uzun zamandır aradığı "en iyi arkadaşı" bulmuş gibiydi.

İyi de bir dert ortağıydı Hülya. Atiye ona hoşlandığı çocukla ilgili hislerini anlatır, o da duruma göre ya cesaretlendirici bir şeyler söyler ya da onu teselli ederdi. Bu durum bir süre böyle devam ettikten sonra bir gün, Hülya ona bu işin olmayacağını, çocuktan umudu kesmesini telkin etmeye başlamıştı. Ondaki bu ani değişimin sebebini, onu hoşlandığı çocukla birlikte Nişantaşı'nda bir kafede içli dışlı görünce anlamıştı. İlk başta bozulmuş, hatta gidip ondan hesap sormayı bile düşünmüş fakat öfkesi yatışınca duruma onun açısından bakmaya çalışmıştı. Belki de çocuk ondan hoşlanmış, o da bir şekilde reddedememişti, olamaz mıydı? Atiye'den daha alımlıydı sonuçta, bakımlıydı, görünüşüne önem verir, moda olsun makyaj olsun yeni trendleri takip ederdi. O zamanlar, bu ve kendine itiraf edemediği daha birçok sebepten ötürü Hülya'nın yaptığı şeyi ihanet olarak algılamamıştı. Dost dediğin öyle kolay bulunan bir şey değildi ve uzun zaman sonra bulduğu tek dostu bir erkek yüzünden kaybetmeye niyeti yoktu.

O kendini kandıradursun, Hülya'nın ona karşı tavırları da değişmişti. İşyerinde ve iş dışında yine görüşüyorlardı ama Hülya eski Hülya değildi. Eskiye kıyasla telefonlarına daha az çıkıyor, randevularını daha sık iptal ediyor, ofiste onunla daha az konuşuyordu. Atiye bunlara bile özel bir anlam yüklememiş, işlerin yoğunluğuna vermişti. Ama bir süre sonra Hülya kartlarını daha açık oynamaya başlamıştı. Basit yardım isteklerini bile binbir afra tafrayla geri çevirmeler, başkalarının yanında terslemeler, arkadan konuşup laf taşımalar, kısacası onu kendine engel veya tehdit olarak gören zavallı bir mahlukun yapabileceği her şeyi yapmıştı! İlişkilerinde son dönemece girilirken, ona beslediği düşmanlığa yenik düşen Hülya işi iftira atıp ayağını kaydırmaya çalışmaya kadar vardırmıştı. Ona benzer bir üslupla cevap vermekten daima kaçınan Atiye, bir noktadan sonra hakkında çıkan söylentilere cevap vermekten işini bile yapamaz hale gelmişti.

Hülya'dan neden bu kadar nefret ettiğini anladı o an. Kıskançlığına yenik düşerek muhteşem olabilecek bir şeyi berbat eden bu zavallı kadın, Atiye'nin iş hayatı denilen sirkte nefret ettiği her şeyin mükemmel bir numunesine dönüşmüştü. O an kafasına dank etti. Bu hayata dönerse eninde sonunda onun gibi birine dönüşecekti! Belki bugün değil, belki bir ay içerisinde ya da bir yıl içerisinde değil ama bir gün mutlaka bu olacaktı.

Bir karar vermek zorundaydı.

Kimbilir, bu bekleme odası hayatının en önemli dönüm noktasıydı belki de.

İçeri girdikten on beş dakika kadar sonra dışarı çıkan Hülya, Atiye ile göz göze gelmemek istercesine yüzünü çevirip kapıya yöneldi. Keyifsiz görünüyordu, üstelik çabuk çıkmıştı, içeride bir şey mi olmuştu? Mülakatı kötü geçmiş olabilir miydi?

Atiye içeride neler olup bittiği konusunda bir tahminde bulunmaya çalışırken Hülya sürpriz bir şekilde bekleme odasına geri döndü. Atiye'nin şaşkın bakışları arasında gelip yanına oturdu.

"Benden nefret ediyorsun, biliyorum," dedi Atiye'nin gözlerinin içine bakarak, "Buna yerden göğe kadar hakkın var. Sevgine ve güvenine ihanet ettim. Sırtından vurdum seni. Dostların birbirine yapmaması gereken şeyler yaptım."

"Bana bunları anlatmak zorunda değilsin," dedi Atiye.

"Gidip istifa mektubumu yazmadan önce bunları bilmeni istedim," dedi Hülya, "Senden özür dilemeye yüzüm yok, bunun için gelmedim zaten. Sadece şunu bilmeni istiyorum: Yaptığım şeylerin hiçbirini daha fazla maaş ya da itibar hırsıyla yapmadım. Bana inanmanı beklemiyorum fakat seni tanımak hayatımın dönüm noktalarından biriydi! O gün kahve alıp yanına geldim çünkü burada ve bundan önce çalıştığım yerlerde karşılaştığım ilk ve tek gerçek insandın sen. Bunu anlamak için seninle zaman geçirmeme gerek yoktu. Farklıydın! Her şeyden önce canlıydın; düşünen, dinleyen, anlayan, utanmaktan utanmayan, hatırlaması gerekenleri hatırlayan, unutması gerekenleri unutan, mazeret üretmeyen, başkalarını suçlamayan sıradışı biriydin. O güne dek senin gibi biriyle hiç karşılaşmamıştım. Tahmin edebileceğinden çok daha fazla etkilendim senden. Akşamları eve gittiğimde, birlikte çekildiğimiz fotoğraflara uzun uzun bakıp senin gibi güldüğümü, senin gibi konuştuğumu, özetle sen olduğumu hayal ederdim. Sen biriyle konuştuğunda onunla konuşan ben olayım; birini sevdiğinde onu seven ben olayım isterdim. Senin gibi olursam beni de severdi belki. Hoşlandığın çocuğu da bu yüzden aradım. Onunla buluştum, bana baktığında seni görmesini istedim. Ama olmadı maalesef, sen olamadığım gibi, kendim diyebileceğim biri de kalmadı ortada! Masum bir imrenme zamanla yakıcı bir kıskançlığa dönüşüp beni içten içe tüketti. Her şeyi yüzüme gözüme bulaştırdım. Lütfen beni affet!"

"Neden istifa ediyorsun?" diye sordu Atiye, "Mülakatın kötü mü geçti?"

"Hayır," diye cevap verdi Hülya, "ama içeride tuhaf bir şey oldu. Jüridekiler orada durmuş bana bakarken kendimi bir anlığına görünmez gibi hissettim. Beni süzüp sorgulayan bakışları, içimden geçip arkamdaki boş duvara çarpıyordu sanki. Karşılarında duranın içi boş bir kabuk olduğunu bilseler ne yaparlardı acaba? Dedim ki kendi kendime, daha kendi kabuğumu dolduramazken bana teklif edilen bu pozisyonu nasıl dolduracağım?"

"Yapma!" dedi Atiye Hülya'nın gözlerinin içine bakarak, "İstifa etme!"

"Memnun olursun sanmıştım," dedi Hülya.

"Bu pozisyonun hakkını vereceğine inanıyorum ben," dedi Atiye.

"Sana yaptığım onca şeyden sonra..."

"Bana yaptıklarından nefret ediyor olabilirim ama nefretim

gözümü kör etmedi çok şükür," dedi Atiye, "Sen tanıdığım en yetenekli insanlardan birisin. Hatta bu işte benden daha iyisin. Hırslısın, doğru ama hırsını doğru yöne kanalize edersen yapamayacağın şey yok, inan bana!"

Onu hayretle dinleyen Hülya, "Az önce anlatmaya çalıştığım tam da buydu," dedi, "Sen böyle birisin işte! Senin yerinde başka birisi olsa şu an zafer çığlıkları atıp yüzüme tükürürdü herhalde. Ama benim hakkımda yanılıyorsun, ben senin söylediğin gibi biri değilim. Hem haklı olsan bile, sana yaptığım onca şeyden sonra yüzüne nasıl bakarım?"

"Güzel soru!" diye düşündü Atiye. Peki ya kendisi nasıl bakacaktı aynaya, onu kaderine ulaştırabilecek yolculuktan kaçıp kendisine ihanet ettikten sonra? Evet korkmuştu ve onu korkutucu şeyler bekliyordu belki ama kaçmak çözüm değildi. Hayatın içinde korku olabilirdi ama korku içinde bir hayat olamazdı! Bütün hayatı bir korku filminden farksız geçmişti. Bu senaryoyu binlerce kez okumuş, kurban rolünü binlerce kez ustalıkla oynamıştı. Başrolünde kendisinin oynayacağı yeni bir senaryo yazmanın zamanı gelmişti.

Uzanıp Hülya'nın ellerini tuttu. "Belli mi olur?" dedi, "Bakarsın bir daha yüzüme bakman gerekmez!"

Asistanın masasındaki telefon yeniden çaldı. Telefona cevap veren asistan, "Tamam!" dedikten sonra Atiye'ye içeriden beklendiğini söyledi.

Atiye yerinden kalktı, kendine çekidüzen verdikten sonra Hülya'nın meraklı bakışları arasında kapıya doğru yürüdü. Kapının önüne geldiğinde, elini kapı kolunun üzerine koyup durdu. Gözlerini kapatıp derin bir nefes aldıktan sonra, kendinden emin bir şekilde içeri girdi.

Bir gariplik olduğunu sezmesi uzun sürmedi. Bildiği kadarıyla içeride patronuyla birlikte mülakat jürisinin de olması gerekiyordu, fakat ne hikmetse bir tanesi hariç toplantı masasının etrafındaki sandalyelerin tümü boştu. Dolu olan o sandalye de pencereye doğru dönüktü. Patronu mülakattan önce onunla baş başa görüşmek isteyip diğerlerini odadan çıkarmış olabilir miydi? İyi ama odadan hiç kimse çıkmamıştı ve bildiği kadarıyla başka bir çıkış da yoktu. Ürkek adımlarla masaya doğru yürüyüp masanın hemen önünde durdu. Patronunun, içeri girdiğini duymamış olabileceğini düşünerek, elini ağzına götürüp hafifçe öksürdü.

"Beni mi çağırdınız?"

Koltuk yavaş yavaş geriye döndü. Karşısında patronu değil, ellili yaşlarda bakımlı ve karizmatik bir kadın oturuyordu. Kadın kısa kesilmiş beyaz saçlarını uzun ve şekilli parmaklarıyla düzeltti.

"Hayır Atiye. Sen beni çağırdın!"

Köyde karşılaştığı yaşlı kadındı bu! Ama artık yaşlı değildi. Bu nasıl mümkün olabilirdi? Burada ne işi vardı? Zihni makul bir açıklama arıyor, hayal gücünün sınırlarını sonuna kadar zorlamasına rağmen duruma bir anlam veremiyordu.

"Bu... Siz misiniz gerçekten?" diye sordu gözlerini kısarak.

"Evet" anlamında başını öne eğen kadın, hemen karşısındaki sandalyeyi göstererek Atiye'ye oturması için işaret etti.

Atiye geçip sandalyeye oturdu. "Köydeki halinizden çok farklısınız ama? Gençleşmişsiniz üstelik!"

"O gün sana öyle görünmenin daha uygun olacağını düşündüm."

"O gün öyle, bugün böyle... Kimsiniz siz? Ve benden ne istiyorsunuz?"

"Bana Anima diyebilirsin. Bu arada, sizli-bizli konuşmaya bir son verebilir miyiz?"

"Anima..." diye tekrarladı Atiye. İsim hoşuna gitmişti. "Neden buradasın Anima?"

"Mülakat için," dedi Anima gülümseyerek.

"Herkes nereye gitti?" diye sordu Atiye etrafına bakınarak.

"İçeri girerken onları geçmişte bıraktın. Tıpkı buradaki işin gibi..."

"Öyle mi? Mülakat ne için o zaman?"

"Yeni kariyerin için," dedi Anima gülerek, "Aklımda oldukça gelecek vaat eden bir pozisyon var."

"Nasıl bir pozisyonmuş bu?"

"Yöneticilik... Hayalin bu değil miydi?"

"Buydu, evet... Peki neyi yöneteceğim?"

"Kendini, hayatını, kaderini..."

"Bana tam olarak ne teklif ettiğini anlamış değilim."

"Kehanet nedir, biliyor musun?"

"Hımm, gelecekten haber vermek?"

"Bundan çok daha fazlası aslında ama şimdilik bu tanım işimizi görür. Kehanet yapmak, kişinin içinde yaşadığı boyutun sınırlayıcı kurallarından özgürleşebilmesini gerektirir. Ve sen, çok az kişiye bahşedilen bu yeteneğe doğuştan sahipsin."

"Ben mi? Neden ki?"

"Söyler misin, anneni ne kadar tanıyorsun?"

"Neredeyse hiç... Tek bildiğim yabancı olduğu..."

Anima, Atiye'nin cevabı karşısında elinde olmadan tebessüm etti. "Annen tam olarak ne kadar yabancı sence?"

"Anlayamadım?"

"Annen yabancıydı, evet," dedi Anima, "ama sadece ülkenize değil, dünyanıza, daha doğrusu boyutunuza da yabancıydı. Daha açık söylemem gerekirse başka bir boyuttan gelmişti!"

"Başka bir boyut mu?"

"Bu hikâye biraz karışık," dedi Anima, "Bilmen gereken tek şey, boyutlar arası evlilikten doğan ilk ve tek insan olduğun. Seni özel kılan da bu. Boyutlar arasında sıçrayış yapabilmeni buna borçlusun."

"Böyle bir şey yapabildiğimi de nereden çıkardın?"

"Yapabiliyorsun, farkında değilsin sadece!" diye açıkladı Anima, "Seninle karşılaşmamızdan önce yaşadığın tuhaf olayları hatırla. Yeteneğin uyanmaya başladığı için, farkında olmadan boyutlar arasında kontrolsüz sıçrayışlar yapıyordun."

"Şimdi anlaşılıyor," dedi Atiye gözlerini iri iri açarak, "Peki bunun kehanet yapmakla ne ilgisi var?"

"Çok ilgisi var!" dedi Anima, "Bu yeteneğin sayesinde, dünyanın tabi olduğu zaman boyutunun dışına çıkarak hem geçmişi hem de geleceği görebilirsin. Başkaları bu yeteneği kazanmak için uzun yıllar çalışmak zorunda. Sen ise farklısın."

"Yani şimdi ben kâhin mi oluyorum?" dedi Atiye heyecanla.

"Unvanlara takılma," diye uyardı Anima, "Unvanlar seni sınırlamaktan başka bir şeye yaramaz. Önemli olan tek bir şey var, o da kaderinde büyük bir kehanetin olduğu. O kehaneti doğurana dek asla huzur bulamayacaksın. Ruhsal bir uyanış yaşıyorsun, kaderin seni çağırıyor. Sen kulak verene kadar da durmayacak."

"Köydeki buluşmamızda yaşadıklarımın birer doğum sancısı olduğunu söylemiştin," dedi Atiye, "Peki ya gözlerimi kapattığımda kendimi bir kan gölünün ortasında bulmam? Evimin salonunda kendi cesedimle karşılaşmam? Söyler misin, bunlar da mı doğum sancısı? Kusura bakma ama bunlar doğumdan çok ölümle ilgiliymiş gibi geldi bana!"

Dingin bir şekilde gözlerini kapatan Anima, "Yaşanan her şey birer doğum sancısıdır," dedi, "Ölüm ise doğumun ta kendisidir. Karşımıza çıkan herkes, her şey, kendi mevcut gerçekliğimizde ölüp yeni bir gerçekliğe doğuşumuza hizmet eden birer ebeden ibaret. Bu kadar! Bu herkes için böyle."

"Mademki herkes için böyle, neden başkaları da benim gibi kâbuslar görmüyor?" diye itiraz etti Atiye, "Neden onlar da benim yaşadıklarımı yaşamıyorlar?"

"İnan bana, onlar da başka şekillerde ölüp başka şekillerde doğuyorlar," dedi Anima, "Unutma, her doğum özeldir. Kader her birimizi farklı bir sesle çağırır ve hepimiz bu sese doğru farklı yollardan ve farklı araçlarla ilerleriz. Kâbuslarına bu gözle bakmayı başardığında, sana anlatmaya çalıştıkları sırrı daha iyi anlayabilirsin. Fakat bunun için, önce kendi sırrını çözmek zorundasın."

"Peki ya çözmek istemezsem?"

Anima bir kez daha tebessüm etti. "Sen istediğin için buradayız zaten. Az önce de söylediğim gibi, beni buraya sen çağırdın!"

"Bunu nasıl yaptım peki?" diye sordu Atiye.

Oturduğu yerden kalkıp Atiye'nin yanına gelen Anima, "Bir yabancının hayatını yaşamayı reddederek!" dedi heyecanlı bir sesle, "Kendin olmak için bedel ödeyip sonuna kadar mücadele etmeye karar vererek! İşinde değil, içinde terfi etmeyi seçerek! Eğer bu kararı vermiş olmasaydın burada olamazdım."

"Burada olman... Terfiyi aldığım anlamına mı geliyor?" diye sordu Atiye.

"Pozisyon senindir," dedi Anima, "eğer hâlâ istiyorsan!"

Şakacıktan çenesini kaşıyıp düşünür gibi yapan Atiye, "Yol-yemek-sigorta varsa ben varım!" dedi muzip bir ses tonuyla, "Nereyi imzalamam gerekiyor?"

Anima elini önce Atiye'nin göğsüne, sonra da alnına koyarak, "Burayı... Ve burayı..." dedi, "Şimdi gözlerini kapat. Açtığında yeni kariyerin başlayacak. Bundan böyle hiçbir şey eskisi gibi olmayacak. Yolculuğunda şimdiden başarılar!"

Gözlerini kapatan Atiye, onları yeniden açtığında kendini kapının dışında durur halde buldu. Bir eli kapı tokmağının üzerindeydi. İçeri henüz girmemişti.

Elini kapıdan çekti, bir adım geri atıp asistana dönerek, "Vazgeçtim," dedi, "Mülakata girmeyeceğim. Ayrıca şirketteki görevimden de ayrılıyorum. İstifamı posta ile gönderirim. Cenk Bey'e iletirseniz sevinirim."

Asistanın ve Hülya'nın şaşkın bakışları arasında odadan çıktı. Birkaç parça eşyasını almak için odasına yürürken kendini tüy gibi hafiflemiş hissetti.

Kolay olmasa da hayatında bir dönem kapanmış, yeni bir dönem açılmıştı. Bölmesinden başını uzatıp ona bakan birine gülümseyerek el salladı. "Allah kurtarsın!" dedi içinden. O kurtulmuştu artık. Kaderine giden yolculukta kendinden geçmeyen hiçbir yolu yürümeyecek, başkalarını mutlu etmek adına kendisi mutsuz olmayacaktı.

Asansörle lobiye inerken pencereden görünen yüksek soğuk binalara baktı. O binalarda çalışanları düşündü acıyarak. Avazı çıktığı kadar bağırsa anlar mıydı İstanbul? Soğuk duvarlarına çarpıp geri dönerdi özgürlük şarkısı herhalde. Büyük olasılıkla kimsecikler dönüp bakmazdı. Kalplerine inen sis, üzerlerine çöken kara bulutlar engel olurdu duymalarına. Her zamanki gibi, bir tek gökyüzü şahit olurdu neşesine!

Binanın ana kapısından çıkıp otoparka yöneldi. Arabasının kapısını açarken başını kaldırıp, "Elveda İstanbul!" diye bağırdı, "Trafiğin, koşuşturmanın, zenginlikle yoksulluğun arasına sıkışıp kendini unutmuş tüm ruhlar, elveda! Beni bulmaya gidiyorum ben! Yeniden ve sonsuza dek, korkusuzca kendim olmaya gidiyorum!"

BÖLÜM IV

YOLCULUK BAŞLIYOR

Güneş dağların ardındaki evine çekilmeye hazırlanırken tepedeki ağaca sırtını veren Atiye, kafasında son İstanbul ziyaretinin kritiğini yapıyordu. İşinden istifa ettiğine hiç mi hiç pişman değildi, bilakis yıllarca uğraşıp kendi elleriyle inşa ettiği hapishaneden nihayet kurtulabildiği için kendisiyle gurur duyuyordu. O hayatı yaşamaya devam edemezdi; yolunu kaybetmiş hissettiği anlarda kendine anlatabileceği gerçek bir hikâyesi, peşine düşebileceği bir düşü olmalıydı. Bunları o hayatta asla bulamayacağından emindi artık.

Hoşuna gitsin ya da gitmesin, kâbuslar onu derin bir uykudan uyandırıp kendini ve hayatını sorgulamaya itmişti. Öyle ya, Atiye adıyla işaret edilen kimdi? Bir birey miydi yoksa içinde yaşadığı toplumun inanış ve değerlerinin bir toplamı mıydı? Herkes gibi o da bir ezberden mi ibaretti? Ne olduğunu unutup kendi içine yuvarlanmış dipsiz bir kuyu muydu? Biri gelip ruhunu acıtan şeyi sorsa, parmağını bastırıp gösterebileceği bir yer yoktu. Bu soruları cevaplama cesaretini göstermese kendisi olamayacaktı.

Yıllarca görmezden gelmeyi seçtiği derin ve karanlık kuyunun kapağını kaldırmaya ilk kez cesaret etmiş, ardına kadar açamasa da yerinden oynatmayı başarmıştı. İçerisi tamamen aydınlanana kadar kaldırmaya devam etmeli, babasını bulup hayatı boyunca peşini bırakmayan noksanlık duygusundan kurtulmalıydı. Yeniden ve sonsuza dek bütün olmak onun da hakkıydı.

Gelgelelim, babasını bulabilmek için onunla Göbeklitepe arasındaki bağlantıyı deşifre edebilmesi gerekiyordu. Kafasını toplamaya, kâbusların başladığı günden o ana dek olanları zihninde sıralamaya çalıştı. Köyde karşısına çıkan yaşlı kadın özel bir yeteneği olduğunu, onu sıradışı bir kaderin beklediğini söylemişti. Gerçek babası akıl hastanesinde yıllarca yattıktan sonra ansızın ortadan kaybolmuştu, üstelik onu ziyaret edişinin hemen öncesinde! Tam da umudunu yitirmek üzereyken kâbuslarındaki yerin Göbeklitepe olduğunu öğrenmiş, üstelik buraya ayak basar basmaz gökyüzünde tuhaf bir şey görmüştü. Çözmeye çalıştıkça dallanıp budaklanan bu bulmaca, onu bir bilinmeyenin içine doğru hızla çekiyordu. Direnmeli miydi yoksa akışa teslim mi olmalıydı? Bu sorunun cevabını bulmaya uğraştığı sırada, arkasından gelen bir sesle kendine geldi.

"Büyüleyici bir manzara, değil mi?"

Bu sesi tanıyordu. Bu sesi özlemişti. Heyecanla ayağa fırlayıp arkasına döndü. Jack, olanca yakışıklılığı ve insanın içini ısıtan gülümsemesiyle karşısında duruyordu.

"Beni nasıl buldun?" diye sordu gülümseyerek.

"Cansu..." diye cevap verdi Jack, "Beni arayıp döndüğünü haber verdi. Fakat buraya gelmeden önce birkaç yere daha baktığımı itiraf etmeliyim. Yani birkaç yere baktım dediysem bakmadığım yer kalmadı demek daha doğru olur aslında."

"Buranın enerjisi bana iyi geliyor," dedi Atiye ağacın dibine tekrar otururken.

"O enerjiyi İstanbul'da bulamadın galiba?" dedi Jack, "Ne oldu? Terfiyi alamadın mı?"

"Mülakata girmedim," dedi Atiye gülümseyerek.

"Ee? Şimdi ne olacak?" diye sordu Jack heyecandan gözleri ışıldayarak, "Döndün mü? Başlıyor muyuz?"

"Döndüm," dedi Atiye, "Başlıyoruz."

"Güzel!" dedi Jack, "Çünkü sana güzel bir haberim var. Babanın defterinde bir şeyler buldum sanırım."

"Ne diyorsun?" dedi Atiye heyecanla, "Hemen anlat! Her şeyi bilmek istiyorum!"

"Burada olmaz," dedi Jack, "Göstermem gereken şeyler var. İstersen ofisime gidebiliriz, otele oldukça yakın bir yerde, orada rahatsız edilmeden çalışabiliriz."

Atiye'nin daveti kabul etmesi üzerine, arabaya atlayıp Jack'in ofisine doğru yola çıktılar. Aldığı habere çok sevinen Atiye, yol boyunca neredeyse hiç durmadan konuştu. On beş dakikalık yolculuğun ardından merkeze vardılar. Jack'in ofisim dediği yer, oldukça işlek bir iş hanının ikinci katındaki bir apartman dairesiydi. Oldukça civcivli bir yer olan pasajın içinden geçip dairenin kapısına geldiklerinde, "Rica etsem burada bekleyebilir misin?" dedi Jack, "İçerisi biraz dağınık da!"

Atiye, "Rahatsız olmam," dediyse de dinletemedi. İçeri girip kapıyı arkasından kapatan Jack, birkaç dakika sonra kapıyı yeniden açarak onu içeri davet etti. Ofis bir oda ve bir salondan ibaretti. Salona dahil edilen mutfak, kullanım alanını biraz olsun artırmıştı. İçeride bir masa, iki koltuk ve bir de kitaplık vardı. Atiye kitaplığa göz gezdirdiği sırada telefonu çaldı, arayan Cansu'ydu. Ofisin yerini tarif eden Atiye, ondan acilen gelmesini rica etti.

İkisi de son derece heyecanlı olduklarından, başlamak için Cansu'nun gelmesini bekleyemediler. Masanın başına geçen Jack, defterden fotokopi çekilmiş sayfaları çıkarıp tek tek masanın üzerine yaydı. Atiye kâğıtları incelerken, Jack de duvarın dibindeki yazı tahtasını çekip odanın ortasına kadar getirdi. Kitaplıktan aldığı bir tomar kâğıdı da masanın üstüne gelişigüzel yaydıktan sonra, defterden not aldığı kazı yerleri listesini çıkardı. Boş zamanında bunlarla ilgili küçük bir araştırma yapmıştı.

"Söylediğim gibi, babanın defterini inceledim," diye söze girdi, "Anladığım kadarıyla baban, içinde olduğu antik alanların birbiriyle bağlantılı olduğunu ispatlamaya çalışıyormuş."

"Bağlantılı mı?" diye sordu Atiye, "Nasıl bir bağlantı varmış aralarında?"

Jack, masadan aldığı bir kâğıdı göstererek, "Birazdan anlayacaksın," dedi, "Bu megalitik tapınakların hepsi de ana enerji hatlarının kesiştiği noktalar üzerine inşa edilmiş. Gördüğün üzere, noktalar birleştirildiğinde ortaya mükemmele yakın geometrik bir desen çıkıyor."

"Desenle neyi kastediyorsun?" diye sordu Atiye.

"Bir tür şebekeyi kastediyorum," dedi Jack, "Anlayacağın, tapınaklar birlikte hareket edebilen daha büyük bir yapının birer parçası oluyor."

"Çok ilginç," dedi Atiye, "Neye yarıyormuş bu şebeke?"

"Bunu ben de merak ettim ama defterde bu konuyla ilgili herhangi bir şey bulamadım. Büyük ihtimalle baban da bunu anlamaya çalışıyordu. Cevabı bulamadığını tahmin ediyorum."

Çalan kapı, odada oluşan gizemli havayı bıçak gibi ikiye böldü. Her zamanki gibi şen şakrak bir tavırla içeri giren Cansu, etrafa hızlıca göz gezdirdikten sonra, "Ofisin de pek güzelmiş!" dedi.

"Teşekkür ederim Cansu," dedi Jack.

"Biraz küçükmüş ama olsun!"

"İşimi görüyor..."

"Ne iş yaptığını tam olarak anlayamamış olsam da..."

Cansu'nun muhabbeti ele geçirme çabalarına bozulan Atiye, ona ters bir bakış fırlattıktan sonra Jack'e dönüp, "Ee, başka ne buldun?" diye sordu.

"Babanın notlarına göre," diye devam etti Jack, "şebekenin çalışabilmesi belirli bir tapınağın çalışmasına bağlı."

"Ne şebekesiymiş bu?" diye sordu Cansu.

Onu duymazdan gelen Atiye, Jack'in ona cevap vermesine fırsat bırakmadan, "Bir tür ana kumanda merkezi demek," dedi, "Merkez hangisiymiş peki?"

"İsim olarak geçmiyor ama defterdeki hesaplamalar Türkiye'nin güneydoğusunda bir yere işaret ediyor."

"Göbeklitepe'ye mi?" diye sordu Atiye heyecanla.

"Öyle olmalı!" dedi Jack, "Bu da demek oluyor ki baban Göbeklitepe'de bir tapınak olduğunu keşfedilmesinden önce tahmin etmiş."

"Öyle görünüyor…" dedi Atiye.

"Dahası da var!" dedi Jack araya girerek, "Babanın defterini incelerken arka kapağın ön kapaktan daha kalın olduğunu fark ettim. Elimle yokladığımda kapağın iç kısmında gizli bir cep buldum."

"Vay anasına sayın seyirciler!" dedi Cansu, "Ee? Söylesene, ne varmış içinde?"

Jack, cebinden çıkardığı dörde katlanmış bir kâğıt parçasını kızlara doğru uzattı. "Bu!"

Atiye sararmış kâğıdı Jack'in elinden kapıp açtı ve heyecanla inceledi; üzerine iç içe geçmiş iki halka çizilmişti. Ortaya çıkan şekil on iki eşit parçaya bölünmüş, birleşme noktalarına birer kutucuk yerleştirilmişti. Çizimin hemen altında, yan yana üç sembol göze çarpıyordu: Daire içinde sekiz kollu bir yıldız, ince bir hilal ve yedi kollu bir yıldız. Hepsinin altına ise çivi yazısıyla kısa bir metin yazılmıştı.

"Bu dörtgen kutular," diye mırıldandı Atiye, "Göbeklitepe'deki tapınakları çevreleyen sütunlara benzemiyor mu sizce de? Tapınaklardan birinin planı olabilir mi bu, ne dersiniz?"

"Olabilir," dedi Jack çenesini kaşıyarak, "fakat üzerindeki taramalara bakılırsa bu daha küçük bir obje olmalı. Baksanıza, kenarları daha koyu taranmış; sanki üç boyutlu gibi... Bahsettiğin dörtgen şekiller bu obje her neyse onun üzerine oyulmuş gibi duruyor."

"Türkçesi?" diye sordu Cansu.

"Bana kalırsa bu bir tür delikli disk," diye cevap verdi Jack, "Ya da bir yüzük, bilemiyorum... Aklıma gelen ilk şey, bunun bir tür anahtar olabileceği. Yani, eğer Göbeklitepe konuştuğumuz gibi şebekenin merkeziyse bu yüzük, sistemi harekete geçiren anahtar olabilir."

"Anahtar mı?" dedi Cansu, "Daha önce hiç yuvarlak anahtar görmemiştim."

"Bilmiyorum," dedi Jack, "Atiye'nin tepede gördüğü boyut kapısını açmaya yarayan bir tür frekans dönüştürücü olabilir pekâlâ..."

Atiye kâğıdı elinde evirip çevirmekle meşguldü. "Bunu babam mı çizmiş sence?" diye sordu.

"Başka kim olabilir ki?" dedi Jack, "Notları bunca zamandır köydeydi sonuçta..."

"Yine de," dedi Atiye, "kâğıdın bu şekilde saklanmış olması tuhaf geldi bana. Sonuçta defterin başka herhangi bir yerinde disk, yüzük ya da her neyse bu şeyden bahsedilmiyor."

"İçimde güzel bir his var!" dedi Jack, "Bu yazıların sırrını çözdüğümüzde babanı bulmaya bir adım daha yaklaşacağız bence."

"Sen bu yazıları okuyabilir misin enişte?" dedi Cansu.

"Bilemiyorum," dedi Jack, "Sümerceye benziyor."

"Sen Sümerce biliyor musun?" diye sordu Atiye.

"Birkaç kelimeyi ayırt edebiliyorum," dedi Jack dudağını büzerek, "Mesela şurada 'yolculuk' yazıyor, şurada da 'gökyüzü' ama daha fazlasını çözemiyorum. Bunu tercüme ettirecek birilerini bulmalıyız."

"Ben yine de bunun bir tapınak planı olabileceğine inanıyorum," dedi Atiye, "Öyle olmasa neden kâbuslarımda Göbeklitepe'yi göreyim ki?"

"İyi ama," dedi Jack, "baban hastaneye yatırıldığında Göbeklitepe henüz keşfedilmemişti. Dolayısıyla bu tapınakları görmüş ya da onları çizmiş olması düşük ihtimal."

"Diyelim ki sen haklısın, diyelim ki bu bir yüzük," diye devam etti Atiye, "babam bu yüzüğü bulmuş mudur sence? Gerçeğini yani?"

"Sanmam," dedi Jack, "Neden dersen, senin de dediğin gibi, notların başka herhangi bir yerinde yüzükten bahsedilmiyor. Belki de yüzükten yeni haberi olmuştu ve araştırma yapmaya zamanı olmadı. Kötü niyetli kişilerin eline geçmesin diye de sakladı, olamaz mı?"

"Enişte zehir gibisin valla!" dedi Cansu alaycı bir tavırla, "Bakıyorum da şıp diye çözdün mevzuyu!"

"Daha iyi bir tahminin var mı?" diye sordu Jack.

"Şimdi bana kızacaksınız ama bu çizim her şey olabilir," dedi Cansu, "Ama siz bana bakmayın canım, Cansu kim ki!"

"Yüzüğü bulmalıyız!" dedi Jack sabırsız bir ses tonuyla, "Baban da bu yüzüğün peşinde belli ki! Kimbilir, hastaneden bunun için kaçtı belki de! Yüzüğü bulursan babanı da bulursun, bu kadar basit!"

"Öyle mi diyorsun?" dedi Atiye dudaklarını ısırarak.

"İyi de nasıl?" diye itiraz etti Cansu, "Bu şeyin ne olduğu bir kenara, onu nasıl bulacağımıza dair tek bir ipucu bile yok elimizde!"

"Bu konuda Cansu'ya hak vermek zorundayım," dedi Atiye. Sesi ümitsizliğini ele veriyordu. "Bu şeyin ne olduğu üzerine saatlerce, hatta günlerce tartışabiliriz fakat gerçek şu ki bunun fazla bir önemi yok. Onu bulduğumuzda, ki eğer bulabilirsek, ne olduğunu öğreneceğiz zaten. Asıl mühim olan onu nasıl ve nerede bulabileceğimiz."

Jack Atiye'yi omuzlarından kavradı. "Böyle yapma! Bu haberin seni heyecanlandıracağını sanmıştım. Elimizde bir şey olmadığını nasıl düşünebilirsin? On dakika öncesine kıyasla babanı bulmaya bir adım daha yakınız! Merak etme, bu çizimin ve yazıların sırrını çözeceğiz!"

"Heyecanlandım heyecanlanmasına," dedi Atiye, "ama ne bileyim işte, buraya geldiğimden beri kendi kuyruğumu kovalıyormuş gibi hissediyorum nedense! İçimde bir saatli bomba var sanki; ruhum her geçen gün biraz daha sıkışıyor."

Jack Atiye'nin gözlerinin içine bakıp gülümsedi. "Başaracağız," dedi, "Onu bulacağız!"

Cansu araya girdi. "Ben çıkayım isterseniz!"

"Hayır," dedi Jack, "bence hepimiz çıkalım. Burada oturup konuşarak bir şey bulamayız. En azından, Atiye'nin teorisini test etmek için Göbeklitepe'ye gidip tapınaklara göz atabiliriz. Çizimde gözümüzden kaçan bir şeyler yakalarız belki de. D Tapınağı'nda on iki sütun olması lazım; bakarsınız orada bir ipucu buluruz!"

Bu fikir hepsinin aklına yatmıştı. Hep birlikte çıkıp Göbeklitepe'ye yollandılar. Jack'in bahsettiği D Tapınağı, her şeyin başladığı yer olabilirdi. Peşine düştükleri büyük gizemi aydınlatacak ipuçları bu sütunların üzerinde gizliydi belki de!

Kazı alanına vardıklarında, Servet'in gerçekten bir ipucu bırakmaya mı çalıştığını, yoksa bütün bunların kendi hayal güçlerinin zorlaması mı olduğunu tartışıyorlardı. Bunda Cansu'nun, diğerlerinin söylediği her şeye şüpheyle yaklaşmasının da etkisi vardı. İçlerinden birinin şeytanın avukatlığını yapması iyi bir şeydi belki de; sonuçta ipucu bulma arzusuyla ipuçlarını anlamak istedikleri gibi yorumluyor olabilirlerdi.

Cansu Atiye'yi çoğu zaman bunaltsa da, arada bir patlattığı esprilerle ya da yaptığı gaflarla onu kahkahaya boğuyordu. Onunla da onsuz da olmuyordu resmen!

D Tapınağı'na geldiklerinde, ana sütunlardan birinin üzerine eğilip onu dikkatle inceleyen yaşlı bir adam gördüler. Ellili yaşlardaki adamın beyaz saçları, güneşten korunmak için taktığı hasır şapkadan dışarı taşıyordu. Üzerinde toprak rengi rahat kıyafetler, boynunda profesyonel sayılabilecek bir fotoğraf makinesi vardı. Çoraplarının üzerine giydiği sandaletleri, bol cepli yeleği ve pancar gibi kızarmış suratıyla turist kelimesinin sözlükteki karşılığı gibiydi.

"Merhaba," dedi Atiye, "kolay gelsin!"

Adam yerinden zorlanarak doğrulup arkasına döndü. "Merhaba,

hoş geldiniz!" dedikten sonra kalkıp elini uzattı, "Ben Trevor! Siz kimsiniz bakalım?"

"Önemli bir şeyi böldüysek özür dileriz," dedi Atiye, "Bu kadar dikkatle incelediğinize göre bu sütunu çok önemsiyor olmalısınız."

"Bu sütun," dedi Trevor, "daha doğrusu D Tapınağı, Göbeklitepe'nin en önemli bölümü!"

Atiye ve Jack göz göze geldiler; ikisi de heyecanlanmıştı. Nihayet şansları yaver gitmeye başlamıştı.

"Bize burası hakkında ne söyleyebilirsiniz?" diye sordu Jack.

"Siz de mi burasıyla ilgileniyorsunuz?" dedi Trevor gülerek, "Eğer kitap yazıyorsanız kendi araştırmanızı yapmalısınız, öyle hazıra konmak yok!"

"Evet, ilgileniyoruz," dedi Atiye, "ama kitap yazmak için değil, daha çok kişisel sebeplerle... Bu sütun benim hayatımda çok önemli bir şeylerin anahtarı olabilir. Siz onun hakkında çok şey biliyor gibisiniz; bize yardımcı olabilirseniz size minnettar kalırım!"

"Sizi hatırlıyorum..." dedi Trevor, "Oteldeki akşam yemeğinde aynı masadaydık. Beni fark etmemiş olabilirsiniz gerçi; tıpkı sizin gibi, masada hiç konuşmayan birkaç kişiden biriydim. O tür tartışmalar hiç ilgimi çekmiyor zira!"

"Ben Atiye. Bunlar arkadaşlarım Jack ve Cansu. Jack de sizin gibi bir arkeolog."

"Hiç kimse mükemmel değildir," dedi Trevor gülümseyerek, "Şaka bir yana, ben arkeolog değilim. İnsanlığın ortak mirasına büyük bir ilgi duyduğum doğru ama gerçek şu ki hiç arkeoloji eğitimi almadım. Zamanla tutkuya dönüşen bir merak benimkisi. Uzun bir hikâye, sizi sıkmak istemem, kendimce araştırıp bir şeyler karalıyorum diyelim. Özel ilgi alanım, kadim çağlara ait megalitik yapılar; özellikle de bunların ezoterik ve nümerolojik sırları... Bu konuda yayınlanmış birkaç kitabım var. İşte, fırsat buldukça seyahat edip cevaplar arıyorum. Göbeklitepe keşfedilince ne kadar heyecanlandığımı tahmin edebilirsiniz sanırım."

"Bu yaşta bu enerji, bravo doğrusu!" dedi Cansu.

Trevor Cansu'ya başını eğerek teşekkür ettikten sonra Jack'e döndü ve iddialı bir ses tonuyla, "Size gelince genç adam!" dedi, "Arkeolog olmadığınıza yemin edebilirim!"

Hepsi şaşkınlık ve merak içerisinde adama baktılar. Neden böyle bir şey söylemişti ki?

"Bunu da nereden çıkardınız?" dedi Jack, gergin bir şekilde gülümseyerek.

Trevor onu baştan aşağı süzdü. "Uzun sayılabilecek ömrümde çok arkeolog tanıdım. Hepsi de ya çirkin ya da yaşlı ve sıkıcı kimselerdi." Bunları söylerken bakışları Jack'in gözlerine kilitlenmişti. "Siz bu fizikle ve böyle bir yüzle olsanız olsanız aktör ya da manken filan olabilirsiniz ancak!"

"Çok naziksiniz Trevor... Çok teşekkür ederim!" diyebildi Jack, alnında biriken terleri elinin tersiyle silerken. Atiye ona bakıp gülümsedi; Jack kendine yeni bir hayran bulmuştu belli ki!

Gözlerini Jack'ten alamayan Trevor, birdenbire toparlanarak, "Öhömm, pardon," dedi, "Nerede kalmıştık?"

"Bu sütunun neden bu kadar önemli olduğunu anlatıyordunuz," dedi Cansu.

"Evet, sütun!" dedi Trevor, "Ama tekrar söyleyeyim, sadece bu sütun değil, şu an içinde bulunduğumuz D Tapınağı baştan aşağı önem taşıyor."

"Nedir burayı bu kadar önemli yapan?" diye sordu Atiye.

"Burası," dedi Trevor boğazını temizleyerek, "dünyanın meydana getirilişinin bir sembolüdür! Yedi göbekli ya da yedi merkezli saatin dişlilerinden biridir, hatta belki de en önemlisidir!"

"Yedi göbekli mi?" diye sordu Jack, "O da ne demek?"

"Yedi sayısını hafife almayın!" dedi Trevor. Bunu söylerken sesi kontrolsüzce yükselmişti. "Yedi sayısı, hem fiziksel hem de metafiziksel âleme ait şeyleri kapsayan ilk sayıdır. O, evrenin sayısıdır! Yedi! Güvenlik, korunma, huzur, bolluk, yeniden birleşme ve bakireliğin sayısı! Yedi! Güneş'in yedinci ışığı, insanın bu dünyadan bir sonrakine geçtiği yol! Yedi! Sonsuzluğa açılan kapı!"

Atiye ve Cansu, çaktırmadan birbirlerine baktılar; bu adamı ciddiye almalılar mıydı?

"Varoluşta altı boyut ve bir de merkez vardır," diye anlatmaya devam etti Trevor. "Yedinci ise merkezdir! Görünen ve görünmeyen her şey onda birleşir. Yedinci var olduğunda hepsi var olur. Yedinci yoksa hiçbiri yoktur."

"Yedi sayısının burayla alakasını tam olarak anladığımı söyleyemem," diye araya girdi Jack.

"Daha açık anlatayım o zaman," dedi Trevor, "D Tapınağı Göbeklitepe'nin merkezidir; yirmi bir parçalı kusursuz bir saatin ana dişlisi... Dünyanın göbek deliği, plasentanın yeri... Buraya neden Göbeklitepe dendiğini sanıyorsunuz? Dünya yeni bir çağa hamile ve doğum burada gerçekleşecek. Tam burada! Saatin geri sayımı bittiğinde tıpkı kadim çağlardaki gibi, altı küçük dişli harekete geçerek yedinci dişliyi aktive edecek! Tik! Tak! Tik! Tak! Sonra ne mi olacak? Üzerinde durduğumuz D Tapınağı, köşeli çemberlerden oluşan bir geçide dönüşecek, zamansız ve mekânsız kara delikler açılacak!"

"Kara delik mi?" diye sordu Jack, "Nasıl yani, başka boyutlara mı?"

"Bravo!" dedi Trevor alkışlayarak, "Yakışıklı olduğunuz kadar zekisiniz de!"

Jack bu beklenmedik ilgiden rahatsız olsa da Atiye'nin hatrına bir şey söylemedi. "Teşekkür ederim," demekle yetindi kibarca gülümseyerek, "Siz de hiç fena değilsiniz!"

Cansu Atiye'ye doğru eğilip, "Dikkat et şekerim," dedi muzip bir sesle, "Enişte elden gidiyor!"

Bu arada gülmemek için kendini zor tutan Atiye, Cansu'yu dirseğiyle sertçe dürttü.

Trevor kollarını havaya kaldırarak devam etti. "Hepsi bu kadar da değil! Kapılar hizalanıp açıldığında yerçekimi tamamen ortadan kalkacak; topyekûn yükseliş başlayacak!"

"Bu söylediğiniz olaylar..." diye araya girdi Cansu, "Ne zaman olacak?"

"Yakında güzelim!" dedi Trevor gökyüzüne bakarak, "Hem de çok yakında!" İri iri açılan gözlerinin akı görünüyordu.

Jack, Atiye'ye dönüp kaşlarını kaldırarak, "gidelim" anlamında işaret yaptı. "Bir saniye," dedi Atiye, yaşlı adama dönerek, "Burası hakkında başka ne söyleyebilirsiniz?" diye sordu.

"Dedim ya," dedi Trevor, "ben buranın ezoterik ve nümerolojik yönüyle daha çok ilgileniyorum. Eğer aradığınız arkeolojik bilgilerse burası hakkında yazılmış çok iyi kitaplar var; size birkaçının ismini verebilirim."

Çantasından kâğıt kalem çıkarıp birkaç isim karaladıktan sonra, "Ayrıca," diye devam etti, "Nevali Çori'den çıkanları da görmelisiniz mutlaka; Şanlıurfa Müzesi'nde sergileniyorlar. Orada çalışan Nermin isminde bir arkadaşım var. Ondan rica ederim, size rehberlik eder."

Trevor'a verdiği bilgiler için teşekkür ederek ayrıldılar.

Biraz tuhaf olmakla birlikte ilginç ve eğlenceli bir sohbet olmuştu; özellikle de Trevor'ın Jack'e gösterdiği özel ilgi kızları epey bir eğlendirmişti.

Arabaya doğru yürürken, Jack adamın anlattığı şeylerin Servet'in araştırmasıyla ilişkisi üzerine tespitler yapıyor, onu dinleyen kızlar ise işi makaraya vurarak, "Yakışıklı olduğunuz kadar zekisiniz de!' diyerek gülüyorlardı. Esprileri olgunlukla karşılayan Jack, mevzu soğusun diye lafı ısrarla Servet ve Göbeklitepe'ye getiriyordu.

Vakit ilerlediğinden müzeye gitmeyi ertesi güne bırakmaya karar verdiler. Bir gün için bu kadar keşif yeterdi. Yarın yeni bir gündü ve yeni sırlar onları bekliyordu.

Sürücü koltuğuna geçen Jack, kızlara dönüp, "Ee, acıktınız mı bakalım?" diye sordu.

"Hem de kurt gibi!" dedi Atiye.

"Al benden de o kadar!" dedi Cansu karnını tutarak, "Sen mi ısmarlıyorsun enişte?"

"Beni böyle şeylerle korkutamazsınız," dedi Jack gülümseyerek.

"Tam yedi porsiyon yiyebilirim ama!" dedi Atiye kıkırdayarak, "Yakışıklı olduğun kadar zengin misin de bakalım?"

Motoru çalıştıran Jack, "Yedi göbekli Atiye!" dedi gülerek.

GÖZCÜLER

İstanbul mahmur bir şekilde gözlerini ovuştururken Servet önünde durduğu apartmanın kapı numarasını elinde tuttuğu kâğıttaki numarayla karşılaştırdı; adres burasıydı. Çok erken bir saat olduğundan zili çalmak yerine beklemeye karar verdi. Dikkat çekmemek için yolun az aşağısındaki bir inşaatın önünde duvara tüneyip etrafını izlemeye koyuldu.

Sokaktan geçen tek tük arabalar, şehrin diğer ucundaki işlerine yetişebilmek için birer ikişer otobüs durağına yürüyen insanlar, dünyanın en küçük köpeğini yürüyüşe çıkarmış yaşlı bir adam, ölümden dönen birinin zayıf nabız atışları gibi bir belirip bir kayboluyordu.

Zaman akıp giderken, kızını yıllar sonra ilk kez görüp kucaklamak için sabırsızlanıyordu. Saatine baktı; neredeyse on olmasına rağmen apartmandan çıkan olmamıştı. Evde olmayabilir miydi? Kızıyla karşılaştığında ona söyleyeceği şeyleri kafasında toparlamaya çalıştı; kolay bir konuşma olmayacaktı, orası kesindi. İstemeden de olsa ona yaşattıkları için kızından özür dileyecek, kendisini affetmesi için gerekirse ayaklarına kapanıp yalvaracaktı.

Gözucuyla apartmanı izlerken zihni geçmişin tozlu labirentlerinde dolaşmaya başladı. Anılar gözünün önünde bir belirip bir kayboluyor, yaşanan talihsiz olayları hatırladıkça gözleri doluyordu.

Her şey daha dün gibiydi; Meryem'in hamile olduğunu söylemesi, birlikte kaçıp Sabri'nin köyünde saklanmaları, burada kendilerine kurdukları mütevazı hayat, Atiye'nin ilk adımları... Ve ansızın gelip her şeyin üzerini örten o büyük karanlık... Hayatının belki de en anlamlı dönemi olan o günleri elinde olsa sonsuza dek tekrar tekrar yaşamak isterdi ama bunun için artık çok geçti.

Hayat ironik şeydi! Yıllarca yerin altında gömülü şeyleri bulup çıkardıktan sonra şimdi kendisi yerin üstüne canlı canlı gömülmüştü.

Apartmanın önüne yanaşan taksinin sesiyle kendine geldi. Taksiden inen genç bir kadın, taksicinin bagajdan indirdiği büyükçe bir valizi çeke çeke apartman girişine doğru yöneldi. Servet cebinden Sabri'nin verdiği fotoğrafı çıkarıp bir kez daha dikkatlice baktı.

En son bebekken gördüğü, kokusunu içine çekmeye doyamadığı biricik kızı, Atiyesi karşısındaydı işte! Gözünden bir damla yaş süzüldü; minik prensesi büyüyüp serpilmiş, hayallerindekinden bile güzel olmuştu.

Olduğu yerden kızını bir süre daha hayranlıkla izledikten sonra, onu binaya girmeden yakalamak için yerinden fırlayıp binaya doğru yürümeye başladı. Kalbi deli gibi atıyordu; yirmi küsur yıllık hasret birazdan sona erecekti!

Sorun şu ki kızını beklerken kafasında kurduğu cümleler bir anda uçup gitmişti.

Caddeyi geçmek üzereyken, nereden geldiğini anlayamadığı siyah bir araba hızla gelip acı bir fren sesiyle tam önünde durdu. Arabadan inen adamı tanıyordu; kaçırıldıktan sonra uyandığı daireye gelen adamdı bu, hani şu konuşma özürlü olan! Adam arabanın arka kapısını açıp, "Bin!" dedi soğuk bir ses tonuyla. Servet itiraz edecek gibi olunca ceketini aralayıp belindeki silahı gösterdi.

Kızının olduğu tarafa doğru son bir bakış atan Servet, çaresiz bir şekilde arabaya bindi.

Arabada yalnız değildi; beyaz saçları omuzlarına dökülen, zarif hatlara sahip bir adam arka koltukta hiç kıpırdamadan oturuyordu. Sokak lambasından arabanın içine süzülen ışığın altında mermer bir heykeli andırıyordu. Hâkim yaka beyaz gömleğinin üzerine giydiği siyah pardösünün önünü sıkı sıkı kapatmıştı. Servet'e hiç tepki vermeden önüne bakmaya devam eden adam, etrafa yaydığı enerjiyle adını koyamadığı birçok duyguyu aynı anda uyandırmıştı onda. Gizemli adam sürücüye devam etmesini söyledikten sonra başını çevirmeden, "Birbirimizi anladığımızı sanıyordum Servet," dedi, "Bizden haber alana kadar bir yere kıpırdamayacaktın!"

Cevap vermek istese de adamın hipnotize edici ses tonu yüzünden tek kelime edemedi. Söylemek istediği şeyler, beyninde beliren sorular gelip dilinin ucunda yığılıyordu.

Kimdi bu adamlar? Ondan ne istiyorlardı? Kızıyla konuşmasına neden engel olmuşlardı?

Sorularına cevap almayı çok istese de bu adamlara soru sormanın işe yaramadığını öğrenmişti. Olayların akışına teslim olup beklemeye başladı. Yıllardır ölü gibi yaşayan biri için bu o kadar da zor bir şey değildi.

Araba Haliç Köprüsü'nün üzerinde ağır ağır ilerlerken adam sessizliğini nihayet bozup etkileyici bir ses tonuyla konuşmaya başladı.

"Kafanda bir sürü soru var; korkuyorsun, biliyorum. Ama korkmanı gerektirecek bir durum yok. Adım Althor; Miriam'in yakın bir arkadaşıyım diyelim. Direksiyondaki beyefendi Boran, onunla tanışmış olmalısın. Merak etme, seninle ya da kızınla herhangi bir alıp veremediğimiz yok. Tek istediğimiz seni ve kızını korumak, yaklaşmakta olana hazırlanmanıza yardımcı olmak. Kızınla görüşmene engel olduk çünkü hem o buna hazır değil hem de bu aşamada görüşmeniz olayların akışını istemeyeceğimiz bir yönde değiştirebilir."

Aklından geçen soruların arka arkaya cevaplanması Servet'i bir hayli ürkütse de, adamın olumlu enerjisinden cesaret alarak kafasındaki soruları birbiri ardına sormaya başladı.

"Miriam'in arkadaşı olduğunuzu söylediniz... Onu nereden tanıyorsunuz?"

"Tabii ki," dedi Althor, "Seni öldürmesi için onu gönderen biziz. Şimdi böyle söyleyince kulağa pek hoş gelmediğinin farkındayım ama bizi tanıdığında hem kim olduğumuzu hem de böyle bir şeyi neden yaptığımızı daha iyi anlayacaksın."

"Kim olduğunuzu biliyorum," diye cevap verdi Servet, "Siz Gözcülersiniz... Miriam sizden bahsetmişti."

"Bahsetti demek?" dedi Althor beyaz kaşlarını kaldırarak, "Hakkımızda başka ne biliyorsun bakalım?"

"Neredeyse hiçbir şey," dedi Servet, "Ne kadar az şey bilirsem o kadar iyiymiş!"

"Evet, o zaman şartlar öyle gerektiriyordu," dedi Althor, "Şimdiyse şartlar değişti, bazı şeyleri öğrenmenin zamanı geldi. Ben, Gözcülerin lideriyim. Merak ettiğin şeyleri bana sorabilirsin. Elimden geldiğince hepsini cevaplamaya çalışacağım."

"Kendinize Gözcüler diyorsunuz. Tam olarak neyi gözlüyorsunuz?"

"Kapıları..."

"Ne kapısıymış bunlar?"

"Boyut kapıları."

"Boyut kapıları mı?"

"Evet, boyut kapıları... Bunu ya da anlatacağım diğer şeyleri anlamanı beklemiyorum. Şimdilik şu kadarını bilmen yeterli, sizinkinden başka dünyalar da var. Gözcüler olarak bizim görevimiz, üst üste bindirilmiş boyutlardan oluşan bu dünyalar arasında geçişi denetlemek. Başka bir deyişle, boyut kapılarının kötü niyetli kişilerce kullanılmasına engel olmak."

"Size bu görevi kim verdi?"

"Boyutlar Arası Barış Konseyi..."

"Neden?"

"Bundan binlerce yıl önce," diye anlatmaya başladı Althor, "başka boyutlardan dünyayı ziyaret eden varlıklar, kendi boyutlarıyla burası arasında yolculuk yapabilmek için üsler kurdular..."

"Tapınakları mı kastediyorsunuz?"

"Öyle de diyebilirsin sanırım. O zamanlar üslerin gerçek amacının gizlenmesi için bu tür hikâyelere ihtiyaç vardı, her neyse! Üslerin kullanımı son derece katı kurallara tabiydi ve her halükarda barışçıl amaçlarla olmak zorundaydı. Fakat zaman içerisinde, bu üsleri kendi hırslarına alet etmek isteyen bazı klikler ortaya çıktı. Bu tür sorumsuz davranışların sonuçları son derece yıkıcı oldu. Boyutlar arasında o güne dek görülmemiş bir savaş başladı, dünya da bu savaşın bir numaralı cephesi oldu maalesef. Sizin buzul çağı olarak bildiğiniz dönemle sonuçlanan, dünya nüfusunun tamamına yakınını yok eden bir dizi büyük ve sarsıcı olaydan bahsediyorum. Gezegen yok olma tehlikesiyle karşı karşıya gelince Konsey duruma el koyarak boyutlar arası bir pakt imzalanmasına önayak oldu. Bu pakt çerçevesinde, dünya genelindeki tüm üslerin aktivasyonu ve yönetimi tek bir merkeze bağlandı."

"Durun tahmin edeyim… Şanlıurfa?"

Althor, cevap vermeden konuşmaya devam etti. "Aynı yıkımın tekrar yaşanmaması için, merkez başta olmak üzere birçok tapınağın üzeri kapatıldı, ta ki yakın bir zamana kadar…"

Tekrar araya giren Servet, "Bütün bunların benimle ne alakası var?" diye sordu.

"Miriam sana anlatmış olmalı," dedi Althor.

"Kısmen…" dedi Servet, "Uğraştığım işler çok tehlikeliymiş, öyle dedi."

"Bu doğru," dedi Althor, "Üsleri yeniden hayata geçirmek isteyen dünya dışı kliklerin dünyadaki uzantıları seni bu amaçlarına alet ettiler."

"Manipüle edildiğimi biliyordunuz yani?"

"Evet."

"Bahsettiğiniz bu kliklerin kim olduğunu da biliyordunuz o halde!"

"Tabii ki," dedi Althor, "Onları yıllardır gözetliyoruz, eh, onlar da ellerinden geldiğince bizi gözetlemeye çalışıyorlar."

"Mademki her şeyi biliyordunuz," dedi Servet, "beni neden öldürtmek istediniz?"

"Ölü birine göre biraz fazla soru sormuyor musun?" dedi Althor alaycı bir ses tonuyla.

"Aman ne komik! Miriam masum olduğuma inanmasaydı ölmüş olacaktım ama!"

"Ölmeni gerçekten isteseydik bu görev için Miriam'i seçmezdik, inan bana."

"Ne yani?" dedi Servet afallamış bir halde, "Beni öldürmeyeceğini bile bile mi gönderdiniz Miriam'i?"

"Gelecekle ilgili meseleleri kavramak, senin gibi hayatını geçmişi çözmeye adamış biri için zor olmalı," dedi Althor belli belirsiz gülümseyerek, "Yine de soruna cevap vermeye çalışacağım. Evet, Miriam'i gönderirken seni öldürmeyeceğinden aşağı yukarı emindik."

"Aşağı yukarı, öyle mi?" dedi Servet gergin bir ses tonuyla.

Servet'in kinayeli sorusunu duymazlıktan gelen Althor, başını diğer tarafa çevirip dışarıyı seyretmekle yetindi.

Onun umursamaz tavrından rahatsız olan Servet, "Lütfen anlamama yardım edin," diye isyan etti, "Beni öldürmeyeceğini bildiğiniz birini beni öldürmeye göndererek tam olarak ne yapmaya çalışıyordunuz?"

Althor bu soruya cevap vermekte acele etmedi. Bir süre daha dışarıyı izledikten sonra dönüp, "Bir şeyi anlaman gerekiyor," dedi, "Miriam aramıza katılalı çok olmamıştı, hatta bu onun ilk göreviydi. Anlayacağın, elimizde gönderebileceğimiz çok daha deneyimli kişiler vardı. Miriam'i seçtik çünkü birincisi emirlere körü körüne itaat etmeyeceğini, ikincisi ve hepsinden önemlisi sana karşı özel bir ilgi duyabileceğini biliyorduk."

"Ya duymasaydı?" diye sordu Servet, "Ya çekiverseydi tetiği?"

"Bu da olasılıklardan biriydi tabii ki," dedi Althor, "Biz Gözcüler, işleyişi hakkında çok şey bilsek de kadere yön vermeye çalışmayız. Bizim için tüm olasılıklar eşit değerdedir; biri diğerinden daha iyi ya da kötü değildir. Bu yüzden, daima birden fazla plan yaparız; görevimiz böyle yapmamızı gerektirir çünkü."

"Yani?" diye sordu Servet sabırsızlık içerisinde, "Bu ne demek oluyor?"

"Şu demek oluyor ki Miriam o gün tetiği çekseydi, oturup yasını tutmak yerine sıradaki planla yolumuza devam ederdik. Bizde işler böyle yürür, bu daima böyle olmuştur."

Servet alnını kaşıdı. "Bütün bu mizansen... Miriam'i bana göndermeniz, sonrasında yakınlaşmamız... Bunların hepsi bir şekilde Atiye ile bağlantılı olabilir mi?"

Althor, Servet'i şakayla alkışlayarak, "Bravo!" diye bağırdı, "Akıl hastanesinden yeni çıkmış birine göre oldukça akıllı olduğunu itiraf etmeliyim."

"Neden peki? Neden Atiye?"

"Nedenini biliyor olmalısın..."

Bu konuda başka bir şey söylemeyecekti belli ki. Hoş, Servet de neyi kastettiğini anlamıştı. Bu yüzden bu konuda daha fazla üzerine gitmedi.

"Peki ya Miriam?" diye sordu onun yerine, "Onu en son boyut kapısının içinde gördüm fakat yaralıydı. Yarası ağırdı üstelik. Şimdi nerede? Ona ne olduğunu bilmek istiyorum."

"Bunu bilmeyi ben de en az senin kadar istiyorum," diye cevap verdi Althor uzaklara bakarak.

"Nasıl yani, sizinle değil mi?"

"O günden sonra ondan haber almadık; bizim boyutumuzda

olmadığını söyleyebilirim."

"Karımın öldüğünü mü söylüyorsunuz bana?"

"Ölüm karmaşık bir mesele Servet," dedi Althor başını öne eğerek, "Şöyle ki ölümle doğumun bir ve iç içe olduğunu görebilmen için ikisine de dışarıdan ve yukarıdan bakabilmen gerekir." Hafifçe Servet'e doğru eğilerek, "Mesela ben, kaç kez öldüğümü hatırlamıyorum," diye ekledi.

"Lütfen benimle açık konuşun," dedi Servet, "Karım öldü mü ölmedi mi?"

"Tek söyleyebileceğim, başına ne gelmiş olursa olsun, onun bu boyutun kaçınılmaz gerçeği olan ölümün tadına baktığı. Fakat ölüm başka dünyalara açılan bir kapı da olabilir. Ayrıca unutma, senin ölmenle onun gibi defalarca ölmüş birinin ölmesi aynı şey olmayabilir."

"İşler bu noktaya gelene kadar ona yardım edebilirdiniz," diye isyan etti Servet, "Bize yardım edebilirdiniz. Ama etmediniz! Bizi kaderimize terk ettiniz!"

"Kaderine terk edilmek!" dedi Althor şiirsel bir ses tonuyla, "Zihnin seni aksine inandırmak için uğraşsa da her birimizin kaderine terk edildiğinden emin olabilirsin dostum. Kaderinden kaçabilen tek bir insan gösterebilir misin bana? Üstelik, seni perdeleyip kör eden duygulardan özgürleşip bakabilseydin, hayatta bundan daha güzel bir şey olmadığını da görebilirdin."

"Nesi varmış duyguların?" dedi Servet kollarını önünde bağlayarak.

"Biz Gözcüler," diye devam etti Althor, "duygularımızla hareket edemeyiz. Olan olmuştur, başka bir şekilde olması da mümkün değildir. Kişisel planımızdan daha büyük bir plan vardır. Ve o plan, biz istesek de istemesek de er ya da geç hayata geçirilir."

"Sizin için 'olan olmuştur' demesi ne kolay!" dedi Servet, "O iki kelimenin içine Miriam'le hayalini kurduğumuz koskoca bir gelecek ve kızımın gerçek ailesini tanımadan geçirdiği yirmi küsur yıl sığıyor! Hayatımın en verimli yıllarını bir delikte geçirmemden bahsetmiyorum bile!"

"Şimdi göremiyorsun," dedi Althor, "ama hastaneye yatırılman hem senin hem de kızın için olabilecek en iyi şeydi; aksi halde şu an ikiniz de hayatta olmayabilirdiniz!"

Servet çenesini kaşıdı. "Geriye dönüp baktığımda anlam veremediğim şeylerden biri de bu." dedi, "O güne dek hiçbir psikolojik sorun yaşamamıştım, akıl sağlığım mükemmeldi. Birisi bana gelip, 'Seni tımarhaneye kapatacaklar,' dese onun deli olduğuna hükmederdim herhalde."

"Çok büyük bir travma yaşadın," dedi Althor, "O gün kendine benim gözlerimle bakabilseydin, ruhunun tepeyle ev arasında çılgınlar gibi koşuşturduğunu görebilirdin. Ayrıca beklenmedik şekilde kesintiye uğrayan geçişler de bu tür sorunlara yol açabilir..."

"Yine de... Bu işte sizin parmağınız olabileceğini düşünmeden edemiyorum."

"Bu görevi binlerce yıldır başarıyla yapmamızın sırrı nedir, biliyor musun?" dedi Althor, "Bir parmağın yaptığını diğer parmağın bilmemesi! Dedim ya, bunları anlamanı beklemiyorum. Olması gereken olur, biz sadece oluşa hizmet ederiz."

"Birbirinden haberi olmayan o yaramaz parmakların yıllar sonra birdenbire uyanmamla da ilgisi olabilir mi?" diye sordu Servet.

Althor soruya cevap vermek yerine önüne bakıp belli belirsiz gülümsemekle yetindi.

"Sahi," dedi Servet, "beni hastaneden neden çıkardınız? Neden şimdi?"

Althor'un yüzüne kaygılı bir ifade yayıldı. "Dünyayı kaosa ve ardından yok oluşa sürükleyecek acımasız bir savaş yaklaşıyor. Süreç çoktan başladı; kartlar yeniden dağıtılıyor, saflar netleşiyor. Bu savaşı durdurabilecek tek kişi Atiye; bu onun kaderi! Şimdiye dek yaptığımız her şey bu günlere hazırlanmak içindi.

"Seni yıllar sonra uyandırdık çünkü bu çetin mücadelede kızının sana ihtiyacı olacak. Sabırlı olursan onu yakında göreceksin, sana söz veriyorum. Fakat ona yardım etmek istiyorsan başına buyruk hareket etmeyi bırakmak zorundasın."

"Benim için hayatta kızımdan daha önemli hiçbir şey yok," dedi Servet kararlı bir ses tonuyla, "Onun güvende olması için ne gerekiyorsa hiç düşünmeden yaparım. Fakat onunla görüşmemi engelleyerek güvenimi kazanamazsınız. İstediğiniz kadar hikâye anlatın, size güvenmiyorum. Kızımı görene kadar da güvenmeyeceğim!"

O bunları söylerken, araba yavaşlayarak durdu. Camdan dışarı bakan Servet, hastaneden kaçırıldıktan sonra getirildiği binayı tanıdı.

Althor uzanıp arabanın kapısını açarken, "Seçim senin!" dedi, "Seni zorlayacak değiliz fakat unutma ki atacağın her adım geri dönüşü olmayan sonuçlar doğurabilir."

PARANIN İZİNDE

Festival alanındaki ilk keşif çalışmasını tamamlayan Murat, arabasına atlayıp son dakika haber verilen bir toplantı için Emniyet Müdürlüğüne geldi. Şevket arayıp bilgi vermiş, toplantıya Mali Suçlar Birimi'nden bir analistin de katılacağını bildirmişti.

Asansör çalışmadığından merdivenleri kullanarak en üst kata çıktı. Kapılardaki isimliklere tek tek bakarak koridor boyunca yürüdü. Şevket'in söylediği odayı bulunca kapıyı tıklatıp içeri girdi. Şevket bir adamla birlikte çay içiyordu. Bahsettiği analist olmalıydı bu.

Onu kapıda görünce, "Hah! Gel aslanım, buradayız!" dedi.

Adamı Ahmet Bey olarak tanıtan Şevket, kendisinin Mali Suçlar Birimi'nde çalıştığını ve bir süredir bölgedeki para hareketlerini incelediğini söyledi. Toplantı gizli olduğundan herhangi bir kayıt tutmayacaklarını söyledi ve bundan sonra bilgi alışverişi için yalnızca kendisi üzerinden iletişim kurulacağını hatırlattıktan sonra sözü Ahmet Bey'e bıraktı.

Şevket'e teşekkür eden Ahmet Bey, kahverengi kemik çerçeveli gözlüklerini taktı ve çantasından çıkardığı notlara bakarak konuşmaya başladı.

"Şevket Bey'in de söylediği gibi, bir süredir Türkiye'nin güneydoğusundaki arazilerin yabancılara satışına aracılık eden şirketleri yakından takip etmekteyiz. Bu çalışmanın amacı, söz konusu faaliyetlerle ilgili para hareketlerini analiz edebilmek. Şu ana kadar edindiğimiz veriler, söz konusu faaliyetlerle ilgili hareketliliğin en az on yıldır devam etmekle birlikte son birkaç yılda ciddi ivme kazandığını gösteriyor."

Çantasından çıkardığı haritayı açarak anlatmaya devam etti.

"Harita üzerinde incelediğimizde, bu satın almaların Fırat ve Dicle nehirleri arasında yoğunlaştığı açık biçimde görülüyor. Buyurun, kendiniz de bakabilirsiniz."

"Peki kim alıyor bu arazileri?" diye sordu Murat.

"İlk bakışta çok sayıda bağımsız alıcı varmış gibi görünse de, hareketler derinlemesine incelendiğinde bunların denizaşırı hesaplar üzerinden faaliyet gösteren paravan şirketler kaynaklı olduğu anlaşılıyor. Bu şirketlerin arkasında kimlerin olduğunu bulmaya çalışıyoruz. Takdir edersiniz ki bu zaman isteyen bir iş. Bu adamlar her kimse, işlerini çok iyi biliyorlar ve ilgili bazı ülkelerin resmî makamlarınca da korunuyorlar."

Anlatılanları takip etmeye çalışan Murat, "Yani bu satın almaların arkasında belirli bir kişi veya grubun olabileceğini mi söylüyorsunuz?" diye sordu.

"Aynen öyle," dedi Ahmet Bey, "Sizin de işaret ettiğiniz bu ilişkiyi tüm yönleriyle deşifre edebilmek için, bu paravan şirketlerin hissedarlarının finansal hareketliliklerini ve kendi aralarındaki para akışını da inceliyoruz. Yakında sizinle daha somut bilgiler paylaşabileceğimi umuyorum."

"Peki bu süreçte benim ne gibi bir yardımım olabilir?" diye sordu Murat.

Araya giren Şevket, "Senin şu aşamada yapabileceğin fazla bir şey yok," dedi, "Arazileri satanların bir şeyden haberi yok zaten, oradan bir şey çıkmaz. Bu tür davalarda en etkili yöntem, dünya genelindeki para hareketlerini takip etmektir. O konuda da seni temin ederim ki Ahmet Bey dünyanın en iyilerinden biridir. Bu şerefsizleri yakalayacaktır!"

"Teşekkür ederim," dedi Ahmet Bey, "Bu iş göründüğünden daha büyük ve derin. Yaptığımız analizler şimdiden yukarıdaki birilerini rahatsız etmeye başladı, üzerimize gelebilirler. Tedbirleri artırmamız ve yedekli çalışmamız önemli. Sizden ricam, diğer kanallardan araştırmayı derinleştirmeniz. Bu işi bölgedeki terör faaliyetleriyle birlikte okumakta fayda var. Elimize geçen bilgileri paylaşalım. Bu işin kızışacağını tahmin ediyorum, Allah yardımcımız olsun!"

"Eyvallah!" dedi Şevket, "Aldığım duyumlara göre, benzer bir rahatsızlık Bakan Bey'in önayak olduğu yasa tasarısı için de hissediliyor. Birtakım medya, yasa tasarısının rant amaçlı olduğuna dair algı oluşturmaya çalışıyor. Bu karalama kampanyası neyse ki fazla karşılık bulmadı. Bu yüzden daha agresif yöntemlere başvurulabilir, uyanık olmak zorundayız!"

"Anlaşıldı," dedi Murat, "Mevcut tedbirleri bir kez daha gözden geçiririm." Başka herhangi bir konu olup olmadığını sordu. Hayır cevabı alınca, Şevket ve Ahmet Bey'e teşekkür ederek müsaade istedi.

O günlük yapması gereken işleri bitirmişti. Arabasına doğru yürürken meydandaki ulu çınarın dibinde kendi halinde bir çay ocağı ilişti gözüne. Şöyle demli bir çay hiç fena olmazdı hani! Boş masalardan birine oturup çay söyledikten sonra sigarasını yakıp amaçsızca etrafı seyretmeye koyuldu. İstanbul'dan sonra burası ona iyi gelmişti.

Başka zaman olsa şu an keyfi gayet yerinde olabilirdi. Ne var ki Atiye'nin Jack'in elini tuttuğu sahne gözünün önünden gitmiyordu bir türlü. Çayını tazeleyen çaycı, onu bir hayli düşünceli görünce masanın yanında durup,

"Hayırdır yeğenim?" diye sordu, "Gönül meselesi mi?"

Murat, içinde biri bitmeden bir diğeri başlayan fırtınaların "gönül meselesi" gibi iki kelimeye sığdırılmasından rahatsız oldu. "Bu çay açık olmuş," dedi adamın sorusunu duymazlıktan gelerek, "Biraz daha dem koyar mısın?"

Bozulan çaycı bardağı alıp ocağa doğru yürürken Murat kafasında bir durum değerlendirmesi yapmaya girişti. Atiye'ye âşık olduğunu, onun tarafından terk edildiğinde anlamıştı. Birisi tarafından terk edilmek ilk bakışta kötü bir şey gibi görünse de, o güne dek yabancısı olduğu duyguları tattığı için minnettar olmuştu Murat. Sevmek güzel şeydi, yıllar sonra sevebildiğini görmek. Hatta öyle güzeldi ki Atiye ile kavuşamamaya bile razı gelmişti neredeyse. Ta ki geçen güne kadar!

Atiye'yi Jack'le gördüğünde, içindeki o tatlı ılık meltem yerini acı ve yakıcı bir kasırgaya bırakmıştı. Atiye'yi ona sahip olmaya çalışmadan seven kalbi, ikisini birlikte görünce dört elle sarılıvermişti ona.

Fakat ne yapabilirdi ki? Görünen o ki Atiye kendisini değil, Jack'i seçmişti. Birlikte zaman geçirmekten ne kadar memnun olduklarını görmemek için kör olmak gerekirdi. Birbirlerine bakışları, minik dokunuşları, konuşurken farkında olmadan sergiledikleri küçük mimikler; ikisinin arasında bir şey olduğu gün gibi aşikârdı. Gerçi söz konusu olan onun hayatıydı ve istediğini yapmakta özgürdü. Belki de aşırı tepki veriyordu, bu konularda acemiydi ne de olsa. Aklı başında kızdı Atiye, sonunda gerçeği görecekti mutlaka. Ona güvenip sabırla beklemek yapılabilecek en doğru şeydi belki de.

"Bu sefer değil!" diye fısıldadı içinden bir ses, "Artık beklemek de yok, düşünmek de!"

Bu sesi tanıyordu. Korkmak nedir bilmeyen ve asla pes etmeyen bir askerin sesiydi bu. Sevmeden, sevilmeden geçen yılların acısını çıkarma zamanının geldiğini fısıldıyordu kulağına. Mutlu olmak için emek harcamalı, bedel ödemelisin diyordu. Şimdi pes etmek olmazdı. Zafer kazanmak istiyorsa savaşmak zorundaydı. Dikkatini toplayıp hedefi on ikiden vurmalı, düşmanı haritadan silmeli, rehineyi kurtarmalıydı.

Oyunu lehine çevirmek için seçeneklerini gözden geçirdi. Atiye'nin hayatta en çok istediği şey, babasını bulup yeniden kendini bütün hissedebilmekti. Bunu kendisi söylemişti. Ona babasını bulmakta yardım ederek hem gönlünü kazanabilir hem de kendini unutturmamayı başarabilirdi.

Bunu nasıl yapacağını da çok iyi biliyordu!

Yapmayı planladığı şey Şevket'in hiç hoşuna gitmeyecek türden olsa da, artık hiçbir şey umrunda değildi.

O işi hallettikten sonra sıra Jack denen şu adama gelecekti. Her şey onun yüzündendi. Birdenbire ortaya çıkıp kızın aklına girmişti. Neden peki? Amacı neydi? Jack'e dikkat etmeliydi, Atiye'yi üzüp ona zarar verecek bir şey yapabilirdi. Ne yapıp edip bir an önce gerçek niyetini ortaya çıkarmalıydı.

Bir süredir sıkmakta olduğu yumruğu yavaş yavaş gevşetti, cebinden telefonunu çıkarıp rehberden bir numara çevirdi.

"Selam!" dedi telefon açılınca, "Interpol veri tabanına hâlâ ulaşabiliyor musun?"

BİRİNCİ BULUŞMA

Keyifli bir akşamın ardından huzurlu bir sabaha uyandı Atiye. İçinde bir heyecan, yataktan kalkıp perdeleri sonuna kadar açtı. İçeri süzülen parlak gün ışığı, İstanbul'un donuk ve stres yüklü koşturmacasından uzak yeni bir günü müjdeliyordu. O gün hep birlikte müzeye gitmeyi planlamışlardı ama bulutların ardından yüzünü gösteren güneş, günü tatil ilan edip şehirde amaçsızca dolaşmanın daha iyi bir fikir olduğunu fısıldadı kulağına. Müzeye gitmeyi de istiyordu ama müze bir yere gitmiyordu sonuçta!

Arayıp Jack'i de davet etti fakat Jack defter üzerinde biraz daha çalışmak istediğini söyleyerek davetini geri çevirdi.

Heyecanından bir şeyler yitirmeyi reddederek Cansu'yu uyandırdı bu sefer de. Şehirde gezme fikri onun da hoşuna gitti. Açıkça söylemese de o da inceden sıkılmaya başlamıştı burada. Üzerlerine rahat kıyafetler geçirip birlikte restorana indiler. Lezzetli ama hafif bir kahvaltının ardından, resepsiyonistin tavsiye ettiği Şanlıurfa Kalesi'ne gitmek üzere otelden ayrıldılar. Şanlıurfa'ya kadar gelip de kaleyi görmemek olmazdı. Böyle demişti resepsiyonist...

Kalenin girişinde tanıştıkları bir rehber, onlara eşlik etmeyi kabul etti. Birlikte içeri girip kaleyi gezmeye başladılar. Kızlar büyülenmiş gibi sağa sola bakınırken rehber kale hakkında önemli bilgiler verdi onlara.

Kaleyle ilgili kayıtlara milattan sonra on birinci yüzyıldan itibaren rastlanıyordu. Yedinci yüzyılda Abbasiler döneminde inşa edilen kalenin üç tarafı kayalardan oyulmuş bir hendekle çevriliydi, kuzey tarafı ise dik kayalıktı. Kayalıktan aşağı bakan Cansu, gözlerini kapatıp Atiye'ye sarıldı dört elle.

Kalenin en etkileyici bölümlerinden biri de on beş yirmi metre yüksekliğindeki iki dev sütundu. Sütunların Edessa Kralı 9. Manu döneminde inşa edildiğini anlatan rehber, doğudaki sütunun üzerindeki Süryanice kitabeyi gösterdi onlara.

Rehber önde onlar arkada kaleyi gezmeye devam ettiler. İç kaleye geldiklerinde, ilerleyen saatin de etkisiyle güneş ortalığı kavurmaya başlamıştı. Sıcaktan bunalan Atiye, rehbere su alabilecekleri bir yer olup olmadığını sormak üzereydi ki arkasından bir ses geldi:

"Abla su?"

Arkasına döndüğüne, aksanından ve perişan kıyafetlerinden Suriyeli mültecilerden olduğunu tahmin ettiği küçük bir kızın, elinde tuttuğu pet şişeyi kendisine uzattığını gördü.

Cansu onun bir şey demesine fırsat bırakmadan, "Ay pis şey, çekil şuradan!" diyerek tersledi kızı.

Kızın durumuna çok üzülen Atiye, Cansu'yu kenara çekip kibarca uyardıktan sonra kızın önünde diz çöküp gülümsedi. "Adın ne senin?"

"Fatima," diye cevap verdi küçük kız.

"İsmin de ne güzelmiş!" dedi Atiye, "Söyle bakalım, su kaç lira?"

"Elli kuruş abla..." dedi kızcağız çekingen bir gülümsemeyle. Vatanından yüzlerce kilometrelerce uzakta gördüğü bu sıcak ilgi onu mutlu etmişti. Dünyanın tüm kötülükleri, o masum gülümsemeden yayılan parlak ışığın içinde boğulup gidiyordu.

Atiye, cüzdanından on lira çıkarıp kıza uzattı. "Ver bakalım üç tane!"

Şişeleri almak için uzandığında, gayriihtiyari küçük kızın eline dokundu. O anda hiç beklemediği bir şey oldu; kız, Cansu, rehber ve etrafta dolaşan turistler baş döndürücü bir hızla dönmeye başladılar. Kale, içindeki her şeyle birlikte gözlerinin önünde bulanıklaştı. Dönme sona erdiğinde kendini yıkılmış binalarla dolu uzun bir caddede buldu. Neler oluyordu? Burası neresiydi?

Etrafına bakındı, alışageldiği şehirlere benzemiyordu burası. Kulağına çalınan kahkahaları takip ederek cadde boyunca yürüdü. Az ileride bir ara sokakta neşe içerisinde oyun oynayan çocuklar çarptı gözüne. İçlerinden biri, küçük bir kız çocuğu, duvara bir şeyler yazıyordu.

Daha dikkatli baktı: Fatima'ydı bu!

Kızın duvara ne yazdığını görmek için o tarafa doğru yürüdü. Arapça okuyabildiğini ve dahası anlayabildiğini görerek şaşırdı. Mermilerin delik deşik ettiği duvara, "Halk baskı düzenini yıkacak!" cümlesi yazılmıştı.

Kulakları sağır ederek üzerinden geçen bir jet, yıkıntıların üzerinde bir şemsiye gibi asılı duran koyu renkli bulutu yararak ufukta kayboldu. Çocuklar uçağın sesine aldırmadan oynamaya devam ettiler.

Bu kadar mı kanıksamışlardı savaşı? Çok mu korkusuzlardı yoksa çok mu umutsuz?

Yürümeye devam ettikçe gördüğü manzaralar içini acıttı. Bilgelerin ülkesi yerle bir olmuş, bitmek bilmeyen savaşlar geleceği geçmişin mezarlığına gömmüş, bu toprakların kaderi tarifi mümkün olmayan acılarla yoğrulmuştu. Hiçbir ülke, hiçbir halk, hiçbir insan bunları yaşamayı hak etmiyordu!

Bunları düşündüğü sırada savaş uçağının sesi yeniden duyuldu. Giderek yakınlaşan uğultu, beraberinde ıslığa benzer başka bir sesi daha getirmişti. Bu sesin ne anlama geldiğini, yüz metre ötedeki üç katlı bina akıllara durgunluk veren bir gürültüyle havaya uçtuğunda öğrendi.

Dehşet içerisinde, olduğu yerde donakaldı. Burnunu sızlatan barut ve kan kokusu eşliğinde, çocukların kırık kahkahaları bir süre daha çınladı kulaklarında. Bulutlardan yansıyan ışık yerini karanlığa bırakırken ölüm ağır ağır ele geçirdi minik bedenleri. Neşeyle koşup oynayan çocukların yerini onlar için ağlayan hüzünlü bir gelecek aldı.

Bu çocukların suçu neydi?

Olası onca gelecek arasından talihlerine neden karanlık ve ölüm çıkmıştı?

İlk şoku atlatıp yıkıntıların olduğu yöne doğru koştuğunda dağılmaya başlayan dumanların arasında gördü onu. Tozdan yüzü gözü bembeyaz olmuş bir Fatima, ailesinin tüm fertlerini yutan irili ufaklı molozların ortasında yere çökmüş, gözlerini ovuşturarak ağlıyordu. Tamamen içgüdüsel bir refleksle, küçük kıza sarılıp hıçkırıklara boğuldu.

Bu kadar etkilenmesinin sebebi küçük kızın durumuna üzülmesi miydi sadece?

Ağlıyordu çünkü bu dehşet verici manzaranın anlatmaya çalıştığı şeyi anlamıştı. Sarılıp teselli etmeye çalıştığı bu masum sabinin, tüm ailesini bir anda kaybeden bu günahsızın kim olduğunu çok iyi biliyordu. Kendisine hediye ettiği bu içgörü için teşekkür etmek istercesine, saçlarını okşadığı Fatima'nın gözlerinin içine minnettar bir şekilde baktı.

Gözbebekleri tarif edilemez güzellikteydi. Işıl ışıl parıldayan simsiyah kürelerin üzerinde belli belirsiz titreşen üç küçük nokta...

O baktıkça büyüyen noktalar, ne olduğunu anlamaya kalmadan onu kendilerine doğru çekmeye başladılar. Boşlukta yüzen bedeni noktaların üzerine doğru büyük bir hızla düşüşe geçti. O yaklaştıkça, üç küçük nokta bir gölün üzerinde yüzen üç küçük adacığa dönüştü.

Adalardan birine çarpmasına ramak kala hızı birdenbire kesildi. Bir tüy gibi yavaş yavaş salınarak yere kondu. Güvende olduğuna ikna olduğunda yavaş yavaş gözlerini açtı.

Yine ne olmuştu? Bu sefer neredeydi? Merakla etrafına bakınırken gökyüzünde iki tane ay olduğunu fark etti. Biri diğerinden büyük olan bu iki ay, dünyaya normalden çok daha yakın görünüyordu. Başka bir dünyaydı burası ama neresi?

Başını aşağı indirdiğinde Anima'yı gördü. Meditasyon yapar gibi bağdaş kurmuş halde oturan Anima, bu sefer ne köydeki ne de şirketteki haline benziyordu. Bir miktar daha gençleşmişti. Üzerindeki beyaz elbiseyle masallardaki perileri andırıyordu. Hatta biraz daha dikkatli baktığında, etrafa ışık yayan bedeninin yerden hafifçe yüksekte durduğunu fark etti. Önündeki ağaç kütüğünden bozma sehpanın üzerinde bir tütsülük, seramik bir çaydanlık ve küçük kâselere benzeyen iki fincan duruyordu.

"Merhaba!" dedi Atiye sevinçle.

Yavaşça gözlerini açan Anima, "Hoş geldin Atiye," dedi, "Nasılsın görüşmeyeli?"

"İyiyim... Uzun zamandır ilk kez belki de..."

"Bunu duyduğuma sevindim. Sen mutsuz olunca ben de mutsuz oluyorum çünkü."

"Teşekkür ederim. O halde mutlu olmak için elimden geleni yapacağım."

"Bir şey yapman gerekmiyor. Aksine mutsuz olmak için çok uğraşmak gerekir. Bu konuda söylenecek çok şey olmakla birlikte, bu başka bir buluşmanın konusu. En iyisi biz işimize bakalım."

"Burası neresi Anima?"

"Hiçbir yer... Aynı zamanda her yer..."

Gözlerini kıstı. "Bulmacalar konusunda anlaştığımızı sanıyordum!"

"Doğru soruları sormuyorsun ama," dedi Anima, "Unutma, ortada iyi bir soru yoksa iyi bir cevap da yoktur."

Bir süre düşünen Atiye, "Neden buradayım?" diye sordu bu sefer.

"İşte bu iyi bir soru... Burası seni kaderine ulaştıracak yolculuğun ilk durağı."

"Buraya nasıl gelebildim ben?"

"Su satan kız…"

"Fatima?"

"Evet, Fatima bir kapıydı."

"Kapı mı? Yine mi kapılar?"

"Evet. Sen göremesen de hayat kapılarla doludur. Ve eğer gerçekten istersen, onların içinden geçerek yeni dünyalar keşfedebilirsin."

"Az önce yaşadığım da böyle bir şey miydi yoksa?"

"Onun gibi bir şey. Fatima'ya dokunduğunda onun kanalına girdin. Yaşadıklarını görüp hikâyesini keşfetmeye başladığında kapıyı aralamış oldun. Kapıyı ardına kadar açan şey ise hiç tanımamana rağmen ona duyduğun koşulsuz sevgiydi. O sevgi sayesinde, onun senden farklı ya da ayrı olmadığını kavradın. Bu kavrayış da seni buraya sıçrattı. Yolculuğunun ilerleyen aşamalarında, bu sıçramayı bilinçli olarak yapmayı da öğreneceksin."

"Karşıma çıkan şeyin kapı olduğunu nereden bileceğim peki?" diye sordu Atiye.

"Her şey kapıdır," diye cevap verdi Anima, "Asıl sorman gereken, o kapının gitmek istediğin yere açılıp açılmadığı."

"Diyelim ki istediğim yere açılıyor, onu açmayı nasıl başaracağım?"

"Her kapı açılmak ister Atiye. Bu onun amacıdır, kaderidir, yeter ki sen engel olma!"

"Ben ona nasıl engel olabilirim ki?"

"Arkasında seni bekleyen şeylerden korkarak… Aslına bakarsan bugün seninle bu konuyu konuşmak istiyordum ben de…"

"Hangi konuyu?"

Soruya hemen cevap vermeyen Anima, çaydanlıktan fincanlara çay doldurduktan sonra yeniden Atiye'ye dönerek, "Gelecek bilinebilir mi sence?" diye sordu.

"Dürüst olmam gerekirse geleceğin bilinemeyeceği fikrine daha yakınım."

"Yanılıyorsun, gelecek bilinebilir. Ne var ki çoğu insan bunu yapmak istemez."

"Neden?"

"Korku yüzünden! Geleceği bilmek, zamanın olmadığı bir boyutta kendini dışarıdan izleyerek kendi durumunla ve bu durumun sebepleriyle korkusuzca yüzleşmeyi gerektirir. Yüzleşilmesi gereken şeyler çok fazla olduğundan çoğu insan buna cesaret dahi edemez."

"Yüzleşilmesi gereken şeyler?"

"Kendine hiç durmaksızın anlattığın, iç içe geçmiş kat kat yalanlar... Kendi hayatının ve eylemlerinin sorumluluğunu üstlenmek yerine başkalarını suçlayıp mazeretler üretmek... Seni hakkında hiçbir şey bilmediğin ve ölesiye korktuğun geleceğe yaklaştıracak gerçek adımları atmamak için kendi omzuna yüklediğin sahte yükler... Ayaklarına birbiri ardına bağladığın kalın zincirler... Bu liste daha uzayıp gider fakat yüzleşilmesi gereken başka bir gerçek daha var ki o en zoru!"

"Nedir o gerçek?"

"İç dünyanda gerekli çalışmaları yapmadığın sürece geleceğinin bugünden farklı olamayacağı gerçeği. Başına gelenler için dünyayı suçlayarak kendini güçsüzleştirmeyi terk etmediğin sürece, hayatım dediğin hüzünlü hikâye asla mutlu sonla bitmeyecek. Bunları yaptığın sürece, seni kendine ulaştıracak yolculuğa asla çıkamayacaksın."

"İnsan böyle bir yolculuğa ne zaman çıkabilir?"

Anima gülümsedi. "Bu sorunun cevabı çok basit! Şimdi olması koşuluyla her zaman tabii ki! Başlangıcı ya da sonu olmayan, dünya hayatıyla kayıtlı ve sınırlı olmayan gerçekler, zamanın akışı içinde bulunamaz."

"Bu yolculuğa çıkmayı gerçekten istiyorum," dedi Atiye, "Burasının, bu yolculuğun ilk durağı olduğunu söyledin. Söyler misin, bundan sonra ne olacak?"

"Kendin olmaya giden yol, kendini tanımaktan geçer," dedi Anima, "Yaşadıklarının sebebini anlayamayan kişi ne kendine ne de başkalarına rota çizemez. Neyi neden yaşadığını bilmeyen kişi, kehanet yapamaz, kâhin olamaz. Doğuştan gelen güçlerini kullanabilmek istiyorsan önce kendini tanımak ve daha da önemlisi kendinle barışmak zorundasın. Bunu yapmanı sağlayacak üç sınavdan geçeceksin. Eğer bu sınavları geçebilirsen, parçalanmış varlığını bütünleştirip yeniden ve sonsuza dek kendin olabilirsin."

"Bu sınavlara ne zaman gireceğim? Ve nerede?"

"Sınavlar farklı zamanlarda farklı yerlerde gerçekleşecek. Her sınav öncesinde bugünkü gibi buluşacağız. 'Burada' ve 'Şimdi'de konuştuklarımızı can kulağıyla dinlemeni öneririm. Sınavları geçebilmek için bu bilgilere çok ihtiyacın olacak. Bu sınavlar, inisiyasyonunun da ön aşamaları olacak."

"İnisiyasyon derken?"

"Bu sınavları geçersen, Kehanet Okulu'na kabul edilerek kâhinlik eğitimine başlayacaksın."

"Kâhinlik eğitimi ha! İlk sınavımın konusu ne olacak peki?"

"Korkulardan özgürleşmek... Korktuğun sürece 'Şimdi'de ve 'Burada' kalamazsın. Sahip olduğun potansiyel, hiç açılmamış bir hediye paketi gibi bir kenarda öylece kalır. Anlayacağın, seçmek zorundasın. Ya korkularının altında kalıp ezileceksin ya da onların üzerinde yükseleceksin. Onlarla yüzleşmeden sonucu kesin olarak bilemezsin. İlk sınavın tam olarak bunu yapmana yardımcı olacak. Bunun için, Nemrut Dağı'na gitmen gerekiyor."

"Nemrut Dağı? Hepsi bu kadar mı? Sınav ne zaman olacak? Yerini nasıl bulacağım?"

"Sınava istediğin gün gidebilirsin fakat unutma, tam güneş doğarken orada olman gerekiyor! Sınav yerini dert etme, Nemrut'a vardığında ne yapman gerektiğini bileceksin."

"Sen de orada olacak mısın?"

"Maalesef, sınavları kendi başına geçmek zorundasın."

Cevabının Atiye'nin cesaretini kırdığını gören Anima, elini onun göğsünün üzerine koyarak şefkatli bir ses tonuyla, "Üzülme," diye ekledi, "Beni göremesen de ben hep yanında olacağım."

Bir süre sessiz kalan Atiye, "Söyler misin Anima," dedi sonunda, "sen gelecekten filan mı geliyorsun?"

"Hayır," dedi Anima gülümseyerek, "Şimdiden geliyorum. Beni 'Şimdi'de ve 'Burada' bulabilirsin." Atiye'nin cevabını anlamadığını görünce, "Geçmişle gelecek arasında mekik dokumaya alışan zihninin bunu anlamaması normal," diye devam etti konuşmaya, "Üzülme, yakında bunu ve daha birçok şeyi anlayacaksın. Haydi bakalım, artık dönme zamanı. Ne yapman gerektiğini biliyorsun, değil mi?"

"Ayrılmadan önce son bir şey daha soracağım," dedi Atiye çekinerek, "Bu yolculuğun sonunda babamı bulabilecek miyim?"

"Bu soruya cevap vermesem daha iyi belki de..."

"Lütfen, ısrar ediyorum! Bu konu benim için çok önemli."

"O zaman şöyle söyleyeyim, burada olma sebebinin babanı bulmaktan çok daha büyük ve değerli bir şeyle ilgili olduğunu anlayabilirsen yolculuğunda daha hızlı ilerleyebilirsin. Gerçek şu ki yolun sonunda babanı bulabilirsin de bulamayabilirsin de. Diyelim ki buldun, onu sevebilirsin de sevemeyebilirsin de. Aynı şekilde o da seni sevebilir ya da sevemeyebilir. Birlikte mutlu olabilirsiniz de olamayabilirsiniz de."

"Bana ne anlatmaya çalışıyorsun?"

"Hayatında eksik olan şeyin baban olmadığını. Kalbini dinleyebilseydin bunu benden duyman gerekmezdi."

"Kalbim bana fazla bir şey anlatmıyor," dedi Atiye hüzünlü bir ses tonuyla.

"Kalp hiç susmaz, bir an bile! Hele seninki çok geveze! Şu an bile o kadar çok gürültü yapıyor ki seni dinlemekte zorlanıyorum."

"Ne anlatıyor peki?" diye sordu Atiye, duyabileceği şeylerden korkarak.

"Biraz daha sabredersen hepsini kendin dinleyebilirsin. Benim sana şimdi anlatabileceklerim noksan bir tercümeden öteye geçemez zira..."

"Ne yapmalıyım peki? Babamı aramamalı mıyım?"

"Babanı bulmanın bir amaç olamayacağını ancak daha büyük başka bir şeyin sonucu olabileceğini anlamalısın."

"Daha büyük şeylerde gözüm yok; sadece babamı bulmak istiyorum!"

"Buna başkalarını ya da kendini inandırabilirsin ama beni asla! Bu yalana kanmayacak kadar iyi tanıyorum seni."

"Ne arıyorum peki? Eğer dediğin gibi babamı aramıyorsam?"

"Cennetten düştüğünde etrafa saçılan parçalarını... Onlar da seni arıyor üstelik. Kendini bulmadan babanı bulamazsın, bulsan bile bulamazsın, bunu anla lütfen! Kendinle buluşup onu sevmeyi başaramadığın sürece hiç kimseyle gerçek anlamda buluşamaz, hiç kimseyi gerçek anlamda sevemezsin."

Atiye isyan etti. "Bu doğru değil, ben kendimi seviyorum, hem de çok!"

Anima onun gözlerinin içine baktı. "Sana kimlerin kehanet yapabileceğini sormuştum, hatırlıyor musun?"

"Evet... Yeteneği olanlar di mi?"

"Evet, yetenek şart ama şunu unutma ki dürüst olmayanlar kehanet yapamazlar. Kendine karşı dürüst olamayanlar ise değil geleceği okumak, gözleriyle bizzat gördükleri geçmişi ve bugünü dahi doğru okuyamazlar. Kendine karşı acımasızca dürüst olmak zorundasın. Bunu başarabilirsen babana da istediğin başka her şeye de kavuşabilirsin. Seni uyarıyorum, onu ya da başka bir şeyi bulmayı takıntı haline getirme. İçeride bulduğunda, dışarıda da bulacaksın."

"Buna inanmak istiyorum..."

"Artık gitme zamanı," diyerek sözünü yarıda kesti Anima, "Arkadaşın senin için endişelenmeye başladı. Ne yapman gerektiğini biliyorsun, değil mi?"

"Biliyorum," dedi Atiye gözlerini kapatırken. "Yeniden görüşmek üzere!"

Anima bir şeyler mırıldanırken, ağırlaşan göz kapakları Atiye'yi huzurlu bir karanlığın içine doğru yavaş yavaş çekti. Gözlerini açtığında kaldırımın üzerinde yatıyordu. Başına üşüşen kalabalığın arasında ilk Cansu'yu seçti.

"Başına güneş mi geçti ki! Yanımıza şapka alsaydık keşke!" Endişeli bir şekilde söylenirken bir yandan da kolonyalı mendille Atiye'nin bileklerini ovalıyordu. Bu işte giderek ustalaşıyordu.

Korku içerisinde Atiye'nin başucunda bekleyen Fatima, onun gözlerini açtığını görünce sevinerek Arapça bir çığlık attı. Cansu yerden doğrulmasına yardım etti.

"İyi misin şekerim? Birden yığılıp kaldın, ne olduğunu anlayamadık!"

İyi miydi? Endişeli gözlerle olup biteni izleyen Fatima'nın yüzüne bakarken, yaşadığı deneyimin anlamsızlaştırdığı bu soruyu bir kez de kendi kalbine sorup cevap bekledi.

Orada o kaldırımda otururken gerçeklikle bağları kopmuş gibiydi. Hoş, bu yeni bir durum sayılmazdı gerçi; kendini bildi bileli yaşadığı bir şeyi daha net hissetmişti sadece.

Dünyada doğsa da ruhu dünyalı olamamıştı bir türlü.

Geçmiş, gelecek, zaman, kan, ölüm, doğum, acı, gölgeler, bulutlar, gökyüzü, Güneş, Ay... Bütün bunlar bir miydiler, yoksa ayrı ayrı mı incelenmeliydiler?

İlk bakışta anlamsız görünen bunca mesajı huzur verici bir kavrayışta nasıl bir edecekti? Geçmiş ve gelecek arasında uzanan zincirin dünyadaki halkası olan bedenine baktığında, toz pembe bir dünya hayal eden zihninin karanlık, puslu, kan kokulu bir gelecekle giriştiği savaşa tanıklık eden çelimsiz bir Atiye'den başka bir şey göremiyordu.

İyi miydi? Savaşta ölen masum bebekler ne kadar iyiyse o kadar iyiydi. Minik tabutların nasıl bir gelecek taşıdığını görüp hissetmek, kendi geleceğini kefenleyip gömmekle beyaz düşlere sarmalamak arasında kararsız bırakmıştı onu.

Kimbilir, yarım kalmış hayatları ve yitik ruhları bir kenara bırakıp gerçeğe dönmek ve kendi noksan benliğini bütünlüğe ulaştırmaktı görevi belki de.

Cansu'nun yardımıyla ayağa kalkarken, "İyiyim iyiyim, merak etme!" diye mırıldandı, "Yolculuk heyecanından olsa gerek!"

Cansu dediğinden hiçbir şey anlamamıştı. "Ne yolculuğu?" diye sordu boş boş bakarak, "Bir yere mi gidiyoruz?"

Bayılan kadının kendine geldiğini, durumunun iyi olduğunu gören kalabalık yavaş yavaş dağıldı. Kale içi eski sakin haline döndü. Atiye biraz daha gezmek istese de dinlenmesi için ısrar eden Cansu'yu daha fazla endişelendirmemek adına güne nokta koyup otele dönmeyi kabul etti.

Kızlar kol kola arabalarına yürürken, Fatima arkalarından gülümseyerek el sallıyordu.

KIZ KULESİ

Minibüsten Üsküdar meydanında inen Servet, Harem yönüne doğru sahil boyunca yürüdü. Buraya gelmek onda sayısız duygu uyandırmıştı. Gençlik yıllarına ve sonrasına ait ne çok anısı vardı burada! Üsküdar'ın eski halini hatırlayarak iç geçirdi. Adına zaman denilen eşkıya, elini atığı her şeyi bozup yozlaştırıyordu.

Bir zamanlar beyefendileriyle anılan Üsküdar da bu yozlaşmadan nasibini almıştı. Etrafına bakındı, hafta sonu, üstelik de güneşli bir gün olunca halk kendini sahile atmıştı. Sarmaş dolaş sevgililer, cümbür cemaat dolaşan aileler, çarşı iznine çıkmış erler, turistler, seyyar satıcılar ve daha niceleri! Servet kaldırımda güç bela ilerlerken sağda Kız Kulesi'ni gördü. Miriam'le oturup günbatımını izledikleri bu şiirsel mekân, sahile sıra sıra atılmış minderlere yayılıp ay çekirdeği çitleyenleri eğlendirmekle meşguldü şimdilerde.

Sahil boyunca bir süre daha yürüdükten sonra, Boran'ın söylediği çay bahçesinin tabelasını seçip yolun karşısına geçti. Oturup çay söyledi, saatine baktı ve buluşma saatini beklemeye başladı.

Güneş tüm ihtişamıyla batarken adına yakışır biçimde salınan kule, tarihi yarımadanın önünde raks ediyordu. İstanbul'u bu denli sevmesinde sadece büyüleyici manzaralarının değil, sakinlerine günün her saatinde yaşattığı bu tatlı sürprizlerin de payı vardı.

Bugünküne benzer bir günde gelmişti Levi Usta'nın Çengelköy sırtlarındaki evine. Gözlerini kapattığında Boğaz'ı yukarıdan gören villanın önüne gelmişti bile. Kapının yanındaki zile basıp bekledi. Buraya gelip gelmeme konusunda çok tereddüt etmiş fakat ustasının durumunun ciddi olduğunu duyunca, onunla son bir kez görüşüp konuşmak istemişti. Ona sormak istediği şeyler vardı. Miriam onun da "onlardan" biri olduğunu söyleyip onu vazgeçirmeye çalışsa da ustasını tanırdı, özünde iyi bir insandı, üstelik üzerinde çok emeği vardı. Bir şeyler biliyorsa kalbinin sesini dinleyerek ona her şeyi anlatacağına inanıyordu.

Nereden geldiği anlaşılmayan bir ses duyuldu. "Kameraya döner misiniz?"

"Adım Servet," dedi kameraya bakarak, "Gelmeden önce arayıp haber vermiştim!"

Duyulan otomat cızırtısının ardından kapı açıldı. İçeri girip geleneksel tarzda inşa edilmiş villanın bahçesinde yürümeye başladı. Onlarca çeşit çiçek ve sağa sola gelişigüzel yerleştirilmiş heykellerin güzelleştirdiği bahçenin bu kadar bakımlı olmasının sebebini az ileride gülleri budayan bahçıvanı görünce anladı.

Villanın kapısı, o tam önüne geldiği sırada açıldı. Kapının aralığından görünen genç bir kadın onu nazikçe içeri buyur etti. Kıyafetlerinden hastabakıcı olduğunu tahmin ettiği kadını izledi. Eski fotoğraflarla dolu koridordan geçerek kütüphaneli bir çalışma odasına geldiler. Odanın bir tarafı arka bahçeye açılıyordu. Veranda kapısının önünde dışarıya dönük duran tekerlekli sandalyenin arkasına yerleştirilen oksijen tüpüne bakılırsa, ustası ciddi solunum problemleri yaşıyor olmalıydı. Hastabakıcı herhangi bir komut beklemeden sandalyenin yanına gidip yönünü Servet'e doğru çevirdi.

Levi Usta kollarını açıp hırıltılı bir sesle konuştu. "Hoş geldin Servet, rahat ol, gel gel!"

"Duyar duymaz geldim..."

Levi Usta, hastabakıcıya çıkabileceğini söyledikten sonra Servet'ten sandalyeyi arka bahçeye kadar çıkarmasını rica etti. Eski çırağı ricasını yerine getirirken o keyifli bir şekilde konuşmaya devam etti.

"Eskilerden en vefalı sen çıktın! Çok adam geçti tezgâhımdan, bugün hepsi de önemli yerlere geldi. Ama hiçbiri buraya gelmedi. Pek sevenim yokmuş anlaşılan…"

"Öyle deme Usta!" dedi Servet mahcup bir sesle.

"Öyle öyle!" diyerek onu susturdu Levi Usta, "Bakma sen, çok da sevilesi biri değildim zaten. Hayatımın büyük bir bölümünü insanlara hıyar gibi davranarak geçirdim. Onları aşağıladım, azarladım, bir gülümsemeyi bile çok gördüm onlara. Böyle bir adamı kim görmek ister ki!"

"Ben özünde farklı biri olduğunuza inandım hep," dedi Servet.

Levi Usta hüzünlü bir şekilde başını önüne eğdi. "Haklısın, her zaman böyle biri değildim. Her şey o adamın gelişiyle başladı!"

"Kimin gelişiyle Usta?" diye sordu merakla.

"Avukat!" dedi Levi Usta, "Güçlü birilerini temsil ediyordu ama kim olduklarını hiçbir zaman söylemedi."

"Ne için gelmiş?"

"Bana bir teklif yapmaya gelmiş. Bir müzayede evi kurmak için…"

"Senin müzayede evin mi?"

"Evet ya, ne sandın!" dedi Levi Usta, bir öksürük nöbetine tutulmadan hemen önce, "Benim müzayede evim! Ne kadar benim denebilirse artık..."

Öksürüklerin bitmesini sabırla bekledikten sonra, "Neden öyle dedin Usta?" diye sordu Servet.

"Dedim ya, bu avukat yabancı birilerine hizmet ediyordu. Defalarca görüştük sonrasında. Kılkuyruk bir tipti ama işini ciddiye alırdı, aşırı profesyoneldi."

"Bu avukat… Size tam olarak ne dedi?"

"Temsil ettiği birtakım güçlü kişilerin Türkiye'de tarihi eser işiyle uğraşmak istediğini ancak yasal engeller olduğunu... Yardım edip edemeyeceğimi sordu; parayı onlar sağlayacakmış, benden işi yönetmemi istediler. Kabul edersem bu işten çok kârlı çıkacağımı söyledi."

"Ne cevap verdiniz peki?"

"'Olur!' dedim tabii ki, 'Neden olmasın!' İlk başlarda her şey mükemmeldi. Sınırsız para kaynağı sayesinde birçok eser alıp hemen çalışmalara başladık fakat sonradan sonraya işin rengi değişti."

"Neden Usta? Ne değişti?"

"İtibarım artmıştı," dedi Levi Usta, "Hayatım düzene girmiş, çok iyi kazanmaya başlamıştım. Bunlar kaybetmek isteyeceğim şeyler değildi, anlayacağın zamanla beni avuçlarına aldılar.

Önemli eserlerin kayıtlara geçirilmeden doğrudan yurtdışına gönderilmesi, ortaya çıkmasını istemedikleri şeylerin üzerinin örtülmesi, vesaire, vesaire..."

"Keşfettiğim şeyin gün ışığına çıkmasını istemeyen de onlar mıydı?"

"Evet evlat," dedi Levi Usta, "Bu işin arkasındaki adamlar kadim tapınaklarla kafayı bozmuş haldeler. O konuda tüm bilgi akışını kontrol altında tutmak istiyorlar. Üstelik istihbarat ağları da çok kuvvetli."

"Ne kadar kuvvetli?"

"Sana şu kadarını söyleyeyim, sen o gün beni dükkânda ziyarete gelmeden önce ben bu konuyu açacağını biliyordum."

"O derece diyorsunuz?"

"Daha bile ciddi! Bu adamlardan korkulur evlat. Beni şu halimde bile dinlediklerinden eminim. Bahçeye çıkmayı neden istedim sanıyorsun?"

"Peki kim bu adamlar Usta?"

"Çok gizli ve güçlü bir kuruluş... Bir örgüt," diye açıkladı Levi Usta, "Kendilerine Panteon diyorlar. Bunu da yıllar sonra avukatın bir telefon konuşmasına kulak misafiri olduğumda öğrendim. Aslına bakarsan bunu biliyor olmam bile beni yaşatmamaları için yeterli bir sebep."

"Panteon demek... Kimin nesiymiş bu adamlar, amaçları neymiş?"

"Amaçları dünyayı kaosla yönetmek, ne olacak!"

"İyi ama tarihi eserlerle neden ilgileniyorlarmış?"

"Orasını tam bilemiyorum. Tek bildiğim, dünyanın dört bir yanında faaliyetleri olduğu. Hatta yasal kazıları bile bu adamlar finanse ediyor. Bahse girerim, kazı yapılan yerleri kontrol etsen onlar da o bahsettiğin şebeke üzerindeki yerlerdir. Dünyanın en güçlü insanlarından bahsediyoruz burada!"

"Kazıları onlar finanse ediyorlardı demek! Bu adamlar büyük bir şeyin peşindeler ve sanırım ben onun ne olduğunu biliyorum Usta! Araştırmamı neredeyse tamamladım. Bu tapınaklar bir şekilde bağlantılı olmalı. Ne işe yaradıklarını henüz çözemesem de hepsinin çalışmasının birinin çalışmasına bağlı olduğunu biliyorum."

"Bir tür merkez diyorsun yani? Hangisiymiş peki?"

"Evet, hesaplamalarıma göre, Şanlıurfa yakınlarında bir yerde olmalı. Fakat orada öyle bir tapınak yok bildiğim kadarıyla."

"Şanlıurfa mı dedin?" dedi Levi Usta heyecanlanarak, "Bak bu çok ilginç işte!"

"Neden Usta, ne oldu ki?"

"Şanlıurfa'da yeni bir kazının başlayacağı konuşuluyor bir süredir. Hatta sondaj çalışmalarında yeraltında devasa yapılar tespit edilmiş."

"Biliyordum!" dedi Servet yumruğunu sıkarak, "Oranın peşinde olmalılar. Miriam'i gönderen adamlar da bu tapınağın bulunmasına engel olmak istiyormuş demek ki!"

"Kimi?"

"Ha? Yok bir şey, bir an sesli düşündüm... Peki ben şimdi ne yapmalıyım?"

"Ben ruhumu şeytana sattım evlat," dedi Levi Usta uzaklara

dalıp giderek, "Benim düştüğüm hataya sen düşme! Bu adamları durdurmak için elinden bir şey geliyorsa yap."

"Söz veriyorum Usta! Amaçları her ne olursa olsun, kazanmalarına izin vermeyeceğim!"

"Birdenbire ortadan kaybolman hiç hoşlarına gitmedi," dedi Levi Usta, "Yana yakıla seni arıyorlar; birkaç kez gelip bana da sordular. Çok ama çok dikkatli olmalısın!"

"Hiç kimsenin bulamayacağı bir yerdeyiz. Bizi merak etmeyin."

Levi Usta'nın ağarmış uzun kaşları bir şeyin farkına varmış gibi aniden çatıldı. "Buraya gelmemeliydin; kimseye haber vermedin inşallah?"

"Sadece eşime; ona da sonuna kadar güvenebilirim."

"Yine de ihtiyatlı olmakta fayda var. Döner dönmez yerinizi değiştirin, hatta yapabiliyorsanız yurtdışına filan gidin!"

"Tamam Usta, değiştiririz."

Servet'in, ustasıyla yaptığı görüşmeye dair soluk anılar çay bahçesinin önünde duran araba tarafından yarıda kesildi. Althor arabadan inerek emin adımlarla Servet'in oturduğu masaya geldi.

Servet onun gelişini tatsız bir yüz ifadesiyle izledi. Onu izleyen Boran da yanlarından geçip az ilerideki boş bir masaya oturdu.

"Merhaba Servet," dedi Althor, "Görüşmeyeli nasılsın bakalım?"

"Sizce?" diye sordu Servet gergin bir ses tonuyla.

"Biraz sıkıntılı göründüğünü söyleyebilirim," diye cevap verdi Althor, "Sakıncası yoksa sebebini sorabilir miyim?"

"Sebebini biliyorsunuz," diye çıkıştı Servet, "Kızımı ne zaman göreceğim?"

"Bu konuda anlaştığımızı sanıyordum," dedi Althor.

"Hayır!" diye parladı Servet; sesi etraftakilerin duyabileceği kadar yükselmişti. Sesini alçaltarak, "Hiçbir konuda anlaşmadık," diye devam etti, "Siz kızımı görmeme izin verene kadar da anlaşmayacağız!"

Gözlerini Servet'inkilere kilitleyen Althor, bir süre ısrarla bakmaya devam ettikten sonra, "Senin suçun değildi Servet," dedi sonunda.

"Ne diyorsunuz," dedi Servet, "Ne benim suçum değildi?"

"Hiçbiri... Karını kaybetmen, kızının yaşamak zorunda kaldığı şeyler, hiçbiri senin suçun değildi..."

"Bunun konumuzla ne alakası var şimdi?"

"Çok alakası var. Kızını görmeyi neden bu kadar çok istiyorsun, hiç düşündün mü?"

"Kızım o benim! Bana ihtiyacı var!" Servet iyiden iyiye sinirlenmeye başlamıştı.

"Sebep bu mu gerçekten? Bu yüzden mi istiyorsun onunla bir araya gelmeyi?"

"Başka ne olabilir ki? Ne demek istiyorsunuz? Lütfen açık konuşun!"

"Kızının sana ihtiyacı olduğunu söylüyorsun... Bu doğru değil, düne kadar seni tanımıyordu bile. Bir babaya ihtiyacı olduğu konusunda haklı olabilirsin. Ama yine de seninle, yani Servet Korkmaz'la yaşayacağı bir hayatın sensiz olandan daha iyi olup olmayacağını bilemezsin. Aslına bakarsan bu çok umrunda da değil. Onunla konuşmak istiyorsun çünkü bir şeye ihtiyacı olan sensin."

"Neye ihtiyacım varmış benim?"

"Suçlu olmadığını söyleyip vicdanını rahatlatacak birine. Bu yüzden şimdi ben söylüyorum, yaşananların hiçbiri senin suçun değildi, suçluluk duygusuyla yaşamak zorunda değilsin."

O ana dek kendini tutan Servet, bu sözler üzerine direnmeyi bırakıp teslim oldu. "Keşke buna inanabilsem," dedi ağlamaklı bir sesle, "Onları koruyamadım... Onları kaderlerine terk ettim!"

"Kader denen şeyi ne kadar da az anlıyorsunuz!" dedi Althor omuz silkerek, "Yaratılmış olan her şeyin kaderinin görünmez ipliklerle birbirine bağlı olduğunu kavrayamıyorsunuz. Taşlar bir kez yerinden oynadı mı önüne geçilmesi mümkün olmayan süreçler harekete geçer. Bu olduğunda başka taşlar da yerinden oynar. Bu aşağıya ve yukarıya doğru böylece sürüp gider. Bu sonsuz döngü içinde kendinizi bu kadar önemsemeniz beni gerçekten çok eğlendiriyor!"

"Beni bir kez daha süslü laflarla kandırmanıza izin vermeyeceğim! Kızımı görmek istiyorum. O kadar!"

Althor pes etmiş göründü. "Pekâlâ, onu görmeyi çok mu istiyorsun?"

"Dünyadaki her şeyden çok! Ondan başka hiçbir şeyim kalmadı. Onu da kaybedemem!"

"Onu görmek için her şeyi yapar mısın?"

"Ne olursa yaparım!"

"Öyleyse, onu göreceksin. Ama önce bizim için bir şey yapman gerekiyor."

"Neymiş o? Ne yapmamı istiyorsunuz?"

"Yakında öğreneceksin. Fakat önce bir şeyi bilmen gerekiyor: Senden istediğimiz şeyi sadece bizim için değil tüm insanlık için de yapmış olacaksın."

Arkasına yaslanan Servet, onu yalandan alkışladı. "Şimdi anlıyorum, her şey bunun içindi, değil mi?"

"Neden bahsediyorsun?" diye sordu Althor.

"Beni yıllarca saklayıp sonra çıkarmanız, hatta kızımı görmeme engel olmanız bile... Zamanı geldiğinde beni kullanabilmek içindi, değil mi? Yanıldığımı söyleyin lütfen!"

"Senden istediğimiz şeyi yapmak zorunda değilsin," dedi Althor, "Yapmadan da kızına kavuşabilirsin fakat gerçek şu ki kavuşamayabilirsin de. Daha önce de söylemiştim, bizim için bu iki olasılıktan biri diğerinden daha üstün değil. Öte yandan, istediğimiz şeyi yaparsan kızın da dünya da güvende olacak ve yeniden bir araya gelebileceksiniz. Gördüğün gibi, biz sadece sonucu garanti altına alabilecek bir seçenek sunuyoruz. Bu açıdan bakarsan biz seni değil, sen bizi kullanmış oluyorsun."

"Beni manipüle etmeye çalışıyorsunuz! Benden çok daha güçlüsünüz.

Yapılacak bir şey varsa neden siz yapmıyorsunuz?"

"Uymak zorunda olduğumuz kurallar var. Biz yaparsak akış değişir. Öyle bir senaryoda sen de kızına kavuşamazsın."

Kafası karışan Servet, bir süre düşündükten sonra başını öne eğdi. Başka çaresi yok gibi görünüyordu. "Tamam," dedi fısıltıya benzeyen bir sesle, "İstediğinizi yapacağım... Ama sonrasında kızımı hemen görmek istiyorum, başka şart yok!"

"Anlaştığımıza sevindim," dedi Althor gülümseyerek, "Boran detayları sana iletecek ve gerekli her şeyi ayarlayacak. Söylediklerini harfiyen yaparsan hiçbir sorunla karşılaşmadan bu işi halledebilirsin."

Servet, Boran'ın oturduğu masaya muzip bir bakış fırlattı.

"Boran mı?" dedi gülerek, "O adam ağzını açıp bir şey söylesin yeter ki... Harfiyen yapması kolay!"

MÜZEDE

Atiye kahvaltısını bitirip gözucuyla saatine baktı. Jack'le müzeye gitmek için sözleştikleri saat neredeyse gelmişti. Onu lobide göremeyince otelin dışına çıkıp bakındı. Oradaydı işte! Kapının az ilerisinde yere oturmuş, beton çiçekliğe yaslanmış halde elindeki deftere bir şeyler karalıyordu. Her zamanki gibi erken gelmiş olmalıydı. Jack'in kendisini fark etmediğini gören Atiye, hemen yanına gitmeyip onu bir süre uzaktan izledi.

İlk bakışta farklı görünse de, Jack de en az Murat kadar gizemliydi. Daha konuşkan biri olduğu doğruydu, hiç durmadan bir şeyler anlatıyordu. Gel gör ki anlattığı onca şeyin içinde kendini gizleme konusunda da kesinlikle ustaydı. Kimbilir, Murat haklıydı belki de, ona karşı dikkatli olmalıydı. Öte yandan, hayat herkesten şüphe ederek yaşamak için çok kısaydı.

Atiye'ye kalırsa şu an karşısında elindeki deftere bir şeyler karalayan bu bebek yüzlü adam, ya gerçekten kendini satmaya çalıştığı gibi çapkın bir serseriydi ya da aşkın sillesini bir kez daha yememek için hiçbir şeyi ve hiç kimseyi umursamıyormuş numarası yapan iflah olmaz bir romantikti...

Yakalanmak istemediğinden, izlemeyi kısa kesip Jack'in oturduğu yere doğru yürüdü. Yanına geldiğinde eğilip omzunun üzerinden deftere ne çizdiğine bakmak istedi. Yalnız olmadığını fark eden Jack, defteri apar topar kapatıp çantasına soktuğu gibi ayağa fırladı.

"Geldin mi?" dedi yaşadığı paniği gizlemek ister gibi gülümseyerek, "Ne yalan söyleyeyim, umudu kesmeye başlamıştım!"

"Sıkılmışa benzer bir halin yoktu," dedi Atiye.

Jack çantasından sarkan defteri göstererek, "Bunu mu kastediyorsun?" diye sordu, "Çizim yapmak bana huzur veriyor. Ne zaman kafam karışsa rahatlamak için bir şeyler karalarım."

"Kafanın bu kadar karışacağını bilseydim yardım teklifini kabul etmezdim," diyen Atiye, Jack'in cevap vermesine fırsat vermeden ekledi, "Geçelim mi yoksa burada kalıp biraz daha çizim yapmayı mı tercih edersin?"

"Ladies first!" dedi Jack gülümseyerek.

Şehre daha aşina olduğundan direksiyona Jack geçti. O arabayı kullanırken, Atiye çaktırmadan onu izledi. Batılıların tamamen yabancı bir ülkede bile bu kadar özgüvenli davranabilmesini hep garipsemişti. Çocuksu gülümsemesi, çoğu zaman yalnızca kendisinin anladığı esprileri ve gözü okşayan fiziğiyle Jack, Atiye'nin şu aralar uzak durması gereken erkek modelinin sözlükteki karşılığı gibiydi.

Aynı koltukta Murat'ın oturduğunu hayal etti bir an. Jack'in neşeli ve hoşsohbet hallerinin yanında Murat bir keşiş gibi kalırdı herhalde. Muhtemelen yolculuk boyunca ağzını hiç açmayacak, Atiye'nin sorularına kibar cevaplar vermekle yetinecek, ille de kafası başka bir yerlerde olacaktı. Jack ise şehirden çıktıklarından beri hiç susmamıştı.

"Köyde karşılaştığım yaşlı bir kadından bahsetmiştim," dedi Atiye, "Hatırladın mı?"

"Evet," dedi Jack, "Ne olmuş ona?"

"Dün onunla yeniden buluştum."

"Nasıl buluştun? Burada mı? Şanlıurfa'ya mı gelmiş?"

"Onun deyimiyle 'Burada' ve 'Şimdi'de buluştuk. Üstelik bu

kadar da değil. Sana anlatmaya fırsatım olmadı ama işten istifa ettiğim gün de onu görmüştüm. Çok tuhaftı!"

"Bakıyorum da onunla benden çok görüşüyorsun," dedi Jack alaycı bir tonla, "Kıskanırım bak!"

"Ya şaka yapmasana, ciddi bir şey anlatıyorum! İsmini sordum ama söylemedi. Ona Anima diyebilirmişim. Çok önemli şeyler anlattı bana."

"Demek öyle! Neymiş bakalım şu önemli şeyler?"

"Ruhsal bir dönüşüm yolculuğuna çıkacağımı, kendisinin de bu yolculukta rehberim olacağını."

"İlginç..."

"Dahası da var... Söylediğine göre, bende doğuştan kehanet yeteneği varmış ama inisiye olmak için üç sınavdan geçmem gerekiyormuş."

"Ee, sen ne dedin?" diye sordu Jack, "Kabul ettin mi?"

"Dediğine göre, ben kabul ettiğim için buluşmuşuz zaten. Dedim ya, çok tuhaftı. Köyde yaşlı bir kadın olarak karşıma çıkmıştı, buradaysa karizmatik bir işkadını gibiydi."

"Sınavlar hakkında bir şey anlattı mı?" diye sordu Jack, "Nasıl sınavlarmış bunlar? Neyle ilgililermiş?"

"Yeniden bütün olmamı sağlayacaklarını söyledi. İlki korkularımla yüzleşmemle ilgiliymiş. Bu arada, sınava girmek için Nemrut Dağı'na gitmem gerekiyor. Yarın Adıyaman'a gitmek üzere yola çıkacağım."

"Sor haydi," dedi Jack gülümseyerek.

"Neyi?" diye sordu Atiye.

"Neyi kastettiğimi biliyorsun," dedi Jack gülümsemeye devam ederek, "Sadece sor!"

"Benimle gelir misin?" dedi Atiye gözlerinin içine bakarak.

"Tabii ki," dedi Jack, "seninle gelirim."

Atiye kızaran yüzünü gizlemek için başını çevirip camdan dışarı baktı. Jack böyle şeyler söylemeyi bir an önce bırakmalıydı. İçinde ona karşı uyanan hisleri dizginlemeye çalışsa da gücünün de bir sınırı vardı. Üstelik Murat konusunda nasıl hissetmesi gerektiğini tam olarak netleştirememişken, biraz daha yavaş gitmeye ihtiyacı vardı. Atiye'nin düşüncelere dalıp gittiğini fark eden Jack, bir süre sustuktan sonra, "Onunla aranızda bir şeyler geçti, değil mi?" diye sordu.

Atiye böyle bir soruyu hiç beklemiyordu. "Ki-kiminle?" dedi kekeleyerek. Jack'in, "Zekâma hakaret etme," der gibi kendisine baktığını görünce, "Murat'la mı?" diye sordu, "Bunu da nereden çıkarıyorsun?"

"Bu işlerden anlarım!" dedi Jack gözünü yoldan ayırmadan. "O gün lobide karşılaştığımızda sen rolünü iyi oynadın ama o senin kadar iyi bir oyuncu değil belli ki. İş arkadaşı olduğunuzu söylediğinde yüzünün halini görmeliydin."

Nasıl cevap vereceğini bilemeyen Atiye, "Bu konuda konuşmak istemiyorum!" diyerek kestirip attı. Ama bu kadarı yetmezdi, konuyu da değiştirmeliydi!

"Neden sürekli benden konuşuyoruz?" dedi gergin bir sesle, "Tanıştığımızdan bu yana, arkeolog olman haricinde kendin hakkında neredeyse hiçbir şey anlatmadın bana."

"Tamam," dedi Jack, "Sana hakkımda bilmek istediğin her şeyi anlatacağım ama önce bir soruya dürüstçe cevap vermeni istiyorum."

"Anlaştık. Sor bakalım!"

"Murat'ın danışman olduğuna inanıyor musun gerçekten?"

"Evet inanıyorum. Neden inanmayayım ki?"

"Bu konuda ciddi şüphelerim var. Beni yanlış anlama lütfen. En son isteyeceğim şey ikinizin arasına girmek ama ona karşı dikkatli olmalısın bence."

"Neden?"

"Murat söylediği kişi olmayabilir. Ne bileyim, burada birdenbire karşına çıkması filan, bu kadar tesadüf sence de biraz fazla değil mi?"

Atiye gözlerini devirerek güldü. Şu erkekler! Hepsi mi aynıydı? Varsa yoksa rekabet, varsa yoksa sidik yarışı! "Bırak Murat konusunda ben endişeleneyim," dedi, "Onu senden daha iyi tanıyorum. Mesleği her ne olursa olsun, bana karşı kötü bir niyeti olmadığından eminim."

"Nasıl istersen! Sadece seni düşündüğüm için söyledim."

"Şimdi sıra sende! Konuyu değiştirerek bana anlaşmamızı unutturamazsın!"

"Beni yakaladın!" dedi Jack yalancıktan toparlanarak, "Sor bakalım, ne bilmek istiyorsun?"

"Nerelisin? Bir ailen var mı? Varsa neredeler?"

"Tahmin etmiş olabileceğin üzere Amerikalıyım," dedi Jack, "Knoxville, Tennessee'de doğdum."

"Amerika'ya hiç gitmedim. Şu işler bittiğinde bir gün gelip gezmeyi çok isterim."

"Bunu ben de çok isterim. " dedi Jack, "Evet, nerede kalmıştım? Hayat hikâyem biraz karışık. Gerçek ailemi hiç tanımadım, dört yaşına kadar bir yetimhanede kaldım. Oradaki hayat gerçekten çok zordu. Sonra şans yüzüme güldü, zengin bir çift beni evlat edindi. Zengin dediysem, aşırı zengin ve nüfuzlu insanlardı. Beni nasıl bulduklarını ya da neden seçtiklerini bilmiyorum, evlat edinildikten sonraki bir yılım bunu anlamaya çalışarak geçti. Bu yüzden, ilk başlarda fazla uyum sağlayamadım o hayata. Ama sonunda pes edip uyum sağlamaya karar verdim. Beni kendi çocukları gibi kabul ettiler, lüks içinde büyüdüm. Beni en iyi okullara gönderdiler, bir gün işlerinin başına geçeceğimi filan hayal ediyorlardı galiba. Bense hep okuldan kaçıp müzeye giderdim. Sonunda pes edip bana ne yapmak istediğimi sordular. Tarihe ilgi duyduğumu, arkeolog olmak istediğimi söyledim. Kabul edip beni kendi halime bıraktılar. Üvey annem iki yıl önce kanserden, üvey babam ise yakın zamanda kalp krizinden öldü. İkisinin de cenazesine gidemedim. Gerçek ailem demeye dilim varmayan o insanları da saymazsak, artık hayatta ailem diyebileceğim kimse yok."

"Senin adına çok üzüldüm," diyen Atiye, "Peki sevgilin de mi yok?" diye sordu. Neden böyle bir şey sormuştu ki?

"Sence?" dedi Jack gülümseyerek.

"Hımm, bir bakalım," dedi Atiye Jack'in gülümsemesine aynı şekilde cevap vererek, "Burada biriyle görmedim seni. Uzaktan ilişki yürütebilecek birine de benzemiyorsun!"

"Sevgilim yok," diye açıklık getirdi Jack, "Bir zamanlar vardı, ama..."

"Ne oldu? O da mı öldü yoksa?" diye araya girdi Atiye. Boşboğazlık ettiğini anlayınca hemen özür diledi.

"Bir bakıma..." diye cevap verdi Jack, "Yani, en azından benim için..."

"Neden öyle söyledin?"

"Önce aldattı, sonra terk etti beni. Üvey kardeşimle üstelik." Sonra sustu... Onun da bahsetmekten hoşlanmadığı şeyler vardı demek ki. Onunla ilgili tahmininde haklı çıkmıştı Atiye. Çapkın halleri ve umursamaz tavırları bir tür savunma mekanizmasıydı. Yolun geri kalan kısmında özel konulara girmemeye özen gösterdiler. Mayın tarlalarında dolaşmanın kimseye bir faydası yoktu.

Nihayet müzeye vardıklarında, girişteki görevliye arkeolog Nermin Hanım'ı görmek istediklerini söylediler. Görevli telefonla bir yerleri aradıktan sonra girişte beklemelerini söyledi. Biraz sonra kapıya gelen Nermin, onlara müzenin içine kadar eşlik etti.

Atiye ziyaret sebeplerini kısaca açıklayarak Nevali Çori ve Göbeklitepe'yle ilişkili kazılar hakkında bilgi almak istediklerini söyledi. Sıcak davranan Nermin, onlara müzeyi gezdirirken bu iki kazı alanı hakkında genel bilgiler paylaştı.

İki kazı alanı arasında önemli paralellikler vardı. Nevali Çori'deki tapınakların planları Göbeklitepe'de bulunanların aksine kare biçimliydi fakat eldeki diğer donelere bakılırsa burada da ölüm ve kurban etme ritüelleri yapılmaktaydı.

Müzenin çeşitli bölümlerini gezdikten sonra, Nevali Çori höyüğünden çıkan eserlerin sergilendiği genişçe bir galeriye geldiler. Onlar büyük bir ilgiyle eserleri incelerken Nermin uzmanı olduğu höyük hakkında bilgiler vermeye devam etti.

"Nevali Çori'de bulunan tapınaklar, baraj inşaatı sırasında sular altında kaldı maalesef. Neyse ki buradaki tarih mirası kurtarılarak depolarda saklandıktan sonra sergilenmeye başlandı. Nevali Çori'deki ana kült binası milattan önce sekiz binli yıllara tarihlenen bir yapı. Duvarlara yerleştirilen on üç taş sütunla ortada yer alan iki devasa sütundan oluşuyor. Ortadaki sütunlardan yalnızca biri ayakta kalmış. Tapınağın yerleşimi Tiahuanaco'daki Kalasaya Tapınağı'na benziyor. Sütunların üzerindeki el motifleri bize Paskalya Adası'ndaki heykelleri hatırlatıyor. Ana bina güneybatı yönüne hizalanırken bir araştırmaya göre, Nevali Çori'nin yönü bin seksen kilometre uzaklıktaki Gize'ye bakıyor."

"İkisinin aynı yönde bakmasının ne gibi bir önemi var?" diye sordu Atiye merakla.

"Bu tür tapınaklarda gerçekleştirilen faaliyetler astrolojiyle yakından ilişkilidir," dedi Nermin, "İkisinin de aynı yöne bakması, bu iki noktadaki kült ve ritüellerin aynı yıldız sistemiyle alakalı olabileceğine işaret ediyor."

"Bu bir tesadüf olamaz mı?" diye sordu Jack.

"Bu istatistiksel olarak çok düşük bir olasılık," dedi Nermin, "Nerede kalmıştık? Karbon tarihlemesine göre buradaki ilk yerleşim milattan önce sekiz bin dört yüz yıllarında başlayıp milattan önce altı bin yılın ortalarına kadar devam etmiş. Burada bulunan tohumlar analiz edildiğinde, ehlileştirilmiş buğday tarımının milattan önce yedi bin iki yüzde başladığı anlaşılıyor."

"Yani burası köy müymüş?" diye sordu Atiye.

"Kazıda ortaya çıkarılan yirmi iki binadan yalnızca bir tanesi konut," dedi Nermin, "Çayönü ve Çatalhöyük gibi burada da süslenmiş kafataslarının bulunması, burasının ritüeller için yaygın olarak kullanıldığını düşündürüyor. Tasvirlerde akbaba tüyünden yapılma kıyafet ve başlıklar giyen Şamanlar'a rastlamak mümkün. Höyükten çıkarılan tasvirler arasında aslan, yabani at, panter, ayı, akbaba ve yabandomuzu yer alıyor."

Nermin anlatırken bir yandan da anlattığı şeylerle ilgili parçaları parmağıyla tek tek gösteriyordu. Onun biraz gerisinde yürüyen Atiye ve Jack, sergideki buluntuları ilgiyle inceleyerek heykellerin sergilendiği bölüme geldiler.

"Bölgede bol bulunan kireçtaşı işlenerek çok sayıda büyük ve küçük heykel yapılmış," diye devam etti Nermin, "Bazı sütunlarda aralarında insan ellerinin de bulunduğu rölyefler göze çarpıyor. Burada bulunan kireçtaşı heykeller gerçek insan boyunda yapılmış heykellerin bilinen ilk örnekleri. Bunlara benzer parçalar Göbeklitepe'de de bulunmuştu. Bence en ilginç buluntulardan biri de, arka kısmında yılan biçimli saç topuzu bulunan bu büst!"

Nermin'in gösterdiği büstü yakından inceleyen Atiye, "Ne kadar ilginç bir saç modeli!" diyerek şaşkınlığını dile getirdi, "Diğer parçalara hiç mi hiç benzemiyor!"

"Evet," dedi Nermin, "bu büstü ilginç kılan da Vedik bir rahibe ait olması zaten."

"Pardon, Vedik derken?" diye sordu Atiye.

"Vedik, yani Vedalar'la ilgili olan," diye açıkladı Jack.

"Cehaletimi mazur görün ama Vedalar nedir?"

"Hint-Aryan medeniyetinin en eski edebi metinleri," diye açıkladı Nermin, "Hintlilerin en kutsal kitapları da diyebiliriz! Hindu öğretilerinin temelini oluşturan bu metinler, hayatın tüm alanlarıyla ilgili spiritüel bilgiler içerir. Dört çeşit Veda vardır: Rig Veda, Sama Veda,

Yajur Veda, Atharva Veda. Atharva Veda haricindeki diğer üç veda türü biçim, dil ve içerik bakımından birbiriyle uyumludur."

"Atharva Veda'nın ne farkı var?" diye merakla sordu Atiye.

"Diğer üç Veda türü insanın iyi, aydınlık ve yüksek yönleriyle ilgiliyken Atharva Veda karanlık yöne odaklanır. Başkalarına zarar vermek, büyü yapmak, hatta kurban ayinlerinde kötü ruhları çağırmak için kullanılan çok güçlü ilahiler içerir. Bu yüzden bazı Hintliler Atharva Veda'nın kutsal Vedalar'dan olmadığını, bu koleksiyona sonradan eklendiğine inanır."

"İlginç, kara büyü gibi desenize!"

Jack araya girdi. "Kim yazmış bu Vedalar'ı?"

"Milattan önce bin beş yüzlü yıllarda yazıya aktarılmış olsalar da, kutsal kabul edilen ve ağızdan ağza günümüze ulaşan Vedik ilahilerin Tanrı tarafından bilge kişilere öğretildiğine inanılıyor."

"Her şeyi anladım ama bir şeyi anlayamadım!" dedi Atiye, "Hintli bir rahibin böyle bir yerle ne alakası olabilir? Yani bu heykelin burada bulunmuş olması biraz saçma değil mi?"

"Buna verebileceğimiz net bir cevap yok maalesef," dedi Nermin, "Fakat bildiğim kadarıyla, Vedik rahiplere ait bu saç stili Hindistan'da bugün bile devam eden bir gelenek. Bilemiyorum, çok eski dönemlerde bu öğretiler geniş alanlara yayılmış veya Hindistan'a başka yerlerden gelmiş olabilirler."

"Anlıyorum," dedi Atiye, "Bir Hintli rahibimiz eksikti!"

Müzenin geri kalanını gezdikten sonra, mükemmel ev sahipliği için Nermin'e teşekkür edip müzeden ayrıldılar. Bu arada öğlen olmuştu. Acıkan karınlarını doyurmak için yakındaki bir lokantaya girdiler.

"Buranın kebapları meşhurdur," dedi Jack, "Ne zamandır gelmek istiyordum, kısmet bugüneymiş!"

Atiye de çok acıkmıştı. Havasından mı suyundan mı yoksa birbirinden lezzetli yemeklerinden midir bilinmez, Şanlıurfa'ya geldiğinden beri neredeyse hiç ara vermeden bir şeyler yiyordu. Masaya oturur oturmaz menüyü kaptığı gibi yemeklere göz gezdirmeye başladı.

"Ne önerirsin? Mademki daha önce gelmişsin, buranın en güzel yemeğini de bilirsin!" Lokantanın dört bir yanını saran et kokuları keyfini yerine getirmeye yetmişti.

"Benim favorim patlıcan kebabı," dedi Jack, "ama tüm yemekler güzeldir burada."

"Ben de ondan alayım o zaman."

Masaya gelen garsona sipariş verip masanın donatılmasını keyifle izlediler. Şanlıurfa'da ilk yemek yiyişinde yaşadığı büyük şoku anlattı Jack. Bu kadar çok şeyi bir kişinin tek başına nasıl yiyebileceğini aklı almamış fakat yedikçe o da aklını bir kenara bırakıp kalbinin sesine kulak vermişti.

"Ne diyorsun, müzede öğrendiklerimizden bir şey çıkacak mı?" diye sordu Atiye.

"Bana sorarsan, bugün öğrendiğimiz en önemli şey hem Göbeklitepe hem de Nevali Çori'deki tapınakların gelişigüzel yapılmadığı. Astrolojik hizalanmaya özen gösterilmiş. Bu tapınaklarda her ne yapılıyorduysa, gökcisimlerinin hareketleriyle bağlantılı olduğu kesin."

"Öyleyse," dedi Atiye, "D Tapınağı'ndaki 43 numaralı sütun da bir yıldızla bağlantılı olmalı. Babam bu bağlantıyı mı araştırıyordu sence?"

"Bu mümkün," dedi Jack, "Senin Göbeklitepe'nin üzerinde gördüğünü söylediğin kapıyla da ilişkili olabilir. Fakat ne yalan söyleyeyim, benim aklım asıl şu büstte kaldı. Göbeklitepe'de yapılan kurban ritüellerinin Vedalar'la bir bağlantısı olabilir mi? Vedalar bu tapınaklar kadar, hatta daha bile eskiyse, burayı kullananlar bu ritüelleri Vedik rahiplerden öğrenmiş olabilirler pekâlâ! Bunu kesin olarak bilmek zor gerçi, bugüne kadar okuduğum makalelerde böyle bir şeye hiç rastlamadım."

"O büst bana da çok enteresan geldi," dedi Atiye düşünceli bir şekilde, "Hindistan nere, Şanlıurfa nere? Hem dediğin gibi bir durum olsa bir heykelden daha fazlasının bulunmuş olması gerekmez mi?"

"Orası da doğru," dedi Jack, "Biraz daha araştıralım bakalım, altından ne çıkacak."

"Daha da ilgincini söyleyeyim mi?" dedi Atiye.

"Neymiş?" diye sordu Jack.

"Kâbuslarımda gördüğüm adam..." dedi Atiye, "Onun saçı da bu heykelinki gibiydi, başının arkasından ensesine doğru inen bir yılana benziyordu."

"Bu da oldukça ilginç bir detay," dedi Jack, "ama bir rüyadan bahsediyoruz sonuçta, tamamen tesadüf de olabilir."

"Tesadüf değildi," dedi Atiye, "Yakında bu adam karşımıza çıkarsa şaşırma. Şuraya yazıyorum..."

Konuşmaları garsonun getirdiği yemeklerle bölündü, ikisi de hiç şikâyet etmeden yemeklere gömüldü. Bir yandan ağız dolusu yiyorlar, bir yandan da birbirlerine bakıp gülüyorlardı. Bir süre bu şekilde devam ettikten sonra, aldığı ilk lokmalarla biraz olsun kendine gelen Jack sessizliği bozdu.

"Murat'a bir şans daha vermelisin bence. Seni gerçekten seven birini bulmak bugünlerde pek kolay değil!"

Allahım yine mi bu konu? Jack ne yapmaya çalışıyordu? Daha gelirken Murat'a güvenmemesini söyleyen o değil miydi? Murat'la mutlu olmasını önemsemeye mi başlamıştı birdenbire, yoksa Atiye'ye karşı bir şeyler hissediyor da böyle şeyler söyleyerek kendi vicdanını rahatlatmaya mı çalışıyordu? Konunun dönüp dolaşıp buraya gelmesinden hoşlanmasa da, cevap vermemesi halinde Jack'in yanlış bir sonuca varacağını düşünerek elindeki çatal bıçağı bıraktı, dirseklerini masaya yaslayarak sakin bir ses tonuyla konuştu.

"Sorun Murat'ın sevgisinden şüphe etmem değil. Sadece... Son zamanlarda kalbim o kadar daraldı ki oraya ben bile zor sığıyorum!"

"İkinci bir kişiye yer yok diyorsun yani?"

"Kesinlikle! Kim olursa olsun!" dedi Atiye. Bunu söylerken Jack'in mesajı alacağını umuyordu.

"Seni anlıyorum," dedi Jack, "Bir zamanlar ben de senin gibi hissediyordum. Benden büyük bir parça koparılıp alınmıştı ve onsuz yaşayamayacağımı sanıyordum. Ama öyle olmadı. İşime dört elle sarıldım, dünyayı dolaşıp yeni insanlarla tanıştım. Şimdi dönüp baktığımda o kadar acı vermiyor."

"Aslına bakarsan ben de tam olarak bundan korkuyorum," dedi Atiye, "Bilemiyorum, fazla temkinli davranıyorum belki de ama elimden başka türlüsü gelmiyor."

Tuhaf bir şekilde, Jack'in ciddi bir şey aramadığını söylemesi onu rahatlatmıştı. Zira birlikte zaman geçirilmesi keyifli bir adamdı, onun yanındayken gerilmek istemiyordu. Yardımları için ona minnettar olsa da, hayatını düzene sokmanın dışındaki her şey onun için ikinci plandaydı şu an.

BİRİNCİ SINAV

Atiye ve Cansu kahvaltıyı baş başa yaptıktan sonra yoldan Jack'i de alıp Adıyaman'a doğru yola çıktılar. Büyük gün gelmişti, Atiye ilk sınavına girecekti. Cansu Anima'ya ve sınavlara şüphe ile yaklaşsa da, hem Atiye yalnız kalmasın diye hem de tek başına sıkılacağından onlarla gitmeyi kabul etmişti.

Şanlıurfa'dan Adıyaman'a bir saat gibi kısa bir sürede gidilebiliyordu. Araba yeni yapılmış duble yolun üzerinde hızla ilerlerken, gece geç saatlere kadar internette takılan Cansu arka koltukta uyuklamaya başlamıştı bile. Jack çalan müzik eşliğinde arabayı kullanırken Atiye de telefonuyla manzara fotoğrafları ve kısa videolar çekiyordu.

"Şu kadın..." dedi Jack, "Adı ne demiştin, Anima mı?"

"Evet," dedi Atiye, "Anima."

"Nasıl biri? Neye benziyor?"

"Tam olarak anlatamam, kendin görmelisin. Gerçi onu her gördüğümde biraz daha değişmiş, gençleşmiş oluyor."

"Onunla nasıl buluşuyorsunuz?" diye sordu Jack bu sefer, "İstediğin zaman görebiliyor musun onu?"

"Hayır, benim kontrolümde olan bir şey değil. Beklenmedik zamanlarda karşıma çıkıyor."

"Nasıl bir his peki? Onunla görüşmek yani?"

"Çok farklı, kesinlikle harika bir his! Meditasyon yapmak gibi ya da ne bileyim, kahveni kitabını alıp kendinle baş başa geçirdiğin huzurlu bir sonbahar akşamı. Onunla görüşmek iyi geliyor anlayacağın. Kuş gibi hafifliyor, âdeta yeniden doğmuş gibi oluyorum."

"Sana imrendiğimi itiraf etmeliyim. Sen böyle anlatınca Tibet'te geçirdiğim günler geldi aklıma."

"Oo, sürprizlerle dolusun bakıyorum!"

"Tam üç yıl kaldım... Gerçekten harika günlerdi. Az önce anlattığın gibiydi aynen."

"Neden döndün peki? Yerinde olsam asla dönmezdim. Herkesin aradığı şey huzur değil mi sonuçta?"

"Evet ama yanlış yerde arıyoruz sanki. İçinde olmayan huzuru dışarıda bulamıyor insan. Dedim ya, senin adına seviniyorum. Hayatını bir amaca adadığını görmek bana hem ilham hem de huzur veriyor. Sen benim hem ilham hem de huzur kaynağımsın anlayacağın!"

"Teşekkür ederim," dedi Atiye utanıp kızararak, "Bunları duyunca, ilk karşılaşmamızda sana kötü davrandığım için kendimden utanıyorum!"

"Buna gerek yok," diyen Jack, "Kaderin kırmızı ipliğini duydun mu hiç?" diye ekledi.

"Kaderin kırmızı ipliği mi? Kulağa çok hoş geliyor! Nedir o?"

"Tibet'te kaldığım zamanlarda bir keşişten dinlemiştim," diye açıkladı Jack, "Çinlilerin böyle bir inanışı varmış. Ruh eşi olan insanlar görünmez kırmızı bir iplikle ayak bileklerinden birbirlerine bağlanıp, başlarından ne geçerse geçsin sonunda birbirlerine kavuşup evlenirlermiş. Japonlarda da benzer bir hikâye var ama onlar kırmızı ipin ayak bileklerine değil, serçeparmaklarına bağlı olduğuna inanıyorlar."

"İlginç!" dedi Atiye gülümseyerek, "Serçeparmağıma bağlı olmasını tercih ederim şahsen. Aslında düşündüm de, çok da fark etmez. Neden dersen ben ruh eşimi aramıyorum, ruhumu eşsiz yapacak kişiyi arıyorum!"

"Ruhunu eşsiz yapacak kişi ha? Beni her seferinde şaşırtmayı başarıyorsun. Seni bu yüzden seviyorum işte!"

O sırada arka koltukta gerinerek uyanan Cansu, gevrek bir ses tonuyla, "Oo enişte, hızlısın bakıyorum," dedi.

"Seviyorum derken, öyle âşık olmak gibi değil," diyerek toparlamaya çalıştı Jack, "Hoşlanmak gibi, bir insan olarak beğenmek gibi yani..."

"Tamam tamam," dedi Cansu gülerek, "Panik yapma!"

Bir süre daha hiç konuşmadan yola devam ettiler. Bu sırada Atiye'nin aklı kırmızı iplik hikâyesinde kalmıştı, hatta o kadar etkilenmişti ki kendini ipleri ararken yakaladı bir-iki kez.

Hayal gücünün çarkları dönmeye devam ettikçe bir yer geldi gözlerinin önüne. Denizlerin ötesindeki bir ülkede, adını bilmediği caddelerden birinde, o güne dek hiç yürümediği yollardan geçerek ya da adımlarıyla sayarak ulaşabileceği belki yemyeşil, belki de tuz kokan bir yer... Serçeparmağına bağlı kader ipliğinin başka bir parmakta son bulduğu yerdi burası. Göremediği iplik oradan uzaklaştıkça esneyecek, kendisinin ya da ruh eşinin yaşadıklarına göre kimi zaman kördüğüm olacak, yine de zaman, mekân ve yaşanan diğer aşklar anlamsız hale gelene, yani yeniden ve sonsuza dek kavuştukları güne dek asla kopmayacaktı. İlk başta kaderin iplikleri gibi görünse de daima onlardan farklı olacak, aralarına karışıp kaybolmayacaktı.

Bir süre daha yolculuk ettikten sonra Adıyaman'a geldiler. Arabayı tarihi görünümlü bir binanın önüne çeken Jack, telefonunda açık olan navigasyon uygulamasına göz attı. "Burası pek otele benzemiyor," dedi, "Tabela filan da yok? Doğru geldiğimize emin misiniz?"

"Evet, doğru yerdeyiz," dedi Atiye, "Burayı tavsiye eden arkadaşım, burayı herkesin bilmediğini söyledi. Öyle kalmasını tercih ediyorlar belli ki."

Valizlerini arabadan indirip birlikte resepsiyona geçtiler. Onları karşılayan resepsiyonist, işlemleri hızlıca halledip anahtarlarını verdi. On beş dakika sonra aşağıda buluşmak üzere sözleşerek odalarına çıktılar. Eşyalarını odalarına yerleştirdikten sonra, aşağı inip bir şeyler atıştırdılar. Henüz saat oldukça erkendi ve buraya kadar gelmişken koca günü boşa harcamaya hiç niyetleri yoktu, otelden çıkıp arabalarına atladılar.

Adıyaman'a daha önce de gelen Jack bir gezi planı yapmıştı. İlk önce Kocahisar köyü yakınlarındaki Arsemia Antik Kenti'ne gideceklerdi. Oraya giderken yollarının üzerindeki Cendere Köprüsü'ne uğradılar.

Cendere Çayı'nın üzerine Romalılarca inşa edilen yüz yirmi metre uzunluğundaki köprü, üzerindeki yazıta göre İmparator Severus tarafından karısı ve oğulları adına yaptırılmıştı. Araç geçişine izin verilmediğinden, mecburen arabalarını park edip yaya olarak köprüye çıkıp birlikte hatıra fotoğrafı çekildiler.

"Eski devirlere çok imreniyorum," dedi Cansu iç çekerek, "Böyle aşkı ya da ailesi için ölümsüz eserler yaptıran adamları gördükçe diyorum ki keşke ben de o devirlerde yaşasaydım da şöyle güçlü ve zengin bir kral da bana âşık olsaydı!"

"Tarihe olan ilgin bari zengin koca bulmakla ilgili olmasaydı," dedi Atiye gülerek.

"Zengin koca değil şekerim, aşkı arıyorum ben... Hiç bitmeyecek gerçek aşkı!"

"Limitsiz kredi kartı demek istiyorsun herhalde?" dedi Atiye gülmeye devam ederek.

"Artı bir ev ve araba da fena olmaz!" diye ekledi Cansu kahkahayı koyuvererek.

Yola bir süre daha devam edip, beş yüz metre ileride inşa edilen yeni köprüden geçerek Arsemia antik kentine ulaştılar. Kommageneler'in atası Arsames tarafından milattan önce ikinci yüzyılın başında kurulan Arsemia'nın, krallığın hem yazlık başkenti hem de idare merkezi olduğunu öğrendiler. Her köşesinden tarih fışkıran antik kentte oldukça keyifli zaman geçirdiler. Güneydeki tören yolundaki kabartma Mithras heykelini, ayin platformu üzerindeki Antiochos-Herakles tokalaşma heykelini ve onun önündeki Anadolu'nun bilinen en büyük Grekçe yazıtını gördüler. Yazıtın bulunduğu yerde, yerin yüz elli metre altına inen bir tünel vardı. Buraya girdikten sonra yazıtın batısında kalan benzer bir kaya dehlizini daha gezdiler.

Buraya kadar gelmişken Arsemia'nın hemen karşısındaki tarihi Kahta Kalesi'ni ziyaret etmemek olmazdı. Neşelerinden bir şey kaybetmeden burayı da gezdiler. Burada tanıştıkları bir tarihçinin anlattığına göre, kesin yapım tarihi bilinmemekle birlikte kalenin milattan önce ikinci yüzyılda Hititler tarafından yapıldığı sanılmaktaydı.

Harika bir günün ardından yorgun argın otele geldiler. Ama yorulduklarına değmişti. Atiye bu bölgenin güzelliklerini hep duyardı ama bu kadarını beklemiyordu doğrusu. Buraları gezip görebildiği için çok şanslı olduğunu düşündü. Ertesi gün erkenden Nemrut Dağı'nda olmaları gerekiyordu ve bu konuda da çok heyecanlıydı. İlk sınavına burada girecek olması bir yana, güneşin orada bir başka doğduğunu duymuştu. Hayatının büyük bir bölümünü dört duvar arasında geçirmiş olmak şimdi ona çok garip geliyordu.

Akşam olunca Adıyaman'ın tanınmış lokantalarından birine gittiler. Yemekler o kadar lezzetliydi ki yemek sırasında neredeyse hiç konuşmadılar. Gündüz yaptıkları onca aktivite üçünü de kurt gibi acıktırmıştı.

Yemeğini önce bitiren Jack, Atiye'ye dönüp, "Ee, nasılsın bakalım, heyecanlı mısın?" diye sordu.

"Evet, hem de çok!" dedi Atiye, "Aslında belli etmemeye çalışsam da korkudan ödüm kopuyor!"

"Bunu yapmak istediğine emin misin?" diye sordu Cansu, "Hâlâ vazgeçebilirsin, biliyorsun şekerim."

"Dürüst olmam gerekirse bilmiyorum. Tek bildiğim, bu kadar mesafe kat etmişken şimdi geri dönemeyecek olmam. Bunu yapmak zorundayım, bu benim kaderim!"

"Kaderimizi kendimiz yazarız," dedi Jack, "Bunu zor yoldan öğrenen biri olarak, bana güvenebilirsin."

"Sen hep öyle mi yaptın enişte?" diye sordu Cansu.

"Her zaman değil," dedi Jack, "Hayatımın büyük bir bölümünde rüzgârdaki bir yaprak gibi oradan oraya savruldum."

"Peki ya şimdi?" diye sordu Atiye.

"Şimdi de savruluyorum. Ama tek bir farkla, bu benim bilerek ve isteyerek seçtiğim şey. Ömür boyu bir yere ya da bir kişiye bağlı yaşamak bana göre değil. Belli bir yaşa kadar hep bir yerlere, bir şeylere bağlanmaya çalıştığımı fark ettiğimden beri böyle yaşıyorum."

"Mutlu musun peki?"

"Mutlu olmak gibi bir amacım yok aslında. Mutluluğu da mutsuzluğu da selamlayıp yoluma devam ediyorum. Sana da tavsiye ederim."

"Bu, o kadar kolay değil. Kendim olmadığımı içten içe bilmek beni mutsuz ediyor, gücümü benden çalıyor. Bu yolculuğa karar vermemin asıl sebebi de bu sanırım. Artık mutsuz ya da güçsüz olmak istemiyorum. Bu durumdan kurtulabilmek için bu sınavı geçmek zorundayım."

"Sınav her neyse başaracağından hiç şüphem yok," dedi Jack onun gözlerinin içine bakarak, "Sen benim bugüne kadar tanıdığım en korkusuz kadınsın Atiye."

"Kendimi yine fazlalık gibi hissetmeye başladım," dedi Cansu.

Söyleyecek bir şey bulamayan Atiye, başını önüne eğip bir şey söylemeden yemeğini yemeye devam etti. Onu bir süre hayranlık içerisinde izleyen Jack de artık konuşmadığını görünce sessizliğe katıldı.

Yemeğin ardından otele döndüler. Sabah gün doğmadan kalkıp yola çıkmaları gerektiğinden dinlenmek üzere odalarına çekildiler. Kahvaltıya zaman kalmayacağını hesap eden Atiye, sabah yanlarına almak üzere oda servisinden bir şeyler sipariş etti. Cansu'nun çoktan uyuduğunu görünce, üzerine rahat bir şeyler geçirip o da yatağına uzandı. Kitabını okurken kendisini yakalayan uykuya teslim oldu.

Sabah zinde uyandı, Cansu'yu uyandırdıktan sonra hızlıca duş aldı. Üzerine rahat kıyafetler giyip çantasına da yedek bir-iki kıyafet koydu. Kendisini neyin beklediğini bilmiyordu sonuçta. Aşağı indiklerinde, Jack onları lobide bekliyordu. Yola çıktıktan sonraki ilk on dakika neredeyse hiç konuşmadılar, hiçbiri tam olarak uyanamamıştı. Atiye biraz daha bekledikten sonra yanına aldığı yiyecekleri çıkardı, bir yandan giderken bir yandan yediler.

Sorunsuz ve sakin bir yolculuğun sonunda Nemrut Dağı Milli Parkı'na vardılar. Güneşin doğmasına biraz daha zaman vardı. Henüz açılmamış olan parka girmenin bir yolunu bulduktan sonra, seri adımlarla yürüyerek meşhur baş heykellerinin bulunduğu alana geldiler. Alanın tamamını görebildikleri bir noktada durup önlerinde uzanan geniş platoya baktılar. Ufku kaplayan kızıllığın önünde yükselen heykeller, insanın kalp atışlarını hızlandıran gizemli siluetlere dönüşmüşlerdi. Sınavın ne olduğu, nerede olduğu ya da nasıl geçileceği konusunda hiçbir fikirleri yoktu.

Belirsizliğe daha fazla tahammül edemeyen Jack, "Anima sınavın yeri konusunda tam olarak ne demişti?" diye sordu.

"Buraya geldiğimde ne yapmam gerektiğini bilecekmişim."

"Biliyor musun peki?" diye sordu Cansu kaşını kaldırarak.

"En ufak bir fikrim bile yok!"

"Böyle durup bakmakla olmayacak," dedi Jack, "Güneş hızla yükseliyor, dağılıp etrafa göz atalım. Belki bir işaret ya da ipucu buluruz!"

Birbirlerinden biraz uzakta dev heykellerin arasında dolaşmaya başladılar. Hiç konuşmuyor, küçük de olsa bir ipucu bulabilmek için pürdikkat etrafı kolaçan ediyorlardı. Tam bu sırada Cansu, Atiye'nin boynundaki kolyenin belli belirsiz parlamaya başladığını fark edip diğerlerine haber verdi. Kolye bir tür pusula olabilir miydi?

Gözlerini kolyeye dikip hep birlikte izlemeye başladılar; gerçekten de zayıf bir nabız gibi yavaş yavaş parlayıp sönüyordu. Gözlerini kolyeden ayırmadan yürümeye devam ettiler. Kimi yerde daha yavaş yanıp sönen kolye, kimi yerde hızlanıyordu. İşaretler onları devasa baş heykellerinden birinin yanı başına kadar getirdi. Kolye artık yanıp sönmüyor, sürekli olarak parlıyordu. Etrafa bakındılar, bir kapı ya da dikkate değer başka herhangi bir şey göremediler. Ee? Sınav burada mı olacaktı yani?

Atiye, Jack'in yüzüne bakarak, "Bu mudur?" diye sordu, "Bir şeyleri yanlış yapmış olabilir miyiz?"

"Hemen umutsuzluğa kapılmayalım," diyen Jack, önünde durdukları heykelin etrafını dolaşmaya başladı, Cansu ve Atiye de onu izledi. Jack'in heykelin taş yüzeyini eliyle yokladığını gören Atiye, onun hareketlerini mümkün olduğunca taklit etti. Cansu da merak içinde onları izliyordu.

Heykelin tam arkasına geldiklerinde, Atiye'nin dokunduğu taşlardan biri birdenbire kımıldayarak hafifçe içeri doğru çöktü. Şaşkınlık içerisinde hemen Jack'e seslendi.

Jack, Atiye'nin yanına gelip duvarı inceledi. "Bir kapıya benziyor," dedi.

"Ee ne bekliyorsun," dedi Cansu, "Erkek olan sensin, yüklen bakalım! Seni buraya boşuna getirmedik herhalde!"

Jack vücuduyla kapıya yüklenip ittirdi. Kapının yerinden bir santim bile kıpırdamadığını görünce Atiye'ye bakarak, "Açılmıyor," dedi, "Başka bir yolu olmalı."

"Bak bu olmadı işte enişte," dedi Cansu.

Bir adım geriden onları izleyen Atiye, işaretparmağıyla burnunu kaşıyarak hafifçe gülümsedi.

"Her kapı açılmak ister..." diye mırıldandı.

"Ne?" dedi Jack boş boş bakarak.

"Kapı," dedi Atiye, "benim yüzümden açılmıyor. Arkasında beni bekleyen şeyden korkuyorum çünkü. Bunu bana Anima söylemişti. Ben anlamasam da başından beri bana yardım ediyormuş."

"İyi ya işte!" dedi Jack, "Buraya korkularınla yüzleşmek için gelmedik mi zaten?"

"Aynen!" dedi Atiye gülümseyerek.

"Felsefi muhabbetler için zamanımız yok," dedi Cansu, "Güneş ha doğdu ha doğacak!"

"Cansu haklı," dedi Jack, "Korktuğun her neyse onunla bir an önce yüzleşsen iyi edersin."

"Özür dilerim, elimde değil," diye sızlandı Atiye, "Bu benim için çok büyük bir adım!"

Atiye'yi omuzlarından kavrayan Jack, "Hayır Atiye," dedi, "Bu senin için hiç de büyük bir adım değil, çünkü dün de söylediğim gibi sen hayatımda gördüğüm en cesur insanlardan birisin. Başka birisi senin yaşadıklarının onda birini yaşasaydı şimdiye kadar ya delirmiş ya da kendini öldürmüş olurdu."

"Yapabilirsin şekerim," dedi Cansu, "Kapıyı açabilirsin, ben sana güveniyorum. Güvenmesem kalkıp buralara kadar gelir miydim hiç?"

"Evet," dedi Atiye, "yapabilirim, yapmalıyım, yapmak istiyorum!"

Atiye Jack ve Cansu'ya minnettar gözlerle bakarken duvarın içinden birtakım mekanik sesler geldi. Bir çarkın dönmesini andıran sesler eşliğinde, duvarda bir kişinin geçebileceği büyüklükte bir kapı açılmaya başladı. Aynı anda birbirlerine bakıp gülümsediler. Jack kapıyı bir kez daha ittirmeyi denedi, Cansu ve Atiye de ona yardım ettiler. Kapı bu sefer hareket ederek aşağıya uzanan taş bir merdiveni gözler önüne serdi.

"Teşekkür ederim," dedi Atiye Jack'in gözlerinin içine bakarak, "İkinize de!"

"Ne için?" diye anlamazdan geldi Jack.

"Korkmamamı sağladığınız için," diye cevap verdi Atiye.

"Biz bir şey yapmadık," dedi Jack, "Hiç kimse başka birinin korkularını yok edemez. Ortada bir başarı varsa eğer, bu senin başarın."

"Yine de teşekkür ederim," dedi Atiye, "Böyle bir anda yanımda olup bana inandığınız için!"

Gülümseyerek başını sallayan Cansu, "Ee, ne bekliyoruz o halde?" diyerek kapıdan içeriye doğru bir adım attı. Cansu'nun cesaretine şaşıran Atiye, bir anlık duraksamanın ardından onu takip etti. Jack'in de onlara katılmasıyla, cep telefonlarının ışığını açıp merdivenden aşağı temkinli adımlarla inmeye başladılar. Merdivenin sonunda onları meşalelerle aydınlatılmış bir mağara bekliyordu. Atiye'nin kâbuslarındaki mağara olabilir miydi burası?

Biraz daha ilerleyince düz zeminli mağaranın tavanından yere kadar inen devasa sarkıtlar gördüler. Hayır, kâbuslarındaki mağara değildi burası. O mağara insan eliyle inşa edilmiş gibiydi, burasıysa doğal bir mağaraydı belli ki. Burayı oradan ayırt eden en önemli şeyi ise Cansu fark etti.

"Arkadaşlar, ben mi yanlış görüyorum," dedi, "yoksa mağaranın duvarları tamamen altından mı?"

"Altın Dağ..." diye fısıldadı Jack, "Efsanelerde böyle bir şeyden bahsedildiğini okumuştum ama ne yalan söyleyeyim, gerçek olabileceğine hiç mi hiç ihtimal vermemiştim!"

Cansu, eğilip yerden aldığı kaya parçasını daha iyi görebilmek için ışığa doğru tuttu; meşalenin ışığında sapsarı parlıyordu.

"Zengin koca aramaya son!" diye kıkırdadı, "Bunlardan bir-iki tane alsak hayatımız kurtulur!"

"Almamalıyız belki de," dedi Jack, "Atiye'nin sınavı bu olabilir sonuçta. Onu tehlikeye atmak istemeyiz."

"Sınav korkularla yüzleşmek için değil miydi?" dedi Cansu, "İzin verin de yoksul ve yalnız ölme korkumla yüzleşeyim ben de." Bunu söylerken elindeki kaya parçasını çantasına attı.

"Sorun değil," dedi Atiye, "Böyle bir yasak olsaydı Anima bunu önceden söylerdi herhalde."

"Yine de bu riski almaya değmez," dedi Jack, "Sen sınavı geçene kadar bekleyeceğim."

"Nasıl istersen," dedi Atiye, "Devam edelim mi?"

İlerledikçe, mağaranın ilk bakışta sandıklarından çok daha geniş olduğunu anladılar. İçerisi basamaklarla inilen üstü kapalı bir havuz haricinde neredeyse tamamen boştu. Havuza inen merdivenin girişine sağlı sollu birer meşale koyulmuştu. Atiye daha dikkatli baktığında meşalelerin yanında duran, ilk bakışta heykel sandığı iki adamın gerçek olduğunu fark etti. Böyle kıpırdamadan durmayı nasıl başarıyorlardı?

Üzerlerinde keşiş kıyafetleri olan adamlar, kendileriyle aynı boyda asalar tutuyorlardı. Adamlarla aralarında dört-beş metre mesafe kaldığında, bir tanesi heykelsi duruşunu bozarak onlara doğru birkaç adım attı. Bir metre kadar önlerinde durup elindeki asayla kum zemine bir çizgi çizdi.

"Hanginiz sınav için geldiniz?" diye sordu.

Atiye bir adım öne çıktı.

"Ey Talip! Korkularından özgürleşmeye hazır mısın?"

"Hazırım."

Keşiş, Atiye'ye çizginin diğer tarafına geçmesi için eliyle işaret ettikten sonra diğerlerine dönüp elini kaldırdı. "Sınava girmeyecek olanlar bu çizgiden ileri geçemezler!"

Cansu'nun içi rahat etmemiş olmalıydı. "Pardon, bir şey sorabilir miyim?" dedi çantasından çıkardığı altın parçasını göstererek,

"Bunu almamda bir sakınca var mı? Gerçekten çok ihtiyacım var da. Aslına bakarsanız, tüm kredi kartı borçlarımı kapatabilmem için dağın tamamını götürmem gerekebilir..."

Keşiş, Cansu'nun esprisine gülmedi. "Talip olan, buradan kaderi hariç bir şey alamaz. Diğerleri istediğini alabilir."

O ana dek kıpırdamayan ikinci keşiş, Atiye'ye doğru dönüp havuza girmesi için işaret etti. Sırtından çantasını çıkaran Atiye, telefonunu, takılarını ve başındaki güneş gözlüğünü koyduğu çantayı Cansu'ya uzattıktan sonra ayakkabılarını da çıkarıp merdivene doğru yürüdü.

Nihayet, korkularıyla yüzleşme zamanı gelmişti!

Merdivenlerin başına geldiğinde, gözlerini kapatıp birkaç saniye bekledi. Anima bu sınavın korkularını yenmesi için olduğunu söylemişti ama şu an hayatında hiç olmadığı kadar korkuyordu. Farkında olmadığı tüm korkuları gelip aynı yerde ve aynı anda toplanmıştı sanki. Kendisini nelerin beklediğini bilmemesi bir kenara, içinde bulunduğu şartlar da gerçeklik algısını zorlayan türdendi. Burası neresiydi? Bu keşiş kılıklı adamlar kimdi? Burada mı yaşıyorlardı yoksa yine bilmeden başka bir boyuta mı geçmişti?

"Ne olacaksa olsun!" diyerek gözlerini açtı, derin bir nefes aldı ve basamaklardan birer birer inmeye başladı. Buz gibi olan suya alışmak için her basamakta durup birkaç saniye beklemesi gerekti. Sürpriz bir şekilde, korkusunun her basamakta biraz daha azaldığını hissetti. Zihni de durularak netleşmeye başlamıştı. Üzerine çöken bu sükûnetten büyük bir keyif aldığını, bu keyfin bacaklarından kalbine ve oradan da beynine doğru yayıldığını hissetti.

Burada olmak ve korkularını yenmek onun kaderiydi. Kaderi onu buraya getirerek üzerine düşeni yapmıştı, bundan sonrası onun işiydi. Ya hayatını korku içinde sürdürecek ya da içindeki korkuyu bilinçli biçimde gözlemleyerek yeni bir hayata sıçrayacaktı.

Su artık boğazına kadar geliyordu. Soğuktan nefesinin kesilmesine ve kendisini bekleyen karanlık sürprizlere aldırmadan, yıllar sonra ilk kez bulduğu netliği yeniden yitirmemek için acele ederek kendini havuzun karanlık sularına bıraktı.

Havuzun üstü boydan boya kapalı olduğundan yüzeyden ilerlemesi mümkün görünmüyordu. Kollarını ve ayaklarını hareket ettirerek birkaç metre derine indi. Aşağısı zifiri karanlıktı, nefesini tutmakta da zorlanıyordu. Panik olmamalıydı, kontrol ondaydı! Sükûnetini korumaya çalışarak havuzun diğer ucundan gelen zayıf titrek ışığa doğru yüzmeye başladı.

İlk sınavı hiç de fena gitmiyordu, yolu neredeyse yarılamıştı. Nefesi azalmış olsa da diğer uca kadar dayanabileceğinden neredeyse emindi. "Sınav buysa eğer, o kadar da zor değilmiş," diye düşündüğü anda, birkaç karartının arka arkaya havuzun çıkışındaki merdivenlerden suyun içine süzüldüğünü fark etti. Hoppala! Bunlar da neyin nesiydi?

Suda aşırı hızlı hareket eden karartılar, devasa cüsseleriyle havuzda girdaplar oluşturuyorlardı. Biraz daha dikkatli baktığında, suda daireler çizen karartıların ne olduğunu anladı. "Tabii ya!" dedi içinden. Karanlık, boğulmak ve timsahlar... Bunlar hayatta en çok korktuğu üç şeydi! Karanlık ve boğulmak neyse de timsah korkusunu o güne dek yenemediği için kendine kızdı.

Ortada hiçbir sebep yokken edinip o güne dek bir türlü yenemediği bu absürd korku, gün gelmiş gerçeğe dönüşerek korkulan şeyi yaratmıştı. Gerçek şu ki zifiri karanlığın içinde onu yutmak için can atarak bekleyen bu üç canavar, kendi korkularından başka bir şey değildi.

Anima ona üstü kapalı olarak başka bir ipucu vermiş olabilir miydi? Onun söyledikleri kapıyı açma konusunda işe yaramıştı sonuçta. Başka ne demişti?

"Yalnızca korkusuz olanlar koşulsuz sevebilir!"

Yalnızca korkusuz kişiler koşulsuz sevebiliyorsa koşulsuz sevmeyi başaran kişi de korkusuz olabilir miydi? Cevap bu cümlede gizli olabilir miydi? Öyleyse bile, kendisini yutmak için sabırsızlanan timsahları koşulsuz sevmesi o an için biraz zor görünüyordu.

Peki ne yapacaktı?

Geriye dönmesi demek, sınavı kaybetmesi demekti. Devam ederse de timsahlara yem olacaktı! Acilen bir yol bulmalıydı! Ama ne? Anima'nın sözünü anlamanın başka bir yolu olabilir miydi? Olsa iyi olurdu, zira nefesi hızla tükeniyordu.

Hafızasını zorladığında, Anima'nın kişinin kendini dışarıdan izlemesinden bahsettiğini hatırladı. İçinde bulunduğu durumu dışarıdan izlediğinde, soruna odaklanmaktan kendisini fark edemediğini anladı. Aynı hatayı hayatı boyunca yaptığını, dışarıdaki dünyaya odaklanmaktan kendini unuttuğunu fark etti. Koşulsuz sevmesi gereken timsahlar değil, kendisiydi oysa. Buna onlardan çok kendisinin ihtiyacı vardı. Denemeye değerdi doğrusu!

Kendini tüm noksanlıkları ve hatalarıyla koşulsuz sevdiğini düşündü ama bir mucize olmadı. "Pes etmek yok!" dedi kendi kendine. Düşün Atiye düşün! Kendini seven ne yapar? Kendini asla yarı yolda bırakmaz, son nefesine kadar kendinden asla vazgeçmez! Aynen öyle yapmaya karar verdi.

İçinde bulunduğu şartları ciddiye almamalıydı, o şartların içinde değildi, şartlar onun içindeydi. Sefil bir hayat sürmek istemiyordu, buraya başka bir şey için gelmişti ve onu almadan da buradan gitmeyecekti. Şartlardan asla korkmamalı, ne olursa olsun sükûnetini koruyarak bir çıkış yolu aramalıydı.

Nefesi giderek tükenirken, kendini sevdiğini aklından çıkarmadan havuzu gözleriyle bir kez daha taradı. Çıkış tarafındaki timsahlar suyun yüzeyinde daireler çiziyorlardı. Yukarı çıkamazdı!

Son bir umutla tekrar aşağı baktığında, az ötede zeminin geri kalanından daha koyu renkli bir alan fark etti. Kalan enerjisini seferber ederek birkaç metre daha derine indi. Yanılmamıştı, dipte yan tarafa doğru, zeminden daha aşağı inen küçük bir boşluk vardı. Boşluğun içine kafasını soktu, ileriden başka bir ışık süzülüyordu. Havuza paralel ayrı bir kanal olmalıydı! O kanala girerek yüzmeye başladı.

Kanalı tamamen geçtiğinde, timsahları atlatarak diğer tarafta bulunan merdivensiz başka bir çıkışa ulaştığını gördü. Nefesinin bitmesine ramak kala, yukarıdaki ışığa doğru yüzerek sonunda sudan çıktı. Korkularıyla yüzleşmiş, onlara boyun eğmeyerek ilk sınavını geçmişti. Olup bitenleri diğer taraftan izleyen ve havuzdan çıkması gecikince bir hayli endişelenen Jack ve Cansu, elleriyle tamam işareti yaparak onu coşkulu bir şekilde tebrik etti.

Çıkışta bekleyen keşişler, önünde eğilip onu selamladıktan sonra kendini kurulaması için kaba iplikten dokunmuş bir örtü uzattılar. İşini bitirmesi için ona birkaç dakika tanıdıktan sonra, arkalarını dönüp az ilerideki tünele doğru yürümeye başladılar.

Ne yapması gerektiğini tam olarak anlayamayan Atiye, bir süre olduğu yerde kalakaldı. Sınav bitmiş miydi yoksa onları takip mi etmesi gerekiyordu? Jack'in olduğu tarafa bakarak "ne yapmalıyım" anlamında kollarını iki yana açtı. Jack de "hiçbir fikrim yok" anlamında ellerini açarak cevap verdi.

Onlar bu şekilde anlaşmaya çalışırken uzun boylu keşiş arkasına dönerek, "Geliyor musun Talip?" diye sordu. Apar topar ayaklanan Atiye, duvarlarına meşaleler asılmış dar bir tünele doğru ilerleyen keşişlerin peşine takıldı.

Atiye'yi loş tünelin içinde kaybolana dek izleyen Jack, "Peşinden gitmeli miyim?" diye düşünmekten kendini alamadı. Hiçbir şeyin olmadığı uzun bir bekleyişin ardından, tünelin içinde nihayet bazı karartılar görüldü. Ağır ağır ilerleyen karartılar, birkaç dakika sonra tünelin çıkışına vardılar. Dikkat kesilen Jack, keşişlerin Atiye'nin iki koluna girmiş halde yürüdüğünü görünce telaş içerisinde o tarafa doğru koştu. Cansu da telaş içerisinde ufak bir çığlık attı. Atiye sersemlemiş gibi görünüyordu, gözlerini açık tutmakta zorlanır gibi bir hali vardı. Vücudunu taşımakta zorlanan ayakları kâh basıyor kâh yerde sürükleniyordu.

Havuzun başına kadar gelen keşişler, Atiye'yi yanlarına ulaşan Cansu ve Jack'in kollarına bıraktıktan sonra herhangi bir açıklama yapmadan en baştaki gibi havuzun iki yanına dikilerek hareketsiz kaldılar.

Olup bitene bir anlam veremeyen Jack, Atiye'yi kucakladığı gibi merdivenlerden yukarı çıkmaya başladı. Onu takip eden Cansu, içeride neler olduğunu merak ediyordu. Atiye iyi miydi? "Bir sorun olsa keşişler söylerdi," diyerek kendini teskin etti. Atiye ile birlikte dışarı çıktıkları anda taş kapı büyük bir gürültüyle arkalarından kapandı.

Jack, Atiye'yi ön koltuğa özenle yerleştirdikten sonra direksiyona geçip motoru çalıştırdı. Endişelerine rağmen, içten içe Atiye'nin iyi olduğunu seziyordu. Cansu ne olur ne olmaz diye Atiye'yi kent merkezine götürmeleri gerektiğini söylüyor, bir yandan da endişe içerisinde onun yüzünü inceliyordu. Büyük ihtimalle uyuşturulmuştu, arada anlaşılmaz bir şeyler sayıklıyordu. Jack kendine gelmesi için ona biraz zaman tanımaya karar vererek gaza yüklendi.

Atiye, Nemrut'tan birkaç kilometre kadar uzaklaştıktan sonra gözlerini açıp boş gözlerle etrafına bakındı. Onun ayıldığını ilk fark eden Cansu oldu.

"İyi misin şekerim?" diye sordu, "Orada neler oldu?"

"İyiyim," dedi Atiye, "Bir duman vardı... Sarı bir duman..."

"Tünele girdikten sonra neler oldu?" dedi Jack, "İkinci bir sınava filan mı girdin?"

"Hayır," dedi Atiye, "sınav değildi. Ödüldü sanırım."

"Nasıl yani?" diye sordu Cansu.

"Tünelde bir süre ilerledikten sonra, kükürte benzer bir koku geldi," dedi Atiye, "Tünelin sonuna vardığımızda keşişler bir odanın önüne gelip kapının iki yanında durdular."

"En sevdikleri şey," dedi Cansu gülümseyerek.

"Tahta kapının altından sarı renkte bir duman sızıyordu," diye anlatmaya devam etti Atiye, "İçeri girmem gerektiğini anladım. Adamların arasından geçip kapıyı araladım, içeride demir bir mangal vardı. Mangalın üzerinde yanan ateşten sarı bir duman çıkıyordu. Başucuna bir minder koyulmuştu. Mindere oturup beklemeye başladım."

"Ee, sonra ne oldu?" diye sabırsızlıkla sordu Jack.

"Bir süre sonra oda yavaş yavaş gözlerimin önünden silinmeye başladı. Göbeklitepe'ye ilk geldiğimde oturduğum tepenin üzerinde olduğumu fark ettim. Yerden yavaş yavaş bulutlara doğru yükselmeye başladım. Bulutlar tıpkı o günkü gibi dönerek açılmaya başladı. Bulutların ortasındaki açıklığa iyice yaklaştığımda, içinde bir hareketlilik olduğunu fark ettim."

"Nasıl bir hareketlilik?" diye sordu Cansu.

"Sıkboğaz etmesene, anlatıyorum!" diye çıkıştı Atiye, "Bir grup asker koşarak gelip o açıklığın etrafına dizildiler. Ama bugünkü askerler gibi değildiler, tarihi savaş filmlerindeki askerlere benziyorlardı. Üzerlerinde zırhlar, ellerinde mızraklar vardı. Biraz daha dikkatli baktığımda, göğüslerinde bir yıldız sembolü olduğunu gördüm."

"Yıldız mı? Nasıl bir yıldız?" diye sordu Jack.

"Ne bileyim, yıldız işte!"

"Kaç kolluydu? Nasıl bir şekli vardı?"

"Bilemiyorum Jack! Dikkat etmedim, özür dilerim!"

Yoldaki bir çukuru ustaca geçen Jack, "Neyse dert etme," dedi, "Ee, ne yapıyordu bu askerler?"

"Alarm verilmiş gibi telaş içerisinde gelip bir tür savunma pozisyonu aldılar, yani en azından öyle sanıyorum."

"Sonra?" diye sordu Jack.

"Bir şey olmadı," dedi Atiye, "Adamlar yerlerini alıp öylece beklemeye başladılar. Yüzlerinde kararlı bir ifade vardı, savaşa hazırlanır gibiydiler. Zaten bir süre izledikten sonra görüntü yavaş yavaş dağılmaya başladı. Yeniden bulutlardan aşağıya doğru inmeye başladım. İndim, indim, indim, sonunda tepedeki ağacın dibine kondum. Gözlerim karardı."

"Bu kadar mı?" dedi Cansu.

"Evet, bu kadar," dedi Atiye, "İçeride ne kadar durduğumu ya da ne kadar süre baygın kaldığımı bilmiyorum. Kendime gelince ayağa kalkıp kapıya yürüdüm, kapıyı açıp dışarı çıktım. Sonrasını az çok biliyorsun zaten."

"Vay be, işte bu çok ilginç!" dedi Jack.

"Nedir ilginç olan?" diye sordu Cansu.

"Atiye'nin bahsettiği şu sembol," dedi Jack, "bana King Solomon'un mührünü hatırlattı." Cansu'nun anlamadığını görünce, "Pardon, Kral Solomon..." diye açıkladı, "Süleyman Peygamber'in yüzüğü? Hiç duymadın mı?"

"Hz. Süleyman'ın yüzüğünün boyut kapısıyla ne gibi bir alakası olabilir ki?" diye sordu Atiye.

"Süleyman'ın bu yüzük sayesinde hayvanlara, tabiata ve hatta başka boyutlarda yaşayan varlıklara hükmedebildiği anlatılır."

"Başka boyut varlıklarına mı?" dedi Atiye çenesini kaşıyarak, "Bak bu ilginçmiş işte!"

"Bu yüzük bizim aradığımız obje olmasın?" diye sordu Cansu heyecanla.

"Öyle olsa bile," dedi Atiye, "askerlerin göğsündeki yıldız sembolünün ne anlama geldiğini hâlâ bilmiyoruz."

İşin içine Hz. Süleyman'ın mührünün girmesi, Atiye'nin henüz anlayamadığı bir sebepten ötürü Jack'i aşırı heyecanlandırmışa benziyordu. Bu durumu bir miktar garipsese de, yaşadığı sıradışı deneyimin de etkisi altında olduğundan bu konunun üzerinde fazla durmadı.

Bir süre düşünen Jack, "Sence o askerler neyi koruyorlardı?" diye sordu.

"Eğer gördüğüm şey bir boyut kapısıysa," dedi Atiye, "askerlerin kapıdan geçmek isteyen birini ya da bir şeyi durdurmak için olduğunu düşünebiliriz sanırım. Alarm verilmiş gibi tedirgin bir halleri vardı."

"Bu doğruysa gördüğün bu vizyon bize önemli bir şeyin yaklaştığını anlatıyor olabilir," dedi Jack, "En azından, ben öyle anladım."

"Bana da öyle geliyor," diyen Atiye, biraz daha dinlenmek istediğini söyleyerek gözlerini kapattı. Bir şeyler gerçekten yaklaşıyorsa dinlenip gücünü toplamalıydı, hem maddi hem de manevi anlamda... Tam uykuya dalmak üzereydi ki Cansu'nun isyan dolu haykırışıyla kendine geldi.

"Ama hayır yaa! Neden?"

"Ne oldu?" dedi Jack telaş içerisinde arabayı sağa çekerek, "Orada her şey yolunda mı?"

"Mağaradan aldığım altın parçası!" dedi Cansu, "Bildiğin kayaya dönüşmüş..."

DOSYA

Otelde sıkılan Atiye ve Cansu, biraz dolaşıp kafa dağıtmak için Sipahi Pazarı'na gitmeye karar verdiler. Arabalarını bir otoparka bırakıp yürüyerek pazara geçtiler.

Pazarın girişinde, ışığın taş dükkânlardan yansıyan onlarca farklı tonu karşıladı onları. Daha çok halı, kilim, deri yelek gibi yöresel ürünlerin satıldığı pazar, dükkânların önüne dizilmiş kilimleri hayranlıkla inceleyen turistlerden düğün alışverişine çıkan kadınlara kadar renkli sahneleriyle bir karınca yuvasının içini andırıyordu.

Bir süre dolaştıktan sonra dükkânlardan birine yaklaşan Atiye, kapının önünde çayını yudumlayan dükkân sahibini selamladıktan sonra, ilk görüşte ilgisini çeken el dokuması bir kilimin fiyatını sordu. Fiyatın makul olduğunu görünce, kilimi otele gönderip gönderemeyeceklerini sordu. Bu sorusuna da olumlu cevap alınca, çantasından cüzdanını çıkarıp kilimin parasını ödedi.

Dükkân sahibi kilimi sergiden kaldırırken, "Bereket versin, güzel günlerde kullanın ablacığım!" dedi gülümseyerek.

"Bereketini görün," diyen Atiye, ayaküstü adamın hatrını sordu. İşler nasıldı? Hayatından memnun muydu?

"Allah'a şükür," dedi adam, "Çorba kaynıyor işte!"

"Çok satıyor musunuz bu kilimlerden?" diye sordu Cansu, "İstanbul'da olsa kapış kapış gider bunlar!"

"Günde bir-iki tane gidiyor," dedi adam, "Eskiden daha çok satardık ama buna da şükür! Alnımızın teriyle çalışıp helalinden kazanıyoruz, öyle olunca bereketi de oluyor elbet!"

"Ne güzel dediniz!" dedi Atiye.

"Bu pazar dört yüzyıldır her sabah dualarla açılır," diye devam etti adam, "Rızkı veren Allah'tır, bize düşen çalışmaktır. İnsan bunu bildi mi hiçbir şeye canını sıkmaz!"

"Ağzınıza sağlık," diyen Atiye, adama hayırlı işler dileyerek gezmeye devam etti. Birkaç dükkâna daha uğrayıp ufak tefek hediyelikler aldılar. Cansu da çok beğendiği elbiselik kumaşlardan satın aldı. Sonunda pazardan çıktıklarında Atiye'nin yüzünde güller açıyordu. Bu insanların kanaatkârlığı, tüm zorluklara rağmen ellerinden gelenin en iyilerini yapmaya çalışmaları, Emin Dede'nin söylediklerini hatırlatmıştı ona.

Pasajın girişinde Murat'ın beklediğini görünce yüzündeki gülücükler bir anda soluverdi. Bu adam pes etmek nedir bilmez miydi?

Kaldırımın ortasında donakalan Atiye'nin yüzündeki ifadeyi gören Cansu, onu bu kadar sinirlendiren adamın kim olduğunu tahmin etmekte zorlanmadı. Atiye'nin ağzını açıp bir şey söylemesine fırsat vermeden öne atıldı.

"Meşhur Murat sensin demek!" dedi, "Yetmedi mi bu kızı taciz ettiğin? İstanbul yetmedi şimdi de burada mı takip ediyorsun kızı? Kız istemiyorum demiş işte, niye laftan anlamıyorsun? Sende hiç haysiyet yok mu? Boyundan posundan utan be?"

Onu kolundan tutup geri çeken Atiye, "Cansucum tamam, sakin ol, ben hallederim," dedikten sonra Murat'a dönüp, "Ne var Murat? Yine ne istiyorsun?" diye sordu.

Murat elini yavaşça çantasının içine soktu. "Bir şey söylemeden önce bunu görmeni istiyorum."

Atiye gözlerini kısarak Murat'ın eline baktı. "Oradan bir yüzük daha çıkmaz umarım!"

Atiye'nin iç acıtıcı cümlesini duymazdan gelen Murat, çantasından çıkardığı büyükçe bir zarfı ona uzattı.

Atiye tereddüt içerisinde zarfa uzanırken Murat'ın yüzüne baktı. "Bu nedir?"

"Sadece aç lütfen!"

Zarfı dikkatli bir şekilde açan Atiye, içinden çıkan dosyanın üzerinde "Servet Korkmaz" yazdığını görünce heyecanlandı.

"Bu, bu..." diye kekeledi, "Tahmin ettiğim şey mi yoksa?"

"Neymiş şekerim?" diye merakla sordu Cansu.

Atiye dosyayı açıp içine hızlıca göz attı. Hastanede doktorun kendisine gösterdiği dosyanın birebir kopyasıydı. İçinde seans dökümlerinin ve bazı fotoğrafların yanı sıra birkaç CD de vardı.

CD'lerden birini çıkarıp elinde çevirdi. Üstlerinde herhangi bir yazı yoktu, sadece bir tarih vardı.

"Bunların içinde ne var?" diye sordu.

"Babanla yapılan seanslara ait video kayıtları," diye cevap verdi Murat.

Atiye, içinde kabaran coşkuyu dizginlemeye çalışarak dosyayı baştan sona inceledi. Sonra birdenbire, onu ele geçiren heyecandan sıyrılarak başını kaldırdı.

"Bir saniye bir saniye! Bunu nereden buldun sen?"

"Ne fark eder," diye cevap verdi Murat, "Babanı bulmak istemiyor muydun? Bu dosya onu bulmana yarayabilir."

"Bak Murat, beni hastanede elinle koymuş gibi bulmana ses çıkarmadım ama bu kadarı fazla artık!" dedi Atiye tehditkâr bir ses tonuyla, "Bir an önce konuşmaya başlasan iyi edersin yoksa bir daha yüzümü göremezsin!"

"Atiye, lütfen sakin ol," dedi Murat, "Merak etme, her şeyi anlatacağım. Ama burada olmaz, baş başa konuşabileceğimiz bir yere gidebilir miyiz?"

Atiye'nin koluna sarılan Cansu, "Atiye hayır," dedi, "Ne diyecekse burada söylesin. Bu adama güvenmiyorum!"

Atiye ona dönerek, "Merak etme canım," dedi, "Sandığın gibi bir durum yok, sadece konuşacağız."

Atiye'nin kolunu yavaşça bırakan Cansu, "İyi madem..." dedi, "Ama bir yere oturur oturmaz bana konum atacaksın. Sizi uzaktan izleyeceğim."

"Tamam," dedi Atiye.

Atiye ve Murat, Cansu'nun yanından yürüyerek ayrıldılar. Bir süre yürüdükten sonra, yakınlardaki bir pastaneye girip oturdular.

Murat bir yandan sipariş verirken bir yandan da birazdan anlatacağı şeylere Atiye'nin vereceği tepkiyi düşündü. Her şeye hazırlıklı gelmişti. Bilmesi gereken her şeyi anlatacaktı ona. Bunu onu korumak için mi yoksa kaybetmemek için mi yapacağını bilmiyordu. Tek bildiği, artık ona yalan söylemek istemediğiydi.

Kısa bir sessizliğin ardından, "Ben sandığın kişi değilim," diyerek söze girdi, "Adım da Murat değil..."

"Şaka mı bu?" dedi Atiye yüzünü buruşturarak, "Bana bunun aşırı sevimsiz bir şaka olduğunu söyle lütfen!"

Murat içinde birbiri ardına yükselen tüm itirazları bastırarak, "Hayır Atiye, maalesef şaka değil," dedi, "Seninle o davette rastlaşmamız tesadüf değildi. O gece oraya gelirken senin orada olacağını biliyordum. Görevim seninle tanışıp yakınlaşmaktı."

"Görevin mi?" diye sordu Atiye hışımla, "Ne göreviymiş bu? Neden bahsediyorsun sen?"

"Devlete bağlı bir istihbarat birimi için çalışıyorum," dedi Murat, "Görevim sana yakınlaşarak baban hakkında bilgi toplamaktı."

Babasından bahsedildiğini duyan Atiye'nin gözleri fal taşı gibi açıldı. "Babam mı?" dedi neredeyse bağırarak, "Onun hakkında ne biliyorsun? Çabuk anlat!"

"Sakin ol lütfen, anlatacağım," dedi Murat, "Servet Korkmaz, yani gerçek baban, bir mezar avcısıydı; dünyanın dört bir yanında büyük işler çevirmişti."

"O kadarını ben de biliyorum!" dedi Atiye.

"Evet, hikâye bununla bitmiyor," dedi Murat, "Bundan birkaç ay önce, kökü yurtdışına kadar uzanan büyük bir soruşturmada babanın ismi teknik takibe takılmış. Türkiye dahil olmak üzere dünyanın birçok yerinde faaliyet gösteren gizli bir örgütle ilişkili olduğu ortaya çıkmış. O aşamada davaya dahil olmadığımdan detayları tam olarak bilmiyorum, fakat yanılmıyorsam birlikte çalıştığı bir antikacı üzerinden bir bağlantısı varmış. Devlet bu örgütü deşifre etmek için babanın bilgisine başvurmak istediğinde, onun yıllardır bir akıl hastanesinde kaldığı anlaşılmış. Sebebini biliyor olmalısın... Sorgulamak istemişler ama baban konuşacak halde değilmiş. Numara yapıp yapmadığını anlamak için hastaneye bizden bir doktor yerleştirilmiş."

"Atıf Bey olabilir mi?"

"Evet, Atıf... Dosyanın bir kopyasını ondan almıştım; aslına bakarsan o gün hastaneye girmeni sağlayan da benim. Sonrasını da biliyorsun zaten."

Murat'ın anlattıklarına ne tepki vereceğini bilemedi Atiye. Her şeyi anlat demişti ama bu kadarını beklemiyordu açıkçası. Bir süre düşündükten sonra, başını kaldırıp Murat'ın gözlerinin içine baktı.

"Her şeyi biliyordun!" dedi.

"Anlamadım?" dedi Murat.

"Bana evlenme teklif ettiğin gün..." dedi Atiye, "O gün oturup sana başımdan geçenleri bir bir anlattım. Köye gidişimi, ailemle ilgili sırrı öğrenişimi, sonrasında hastanede olanları... Hatta kızdım sana, bunların hiçbirinden haberin yok diye. Oysa sen her şeyi biliyordun ve gözlerimin içine baka baka bir şey söylemedin bana! Ne yaptın? İçinden güldün mü halime? Umarım çok eğlenmişsindir! Umarım beni aptal yerine koyduğuna değmiştir!"

Başını iki yana sallayarak onu dinleyen Murat, sözlerini bitirmesini sabırla bekledikten sonra, "Atiye, anlamıyorsun galiba!" dedi, "Babanla ilgili mevzu son derece karışık, bir o kadar da tehlikeli. Seni ilk başta onu aramaktan vazgeçirmeye çalışmamın sebebi de buydu! Takdir edersin ki o zaman bunları açıkça anlatamazdım sana. Lütfen beni anlamaya çalış!"

"Şimdi neden anlatıyorsun?" diye sordu Atiye, "O günden bugüne ne değişti ki?"

"Dosyayı sana verebilmem için bunları da anlatmam gerekiyordu," dedi Murat.

"Hiç de değil!" dedi Atiye, "Kimse görmeden odamın kapısının altından atabilirdin pekâlâ!"

"Yapabilirdim," dedi Murat, "Hatta belki de yapmalıydım. Ama o zaman seni göremez, şu an olduğu gibi seninle oturup konuşuyor olamazdım."

"Buyur buradan yak!" dedi Atiye yeniden parlayarak, "Ben burada oturmuş nasıl bir şeye bulaştığımı düşünüyorum, senin derdin görüşüp koklaşmak hâlâ!"

Atiye'nin ellerini avuçlarının içine alan Murat, "Lütfen bunu olduğundan daha da zorlaştırma!" dedi, "Bu kararı vermem kolay olmadı zaten! İnan ki berbat bir haldeyim. Yabancısı olduğum duygular yaşıyorum, içimde olup bitenleri sana tarif bile edemem. Seni görmeye, seninle konuşmaya, sana yakın olmaya tahmin edebileceğinden çok daha fazla ihtiyacım var!"

Ellerini geri çeken Atiye, "Asıl sen beni zor durumda bırakıyorsun Murat," dedi gözlerini de kaçırarak, "Artık çok yoruldum! Hem de çok! Söylediklerinin hangisi doğru hangisi yalan nereden bileceğim? Ya sen o akşam bana evlenme teklif ettin, söylesene, o da mı yalandı? Görev miydi o da?"

"Hayır Atiye!" diye gürledi Murat, "O akşam, hayatımda hiç olmadığım kadar ciddiydim. Bana inanmak zorundasın!"

"Hiçbir şey yapmak zorunda değilim," diye bağırdı Atiye, "Ayrıca buna inanmamı nasıl beklersin? Daha gerçek adını bile bilmiyorum!"

"O gün teklifime evet deseydin gerçek adımı öğrenecektin," dedi Murat, "Eğer kabul etseydin görevim dahil her şeyi geride bırakıp seninle yeni bir hayat kurmaya hazırdım!"

Konuşmanın yeni bir evlilik teklifine doğru gitmesinden korkan Atiye, "Murat lütfen!" dedi elini yanağına koyarak, "Bunları konuşmuştuk!"

"Biliyorum" anlamında elini kaldırdı Murat. "Merak etme, o defteri kapattım." Kapatmış mıydı gerçekten de? Kapatabilmiş miydi?

"Yaşadıklarına, hissettiklerine ve amaçlarına saygım var," diye devam etti, "Babanı bulmak istiyorsun, bu senin en doğal hakkın. Bunu ben de çok istiyorum, dosyayı da bu yüzden getirdim zaten! Onu bulman için elimden gelen ne varsa yapacağım çünkü seni mutsuz görmeye dayanamıyorum. Fakat çok dikkatli olmak zorundasın."

"Başımın çaresine bakabilirim," dedi Atiye soğuk bir ses tonuyla.

"Hazır dikkatli olmaktan bahsetmişken," dedi Murat, "lobide yanında gördüğüm adam, neydi adı, Jack miydi, onu yeterince tanıyor musun?"

"Seni ilgilendirmez," diye tersledi Atiye.

"Senin yerinde olsam ona fazla güvenmezdim," dedi Murat, "O adamda beni rahatsız eden bir şeyler var!"

Gözlerini deviren Atiye, "Onu kıskandığın için böyle konuşuyorsun," dedi, "Jack son derece kibar ve bilgili biri. Bana yardım etmekten başka bir amacı da yok!"

"Bunu göreceğiz!" dedi Murat, "Sen sadece dikkatli ol."

Bunları söyledikten sonra yerinden kalktı, Atiye'ye dönüp, "Kendine iyi bak!" dedi ve ağır ağır yürüyerek uzaklaştı.

Murat'ın kasaya uğrayıp hesabı ödedikten sonra çıkıp uzaklaşmasını izleyen Atiye, onun arkasından bakarken, "Bu adamla ne yapacağım ben?" diye düşündü.

TEHDİT

Bakanlıkta yapılacak acil komisyon toplantısının haberini alan Murat, komisyon üyelerine bilgi vermek üzere uçağa atlayıp Ankara'ya geldi.

Havaalanından taksiye atlayıp doğruca bakanlığa geldi. Hava kararmak üzereydi. Nizamiyenin önünde taksiden indi, içeri girip ana binaya doğru yürümeye başladı. Havada insanın içini daraltan ağır bir enerji vardı; zaman yavaşlamıştı sanki.

Avluda yürümeye devam ederken binanın ön cephesine boydan boya asılmış bayrağa baktı. İçi gurur ve minnettarlık duygusuyla doldu, ne de güzel dalgalanıyordu şanlı bayrak! Bin tane ömrü olsa binini de bu bayrağa feda ederdi doğrusu!

Başını indirdiğinde, giriş kapısının önünde tek başına duran bir kadın gördü. Üzerinde kabarık bir kaban olan kadın, yüzü kapıya dönük halde kıpırdamadan duruyordu. Murat bu durumu biraz garipsese de, toplantıya az bir zaman kaldığından fazla üzerinde durmadı. Kadın hipnotize olmuş gibi kapıya bakmaya devam ederken, Bakan ve ona eşlik eden kalabalık bir grup binanın içindeki merdivenlerin tepesinde belirdi.

Binadan çıkacakmış gibi merdivenlerden aşağı indiklerini görmek Murat'ı şaşırttı. Toplantı bitmiş miydi? Geç kalmış olabilir miydi?

Saatine baktı, hayır, bilakis erken gelmişti. Yanından geçen bir adamı durdurup neler olduğunu sordu.

"Bakanlığın bahçesinde dünyanın en eski tapınağı bulunmuş," dedi adam heyecanlı bir sesle, "Bakan Bey ve komisyon üyeleri orayı ziyaret etmeye gidiyorlar!"

"Tapınak mı?" dedi Murat kendi kendine, "Tapınağın ne işi var burada?"

İşin aslını öğrenmek için girişe yöneldiği sırada, Şevket arkasından koşarak gelip silahını kapının önünde bekleyen kadına doğrulttu.

"Kıpırdama!" diye bağırdı, "Ellerini görebileceğim şekilde kaldır! Yavaşça arkana dön!"

Murat aptallaştı, neler oluyordu? Şaşkın bakışları arasında ellerini kaldıran kadın, yavaş yavaş bulundukları tarafa doğru döndü. Atiye? Haydaa! Burada ne işi vardı? Şanlıurfa'da değil miydi? Daha da önemlisi, Şevket neden silahını Atiye'ye doğrultmuştu?

Atiye arkasına dönerken kabanı açıldı, aradan bedenine sarılmış patlayıcı blokları ve kablolar göründü. Murat da sorusunun cevabını almış oldu böylece. Atiye'nin elinde bir ateşleme düzeneği tuttuğunu fark edince yerinde donakaldı.

"Dur! Sakın yapma!" diye bir kez daha bağırdı Şevket, "Elindekini yavaşça yere bırak! Hemen!"

Atiye bir tuhaf görünüyordu. Bakışları buz gibi donuk, ruhu içinden çekilmiş gibiydi. İyi ama bu hiç mantıklı değildi! Atiye neden böyle bir şey yapmak istesindi ki?

"Atiye!" diye seslendi ona doğru bir adım atarak, "Neler oluyor?"

Bu arada, Bakan ve yanındakiler de kapıya ulaşmış, kendi aralarında şakalaşarak dışarı çıkmaya hazırlanıyorlardı.

Atiye, Murat'a dönüp elini tehditkâr bir şekilde havaya kaldırdı. "Gelme!" diye bağırdı, "Seni görmek istemiyorum! Bana yalan söyledin sen! Sen de onlardansın!"

Atiye'nin gözlerindeki kararlı bakışı gören Murat, "Herkes yere yatsın!" diye bağırdı. Ama artık çok geçti...

Kapının önünde yaşanan büyük patlama ortalığı kanlı bir savaş alanına çevirmişti, havada ceset parçaları uçuşuyordu. Patlamanın etkisiyle savrulup yere düşen Murat, dumanlar dağılınca başını kaldırıp Atiye'yi görme umuduyla kapıdan yana baktı ama ondan eser yoktu.

Etrafına bakındı. Şevket, bir bacağı kopmuş halde kanlar içerisinde az ötesinde yatıyordu. Yerde sürünerek Murat'ın yanına geldi, ayağından yakalayıp çekiştirmeye başladı.

"Seni hain!" diye bağırıyordu bir yandan da, "Bunların hepsi senin yüzünden! Değdi mi ha? Söylesene, değdi mi!"

Neye değmiş miydi? Neler oluyordu? İşler nasıl bu noktaya gelmişti? Şevket'in sesi kafasının içinde yankılanmaya devam ederken kan ter içinde uyandı. Taksinin arka koltuğunda oturuyordu, başı cama yaslıydı. Uyuyakalmış olmalıydı.

Aman Allahım, o nasıl bir kâbustu öyle?

Koltuğun arasından bacağını dürten taksici, "Beyefendi geldik!" diye sesleniyordu, "Beyefendi!.. Beyefendi!.."

Murat oturduğu yerde toparlandı. "Pardon, kusura bakma birader, içim geçmiş!"

"Estağfurullah... Borcunuz yetmiş lira."

Murat ücreti ödeyip taksiden indi. Nizamiyeye doğru yürüdü, bu sefer gerçekten... Kâbusundaki gibi, binanın önünde durup başını kaldırdı, bayraktan eser yoktu. Toplantı saatinin geldiğini fark edince kapıya yöneldi. Bakanın makamına çıktı, kalem müdürüne selam verip doğrudan içeri geçti.

"Hoş geldin evlat," dedi Bakan gülümseyerek, "Hayırdır, neyin var, hayalet görmüş gibisin?"

"İyiyim efendim," dedi Murat, "Yol yorgunluğu olacak..."

"Aman aman, dikkat et kendine! Sen bize lazımsın!"

Hazırlıkları tamamlayıp toplantı salonuna geçtiler. Üyeler çoktan gelmişlerdi. Yerini alan Bakan, önündeki sudan bir yudum aldıktan sonra ağır ağır konuşmaya başladı.

"Değerli komisyon üyeleri, öncelikle davetime icabet edip geldiğiniz için hepinize teşekkür ederim. Malumunuz olduğu üzere konu mühim ve aciliyet arz eden bir mesele. Detaylı bilgileri içeren dosya hepinize gönderildiğinden, değerli vaktinizi almamak için doğrudan konuya gireceğim. Bugün burada, yabancıların Türkiye'nin güneydoğusundan arazi satın alması konusunu araştırıp karara bağlamak için oluşturulan komisyonun ilk resmî toplantısını gerçekleştirmek için toplandık. Komisyonumuzun ortaya koyacağı bilgiler ışığında, ülkemizin toprak bütünlüğünü ve geleceğini tehdit eden bu önemli duruma dur diyecek yeni bir yasa tasarısı hazırlamayı amaçlıyoruz. Allah'ın izniyle, taslak çalışmalarını da hızlı bir şekilde tamamlayıp meclis tatile girmeden yasalaştırabiliriz. Eğer bu aşamada sorusu olan yoksa, konunun teknik ve mali boyutlarını paylaşmak üzere sözü danışmanım Murat Bey'e bırakmak istiyorum."

Bakan'a teşekkür eden Murat, araştırmalarında ulaştığı bulguları ve önceki toplantıda mali analistten aldığı bilgileri toplantıya katılan vekillerle paylaştı. Onu ilgiyle dinleyen vekiller, o konuşurken bol bol not aldılar. Sunumun sonuna yaklaştığı sırada Murat'ın cep telefonuna bir mesaj geldi.

Yerine geçer geçmez mesaj kutusunu kontrol etti. Mesaj Şevket'tendi; kendisini acilen aramasını istiyordu. Bakandan izin alıp telefon etmek için dışarı çıktı. Teknik takibe takılan bir hareketlilikten ve daha öncesinde alınan bir istihbarattan bahseden Şevket, mevcut doneler ışığında bir suikast eylemiyle karşı karşıya olabileceklerini söyledi.

İstihbaratın teyit edilip edilmediğini sordu; kaynak oldukça güvenilirdi. Konuyla ilgileneceğini söyleyip telefonu kapattı. Salona döndüğünde Bakan, diğer partili milletvekillerinin yorumlarını dinliyordu. Muhalefet partisinden bir milletvekili, Bakan'a teşekkür ederek konuşmaya başladı.

"Sayın Bakan, bu önemli konuda sergilediğiniz inisiyatif için teşekkür ederiz," dedi, "Her ne kadar, partimiz bundan iki yıl önce aynı konuda soru önergesi vermiş fakat partinizin çoğunluk oylarıyla önergemiz reddedilmiş olsa da, konu milli menfaatlerimiz olduğunda tek yürek olmaya hazırız. Bu süreçte bizi yanınızda göreceğinizden emin olabilirsiniz."

Benzer birkaç konuşmanın ardından Bakan üyelere sürecin başından beri verdikleri destek için teşekkür etti ve iki hafta sonra tekrar buluşacaklarını söyleyerek toplantıyı bitirdi.

Çıkışta Bakan'ın yanına yaklaşan Murat, "Sayın Bakanım, size arz etmek istediğim önemli bir konu var," dedi.

"Neymiş Murat Bey, şöyle gel de konuşalım," dedi Bakan, holdeki deri koltuklardan birine oturarak.

Murat saygılı bir şekilde koltuğa ilişti. "Efendim, Şanlıurfa'daki festivale katılma kararınızı yeniden gözden geçirmenizi rica edecektim."

"Katılmamak olmaz," dedi Bakan, "Şanlıurfa benim kendi seçim bölgem. Ayrıca yeni tasarıyla ilgili kritik mesajları oradan vermekte de fayda var."

"Katılımınızın riskli olabileceğini değerlendiriyoruz Sayın Bakanım," dedi Murat. Bakan'ın meraklı gözlerle baktığını görünce, "Şahsınıza yönelik bir eylem girişimi olabileceğine dair istihbarat aldık efendim," diye açıkladı, "Yasa tasarısı konusunda sergilediğiniz kararlı duruş yüzünden sizi hedef alıyor olabilirler. Buna izin veremeyiz. Konuyla ilgili olarak özel kalemi aracılığıyla Sayın Cumhurbaşkanı'na da ulaştım. Beyefendi'nin bu konuda son kararı size bıraktığını ilettiler."

"İş bu noktaya kadar geldiyse," dedi Bakan çenesini sıvazlayarak, "yapmak istediğimiz şey doğru bir şey demek ki. Bu ülkenin topraklarını korumak için halkımıza söz verdik! Bu kadar yol almışken, hele de muhalefet partilerinin desteğini arkamıza almışken geri dönemeyiz. Şimdi geri adım atarsak ipleri onların eline vermiş oluruz. Bunun hesabını ne bu dünyada ne de öbür dünyada verebiliriz."

"Nasıl ilerleyelim efendim?" dedi Murat, "Emirlerinizi bekliyorum!"

"Festivale katılacağım, kaderde ne varsa o olur!" dedi Bakan, "Sen elini çabuk tut, bahsettiğin bu tehdidi ortadan kaldırmak için yapabileceğin ne varsa yap. Önce Allah'a sonra da sana güveniyorum aslanım. Haydi göreyim seni!" Bunu söylerken çevik bir hareketle yerinden kalkıp Murat'a elini uzattı.

Murat yerinden fırlayıp kendisine uzatılan eli sıktı. "Emredersiniz sayın Bakanım!" dedi, "Konuyla bizzat ilgileneceğimden emin olabilirsiniz!"

"Gazan mübarek olsun!" diyen Bakan, az ileride bekleyen müsteşarıyla birlikte makamına dönmek üzere ayrıldı.

Bakanlıktan çıkan Murat, Şanlıurfa'ya gitmeden önce otoparka bıraktığı arabasına doğru yürüdü. Arabada oturup bir sigara yaktı. Bakanın cevabı onu etkilemişti. Böyle adamlar olduğu sürece ülke düze çıkardı evvel Allah!

Kader bir kez daha büyük bir sorumluluk yüklemişti omuzlarına. Bir an önce meseleyi açıklığa kavuşturmalıydı. Gerçekten bir eylem hazırlığı varsa, suikastçının planlarını öğrenip eylemi gerçekleştirmeden önce onu yakalamalıydı.

Motoru çalıştırıp amaçsızca dolaşmaya başladı. Ne zaman kafasını toplamaya ihtiyaç duysa böyle yapardı. Sabah erkenden Şanlıurfa'ya uçacaktı, otele dönmek için henüz erkendi, üstelik arayıp görüşebileceği kimse de yoktu. Yüreğindekileri akıtabileceği yakın bir dosta ne çok ihtiyacı vardı oysa!

Mantığıyla duyguları arasında sıkışıp kaldığı şu günlerde, ne yaparsa yapsın bir türlü dikkatini toplayıp görevlerine odaklanamıyordu. Atiye kafasını haddinden fazla meşgul ediyor, kimseyle konuşamamak işleri daha da zorlaştırıyordu. Eskiden olsa, sorunları şimdiye dek çoktan rakı şişesinde boğmuştu fakat kontrollü içmeyi beceremediğinden birkaç yıl önce alkolü tamamen bırakmak zorunda kalmıştı.

Arabayla turlarken, yanıp sönen ışıklı neon tabelasıyla dikkat çeken bir türkü barın önünden geçti. Burayı hatırlıyordu, Ankara'ya son gelişinde bir arkadaşı onu buraya getirmişti. Kaliteli canlı müziğiyle nezih bir ortam olarak kalmıştı aklında. İleriden U dönüşü yapıp türkü barın önüne geldi.

Valeye iyi bir bahşiş verdikten sonra, lunapark tabelalarını aratmayan kapıdan içeri girdi. Uzun bir koridordan geçti, masaların olduğu bölüme gelince durup etrafına bakındı. Henüz erken olduğundan içeride bir-iki müşteriden başka kimsecikler yoktu. Çelimsiz bir barmen içkileri takviye ederken gece sahne alacak müzisyenler prova yapıyordu.

Sahneye yakın masalardan birine oturdu. Kravatını çıkardı, katlayıp ceketinin iç cebine koydu. Ceketini çıkarıp sandalyeye astı, gömleğinin kollarını katladı. Garsonu çağırıp buz dolu büyük bir bardak sade soda ve tıraş limon söyledikten sonra prova yapan müzisyenleri izlemeye koyuldu. Sazlar fena değildi, hepsi de usta sanatçılardı belli ki ama solistte iş yoktu!

Bir süre izledikten sonra, yerinden kalkıp sahneye doğru yürüdü. Geldiğini gören müzisyenler provaya ara vererek meraklı gözlerle ona baktılar.

"Buyurun?" dedi içlerinden bir tanesi.

"Kusura bakmayın, bölüyorum…"

"Estağfurullah!"

"Bir şey rica edecektim…"

"Ne demek… Yapabileceğimiz bir şeyse..."

"Bağlamayı çok severim," diye açıkladı Murat, "Ne zaman efkârlansam, elime alıp biraz tıngırdattım mı bir şeyciğim kalmaz. Şu an da haddinden fazla efkârlıyım. Bir beş dakika müsaade eder misiniz, hazır mekân boşken çalayım biraz? Bana büyük bir iyilik yapmış olursunuz."

"Tabii tabii, ne demek!" diyen müzisyen, sazını Murat'a uzatırken bir yandan da sandalye ayarlaması için garsona işaret etti.

Murat, teşekkür ederek bağlamayı aldıktan sonra, kendisi için getirilen sandalyeye oturup tellere dokundu. Sazdan yükselen ilk notalar boş mekânın duvarlarında yankılandı. Sazı akort edip kısa bir taksim yaptıktan sonra, sevdiği türkülerden birini söylemeye başladı. Bağlamadaki ustalığı dinleyenlerin içine işleyen davudi sesiyle birleşince, yüreğinin yangınını dindirmek için söylediği türkü ortama bomba gibi düştü âdeta.

Mekânı hazırlamakla meşgul olan garsonlar, birkaç erkenci müşteri ve işletmeci, bağlamadan çıkan nağmeleri duyar duymaz büyülenmiş gibi yerlerine mıhlanıp türkünün yaz yangını gibi etrafı saran sözlerine teslim oldular. Sahnenin bir köşesinde toplanan müzisyenler de hayranlıkla kıskançlık karışımı bir duyguyla onu izlemeye başladılar. Yarattığı etkiden habersiz olan Murat, başı önde son nakaratı da tamamlayıp türküyü bitirdi. Teşekkür edip bağlamayı iade etti.

Mekânda kopan alkış tufanına şaşırarak mahcup bir şekilde masasına döndü. Onun her hareketini gözleriyle takip eden insanlar, yüreklerini titreten bu adamın kim olduğunu merak ediyorlardı. Aşırı ilgiden rahatsız olan Murat, ilginin azalmadığını görünce garsona işaret edip hesabı istedi.

Masaya gelen garson, "Bu seferlik bizden olsun efendim," dedi, "Yüreğinize sağlık, var olun!"

"Eyvallah," diyerek yerinden kalktı, ceketini sırtına geçirdiği gibi çıkışa yöneldi. Mekânın işletmecisi çıkış kapısının yanında onu bekliyordu.

"Bravo beyefendi!" dedi, "Sesiniz, yorumunuz bir harika, dağıttınız herkesi!"

"Teşekkür ederim," dedi Murat, "İşte öyle, kendimce..."

"Yok yok," dedi adam, "Hiç öyle tevazu gösterecek bir durum yok valla! Her zaman bekleriz, burada istediğiniz zaman çalıp söyleyebilirsiniz!" İnceden iş mi teklif ediyordu?

Murat gülümsemekle yetindi.

"İyi akşamlar!" dedi, valenin kapıya getirdiği arabasına doğru yürürken. Sonra durup bir an düşündü. İçinde bulunduğu durum düşünüldüğünde, her şeyi bırakıp türkücü olmak o kadar da kötü bir fikir değildi aslında!

Yüzüne yayılan acı gülümsemeden habersiz, arabasına binip otelin yolunu tuttu.

BÖLÜM V

KARANLIĞIN GELİŞİ

Otelin lobisinde oturan Atiye, kitabını okurken bir yandan da Jack'in gelmesini bekliyordu. Sabah onu arayan Jack, yüzük hakkında yeni bilgilere ulaştığını söyleyerek onunla buluşmak istemişti. Bulduğu şey her neyse, önemli olmalıydı. Cansu onlara katılmayacaktı; giyecek hiçbir şeyi kalmadığını iddia ederek alışveriş merkezine gitmişti.

Kapıdan içeri giren Jack, Atiye'ye el salladıktan sonra hızlı adımlarla onun yanına geldi. "Merhaba Atiye! Görüşmeyeli nasılsın?"

"Getirdiğin habere göre değişir. Ne buldun, anlat bakalım!"

"Haberler güzel! Yüzük çizimiyle birlikte bulduğumuz metni tercüme etmesi için bir arkadaşıma göndermiştim. Dün gece cevap geldi. Tahmin ettiğim gibi, Sümercenin sadece kutsal metinlerde kullanılan eski ve daha formel bir lehçesiymiş."

"Ee? Tercüme edebilmiş mi bari?"

"Arkadaşım alanında bir numaradır; bugüne dek çözemediği tek bir metin görmedim. Hatta bir keresinde..."

"Uzatacağım diyorsun?" diyerek araya girdi Atiye.

"Tamam tamam, kızma!" diyen Jack, dizüstü bilgisayarını açıp arkadaşının gönderdiği tercümeyi okumaya başladı:

"Sin'i bul... ki Sina'ya yolculuğun başlasın,

Ninova'ya geldiğinde başını kaldırıp gökyüzüne bak,
Orada Nun'u göreceksin... Korkmadan yürü geç,
Limbus'tan... On İkiler Meclisi'ne gel,
Geçmişin ve geleceğin sırlarına tanıklık et..."

Okumayı bitirdiğinde, "Arkadaşım lazım olabilir diye metnin Sümerce okunuşunu da kaydedip göndermiş," diyerek bir ses dosyası açıp oynattı.

Kaydı dinleyen Atiye, "Yok artık!" dedi şaşkınlık içerisinde, "Kâbuslarımda iki nehrin arasında bir adam gördüğümden bahsetmiştim, hatırladın mı?"

"Evet" anlamında başını salladı Jack.

"İşte o adam... Kollarını iki yana açmış halde anlamadığım bir şeyler söylüyordu..."

"Evet," dedi Jack, "yoksa?"

"Adamın söyledikleri bunun aynısıydı; kelimesi kelimesine hem de..."

"Emin misin?"

"Eminim! Üstelik bu kadarla da kalmıyor," dedi Atiye, çantasından Murat'ın verdiği dosyayı çıkarırken, "Bu elimdeki babamın hastane dosyası. Bu CD'lerde babamla yapılan seansların video kayıtları var; bunların birkaç yerinde babam bu metni tekrarlıyor."

"Bu dosyayı nereden buldun?" diye sordu Jack şaşkınlıkla.

"Dosyayı... Şeyden aldım... İstanbul'a gittiğimde hastaneye uğramıştım... Oradan aldım."

"Bana bundan hiç bahsetmemiştin?"

"Öyle mi, hiç farkında değilim, unutmuşum demek ki! Bu arada bir şey daha var, babam görüntülerin çoğunda kollarını yana açmış halde duruyor; tıpkı bir kuş gibi. Kâbuslarımdaki adam da kollarını böyle yana açıyordu. Sence bunun özel bir anlamı olabilir mi?"

Jack bir süre düşündü. "Kuşun ne anlama geldiği hakkında bir fikrim yok doğrusu, ama metin birkaç yerde geçiyorsa doğru iz üzerinde olmalıyız!"

"Bu metin neyin nesi sence?"

"Bizi yüzüğe ulaştıracak şifreli bir mesaj olmalı... Bir tür harita belki de! Buradaki talimatları izleyerek yüzüğü bulabiliriz bence."

"İzleyelim izlemesine de, tercüme ettirmekle iş bitmiyor ki! Bu sözlerin ne anlama geldiğini de çözmemiz gerekiyor. Sin, Sina, Ninova, Nun, Limbus, On İkiler Meclisi... Bunların ne olduğu hakkında en ufak bir fikrim bile yok. Nedir bunlar, yer isimleri filan mı? Anladığım kadarıyla, başlangıç noktası Sin denen şey. Ne olabileceği konusunda bir fikrin var mı?"

"Bunu soracağını tahmin ettiğimden buraya gelmeden önce küçük bir araştırma yaptım. Sina ve Ninova, bunlar yer isimleri. Sina, Kudüs'teki Sina Dağı büyük ihtimalle, Ninova dersen bugün Irak sınırları içerisinde bulunan Musul'un eski ismi. On İkiler Meclisi diye bir şeyi ise ilk kez duyuyorum."

"İyi ama bu yerlerin hiçbiri Türkiye'de değil," dedi Atiye hayal kırıklığıyla yüklü bir sesle, "Dahası, yanlış bilmiyorsam en az bir tanesi savaş bölgesinde. Buralara gitmek gerekmiyordur umarım. Peki ya Sin? Onun ne olabileceğiyle ilgili bir şeyler bulabildin mi?"

"Onu bilerek en sona bıraktım," dedi Jack gülümseyerek, "Görünüşe göre, Mezopotamya'da Ay kültüyle bağlantılı Sin adında bir tanrı varmış. Bu Sin o Sin olabilir diye düşünüp Sin adına yaptırılmış tapınakları araştırdım."

"Ve?"

"Ve bingo! Görünüşe göre, yanı başımızda bir Sin Tapınağı varmış. Harran'daki bu tapınak farklı dönemlerde yıkıldıktan sonra bazı Asur ve Babil hükümdarları tarafından yeniden inşa ettirilmiş. Bunlardan biri de Babil Kralı Nabonidus. Şimdi sana çok ilginç bir şey göstereceğim, hazır mısın?"

Telefonundan bir resim açıp uzattı. Taş üzerine kabartma bir kral tasviriydi bu. Uzun bir asaya yaslanmış halde ayakta duran kralın üzerinde ve gökyüzünde üç sembol dikkat çekiyordu.

"Nabonidus'un steli… Şu an Şanlıurfa Müzesi'nde sergileniyor. Bir şey dikkatini çekti mi?"

"Gökyüzündeki semboller!" dedi Atiye heyecanla, "Bunlar kâğıttaki çizimde de vardı!"

"Aynen," dedi Jack, "Daire içinde sekiz kollu yıldız, yani Güneş; hilal; ve yedi kollu yıldız, yani Venüs. Bil bakalım, bu gökcisimleri hangi kültün baş tanrıları?"

"Sin kültü olabilir mi?"

"Üstüne bastın! Aradığımız ipucunu Harran'da bulacağız gibime geliyor, sence?"

Atiye'nin cevap vermesine fırsat kalmadan otelin kapısı açıldı. İçeriye tümü erkeklerden oluşan bir grup girdi. Grubun tamamına yakınının saçının kazınmış olması lobide ilginç bir görüntü oluşturuyordu.

Jack ikinci resepsiyonisti çağırmak için koşan belboya gelenlerin kim olduğunu sorduğunda, festival açılışında sahne alacak dansçılar oldukları cevabını aldı.

Grubun gelişinden beş dakika sonra otelin kapısı yeniden açıldı. Uzun siyah tunik giymiş esmer tenli bir adam, arkasında bir sandığı taşıyan iki kişiyle içeri girdi. Sonradan gelenlerin kafası da dansçılarınki gibi kazınmıştı. Fakat dansçıların aksine, onların başlarının arkasında enselerine doğru kıvrılarak inen tuhaf görünümlü topuzlar göze çarpıyordu.

Siyahlı adam önde, yardımcıları arkada, resepsiyona doğru ilerlediler. Dansçılardan kayıt işlemleri tamamlananlar birer ikişer odalarına çıkıyorlardı. Bekleyenler, siyahlı adamı görünce kenara çekilip ona yol verdiler. Adam, resepsiyona yaklaşıp kendinden emin bir tavırla konuştu.

"İyi günler! Bizim için bir süit ayrılmış olmalı."

"Hoş geldiniz, Bay… Zotar," dedi resepsiyonist önündeki ekrana bakarak, "Süitiniz hazır! Sağdaki asansörden en üst kata çıktığınızda karşınızdaki kapı. İsterseniz siz geçebilirsiniz, ben eşyalarınızı odanıza gönderirim!"

"Buna gerek yok," dedi asansöre yönelen adam, "Eşyalarımı yardımcılarım taşır."

Oturduğu yerden olup biteni izleyen Atiye, Jack'i kolundan çekiştirip resepsiyondan tarafa işaret ederek, "Adamın saçını gördün mü?" dedi, "Müzedeki büstün aynısı! Bu kadarı da tesadüf olamaz artık! Bu adamın kim olduğunu ve buraya neden geldiğini öğrenmeliyiz!"

"İstersen süitine küçük bir ziyarette bulunabilirim..."

"Olmaz Jack! Sakın böyle bir şey yapayım deme. Bu çok tehlikeli!"

"Merak etme, sadece o otelde yokken girip hızlıca etrafa göz atacağım. Bir şey olmaz, bana güven. Sana yardım edeceğimi söylerken ciddiydim!"

Atiye uzanıp Jack'in elini tuttu ve minnettar bir şekilde gözlerinin içine baktı. "Sen çok iyi birisin," dedi yumuşak bir sesle, "Sana olan borcumu nasıl ödeyeceğim?"

Jack, boşta kalan elini kaldırıp Atiye'nin yüzüne dokundu. "Bana hiçbir şey borçlu değilsin. Tek bir gülümsemenle tüm borçlarını peşinen ödedin."

Bir süre öylece hiç kıpırdamadan durdular. Onlarla birlikte zaman da durmuştu sanki.

"Ee? Akşama kadar böylece duracak mıyız," dedi Jack, "yoksa Sin Tapınağı'na gidip bizi babana ulaştıracak ipucunu mu arayacağız?"

"Önden buyur!" dedi Atiye gülerek.

Hemen arabaya atlayıp Harran yoluna düştüler. Keyifli bir şekilde sohbet ederlerken Atiye bir yandan Sin Tapınağı konusunda internette araştırma yapıyor, bulduğu bilgileri arabayı kullanmakta olan Jack'le paylaşıyordu:

"Babil ve Asur medeniyetlerinde Ay Tanrısı olarak tapılan Sin, Sümer mitolojisinde Nanna'ya karşılık gelir. Enteresan, bakalım başka ne diyor? Kaderin Tanrısı olarak da anılan Nanna, Sümer panteonunun önde gelen tanrılarından Enlil ve Ninlil'in oğludur. Bla bla bla... Karısı Ningal olup, sonraları İştar adını alan İnanna'nın babasıdır."

"Bunu geç... Hımm, Sabiler döneminde burada bir Astroloji Kulesi olduğunu yazıyor... Bunu geç... Takvim ve Bereket Tanrısı olarak da kabul edilen Sin'in sembolleri hilal, boğa ve üç ayaklı iskemleymiş. Bak tapınaktan bahsediyor burada: Ay Tanrısı Sin'in güneyde Ur ve kuzeyde Harran'da olmak üzere başlıca iki tapınağı vardır. Ur'dakinin adı Egişşirgal, yani 'Yüce Işığın Evi', Harran'dakinin adı ise Ehulhul, yani 'Zevklerin Evi'dir. Zevklerin Evi, hehe, bu iyiymiş işte! Ne gibi zevkler acaba? Öhömm, neyse, devam edelim... Harran'daki tapınak Asur krallarından Salmaneser, Asurbanibal ve Nabonidus tarafından onarılmıştır. Müzede steli olan bu son kral mıydı?"

Jack gülümsedi, "evet" anlamında başını salladı.

"Araştırmacılar, en büyük Sin Tapınağı'nın Harran camisinin olduğu yerde ya da bugün kalıntıları bulunan kalenin eski yerinde olduğuna inanmaktadır. Bu önemli işte! Gittiğimiz yer burası mı?"

"Evet," dedi Jack gözlerini yoldan ayırmadan.

"Devam edelim... Ay Tanrısı Sin, Mezopotamya'da o kadar etkili bir tanrıdır ki siyasi antlaşmalarda garantör olarak kabul edilmiştir. Örneğin Sin ve Shamash adlı tanrılar, Hindu panteonundan Mitra, Varuna, İndra üçlemesi ve Nasatyalar ile birlikte, Hitit kralı Şubbiluliyuma ile Hurri kralı Mattiuaza arasındaki anlaşmada garantör olarak yer almıştır... Hımm, burada çok ilginç bir detay var... Bak ne diyor? Bunlar aynı zamanda Veda tanrılarıdır."

"Veda tanrıları demek?" dedi Jack kaşını kaldırarak, "Yine mi Vedalar?"

"Bu Vedalar'dan kaçış yok anlaşılan," dedi Atiye, "Bir şekilde sürekli karşımıza çıkıyorlar."

"Başka neler buldun?" diye sordu Jack.

"İlginç bir şey daha var, dinle! Ay Tanrısı Sin, Ortadoğu genelinde hermafrodit olarak kabul edilir. Dolunay ya da dişil halindeyken, Ningal adını alır ve Ay'ın eril yanının karısıdır. Bu haldeyken bereket ve doğurganlığı simgeler. Kozmostaki varoluşu devam ettiren de Ay'ın bu halidir. Hatta Ay'ın bu özelliğine insan kurban edildiği bilinmektedir."

"İnsan kurban edilmesi?" dedi Jack, "Yok artık!"

"Evet," dedi Atiye, "hatta İbrahim Peygamber'in oğlu İsmail'i kurban etmesinin bile Sabîlik veya Haniflik olarak bilinen bu inanışla ilgili olabileceği iddia ediliyor. Gelgelelim, bizim hikâyeyle paralellikler burada da bitmiyor."

"Dahası da mı var?"

"Olmaz mı?" dedi Atiye, "Aynen okuyorum, 'Ay kültünün diğer bir özelliği de kehanetle ilgili olmasıydı. Ay'ın kehanetle ilişkilendirilmesinin sebebi, doğa olaylarıyla Ay'ın biçimindeki değişimler arasında bağlantı kurulması olabilir.' Al işte! Geldik mi yine kehanete! İçimden bir ses, uğraştığımız şeylerin tümünün bir şekilde ilişkili olduğunu söylüyor. Ama ne kadar uğraşırsam uğraşayım bir türlü parçaları birleştirip büyük resmi okuyamıyorum. Çıldırmak üzereyim!"

Kalıntıların bulunduğu bir alana geldiklerinde Jack arabayı park etti. "Geldik!"

Atiye arabadan inip heyecanla etrafına bakındı. Durduğu yerin tam karşısında tek başına ayakta kalmış bir kemer vardı. Kemerin içinden ileriye doğru bakıldığında, kare planlı yüksek bir sütun göze çarpıyordu. Bunlar haricinde, alana yayılmış çok sayıda farklı kalıntı vardı.

"Eee, tapınak nerede?" diye sordu.

"Bu gördüklerin, Harran Ulu Cami'nin kalıntıları," dedi Jack, "Cennet Camisi ya da Cuma Camisi olarak da bilinen bu cami, Sin

Tapınağı'nın üzerine inşa edilmiş. Sin Tapınağı'nın adı birçok kaynakta geçse de kendisi henüz bulunamadı. Ama birçok araştırmacı tapınağın yerinin burası olduğu konusunda hemfikir. Bunu az önce okuduklarından anlamış olmalıydın."

"Doğru söylüyorsun. Peki yüzüğü nasıl bulacağız? Bir fikrin var mı?"

"Bir teorim var aslında. Fark ettin mi bilmiyorum ama yüzük çiziminin altındaki gökcismi sembolleri Nabonidus stelindeki sırayla dizilmemiş."

"Eee, ne olmuş sırası farklıysa?"

"Bu tür sıralamalar tanrısal hiyerarşiyle ilgili olduğundan genellikle sırası değişmez. Başka kaynaklara da baktım, hepsi steldeki gibi..."

"Sıralama kasıtlı olarak değiştirilmiş, öyle mi? Denemeye değer aslında! Çizimdeki sıralamayı izledik diyelim. İlk sırada güneş vardı, önce onu bulacağız o zaman..."

"Evet, onu bulursak bizi diğer sembollere ulaştırabilir."

Ayrılıp kalıntılar arasında güneş sembolünü aramaya başladılar. Yarış havasında geçen arayış sürerken, kâh yan yana geliyor kâh birbirlerinden uzaklaşıyorlardı. Sembolü ilk bulan Atiye oldu. Az ileride bir taşın üzerinde sembolü görür görmez seslenerek Jack'e haber verdi.

Sembol taşın kuzey yönüne yerleştirilmişti. Sırtlarını sembole verip o yöne doğru yürümeye başladılar. Yirmi-otuz metre sonra, yarısına kadar toprağa gömülmüş başka bir taş buldular. Taşın üzerine kazınmış hilal sembolünü bulmaları kolay olmadı, zira hem toprağın altındaki kısımda kalmış hem de zaman içerisinde aşınıp yarısı silinmişti. Bu sefer Jack görmüştü sembolü.

Atiye sembole arkasını verip yürümeye başladı. Kare şeklinde bir sütuna rastlayana dek yürüdüler. Son sembol burada bir yerlerde olmalıydı. Atiye sütunun sağını solunu inceleyerek yedi kollu sembolü aradı. Sembol sütunun dibine yakın bir yerdeydi.

"Buldum!" diye sevinç çığlığı attı.

Şimdi ne yapacaklardı peki? Aradıkları ipucu neydi? Sütunun üzerinde yıldız sembolünden başka bir şey göremeyen Atiye, kafasını kaşıyarak, "Şimdi ne olacak?" diye sordu.

"Bir saniye," diyen Jack, sütunun yere yakın kısmını incelemeye başladı. "Şurayı görüyor musun?" dedi, sütunun, üzerinde durduğu kaideyi göstererek, "Kaide tek parça değil, yerinden oynatmayı deneyeceğim. Bana yardım eder misin?"

Birlikte kaideye yüklendiler. İlk başta yerinden oynamayan kaide sonunda kıpırdayıp olduğu yerde kaymaya başladı. Kaidenin altında bir bölme olduğunu fark ederek şaşırdılar. Jack sütunu ittirmeye devam ederken Atiye heyecandan nefesini tuttu. Yüzüğü bulmuşlar mıydı? Bu kadar kolay olabilir miydi?

Fakat sonuç beklediği gibi olmadı; bölmenin içinden yüzük yerine bir kil tablet çıktı. Üzerinde, defterin arasından çıkan kâğıttaki metnin aynısı, altında da başka bir çizim vardı: İki tane T biçimli sütun ve onların arasında duran bir insan formu. Hepsinin üzerinde, gökyüzünde üç tane nokta!

"Bu çizimi bir yerlerde görmüştüm ama nerede?" dedi Jack telefonunu çıkarıp tabletin birkaç fotoğrafını çekerken. "Biraz araştırma yapmamız gerekecek sanırım." Fotoğraf çekme işini bitirdikten sonra, tableti dikkatli bir şekilde yerleştirip sütunu yerine koydu.

"Bu tableti müzeye filan teslim etmemiz gerekmez mi?" dedi Atiye.

"Bu pek iyi bir fikir olmayabilir," dedi Jack.

"Neden?"

"Şu an yaptığımız şey pek de yasal sayılmaz, izinsiz kazı yapmakla suçlanabiliriz. Güven bana, en iyisi onu bulduğumuz yere geri koymak."

"İyi ama onu oradan birileri çalabilir..."

"Şu an bununla uğraşamayız! Ama için rahat edecekse üzerine biraz toprak dökebilirim."

"Peki, dediğin gibi olsun!" dedi Atiye somurtarak.

"Senin moralin mi bozuldu biraz?" diye sordu Jack, "Sebebini sorabilir miyim?"

"Yüzüğün peşinden buralara kadar geldik ama babam hâlâ ortalıklarda görünmüyor. Yüzüğü bulduğumuzda babamı da bulacağımızı söylemiştin."

"Yüzüğü bulmak senin kaderin Atiye," dedi Jack, "Moralini bozma. Babanı şimdi bulamasak da yüzüğü bulup bu adamlara engel olduğumuzda, babanla mutlu bir hayat sürebileceksin."

"Buna gerçekten inanıyor musun?"

"Tüm kalbimle hem de!"

DELİKLİ TAŞ

Neredeyse iki haftadır Şanlıurfa'da olan Atiye'nin İstanbul'daki hayatını aradığı pek de söylenemezdi. İstediği saatte yatıyor, istediği saatte kalkıyor, canı neyi isterse onu yapıyordu. Harika yemekler ve keyifli sohbetler de cabasıydı.

Ama hepsinden önemlisi, yönünü bulmasına yardımcı olan bir amacı vardı artık, bir Kutupyıldızı... Her şeyin birbirinin tekrarı olduğu mekanik bir hayatı yaşamıyordu. İstanbul'daki kadar rahat olmasa da dört elle sarıldığı amaç, karşısına çıkan zorluklara göğüs germe gücü veriyordu ona. Yıllarca kendini tanımaz halde yaşadıktan sonra, çıktığı bu heyecan verici yolun sonuna kadar gitmekte kararlıydı.

Kahvaltının üzerine keyifle çayını yudumlarken bir yandan da bunları düşünüyordu Atiye. Minnettar hissetmek için ne çok şey vardı hayatta! Bir ölüm uykusundan uyanıp kendini aramaya çıkmak herkese nasip olmazdı ne de olsa. Tanıdığı birçok insan, onun nefret edip fırsatını bulur bulmaz kaçtığı o hayatta yer edinmek için var güçleriyle çalışıyordu.

O sırada elinde meyve tabağıyla yanına gelen Cansu'ya baktı gülümseyerek.

"Hayırdır şekerim?" diye sordu Cansu, "Neden öyle aptal aptal sırıtıyorsun?"

"İyi ki varsın!" dedi gülümsemeye devam ederek. Sırf onu yalnız göndermemek için buralara kadar gelen bu delişmen kadına çok şey borçluydu. Onsuz böyle bir yolculuk çok sıkıcı olurdu herhalde. Eksantrik hallerine rağmen, çıkar gözetmeden yardım etmeye çalışan iyi niyetli bir insandı Cansu.

O sırada Jack çıkageldi. Keyfi oldukça yerindeydi. Çantasını sandalyeye bıraktıktan sonra, kahvaltı yapmadığını söyleyerek açık büfeden bir şeyler almaya gitti. Onun dostluğunun da Cansu'dan aşağı kalmadığını düşündü Atiye. O da, tıpkı Cansu gibi, mecbur olmamasına rağmen yardım etmek için çabalıyor, hatta bunun için kendi işlerini ihmal ediyordu. Hep hayalini kurduğu dostlara sonunda kavuştuğunu düşünerek mutlu oldu.

Elinde dolu bir tabakla dönen Jack, kendine bir kahve söyledikten sonra Atiye'ye dönüp heyecanlı bir şekilde, "Umarım bugün için bir program yapmamışsındır," dedi, "Çok önemli bir şey buldum, hemen müzeye gitmemiz gerekiyor!"

"Dur dur, sakin ol!.." dedi Atiye, "Tek tek anlat!"

"Sin Tapınağı'nda bulduğumuz tabletteki çizim vardı ya," dedi Jack, "işte onu daha önce nerede gördüğümü hatırladım sonunda."

"Ee, nerede görmüşsün?"

Trevor'ın verdiği isimleri araştırırken bir kitaba rastladığını söyleyen Jack, kitabın Göbeklitepe'den çıkan ve halen müzede sergilenmekte olan bir kemik plakasıyla ilgili olduğunu anlattı.

"Ne varmış bu kemik plakasında?" diye sordu Atiye.

"Tabletteki çizimin aynısı! İki sütun arasında duran insan formu ve gökyüzünde de üç nokta..."

"Nasıl yani? Birebir aynısı mı?"

"Neredeyse! Ayrıca bir şey daha buldum, çizimdeki noktaları birleştirdiğinde ortaya hangi figür çıkıyor dersin?"

"Hangi figür?"

"Kuş figürü! Hani şu babanın çok sevdiği..."

Atiye heyecanlandı. "Ne diyorsun! Parçalar bir araya geliyor desene."

"Aynen! Peki bu kuş figürü Göbeklitepe'de nerede var sence?"

"Neredeymiş enişte?" diye araya girdi Cansu, "İnsanı deli etmeden anlatsana şunu!"

"D Tapınağı'nda, 43 numaralı sütunun üzerinde."

"Trevor, D Tapınağı'nın çok önemli olduğunu söylemişti," dedi Atiye heyecanla, "Üstelik o sütunu inceliyordu."

"Kitabı ayrıntılı olarak inceleme fırsatı bulamasam da anladığım kadarıyla, D Tapınağı'nda yapılan ritüeller Kuğu takımyıldızıyla ilişkiliymiş."

"Bu bilgi yüzüğü bulmamıza yarayacak mı peki?"

Jack gevrek gevrek güldü. "Bilmiyorum, bunu yazarın kendisine sorarsın artık!"

"Kendisine mi? O nasıl olacak?" dedi Atiye omuz silkerek.

"Birkaç şey sormak için kitabın yazarına mesaj göndermiştim. 'Şu anda Şanlıurfa'dayım, isterseniz görüşebiliriz,' diye cevap yazmış."

"Şanlıurfa'da mıymış?" dedi Cansu, "Niye ki?"

"Fotoğraf çekimi gibi bir şeyden bahsetmiş; bugün öğleye kadar müzede olacakmış!"

Atiye çantasını kapıp ayağa fırladı. "Ee, ne duruyoruz? Hemen gidelim o halde!"

Henüz kahvaltısını bitirememiş olan Jack, Atiye'nin heyecandan yerinde duramadığını görünce istemeye istemeye masadan kalktı. "Bana bir kahvaltı borcun var!"

Masadan en son Cansu kalktı. Eliyle saçlarını düzeltirken, "İyi madem, beni de yolda alışveriş merkezine bırakırsınız," dedi.

"Sen bizimle gelmiyor musun?" diye sordu Jack.

"Alışveriş merkezindeki sinemaya yeni bir romantik komedi gelmiş. Gidip kafayı dağıtayım biraz. Taştı kemikti derken içim bayıldı yeminle!"

Müzeye gelen Atiye ve Jack, kitabın yazarını kemik plakasının sergilendiği bölümde buldular. Profesyonel bir fotoğrafçıyla birlikte plakanın fotoğraflarını çekmekle meşguldü. Bir süre uzaktan izledikten sonra yanına gidip onu selamladılar.

Onların geldiğini gören adam fotoğrafçıya, "Beş dakika ara verelim!" dedikten sonra Jack'e dönüp, "Jack, siz misiniz?" diye sordu.

"Evet benim," dedi Jack, "Bu da arkadaşım Atiye!"

Adam ikisiyle el sıkışırken, "Ben George," diyerek kendini tanıttı, "Birer kahve içer miyiz?"

"Olur" anlamında başlarını salladılar.

Cana yakın, neşeli bir adamdı. İkisine de birer kâğıt bardak verdikten sonra, çantasından çıkardığı termostan önce Atiye'nin, ardından da Jack'in bardağına kahve doldurdu.

Atiye kahveden bir yudum aldıktan sonra, "Gerçekten de harikaymış," dedi.

"Kahvesiz şuradan şuraya adım atmam!"

"Kahveden anlıyor olmalısınız?"

"Kahve yapmak bir sanattır," dedi George gururlu bir ses tonuyla, "Kahvemi daima kendim çekerim, dışarıda yapılan uyduruk kahveleri içemiyorum."

Atiye, görüşmeyi kabul ettiği için George'a teşekkür ettikten sonra, ona kemik parçasını nasıl keşfettiğini sordu.

"Aslına bakarsanız onu keşfeden ben değilim... Plakanın üzerindeki noktaları burayı gezen bir arkadaşım fark etmiş; o ana dek gözden kaçmış olmalı. Ben o sırada Amerika'daydım. Arkadaşım önemli bir şey olabilir diye düşünerek birkaç kare fotoğrafını çekip bana gönderdi."

"Bu kemik parçası neden bu kadar önemli?" diye sordu Jack.

"Birkaç sebebi var; birincisi, bir tılsım olabileceğine inanılan bu plakada Göbeklitepe'nin sembolü haline gelen T biçimli sütunların kayda geçmiş ilk çizimini görmekteyiz. Bu çizim, tarihöncesi sanatın da üç boyutlu perspektif kullanımının da bilinen ilk örneği muhtemelen."

"Kitabınızda D Tapınağı'nın Kuğu takımyıldızıyla ilişkili olabileceğini yazmışsınız," dedi Jack, "İşin o kısmıyla daha çok ilgileniyoruz aslında. Biraz o konudan bahsedebilir misiniz?"

"Evet, aynen öyle yazdım! Plakanın üzerindeki çizim, Göbeklitepe'deki ana tapınakların baktığı yön ve ilişkili olabilecekleri gökcisimleriyle ilgili tartışmayı yeniden alevlendirdi. Görünen o ki Göbeklitepe'deki sütunlara ait ilk tasvir olması işin sadece başlangıcı."

"Daha fazlası da mı var?" diye sordu Atiye ilgiyle.

"Evet, çok daha fazlası var. Plakanın üzerine çizilen iki ana sütunun altında, tam ortada bir kaide göze çarpıyor; bunun bir sunak olduğunu düşünebiliriz. Bu kaidenin uçlarından çıkan düz çizgiler, plakanın tam ortasında kesişiyor. İlk bakışta, tapınağa giriş yolunun perspektif kurallarına uygun yapılmış bir tasvirine benziyor. İlginç olan şu ki sütunların arasında uzanan çizgiler önde ya da ortada duran uzun bacaklı soyut bir insan çizimi daha oluşturuyor. Ayrıca, dikkat ederseniz plakadaki belirgin çizgiler sütun başlarının hemen altındaki bir noktada birleşiyor. Bu da bize bu noktanın çok önemli olduğunu gösteriyor.

"O noktada tam olarak ne var?" diye sordu Atiye, "Yani, tapınağa girip dosdoğru karşıya baksak orada gerçekten bir şey görür müyüz?"

"Bunu kendi gözlerinizle görmelisiniz," diyen George, onları az ilerideki Göbeklitepe maketinin yanına götürdü. D Tapınağı'nın ortasındaki sütunların arasından bakıldığında, tam karşıda yuvarlak bir kaya parçası görünüyordu. Daha dikkatli baktıklarında, kayanın üzerindeki deliği fark ettiler.

"Bu deliği görüyor musunuz?" dedi George.

İkisi birden "evet" anlamında başlarını salladılar.

"Şöyle ki buradaki ayinler için astrolojik hizalanma çok önemliydi. Ölüler bu deliğe bakacak şekilde yatırılıyordu. Tören sırasında, ufukta batan yıldızın bu delikten görülebilmesi şarttı."

"Bundan nasıl emin olabiliyorsunuz?" diye sordu Jack.

"İncelediğim tüm örneklerde, delikli taşlar ikiz sütunların ortalama açısı dikkate alınarak yerleştirilmiş. Bu da bu taşların burayı inşa edenlerin dini inanışında belirleyici rol oynadığına işaret ediyor. Delikli taşın, tapınağın en kutsal sunağı olduğu ve tapınağın iç mekânıyla öte âlemler ve doğaüstü güçler arasında bir tür bağlantı noktası görevi gördüğü de söylenebilir. İşte bu sebeple, ayinler rastgele zamanlarda değil, belirli önemli tarihlerde yapılıyordu."

"Önemli tarihler derken?" diye sordu Atiye.

"Tutulmalar ve dönenceler olmalı..." dedi Jack.

"Bravo! Tapınakların her biri farklı bir yıldız sistemi referans alınarak inşa edilmiş olabilir. Bu da neden bu kadar çok tapınak inşa edildiğini açıklıyor. Ayrıca başka bir olasılık da tapınakların zamanla işlevini yitirmesi..."

"Anlamadım," dedi Atiye, "Neden yitiriyorlar işlevlerini?"

"X yıldız sistemiyle bağlantı kurmak için bir tapınak inşa ettiğinizi varsayalım. Referans yıldızınızın gökteki konumu zaman içerisinde değişeceğinden, delikten baktığınızda o yıldızı artık göremezsiniz. Bu da ritüelin işe yaramaması ya da başka bir deyişle makbul olmaması demek. Bu yüzden zaman içerisinde yenilerini inşa etmiş olabilirler."

"Hizalanma bozulduğu için, öyle mi?" diye sordu Jack.

"Aynen öyle! Sonuçta tapınaklar bir amaç için yapılmıştı, sadece göz zevki için değil."

"Peki bu delik ne işe yarıyordu?" dedi Atiye.

"Ben de aynı şeyi soracaktım," diye lafa girdi Jack, "Burası tam olarak ne için kullanılıyordu?"

"Araştırmalarımdan çıkan sonuç, Göbeklitepe'nin ruhların öte dünyaya geçişi için bir tür kapı görevi gördüğü. Bu delik de ruhun serbest kalıp bulunduğu yerden çıkabilmesi içindi."

"Bu biraz uçuk bir iddia değil mi?" dedi Atiye.

"Hayır, hiç de değil! Dünyanın birçok yerindeki Şaman kültürlerinde sembolik bir delik fikri yaygındır. Bu delik bir kaya veya ağaç üzerinde, toprakta ya da çadır tepesinde olabilir. Şaman'ın ruhu delik sayesinde fiziksel ortamı terk ederek yukarıdaki ya da aşağıdaki dünyaya girebilir."

"Yukarıdaki ya da aşağıdaki dünyayla ne kastediyorsunuz?" diye sordu Jack.

"Farklı boyutlara geçiş yapıyorlardı. Şey, bu biraz karışık bir konu. Kemik plakasının ortasında bizim fark ettiğimiz nokta eğer bir delikli taşsa, tapınağa giren kişi tören sırasında yüzünü bu taşa dönüyor olmalıydı. Yani sütun açılarına bakılırsa C ve D Tapınakları'nın yönü kuzey-kuzeybatı idi. D Tapınağı'ndaki delikli taş da tamamen bu amaç düşünülerek yerleştirilmiş zaten."

"Peki hangi yıldızla ilişkiliymiş, biliyor musunuz?"

"Hesaplamalarıma göre, buradaki tapınakların çoğunda ana sütunların açısı, inşa edildikleri dönemde kuzey-kuzeybatı yönünde batan Deneb yıldızının hedef alındığını gösteriyor. Bunu kitabımda da yazmıştım."

"Deneb mi?" dedi Atiye.

"Evet, Deneb yıldızı, Kuğu takımyıldızının en parlak yıldızı! Size daha da ilgincini söyleyeyim, Kuğu takımyıldızının üç ana yıldızı olan Gienah, Sadr ve Rukh'un konumları, kemik plakası üzerindeki üç noktayla üst üste koyulduğunda neredeyse mükemmel eşleşiyor."

"Bu gerçekten de çok etkileyici," dedi Jack, "Peki neden bu yıldızı hedef almışlar?"

"Göksel Kuş olarak da bilinen Kuğu takımyıldızında yer alan Deneb, kutup dolaylarında gözlemlenen bir yıldızdı. Böyle bir yıldızı referans almalarının sebebi Samanyolu ile bağlantı kurmak istemeleri olmalı..."

"Neden Samanyolu peki?"

"Avrasya folklorunda Samanyolu, kuş biçiminde tasvir edilen

ruhların öte dünyaya yolculuk yapmakta kullandığı bir yol ya da nehir olarak görülmüştür."

"Biraz alakasız bir soru olacak ama," dedi Atiye, "burada insan kurban ediyor olabilirler mi?"

"Olabilir. Buranın öyle ya da böyle ölümle ilgili olduğu kesin. Ya ölen kişileri cenaze töreni için buraya getiriyorlardı ya da burada kurban ediyorlardı, sorduğunuz şey olasılık dahilinde yani. O dönemdeki insanların kafasının nasıl çalıştığını bilmiyoruz sonuçta."

"Bir şey daha sorabilir miyim?" dedi Atiye.

"Tabii ki!"

"Sizce canlı biri de tapınağı kullanarak farklı bir boyuta geçebilir mi?"

"Kayda geçen bazı hikâyelere göre, Şamanlar bu dediğinizi yapabiliyorlardı. Daha önce de söylediğim gibi, ruhlarını fiziksel dünyadan özgürleştirip bu deliklerden üst ve alt boyutlara geçiş yapıyorlardı."

"Evet ama bedenleriyle birlikte de geçebiliyorlar mıydı?"

"Bahsedilen geçişin bedenli mi yoksa bedensiz mi olduğu konusunda elimizde kesin doneler yok. Bunu gerçekten yapabilen birini bulup ona sormalısınız belki de!"

"Anlıyorum... Gerçekten çok teşekkür ederiz. O kadar yolu sadece bu fotoğrafları çekmek için geldiğinizi düşünürsek, sizi daha fazla meşgul etmemeliyiz belki de!"

"Sadece fotoğraf için geldiğimi de nereden çıkardınız! Beni çok daha fazla heyecanlandıran bir şey için buradayım."

"Öyle mi? Nedir?" diye sordu Jack.

"Önümüzdeki günlerde Güneş tutulması olacak. Üstelik bu tutulma festivalle aynı tarihe denk geliyor. Bu mucizevi olayı kaçırsam kendimi asla affetmezdim herhalde!"

"Sizin adınıza çok sevindim," dedi Jack, aniden yüzünü kaplayan düşünceli ifadeyi gizlemeye çalışarak, "Atiye'nin de söylediği gibi, sizi daha fazla meşgul etmeyelim..."

"Benim için zevkti!" dedi George, "Sizinle tekrar görüşüp yeniden sohbet edebilmeyi çok isterim! Ayrıca, aradığınız her neyse umarım onu bulabilirsiniz."

George ile vedalaştılar. Çıkış kapısına geldiklerinde, Atiye Jack'e dönerek, "Adamın ne dediğini duydun mu?" dedi, "Festivalle aynı tarihte tutulma olacakmış!"

"Umalım da bunun kâbuslarında gördüğün finalle bir ilgisi olmasın!"

"Hemen karamsarlığa kapılmayalım," dedi Atiye, ondan ziyade kendini ikna etmeye çalışarak, "Henüz hiçbir şeyi kesin olarak bilmiyoruz. Öğrenebildiğimiz tek şey, Göbeklitepe'yle ilgili bazı uçuk teorilerden ve ezoterik bilgilerden ibaret. Bir an önce somut bir şeyler bulmak zorundayız. Babamın notlarına yeniden göz atacağım, belki gözümüzden kaçan bir şeyler bulurum."

"Sen onu yap," dedi Jack, "Ben burada kalıp biraz daha bakınacağım. Yarın görüşürüz."

Jack'le vedalaşan Atiye, arabaya atlayıp otelin yolunu tuttu. Jack'e belli etmemeye çalışsa da büyük bir heyecanla atıldığı bu macera korkutucu bir hal almıştı. Kötü düşünceleri kafasından kovalamaya çalışarak otele geldi ve oyalanmadan odaya çıktı. Cansu henüz gelmemişti, filmin üzerine alışverişe dalmış ya da tıkınmak için soluğu bir restoranda almış olmalıydı.

Üzerine rahat bir şeyler giyerek kendini yatağa bıraktı. Odayı havalandırmak için açtığı balkon kapısından süzülen rüzgâr tül perdeyi havalandırırken, gözkapaklarını aşağıya doğru çekiştiren yorgunluğa yenik düşerek uykunun ısrarcı kollarına bıraktı kendini.

Gözlerini yeniden açtığında, artık otel odasında değildi. Bir kez daha Göbeklitepe'nin sütunları arasında dolaşıyordu. Yine rüya görüyor olmalıydı fakat bu seferki öncekilerden farklıydı. Rüyada olduğunun farkındaydı, kendisini dışarıdan izliyordu.

Üzerinde ince, beyaz bir gecelik vardı. Başını kaldırdığında, gök kubbenin kusursuzluğu onda saygıyla karışık bir hayranlık uyandırdı. Birbirini kovalayan gezegenler kâh birbirinden uzaklaşıp yakınlaşıyor kâh Ay ile bir hareket ederek sadece ehlinin anlayabileceği örtülü mesajlar veriyorlardı. Hepsi hizaya gelmiş, âdeta ip gibi dizilmişlerdi. Tıpkı kâinatın hizalanması gibi! Göğün bu gizemli çağrısına cevap veren kalbi her şeye yeniden başlamayı, bir başlangıçtan ötekine doğru geriye, en geriye, varoluşun köklerine doğru yolculuk yapmayı arzuladı.

Saatine baktı; tam 00:00'dı. Her şeyi altüst edecek kaçınılmaz ve durdurulamaz bir tufanın yaklaştığını ruhunun derinliklerinde hissedebiliyordu; kartlar yeniden karılıyordu sanki...

O bunları düşündüğü sırada, izlenen konumundaki Atiye ürkek bir ceylan gibi yolunu bulmaya çalışıyor, arada bir durup endişeyle etrafına bakınıyordu.

Karşısına çıkan cılız bir siluet, elindeki şişeyi ona uzatarak, "Abla su?" dedi.

Fatima? İyi ama onun burada ne işi var?

Suyu bir dikişte bitiren Atiye, bir süre sendeledikten sonra kalıp gibi yere yığıldı. Fatima, muzip olduğu kadar da ürpertici bir gülümsemenin ardından koşarak uzaklaştı. Atiye, küçük kızın peşine takılıp onu bir süre izledi. Kısa süren takip onu bir tünelin girişine kadar getirdi. Fatima görünürlerde yoktu. Tünelin sonunda görünen ışığa doğru ilerledi. Işık, meşalelerin aydınlattığı geniş ve yüksek bir mağaradan geliyordu.

Mağarayı dolduran ilahiler eşliğinde içeri girip kalabalığın arasına karıştı. Yanından geçtiği insanlar onu göremiyorlardı.

Gerçi bu tiplere insan demek doğru muydu, bilemedi. Karanlığın içinde dolaşan bu gölgeler, güçlerini onun hareketinden alıyorlardı. Karanlık durduğunda duvar diplerine sinip sinsice beklemeye koyuluyor, gündüzün altın ışığında yok oluyorlardı.

Günü bizim gibi yaşıyor, geceleri yeniden kendileri oluyorlardı.

Birkaç kişiyi daha geçtiğinde ortaya yerleştirilmiş sunağı gördü.

Saçları kazınmış iki adam, az önce suyu içip bayılan Atiye'yi getirip sunağın üzerine yatırdı. Sunağın başında duran adam kukuletalı bir kıyafet giydiğinden yüzünü göremiyordu. Kâbuslarında tepesinde dikilen bu adamı ilk kez karşıdan görüyordu.

Kimdi bu adam? Kıyafetinin diğerlerinkinden gösterişli olmasına ve elinde tuttuğu hançere bakılırsa, kalabalığın büyük bir iştah ve sabırsızlıkla beklediği kurban ritüelini o yönetecekti.

İlahinin volümü ve temposu zirve yaptığında, kukuletalı adam mırıltılar eşliğinde kollarını kaldırıp yüzünü açtı.

Adamın yüzünü gören Atiye dehşete kapılarak yataktan sıçradı.

Sunak üzerindeki baygın bedeninin başucunda duran adam, bulmak için kilometrelerce yol geldiği babasından başkası değildi!

Bir süre yataktan kalkmadan, bu kâbusun ne anlama gelebileceğini düşündü.

Bu kâbus da öncekiler gibi bir kehanet miydi yoksa bilinçaltı ona oyunlar mı oynuyordu? Kendini dışarıdan izliyor olmasının ya da müstakbel katilinin babası çıkmasının özel bir anlamı var mıydı? Bastırmaya çalıştığı korkular üzerine çullanıp onu yolundan döndürmek için son kez şanslarını deniyorlardı belki de!

Anima olsa ne derdi diye düşündü. "Soğukkanlılığını koru, korkuyu gözlemle," derdi büyük ihtimalle.

Peki neydi, kendine bile itiraf edemediği o büyük korku?

Kâbuslarının kendi sonuyla ilgili bir kehaneti barındırması tabii ki, en büyük korkusu başından beri bu olmalıydı...

Kendini rahatlatacak argümanlar bulmaya çalıştı. Kâbuslar kehanet olmak zorunda değildi. Hem öyle olsa bile, bu son kâbusun finalini görememişti. Finalde bir şekilde kurtuluyordu belki de, olamaz mı? Kader denilen, her seferinde yeniden yazılmayı bekleyen bir hikâyeydi belki de.

Yatakta doğrulup oturdu, ritmik şekilde birkaç nefes aldı. Emin Dede'nin söyledikleri geldi aklına:

"Huzur bulmak için, evvela huzurda olmak gerekir kızım. Unutmayasın, nefes salıncağa benzer. Hayatın güzelleşsin, güzel olsun istiyorsan o salıncağa güzel düşünceleri bindirip sükûnetle sallamalısın..."

Tehlikelerle dolu bu yolculuğun sonunda amacına ulaşmasının, hatta hayatta kalabilmesinin, sükûnetini korumasına bağlı olduğunun idrakine vararak, gözlerini kapatıp Sükûnet Padişahı'nı oturttu nefes tahtına.

Emin Dede'nin sesi bir kez daha yankılandı kafasının içinde:

"Sükûnetini korursan o da seni korur..."

ARKADAŞ TAVSİYESİ

Öğleden sonrasının büyük bir bölümünü açılış töreninin yapılacağı alanda geçiren Murat, o günkü işlerini tamamladıktan sonra ekip arkadaşlarına, "İyi akşamlar," deyip arabasına yöneldi. Çoğunlukla güvenlikle ilgili keşif ve senaryo oluşturma işleriydi bunlar. Ekipte danışman sıfatıyla bulunduğundan, raporlama gibi hazzetmediği işlerle uğraşması gerekmiyordu neyse ki.

Normalde hazzettiği işlerden de pek keyif aldığı söylenemezdi gerçi. Ne yaparsa yapsın, zihninin Atiye'ye ve yeni arkadaşına kaymasının önüne geçemiyor; ne yapsa, nereye baksa onları görüyordu âdeta.

Nitekim otele vardığında, otoparktan giriş kapısına doğru yürürken pencereden ikisini gördü yine. Bir kez daha beraberlerdi, bir kez daha samimilerdi! Bunun bir noktada son bulması gerekiyordu artık.

Kapının yanındaki süs bitkisinin arkasına saklanıp ikisini izlemeye başladı. Lobide ayakta durmuş, hiç konuşmadan birbirlerinin gözlerine bakıyorlardı.

O nasıl bakıştı öyle! Atiye kendisine bir kerecik böyle baksa arkasına bakmadan dünyanın öbür ucuna giderdi. Ama hayır! Atiye kendisinden esirgediği o bakışı bu züppeye layık görmüştü her nedense. Ona yardım etmek için göze aldıklarından sonra bunu kendisine nasıl reva görmüştü? Onun için görevini, hatta tüm kariyerini tehlikeye atmıştı. Çok daha fazlasını da göze almıştı gerçi ama yetmemişti, yetmeyecekti demek ki!

Jack'in elini Atiye'nin yüzüne uzattığını görünce, elinde olmadan gözlerini yumdu ve uzunca bir süre de açmaya cesaret edemedi. Beyninden vurulmuştu âdeta. Boğazı düğümlendi, şakaklarından terler boşandı. Öfkeden ne yapacağını bilemez bir haldeyken, acı acı çalan telefonu imdadına yetişti.

Arayan, Özel Kuvvetler'den eski takım arkadaşı Oğuz'du. Kendisinden yaşça büyük olan Oğuz, sıkıcı anlara neşe katmayı bilen matrak bir adamdı. Yakışıklı ve çapkındı; kadınlar söz konusu olduğunda attığını vuran cinstendi. Çoğu zaman işi makaraya vursa da, yeri geldiğinde dert dinlemesini de bilirdi. Bir operasyonda bacağından yaralanıp malulen emekliye ayrılmasının ardından birkaç kez görüşmüşler fakat favori eğlenceleri rakı muhabbeti olduğundan, Murat'ın alkolü bırakmasıyla aralarındaki mesafe giderek açılmıştı.

Durduk yere ne diye arıyordu ki şimdi?

Konuşmak içinden gelmese de, Atiye ve Jack'in ön kapıdan çıkıp güle oynaya arabaya yürüdüğünü görünce, biraz da kafa dağıtmak istediğinden olacak, başını diğer yana çevirip cevapla tuşuna dokundu.

"Oğuz Abi, sen, hayırdır? Bir durum yok ya?"

"Kardeşim Urfa'daymışsın," dedi telefonun diğer ucundaki ses, "Hiç haber vermiyorsun, aşk olsun!"

"Kusura bakma abi," dedi, "Görevli geldim, biraz da yoğun geçiyor..." Bir yandan da gözucuyla muhabbet kumrularını kesiyordu.

"Anladım kardeşim, sıkıntı yok," dedi Oğuz, "Buralarda olduğunu duyunca buluşup eski günleri yâd ederiz dediydim ama neyse, sana kolay gelsin!"

"Bir saniye bir saniye... Kapatma!" dedi, "Sen bilirsin... Buralarda iyi bir meyhane var mı?"

"Vay, kardeşime bak!" dedi Oğuz gevrek gevrek gülerek, "Yeşil sahalara döndün demek. Buna içilir işte! Ben de ufaktan demleniyordum zaten. Konum atıyorum, aynen ışınlan!"

"Yarım saate oradayım," deyip telefonu kapattı.

Meyhaneyi bulması zor olmadı. Merkezi olmasa da nezih bir mekâna benziyordu. "Oğuz işini bilir," diye düşündü içeri girerken.

Oğuz onu görünce koltuk değneklerine sarılıp ayağa kalkmaya çalıştı. "Helal be!" dedi coşkulu bir sesle, "Hoş geldin Hakanım, gel, geç otur şöyle!" Onu son gördüğünden bu yana epey değişmişti; saçı sakalı uzatmış, bir hayli de kilo vermişti.

"Ne yapıyorsun abi ya," dedi mahcup olarak, "Otursana yerine!"

"Daha ölmedik oğlum," dedi Oğuz gülmeye devam ederek, "Hem, oturmaya mı geldik!"

Eski dostunun karşısındaki sandalyeye oturan Murat, kendine rakı ve meze söyledi. "Ne iyi oldu be! Konuşacak birine ihtiyacım vardı benim de..."

Oğuz, garsonun getirip masaya koyduğu rakıya gözucuyla baktı. "Sen bu mereti bırakınca bir daha ağzına koymaz dedim ama yanılmışım demek ki!"

"Ben bıraktım ama o beni bırakmamış anlaşılan!"

"Hayırdır," dedi Oğuz ciddileşerek, "Neden keyifsizsin? Telefonda da sesin bir tuhaf geliyordu, bir derdin mi var?"

"Ben biraz daha demleneyim abi," dedi Murat.

"Eyvallah," dedi Oğuz kadehini uzatırken, "Haydi, can cana!"

Murat rakıdan bir yudum aldıktan sonra, "Böyle karşılıklı oturunca bir anda eski günlere gittim," diye söze girdi, "Hatırlıyor musun Cudi'de girdiğimiz bahsi?"

"Hatırlamaz mıyım!" dedi Oğuz elindeki bardağı kafasına dikerek, "Özellikle de bahsi kaybedip eksi on derecede don atlet soyunduğun bölüm gözümün önünden hiç gitmiyor!"

Murat rakıdan bir yudum daha alıp güldü. "Ne günlerdi ama! Ee, sen ne yaptın? Alışabildin mi sivilliğe?"

"Ne yalan söyleyeyim, başta çok zorlandım. Ama zamanla alıştım. İnsan işte, her şeye alışıyor. İyi kötü bir gazilik maaşım var, ufak da bir iş kurdum kendime. Vee... Evlendim!"

Murat'ın gözleri iri iri açıldı. "Daha neler! Sen ha? Görmeden inanmam!"

"İnan inan!" dedi Oğuz gülerek.

"Kim bu şanssız kadın?"

"Fizik tedavide tanıştığım bir hemşire... Ellerinden öper, iki de çocuğumuz var." Cüzdanından çıkardığı fotoğrafları gösterdi. "Bir kız bir de oğlan."

"Maşallah, Allah bağışlasın!" dedi Murat, "Ne diyeceğim, eski günleri hiç aramıyor musun?"

"Zaman zaman arıyorum, yalan yok! Ama sakin kafayla düşününce de, 'Böyle iyi,' diyorum. Hem arasam ne olacak ki oğlum? Halimiz ortada, yapacak bir şey yok!" Bunu söylerken, dizinden aşağısı olmayan bacağına gayriihtiyari dokundu.

"Orası öyle de, hiç zorlanmıyor musun? Aramızda en hızlımız sendin sonuçta..."

"Güzel olan her şey zor değil mi be kardeşim?"

"Güzel olan her şey zor olmasına zor da, zor olan her şey güzel mi bakalım?" dedi Murat bardağını kafaya dikerken.

"Biraz hızlı gitmiyor musun?" diye müdahale edecek oldu Oğuz, "O kadar ara verdikten sonra çarpmasın?"

"Bana çarpan çarpmış zaten! Hem boşver, bu mereti içmek bisiklete binmek gibi bir şey."

"Ee, sen anlat?" dedi Oğuz, "Ne yapıyorsun, devam mı?"

"Devam ama başka bir göreve geçtim. Yine Albayımlayız ama bu seferki askeri görev değil, kıllı bir mevzu, çok da şey yapamıyorum, kusura bakma..."

"Anlıyorum, sorun değil," diyen Oğuz, "Keyifsiz olmanın bu görevle ilgisi var mı peki?" diye sordu bu sefer.

Murat, "Var ya, olmaz mı?" dedikten sonra Atiye'yle olan durumu kabaca anlattı. "Ne yapacağımı şaşırdım Oğuz Abi," diye devam etti, "Bir tarafta görev, öbür tarafta kız. Tam da en iyisi unutup duygularımı içime gömmek derken şimdi de Jack denen bu herif çıktı ortaya. İkisini birlikte gördüğümden beri gözüme uyku girmiyor yeminle. Sen bu işlerden anlarsın, bana bir akıl ver!"

"Estağfurullah kardeşim," dedi Oğuz.

"Yok yok, hiç boşuna tevazu yapma!" dedi gülerek, "Sen hep en hızlımızdın. Tatbikata gittiğimizde o Amerikalı kadın subayı kaşla göz arasında tavlayışını hâlâ unutmadım. Hem görevdi, vatandı bu işleri de yakinen bilen birisin. Üç yanım çevrildi, çivilendim, kıpırdayamıyorum resmen. Bana bir çıkış rotası çiz, Allah rızası için!"

Oğuz bir süre sakalını kaşıyıp düşündükten sonra, "Bu kızı seviyor musun sen?" diye sordu, "Yani gerçekten, ciddi ciddi?"

"Ne bileyim abi! Hiç öyle ciddi ilişkim olmadı ki benim."

"O zaman şöyle sorayım: Şimdi sen bu elemandan bahsettin ya, hani şu Jack midir ne karın ağrısıysa?"

"Evet?"

"Hah! Sen yengeyi bu lavukla samimi halde görünce, tam olarak ne hissettin?"

"Hani bir keresinde yılan sokmuştu beni, hatırlar mısın? Kuzey Irak'ta hani. Zangır zangır titrediğimi, boncuk boncuk terler döktüğümü de hatırlıyorsundur. İşte aynen öyle hissettim. Elim ayağım çekildi, gözlerim karardı!"

"O-hoo, geçmiş olsun kardeşim, aynen mortingen!"

"O ne demek lan?"

"Yani Türkçesi, çoktan abayı yakmışsın!"

"Öyle mi diyorsun?"

"Öyle ya ne sandın! Bu konuda abine güven. Şimdi bunu

netleştirdiğimize göre bir durum değerlendirmesi yapalım..."

"Yapalım bakalım!"

"Öncelikle, şu görevle kız arasında kalma mevzusunu ele alalım."

"Alalım!"

"Şimdi... Bu konu biraz sıkıntılı," dedi Oğuz yüzünü buruşturarak, "Görev her şeyden önce gelir, bunu sen de en az benim kadar iyi biliyorsun!"

"Bilmez miyim..." dedi Murat başını öne eğerek.

"Evet, her şeyden önce gelir ama seninki istisnai bir durum bence!" diye devam etti Oğuz. Murat onun söyleyeceklerini büyük bir merakla beklerken, o rakısından bir yudum alıp sakin sakin konuştu.

"Şimdi güzel kardeşim, senin görevin neydi? Bu kızı kendine âşık etmekti, doğru mu?"

"Evet," dedi Murat, "bir şeyler öğrenebilmem için kıza yakın olmam gerekiyordu."

"Tamam işte!" diyerek ellerini iki yana açtı Oğuz, "Aşk dediğin karşılıklı olan bir şey sonuçta. Sen onu sevmesen, ona kalbini açmasan, o seni nasıl sevip açsın kendini?"

"Doğru diyorsun..."

"Bence bu konuda kendini fazla hırpalama kardeşim. Sen görevini yapmışsın sonuçta! Burada sorun sende değil; bu tür görevlerin doğasında olan bir şey bu. Hem zaten bu işlerde deneyimsizsin; bu görevi sana veren bunu da hesaba katmalıydı. Benim görüşüm bu yönde."

"Hay ağzın bal yesin!" dedi Murat rahat bir nefes alarak, "Şu sohbetlerini, şu ferasetini özlemişim valla!"

"Şimdi gelelim öbür meseleye!" diye araya girdi Oğuz, "Şimdi bu kız sana ters yapıyor, doğru mu?"

"Yapıyor ya! Bu iyiye işaret olamaz, doğru mu?"

"İlle de kötüye işaret olması gerekmiyor. Hatta çoğu zaman kızın da senden hoşlandığını gösterir."

"Yok daha neler!"

"Ne sandın ya! Kadındaki mekanizma erkekten farklı çalışır aslanım. Kadın dediğin karmaşıktır, dolambaçlıdır, aynen bir bulmaca gibidir! İster ama hayır der. İstemez ama evet der. Dudakları başka, gözleri bambaşka konuşur."

"Niye böyle yapıyor peki abi?"

"Bulmaca gibi dedik ya oğlum! İstiyor ki biri uğraşıp onu çözsün. Kadın kendisi için emek veren erkeği sever. Hemen pes edip kuyruğunu bacaklarının arasına alanı değil. Hele ki bozulup sinirlenen, çocuk gibi küsen erkekle hiç işi olmaz."

"O niye o?" diye sordu Murat.

"Niyesi var mı! Kadının kendisi öyle zaten. Kendisi gibi ikinci bir taneyi daha ne yapsın?"

"Vallahi doğru!" dedi Murat bardağını havaya kaldırarak, "Buralarda harcanıyorsun valla. Sen en iyisi kitap filan yaz! Ya da ne bileyim, danışmanlık filan yap. Nasıl diyorlar şimdi? Yaşam koçu! Yok yok, ilişki koçu!"

"Yok be koçum!" dedi Oğuz gülerek, "O işler bizi bozar!"

Ciddileşen Murat, "Bir de bu Jack meselesi var tabii…" dedi, "O konuda ne önerirsin?"

"Üzerinde durma bence. Bana sorarsan hepi topu seni kıskandırmak istiyordur."

"Söylediklerin iyi hoş da bugün otelin lobisinde ikisini çok samimi gördüm. Öyle uluorta hem de. Kızın aklı çeliniyor gibime geliyor…"

"Bak ne diyeceğim…" diyerek sözünü kesti Oğuz, "Bu aşk meşk işleri bizim meslekten çok da farklı değil aslında. Bunu sana daha önce hiç söylememiş olsam da yaşça büyük olmama rağmen konu askerlik olduğunda ben kendime seni örnek aldım hep. Ne yapacağımı bilmiyorum da ne demek? Bunu bir daha sakın duymayayım! Sen askersin! Bugüne dek ne yaptıysan onu yapacaksın tabii ki! Gözünü kırpmadan hedefe kilitlenecek, düşmanın kellesini alıp geleceksin! Bunu birlikte çıktığımız operasyonlardan biriymiş gibi düşün. Fazla düşünürsen ölürsün. Bu kadar basit!"

"Sen öyle mi yaptın?" diye sordu Murat.

"Öyle yaptım tabii ya! Dedim ya, yengen fizyoterapi hemşiresiydi. Güzeldi, alımlıydı üstelik, bir gören dönüp bir daha bakardı. Doktorlar bile peşinde dört dönüyordu. Ben kendimce abayı yakmıştım ama onun benden haberi bile yoktu. Bir gün yanıma geldi yine; bileğini kavradığım gibi gözlerinin içine baktım ve hiç tereddütsüz onu sevdiğimi, onunla bir hayat kurmak istediğimi söyledim."

"Hadi ya! Ne dedi? Kızmadı mı? Terslemedi mi?"

"O gün bir şey demese de o günden sonra bana karşı tavırları değişmeye başladı. Beni fark etti resmen! Sonradan anlattığına göre, başta bana o gözle hiç bakmıyormuş, hatta inceden inceye acıyormuş halime. Gel gör ki o gün yaptığım şeyden ve söylediklerimden çok etkilenmiş."

"Vay be! Büyüksün Oğuz Abi!"

"Kadın böyledir kardeşim, ne istediğini bilen güçlü erkek görmek ister karşısında."

"Peki ya aşk?" diye sordu Murat, "Aşk yoksa ne olacak?"

"Aşkı gözünde fazla büyütme," dedi Oğuz, "Sen varsan aşk var, sen yoksan yok! İş sende bitiyor anlayacağın!"

"Bunu da iyi dedin," dedi Murat, "O zaman ben gidip açık açık konuşayım kızla, öyle mi diyorsun?"

"Konuş tabii, durduğun kabahat!" diyerek bardağını havaya kaldırdı Oğuz, "Ne demişler, sonunu düşünen kahraman olamaz! Haydi can cana!"

"Can cana!" diyerek bardağını uzatan Murat, Oğuz'un tüm itirazlarına rağmen hesabı ödedikten sonra, "Haydi ben kaçar, her şey için teşekkür ederim. En kısa zamanda yine yapalım!" diyerek kapıya yöneldi.

"Şşt, bana bak!" diye arkasından seslendi Oğuz, "Çok içtin, şuradan bir taksi çevir!"

"Yok yok iyiyim, bir şey olmaz!"

Oğuz, yalpalayarak yürüyen Murat'ın arkasından bakakaldı.

"Ulan biraz fazla mı gaz verdik yoksa?" dedi kendi kendine, "Bir delilik yapmasa bari!"

İKİNCİ BULUŞMA

Balıklı Göl'ün kenarında bir çay bahçesinde oturan Atiye, orada buluşmak üzere sözleştiği Jack ve Cansu'yu beklemekle meşguldü. Çok heyecanlıydı gerçekten de. Ellerinde çok önemli bir ipucu vardı ve onun izini sürmek için içten içe sabırsızlanıyordu.

Bir yandan da, her şey çok hızlı gelişiyordu ve dönüşü olmayan bir noktaya gelmeden önce onlarla konuşmak istediği şeyler vardı. Çayından bir yudum daha alıp "Peygamberler Şehri" olarak da bilinen Şanlıurfa'ya gelip buradaki güzellikleri görme fırsatı bulduğu için şükretti. Her anlamda inanılmaz bir yerdi burası! Birbiriyle iç içe geçmiş olan tarih, kültür, mutfak ve insani değerler… Her şeyin buluşup kaynaştığı zaman ötesi bir kavşak...

Dahası, inanışa göre, üç büyük dince tanınan İbrahim Peygamber de bu topraklarda yaşamıştı. Atiye, onun hikâyesini burada tanıştığı bir adamdan dinlemiş ve çok etkilenmişti.

Hikâyeye göre, halkının putlarından yüz çevirerek her şeyi yaratan Allah'a yönelen İbrahim, bir gece tapınağa girerek oradaki tüm putları kırmış, baltayı da en büyük putun boynuna asmıştı. Yakalanıp bu suçu neden işlediği sorulduğunda sakin bir tavırla, baltanın en büyük putun boynunda asılı olduğunu, bunu olsa olsa onun yapmış olabileceğini söylemişti. Putun böyle bir şey yapamayacağı cevabını alınca da, "Bu kadar acizse neden ona tapıyorsunuz?" diyerek taşı gediğine koymuştu. Verecek cevap bulamayan Nemrut hiddetlenerek onun öldürülmesini emretmiş, ülkedeki bütün odunlar toplanıp devasa bir ateş yakılmıştı. Bir mancınığa yerleştirilen İbrahim, kalenin burçlarından bugün Balıklı Göl olarak bilinen yere doğru fırlatılmıştı. Gelgelelim Allah'ın buyruğuyla ateş suya, odunlar ise balıklara dönüşmüş, İbrahim Peygamber de Balıklı Göl'ün yakınındaki bir gül bahçesine düşmüştü.

Bu hikâyeye bayılmıştı Atiye. İlginç olan şu ki bu hikâye ona kendi durumunu hatırlatmıştı. Tıpkı İbrahim Peygamber gibi, kendisi de hayatını yöneten putları reddettikten sonra kâbuslardan oluşan bir mancınığa koyulup kilometrelerce ötedeki bir ateşin içine fırlatılmıştı. Düştüğü yerin bir gül bahçesine dönüşüp dönüşmeyeceğini ise zaman gösterecekti.

Bunları düşündüğü sırada Cansu çıkageldi. "Selam şekerim, geç kalmadım değil mi?" diyerek geçip karşısına oturdu.

"Erken bile geldin!" dedi Atiye, "Ne yaptın?"

"Ne yapayım hayatım! Bir arkadaşım buradaymış da onunla takıldık biraz. Bilirsin işte, İstanbul'dan son havadisler, yeni trendler, dedikodular filan..."

"Bilmez miyim?" dedi Atiye gülerek, "Ne iş, özledin mi yoksa İstanbul'u? Ee, burası kesmedi seni tabii!"

"Yok kız! İnan iyiyim böyle. Arkadaşım bile fark etti. 'Kız,' dedi, 'Cildin harika görünüyor, benden gizli bir ürün mü keşfettin yoksa?'"

Gülüştükleri sırada Jack yanlarına geldi. "Bakıyorum da neşeniz yerinde!" dedi keyifli bir şekilde, "Güzel güzel! Hep böyle olun!"

"Hoş geldin Jack!" dedi Atiye. Yanlarından geçen garsona üç çay söyledikten sonra, "Beni kırmayıp geldiğiniz için teşekkür ederim," diye devam etti, "Vaktinin çoğunu birlikte geçiren kişiler olarak, sizi randevuyla çağırmam tuhaf gelmiş olabilir. Ama ne bileyim, sürekli koşuşturma halindeyiz. Araya kaynamasın, özel bir konuşma gibi olsun istedim!"

"Problem değil şekerim," dedi Cansu, "Şuranın güzelliğine bakar mısın! Fena mı, sayende güzel bir akşam geçiriyoruz."

Jack, garsonun getirdiği çaydan bir yudum aldı. "Neymiş bizimle konuşmak istediğin şey?"

"Şimdiye dek öğrendiklerimizi masaya yatırıp nasıl devam edeceğimize karar verelim istedim. Ama ondan önce, söylemek istediğim bir şey var..."

"Mahsus mu yapıyorsun şekerim?" diye şakayla çıkıştı Cansu, "Söylesene şunu artık!"

"Tamam tamam, kızma! Öncelikle ikinize de teşekkür ederim. İşinizi gücünüzü, hayatınızı kenara bırakıp yardımıma koştunuz. Bana devam etme gücü verdiniz."

"Bizim için zevkti," dedi Jack.

"Ama işler giderek tehlikeli bir hal almaya başladı," diye devam etti Atiye, "Bundan sonrası için sizden bir şey istemeye hakkım yok."

"Neden böyle bir şey söylüyorsun ki şimdi?" dedi Jack.

"Öyle deme!" dedi Atiye, "Görünen o ki bu işin arkasında güçlü ve oldukça tehlikeli birileri var. Ve bu adamlar büyük bir şeyin peşinde. Planları her neyse, tam merkezinde ben varım anlaşılan. Kâbuslarımda gördüğüm şeyleri ve geçen gün otele gelen adamı da hesaba katarsak, benimle takılmanız sizin için çok güvenli olmayabilir. Sizi böyle bir şeyin içine çekmek istemem, beni anlamaya çalışın lütfen..."

Cansu araya girdi. "Saçmaladığının farkında mısın şekerim! Kâbus diyorsun ya, adı üstünde kâbus işte! Rüya yani! Baban muhtemelen buralarda bir yerlerde saklanıyor. Yüzük müdür ne karın ağrısıysa yakında onu bulup babana ulaşacağız. Sarılıp öpüşeceksiniz, mevzu da burada kapanacak! Kuruntu yapmaya gerek yok. İki tane rüyadan mı korkacağız ayol! Hem ne demişler, rüyaların tersi çıkarmış. İçini ferah tut sen!"

Şaşkınlık içerisinde Cansu'yu dinleyen Jack, ansızın bir kahkaha patlattı. "İlk kez, söylediklerinin tamamına katılıyorum Cansu. İnanamıyorum!"

Cansu yalancıktan Jack'in omzuna vurdu. "Enişte, uğraşma benimle!"

Atiye onlara minnettar gözlerle baktı. "İkinize de teşekkür ederim. İyi ki varsınız!"

"Birbirimize sarılıp ağlamayacaksak," diye araya girdi Jack, "asıl konuya dönebilir miyiz?"

"Tamam," dedi Atiye, "Sizce bu adamlar neyin peşinde?"

"Yapmak istedikleri şey her neyse, Göbeklitepe'yle ilgisi olduğunu biliyoruz," dedi Cansu.

"Festivalle aynı tarihte Güneş tutulması olacağını düşünürsek," dedi Atiye, "dananın kuyruğu orada kopacak gibi görünüyor. Eğer öyleyse onlara engel olmalıyız!"

"İyi ama neden Göbeklitepe?" diye sordu Cansu.

"Bence olay Göbeklitepe ile sınırlı değil," dedi Jack, "Hatırlasana, Atiye kâbuslarında iki nehir arasında yürüyordu. Bu konuda biraz araştırma yaptım. Fırat ve Dicle nehirleri arasındaki topraklardan eski kutsal metinlerde 'Bereketli Hilal' diye bahsediliyor. Bu topraklar neredeyse tüm çağlarda kutsal sayılmışlar. Buraların Siyonizm'in 'Vaat Edilmiş Toprakları' olduğunu da unutmayalım."

"Haklı olabilirsin," dedi Atiye, "Cansu hatırlıyor musun, akşam yemeğinde bir adam vardı. Bu topraklarda savaşların bir türlü bitmemesini bununla açıklamıştı. Buraları kasıtlı olarak istikrarsızlaştırıyor olmalılar, zamanı geldiğinde sahiplenmek için. Kimbilir belki de zamanı geldi ve düğmeye basıldı!"

"Şekerim kusura bakma," dedi Cansu alaycı bir sesle, "ama internet böyle komplo teorileriyle dolu!"

"Sana kalırsa her şey komplo teorisi!"

Jack, Atiye'ye döndü. "Sen bunların neresinde yer alıyorsun sence?" diye sordu, "Senden ne istiyorlar?"

"Açıkçası bilmiyorum... Anima, sıradışı bir kadere sahip olduğumu söylemişti. Belki de onların planlarına engel olacak kişiyimdir, olamaz mı?"

"Anima?" dedi Cansu gülerek, "Hani şu bayıldığın zamanlarda konuştuğun orman perisi mi?"

"Senin bu şüpheci tavırlarından sıkılmaya başladım," diye çıkıştı Atiye, "Tepedeki o şeyi gördüğümde de benzer bir tepki vermiştin! Ama bunların hepsi gerçek! Anima gerçek! Bunu sana ispatlayacağım!"

"Gerçek öyle mi? Sana daha önce anlatmadığım bir şey anlatayım o zaman şekerim. Bir zamanlar benim de bir Animam vardı. Evet ya, ne sandın? Adı Anima değildi gerçi ama neyse ne işte! Bana çok özel olduğumu, bir gün dünyayı değiştireceğimi söylerdi. Ben de inanırdım! Sonra bir gün dedi ki dünyayı temizlemek için fedakârlık yapmam gerekiyormuş. 'Ne yapmalıyım?' dedim, 'Annenle baban,' dedi, 'Onlardan kurtulmalısın! Onlar bizim düşmanımız!' 'Nasıl yapacağım?' dedim, 'Kapıyı kilitle, evi ateşe ver,' dedi. Daha anlatayım mı? İster misin?"

"Yeter!" dedi Atiye, "Bu konuyu kapatabilir miyiz artık!"

Bir şey söylemeden onları dinleyen Jack, nihayet sustuklarını görünce Cansu'ya dönüp, "Ne yaptın?" diye sordu.

"Neyi ne yaptım?"

"Evi diyorum... Ateşe verdin mi?"

Cansu Jack'e hınzırca bir bakış fırlattı. "O da bende kalsın enişte," dedi gülerek, "Bundan böyle benimle konuşurken daha dikkatli olursun belki!"

Atiye onlara bakıp güldü. "Nerede kalmıştık?"

"Senin bu olanlardaki rolünden bahsediyorduk," dedi Jack.

"Çok açık değil mi? Kâbuslar ve vizyonlar adamların planlarına dair ipuçları içeriyor. Bunu biz biliyorsak onlar da biliyor olabilirler. Planlarını deşifre edip yetkililere bildirmemi istemiyor da olabilirler."

"Tamam," dedi Jack, "Kâbusta bir ayin sahnesi vardı. Buraya gelen adamın Vedik bir rahip olduğunu da düşünürsek muhtemelen Göbeklitepe'de bir ayin düzenleyecekler. Peki ama neden? Böyle bir ayinin amacı ne olabilir sizce?"

Atiye biraz düşündükten sonra, "Boyut kapısı açmak tabii ki!" dedi heyecanla, "İpuçları buna işaret etmiyor mu?"

"Evet ama neden?" diye sordu Cansu, "Ya da nereye?"

"İyi bir amaçla olmadığı kesin!" dedi Atiye, "Hatırlarsanız Göbeklitepe'nin üzeri geri kapatılmış. Neden böyle bir şey yaptılar? Her ne için kullanılıyorduysa hayırlı sonuç vermemiş demek ki!"

"Bunun için tüm tapınakların gün ışığına çıkarılmış olması gerekmiyor mu?" dedi Jack.

"Haklısın ama aklıma başka bir şey gelmiyor. Hepsinin açılması gerekmiyordur belki de, ya bir tanesi yetiyorsa?"

"Olabilir… Yine de güpegündüz herkesin gözü önünde ayin yapacaklarına inanmakta zorlanıyorum."

"Atiye kâbuslarında kendini bir mağarada görüyordu," diye araya girdi Cansu, "Göbeklitepe'nin yakınlarında bir mağara filan olabilir mi? Belki de bunu araştırmalıyız."

"Tepede gördüğüm boyut kapısı tapınağın tam üzerindeydi," dedi Atiye, "Baştan beri hizalanmalardan bahsediyoruz. Bence gökyüzü, yeryüzü ve yerin altı birbiriyle bağlantılı. Bu yüzden, mağara Göbeklitepe'nin tam altında bence..."

"Konu giderek ilginçleşiyor…" dedi Jack.

Bir şeyler daha söyleyecekti ama Atiye'nin omzunun üzerinden arkada bir yerlere baktığını görünce sustu. Arkasını döndüğünde meydanın girişinde Murat'ı gördü; sallana sallana onlara doğru yürüyordu.

Cansu durumun farkına varıp yüzünü buruşturdu. "Yine niye geldi bu?" diye söylendi kendi kendine, "Leş gibi de içmiş! Bir tatsızlık çıkarmasa bari…"

"Siz karışmayın!" dedi Atiye, "Ben konuşurum."

Murat hiçbirinin yüzüne bakmadan doğrudan Atiye'nin yanına geldi. "Konuşmamız gerekiyor," dedi kulağına doğru eğilerek, "Rahatsız edilmeyeceğimiz bir yere gidebilir miyiz?"

"Sen varken insanın rahatsız edilmeyeceği bir yer bulması zor..."

"Atiye!"

Atiye, Murat'ın devam etmesine izin vermedi. "Eğer fark etmediysen arkadaşlarımla sohbet ediyorum! Ayrıca seninle konuşacak bir şeyimiz de yok."

"Atiye lütfen!" dedi Murat, "Beni dinlemek zorundasın."

"Hayır efendim! Hiçbir şey yapmak zorunda değilim."

Hayır cevabını hazmedemeyen Murat, "Öyle ya da böyle beni dinleyeceksin!" diyerek Atiye'nin bileğini kavradı. O ana dek duruma müdahale etmeyen Jack, oturduğu yerden uzanıp Murat'ın kolunu tuttu.

"İyi görünmüyorsun dostum. Konuşmak istediğin her neyse, kendine geldiğinde devam edersiniz."

Murat, Jack'in elini sertçe kenara ittirdi. "Dostun falan değilim senin!" diye bağırdı, "Seninle ayrıca görüşeceğiz!" Bunları söylerken, serbest kalan elinin işaretparmağını ona doğru sallıyordu.

Murat'ın yeniden hamle yaptığını gören Jack, bu sefer vücudunu ikisinin arasına soktu ve onu kucaklayarak geriye doğru ittirmeye çalıştı. Murat çileden çıkmıştı âdeta! Jack'in beline sarılarak onu kaldırıp atmak istedi. Fakat Atiye'nin çok yakında olduğunu hesap edememişti. Çarpmanın etkisiyle dengesini kaybeden Atiye, orada bulunan herkesin şaşkın bakışları arasında Balıklı Göl'ün karanlık sularını boyladı.

Hiç beklemediği bir anda kendini suyun içinde bulan Atiye, neye uğradığını şaşırdı. Bir süre suda debelendikten sonra yukarıda görünen ışığa doğru yüzmeye çalıştı. Neyse ki ilk sınavında yaşadıklarından sonra bu kaza o kadar da korkutucu gelmemişti ona. Aslına bakılırsa zihni Murat ve Jack konusunda ne yapacağını çözmeye çalışmakla meşguldü. Erkeklerin her şeyi kaba kuvvetle çözmeye çalışmalarından nefret ediyordu. Sudan bir çıksındı hele, ikisine de söyleyecek bir çift lafı vardı!

Fakat beklediği gibi olmadı. Sudan çıktığında, ne Murat ne Jack ne de Cansu ortalıklarda görünüyordu. Dahası, Balıklı Göl ve çevresindeki insanlar da gözden kaybolmuştu.

Tam karşısında, nefes kesici güzellikte bir şelale yükseliyordu. Akşam değil, gündüzdü. Güneş tepede güçlü bir şekilde parlıyordu. Yeşillikler arasında akan nehir, döküldüğü yerde berrak suları ve büyüleyici ışık oyunlarıyla cenneti andıran küçük bir gölet oluşturmuştu. Atiye tam da o göletin içinden çıkmıştı!

Başını kaldırıp yukarı baktığında, şelaleyi ikiye bölen büyükçe bir kayanın üzerinde birisinin oturduğunu gördü. Anima olmalıydı bu. Zor da olsa sudan çıkıp şelalenin kenarındaki kayalara tırmandı. Tepeye vardığında, az önce bir siluet halinde gördüğü kişinin Anima olduğundan emin oldu.

İkinci sınavın zamanı gelmişti anlaşılan!

Kayalardan sekerek gözüne bir miktar daha gençleşmiş görünen Anima'nın yanına kadar geldi. Yine meditasyon yapıyordu. Önceki buluşmalarındaki gibi geçip tam karşısına oturdu. Heyecanına rağmen meditasyonun bitmesini sabırla bekledi. Anima nihayet gözlerini açtı.

"Hoş geldin Atiye!" dedi, sıcaklığı her seferinde artan gülümsemesiyle.

"Hoş bulduk!" diyerek gülümsedi Atiye, "Bakıyorum da yine hiç beklemediğim bir anda çıktın karşıma!"

"Beklenmeyen şeyler güzeldir. Hele de hayatın beklemekle geçmişse..."

"Doğru söze ne denir ki! Seninle buluşmak ayrıca güzel!"

"Anlat bakalım," dedi Anima, "İlk sınavın nasıl geçti? Çok korkmadın umarım."

"Ne yalan söyleyeyim, başta çok korktum! Suyun içindeki şeylerin timsah olduğunu anladığımda kalp krizi geçirecektim neredeyse. O sivri dişlerin vücuduma neler yapabileceğini düşünmek bile istemiyorum."

"İlk sınavıma girdiğimde ben de çok korkmuştum," dedi Anima gülümseyerek, "Keşke birisi bana timsahların sınavdan önce tıka basa doyurulduğunu söyleseydi..."

"Hadi canım! Gerçekten mi?" dedi Atiye afallayarak, "Bunu bana neden daha önce söylemedin?"

"Söyleseydim sınavın bir anlamı kalmazdı," dedi Anima.

"Haklısın galiba... Sınav sırasında, buluşmamızda bana söylediklerini hatırladım. Yanında olacağım derken neyi kastettiğini biliyorum artık. Teşekkür ederim."

"Bir şey değil. Orada başardığın şeyi hayatının tamamına uyguladığında, korkunun bir işaret levhasından başka bir şey olmadığını göreceksin. Korku, sana hangi yöne gitmen gerektiğini gösterir. Onu dikkatli bir şekilde gözlemliyorsan tabii ki!"

"Bunu yapmaya çalışacağım," diyen Atiye, "Peki sınavı geçtim mi?" diye sordu.

"Sence?"

"Sanırım evet... Havuzdan çıkınca beni bir odaya götürdüler. Orada bazı vizyonlar gördüm. Çok ilginçti..."

"Gördüklerini kendine saklasan iyi edersin," dedi Anima elini kaldırarak, "ama bilmen gereken bir şey var. Bu vizyonlar, içeride ve dışarıda farklı anlamlar taşır."

"Ne demek istiyorsun?"

"Şöyle ki gördüğün şeyler dış dünyada yaşanacak olaylara işaret ettiği gibi kendi iç dünyanda halihazırda yaşanmakta olan olay ve durumlar hakkında da ipuçları içerir."

"Gördüklerimin aynı zamanda kendimle ilgili olduğunu mu

söylüyorsun?"

"Aynen öyle! Yaşanmış, yaşanmakta ve yaşanacak olan tüm olaylar, makro plandan mikro plana doğru yansıyan iç içe dünyalarda cereyan eder. Bu dünyalarda zaman farklı hızlarda aktığından, bu olaylar birbirinden kopuk veya bağımsız görünür. Oysa hepsi aynı olayın farklı açılardan izlenmesinden ibarettir."

"Öyleyse, iç dünyama bakarak dışarıda olacakları tahmin edebilirim. Doğru mu?"

"Bravo, hızlı öğreniyorsun. Aynı şekilde, etrafında cereyan eden olaylara bakarak iç dünyan hakkında da fikir edinebilirsin. Bunun için tek yapman gereken, şu an tamamını dışa çevirdiğin dikkat enerjisinin bir kısmını içe döndürerek kendi iç dünyanı korkusuzca ve yargılamadan izlemek."

"Bunu yapabileceğimden emin değilim."

"Şu an olmasa da zamanla bunu öğreneceksin. Ee, söyle bakalım, ikinci sınavın için hazır mısın?"

"Bu ikinci sınavın ne olduğuna bağlı!"

"İlk sınavın korkularınla yüzleşmenle ilgiliydi. İkincisi ise hayatta oynadığın tüm rollerden, sahte kimliklerden ve kendine anlattığın yalanlardan özgürleşmenle ilgili olacak."

"Böyle bir şeye neden gerek var?"

"Bir kâhin, kendi içindeki yanılsamaları yok etmeden başka bir kişi, nesne ya da olayın hakikatine vâkıf olamaz."

"Peki ya ilişkiler?"

"İlişkilerle ilgili en büyük yanılgı, onların ikinci ya da üçüncü kişilerle yaşanan şeyler olduğuna inanmaktır."

"İyi ama ikinci bir kişi olmadan ilişkiden söz edilebilir mi?"

"Bu hem doğru hem de eksik. Doğru, çünkü deneyimlenen bir realite olan dış dünyayı ve orada kurduğumuz ilişkileri yok sayamayız. Öte yandan eksik, çünkü her ne kadar ikinci biriyle yaşanıyormuş gibi görünse de bütün ilişkilerimiz kendimizle kurduğumuz ilişkinin birer yansıması ve sonucudur. Karşımıza çıkan her kişide kendimizi bulur, kendimizle buluşur, aslında kendimizle konuşuruz. Onları sevmemizin ve sevmememizin altında yatan şey de yine kendimizle kurduğumuz ilişkidir."

"Bu çok ilginç... Sadece bunları duymak bile ilişkilerimde yaşadığım birçok şeyi anlamamı sağladı."

"İç dünyamızı çok az tanıyoruz. Gerçek şu ki olmamız gerektiği gibi yekpare değiliz, paramparçayız. Bu zamanla oluşan bir durum. Çocukluktan itibaren yaşadığımız travmalar içeride kırılmalara yol açar. Kendimize kızar, kendimizi suçlarız. Bu duygularla yüzleşemeyince de, kişiliğimizin bu şekilde ortaya çıkan istenmeyen parçalarını bilinçdışına iteriz."

"Tıpkı bir şeyleri halının altına süpürmek gibi! Bunu çok sık yaptığımı fark ediyorum şu an."

"Güzel benzetme! Fakat bunu yapmak hiçbir şeyi çözmez. İç dünyamızın karanlık tarafında sürgün hayatı yaşayan bu gölge kişilikler, hayatımızın kontrolünü ele geçirmek için fırsat kollarlar. Farkında olmadan, onları hayatımızda var olan ya da karşımıza çıkan kişilere yansıtırız. O anki durumumuza hangisi uygun düşüyorsa, o gölge öne geçip ilişkiyi yönetmeye başlar. Karşımızdaki kişinin kim olduğu önemini yitirmiştir artık. Tüm meselemiz kendimizledir. İşte bu yüzden, kendini sevebilen başkalarını daha kolay sevebilir, kendini affedebilen başkalarına karşı da daha affedici olur."

"Bende de bu gölgelerden var mıdır sence?"

"Var mıdır değil, kaç tane vardır demen lazım. Zira gölgeler herkeste vardır. İnsanların çok azı içeriyi birleştirebilmiştir."

"Peki ben içimdeki bu gölgelerin farkına nasıl varabilirim?"

"İç dünyanı yargılamadan dışarıdan gözlemleyerek."

"Yargılamadan mı? O nasıl olacak?"

"Basit! Tıpkı bir filmi izler gibi, kendini dışarıdan izlemelisin. İzlediğin şeyle hiç özdeşleşmeden, mutlu olup üzülmeden, hiçbir şeye bağlanmadan ve hiçbir şeyden korkmadan, sadece hissettiğin, düşündüğün, söylediğin ve yaptığın şeylerin farkına varıp onları not ederek..."

"Bu dediğini yapmak çok zor ama!"

"İlk başlarda zordur, doğru ama her şey gibi bu da yaptıkça kolaylaşır."

"Peki onları yok etmek ya da birleştirmek için sadece gözlemlemek yeterli midir?"

"Evet, yeterlidir. Kendini dışarıdan izledikçe özdeşleşme azalır, iç dünyan yavaş yavaş düzene girer. Süreci hızlandırmak istiyorsan kendine yüksek amaçlar edinmeni ve kendini bol bol affetmeni öneririm."

"Kendimi affetmek mi? Ne için affedeceğim kendimi?"

"Başımıza gelen şeyler için başkalarını suçlasak da, içten içe biliriz aslında tek sorumlunun kendimiz olduğunu. Hepsini biz çağırmış, hatta ısrarla davet etmişizdir. Bu bilgi ruhumuzun derinliklerinde suçluluk duygusu, dolayısıyla cezalandırılma beklentisi yaratır. Kendimize söylediğimiz yalanların da sebebi olan bu beklenti, olayları objektif bir gözle görmemize engel olur. Kendimizi affederek hayata ve kendimize tamamen yeni gözlerle bakabiliriz."

"Anlıyorum... İkinci sınavım bununla mı ilgili olacak?"

"Evet, bunun sembolik bir karşılığı diyelim. Bu sınavı geçmen çok önemli."

"Peki nerede olacak bu sınav?"

"Dara Harabeleri! Hazır olduğunda oraya gitmelisin. Sınav yerini bulmak istiyorsan güneş tepedeyken orada olmalısın."

"Yine kolye yardımıyla mı bulacağım sınav yerini?"

"Evet. Kolye olmadan bulamazsın."

"Neden?"

"Sınavlar bu boyutta değil de ondan! Bunu şimdiye kadar anladığını sanıyordum. Kolye, senin ve beraberindeki kişilerin geçici olarak boyut atlamasını sağlıyor. Tabii ki sınav yerini araştırman veya bazı bilmeceleri çözmen gerekebilir fakat bunların üstesinden gelebileceğine eminim."

"Bana inandığın için teşekkür ederim."

"Sana tabii ki inanıyorum, hem de çok! Fakat önemli olan, senin kendine inanman. Bunu her koşulda yapabildiğin sürece korkmana gerek yok. Hiçbir şey yolunda duramaz."

"Buluşmalarımızdan çok keyif alıyorum. Sen yanımdayken korkularım kayboluyor. Keşke hep birlikte olsak!"

"O günler de gelecek," dedi Anima gülümseyerek, "ama şimdi önündeki yola odaklanmalısın. Söylediklerimi unutma! Hiç kimse senin hayatını değiştiremez, bu senin işin! Şimdi git ve kim olduğunu göster. Önce kendine, sonra dünyaya!"

Atiye yüzünde kocaman bir gülümsemeyle gözlerini kapattı. Anima'nın elinden yayılan sıcaklık alnını kaplarken huzur verici bir karanlığın içerisinde dönmeye başladı.

Gözlerini açtığında, Balıklı Göl'ün hemen yanı başında üstü başı sırılsıklam halde yerde yatıyordu. Jack ve Cansu, Atiye'ye suni teneffüs uygulayan Murat'ı endişe içerisinde izliyorlardı. Kıyafetlerinin ıslak olmasına bakılırsa onun arkasından suya atlamış olmalıydı. Mekândaki diğer müşteriler de toplanmış olup biteni merak içerisinde izliyorlardı.

Murat, Atiye'nin kendine geldiğini görünce rahatladı. Onun iyi olduğundan emin olunca ayağa kalktı, bir süre bocaladıktan sonra dönüp hiçbir şey söylemeden uzaklaştı. Garsonlardan biri koşarak getirdiği şalı Atiye'nin omzuna koyarken, Jack de ayağa kalkmasına yardım etti.

Cansu telaş içerisindeydi. "Hay Allah, hay Allah!" diyerek bir ileri bir geri yürürken bir yandan da Murat'a saydırmaya devam ediyordu.

Atiye, Anima'yı yeniden gördüğü için mutluydu fakat hem

sırılsıklam olduğundan hem de herkesin tadı kaçtığından buluşmalarından hiç bahsetmeyerek otele dönmeyi teklif etti.

Balıklı Göl'e veda ederken, "Benim atıldığım ateş de suya mı dönüştü şimdi?" diye düşünmeden edemedi.

İKİNCİ SINAV

Güneş Şanlıurfa'nın üzerinde bir kez daha yükselirken, Atiye Cansu uyanmadan aşağı inip bir saat kadar spor yaptı. Stresli zamanlarda egzersiz yapmak hem moralini düzeltiyor hem de zihnini meşgul eden şeylerden uzaklaşmasına yardımcı oluyordu.

Dahası, o gün ikinci sınavı için Mardin'e gideceğinden her şeye hazırlıklı olmalıydı. İlk sınavda elde ettiği başarı moralini yükseltse de, bu sefer neyle karşılaşacağını bilmiyordu. Üstelik etrafındaki çember giderek daralıyordu. Gece gördüğü kâbus buna işaret ediyor olmalıydı.

Sporun ardından çıkıp duş aldı. O yokken Cansu da kalkıp hazırlanmıştı. Buna sevindi, onu uyandırmaya çalışmakla uğraşmayacaktı hiç değilse. Akşamdan hazırladıkları çantaları son bir kez kontrol ettikten sonra, Jack'le buluşup birlikte kahvaltı yapmak üzere aşağı indiler.

Restorana geldiklerinde Jack'i ortalarda göremediler. Erkenden gelip sofrayı hazırlamış olmamasına şaşırmakla birlikte, "Gelmek üzeredir," diye düşünerek tabaklarına bir şeyler alıp masalarına geçtiler.

"Murat'tan haber var mı?" diye sordu Cansu.

"O akşamdan bu yana görüşmedik," dedi Atiye tereddütlü bir

ses tonuyla, "Sonradan düşündüm de, benim için endişelenir gibi bir hali vardı. Onu dinlemeliydim belki de..."

"Bence en doğrusunu yaptın," dedi Cansu sinirlenerek, "Dinlesen ne olacak ki! Adam kafayı takmış sana! İstanbul yetmedi, gelip burayı da burnundan getirdi!"

"Haklı olmasına haklısın da, işte..." dedi Atiye. Cümlesinin devamı getiremeyip önündekileri yemeye devam etti. Kahvaltının geri kalan kısmında çok az konuştular.

"Enişte lobide bekliyor olmasın?" dedi Cansu bir süre sonra, "Kahvaltı diye konuşmuş muydunuz?"

"Olabilir, çıkalım istersen," dedi Atiye.

Eşyalarını toplayıp lobiye çıkan merdivenlere yöneldiler. Merdivenlerin başına geldiklerinde, Atiye durup endişeli bir yüz ifadesiyle etrafına bakınmaya başladı.

"Ne oldu şekerim?" diye sordu Cansu, "Bir sorun mu var?"

"Benim duyduğumu sen de duyuyor musun?"

Cansu kulak kabarttı; koridorun sonundan bir müzik sesi geliyordu gerçekten de.

"Müziği mi kastediyorsun şekerim?" diye sordu yüzünü buruşturarak, "Bu ne biçim müzik ayol? İçim ürperdi resmen!"

"Evet, bir an için sadece ben duyuyorum sandım!" dedi Atiye. Beti benzi atmıştı, gözleri koridorun sonuna kilitlenmiş halde öylece duruyordu.

"Dur tahmin edeyim..." dedi Cansu, "Bu müziği daha önce duymuştun?"

"Evet..."

"Dur yine tahmin edeyim... Kâbuslarında?"

"Evet..."

Cansu, o sırada yanlarından geçmekte olan otel görevlisini durdurup müziğin nereden geldiğini sordu.

"Koridorun sonundaki salondan," dedi adam, "Festivalde sahne alacak dans grubu prova yapıyor."

Atiye hipnotize olmuşçasına adamın işaret ettiği tarafa yürümeye başladı. Cansu da peşinden! Salonun girişine gelen Atiye, ses çıkarmamaya özen göstererek kapıyı araladı.

Salonun bir ucuna sahne kurulmuştu. Sahnenin üzerinde dansçılar sıra sıra dizilmişti. İlk sıranın önünde ayakta duran bir adam onlara talimatlar veriyordu; bu adam koreograf olmalıydı. Dansçılardan bazılarının ürpertici hayvan maskeleri taktığını fark ederek ürperdi.

Cansu'ya kendisini izlemesi için işaret ettikten sonra, içeri süzülüp arka sıraya ilişti. Sadece sahne ışıkları açık olduğundan içeri girdiklerini fark eden olmadı.

"Anlamıyorum," dedi Cansu fısıldayarak, "İlahilerden dans müziği mi yapmışlar? Niye ki?"

"Bu dans müziği filan değil," dedi Atiye, "Düpedüz Vedik ilahiler bunlar. Nermin'le konuştuktan sonra internette bir-iki örneğini bulup dinlemiştim, buna çok benziyordu!"

"Vedik ilahi mi? O da neyin nesi?"

"Kara büyü gibi bir şey!" diyen Atiye, bir yandan da etrafa bakınmaya devam ediyordu. Gözü koreografın yanında duran adama ilişti. Geçen gün lobide gördükleri siyahlı adamdı bu.

Cansu'nun kulağına eğildi. "Biri bizi fark etmeden buradan çıksak iyi olur..."

Salondan sessizce çıkıp lobiye geldiler. Jack burada da yoktu. Ona biraz daha zaman tanıyarak, kısa bir durum değerlendirmesi için lobideki koltuklara oturdular.

"Resim netleşmeye başladı," diye söze girdi Atiye, "Festival işinin tezgâh olduğuna neredeyse hiç şüphem kalmadı. Dans gösterisi kisvesi altında kara büyü ayini planlıyor olmalılar!"

"İyi ama neden? Böyle bir ayinle kim ne elde etmeyi umuyor olabilir ki?"

"Babamın hizmet ettiği örgütün Göbeklitepe'yle ve diğer tapınaklarla ilgili bir planı olduğunu biliyoruz. Ama o uzun vadeli bir plan, onun için Göbeklitepe'deki tüm tapınakların gün ışığına çıkarılmış olması gerekiyor. Öte yandan, festivalin tutulmayla aynı güne denk gelmesi de tesadüf olamaz. Planları değişmiş olamaz mı? Kimbilir, böyle bir fırsatı kaçırmak istemediler, belki de..."

"Lafını bölüyorum ama..." diye araya girdi Cansu, "Enişte konusunda cidden endişelenmeye başladım ben. Hiç böyle yapmazdı. Ofisine gidip bir baksak mı, ne dersin?"

"Doğru söylüyorsun. Bakalım bence de."

Otelden çıkıp Jack'in ofisine geldiklerinde, kapıyı mühürlenmiş buldular. Komşusunun kapısını çalıp sorduklarında, sabahın erken saatlerinde polisin ofiste arama yaptığını, giderken Jack'i de beraberlerinde götürdüklerini öğrendiler. Sebebini sordularsa da fazla bir şey öğrenemediler.

İş hanından ayrılıp Emniyet Müdürlüğünün yolunu tuttular. Yol boyunca Jack'in neden gözaltına alınmış olabileceği üzerine fikir yürüten Atiye'nin aklına Murat'ın onun hakkında söyledikleri geldi. Haklı olabilir miydi? Yoksa bu işin altından da mı Murat çıkacaktı?

Emniyete gelip bilgi almak istediklerini söylediklerinde üçüncü kattaki bir birime yönlendirildiler. Merak içerisinde merdivenleri ikişer üçer çıkıp üçüncü kata vardılar. Memurun tarif ettiği odayı bulmaları zor olmadı.

Odanın girişinde Murat ve Jack'i yan yana gören Atiye hışımla o tarafa doğru yürüdü. Jack'in kelepçeli ellerini işaret ederek, "Sonunda bunu da mı yaptın?" dedi.

Hemen yanında yürüyen Cansu, bir yandan endişeli gözlerle Jack'e bakıyor, bir yandan da başını belaya sokmaması için Atiye'yi sakinleştirmeye çalışıyordu.

"Atiye lütfen!" dedi Murat elini kaldırarak, "Bunun ne yeri ne de zamanı!"

"Onu neyle suçladığınızı öğrenebilir miyim?" dedi Atiye.

"Henüz bir şeyle suçlanmıyor," dedi Murat umursamaz görünmeye çalışarak.

"Endişelenecek bir şey yok Atiye," dedi Jack gülümsemeye çalışarak, "Eminim bir yanlış anlaşılma olmuştur..."

Atiye, Murat'ı kolundan tutup kenara çekti. "Ne yapmaya çalışıyorsun sen?" dedi öfke içerisinde, "Amacın intikam almaksa benimle uğraş, Jack'i bu işe karıştırma!"

"İntikamla alakası yok," diyerek omuz silkti Murat, "Son konuşmamızdan sonra, sevgili arkadaşın Jack hakkında küçük bir araştırma yaptım; iddia ettiği gibi arkeolog filan değil! Ne için burada olduğunu anlamak benim görevim; ya casussa, ya sana bilerek yaklaşmışsa?"

"Senin gibi mi?" diye sordu Atiye. Bıçağı nereye saplayacağını biliyordu.

Fakat Murat böyle bir çıkışa hazırlıklı görünüyordu. "Benim durumum çok farklı, bunu sen de biliyorsun," dedi sakince, "Merak etme, kendisiyle biraz sohbet edeceğiz sadece. Eğer iddia ettiği gibi bir yanlış anlaşılma varsa sonunda ortaya çıkar nasıl olsa. Şimdi izin verirsen işimi yapmak zorundayım."

"Bugüne kadar sana karşı hep anlayışlı olmaya çalıştım," dedi Atiye, "Hatta dosyayı getirdiğin gün bana küçük sırrını açıkladığında bile seni affetmeye hazırdım. Ama bu yaptığın, asıl yüzünü görmemi sağladı. Özgüven eksikliğine ve yalanlarına daha fazla tahammül etmeyeceğim, kusura bakma! Seninle aramızdaki şey her neyse, bugün tamamen bittiğinden emin olabilirsin. Seni bir daha asla görmek istemiyorum!"

"Son sözün bu mu?" dedi Murat gözlerinin içine bakarak. Atiye'nin cevap vermek yerine başını önüne eğdiğini görünce yanında bekleyen iki polis memuruna dönerek, "Arkadaşı götürebilirsiniz," dedi, "İki numaralı sorgu odasını hazırlayın, ben de birazdan geliyorum!"

Atiye, Jack'i götürmeye hazırlanan memurların önüne atıldı.

"Bir saniye, durun!" dedi yalvaran bir sesle, "Bize bir-iki dakika izin verir misiniz?"

Adamlara "sorun yok" anlamında işaret etti Murat. Kızlar Jack'in yanına giderken o polislerle birlikte az ileride bekledi.

"İyi misin enişte?" dedi Cansu, "Öğrenir öğrenmez geldik!"

"Bu can sıkıcı durum için çok özür dilerim," dedi Atiye, "Murat'ın bu kadar ileri gidebileceğine ihtimal vermemiştim!"

"Senin suçun değil," dedi Jack gülümseyerek, "Aslına bakarsan, onun yerinde olsam ben de aynısını yapardım."

"Hayır! Sen böyle bir şeyi asla yapmazdın..."

"Sana ne olacak?" diye sordu Cansu, "Burada başına bir şey gelmesin?" Farkında olmadan Atiye'nin duygularına da tercüman olmuştu.

"Beni merak etmeyin," dedi Jack, "Başımın çaresine bakabilirim."

"Bu arada, yeni bir gelişme oldu," diye araya girdi Atiye, "Otele gelen şu dans grubu yok mu, tesadüfen onların provasına denk geldik. Festivaldeki gösterinin müzikleri kâbuslarımdaki ilahilere aşırı benziyordu. Zotar denen adam da onlarla birlikteydi, sanırım her şeyin arkasında o var!"

"Onunla ben ilgilenirim," dedi Jack, "Siz ikiniz sınav için Mardin'e gidin, zamanınız azalıyor!"

"Nasıl ilgileneceksin?" dedi Cansu endişeli bir sesle, "Buradan çıkabilecek misin bakalım? Daha seni neyle suçladıklarını bile bilmiyorsun."

"Murat gözümü korkutmaya çalışıyor sadece," dedi Jack, "Elinde somut bir şey olsaydı şu an burada olmazdım, inanın bana. Siz Mardin'e varmadan önce buradan çıkmış olurum."

Sonra Atiye'ye dönerek, "Konuştuğumuz gibi, Bay Tuhaf Saç'ı ziyaret etmenin zamanı geldi anlaşılan," dedi, "Siz dönene kadar bir şeyler öğrenmiş olacağımı umuyorum..."

Atiye uzanıp onun elini tuttu. "Jack, dikkatli ol lütfen!"

Memurlar Murat'ın işaretiyle Jack'in yanına gelip kollarına girdiler. "Gidelim!" dedi bir tanesi.

Jack götürülürken Atiye'ye dönüp yeniden gülümsedi.

Emniyet binasından ayrılan kızlar, daha fazla oyalanmadan arabaya atladılar. Güneş tepedeyken Dara Harabeleri'nde olmaları gerekiyordu.

Bu seferki yolculuk öncekiler kadar keyifli geçmedi. Atiye direksiyonda sakin görünmeye çalışsa da, Anima'nın bahsettiği sıradışı kaderin gerçek yüzünü göstermeye başladığını, üstelik bunun pek de hoş bir yüz olmadığını düşünüyordu. Rahip kılıklı adamın Şanlıurfa'ya gelmesi ve dans gösterisinin iç yüzünü anlamaları yetmiyormuş gibi, bu yolculuktaki en büyük destekçisini de kaybedebilirdi.

Uzun süren sessizliği Cansu bozdu. "Enişteye güveniyorum ben! Başının çaresine bakacaktır. Fakat şu küçük ziyaret meselesini anlamadım. Neden bahsediyordunuz öyle?"

"Jack, Zotar denen adamın süitine girip örgütün planını anlamamıza yardımcı olacak ipuçları arayacak."

Cansu gözlerini iri iri açtı. "Bu senin fikrin miydi?"

"Hayır, kendisi teklif etti..."

"Sen de kabul ettin, öyle mi? Bu adamlar tehlikeli adamlar kızım. Yakalanırsa neler olabileceğini bir düşünsene!"

"Kabul filan etmedim, engel olmaya çalıştım hatta! Bunları söylemediğimi mi sanıyorsun? Ne dediysem ikna edemedim. Festivalin yaklaştığını ve başka şansımız olmadığını söyledi, ki bu konuda haklı maalesef."

"Tamam tamam! Dua edelim de bir şey olmasın. Böyle bir şeyi göze aldığına göre, enişte ya macera tutkunu ya da sana harbiden abayı yakmış. Şöyle birini bulamadık ya!"

"Saçmalamaz mısın lütfen?" dedi Atiye şakayla karışık.

Cansu durup bir süre Atiye'yi süzdü. "Sen biraz fazla mı rahatsın şekerim, yoksa bana mı öyle geldi?"

"Ne bakımdan?"

"Yanlış hatırlamıyorsam sen kâbuslarında bir ayinde kurban edildiğini görüyordun, doğru mu?"

"Evet, ne olmuş?"

"Eesi, sabah adamların otelde resmen kurban ayini provası yaptığını öğrendik ve sen hâlâ buradasın! Ne yalan söyleyeyim, öyle bir şeyin başrolünde ben olsam böyle sakin sakin araba kullanmak şöyle dursun, korkudan altıma ederim!"

"Kaderime güvenmekten başka çarem yok! Eninde sonunda bir işaret gösterecek bana..."

"Ya göstermezse? Göz göre göre seni öldürmelerine izin mi vereceksin? Söylesene, seni yarın otelin önünden alıverseler ne yapabilirsin?"

"Merak etme, kahraman enişten korur beni!"

"Jack her zaman yanında olacak değil ya! Bak, bence sen çevir arabayı, direkt havaalanına gidelim. Ver elini İstanbul! Ha? Ne dersin? Bunların hiçbiri olmamış gibi yaparız, hayatına kaldığın yerden devam edersin!"

"Bu çözüm değil. Bunu daha önce denediğimi unutuyorsun galiba. Buraya dönerken gemileri yaktım ben. Üstelik, Anima kaderimden kaçtığım sürece huzur bulamayacağımı söyledi."

"Off! Anima şöyle dedi, Anima böyle dedi! Bunu kendine yapmak zorunda değilsin şekerim! Sadece iş stresi yüzünden biraz psikolojin bozuldu, bunu neden kabullenemiyorsun? Bak, sana daha önce de üstü kapalı anlatmaya çalıştım. Bu yaptıkların, kalkıp buralara kadar gelmen, gördüğünü söylediğin şeyler! Anlasana şekerim, iyi değilsin sen! Sana lazım olan taşlar ya da sütunlar değil..."

"Neymiş bana lazım olan? Babam gibi akıl hastanesine yatırılmak mı? Bunu mu diyecektin? Niye susuyorsun? Konuşsana!"

"Hayır şekerim… Öyle demek istemedim…" dedi Cansu. Sonra da, Atiye'yi daha fazla sinirlendirmemek için susup camdan dışarıyı seyreder gibi yaptı.

Bir süre konuşmayan Atiye, "Geçen gün bir kâbus gördüm..." dedi sonunda.

"Yine mi? Yeniden mi başladılar?"

"Hayır... Yani, bilmiyorum. Sadece bir kez gördüm..."

"Ne gördün? Anlatsana!"

"Önceki kâbuslar gibiydi. Ama biraz farklıydı, kendimi dışarıdan izliyordum. Ben sunağın üzerinde yatarken babam elinde bir hançerle başucumda duruyordu. Onu görmeliydin, ruhsuz bir zombi gibiydi! Ölü bakışları gözümün önüne geldikçe hâlâ ürperiyorum!"

"Bak işte şekerim, belli etmemeye çalışsan da bilinçdışın seni uyarıyor. Korkuyorsun demek ki. Korkmalısın da ayrıca! Bu işin şakası yok. Canından kıymetli mi ayol! Eminim, babanı bulmanın başka yolları vardır..."

"Kaçmayacağım!" diye kestirip attı Atiye, "Ucunda ölüm olsa bile! Bugüne kadar bir ölü gibi yaşadım, o hayata geri dönmektense gerçekten ölmeyi tercih ederim!"

Sesini yumuşatarak devam etti. "Kendini benim yerime koy lütfen! Bir gün uyanıyorsun ve kucağında yeni doğmuş bir bebek buluyorsun. Masum... Korunmaya muhtaç! Öylece gözlerinin içine bakıyor... Onu yok sayabilir misin? Sokağa atıp kaderine terk edebilir misin? Ben yapamam! Bundan böyle eski Atiye yok, artık hiçbir şey eskisi gibi olmayacak!"

"Tamam şekerim, tamam!" dedi Cansu soğuk bir sesle, "Bir şey söylemedim say!"

Hararetli bir şekilde tartışırken, farkında olmadan Mardin'in merkezine varmışlardı. Bir alışveriş merkezinin önünden geçtiklerini fark eden Atiye, arabayı aniden kenara çekti.

"Belki de buradan sonrasını yalnız gitmeliyim!" dedi, "Kendi tereddütlerimle baş etmeye zar zor güç yettiriyorum zaten, bir de seninkilerle uğraşamam."

Cansu önüne baktı. "Belki de gitmelisin!"

Hızını alamayan Atiye, "Sen de biraz alışveriş yaparsın, fena mı?" dedi sinirli bir şekilde, "Hayattaki tek amacın bu değil mi zaten? Pahalı elbiseler, ayakkabılar ve gezip eğlenmek! Daha çok para kazanmak ve daha çok para harcamak! Hoş, seni bir gün bile çalışırken görmedim ya, neyse artık, orası beni ilgilendirmez!"

Cansu ona öfkeli bir bakış fırlattıktan sonra kapıyı sert bir şekilde çarparak arabadan indi ve hızlı adımlarla alışveriş merkezinin girişine doğru yürüdü. Arkasına bakmadan gaza yüklenirken, Cansu'nun Şanlıurfa'ya birlikte gelme teklifini kabul etmekle hata ettiğini düşündü Atiye. Fazla bir faydası da dokunmamıştı zaten, tek bildiği süslenmek, tıkınmak ve şikâyet etmekti! Dahası, yardıma en çok ihtiyaç duyduğu anda yarı yolda bırakmıştı onu. Ona ihtiyacı yoktu! Onunla ya da onsuz, bu sınavı geçip kaderini gerçekleştirecekti!

Yolun geri kalanını buna benzer düşüncelerle geçirdi. Yarım saat daha gittikten sonra, Nusaybin'e otuz kilometre uzaklıktaki Oğuz Köyü'ne vardı. Dara Harabeleri buraya çok yakındı. Güneşin tepeye varmasına biraz daha zaman olduğundan, bir rehberden kent hakkında bilgi almaya karar verdi. Bu bilgiler sınavında işe yarayabilirdi pekâlâ.

İşini düzgün yapmaya çalışan, cana yakın bir adam olan Mardinli rehber, "Batı'nın Efesi varsa bizim de Daramız var!" diyerek söze girdikten sonra, buranın Mezopotamya'nın ünlü yerleşim merkezlerinden biri olduğunu söyledi. İpek Yolu'nun önemli duraklarından biri olan Dara'yı milattan önce beş yüzlü yıllarda Pers Hükümdarı Daraxis kurmuştu. Kazılardan çıkan paralara bakılırsa, oldukça zengin bir kentti burası. Kent halkı Hz. İsa'nın da anadili olan Aramiceyi konuşuyor, adına ateş kuleleri inşa ettikleri Ahura Mazda'ya tapınıyorlardı. Bulunan sarnıçlar ve su depoları, burasının bir su medeniyeti olduğuna işaret ediyordu. Hatta Mezopotamya'nın ilk barajı ve sulama kanalları burada inşa edilmişti.

Rehberle yan yana yürüyerek kalıntıları dolaştılar. Güneye ve kuzeye açılan iki kapısı olan antik kentin kalıntıları, çevresi on kilometreyi bulan geniş bir alana yayılmıştı. Günümüze ulaşan kalıntılar arasında kayalara oyulmuş evler, kilise ve saray, çarşı ve depolar, zindan, tophane, su bendi ve bir de sarnıç göze çarpmaktaydı. Daraxis tarafından yaptırılan yeraltı kenti sonradan zindan olarak kullanılmıştı ve bugün de tüm ihtişamıyla ayakta durmaktaydı.

Bir yandan rehberi dinleyen Atiye, bir yandan da zayıf bir ışık saçmaya başlayan kolyesini çaktırmadan kontrol ediyordu. İç kaleye gelmeleriyle birlikte kolyenin daha parlak ve hızlı yanıp sönmeye başladığını görünce, bu kadar bilgilendirmenin yeterli olduğunu, bundan sonrasını yalnız gezmek istediğini söyleyerek rehbere teşekkür etti. Teşekkür ederek ücretini alan rehber, dehlizlerde dikkatli olmasını söyleyerek ayrıldı.

Kolyeyi boynuna asan Atiye, onun verdiği sinyalleri izleyerek dehlizlerde dolaşmaya başladı. Görünüşe göre, sınav yerine giderek yaklaşıyordu fakat biraz daha ilerledikten sonra dehlizin birdenbire bittiğini görerek şaşırdı. Kolyeye göre düz devam etmesi gerekiyordu ama önünde taş bir duvardan başka bir şey yoktu. Buralarda gizli bir geçit filan olmalıydı.

Duvarda eliyle yoklayarak boşluk ya da düğme benzeri bir şey aradığı sırada, oyma desenlerin boynundaki kolyenin şekline benzediğini fark etti. Denemeye değerdi! Kolyeyi desenin üzerine yerleştirdiğinde mükemmel biçimde uyduğunu görerek sevindi. Sadece pusula görevi görmüyordu demek ki! Üç-beş farklı desende şansını denedikten sonra, önündeki duvar birdenbire kıpırdayarak olduğu yerde dönmeye başladı. Bu işlerde giderek ustalaşıyordu!

Açılan dar aralıktan geçtiğinde, diğer tarafta kendisini bekleyen tüneli gördü. Cep telefonu ışığından yardım alarak tünelin sonuna doğru yürüdü. Duvarlar çeşitli dini ritüellerin anlatıldığı rölyeflerle kaplıydı. Nihayet tünelin sonuna ulaştığında, bir kapının iki yanında heykel gibi duran keşişleri görerek rahat bir nefes aldı. Sınav yerini bulmuştu!

Tıpkı ilk sınavda olduğu gibi, keşişlerden bir tanesi canlanıp bir adım öne çıktı ve elindeki asayla yere bir çizgi çekti.

Atiye, sabırsızlıkla talimatları bekledi. Bu sefer hangi canavarlarla boğuşması gerekecekti acaba?

Çizginin arkasında duran keşiş, "Ey Talip!" diye seslendi, "Neden bu kadar kalabalık geldin?"

Atiye şaşkınlık içerisinde etrafına bakındı. "Ne demek istiyorsunuz? Anlamadım..."

"Bu kapıdan içeri kaç kişi girerse girsin," dedi keşiş, "dışarı tek kişi çıkmak zorunda. Kendinden geçip kendini bulmaya hazır mısın?"

"Hazırım!" dedi Atiye olabildiğince kararlı bir ses tonuyla.

Keşiş, çantasını ve diğer eşyalarını yere bırakmasını işaret ettikten sonra kenara çekilip ona yol verdi. Diğer keşiş, kapının yanındaki oyuktan aldığı mumu yakıp Atiye'ye doğru uzattı.

"Labirentte karşılaşacağın kişiler sana bazı sorular soracaklar. Doğru cevap verirsen hangi yöne gitmen gerektiğini söylerler. Tüm soruları doğru cevaplarsan, yoluna devam edip labirentin merkezine ulaşabilirsin. Merkeze ulaştığında oradaki büyük mumu elindeki mumla yakmalısın. Elini çabuk tut, mum söndüğünde süren dolacak ve sen labirentte hapsolacaksın!"

"Anladım..." diyen Atiye, derin bir nefes aldıktan sonra mumu alıp labirentin içine daldı.

Dehlizlerin biçimine bakılırsa labirent daire şeklinde olmalıydı. Oyalanmamaya çalışarak, önünde uzanan kavisli koridor boyunca yürüdü. Dehlizin içindeki hava akımı mum ışığını belli belirsiz titretiyordu. Biraz daha ilerledikten sonra bir sapağa ulaştı; ya düz ilerleyecekti ya da sola dönecekti.

Hangisi acaba diye düşündüğü sırada, sapağın yanı başında beliren Sabri, Şerife ve Mehmet'i fark etti. Asık denebilecek suratlarla kendisine bakıyorlardı.

İlk önce Şerife konuşmaya başladı. "Seni bağrıma bastım," dedi, "Kendi çocuğumla bir tuttum. Yemedim yedirdim; içmedim içirdim! Soğuk gecelerde koynumda ısıttım. Zor zamanlarında kol kanat gerdim, üstüne titredim."

Sözü Sabri devraldı. "Yıllarca kar yağmur çamur demeden seni okula götürüp getirdim. Okumaya devam edebilesin diye köyde kavga etmediğim kimse kalmadı. Senin tek derdinse köyden, bizden kurtulup uzaklara gitmekti! İstanbul'a gittikten sonra da ne doğru düzgün aradın ne de ziyaretimize geldin..."

"Gerçek ailen olmadığımızı öğrenince bizi terk ettin," diyerek araya girdi Mehmet, "O gün bugündür hiç arayıp sormadın. Hani kardeştik? Hani ölene dek öyle kalacaktık? Şimdi ben ne anlatacağım yıldızlara? 'Kardeşin nerede?' diye sorduklarında ne diyeceğim onlara? Bu kadar zor muydu bizi sevmek Atiye? Sana gösterdiğimiz sevginin hiç değilse onda birini bize göstermek?"

Atiye, sırayla her birinin gözlerinin içine baktı. Sonra elini sakince kaldırarak, "Her birinizi ayrı ayrı çok seviyorum, bunu biliyorsunuz," dedi, "Aynaya baktığımda beğenmediğim, gizli gizli utandığım, ne yaparsam yapayım bir türlü sevemediğim kendimdi. Şu an söyleyebileceğim hiçbir şey, size olan minnettarlığımı ifade etmeye yetmez. Sizi çok seviyorum ve daima da seveceğim. Çıktığım bu yolculuk sona erdiğinde, her zamanki gibi beni orada bekliyor olacağınızı biliyorum. Eskisinden bile daha büyük ve mutlu bir aile olarak hayatımıza devam edeceğiz..."

Cevabından memnun olmuş görünüyorlardı. Yavaş yavaş yok olurken, huzur içinde gülümseyerek başlarını aynı yöne doğru çevirdiler. Elindeki mumun tahmin ettiğinden daha hızlı eridiğini fark eden Atiye, adımlarını hızlandırarak o tarafa yöneldi. Cereyandan sönmemesi için mumu eliyle perdeleyip yürümeye devam etti. İzlediği tünel az ileride sona eriyor, sağa veya sola dönmesi gerekiyordu. Yolun sonunda onu bekleyen patronu Cenk Bey, kollarını önünde birleştirerek konuştu.

"Sana güvenmiştim," dedi yüzünü buruşturarak, "Sıkıntılı günlerinde sana anlayış gösterip ikinci bir şans verdim. Sense arkanı dönüp kaçtın, şirketi en yoğun dönemde yüzüstü bıraktın. Söylesene, bunu bize neden yaptın? Bize neden ihanet ettin?"

"Ya kendimi yüzüstü bırakacaktım ya da şirketi," diye cevap verdi Atiye, "Siz işlerinizi yapacak yeni birini işe alabilirsiniz ama ben hayatımı yaşaması için başka birini işe alamam. Ayrıca, başka birinin hayatını yaşamaya da tahammülüm yok artık. Siz hikâyeleri seven birisiniz, bu da benim hikâyem, onu yeniden yazması ve korkusuzca anlatması gereken benim! Beni anlayacağınıza eminim."

Belli belirsiz gülümseyen Cenk Bey, ona gitmesi gereken yönü işaret etti. "Yolun açık olsun Atiye," dedi yok olurken, "İkimiz de çok iyi biliyoruz ki en güzel kariyer, kendi üzerinde çalışmaktır."

Gülümseyerek patronunun gösterdiği yöne doğru yürüdü. Bu arada mum neredeyse yarılanmıştı. Az daha ilerlediğinde, yeni bir yol ayrımının yanı başında bekleyen Murat'ın sitemkâr bakışlarıyla göz göze geldi.

"Yalnızsın bakıyorum?" dedi Murat, "Hayırdır, Jack yok mu bu sefer? Pek sıkı fıkıydınız, ne oldu? Yok canım, senin tüm derdin benimle! Öyle değil mi? Ha? Söylesene Atiye, bana karşı neden bu kadar acımasızsın? Beni sevmen için ne yapmam gerekiyor?"

"Kendini sevmeyi öğrenmen gerekiyor," dedi Atiye, "Beni ya da başkalarını suçlamayı bırakıp kendini sevmeye başlayana kadar seni incitmeye devam edeceğim."

Başını öne eğen Murat, hafifçe kenara çekilerek Atiye'ye yol verdi. Ona son bir bakış fırlatan Atiye, aceleyle yürümeye devam etti; zamanı azalıyordu. Yol yeniden çatallaştığında karşısında babası belirdi bu sefer. Elleri ve ayakları bağlanmış halde bir kayanın üzerinde oturuyordu.

Yalvarır gibi gözlerle bakarak, "Günlerdir seni bekliyorum kızım," dedi, "Beni neden hâlâ bulmadın? Zamanım daralıyor, neredesin? Ne zaman geleceksin?"

"Kendimi bulduğumda seni de bulacağım, babacığım," dedi Atiye, "Biraz daha sabret. Az kaldı, yakında kavuşacağız..."

Babasının ellerindeki ve ayaklarındaki ipler çözülüverdi. Ayağa kalkan babası, onu kucaklayıp bağrına bastıktan sonra, "Bekleyeceğim kızım," dedi, "Bin ömür sürse de seni bekleyeceğim..." Sonra, Atiye'yi omuzlarından kavrayıp gitmesi gereken yöne doğru nazikçe çevirdi.

Atiye, ileriye doğru baktığında dehlizin bittiğini, labirentin merkezini oluşturan yuvarlak bir odaya ulaştığını fark ederek sevindi. Elinde tuttuğu mum bitmek üzere olduğundan, hızlıca ortadaki büyük mumun yanına gidip elindeki mumla onu yaktı.

Mumu yakmasıyla birlikte ortam aydınlandı. Atiye, o ana kadar göremediği çıkış kapısını fark etti. Kapıdan çıkıp başka bir koridorda bir süre yürüdü. Koridorun sonunda bekleyen keşişler, onu ilk sınavındaki gibi özel bir odaya götürdüler. Atiye burada birtakım yeni vizyonlar gördü fakat çıkışta onları anlatabileceği kimse yoktu bu sefer.

Harabelerden çıkıp arabaya doğru yürürken gördüğü vizyonların olası anlamları üzerine düşünmeye başladı. Çok geçmeden, düşünmenin faydasız olduğuna karar vererek arabaya bindi ve Mardin merkeze doğru yola çıktı.

Cansu'yu bıraktığı yere geldiğinde onu görebilmek için sağına soluna baktı. Ama Cansu ortalıklarda görünmüyordu. Cebinden birkaç kere aradı ama telefonuna da ulaşılamıyordu. Bir süre daha bekledikten sonra, Şanlıurfa'ya dönmüş olduğunu düşünerek oradan ayrıldı.

Otele döndüğünde ilk işi odaya çıkıp Cansu'ya bakmak oldu.

Ama burada da yoktu. İşin ilginci, eşyaları da gitmişti. Resepsiyonu arayıp sorduğunda, bir saat kadar önce otelden çıkış yaptığını öğrendi. İstanbul'a dönmüş olmalıydı...

Kontrolünü yitirip ona aşırı tepki verdiği için kendine kızdı. Arayıp özür dilemeyi düşündü ama sakinleşmesi için ona biraz zaman tanımasının daha iyi olacağına karar verdi.

Bu arada Jack ne yapmıştı acaba? Zotar'ın süitine girebilmiş miydi? Daha da önemlisi, oradan sağ salim çıkabilmiş miydi? Neler olup bittiğini anlamalarına yardımcı olacak ipuçları bulabilmiş miydi?

Telefonunu çıkarıp Jack'i aradı ama ona da ulaşamadı. Mesaj gönderip cevap bekledi ama hayır, Jack dönüş de yapmadı. Merakını gidermek için sabahı beklemesi gerekecekti anlaşılan. Kıyafetlerini çıkarıp banyoya girdi.

Yaşadığı günün ardından, sıcak bir duştan başka hiçbir şey düşünemiyordu.

MASKELER

Jack, sorgu odasında Murat'ın gelmesini beklerken işlerin nasıl bu noktaya geldiğini düşündü. Murat ona kafayı takmıştı belli ki. Sevdiği kadını başkasından kıskanan bir adamın neler yapabileceğini az çok biliyordu Jack. Fakat şu an endişelendiği şey bu değildi. Onu sürükleyip buraya getiren sadece bir kıskançlık krizi miydi yoksa Murat kendisi hakkında başka bir şeyler mi biliyordu?

O bunları düşünürken, içeri giren Murat karşısındaki sandalyeye oturup kollarını önünde birleştirdi. Hiçbir şey söylemeden muzaffer bir ifadeyle bir süre öylece baktı.

Jack oturduğu yerde doğruldu. "Bunu neden yapıyorsun Murat?" diye sordu, "Bu yaptığının kimseye bir faydası yok!"

"Seninle görüşeceğimizi söylemiştim!" dedi Murat, "Bunu neden yaptığıma gelince, hakkında küçük bir araştırma yaptım. Görünüşe göre, ya ismin..." önündeki not defterine baktı, "Jack Grubb değil ya da iddia ettiğin gibi arkeolog değilsin. Kimsin sen? Amacın ne?"

"İsmim Jack Grubb. Mesleğime gelince... Sen ne kadar danışmansan ben de o kadar arkeoloğum diyelim. Beni söylediğim kişi olmamakla itham etmek doğru hamle mi burada sence? Atiye senin ne tür bir danışman olduğunu öğrense ne olurdu, bir düşünsene?"

"Burada soruşturma altında olan ben değilim!" dedi Murat sesini yükselterek, "Ayrıca beni bununla tehdit edemezsin. Atiye görevimin ne olduğunu ve neler içerdiğini biliyor. Ona her şeyi anlattım."

"Anlattın demek!" dedi Jack gülerek, "Soğukkanlı bir katil olduğunu da anlattın mı peki?"

"......"

"Ben de öyle tahmin etmiştim! Söylesene, nerede görevliydin? Ha? Kuzey Irak mı? Değil mi? Afganistan? Yine mi bilemedim? Söylesene... Kaç kişi öldürdün bu güne kadar?"

"Neden bahsettiğin hakkında en ufak bir fikrim yok..."

"Hadi ama Murat! Birçok şey olabilirim ama aptal değilim. Dünyanın farklı yerlerinde farklı 'projelerde' çalışan, bu sırada farklı 'arkadaşlar' edinen tek kişi sen değilsin. Bir keresinde yine böyle bir projede Özel Kuvvetler'den bir grup adamla çalışmıştım. İnanır mısın, bu adamlar sana aşırı benziyorlardı. Senin gibi az konuşuyor, senin gibi oturuyor, senin gibi yürüyorlardı. Hatta inanır mısın, kokuları bile senin gibiydi! Ölümün kokusunu bilir misin Murat? Neden soruyorum ki, eminim biliyorsundur! Bu adamlardan bir tanesi anlatmıştı. Ne kadar duş alırsan al bu koku bir türlü çıkmazmış üzerinden. Nereye gidersen git, peşinden gelirmiş. Gece uyumadan önce öldürdüğü adamların yüzünü gördüğünü söylemişti bana. Sen de görüyorsun değil mi o yüzleri Murat?"

"O yüzlerden biri olmak istemiyorsan, bir an önce çeneni kapatsan iyi edersin! İşlerin bu noktaya gelmesini ben istemedim, beni buna sen mecbur ettin!"

"Yanlış yapıyorsun Murat! Atiye açıkça göstermese de seni seviyor, inan bana! Hatta bunu kendisi söyledi bana. Böyle şeyler yaparak onu kendinden uzaklaştırıyorsun. Kıskançlık gözünü o kadar kör etmiş ki kendini komik duruma düşürecek şeyler yapmaktan geri duramıyorsun."

"Onu incitmene izin vermeyeceğim!" dedi Murat, yumruklarını sıkarak, "Emniyetteki arkadaşlar şu an ofisinden alınan şeyleri didik didik etmekle meşgul. Seni casuslukla suçlayacak bir şeyler bulmaları an meselesi..."

"Hiçbir şey bulamayacaklar, bunu sen de çok iyi biliyorsun. Yanlış ya da yasadışı hiçbir şey yapmadım. Tek istediğin blöf yapıp gözümü korkutmak. Ama başaramayacaksın! Sana neyin an meselesi olduğunu söyleyeyim mi? Birazdan kapı çalacak, üstlerinden biri içeri girecek. Muhtemelen yanlarında bir konsolosluk yetkilisi de olacak. Söyleyecekleri ilk şey beni derhal serbest bırakman olacak. Sonrasında yiyeceğin azardan bahsetmiyorum bile!"

Gerçekten de öyle oldu. Jack cümlesini bitirir bitirmez kapı açıldı. İçeri Şevket girdi, yanında yabancı bir adam ve iki polis memuru vardı. Yabancı olan adam, sinirli görünmesine rağmen konuşmadı. Şevket memurlara kelepçeleri çözmelerini söyledikten sonra Murat'ı kolundan tutup köşeye çekti.

"Aslanım sen kafayı mı yedin? Ne yapıyorsun?"

"Albayım, bilmediğiniz şeyler var…"

"Görünüşe göre senin de!" dedi Şevket öfkeli bir sesle, "Önceki görüşmemizde sordum, bana söylemediğin bir şey var mı dedim. Sen söylemedin ama ciğerini bilirim ben senin! Kıza kafayı taktığını, görevden alınmayı bu yüzden istediğini anlamadım mı sanıyorsun? Sana karşı anlayışlı olmaya çalıştım, ikinci bir şans tanıdım. Karşılığında sen ne yaptın? Duygularınla hareket edip kafanın dikine gitmeye devam ettin! Bakan Bey'i korumaya odaklanacağına, kıskançlık krizlerine girip asılsız iddialarla adam kaldırmaya kalkıştın. Çektiğin bu küçük numaranın Dışişleri'nde nasıl bir krize yol açtığının farkında mısın? Bana kalsa seni görevden alırdım ama henüz anlayamadığım bir sebepten ötürü Bakan Bey seni sevmişe benziyor."

"Bu adam söylediği kişi değil," diyerek kendini savunmaya çalıştı Murat, "Casus olmadığı ne malum? Amacını öğrenmeden onu serbest bırakmak akıllıca mı sizce?"

"Akıllıca hareket etmekten ne anlarsın sen!" diye çıkıştı Şevket, "Ayrıca, şu an senin amacınla daha çok ilgiliyim. Biraz da o konuya odaklansan iyi edersin."

"Ama Albayım!"

"Konu kapanmıştır asker! Bir daha böyle bir şey olursa kariyerini bitirmekle kalmam, askeri mahkemede yargılanman için fazla mesai yaparım, bilesin!"

Murat öfkelense de çaresiz geri adım attı. Yapabileceği fazla bir şey yoktu. Düşündü de, bir şey yapmamalıydı belki de. Yaptığı her şey durumu daha kötü hale getirmekten başka bir şeye yaramıyordu zira.

Kelepçeleri çıkarılan Jack, memurlara teşekkür ettikten sonra Şevket'e dönüp, "Sadece küçük bir yanlış anlaşılma," dedi, "Beyefendi işini yapıyordu sadece. Şikâyetçi olmayacağımı bilmenizi isterim."

"Anlayışınız için çok teşekkür ederim."

Keyfi yerine gelen Jack, konsolosluk yetkilisiyle birlikte dışarı çıkmadan önce Murat'a dönüp çaktırmadan göz kırptı. Murat da onların peşinden çıkmaya hazırlanıyordu ki Şevket onu kolundan tutarak durdurdu.

"Dur bakalım! Sen bir yere gitmiyorsun..."

"Albayım bir hata yaptım, özür dilerim ama mevzuyu uzatmasak?"

Şevket çantasından bir dosya çıkarırken, "Konu başka," dedi, "Organize şubedeki arkadaşlar, suikast istihbaratıyla ilgili bir şüpheli getirmişler. Görünüşe bakılırsa bu herif eylem için gerekli malzemeleri temin ediyormuş. Hazır buradayken bu elemanı konuşturmanı istiyorum. Sorgulama becerilerini biraz da görevin için kullanırsın, fena mı!"

"Emredersiniz Albayım."

Kapıya yönelen Şevket, çıkmadan hemen önce duraksayıp arkasına döndü. "Zamanımız daralıyor aslanım," dedi, "Ne yap et, bu hergeleyi konuştur. Başka şansımız olmayabilir!"

ŞANTAJ

Emniyet binasından çıkan Jack, oyalanmadan bir taksiye atlayıp doğruca otele gitti. Fazla dikkat çekmemeye çalışarak asansöre yöneldi. Asansörden indiğinde koridorun sonuna kadar yürüdü. Gösterişli süit kapısının önünde durup saatine baktı. Hiç düşünmeden kapıyı üç kere tıklattı.

Kapıyı, "Geç kaldın!" diyerek açtı Zotar.

"Küçük bir sorun çıktı!" dedi Jack, "Hiç gelemeyebilirdim de ama şansım yaver gitti!"

Kapıyı açık bırakıp içeriye geçen Zotar, "Sana ne ikram edebilirim Jack?" diye sordu arkasına dönmeden.

"Geçirdiğim günün ardından bir bardak viski fena olmaz doğrusu."

Zotar bardan aldığı kristal işlemeli bardaklara viski doldurup birini Jack'e uzattı. "Yaşadığın şu küçük sorun her neyse," dedi bir kaşını kaldırarak, "anlaşmamızı aksatacak türden bir şey değildir umarım..."

"Her şey plana uygun gidiyor. Atiye'yi babasını bulmak için önce yüzüğü bulması gerektiğine inandırmam zor olmadı. Defterin arasından çıkan kâğıdı gösterdiğimde yüzünün aldığı şekli görmeliydiniz!"

"O kâğıdı defterin arasına koymak dâhiyane bir fikirdi gerçekten de! Hakkında duyduklarım doğru belki de. Peki bundan sonra ne olacak?"

"Dediğiniz her şeyi yaptım. Bana gönderdiğiniz tercümeleri gösterdim ona. İpuçlarını izleyerek yüzüğü bulmaya adım adım yaklaşıyoruz. Fakat bir sorun var! Atiye'nin zaman zaman buluştuğunu söylediği Anima diye bir kadın var. Bu kadın, Atiye'ye üç sınavdan geçmesi gerektiğini söylemiş. Geçenlerde ilki için Adıyaman'a gittik, Nemrut Dağı'na. Çok garipti, anlatsam inanmazsınız! Anladığım kadarıyla sınavı geçti ve an itibarıyla ikincisi için Mardin'de. Benden şüphe etmesin diye ona engel olmaya çalışmadım fakat bu seyahatler hem Atiye'nin dikkatini dağıtıyor hem de bize zaman kaybettiriyor. Ne yapmamı önerirsiniz?"

"Müdahale etmemekle doğru olanı yapmışsın. Onu inisiye ettiriyorlar ve bu konuda yapabileceğimiz fazla bir şey yok. Aslına bakarsan buna ihtiyacımız var. Fakat üçüncü ve son sınavını geçmeden önce yüzüğü almalıyız. İnisiyasyonu tamamlamasına izin veremeyiz; süreci hızlandırmalıyız. Tek yapman gereken, yüzüğü bulur bulmaz üçüncü sınavın yerini bana haber vermek; gerisini ben hallederim."

"Bir şeyi anlamakta zorlanıyorum. Mademki yüzüğün yerini biliyorsunuz, kıza neden ihtiyacınız var? Neden gidip yüzüğü doğrudan almıyorsunuz? Bu oyunlara ne gerek var?"

"İşte bu konuda yanılıyorsun dostum! Yüzük hakkında bilmediğin çok önemli bir şey var."

"Neymiş o bilmediğim şey?"

"Cevabı duymak istediğine emin misin?"

"Evet, bunu bilmeye hakkım olduğunu düşünüyorum."

"Pekâlâ, bunu sen istedin... Şöyle ki yüzük bu boyutta değil ve onu görüp aktive edebilecek tek kişi de kız. Fakat burada bir incelik var, onu bulmayı kendisinin istemesi gerekiyor, bunu yapmaya onu zorlayamayız. Aksi takdirde yüzük hiçbir işe yaramaz."

"Neden Atiye peki?"

"Sana soru sorman için para ödemiyorum. Şimdilik bu kadarını bilmen yeterli."

"Sorun yaşayacağımızı sanmıyorum. Bana sonuna kadar güveniyor çünkü."

"Güzel! Güçlerine kavuşmadan onu ve yüzüğü ele geçirmek zorundayız."

"Bir saniye! Bir saniye!" dedi Jack, "Onu mu? Anlaşmamızda kız yoktu, sadece yüzüğü teslim edeceğimi sanıyordum!"

"Atiye'nin sıradan bir kız olmadığını anlamış olman gerekiyor," dedi Zotar sırıtarak, "Hem öyle olsa bile, bu kadar çok şey bilen birinin öylece yürüyüp gitmesine izin vereceğimi sanacak kadar saf olamazsın! Bu arada yeri gelmişken, sen de bilmen gerekenden fazlasını biliyorsun. Ama istediğimi yapıp kızı bana teslim edersen bu gerçeği görmezden gelmeye hazırım. Senin gibi yetenekli bir hırsıza her zaman işim düşebilir ne de olsa!"

"Peki ya kabul etmezsem?"

"Kabul etmezsen, hayatının geri kalanında çalacağın tek şey hapishane yemekhanesindeki kürdanlar olur."

Bunu söylerken cebinden değerli taşlarla süslenmiş bir telefon çıkardı. Telefonu biraz kurcaladıktan sonra bir video dosyası bulup oynat tuşuna bastı ve telefonu Jack'e uzattı.

Jack videoyu bir süre izledikten sonra yüzünü buruşturarak ekranı kapattı.

"Bunu nereden buldunuz?"

"Tıpkı patronum gibi ben de tutkulu bir koleksiyoncuyum. Fakat onun aksine ben antika heykellere ya da tablolara değil, işime daha çok yarayacak şeylere ilgi duyuyorum. Tıpkı bu kayıt gibi... Bu sadece bir örnek bu arada; seni temin ederim ki koleksiyonum oldukça zengindir. Sorunun cevabına gelince, önemli olan bu kaydı nereden bulduğum değil, teklifimi kabul etmemen halinde onu nereye göndereceğim!"

Jack köşeye sıkışmıştı. "Tahmin edebileceğiniz üzere," dedi telefonu geri uzatırken, "bunu düşünmek bile istemem."

"Telefon sende kalsın," dedi Zotar, "Küçük bir hediye diyelim! Bunlardan sadece on tane üretildiğini biliyor muydun? Yerinde olsam onu kaybetmezdim. Çok değil üç-beş yıl sonra servet değerinde olur!"

Jack ayağa kalktı. Zotar'ın gözlerinin içine bakarak telefonu sehpanın üzerine attı. Bir şeyler söylemek istedi ama kelimeler boğazında düğümlendi. Yüzünü ekşiterek arkasını döndü, ardına bakmadan odadan çıktı.

Otelin halı kaplı koridorlarında hızlı adımlarla yürürken, böyle bir şeyi Atiye'ye nasıl yapacağını düşündü. Öte yandan, Zotar onu fena halde köşeye sıkıştırmıştı; elindeki kayıt hayatını karartmaya yeter de artardı bile.

Dünyanın en nadide tarihi eserlerini çalarken bir kez bile yakalanmamıştı. Yakalanmaya en çok yaklaştığı an ise az önce kaydını izlediği olaydı. Henüz acemi olduğu yıllarda, Rönesans dönemine ait paha biçilemez bir tabloyu çalmak için girdiği malikânede ansızın güvenlik görevlisiyle burun buruna gelmiş, çıkan arbedede ateş alan silah adamı yere serivermişti. Tüm uğraşlarına rağmen kanamayı durduramayan Jack, yakalanmamak için polis gelmeden olay yerini terk etmek zorunda kalmıştı.

Şimdi ne yapacaktı? Prensip olarak kendisine şantaj yapılmasına göz yummazdı. Köşeye sıkışmış olmasa bunu yapmaya kalkana haddini bildirirdi. Fakat kaydın polisin eline geçmesi durumunda hayatının geri kalan kısmını parmaklıklar ardında geçirmesi işten bile değildi.

Bildiği tek bir şey varsa o da hapishaneye asla ama asla girmeyeceğiydi.

Hiçbir şey özgürlüğünden daha değerli değildi.

Atiye bile!

SORGU

Komiser Nevzat, karşısında oturan adamı baştan aşağı süzdü. Akşam için yaptığı programın içine eden bu adamı yakından tanımak ister gibi bir hali vardı.

Amiri, mesai bitimine beş dakika kala onu odasına çağırıp kapıyı kapatmasını söyledikten sonra, İnfaz Büro'dan bir şüpheliyi alıp sorgu odasına götürmesini emretmiş, adamı sorgulamaya birinin geleceğini de eklemişti. Sorgu için gelen kişinin kimlik bilgilerini ve görüşmeyi kayda geçirmemesini ayrıca tembih etmişti. Kimin nesiydi bu adam? Ve daha da önemlisi, bütün bu gizliliğin sebebi neydi? Adamın azılı bir suçlu olması ihtimali onu heyecanlandırsa da, ciğeri beş para etmez birine bebek bakıcılığı yapmaktansa şubeden arkadaşlarıyla bira içip yılın derbisini izlemeyi tercih ederdi doğrusu.

Yarım saattir ağzını açıp tek kelime etmeyen adam, geriye taranmış jöleli saçları, kirli sakalı ve üstten birkaç düğmesi açık bırakılmış beyaz gömleğiyle mafya özentisinin önde gideniydi. Hiç konuşmadığı gibi, komiserle herhangi bir şekilde göz teması da kurmuyordu. Normal şartlar altında Nevzat, kendisini adam yerine koymayıp aşağılayan bu ite haddini çoktan bildirirdi fakat bu sefer durum biraz farklıydı. Amirinin dediğine bakılırsa adamı yakalama emri en tepeden gelmiş, dahası onu sorgulayacak kişi gelene dek adama ilişilmemesi söylenmişti.

Adam nihayet ağzını açarak zaten dar olan odayı daha da daraltan sinir bozucu sessizliği bozdu. "Beni burada daha ne kadar tutacaksınız?"

"Bir hayranını bekliyoruz," diyerek sırıttı Nevzat, "Senden imza alacakmış. Birazdan burada olur!"

Adam yüzünü buruşturdu. "Bu yaptığınız kanuna aykırı, beni böyle alıkoyamazsınız!"

"Kes lan!" diye bağırdı Nevzat, "Seni duyan da kanuna saygılı biri sanacak!"

Adam ona diş bileyerek bakarken odanın kapısı gıcırdayarak açıldı. İçeri giren koyu renk takım elbiseli bir adam, "Merhaba," dedikten sonra geçip Komiser'in yanındaki boş sandalyeye oturdu.

"İşte bak," dedi Komiser, adama bakıp sırıtmaya devam ederek, "Misafirimiz de geldi!"

"Murat," dedi adam komiserin elini sıkarken, "Size bilgi verilmiş olması lazım..."

Nevzat, "Evet haberim var Murat Bey," dedikten sonra tekrar adama döndü. "Beyefendi sana birkaç soru soracak. Uslu olup adam gibi cevap verirsen hepimiz eve erken gideriz."

"Benim kimseye anlatacak bir şeyim yok!" dedi adam gergin bir ses tonuyla, "Bırakın gideyim!"

Murat, çantasından çıkardığı dosyayı masanın üzerine koyup kapağını açtı. "Merak etme uzun sürmeyecek," dedikten sonra, dosyadan çıkardığı bir fotoğrafı adamın önüne doğru ittirdi.

"Bu fotoğraftaki sen misin?"

Adam fotoğrafa bakmadı bile. "Hayır!"

"Emin misin?" dedi Murat, fotoğrafı Komiser'e çevirirken, "Bence oldukça benziyor, siz ne dersiniz Komiserim?"

"Ta kendisi!" diyerek güldü Komiser, "Bu muşmula suratı nerede görsem tanırım. Şuna baksana! Allah bilir ailesi bile istememiştir bunu!"

"Daha açık konuşayım," dedi Murat, "Yasadışı bir şey lazım olduğunda kapısı çalınacak ilk adam senmişsin, öyle dediler. Fotoğrafta sırtı bize dönük olan adamın önemli bir eylem hazırlığı içerisinde olduğuna inanıyoruz."

"Ee? Bunun benimle ne alakası var?"

"Seninle alakası şu ki bundan birkaç gün önce adamla birlikte görüntülenmişsin. Orada oturup ülke ekonomisinden konuşmadınız herhalde! Ona ne temin ettiğini, adamın ne planladığını tüm ayrıntılarıyla bilmek istiyorum. Mevzu mühim ve çok acil! Bu yüzden, eğer bana yardımcı olursan ceza almaman için elimden geleni yaparım. Birbirimizi anlıyor muyuz?"

"Ben kimseye bir şey temin etmedim," dedi adam, "O fotoğraftaki ben değilim, ayrıca öyle bir adamı da hayatımda görmedim. İnşaat işleriyle uğraşıyorum ben!"

Arkasına yaslanan Murat, kollarını bağlayıp derin bir nefes aldıktan sonra, "Bak aslanım..." dedi, "Zamanım çok kıymetli benim. Güzellikle anlatacak mısın yoksa bildiğim bütün ikna yöntemlerini üzerinde deneyeyim mi?"

Adam Murat'ın yüzüne dik dik bakarak, "Anlatacak bir şeyim yok, avukatımı istiyorum!" dedi kelimelerin üstüne basa basa.

Murat, Komiser'e dönüp ondan kendisini birkaç dakikalığına adamla yalnız bırakmasını rica etti. Ayağa kalkan Komiser, adama dönüp, "Yanlış cevap!" dedikten sonra bitişikteki odaya geçip gözetleme penceresinden izlemeye başladı.

Komiser'in odadan çıkışını gözucuyla takip eden adam, kapı kapanır kapanmaz alayla alkışlayarak, "Bravo, çok iyi oynadınız!" dedi, "Lakin peşin söyleyeyim, bu iyi polis kötü polis numaraları bana sökmez. Sen babanda vitaminken ben bu âlemde racon kesiyordum!"

"Ben kötü polis değilim!" dedi Murat, "Aslına bakarsan polis bile değilim. Senin gibi biri bunu şimdiye kadar çözmüş olmalıydı."

"Neymişsin peki?"

"Ne olduğumu bilmek istemezsin, inan bana!" dedi Murat adamın gözlerinin içine bakarak, "Çoğu zaman ben bile unutmaya çalışıyorum!"

Adam ona tiksinerek baktı. "Ne olursan ol ulan!" dedi dişlerini gıcırdatarak. "Ateş olsan cürmün kadar yer yakarsın! Senin gibi psikopat geçinenleri çok gördük biz. Hepsi de yerin altında şimdi!"

Murat, yerinden kalkıp ceketini çıkardı. Odanın kapısını kilitledikten sonra sandalyesini sürükleyerek adamın yanına kadar çekti. Parkede sürüklenen sandalyenin gıcırtısı odanın gri duvarlarında kaybolurken, Murat oturup dirseklerini masaya dayadı ve melankoliğe kaçan bir sesle ağır ağır konuştu.

"Bir zamanlar birlikte görev yaptığım bir dostum vardı. Kardeş gibiydik, hatta daha ileri! Yıllarca omuz omuza çarpıştık, birbirimize canımızı emanet ettik. Sürekli birlikteyiz anlayacağın. Bir süredir bir derdi vardı, belliydi ama o konuyu açmadığından ben de bir şey demiyordum. Gel zaman git zaman, bir gece arazideyiz, baktım kumrucu baykuşu gibi düşünüyor bu yine. Dayanamayıp sordum, neyin var diye. Bir sevgilisi varmış meğer. Çıktığımız operasyonlar yüzünden psikolojisi bozuldukça kız da giderek uzaklaşmış bundan. Dile kolay, senin gibi birinin bile kâbuslarında görmeyeceği şeyler yaşadık. Neyse, lafı uzatmayayım, dengesi bozuldukça kız uzaklaşmış, kız uzaklaştıkça dengesi daha da bozulmuş. Tam bir kısırdöngü anlayacağın! Sonunda kız gelip ya görevin ya ben, seçimini yap demiş. 'Git konuş, konuşmak iyidir,' dedim. 'Bilemiyorum,' dedi. O gün mevzu öylece kaldı, ertesi gün de görev bitti, ayrıldık..."

"Bana ne bunlardan be adam?" diye sözünü kesti adam, "Ne diye anlatıyorsun bana bunları?"

Murat onu duymamış gibi anlatmaya devam etti. "Bir hafta sonra kardeşi aradı beni. Önce kızın kafasına, sonra da kendi kafasına sıkmış..." Bir süre bir şey söylemeden boşluğa baktı. "O zamanlar böyle bir şeyi neden yaptığını hiç anlayamamıştım ama şimdi anlıyorum."

Adamın şaşkın bakışları arasında belindeki silahı çıkardı. Emniyeti açtı, şarjörü yarısına kadar çıkarıp dolu olduğunu gösterdikten sonra namluya bir mermi sürüp masanın üzerine bıraktı. "Bu silah, o silah işte..." dedi, "Rahmetli silahı benim almamı istemiş. O günden beri de bende."

Adam hikâyenin ana fikrini çözmeye çalışadursun, silahı yeniden eline alan Murat onu evirip çevirerek konuşmaya devam etti. "Çöl Kartalı! Altın kaplama titanyum! Kırk dört kalibre! Asla yarı yolda bırakmaz! Atış isabeti yüksek! Etkili menzili iki yüz metre! Biraz ağırdır ama dünyanın en güçlü silahlarındandır; İsrailliler 'avuca sığan top' derler buna!"

Adam silaha küçümseyerek baktı. "Beni bununla korkutacağını sanıyorsan yanılıyorsun," dedi, "Ne yapacaksın? Emniyetin ortasında kafama mı sıkacaksın?"

Murat, silahı yeniden masaya bırakıp adamın önüne doğru ittirdi. "Hayır, sen benim kafama sıkacaksın!"

"Ne diyorsun be!" dedi adam afallayarak, "Çıldırdın mı sen?"

"Hayır," dedi Murat sert bir sesle, "ama silahı hemen almazsan çıldırabilirim!"

Adamın sinirleri iyiden iyiye gerilmişti. "Lan yürü git!" diyerek silahı elinin tersiyle itti.

"Ona kadar sayacağım!" dedi Murat, "Eğer silahı almazsan, ben alıp kafana sıkacağım!"

Murat kararlı bir sesle saymaya devam ederken, adam onu daha fazla sinirlendirmemek ve belki de biraz zaman kazanmak için silahı eline aldı. Bir yandan da, kendisini içine düştüğü durumdan kurtaracak birilerini bulmak umuduyla gözetleme penceresine bakıyordu.

"Sana bir şey soracağım," dedi Murat kravatını gevşetirken, "Sen hiç âşık oldun mu?"

"Efendim?" dedi adam. İyice aptallaşmıştı.

Murat'ın sesi psikopatça bir tona büründü. "Âşık ulan âşık!" diye bağırdı, "Hiç oldun mu diyorum!"

Adam Murat'ın ruh halindeki ani değişiklikleri takip etmekten yorulmuşa benziyordu. "Bunun konuyla ne alakası var şimdi?" diye sordu titrek bir sesle.

"Uzatma lan!" diye gürledi Murat, "Oldun mu olmadın mı!" Adamın dut yemiş bülbüle döndüğünü görünce, "Ben oldum!" diye devam etti, "Hem de en olmayacak kişiye!"

"Olmasaydın kardeşim. Bana mı sordun!"

"Ne güzel dedin!" dedi Murat gülerek, "Olmasaydım keşke! Kız hedef sonuçta. Ne diye gidip âşık oluyorsun, değil mi? Sonuçta, kim yarın bir gün tutuklamak zorunda kalabileceği birine âşık olmak ister? Ha, işin bir de göreve ihanet boyutu var tabii! Vatan sadakat ve hizmet beklerken ben ne yaptım? İşveli bir bakışa, sıcak bir gülüşe tav oldum! Ettiğim tüm yeminlere ihanet ettim!"

"Bana mı öyle geliyor," dedi adam araya girerek, "yoksa beni konuşturmaktan tamamen mi umudu kestin?"

"Oradan öyle mi görünüyor?"

"Baksana, elinde doğru düzgün delil yok, tutmuşsun bana imkânsız aşkını anlatıyorsun..."

"Seni konuşturmak için deneyebileceğim yöntemlerin her birini ayrı bir kâğıda yazsam takvim yapar şu duvara asarız," dedi Murat burnundan soluyarak, "İstesem, sana hayal bile edemeyeceğin acılar tattırabilirim. Ama istemiyorum çünkü hiçbiri şuramda hissettiğim acıyla boy ölçüşemez!" Son cümleyi söylerken elini kalbinin üzerine bastırdı.

"İşkence suçtur," dedi adam, "Haklarım var benim!"

"Sana neyin suç olduğunu söyleyeyim mi? Bir insana önce birinin kalbini kazanmasını emredip sonra da onu sevmemesini istemek! Suç budur işte! Bense bu suçun hem mağduru hem de mahkûmuyum! Bir tarafta vatan, öbür tarafta aşk. Nereden baksan ihanet, gel de çık işin içinden! Ha, seni konuşturmaya gelince... Konuşup konuşmaman umrumda değil, hâlâ anlamadın mı? İşin aslı şu ki günlerdir kafa patlatıyorum, düştüğüm bu bataklıktan nasıl çıkacağım diye. Şu kapıdan içeri girip seni gördüğümde, cevabın karşımda durduğunu fark ettim. Sen cesur birine benziyorsun, bana yardım edebilirsin belki de..."

Konuşurken, bir yandan da adamın silah tutan elini mengene gibi kavrayıp kendi kafasına doğru çekti. Silahın namlusu alnına yaslandığında, başparmağıyla adamın tetik parmağına bastırmaya başladı.

"Dur, ne yapıyorsun?" diye bağırdı adam. Bu arada odanın dışında bir hareketlenme oldu. Kapı önce ısrarla çalındı, ardından da zorlanmaya başladı. Murat, Nevzat Komiser'in bağrışlarını duyabiliyordu.

Dışarıda kopan patırtıyı duymazdan gelen Murat, "Kararımı verdim," dedi, "Sonu öyle ya da böyle ihanetle biten bu yolu daha fazla yürümeyeceğim. Ne onursuzca ne de sevgisizce yaşayabilirim. Bir seçenek daha var! Sayende hepsi şimdi burada bitecek..."

"Yapamam!" dedi adam yalvarır gibi bir sesle, "Hayatım biter!"

"Sen bilirsin!" dedi Murat, "O halde önce senin kafana sonra da kendime sıkacağım. Başka yol bırakmadın bana."

O sırada kapı kırıldı. Nevzat Komiser'le birlikte içeri dalan polis memurları, masanın etrafını çevirerek silahlarını masaya yönelttiler. Ne yapacaklarını şaşırmışlardı, silahlarını bir adama, bir Murat'a doğrultuyorlardı. Murat adamın elini daha güçlü biçimde kavrarken, Nevzat Komiser adama dönüp, "Silahı yavaşça bırak!" diye bağırdı.

"Kafan güzel mi lan senin?" dedi adam gözlerini iri iri açarak, "Bırakabilsem bırakacağım herhalde! Hem nerede kaldınız? Bu manyak beynimi dağıtacaktı az daha!"

"Henüz hiçbir şey bitmiş değil," dedi Murat hınzır bir gülümseme eşliğinde.

"Murat Bey, siz de bırakın artık adamın elini," dedi Nevzat, "Baksanıza korkudan altına kaçıracak!"

"Seviyorum Komiserim!" diye bağırdı Murat, "Allahım'a kitabıma çok seviyorum! Her şey bir kenara, bir de bu aşağılık herif yüzünden çuvallayacaksam yaşamanın ne anlamı var!"

"Başka bir hal çaresini bulalım," diye yalvardı Nevzat, "Böyle olmaz! Ben bu olanları nasıl izah ederim amirime!"

"Orasını bilmem! Ben bitmişim zaten, buradan eli boş çıkacağıma ceset torbasında çıkarım daha iyi! Hem fena mı, giderken bu iti de yanımda götürürüm, sokaklar bir pislikten daha temizlenmiş olur!"

Akbabalar gibi masanın etrafında dönen polis memurları, iyiden iyiye tedirgin olmuşlardı. "Komiserim ne yapalım, emirlerinizi bekliyoruz!" dedi bir tanesi.

Polis memurlarından birinin kontrolü kaybedip kendisine ateş etmesinden korkan adam, "Durun! Tamam!" diye bağırdı can havliyle, "Ne bilmek istiyorsanız anlatacağım! Yeter ki şu silahı kaldırın gözümün önünden!"

Parmağını hafifçe gevşeten Murat, silahı alnından çekmeden masadaki fotoğrafı yeniden adamın önüne ittirdi.

"Bu adama ne sattığını bilmek istiyorum!"

"Bir keskin nişancı tüfeği, biraz mühimmat, bir de çalıntı araç ayarladım!"

"Adam... Onu nerede bulabilirim?"

"Bulamazsın..."

Adam Murat'ın parmağını yeniden bastırmaya başladığını görünce, "Doğruyu söylüyorum," diye bağırdı telaş içerisinde, "Bu işin arkasındaki adamlar öyle canın istediğinde bulacağın tipler değil! Hem bulsan bile bir şey değişmez. Bu adam sadece bir aracı, suikastçının kendisi değil..."

Murat, adamın önüne bir parça kâğıt ve kalem koydu. "Silah ve araçla ilgili bildiğin her şeyi buraya yazacaksın. Marka, model, ruhsat, plaka, ne biliyorsan hepsini! Sonra ikimiz de buradan çıkıp gideceğiz!"

Adam kalemi eline alıp kâğıda alelacele bir şeyler karalamaya başladı. İşi bitince kâğıdı yeniden Murat'ın önüne doğru ittirdi.

Kâğıda göz atan Murat, adamın elini yavaşça serbest bıraktı. Eli serbest kalan adam, silahı bir kor parçasıymışçasına masanın üzerine fırlattı.

Memurlardan biri silahı alırken, diğeri adamı kolundan tutup kaldırdı. Adamla birlikte dışarı çıktılar.

Odada Murat'la baş başa kalan Nevzat Komiser, şaşkınlık ve hayranlık içerisinde onu süzüyordu. "İtiraf edeyim," diye söze girdi, "ilk başta aklım gitti, dedim bu adam sicilimi yakacak! Mevzuya sonradan uyandım. Bunca yıldır teşkilattayım, birini konuşturmak için böyle numara çekildiğini ne gördüm ne de işittim! İmkânsız aşkı yüzünden cinnet geçirip kendini öldürtmeye kalkışan polis! Bayıldım bu hikâyeye! Kırk yıl düşünsem aklıma gelmez valla!"

"Güzel hikâye, değil mi?" dedi Murat, masanın önündeki kâğıtları toplarken, "Neyse, bizi suikastçıya ulaştırabilecek bir şeyler alabildik, gerisi mühim değil. Ben silaha bakayım, siz de kendi veri tabanınızdan aracı araştırın. Bir şey bulursanız anında haberim olsun!"

"Emredersiniz Murat Bey!"

"Bu arada," dedi Murat çıkmadan önce, "bugün burada olanlardan tek bir kişiye bile bahsedersen meslek hayatın biter, ona göre!"

Odadan çıkıp koridor boyunca yürümeye başladı. Asansörün önünde beklerken, "Başka bir gün," dedi kendi kendine, "Başka bir gün..."

Murat'ın arkasından bakakalan Komiser, maçın ikinci yarısına hâlâ yetişebileceğini fark ederek toparlandı.

Kapıyı kapatıp aceleyle çıkışa yönelirken, "Ne adamlar var ya!" diye mırıldandı.

BÖLÜM VI

ÜÇÜNCÜ BULUŞMA

O gece bir rüya gördü Atiye.

Rüyasında İstanbul semalarında uçuyordu. Varlığı hazla dolmuş, tüm biçimlerden özgürleşip farklı bir hale bürünmüştü. Bedeni fiziksel sınırları aşıp astral bir yolculuğa çıkmış gibiydi. Boğaz'ın sularından yansıyan ışık gözlerine çarpıyor; rüzgârı, yağmuru, güneşi her hücresinde, hayatın her kıvrımını ruhunun derinliklerinde hissediyordu.

Boğaz üzerinde bir süre bu halde uçtuktan sonra, bir kuş gibi aşağıya süzülerek Kız Kulesi'nin önüne kondu. Martılar tepesinde uçuşurken, mora çalan gökyüzünü kaplayan pembe bulutlar Karadeniz'e doğru ağır ağır ilerliyordu. Her şey tuhaftı ama bir o kadar da ahenk içindeydi.

Hayret ve hayranlık içerisinde etrafını seyrederken bir teknenin kuleye doğru geldiğini fark etti. Teknenin burun kısmında, elinde meşale tutan yakışıklı bir adam duruyordu. Saçları altın sarısı olan adamın o kadar saf ve duru bir güzelliği vardı ki onun kusursuz orantıya sahip vücudunun yanında kendisininki siyah, çelimsiz bir siluet gibi kalıyordu. Adam hafiften Jack'e benziyordu ama o değildi. Dikkatli baktığında Murat'ı da andırdığını fark etti. Hatta kendine bile benziyordu.

Kim olduğunu çözemediği adamla hem ayrı hem de bütün hissetti kendini. O ve temsil ettiği şeyler varlığıyla bütünleşmiş, ayakları yerden kesilerek cinselliğin ötesine geçen farklı bir birleşme boyutuna yükselmişti âdeta.

Ona "Herkül" adını verdi.

Saçları rüzgârda savrulan Herkül, sağ elinin işaretparmağıyla ileriyi işaret ediyordu. Fakat bir tuhaflık da yok değildi. Tekne, oldukça hızlı ilerlemesine rağmen bir türlü kuleye varamıyordu.

Beklemekten sıkılan Atiye, arkasına döndüğünde karşısında iki ayna gördü. O tarafa doğru birkaç adım attığında aynaların içinde iki Atiye olduğunu fark etti. İkisi de gözleriyle onun hareketlerini takip ediyorlardı.

"Aynada iki Atiye... Gerçekte iki Atiye... Rüyada iki Atiye!" diye düşündü. İkiyi bir edememişti bir türlü! Atiyeler'den biri kendi cehennemine sıkı sıkıya tutunan ayaklı bir kütüphaneye dönüşürken, diğeri anbean kendini yargılayan şükürsüz bir hastalık hastası olup çıkmıştı.

Rüya devam ediyor, Atiye tüm uğraşlarına rağmen bir türlü uyanamıyordu. Uyansa ne olacaktı ki gerçi? Son zamanlarda gerçek de bu rüyadan çok farklı değildi. Etrafını kuşatan aynalar ona gerçekliğinden şüphe ettiği görüntüler gösteriyor, bu görüntüler arasında bir o yana bir bu yana koşturuyordu. Kimler yoktu ki o aynalarda? Babası, annesi, Murat, Jack, abisi, Cansu, Hülya ve daha nicesi...

Atiye düşünmeye devam ederken, soldaki ayna asılı olduğu görünmez çividen kurtulup yere düştü. Aynanın parçaları dört bir yana dağılırken diğer aynadaki Atiye Anima'ya dönüşmeye başladı. Her zamanki gibi harika görünüyordu Anima; gençleşmesi devam ediyordu. Kırklı yaşlarının başında alımlı bir kadındı bu sefer.

Anima öne doğru bir adım atarak aynadan çıktı. "Tebrikler!" dedi gülümseyerek, "İkinci sınavını da geçtin. Seninle ne kadar gurur duysam az!"

"Teşekkür ederim," dedi Atiye mahcup bir ses tonuyla, "Yardımların olmasaydı başaramazdım."

"Başarmayı istemeseydin yardım edemezdim..."

Anima bu söylediğine gerçekten inanıyor muydu yoksa onu motive etmek için mi böyle söylüyordu? İnanıyor olmalıydı, zira iyi niyetle olsa bile onun gibi bir varlığın yalan söyleyeceğine ihtimal veremiyordu Atiye.

"Bu sefer neden rüyada buluştuk?" diye sordu etrafına bakınarak.

"Zamanımız daralıyor," diye cevap verdi Anima.

"Az önce gördüklerim... Bütün bunlar ne anlama geliyor? Teknedeki o adam kimdi mesela?"

"Gördüklerini anlamaya çalışma! Bugün farklı bir şey yapacağız..."

"Öyle mi? Çok merak ettim sen böyle söyleyince?"

"Evet, bana aklına takılan şeyleri sormanı istiyorum."

"Tamam," diyen Atiye, bir süre düşündükten sonra, "Önceki konuşmamızda geçmiş ve gelecek üzerine konuşmuştuk," dedi, "O günden bu yana kafamı kurcalayan bir şey var. Sence hangisi daha önemli? Geçmişi anlamak mı yoksa geleceği şekillendirmek mi? Hangisine odaklanmalıyım?"

"Geçmiş ve gelecek birbirinden ayrı değildir," dedi Anima, "İkisini de 'Şimdi'de bulabilirsin."

"Bu ne anlama geliyor?"

"Zamanın azgın bir nehir olduğunu, bu nehirde kontrolsüzce sürüklendiğini hayal et. Başını suyun üzerinde tutmak için inanılmaz bir çaba harcıyorsun fakat ne yaparsan yap, akıntı seni sürükleyip kayalara çarpıyor; nefesin daralıyor, canın yanıyor, içinde bulunduğun durum üzerinde neredeyse hiç kontrolün yok. Ne ileride seni bekleyen şeyleri görebiliyorsun ne de geçtiğin yerleri hatırlayabilecek haldesin. Bir yerlerden tanıdık geldi mi?"

"Gelmez mi!" dedi Atiye başını öne eğerek, "Son günlerde bu

halde geçmeyen bir günüm bile yok neredeyse."

"İşte böyle bir örnekte... 'Şimdi'de ve 'Burada' kalabilmek, suyun üzerine yükselerek zaman denen azgın nehre yukarıdan bakmak gibi. Bunu yapmayı başardığında, az önce anlattığım sıkıntıların hiçbirini yaşamak zorunda kalmayacağın gibi, nehrin nereden geldiğini ve nereye aktığını da rahatlıkla görebilirsin. Geçmiş de gelecek de önünde uzanıp gider, hangisini dilersen ona bakarsın. Dahası, 'Şimdi'de ve 'Burada' çalışarak ikisini de şekillendirebilirsin."

"Hayatım boyunca hep umuda sarıldım," diyerek iç geçirdi Atiye, "İçinde bulunduğum şartlar elverişsiz olsa da bir gün değişebilir dedim kendime hep!"

"İçinde bulunduğun şartlar değil, içindeki şartlar," diye düzeltti Anima, "Düşündüğünün aksine sen şartların içinde değilsin, onlar senin içinde! Çoğu insan, dış dünyanın değişmez bir realite olduğuna, onu oluşturan şeylerin kendi kontrolünde olmadığına inanır. Bu ilk bakışta doğru görünür. Dışımızda bizden daha büyük ya da güçlü görünen birtakım düzenler, sistemler, kişiler ve ilişkiler vardır ne de olsa. Fakat bunların tamamının anlamı, etkisi ya da rolü, senin kim olduğuna ve dünyayla nasıl bir ilişki kurduğuna göre bir anda değişebilir. Özünde nötr olan dış faktörler, senin bütünlük düzeyine göre pozitif ya da negatif, yapıcı ya da yıkıcı, besleyici veya zarar verici hale bürünür. İç dünyanı bütünleştirip ustaca yönetebilirsen, dışarıda karşına çıkan şeyler seni sabote etmeyi ve seninle savaşmayı bırakıp senin amaçlarına hizmet etmeye başlar. Başka bir deyişle, bugününü ve yarınını belirlediğine inandığın şartlar objektif değil, subjektiftir. Bunu kavrayıp sorumluluk almaya başladığında çarklar dönmeye, gözlerinin önünde yeni bir dünya realitesi şekillenmeye başlar."

"Hâl böyleyken, neden herkes bunu yapmıyor?"

"Bunu konuşmuştuk. İnsan bu yüzleşmeden ölesiye kaçınır. Zayıftır çünkü; sınırlı benliğinin hükmü altındadır! Ve daha da önemlisi, yalancıdır. Bu hakikati idrak etmesi, daha önce hiç yapmadığı şeyleri yaparak o hakikate doğru tekamül etmesini gerektirir. Bu, sınırlı benliğin arzu etmediği bir şeydir. Sınırlı benlik böyledir, 'Küçük olsun ama benim olsun,' der. Bildiği cehennemi bilmediği cennete tercih eder. Böyle olunca da insan, hayatı üzerinde hak iddia etmesini sağlayacak muhteşem yolculuğa çıkmaya asla cesaret edemez."

"Ne güzel açıkladın!" dedi Atiye gülümseyerek, "Aklıma takılan bir şey daha var, onu da sorabilir miyim?"

"Tabii ki!"

"Bunun bir bütünlük yolculuğu olduğunu söyledin. Peki, ruh hangi aşamalardan geçerek bütünlüğe ulaşır?"

"Bu güzel bir soru fakat cevabı o kadar basit değil. Bu yüzden, vereceğim cevabı sadece dinle. Anlamaya ya da bir şeyler öğrenmeye çabalama şimdilik. Dinlerken zihnini serbest bırak, anlaştık mı?"

"Anlaştık..."

"Bedenin dört aşamadan geçecek önce. Bu aşamalar yatay düzlemde, yani zaman ve mekânın içindedir. Sonraki aşamalar dikey düzlemde, yani zaman ve mekânın dışındadır. Kişisel düzlemlerin sona erdiği, rüzgârda bir toz tanesi gibi olduğun gerçek varoluş boyutundan bahsediyorum."

"Peki ya sonra?"

"Sonrası, İlahi Ben'in başlangıcı, yani İlahi Birlik'e geçiş noktası. Burası, çokluktan tekliğe geçmek için Yaratan'dan yardım istenen makamdır. Kâhinlerin yıldızlardan ve temsilcilerden ilhamlar aldıkları yer de burasıdır. Bu aşamada, bir bilgisayar diskine erişircesine, geçmiş ve geleceğe ait kayıtlar önüne serilir. Ne var ki alabileceklerin anlayışınla sınırlıdır; sonsuzluk denizinin sularından kovan kadar doldurabilirsin ancak. Bu aşamada kişisel rüyalar yoktur, gerçeğin bir ayna aracılığıyla yansıtılmasına benzer."

"Bir süre rüya görmemeye hayır demem doğrusu," dedi Atiye kıkırdayarak.

"Sonsuz ışıma, yani vahiy ya da ateş, aydınlığını bir aynadan yansıtarak gösterir," diye devam etti Anima, "Sonraki aşamada, geriye yalnızca saf ateş kalır, ayna da yok olur. Ne sınırlar ne kişi ne de başka bir şey vardır. Var olan tek şey, bu kanaldan Hazreti İnsan tarlasına ekilen bilgidir. Bedenine hangi bilgi ekildiyse yaşamında o bilgiyi biçersin. Bu deneyime iç dünyanda tanıklık edip onunla özdeşleşirsin. Aynalardan ve rüyalardan uyanarak aracısız bilirsin. İçinde bir ses, 'Ben ölümsüzüm, ben ruhum, ben doğum ve ölüm ötesiyim,' diye haykırmaya başlar. İşte bu, rüyalardan uyanmak için ölmeden önce dünyadayken deneyimlenen ölüm, yani mutlak uyanıştır."

"Dünyamız hakkında ne söyleyebilirsin bana?"

"Dünya, zaman ve mekânla sınırlandırılmış bir yerdir. Bu sınırlar, biz dünyaya gelmeden önce başlar. Toprakla yoğrulup vücut bulmadan önce çok daha özgürüzdür."

"Toprakla yoğrulmak mı?"

"Evet. Toprak, kanın suyla karıştığı yerdir. İlk dökülen kan, kardeşin kardeşten akıttığı kandı. Hüzünlü bir hikâyedir bu. Yaşamla ölüm arasındaki nehir, kan kırmızı bir perde gibi akar. Geldiği yerden gittiği yere taşır, kanı ve çığlıkları. Uzun, derin ağıtlar, henüz doğmamış geleceği ayırır geçmişten. Bundan böyle birleşemez, ne nehirler ne dağlar ne de insanlar..."

"Kâbuslarımda gördüğüm dehşet verici sahneleri hatırlattı bu söylediklerin. Nehirlerin arasında yürürken kan yüklü ırmaklardan yükselen boğuk çığlıklar önce dağlara, ardından da gök kubbeye çarpıyordu. Asırlar öncesine ait suretlerin çektiği acıya tanıklık etti gözlerim. Acayip insanlar gördüm. Acayip diyorum çünkü bunlar insan gibi görünseler de insanlıklarını yitirip kana susamış vampirlerdi... Seni gördüm sonra, Anima! Buralarda rastladığım tek kadındın sen; siluetin nehrin karşı kıyısına yansıyan bir ışığa dönüşmüştü. Önce toprağa, sonra suya karışan kan, ışıkla birleştiğinde bir iletken gibi o acıları göğe ulaştırdı. O an hissettiklerimi tarif edecek kelime bulamıyorum. Kafamda garip sorular, kalbimde adını bir türlü koyamadığım hisler... Bu ışıktan mı geliyor kanım? Bu dünyaya mı aitim? Bu dünya mıyım yoksa? Bu ışık, bu kan, bu kubbe... Hep bir arada ben mi ediyor?

"Sence?" dedi Anima şefkatle gülümseyerek.

"Bilemiyorum... Tek bildiğim, böyle şeyler gördüğümde kalbimin ağrıyıp gözlerimin dolduğu. Tuhaf bir hal; grimsi soluk renkler geçiyor gözümün önünden. Bir adım ötesini seçemeyen gözlerim, ruhları görmeye başlıyor bir anda. Etrafımı sarıp hiç durmayacakmışçasına dönüyorlar. İçim daralıyor, içimde bir ses, 'Yok mu bir kurtarıcı?' diye haykırıyor. Ne olur! Sen benim kurtarıcım ol Anima! Önüme düş, hem bu ruhlara hem de bana yol ol..."

Anima başını hafifçe öne eğerek gülümsedi. "Hiç kimse seni kurtaramaz Atiye!" dedi sakin bir sesle, "Hele ki senden ve kendine yapabileceğin şeylerden... Bu konuda yapabileceğim bir şey yok, üzgünüm... Ama istersen varlıktan birlikte düşmüş eş ruhlar olarak sonsuz mutluluğun vaat edildiği o yere birlikte yürüyebiliriz."

"Bunu çok isterim! Peki bu yolda daha hızlı ilerlemek için ne yapmalıyım?"

"Fedakârlık... Zorlu mücadeleler ve sınavlar sonrasında elde ettiğin hazinenden, yani öz benliğinden geçip başkalarını kendine tercih edebilmek. İşte bu sınavların en zorlusudur."

"Ve sırada bu sınav var, değil mi?"

"Evet, üçüncü sınavının zamanı geldi. Buluşmamızdan bunu anlamış olmalısın. Yarından sonraki gün, tam günbatımında Diyarbakır'daki Asur Kalesi'nde olmalısın. Kolye sana nereye gitmen gerektiğini gösterecek. Ee, kendini hazır hissediyor musun bakalım?"

"Hazırım Anima! Sayende hazırım..."

"Bu seferki en zoru olacak. Kendine dikkat et lütfen!"

"Ederim..."

YÜZÜK

Gözüne uyku girmeyen Jack, sabahın erken saatlerinde oturduğu yerde uyuklarken telefonun sesiyle yerinden sıçradı. Arayanın Atiye olduğunu görünce hemen cevap verdi.

"Yüzüğü nasıl bulacağımızı biliyorum!" dedi Atiye heyecanla, "Sina ve Ninova'ya nasıl gideceğimi de..."

"Nasıl?" diye sordu Jack merak içerisinde.

"Delikten geçeceğim. Şamanlar'ın yaptığı gibi…"

"Bunun işe yarayıp yaramayacağını bilmiyoruz. Üstelik tehlikeli de olabilir!"

"İçimden bir ses tek yolun bu olduğunu söylüyor Jack. Hem neden endişe ediyorsun ki? En fazla, hiçbir yere gidemem…"

"Yarım saat sonra otelin önünde buluşalım. Ben gelmeden bir şey yapayım deme sakın!"

"Tamam, görüşürüz."

Jack duş alıp hızlıca hazırlandı. Otelin önüne geldiğinde, Atiye'yi kapının önünde bekler halde buldu. Telefondaki heyecanından hiçbir şey kaybetmemişe benziyordu.

Atiye'nin gözlerinin içine bakarak, "Söyleyeceğim hiçbir şey fikrini değiştirmeyecekmiş gibi bir his var içimde," dedi.

"Konu benim inatçılığım değil," dedi Atiye, "Festivale çok az zaman kalmasına rağmen peşinden gidebileceğimiz başka bir ipucu yok, haksız mıyım? Daha iyi bir fikrin varsa söyle lütfen!"

"Bunu söylemekten nefret ediyorum ama haklısın sanırım."

Arabaya atlayıp bir kez daha Göbeklitepe'ye yollandılar. D Tapınağı'na geldiklerinde, Atiye iki büyük sütunun arasında durup yüzünü George'un gösterdiği delikli taşa döndü.

"Şimdi ne olacak?" diye sordu Jack.

"Şimdi," dedi Atiye, "bu şekilde delikli taşın karşısında durup tabletteki metni sesli olarak tekrar edeceğim."

"Emin misin?"

"Tabii ki emin değilim! Ama bütün gece düşündüm, aklıma başka bir yol gelmedi. Hatta daha iyi konsantre olmak için metnin orijinal dildeki okunuşunu bile ezberledim."

"Birisi ev ödevini yapmış anlaşılan."

Pozisyonunu alan Atiye, ezberlediği sözcükleri tereddütlü bir sesle tekrarlamaya başladı. İlk seferde bir şey olmadıysa da pes etmeden okumaya devam etti. İkinci seferde gözlerini kapatıp denedi ama yine bir şey olmadı.

"Vazgeç istersen," dedi Jack, "Olmayacak belli ki..."

"Olacak!" dedi Atiye başını dikleştirerek, "Olmak zorunda... Başka şansımız olmayabilir!"

"Bir şeyleri yanlış yapıyorsun belki de."

Pes eden Atiye, ona doğru dönüp ellerini beline koyarak, "Neyi mesela?" diye sordu.

"Tam olarak bilmiyorum, birlikte bir kez daha düşünelim. Gözden kaçırdığımız bir şeyler olabilir mi?"

"Düşünüyorum düşünmesine de aklıma bir şey gelmiyor," dedi Atiye omuzlarını düşürerek, "Bu kadar mesafe kat ettikten sonra böyle tıkanıp kalmak çok can sıkıcı!"

Jack ona bakıp gülümsedi. "Çözüm çok basit belki de! Şimdi istersen, sakin olmaya çalışıp burası hakkında bildiklerimizi bir kez daha gözden geçirelim. Hem ikimiz de biliyoruz ki bunu yapabilecek biri varsa o da sensin!"

"Anlamıyorum," diye söylendi Atiye gergin bir sesle, "George'un söylediği her şeyi yaptım, neden işe yaramadı? Belki de sadece Şamanlar yapabiliyordur ha, ne dersin?"

"Senin de Şamanlar'dan aşağı kalır yanın yok," dedi Jack gülümseyerek, "Fakat bir şeyi unutmuyor musun?"

"Neymiş o?"

"Tapınak hakkında konuştuğumuz tek kişi George değildi hatırlarsan. Trevor da burası hakkında ilginç şeyler söylemişti."

"Sahi," dedi Atiye heyecanla, "o zaman fazla ciddiye almamıştık ama kimbilir, belki de cevap onun söylediklerinde saklıdır. Dur bakalım... Ne demişti?"

"Hafızam beni yanıltmıyorsa burasının bir saat olduğunu söylemişti. Bir de sürekli yedi rakamından bahsediyordu."

"Tabii ki ya!" dedi Atiye, "Cevap yedide saklı olmalı. Neyi farklı yapmalıyız sence?"

"Sanırım biliyorum!" diyen Jack, Atiye'nin hemen yanında durup yüzünü delikli taşa döndü. "Burası bir saat olsaydı... Şu an durduğun yer 'altı' olurdu."

Araya giren Atiye, "Süpersin Jack!" dedi heyecanla, "Yedide durmam gerekiyordu oysa. Yani... Tam burada!" Bunu söylerken yerini değiştirmişti.

Derin bir nefes aldı, tekrar pozisyon alıp konsantre oldu. Gözlerini kapattıktan sonra, "sihirli" sözcükleri yeniden tekrarlamaya başladı.

Üçüncü okuyuşunda, ayaklarından başlayıp yukarı doğru yükselen bir karıncalanma hissetti. Bu iyiye işaretti. Bundan cesaret alarak daha istekli bir şekilde okumaya devam etti. Gözleri kapalı halde mırıldanırken, tapınağı gezmeye gelen ziyaretçilerden bazıları garipseyerek onu izliyorlardı.

Atiye bir şey daha fark etmişti; ağırlığı azalıyordu. Gitgide hafiflerken, bir yandan da incelip uzamaya başlamıştı sanki. Bir süre sonra, bilincinin sigara dumanı gibi bedeninden dışarı akıp deliğe doğru süzüldüğünü hissetti. Bir yandan da, gözleri kapalı halde ayakta duran bedenini seyrediyordu. İnanılmaz bir şeydi!

Döne döne delikten geçen bilinci, içinde ilerlediği tüneli çevreleyen büyüleyici görüntüler eşliğinde uzayın derinliklerine doğru yükseldi.

Yarı şeffaf bir maddeden oluşan dolambaçlı tünelin çıkışına ulaştığında, Dünya'ya doğru yeniden alçalmaya başladığını fark etti. Aşağıya baktı; bir dağ silsilesinin ortasında yükselen heybetli bir dağa doğru hızla yaklaşmaktaydı. Dağın tepesinde, hem piramide hem de kaleye benzeyen dikdörtgen biçimli taş bir bina göze çarpıyordu. Üç kademeden oluşan görkemli binanın ilk kademesindeki yüksek kapıya sağlı sollu gelen uzun merdivenlerle ulaşılıyordu. Dikkatini kapıya odakladığında, yeni "bedeninin" o tarafa yöneldiğini fark ederek şaşırdı.

Burası tablette bahsedilen Sina Dağı olabilir miydi?

Atmosfer'den Dünya'ya bakarken, inişe geçtiği yerin Arabistan dolayları olduğunu görmüştü. Sina'nın sandığı gibi Mısır'da olmamasına şaşırsa da, yaşadığı sıradışı deneyimin heyecanıyla bunun üzerinde fazla durmadı.

İyice yaklaştığında, kapının iki yanında duran korumaları fark ederek endişelendi. Boyu üç metreyi bulan dev askerlerin kendisini göremediklerini fark edince rahatladı. Aralarından geçip içeri girdi, hız kesmeden ilerledi. Binanın içinde büyük bir kaos ve kargaşa ortamı hakimdi. Devlerin komutlarla yönlendirdiği insanlar, ellerinde bir şeyler taşıyarak telaş içerisinde sağa sola koşturuyorlardı.

Uzun koridoru tamamlayıp bir meydanı andıran iç avluya ulaştı. Burada da durum çok farklı değildi. İleriye doğru baktığında avlunun tam ortasında, hengâmenin orta yerinde hiç kıpırdamadan duran bir adam fark etti. Üzerinde ayaklarına kadar inen beyaz bir kaftan olan bu adam, beline varan dörtgen bir kaidenin yanı başında durmuş, gözlerini ayırmadan kendisine bakıyordu.

Oradakilerin aksine, adamın kendisini görebildiğini hissetti Atiye; hatta onun gelişini bekler gibi bir hali vardı. Üstelik kendisi de çaba harcamaksızın ona doğru ilerliyordu.

Adamın tam karşısında durdu. Elleri önünde birleşmiş halde onu bekleyen adam, gözlerinin içine bakmaya devam ederek ellerini açtı. Avcunda tuttuğu altın anahtar öğlen güneşinin altında parlamaya, işlemelerinden yansıyan ışıklar avluyu çevreleyen sütunların üzerinde dans etmeye başladı. Anahtarın ortaya çıkmasıyla birlikte, yeniden vücut bulduğunu fark etti Atiye. Bilip tanıdığı bedeninden daha süptil olmakla birlikte, ellerini ve ayaklarını görebiliyordu.

Adam hiç konuşmadı. Buna gerek de yoktu zaten; kadifemsi sesini kafasının içinde rahatlıkla duyabiliyordu. Alışageldiği türden bir duyma değildi bu; daha çok, bilmeye benziyordu.

Anahtarı alıp bir an önce gitmesini söyledi adam. Çok az zamanları kalmıştı. Atiye etraftaki insanların neden kaçıştığını sormak istedi ama cevap o sormadan geldi. İçinde bulundukları "üs", "tanrılar" arasında patlak veren yıkıcı bir savaştan nasibini almak üzereydi.

"Git," dedi adam, "Kaderin seni bekliyor."

Başını saygıyla öne eğdi, uzanıp adamın avcundan anahtarı aldı. Adam ağır ağır gözden kaybolurken, Atiye bir kez daha incelip uzayarak kendisini bekleyen tünele doğru akmaya başlamıştı bile.

Tam o sırada, kulakları sağır eden bir ses ve ardından dehşet verici bir patlama sesi duyuldu. Aşağı bakan Atiye, dağın tepe kısmının havaya uçtuğunu, patlamanın sebep olduğu sıcaklığın etkisiyle kayaların eriyip krem peynir gibi akmaya başladığını gördü.

Tünelin kıvrımları içerisinde yeniden ilerlemeye başlayan astral bedeni, bir lunapark trenini andıran bol inişli çıkışlı yolculuğun ardından bir kez daha Dünya'ya doğru inişe geçti. Bu seferki durağı Ninova olmalıydı. Yani Musul. Aşağıda Dicle Nehri göründüğünde bu düşüncesi de doğrulanmış oldu.

Nehir boyunca uzanan yıkık surlara doğru süzüldüğü sırada hava kararmaya başladı. Tıpkı kâbuslarında gördüğü gibiydi. Başını kaldırıp gökyüzüne baktığında Harran'da buldukları tablette "Nun" diye bahsedilen şeyin ne olduğunu anladı.

Hayatında ilk kez gerçek bir Güneş tutulmasına tanıklık ediyordu; nefes kesici bir manzaraydı gerçekten de! Asur ve Babil medeniyetlerine başkentlik yapan efsanevi Ninova şehri, gözlerinin önünde irili ufaklı yapılar halinde yeniden oluşmaya başladı; muazzam bir manzaraydı bu.

Üzerine indiği surlar dahil olmak üzere koca şehir tarihin tozlu sayfalarından fırlayıp karşısına dikilmiş, saniyelerle ifade edilebilecek kadar kısa bir sürede, yanı başında görkemli bir saray belirmişti.

İlk şaşkınlığını üzerinden atınca, sarayın avlusuna yönelip etrafına bakınarak yürümeye başladı. İlk durağının aksine burada in cin top oynuyordu. Şehir geri gelmiş ama insanlar dönmemişti anlaşılan. Sarayın duvarlarında göze çarpan ince işçiliğe hayran kalarak yürümeye devam etti. Biraz sonra, sarayın ihtişamına yakışan yüksek bir kapıya ulaştı.

Hiç düşünmeden içeri girdi. Meşalelerle aydınlatılan koridor ve salonlardan geçerek yürüdü. Nereye gittiğini bilir gibi tereddütsüz ilerliyordu. Sanki bir güç kontrolünü ele geçirmiş onu kendine doğru çekiyordu. Sarayın tam ortasına denk geldiğini tahmin ettiği büyükçe bir salona gelince durdu. Diğer salonlardan daha geniş ve gösterişli olması, buranın aradığı yer olduğu hissini güçlendiriyordu.

Salonun ortasındaki fildişinden yapılmış yuvarlak masayı ve onun üzerinde duran değerli taşlarla süslü ahşap sandığı gördüğünde arayışının sona erdiğini anladı. Ne yapması gerektiğini gayet iyi biliyordu. Nefesini tutarak masaya doğru birkaç adım attı ve avcunda sıkı sıkı tutmakta olduğu altın anahtarı sandığın üzerindeki deliğe sokup çevirdi.

Kapağı açılan sandıktan salonun içine parlak sarı bir ışık yayıldı. Gözleri ışığa alıştığında sandığın içindeki yüzüğü gördü. İçini büyük bir saygı ve huşu duygusu kapladı. Sandığın içinde boşlukta asılı duran yüzük kendi etrafında ağır ağır dönüyordu.

Neler olacağını kestiremediğinden, elini korka korka yüzüğe uzattı. Yerinden alıp hayranlıkla incelediği bu dünya dışı nesnenin güzelliği karşısında dili tutuldu, bir süre hiç kıpırdamadan olduğu yerde kalakaldı.

Bir süre sonra, bedeninde aynı karıncalanmayı hissetti. Ne olduğunu anlamasına fırsat kalmadan yeniden incelip uzamaya başladı. Bu sefer, yükselmek yerine durduğu yerde içeriye, bir kara deliğin içine doğru çekildiğini hissetti. Çekilme hissi o kadar kuvvetli ve sarsıcıydı ki korkudan gözlerini kapatmak zorunda kaldı.

Gözlerini açmaya yeniden cesaret ettiğinde, kendini bir kez daha Göbeklitepe'de buldu. Elinde yüzük olduğu halde iki sütunun arasında duruyordu.

Hayretler içerisinde yüzüne bakan Jack, "Başardın Atiye!" dedi heyecanla, "İnanamıyorum Atiye, başardın!"

Son geçişi oldukça sarsıcı olmuştu. Başı dönüyor, midesi bulanıyordu. Bir an dengesini kaybeder gibi oldu. Öne atılıp koluna giren Jack, onu oturabileceği bir yere doğru götürdü.

Oturup soluklanan Atiye'nin kendine gelince yaptığı ilk şey, elinde sıkı sıkı tuttuğu yüzüğe bakıp derin bir nefes almak oldu.

Bu gerçek miydi? Gerçekten başarmış mıydı?

Jack'e dönüp, "Ne kadar süredir bu haldeydim?" diye sordu.

"Bilmiyorum..." dedi Jack, "Birkaç dakika belki..."

Yüzüğü ceketinin içine sokan Atiye, tedirgin bir şekilde etrafına bakarak, "Birileri fark etmeden buradan çıksak iyi olur," dedi.

Daha fazla sabredemeyen Jack, "Neler oldu?" diye sordu, "Anlatsana Atiye, meraktan ölüyorum! Yüzüğü nerede buldun? Nasıl alabildin?"

"Her şeyi anlatacağım!" dedi Atiye, "Sakin bir yere gidelim lütfen!"

PUSU

Polis helikopteri Şanlıurfa'nın kenar mahallelerinin üzerinde turlarken dağda operasyona çıktığı günleri hatırladı Murat. Uzun zamandır gözünde tüten aksiyona nihayet kavuşmuştu. Takım arkadaşları yanında olmasa da bu kadarına bile razıydı. Şevket'in teklif ettiği görevi kabul ettiğinden bu yana ruhu daralmış, birbirinin aynısı olan günlerde sıkıntıdan patlamıştı. Emniyette sorguya çektiği adamın ifadesinden suikastçının kullandığı çalıntı araçla ilgili bir ipucu çıkmasına biraz da bu yüzden sevinmişti.

İki saat önce gelen istihbarata göre, Adana'dan yola çıkan araç, halihazırda 052 No'lu otoyolda Şanlıurfa istikametine doğru ilerlemekteydi. Aracı şehre giriş yaptıktan sonra durdurmak için Özel Harekat polislerinin de katılacağı hızlı bir operasyon planı yapmıştı. Murat operasyonu helikopterden yönetecekti. Sahada olmak yerine yukarıdan izlemek zorunda olmak bile moralini bozmaya yetmedi. Sonuçta, festivalde yaşanabilecek talihsiz bir olayı ve olası sonuçlarını önlemek için eline iyi bir fırsat geçmişti. Bu fırsatı en iyi şekilde değerlendirmek istiyordu. Atiye'yi sonsuza dek kaybettiğine göre, hiç değilse bu işi yüzüne gözüne bulaştırmamalıydı.

Parmaklarını kucağında uslu uslu yatan M4A1'in üzerinde gezdirirken, "Merhaba eski dostum," diye mırıldandı, "Neyse ki sen yanımdasın, neyse ki sen de terk etmedin beni."

Uzun bir aranın ardından yeniden uzun namlulu bir silaha dokunmak ona kendini iyi hissettirmişti. Kimseye anlatamasa da, son günlerde aşırı derecede aciz hissediyordu kendini. Elleri ve ayakları bağlanıp yeni kesilmiş tomruk gibi azgın bir nehre bırakılmış hissediyordu. Suda bata çıka ilerlerken başını suyun üstünde tutmaya çalışıyor, ne kadar uğraşırsa uğraşsın önüne çıkan kayalara çarpmaktan kurtulamıyordu. Operasyon için kuşandığı silah ve teçhizat, onu kontrolün kendisinde olduğu günlere döndürerek bir tür terapi görevi görmüştü âdeta.

MOBESE merkezinden beklediği haber geldi nihayet. Şüpheli araç, operasyon için belirlenen alana giriş yapmıştı. Her şey yolunda giderse, gizemli suikastçıyı yakalayıp böyle bir şeyi aklından geçirdiğine pişman edecekti onu!

Pilota alçalmasını işaret ettikten sonra önündeki konsoldan telsizi alıp, "Tüm ekiplerin dikkatine!" diye anons geçti, "Şüpheli şahıs yönetimindeki Hyundai marka koyu gri sedan otomobil, D885 karayolu üzerinde güney istikametinde ilerlemekte. Tam yedi dakika sonra ilk temas noktasına ulaşmış olacak. Buradaki arkadaşlar yerlerini alıp sıcak temas için hazırlansınlar. Yolu kapatıp şüpheli aracı kararlaştırılan müdahale noktasına sevk ediyoruz. Tekrar ediyorum, şüpheli araç sivillerin yoğun olmadığı bölgeye yönlendirilecek! İkinci noktaya vardığında araca müdahale edecek tim de şimdiden yerini alsın. Herkesin çok dikkatli olmasını istiyorum. Şüpheli, profesyonel bir tetikçi olup büyük ihtimalle silahlı. Müdahale anına kadar uyanmasını istemiyoruz arkadaşlar; ikinci bir şansımız olmayabilir! Ben yukarıdan destek vermeye devam edeceğim. Anlaşıldı mı?"

Operasyona katılan birimler sırayla anons geçip hazır olduklarını bildirdiler.

İlk aşama sorunsuz geçildi. Birinci temas noktasına ulaşan araç, yol çalışması ve yönlendirme tabelalarını görünce istenen yöne dönüp yoluna devam etti. Aracı yukarıdan izleyen Murat, mesafe bilgisini düzenli aralıklarla paylaşmaya devam etti. Şimdilik her şey planlanan şekilde ilerliyordu.

Ta ki beklenmedik bir şey olana kadar!

Müdahale noktasına yüz metre kala yavaşlamaya başlayan araç, bir süre sonra yolun ortasında öylece duruverdi. Murat, sürücünün neden böyle bir şey yaptığına anlam veremedi. Araba mı arızalanmıştı? Bir şeylerden mi şüphelenmişti? Yoksa birileri operasyonla ilgili bilgi mi sızdırmıştı?

Murat'la telsiz irtibatı kuran tim komutanı, "Bu mesafeden araca müdahale edemeyiz," dedi, "Konumlarımızı terk edip aracı çember içine almak için emrinizi bekliyoruz!"

"Olumsuz, konumlarınızı koruyun!" dedi Murat, "Şüphelinin neden durduğunu bilmiyoruz. Operasyona devam etmek için hâlâ bir şansımız olabilir. Şimdi harekete geçersek kendimizi açık ederiz. Şüpheliyi teşhis edebiliyor musunuz?"

"Olumsuz!" dedi komutan, "Aracın camları film kaplı!"

Arkadaki birkaç sürücü, trafiği tıkayan araca tepkilerini kornaya basarak ve bağırıp çağırarak gösteriyorlardı. Araç, bir süre hareketsiz bekledikten sonra aniden geri geri gitmeye başladı.

Sivil halkı tehlikeye atmadan müdahale etme imkânı kalmadığını gören Murat, "Tim geri çekilsin!" diye emir verdi, "Emniyetten arkadaşlar aracı takip etsin! Bu adamı yakalamamız çok önemli. Ne pahasına olursa olsun gözden kaçırmayın!"

Şüpheli araç, arkasındaki iki araca çarptıktan sonra ani bir manevrayla geriye dönüp trafiğin tersi yönde ilerlemeye başladı. Yoluna çıkan araçlara çarpmaktan geri durmayan sürücü, peşine takılan iki polis aracıyla birlikte şehrin kalabalık bölümüne doğru hızla ilerliyordu.

Aracın her hareketini yukarıdan izleyen Murat, sürücünün ya şehri çok iyi bilen biri olduğunu ya da birinden canlı destek aldığını düşündü. Beş dakika içerisinde en az on keskin dönüş yapan sürücü, peşindeki ekipleri atlatmakta fazla zorlanmadı. Altgeçitleri mümkün olduğunca çok kullanmasına bakılırsa helikopter tarafından takip edildiğinin farkında olmalıydı. Polis araçlarından sonra onu da atlatmak istiyordu belli ki.

Nitekim bunu başardı da. Aracı bir anlığına gözden kaçıran Murat, bir süre bakındıktan sonra pilota dönerek, "Onu kaybettim!" diye bağırdı, "Sen görebiliyor musun?"

"En son iki yönündeki altgeçide girdi," diyerek eliyle gösterdi pilot, "Oradan çıktığını görmedim."

Murat, pilota bir tur daha atmasını söyledikten sonra aracın son görüldüğü yeri ve istikametini telsizle bildirip ilgili yerlere barikat kurulması talimatını verdi.

Aracın gözden kaybolduğu altgeçidin hemen yanında büyük bir bina vardı. "Şuradaki bina ne binası?" diye sordu pilota.

"Alışveriş merkezi!" diye cevap verdi pilot.

"Helikopteri indir hemen!" dedi aşağıdaki otoparkı işaret ederek. İstanbul'da kaldığı sırada, bazı alışveriş merkezlerinin otoparklarına altgeçitten direkt bağlantı olduğunu görmüştü.

"Buraya inemeyiz!" diyen pilot, yüksek gerilim hattının yaratabileceği riskleri izah etmeye çalıştı fakat Murat'ın onu dinlemeye niyeti yoktu.

Otoparktaki insanlar helikopterin inişini cep telefonlarıyla kaydededursun, helikopter inmeden atlayıp yerde yuvarlanan Murat, oyalanmadan alışveriş merkezinin girişine doğru koştu. Kapıya az bir mesafe kala, üzerinde kapüşonlu koyu renk mont olan bir adam ana kapıda belirdi.

Otoparka iniş yapan helikopteri ve kapıya doğru koşan Murat'ı gören adam, panikleyip gerisingeri binanın içine kaçtı. Bu adam suikastçı olmalıydı. Nihayet, Murat'ın beklediği hatayı yapmıştı. Adamın peşinden içeri dalan Murat, bina güvenliğine kendini tanıtıp eşkal verdikten sonra, ziyaretçileri telaşlandırmadan adamı yakalamak için onlardan destek istedi.

Suikastçının kaçarken elini arada bir kulağına götürdüğünü fark etti Murat. Kendisine verilen yönlendirmelere göre hareket ediyor olmalıydı. Birisi ona kaçış rotası çiziyordu sanki. Murat arayı giderek kapatsa da, adam kendini kapanmak üzere olan bir asansöre atınca onu yeniden elinden kaçırdı.

Pes etmeyen Murat, yangın merdivenlerine yöneldi bu sefer. En alt kata inen şüpheli, alışveriş merkezinin arka kapısından çıkıp eski binaların bulunduğu dar bir sokağa yöneldi. Adamı elli metre kadar geriden takip eden Murat, aranın iyiden iyiye açılmaya başladığını görünce yolu kısaltmak için bir binanın terasına çıktı ve takibe çatıdan çatıya atlayarak devam etti.

Suikastçının terk edilmiş bir iş hanına girdiğini görünce, o tarafa yönelerek adamın girdiği binanın çatısına atladı. İçinden bir ses, adamın bu binayı rastgele seçmediğini söylüyordu. Ona yardım eden her kimse, onunla burada buluşacak olabilirlerdi. Yerinin belli olmaması için telsizinin sesini kısıp ihtiyatlı bir şekilde merdivenlerden aşağı indi. Başını merdiven boşluğuna uzatıp aşağıya baktı; adam bir koridor boyunca ilerliyordu. Önüne çıkacak şekilde diğer taraftan dolaştı; elini çabuk tutarsa onu pusuya düşürebilirdi.

Az sonra her şey bitecek, Bakan'a yönelik tehdit nihayet son bulacaktı. Başına geleceklerden habersiz halde yürümeye devam eden adam, köşeyi döndüğünde onunla burun buruna gelecekti. İnşallah direnmezdi, zira onu öldürmek istemiyordu Murat. Eğer onu konuşturabilirse bu işin arkasında kimler olduğunu öğrenebilirdi.

Köşeye sinip adamın gelmesini bekledi. Ee? Neden gelmiyordu? Başını uzatıp koridora baktı. Adam görünürlerde yoktu! İyi ama bu nasıl olabilirdi? On saniye önce hiçbir şeyden habersiz halde bu tarafa geliyordu. Şimdi neredeydi?

Afallamış halde birkaç adım attı. Adamın nereye gittiğini anlamak için bakındığı sırada, kafasının arkasına sert bir darbe aldı. Sonrası, karanlık...

Kendine gelir gelmez saatine baktı. On dakika kadar baygın kalmış olmalıydı.

Suikastçı onu neden öldürmemişti peki? Üzerinde silah yoktu belki de. İyi ama onun silahını alabilirdi pekâlâ! Hayatta olmanın verdiği rahatlama duygusuyla bu konunun üzerinde daha fazla durmadı.

Telsizini açtı, bulunduğu yeri tarif edip birkaç ekip gönderilmesini istedi. Kısa sürede gelen ekipler binayı baştan aşağı aradılarsa da kimseyi bulamadılar. Adam buhar olup uçmuştu sanki.

Dahası, onunla birlikte altın değerinde bir fırsat da kaçmıştı!

Bundan sonrası daha zor olacaktı. Festivale yönelik güvenlik önlemlerini artırması gerekiyordu. Bu hain planın arkasındaki odaklar, güçlü bir mesaj vermek adına eylemi kameraların kayıtta olduğu bir anda, yani açılış konuşması sırasında yapmak isteyeceklerdi muhtemelen. Ne yapıp edip, suikastçıyı açılış töreni başlamadan önce yakalamak zorundaydı. Aksi halde çok geç olabilirdi.

Polislerin olay yerine getirdiği arabasına doğru yürürken sızlayan kafasını ovuşturdu.

İncinen tek şey kafası olsaydı keşke!

İHANET

Atiye arabasına doğru ağır ağır ilerlerken, zihni Cansu'nun dairesinde Göbeklitepe haberini gördüğü güne gitti. O gün ne kadar da kaybolmuş hissediyordu kendini! O günkü haliyle bugünkü hali arasında dağlar kadar fark olmalıydı. Arka arkaya yaşadıkları onu uçurumun kenarına getirip atlamaya zorlamış, o ise hiç düşünmeden kendini boşluğa bırakmıştı. Buna pişman değildi! Bir zamanlar bir arkadaşının da söylediği gibi, "Düşünmek, hayır demekti."

Anima haklı çıkmıştı; kendine dair muazzam keşifler yaptığı sıradışı bir yolculuk olmuştu gerçekten de. Ruhunu, zihnini ve bedenini zamanın ötesine taşıyan coşkulu akış, onu dağların üzerinden aşırıp bu sabaha ulaştırmıştı. Bu akış neydi peki? Nerede başlayıp nerede bitiyordu? Dün değildi, yarın değildi; bunların hepsinin ötesinde bambaşka bir şeydi.

Net biçimde görebiliyordu artık. Bu yolculuğa çıkması öncesinde, kendisine anlatılan hikâyelere kanıp ait olmadığı bir dünyanın yörüngesine oturmuştu. Ne zaman ki ölümü tatmış, o zaman yeniden doğup geleceği hatırlamaya başlamıştı. O andan itibaren attığı her adım, baş döndürücü bir zaman girdabından önüne fırlayacak mistik bir kent gibi gizemliydi.

"Sorma aklım!" dedi kendi kendine, "Duyacağın tek şey, kendi sesin zira..." Henüz doğmakta olan gelecek, hangi zamanda ne olduğunu nasıl cevaplayabilirdi? Cevapları duymak için teslim olmak gerekti.

Teslim olmuştu da! Konfor alanını terk ettiğinden bu yana, hem dünya hem de kendisi hakkında çok şey öğrenmiş, yeniden ve sonsuza dek kendisi olmak için sınavlar verip büyük bedeller ödemişti. Şimdiyse, kaderiyle arasında duran son sınava gidiyordu. Bu sınavı da geçip önce kendini sonra da babasını bulacaktı; buna yürekten inanıyordu.

"Asur Kalesi'ne gitmelisin," demişti Anima, "Son sınavın seni orada bekliyor."

Yolculuk planlarını akşamdan yapıp hazırlanmıştı. Cansu'nun yokluğunda, birlikte kahvaltı yapmak için Jack'i otele davet etmiş fakat anlayamadığı bir sebepten ötürü olumsuz cevap veren Jack kendisini yoldan almasını istemişti. Jack'ten hayır cevabı almaya alışkın olmadığını fark ederek hüzünlendi. O güne dek işini gücünü bırakıp seferber olan Jack de yavaş yavaş sıkılmaya başlamış olabilir miydi? Kimbilir, belki o da yorulmuştu bu sonu gelmeyen koşuşturmadan.

O bunları düşünürken yolun kenarında beliren Jack, "Selam!" diyerek arabaya bindi.

Keyifsiz görünüyordu. Konuştukça yüzünde güller açan o çocuksu adam gitmiş, yerini neredeyse hiç konuşmayan kasvetli bir adam almıştı. Kesinlikle bir sorun vardı ama ne?

"Neyin var?" diye sordu, "Seni hiç böyle görmemiştim. Dün telefonda da keyifsizdin. Bir şey mi oldu?"

"Bir şeyim yok," dedi Jack, "Biraz uykusuzum sadece. Bütün gece çalıştım, sabaha doğru uyuyakaldığımdan kahvaltı da yapamadım. Bir şeyler atıştırırsam kendime gelirim belki."

"Ben de kahvaltı yaptım sayılmaz. Daha vakit var, şurada bir yere uğrayıp güzelce karnımızı doyuralım, ne dersin?"

"İyi olur," diyen Jack, başını çevirip dışarıyı izlemeye koyuldu.

Atiye bir şey söylemeden bir süre onu izledikten sonra, "Zotar hakkında bir şeyler öğrenebildin mi?" diye sordu.

"Hayır," dedi Jack, "Süitine girmek zor olmadı ama işimize yarayabilecek bir şey bulamadım. Onun gibi sinsi bir adamın süitinde bir şeyler saklayacağını düşünmek hataydı aslında. Ama neyse, şansımızı denedik en azından."

"Haklısın ama yine de çok dikkatli olmalıyız."

Yöresel kahvaltılarıyla ünlü bir lokantaya girip oturdular. Garson, sipariş vermelerini beklemeden masayı donatmaya başladı. "Çay yeni çıktı, demlik bırakayım mı?"

"Olur" anlamında başını eğdi Atiye. Sonra suskunluğunu koruyan Jack'e dönüp, "Söylediğin gibi yüzüğü yanıma aldım," dedi, "İlk başta ne gerek var demiştim ama düşününce sana hak verdim. Bugünkü sınavı geçebilirsem yolun nereye gideceğini kim bilebilir ki? Hem sınavda da işime yarayabilir."

"Belki de gitmemelisin," dedi Jack birdenbire, "Kimbilir, belki de bugüne dek şansın yaver gitmiştir. Hem ne demişler, çekirge bir sıçrar, iki sıçrar, üçüncüde..."

Atiye duyduklarına inanamadı. "Bunu sen mi söylüyorsun Jack?" dedi gözlerini kocaman açarak, "Başından beri beni sürekli cesaretlendiren sen? Bugün gerçekten şaşırtıyorsun beni!"

"Sana yardım etmeyi her şeyden çok istemem, senin için endişelenemeyeceğim anlamına gelmez. Her şeyi göze alarak bu yola çıktığının, hiçbir şeyden korkmadığının farkındayım. Ama insanız sonuçta, hepimizin sınırları var. İnsan zayıftır Atiye! Onun omuzlarına bu kadar yük yüklemek doğru değil belki de!"

"Söylediklerinden hiçbir şey anlamıyorum Jack. Ayrıca zayıf olduğumu da düşünmüyorum. Hem, başından beri bana bu kadar destek olduktan sonra şimdi neden vazgeçirmeye çalışıyorsun?"

"Seni vazgeçirmeye çalışmıyorum. Sadece başka bir seçeneğin

olduğunu hatırlatıyorum."

Zayıf olanın Atiye değil, kendisi olduğunu anlatabilseydi keşke. Onu görür görmez ne kadar güçlü ve sınırsız olduğunu hissetmiş, kendine itiraf edemese bile, onun sayesinde kendi hayatını değiştirebileceğini sezmişti.

"Ne seçeneğiymiş o?" diye sordu Atiye, düşüncelerini tam ortadan ikiye bölerek, "Sıradan bir hayat sürüp korku içerisinde ölmek mi?"

"Hayır... Sıradışı olduğunu ispatlamak zorunda olmadığın normal ve uzun bir hayat sürmek."

"Kimseye bir şey ispatlamaya çalıştığım yok. Ayrıca istemiyorsan benimle gelmek zorunda değilsin! Önce Cansu, şimdi de sen! Madem bana inanmıyordunuz, neden bunu daha önce söylemediniz? Neden bana inanıyormuş gibi yaptınız?"

"Sana inanmadığımı da nereden çıkardın?"

İnanmadığı kendisiydi aslında. Ona tüm kalbiyle güvenen masum bir kızı kendi elleriyle ölüme göndermeye razı olduğuna inanamıyordu bir türlü. Ne var ki elinden bir şey gelmezdi. Sabaha kadar düşünmüş, sonunda Zotar'ın istediği şeyi yapmaktan başka seçeneği olmadığında karar kılmıştı. Geçmişi elini kolunu bağlıyordu. Ama ne olursa olsun, şu an hapse giremezdi! Atiye'ye gelince, bu kaderi kendi seçmişti ve onu uyarmaya çalışanlara rağmen yolundan dönmemişti.

"İnanıyor musun?" diye sordu Atiye.

"İnanıyorum!" dedi Jack, "Sıradışı bir kaderin olduğuna ve onu gerçekleştirene kadar asla pes etmeyeceğine yürekten inanıyorum."

Başka bir şey konuşmadıkları kahvaltının ardından arabaya binip Diyarbakır'a doğru yola çıktılar. Bu sefer Jack geçti direksiyona. Lokantadaki konuşma fazla bir şeyi değiştirmemiş olacak ki suskunluğu yol boyunca devam etti. Çok heyecanlı olan Atiye yol boyunca üçüncü sınavın ne olabileceği üzerine konuşsa da, Jack her seferinde kısa cevaplar verdi.

Asur Kalesi'ne birkaç kilometre yolları kalmıştı. Asfalt yoldan ayrılmış, kıvrımlı toprak yolda ilerliyorlardı artık. Sonu gelmeyen virajlardan birini daha aldıklarında, siyah renkli iki arazi aracıyla burun buruna geldiler. Kaleye giden yolu tamamen kapatan araçların iki yanında takım elbiseli silahlı adamlar duruyordu.

Jack ani bir frenle arabayı durdururken, Atiye neler olup bittiğini kavramaya çalışıyordu. "Bunlar da kim? Bizden ne istiyorlar?" diye sordu endişeli bir sesle.

Jack'in ağzını bıçak açmıyor, iki eli direksiyonda olduğu halde önüne bakıyordu.

Onu şaşkınlık içerisinde izleyen Atiye, "Bir şeyler yap! Geri geri git, çıkar bizi buradan!" diye bağırdı.

Jack, onun dediklerini yapmak yerine motoru durdurup emniyet kemerini çözdü. Kapıyı açıp arabadan inmeden önce, "Üzgünüm Atiye! Buraya kadarmış!" dedi, "Sana anlatmaya çalıştım... Seni uyarmak istedim... Ama beni dinlemedin."

Atiye afallamıştı. İlk şaşkınlığı atlatır atlatmaz arabadan apar topar inip, silahlı adamlara doğru yürüyen Jack'e seslendi.

"Ne demek buraya kadarmış? Hey! Jack! Söylesene, neler oluyor?"

Jack, birdenbire arkasına döndü. "Mecburdum!" dedi, "Bilmediğin şeyler var..."

"Neye mecburdun?" diye bağırdı Atiye, "Konuşsana!"

Korumalardan ikisi Atiye'nin yanına gelip dikilirken araçlardan birinden inen Zotar, Jack'e doğru yürüdü. Yarısına kadar açıp içindeki paraları gösterdiği çantayı onun ayaklarının önüne fırlattı. "Yüzük nerede?" diye sordu emreden bir sesle.

"Bagajda," diye cevap verdi Jack, "Kızın çantasında..."

Zotar, adamlarına yüzüğü almaları için başıyla işaret ettikten sonra Jack'e dönüp, "Tebrik ederim Jack!" dedi, "Akıllıca bir seçim yaptın."

Jack, çantayı almak için yere eğilirken, "Kamera görüntüleri ne olacak?" diye sordu.

"Sakıncası yoksa görüntüler bir süre daha bende kalacak." dedi Zotar, "Bunu bir tür sigorta gibi düşünebilirsin. Sen şimdi git! Ne bileyim, tatile filan çık! Bu iş bitene kadar seni ortalıklarda görmek istemiyorum."

"Öyle olsun!" dedi Jack yumruklarını sıkarak. Bu yılana güvenemeyeceğini bilmeliydi! Neyse, şimdi bunu düşünecek zaman değildi; bu konuyla daha sonra da ilgilenebilirdi.

Atiye'yle göz göze gelmemeye çalışarak arabaya bindi. Gaza basıp uzaklaşırken dikiz aynasından bakıp, "Üzgünüm ama ben buyum..." dedi kendi kendine.

Atiye'nin son bakışı içini acıtsa da yapabileceği fazla bir şey yoktu. İnsan her zaman kazanamazdı! Ayrıca hesap ortadaydı; hapse girmekten kurtulmakla kalmamış, üstüne çok da para kazanmıştı. Daha nice maceralar, nice Atiyeler olacaktı!

Zotar, Jack'in gidişini ellerini ovuşturarak izledi. O aracına doğru yürürken, korumaları kollarından kavradıkları Atiye'yi başka bir arabaya doğru sürüklediler.

Onlara direnmedi Atiye. Dirense ne olacaktı ki? Jack ona hayatının en büyük hayal kırıklığını yaşatmıştı. Bir kez daha kalbini açmış, bir kez daha pişman olmuştu. Etrafı ondan bir şeyler saklayan insanlarla dolu olmak zorunda mıydı?

Beyni ağrıyor, şakakları zonkluyordu. Nasıl bu kadar kör olabilmişti? Bu kadar mı açtı sevgiye, bir tutam güler yüze? Yeniden doğmak için daha kaç kere ölmesi gerekiyordu acaba? Kaderinin Göbeklitepe'ninkine ne kadar benzediğini düşündü. Tapınakların üzerini örtüp onları binlerce yıl saklayan toprak gibi, iç içe geçmiş yalanlar da onun hayatını kaplamıştı.

Murat'ın karşısında oturduğunu hayal etti bir anlığına. Kollarını önünde birleştirmiş, "Sana söylemiştim Atiye. Seni uyarmıştım!" diyerek başını iki yana sallıyordu.

Gözleri bağlı halde geçen bir saatlik yolculuğun ardından, araba yavaşlayarak durdu. Korumalar, Atiye'yi kollarından sürükleyerek göremediği bir yere getirdiler. Bir sandalyeye oturtulup elleri ve ayakları bağlanan Atiye, başına gelecekleri beklerken, "Bu işin sonu nereye varacak acaba?" diye düşündü.

O an, gözlerinin önünde beliren Emin Dede, her zamanki şefkatle gülümsemesiyle, "Sonu başından hayırlıdır kızım," dedi, "İnanan için..."

İnanmak istiyordu, inanmak zorundaydı! Her şeyde bir hayır olduğuna, Allah'ın kendisini sevdiğine ve kendisi için kusursuz bir plan yaptığına, içinde bulunduğu durumun önüne çıkan bir engel değil, onu hak ettiği yere ulaştıracak bir sıçrama tahtası olduğuna! Aydınlıkla karanlığın savaşında başrolü oynamak düşmüşse payına, tüm evren seferber olup yardım ederdi ona, etmeliydi! İşte bir kez daha, korkunun gözlerinin içine bakıyor ve korkmayı reddediyordu. Ne olacaksa olsundu! Kâbuslar, oyunlar, bulmacalar, sonu gelmeyen bu tiyatro son bulsundu! Kaderin sırlarını taşıyan kartlar bir daha kapanmamak üzere açılsındı masanın üzerine.

Gözlerinin bağı çözülünce nerede olduğunu anlamak için etrafına bakındı. Fabrikayı andıran yüksek tavanlı mekân, gelişigüzel yerleştirilmiş makinelerle ve yüksekliği dört-beş metreyi bulan kereste yığınlarıyla doluydu. Nerede olduğunu anlasa ne olacaktı gerçi; çantasını alan adamlar üstünü arayıp cep telefonuna da el koymuşlardı.

Az sonra karşısındaki kapı açıldı. İçeriye altmış yaşlarında iyi giyimli bir adam girdi. Adamın zengin ve güçlü biri olduğu her halinden belli oluyordu. Zotar da oradaydı; saygılı bir şekilde adamın yanında yürüyordu.

Atiye'nin yanına gelen adam, bir sandalye çekip oturduktan sonra, kendisine karizmatik bir hava katan ağarmış sakallarını sıvazladı.

"Merhaba Atiye!" dedi heyecanlı bir sesle, "Seninle tanışmayı ne kadar uzun zamandır beklediğimi bilemezsin!"

"Heyecanınızı paylaşamadığım için kusuruma bakmayın!" dedi Atiye.

Adam onu paha biçilemez bir sanat eseriymişçesine süzmeye devam etti. "Gördüğün muamele için özür dilerim. Adamlarımın nezaketten nasiplerini almadığını itiraf etmek zorundayım. Eminim, seni görmek için buraya geleceğimi de söylememişlerdir. Kim olduğumu biliyor musun?"

"Durun tahmin edeyim," dedi Atiye meydan okuyan bir sesle, "Siz bu filmin kötü adamısınız! Beni uzun zamandır takip eden cehennemin baş zebanisi! Dokunduğu her şeyi zehirleyen sinsi bir yılan! İki nehrin arasını kana bulayan adam!"

Sakallarını sıvazlayarak güldü adam. "Bu unvanlar kulağa çok hoş gelse de bana kısaca Traum diyebilirsin," dedi kollarını iki yana açarak, "Alexander Traum! Hizmetinizdeyim!"

"Kimin hizmetinde olduğunuzu çok iyi biliyorum!"

"Öyle mi? Kime hizmet ediyormuşum?"

"Şeytana tapan gizli bir örgüte! Dünyanın sonunu getirmek için çalışıyorsunuz!"

"Teknik olarak," dedi Traum, "Panteon dünyanın sonunu getirmek istemiyor. Örgütün yüz yıllık planının asıl amacı, Gökten Gelen Elliler'in inşa ettiği tapınakları yeniden gün ışığına çıkarmak. Tapınaklar hazır olduğunda, onları dünyanın dört bir yanında boyut kapıları açmak için kullanacaklar."

"Peki ya Göbeklitepe?" diye sordu Atiye, "Orası da bir kapı, değil mi?"

"Göbeklitepe bir kapıdan çok daha fazlası! Orası, tüm şebekenin anahtarı. Orası sayesinde tüm kapıları kontrol altında tutacaklar. Kapıların bulunduğu yerlere kurdukları askeri üsleri kendilerini üst boyutlara yükseltmek için kullanacaklar. Bu yüzden, uzun zamandır bölgeyi dizayn ediyorlar. Ortadoğu'da özlemle beklenen barış rüzgârları neden bir türlü esmiyor sanıyorsun? Birileri Vaat Edilmiş

Toprakları birtakım çöl tepeleri sanmaya devam etsin, Mezopotamya titizlikle bu finale hazırlanıyor."

"Nasıl bir finalmiş bu?"

"Kapılar açıldığında, dünyada yaşayan insanların bedenleri alt boyuttan gelen varlıklar tarafından istila edilecek. Panteon üyeleri ve onlara bağlılık yemini edenler, asırlardır hayalini kurdukları tanrısal güçlere kavuşurken, dünya yaşayan ölülerin dehşet saçtığı cehennemvari bir yere dönüşecek. Bundan biraz daha karmaşık tabii ki ama özetle bu şekilde olacak."

"Onlardan biri değilmişsiniz gibi konuşuyorsunuz?"

"Örgütle birlikte çalışıyor olmam, onlar gibi olduğum anlamına gelmez. Bugün sahip olduğum birçok şeyi onlara borçlu olsam da onlarla birçok konuda farklı olduğumuzu itiraf etmeliyim. Mesela, ben onlardan çok daha akıllıyım!"

"Sandığınız kadar akıllı olsaydınız iyiyle kötüyü de ayırt edebilirdiniz! Bana kalırsa siz de en az onlar kadar kötüsünüz. Dolayısıyla, en az onlar kadar aptalsınız!"

Traum, Atiye'nin son söylediklerini duymazdan gelerek, "Prometheus'un hikâyesini biliyor musun?" diye sordu.

"İçimden bir ses, biliyorum desem de anlatacağınızı söylüyor." dedi Atiye alaycı bir tonla.

"Prometheus... Tanrılarla Titanlar arasındaki savaşta tanrılara başkaldırmayan bir Titan'dı. Zeus, sadakatinden dolayı ona ölümsüzlerin sofrasında yer vermişti. Zeus ve arkadaşlarıyla yiyip içse de Prometheus onlara karşı içten içe kin besliyordu. Tanrıların güç ve kudretine karşılık onda zekâ ve kurnazlık vardı. Titan dedelerinin intikamını almak için, kendi gözyaşıyla yoğurduğu koyu balçıktan ilk insanı yarattı. Fakat insan aciz ve kırılgandı. İnsanların haline acıyan Prometheus, Ateş Tanrısı Hephaistos'un ocağından bir kıvılcım çalıp onlara verdi. Bunu öğrenen Zeus, hiddetlenerek onu Kafkas Dağları'nda bir kayaya zincirledi. Onu ateşi çaldığı için cezalandırdığını söylese de asıl sebep ondan korkmasıydı; nedenini birazdan açıklayacağım. Aslına bakarsan Zeus, ateşi çalıp insanlara vermesini ondan kurtulmak için bir fırsat bildi."

"Bana bu hikâyeyi neden anlatıyorsunuz?"

"Anlatıyorum çünkü bu aynı zamanda benim hikâyem. Örgüttekiler beni aralarına kabul ederken yoksul bir çocuğun sonlarını getirebileceğini öngöremediler; kibirleri buna engel oldu! Aslına bakarsan, başta böyle bir amacım yoktu fakat onları tanıdıkça dünyanın onlar gibi beceriksiz tiplerin eline bırakılamayacak kadar değerli olduğunu hissettim. Bu yüzden festivalde gerçekleştireceğim ayinle, tanrısal güçlere onlardan önce kavuşup hepsini yok edeceğim. Ne servetleri ne de güçleri kurtaracak onları! Hiç kimse karşımda duramayacak!"

"Yanılıyorsunuz! Ben duracağım! Son nefesime kadar sizinle mücadele edeceğim."

"Şu an göremesen de, bu aslında senin de hikâyen."

"Bundan şüpheliyim."

"Zeus'un Prometheus'tan neden korktuğunu anlatacağımı söylemiştim. Prometheus, 'önce' anlamına gelen pro önekinden ve metheus sözcüğünden oluşur. Metheus'un yakın kökeni, 'öğrenmek' anlamına gelen Yunanca math sözcüğüdür. Prometheus'a 'önceden öğrenen' anlamını yükleyen Yunanlar, onu bir Kâhin Tanrı olarak tanımlamışlardır. Hikâyemize geri dönecek olursak geleceği görebilen bir Titan olan Prometheus, bu gücü sayesinde Zeus'un Kronos'u tahttan indirmesine yardımcı olmuştu. Zeus, aynı şeyin kendi başına gelmesinden korkuyordu."

"Ee?"

"Eesi, gördüğün gibi Prometheus da senin gibi bir kâhin!"

"Ben kâhin değilim! Olmak gibi bir amacım da yok. Tek istediğim, senin gibilerin dünyayı mahvetmesine engel olmak."

"Bunu nasıl yapmayı planlıyorsun peki?"

"Bilmiyorum, ama bir şekilde çözeceğim! Tıpkı bu ayinle tam

olarak ne yapmak istediğini çözdüğüm gibi..."

"Ne yapmak istiyormuşum?"

"Hintlilerin Ateş Tanrısı Agni..." dedi Atiye muzaffer bir ses tonuyla, "Göbeklitepe'yi onu bu boyuta çağırıp güçlerine sahip olmak için kullanmak istiyorsunuz. Vedalar'la olan bağlantı buydu."

Traum, oldukça etkilenmiş görünüyordu. "Bunu nasıl anladığını sorabilir miyim?" dedi şaşkın bir ifadeyle.

"Metheus, mathaya, yani ateş!" diye açıkladı Atiye, Traum'un şaşkınlığından keyif alarak, "Prometheus isminin uzak kökeni Sanskritçedir. Hint mitolojisindeki Ateş Tanrısı Agni ile eşleşir. Sanskritçe 'yakmak' anlamına gelen mathaya sözcüğü, Grekçe metheus sözcüğünün mitolojik kökenini de açıklar. Müzedeki rahip büstünü gördüğümde kafamda bir şeyler uyanmıştı ama Prometheus'un hikâyesini dinleyene dek arada bağlantı kuramamıştım. Prometheus ateşi çalıp insanı yaratmıştı, yani o da bir bakıma Ateş Tanrısı'ydı! Kendini Prometheus sanan birinin Agni'ye yakınlık duymasına şaşmamalı."

"Etkilendiğimi itiraf etmeliyim! Ne yalan söyleyeyim, Zotar zeki olduğunu söylediğinde onu ciddiye almamıştım!"

"Bu kadar hikâye yeter! Beni neden kaçırdınız? Benden ne istiyorsunuz?"

"Prometheus'un hikâyesi burada bitmiyor ama," diyerek araya girdi Traum, "onu cezalandırmak Zeus'a yetmemişti; insanlara da bir ders vermek istiyordu. Bunun için, Hephaistos'u yanına çağırıp su ve balçıktan bir bakire heykeli yapmasını istedi. Heykelin kalbine ruh yerine Prometheus'un ateşi çaldığı yerden alınan bir kıvılcım koyulacaktı. Pandora adını verdiği bu bakireyi insanlara hediye olarak gönderdi. Pandora'nın elindeki kutuda, tüm kötülük ve ıstıraplar vardı."

"Bu hikâyenin sonu bir yerlere varacak mı?"

"Evet, sen benim küçük Pandoram olacaksın! Sen ve küçük

yüzüğün, yarın Göbeklitepe'de bana özel bir kapı açarak Agni'ye dönüşmemi sağlayacaksınız. Karşılığında ise birlikte dünyayı kaosla yöneteceğiz, sevgili kızım!"

"Bana kızım demeyi bırak!" diye bağırdı Atiye, "Ben senin kızın değilim! Benim babam, Servet!"

"Öyle mi? Nerede peki Servet?" Traum yalancıktan sağına soluna bakındı. "Madem seni çok seviyor, bir yerlerde saklanmak yerine neden seni kurtarmaya gelmiyor?"

"Gelecek! Biliyorum... Gelecekler..."

"Hayır, gelmeyecek! Bunu kabullensen iyi olur! Gerçek şu ki terk edildin! Herkes seni terk etti; ailen seni terk etti, dostların seni terk etti, hatta Tanrı bile! Yapayalnızsın, anlasana! Bense her şeyimle yanındayım. Cenneti gölgede bırakacak bir gelecek teklif ediyorum sana. Senin gibi akıllı birinin reddedemeyeceği bir teklif bu."

"Peki ya sandığınız kadar akıllı değilsem? O zaman ne olacak? Kâbuslarımda gördüğüm gibi kurban mı edileceğim?"

Traum, öne doğru eğilerek kısık sesle konuştu. "Teknik olarak, ayinin gerçekleşebilmesi için ölmen gerekmiyor; orada olman yeterli. Bahse girerim, bunu bilmiyordun!" Muzır bir şekilde güldü. "Aslına bakarsan seni kurban etmek Zotar'ın fikriydi. Neden dersen bunun Agni'nin hoşuna gideceğine inanıyor. Fakat, böyle olmak zorunda değil. Bana katılmayı seçersen, ayin sırasında sunağın üzerinde bilinçsiz halde yatmak yerine yanı başımda oturabilirsin. Sonrasında da dünyayı birlikte yönetiriz. Düşünsene, Karanlıklar Prensesi olacaksın! Harika değil mi?"

"Böyle bir şeyi asla yapmayacağım!"

"Aptal olma! Dünyanın halini görmüyor musun? Bir çağ kapanıyor, yeni bir çağ açılıyor. Batı'ya bak! Doğu'ya bak! Dünyanın kutupları asırlar sonra bir kez daha yer değiştiriyor. İnsanlar sürü halinde Doğu'dan Batı'ya göç ediyor. Avrupa dağılıp çöküş sürecine girerken, Doğu yeniden yükseliyor. Binlerce yıldır ne olduysa bundan sonra olması gerekenler de olacak. Buna hiç kimse engel olamaz! Cömert teklifimi geri çevirerek kimi koruduğunu sanıyorsun? İnsanlığı mı? Bu mudur? İnsanlardan ne fayda gördün ki bugüne kadar? Sevip güvendiğin herkes seni yüzüstü bırakmadı mı? Hepsi senden bir şeyler çalıp gitmedi mi? Seni hiç düşünmeyen insanların akıbetinden sana ne? Aklını kullan, seçimini doğru yap! Göklerde bir taht mı istiyorsun, yoksa yerin altında bir sunak mı?"

Atiye, "Hayır!" diye haykırmak, sövüp tekmeler savurmak istese de içinde bir şeyler kıpırdanmaya, o ana dek varlığından bile haberdar olmadığı sesler yükselmeye başlamıştı. Traum'un sözlerinden bazıları onda karşılık bulmuş olmalıydı. Biraz da bu yüzden, hiçbir şey söylemeden onun yüzüne bakmakla yetindi.

Yaptığı atışlardan bir kısmını isabet ettirdiğini gören Traum, "Hemen cevap verme," dedi yumuşak bir sesle, "Düşünmek için yarına dek bol zamanın olacak. Küçük sohbetimizden çok keyif alsam da maalesef ayrılmak zorundayım. Prova etmem gereken bir açılış konuşması var zira! Merak etme, ben yokken Zotar seninle ilgilenecek. Festivalde görüşmek üzere!"

Zotar, Traum'u uğurlamak için dışarı çıktı. Çok geçmeden dönüp Efendisi'nin az evvel oturduğu sandalyeye ilişti. Hiçbir şey söylemeden ürpertici bir şekilde Atiye'nin yüzüne bakıyordu.

Sinir bozucu sessizliğe daha fazla dayanamayan Atiye, "Söyler misin Zotar," dedi, "senin gibi biri nasıl oluyor da Traum gibi birine hizmet edebiliyor?"

"Nasıl biriymişim ben?"

"Rahip değil misin sen? Onun gibi bir adamla ne işin olabilir?"

"Efendi Traum sandığın gibi biri değil. O, yaptığı her şeyi insanlığı gerçek kurtuluşa ulaştırmak için yapıyor. İnsanlığı seviyor, onları içine düştükleri sefaletten kurtarmak istiyor. Prometheus gibi, Agni gibi... Yöntemlerini anlamıyor olman onu kötü biri yapmaz."

"Senin de beynini yıkamış anlaşılan."

"Hayır, Efendi Traum'la ilişkimiz eskilere dayanıyor; birlikte çok şey yaşadık. Henüz çocuk yaştayken, beni kesin bir ölümden kurtarıp yanına aldı. İyi bir eğitim almamı sağladı; beni kendi inancımı araştırmaya teşvik etti. Özetle, daima bir baba gibi oldu bana. Ben de hayatımı onu koruyup ona hizmet etmeye adadım. Onun için her şeyi yaparım; buna onun için can vermek ve can almak da dahil."

"Aman ne dokunaklı! Buna Vedalar'ı kötü amaçlar için kullanmak da dahil mi?"

"Sen iyi ve kötü hakkında ne biliyorsun ki! İyi ve kötü göreceli şeylerdir. Vedalar mesela, kendi içinde iyi ya da kötü değildir. Aslına bakarsan yaratılmış hiçbir şey kendi içinde iyi ya da kötü değildir. İyi ve kötü, korkakların yaşanan şeylere taktığı isimlerden ibarettir. Doğru ve yanlış dersen anlarım ama! Doğrunun ve yanlışın varlığına inanırım."

"O zaman şöyle sorayım: Yapmayı planladığınız şey doğru mu sence?"

"Sorunun cevabı kişisel felsefene göre değişir. Bir amacın varsa seni o amaca ulaştıracak her şey doğru, seni amacından uzaklaştıracak şeyler ise yanlıştır. Amacı olmayan kişilerin doğru veya yanlış bir şey yaptığından söz edilemez. Bu durumdaki kişilerin yaptığı her şey yanlıştır. Amacı olmayan kişi, ölü hükmündedir esasen."

"İşlediğiniz suçları mazur göstermek için uydurduğunuz mazeretler ilgimi çekmiyor. Sizler kötüsünüz. Ve kötüler asla kazanamaz!"

"Efendi Traum'un söylediklerini dikkate almanı öneririm," dedi Zotar, "O adil bir efendidir; hizmetlerini karşılıksız bırakmaz."

"Seni kâbuslarımdan hatırlıyorum," dedi Atiye, "Böyle bir şeyi daha önce de yaptın mı yoksa ben ilk mi olacağım?"

"Şimdi dinlenmelisin!" diyerek sözünü kesti Zotar, "Sabah son kararını öğrenmek için tekrar geleceğim."

Sonra ayağa kalktı, ellerini önünde birleştirip eğildikten sonra sakince yürüyerek çıktı. Fabrikanın ortasında bir başına kalan Atiye, içini kaplayan çaresizlik hissini dizginlemeye çalışarak ne yapması gerektiğini düşündü.

Kaderiyle yüzleşip Traum'un teklifini değerlendirmekten başka çaresi yok gibi görünüyordu.

SEVGİNİN GÜCÜ

Akşam geceye dönerken, Atiye başını kaldırıp pencereden görünen ayı seyretti. Üzerinde oturduğu sandalyeyi bir spot ışığı gibi aydınlatan ay ışığı, tüm parlaklığına rağmen içini aydınlatmaya yetmedi. Karmaşık duygular içerisindeydi. Kendine itiraf edemese de Traum'la yaptığı konuşma kafasını bulandırmış, o güne dek yaşadıklarını gözünün önüne getirdiğinde adamın tamamen haksız olmadığını görerek hüzünlenmişti.

Murat, Jack, Cansu, işyerindekiler ve hatta ailesi bildiği insanlar... Onu çok sevdiğini her fırsatta söyleyen bu insanlar, onu gerçekte ne kadar seviyor, ne kadar düşünüyorlardı?

Seven sevdiğine yalan söyleyebilir miydi?

Seven bu denli bencil olabilir miydi?

Seven sevgiyi bir örümceğin ağlarını kullandığı gibi başkalarını tuzağa düşürmek için kullanabilir miydi?

Sevdiğini iddia edenler bunları yapabiliyorsa sevgiden nasibi olmayanlar neler yapmazdı ki?

Peki ya insanlık? Mevcut haliyle kurtarılmaya değer miydi? Sonu gelmeyen savaşlar, terör, çatışma, açlık ve yoksulluk... Kimbilir, yok edilip yeni baştan yaratılması gerekiyordu, milyonlarca yıldır bu hep böyle olmuştu belki de!

Diyelim ki kurtarılmaya değerdi, bunu tek başına yapabilir miydi? Kolay iş değildi bu! Hem ne demişti Jack? İnsan zayıftı ve hiç kimsenin omuzlarına böylesi bir yük yüklenmemeliydi.

Doğru söylediği tek şey buydu belki de!

Birdenbire kararan hava, kâbuslarında içine yuvarlandığı dipsiz çukurun zifiri siyah rengini getirdi beraberinde. Ay bulutların arkasına girmiş olmalıydı. Pencereden Ay'ı görmeye çalışırken bir yandan da yorucu bir iç hesaplaşmaya tutuştu.

Kabul etmek istemese de, geçen saatlerle birlikte direnci de kırılmış, Traum'un teklifine evet demesini savunan yanı giderek güçlenmişti. Burada böyle ölüp gitmesinin kime ne faydası vardı? Traum'un yanında yer alırsa insanlık için faydalı şeyler yapabilir, yeni bir dünyanın yaratılmasında rol alabilirdi.

Bir yandan bunları düşünüyor bir yandan da içinde duyduğu seslerin hangi Atiye'ye ait olduğunu anlamaya çalışıyordu.

Ay bulutların arasından çıkıp içeriyi tekrar aydınlattığında, kasları tutuk bedenine bu düşüncelerin ağırlığı eklenen Atiye, başını dik tutmakta zorlanmaya başladı. Bir süre direndiyse de sonunda başının öne düşmesine engel olamadı.

Bir süre bu halde kaldıktan sonra, karanlığın içinde belli belirsiz bir kadın sesi duydu.

"Atiye!"

"Kim var orada?" dedi cılız bir sesle.

"Atiye! Neredesin?"

Acıyan boğazını temizleyerek, "Anima!" diye seslendi bu sefer, "Buradayım, yardım et lütfen!"

Başını zorlanarak kaldırdığında, koyu renk kısa saçlı, açık tenli bir kadınla göz göze geldi. Yanına kadar gelen kadın, eğilip iki eliyle yüzünü tuttu.

Anima değildi bu...

Kadın, şefkatle gözlerinin içine bakıp gülümsedi. "Geldim kızım," dedi içini ısıtan kadifemsi bir sesle.

Gözlerine inanamadı!

Henüz varlığından bihaberken yokluğunu içinde hissedip özlediği annesi, Miriam, onu kurtarmak için gelmişti işte.

"Anne?" diyebildi gözyaşlarına hakim olamayarak, "Bu sen misin gerçekten?"

"Benim, kızım," dedi Miriam, "Dur sana bir bakayım. Aman Allahım! Ne kadar da büyümüşsün! Tıpkı hayal ettiğim gibi, genç ve güzel bir kadın olmuşsun!"

Atiye bir an duraksadı. "Ne olur…" dedi yalvarmaya benzeyen bir sesle, "Bana bunun bir rüya olmadığını söyle!"

Ellerini ve ayaklarını çözmekle meşgul olan Miriam durup gözlerinin içine baktı. "Bunun bir önemi yok. Önemli olan, şimdi burada birlikte olmamız."

İşi bittikten sonra Atiye'nin ayağa kalkmasına yardım etti. Onu hasretle kucaklayıp doyasıya öptü. Bir yandan da, "Geçecek kızım, hepsi çok yakında geçecek, göreceksin!" diyordu.

Geriye doğru bir adım atıp annesine baktı Atiye. Üzerinde babasının defterinden çıkan fotoğraftaki elbiseyi görünce, "Biliyordum," dedi dudaklarını büzerek, "Gerçek değilsin, rüya bu!"

"Üzülme kızım," dedi Miriam, "Öyle rüyalar vardır ki gerçek onların yanında solgun bir anı gibi kalır. Bunu en iyi senin biliyor olman gerekir. Önemli olan buraya nasıl veya nereden değil, neden geldiğim. Beni neden çağırdığın!"

"Ben mi çağırdım? Neden?"

"Özünde ezelden beri bildiğin ama içinde bulunduğun şartlar sebebiyle hatırlamakta zorlandığın bir şeyi hatırlamana yardım etmem için."

"Neyi?"

"Sevginin gücünü…"

"Bir zamanlar inanırdım sevginin gücüne ama görüyorum ki

koskoca bir yalandan ibaretmiş. Beni sevdiğini sandığım insanlar şimdi neredeler? Neden birer birer terk ettiler beni?"

"Buna inanıp onları suçlamak daha kolay görünse de onlar seni terk etmediler kızım, sen kendini terk ettin. Birilerinin seni sevmesini beklemeye öylesine dalmıştın ki kendini sevmeyi unuttun."

"Bu doğru değil! Kendimi hep sevdim ben!"

"Sevgiye muhtaç olup onu arzulamanın sevmekle ya da sevilmekle ne alakası var? Bir kelebeği yakalayıp ona sahip olmaya çalışmaktan ne farkı var bunun? Bunda ısrar etmek, hayal kırıklığı ve öfkeden başka bir şey getirmez."

"Bu aralar ikisinden da bolca var hayatımda."

"Sevginin gücü, içeriden dışarıya doğru çalışır. Kendini sevemeyeni hiç kimse sevemez. Sevginin, kaynağı dışarıdaymış gibi görünen tüm biçimleri; sevgililer, dostlar, arkadaşlar, ilişkiler; kişinin kendi içinde üreterek etrafa yaydığı sevginin evrenden yansıyıp kendine geri dönmesinden ibarettir. Kendini koşulsuzca ve sebepsizce sevebilmek, karşına çıkan herkesi hayatlarının sonuna dek seni sevmeye mahkûm etmektir."

Atiye bir süre düşündükten sonra, "Dünya kurtarılmaya değer mi sence?" diye sordu.

"Bir dağcı," dedi Miriam gülümseyerek, "Everest Dağı'na bakıp 'Bu dağ tırmanılmaya değer mi?' diye sorar mı sence?"

"Başka bir şey söylemene gerek yok," dedi Atiye mahcup bir gülümsemeyle, "Demek istediğini anladım."

"Dünyayı kurtarmak bir görev değil," dedi Miriam, "Sahip olduğun potansiyeli keşfedip onu gerçeğe dönüştürmek için bir fırsat! Yeniden ve sonsuza dek kendin olabilmek için ödemen gereken minicik bir bedel! Bütünlüğüne yeniden kavuşmanın kaçınılmaz bir sonucu!"

"Aynı Anima gibi konuştun!"

"Anima'nın kim olduğunu bilmiyorum ama senin yerinde olsam

bana böyle şeyler anlatan birinin dediklerini ciddiye alırdım. Ayrıca... Anima, ben, sen... Birbirimizden çok da farklı değiliz aslında."

"Dünyayı kurtarmalıyım yani?"

"Sana bir sır vereyim mi kızım? Dünyayı herkes kurtarabilir ama hiç kimse bunu amaç edinemez ve edinmemeli. İnsan sadece kendini tanımayı amaç edinebilir. Geriye kalan her şey, bu gerçek amacın birer sonucu ve yansımasıdır. Söyle bakalım, sen kendini tanıyor musun?"

"Tanımaya çalışıyorum."

"İşte bu güzel! Eğer kendini sevmeseydin bunu yapmaya güç yettiremezdin. Tek gerçek yolculuk, kendini keşfetmektir. İçeride yeni dünyalar yaratıp yoluna devam etmek istiyorsan, bulduğun her fırsatta ölüp yeniden doğmaya devam etmelisin. Dünyayı boşver, sen dünyanın kaderinden sorumlu değilsin. Dünyalar yok olur, yeniden yaratılır, hatta gün gelir yeniden yok edilir. Bu yükü kendine yükleme kızım! Sen kendi kaderinden sorumlusun. Neyi hak ettiğine, neyin doğru olduğuna inanıyorsan, kalbine baktığında neyi görüyorsan, ruhuna kulak verdiğinde neyi duyuyorsan onu yap! Ne yaparsan yap, nereye gidersen git, kimi ya da neyi kurtarırsan kurtar; sebebin, pusulan ve rüzgârın her şeyden önce kendine duyduğun sevgi olsun. Yolculuğuna hiç durmaksızın devam edebilmenin tek yolu budur."

Mest olmuş bir şekilde dinleyen Atiye, annesinin sesinin azaldığını, görüntüsünün giderek solgunlaştığını fark edince bir çığlık attı.

"Anne! Gitme ne olur! Beni bırakma!"

"Bedeli ne olursa olsun, sevginin gücüne inanmaktan bir an bile vazgeçme kızım!" Karanlığın içinde kaybolmaya devam eden Miriam'in sesi boşlukta yankılanıyordu. "Çünkü eğer inanmaktan vazgeçersen seni kendine ulaştıracak bu mucizevi yolculuğun yegâne yakıtını sonsuza dek yitirirsin."

Bunlar Miriam'in son sözleri oldu.

"Söz veriyorum," diye fısıldadı Atiye, avuçlarının arasından kayıp giden annesinin ardından.

"Söz veriyorum, sevgi kazanacak."

BÖLÜM VII

FESTİVAL

Saatler 10:00'ı gösterirken, festival davetlileri birer ikişer gelip tören alanında yerlerini almaya başladılar. Basının törene ilgisi büyüktü. Sahnenin önündeki alan, fotoğraf çekmek isteyen yerli ve yabancı basın mensupları için boş bırakılırken, onun hemen arkasına protokol için yüksek bir platform koyulmuştu. Protokolün arkasında sıra sıra duran kameralar, konuşmaları tüm dünyaya canlı yayınlamak için hazırda bekliyorlardı.

Önceki gün suikastçıyı kıl payı elinden kaçıran Murat, tören alanında kuş uçurtmamaya kararlıydı. Girişine x-ray cihazları koydurduğu alanda akşam ve sabah olmak üzere iki kez bomba araması yaptırmış, bununla da yetinmeyerek sahneyi gören kritik noktalara keskin nişancılar yerleştirmişti. Olası bir saldırıyı ne pahasına olursa olsun önlemeliydi. Bakan başta olmak üzere birçok kişinin hayatı ona emanetti.

Açılış töreninin iki onur konuğundan biri olan ve on dakika önce tören alanına gelen Dünya Tarih Mirası Vakfı Başkanı Alexander Traum, arka girişten içeri alınarak VIP konuklar için oluşturulan bekleme alanına yönlendirilmişti.

Murat hazırlıkları son kez kontrol ettiği sırada, Bakan'ın alana giriş yaptığı bilgisi geldi. Tüm birimlere yerlerini alma talimatı verdikten sonra, Bakan'ı makam aracının kapısında karşılayıp ona VIP alanına kadar eşlik etti.

Bakan'ın geldiğini gören Traum, ayağa kalkıp kendine çekidüzen verdi. "Hoş geldiniz Sayın Bakan!" dedi saygılı bir şekilde, "Sizi görmek ne büyük şeref!"

"O şeref bize ait," dedi Bakan, oturması için Traum'a işaret ederken. "Desteğini esirgemeyen dostlarımızın her zaman başımızın üstünde yeri var," diye devam etti sözlerine, "Vakıf olarak Göbeklitepe'nin tanıtımını bu kadar sahiplenmeniz, hele ki davetimize icabet edip buraya kadar bizzat gelmeniz bizi ziyadesiyle memnun etti. Sizin de desteğinizle, çalışmaları hızlandırıp burayı mümkün olan en kısa sürede tarih severlerin beğenisine sunacağız inşallah."

"Bölgeyi canlandırmak için yaptıklarınız takdire şayan Ekselansları. Helikopterle buraya gelirken cenneti aratmayacak güzellikte yerler gördüm ve kendi kendime dedim ki buralardan birkaç arazi de ben almalıyım. Fakat danışmanlarım, böyle bir şeyi gerçekten istiyorsam elimi çabuk tutmam gerektiğini söylediler bana. Anladığım kadarıyla, yabancılara arazi satışını yasaklayacak bir yasa tasarısı üzerinde çalışıyormuşsunuz. Haddimi aşmak istemem ama bu kararınızı gözden geçirmelisiniz bence. Bu bölge dış yatırımlarla çok daha hızlı büyüyüp hak ettiği refaha kavuşabilir."

"Bizi düşündüğünüz için teşekkür ederim fakat takdir edersiniz ki hayat ekonomiden ibaret değil. Politikalarımızı yaparken, ekonomiden daha önemli şeyleri de hesaba katmak zorundayız."

Traum cevap verecek oldu fakat yanı başlarında ayakta duran Murat araya girdi. "Sayın Bakanım, sizi ve misafirinizi tören alanına götürmek için hazırız!"

Bakan, enerjik bir şekilde yerinden fırladı. "Ne duruyoruz o halde? Bu kadar insanı bekletmek olmaz."

Onur konukları protokol alanına doğru ilerlerken, kürsüye çıkan sunucu basın mensuplarını yerlerine davet ettikten sonra açılış töreni programı hakkında bilgi verdi. Saygı duruşu ve İstiklal Marşı'nın ardından Mezopotamya Ateşi isimli dans gösterisi sahnelenecekti. Gösterinin müzikleri, dünyaca ünlü bir besteci tarafından özel olarak bestelenmişti. Gösterinin ardından müze müdürü, kültür müdürü, belediye başkanı ve vali sırasıyla birer konuşma yapacak, onları vakfı temsilen Alexander Traum ve Bakan izleyecekti. Başka bir programa yetişmesi gereken Traum, konuşmasını yapar yapmaz salondan ayrılacaktı. Açılış konuşmalarının ardından, törene katılanlar büyük bir mucizeye tanıklık ederek birlikte Güneş tutulmasını izleyeceklerdi.

Bakan'ın yakın korumalarını tekrar uyaran Murat, etrafına bakınarak alanı turlamaya başladı. Telsizle sürekli olarak bilgi alıyor, bir yandan da şüpheli bir şeyler arıyordu. İçinden bir ses, aldığı tüm önlemlere rağmen suikastçının tören alanının içinde bir yerlerde olduğunu söylüyordu.

Sunucu, kısa bir girizgâhın ardından dans grubunu sahneye çağırdı. Sunucunun sahneyi terk etmesiyle birlikte, Murat'ın hayatında duyduğu en tuhaf müzik çalmaya başladı. Seyircilerin müziğe verdiği ilk tepki de Murat'ınkinden pek farklı değildi. Sahneye sağlı sollu giren dansçılardan kimilerinin üzerinde hayvan kostümleri, kimilerinin yüzünde ise ürpertici maskeler vardı.

Gösteriyi izleyen davetliler, dünyanın sonunu getirmek isteyen sapkın bir kalabalığın Göbeklitepe'nin altındaki galeride toplandığından habersizlerdi. D Tapınağı'nın ikiz sütunlarının tam altına denk gelen sunağın yanı başında duran Zotar, tören alanından buraya kadar gelen ilahilere eşlik eden kalabalığı coşturmakla meşguldü.

Dans gösterisinin ardından yeniden sahneye çıkan sunucu, "Gerçekten de son derece sıradışı bir gösteriydi, umarım siz de benim kadar beğenmişsinizdir," dedi, "Şimdi huzurlarınıza, açılış konuşmasını yapmak üzere Göbeklitepe Müze Müdürü Sayın Süleyman Yazıcı'yı davet etmek istiyorum."

Müze müdürünün konuşmasını en az onun kadar sıkıcı birkaç konuşma izledi.

Bir kez daha sahneye çıkan sunucu, "Değerli konuklar, bugün aramızda çok kıymetli bir misafirimiz var," dedi, "Göbeklitepe'nin keşfinden bugüne kadar desteğini hiçbir zaman esirgemeyen ve bu eşsiz mabedin UNESCO Tarih Mirası listesine girmesi için canla başla çalışan gerçek bir dost... Hanımefendiler, beyefendiler, karşınızda Dünya Tarih Mirası Vakfı Başkanı Sayın Alexander Traum! Kendisi sadece bu önemli günde bizlerle birlikte olmak için ta Amerikalar'dan buraya kadar geldi. Büyük bir alkış lütfen!"

Alkışlar eşliğinde kürsüye çıkan Traum, cebinden çıkardığı konuşma metnini önüne koyup mikrofonu ayarladıktan sonra, "Sayın Bakan, Sayın Vali, Belediye Başkanı, değerli konuklar ve basın mensupları," diyerek sözlerine başladı, "konuşmama geçmeden önce, nazik daveti için Ekselansları'na teşekkürlerimi sunmak istiyorum. Az önce kuliste sohbet ederken kendileri bana buraya bizzat geldiğim için teşekkür etti. Bunu söylerken sesinde bir şaşkınlık sezdim. Ekselansları'nın şahsında Türkiye'deki tüm tarih severlere buradan bir şey söylemek istiyorum. Buraya geldim çünkü burası dünyanın dönüp dolaşıp eninde sonunda geleceği yer. Malumunuz olduğu üzere Göbeklitepe, insanlık tarihinin başladığı yer! Bu yüzden yakın bir gelecekte dünyanın dört bir yanından milyonlarca insan buraya akın edecek. Bundan hiç şüpheniz olmasın."

Traum'un sözleri, seyircilerden büyük bir alkış aldı.

Konuşma devam ederken sahne arkasına geçen Murat, tören alanını gözleriyle tararken, güvenlik çemberinin hemen dışına park edilmiş bir canlı yayın aracını fark etti. Üzerinde bildik kanallardan birinin amblemi olmayan minibüs, diğer araçların aksine yanlamasına park edilmişti. Sahneden inerek aceleyle o tarafa yöneldi.

Araca yaklaştığında, sahneye bakan camlardan birinin aralık olduğunu fark etti. Fark edilmemek için mümkün olduğunca geniş bir daire çizerek aracın diğer tarafına dolandı.

"Bugün burada, neredeyse kutsal bir amaç için toplanmış bulunuyoruz," diye devam etti Traum, "Şuna hiç şüphe yok ki Göbeklitepe insanlık tarihini değiştirmiştir ve değiştirmeye de devam edecektir. Biz, Dünya Tarih Mirası Vakfı olarak bu heyecan verici sürece destek olmanın haklı gururunu yaşıyoruz. Buradan huzurlarınızda söz veriyorum, Göbeklitepe'nin hak ettiği bilinirliğe ulaşması için elimizden gelen her şeyi yapmaya devam edeceğiz."

Aracın dibine kadar gelen Murat, nefesini tutarak uzandığı kapıyı hızla yana kaydırdı. Kapının açılmasıyla birlikte, aracın içine kurulmuş keskin nişancı silahını ve dürbünün üzerine abanan bir adamın sırtını gördü.

Silahını doğrultarak, "Buraya kadar!" diye bağırdı, "Ellerini başının üstünde birleştirip yavaşça arkana dön!"

Suikastçı, onu hiç duymamış gibi pozisyonunu korudu.

"Etrafın sarıldı, hiçbir yere kaçamazsın!" diye yineledi Murat, "Bu sana yapacağım son uyarı. Eğer dediğimi hemen yapmazsan ateş etmek zorunda kalacağım."

Ellerini yavaşça kaldıran suikastçı, arkasını dönmeden, "Büyük bir hata yapıyorsun!" dedi, "Bilmediğin şeyler var!"

"Yüzünü görebileceğim şekilde arkanı dön!" diye tekrar bağırdı Murat, "Sakın bir numara çevirmeye kalkışma!"

Suikastçı yavaşça arkasına dönerken, "Bunu yaptığına çok ama çok pişman olacaksın!" dedi.

Murat, bir süredir izini sürdüğü adamın Servet olduğunu görünce yerinde donakaldı.

"Sen ha? İyi ama neden? Bakan'ın ölmesini neden isteyesin ki?"

Servet boş gözlerle Murat'a baktı. "Bakan mı? Buraya Bakan için geldiğimi de nereden çıkardın?"

Böyle bir şey duymayı beklemeyen Murat, "Nasıl yani?" diye sordu, "Bakan'ı değilse kimi?"

"Zaman tükeniyor!" dedi Servet tedirgin bir sesle, "Lütfen bana engel olma!"

"Kimi?" diye ısrar etti Murat, "Söyle, kim için buradasın?"

"Traum!" dedi Servet, "Alexander Traum'u durdurmak için buradayım."

"Peki ama neden?"

"Neden mi? Çünkü o bir şeytan ve bir an önce durdurulması gerekiyor! Başından beri her şeyin arkasında o vardı. Ayrıca, beni karanlık projesine alet eden de, karımın ölmesine ve kızımdan ayrı düşmeme yol açan da oydu!"

"Mesele bu mu? İntikam için mi buradasın?"

"Hayır! Buraya gelmeyi kendim istemedim. Tek bildiğim, bunun şimdi yapılması gerektiği. Traum buraya neden geldi sanıyorsun? Festival kisvesi altında şeytani bir ayin yapacak!"

"Ayin mi? Ne ayini?"

"Onu ölümsüz ve yenilmez yapacak bir ayin! Onu şimdi durdurmazsak dünyayı bir felaketin kucağına atmış olacağız. Sana yalvarıyorum, bana engel olma, bırak bu işi başlamadan bitireyim. Traum o kürsüden indiğinde çok geç olacak."

Murat, bir saniye düşündükten sonra, "Buna izin veremem," dedi, "Haklı olsan bile ona engel olmanın başka bir yolu olmalı."

"Başka yolu yok, anlamıyor musun?" diye bağırdı Servet, "Ölmesi şart, hayatta olduğu sürece asla vazgeçmeyecek."

Servet bunları söylediği sırada, tören alanında büyük bir alkış koptu. Dönüp baktıklarında, Traum'un konuşmasını bitirip kürsüden indiğini gördüler.

"Yaptığını beğendin mi?" diye çıkıştı Servet, "Senin yüzünden elimizdeki tek fırsatı da kaçırdık! Bundan sonra olacak her şeyden sen sorumlusun."

Töreni arka sıralardan izleyen Althor, Traum'un alandan çıkışını yüzünü buruşturarak izledi. Birkaç saniye düşündükten sonra yerde ayaklarının arasında duran Bond tipi çantayı aldı ve açma düğmesini yana ittirip tekrar yere bıraktı. Yerinden kalktı, sakin adımlarla tören alanını terk etti. Şifreli kilidin üzerindeki rakamlar dönerek on beş dakikadan geri saymaya başladı.

"Hiçbir şey olmayacak," diye bağırdı Murat, "Bunların hepsi deli saçması. Hepiniz aklınızı kaçırmışsınız!"

"Haklı olsan bile bu Atiye'nin ellerinde olduğu gerçeğini değiştirmiyor," dedi Servet ağlamaklı bir sesle, "Ben onun son şansıydım, anlasana... Onu kurban edecekler."

"Atiye?" dedi Murat şaşkınlık içerisinde, "O burada mı?"

"Evet. Traum törenden erken ayrıldı çünkü o olmadan ayine başlayamazlar. Onu durdurmalıyız!"

Beyninden vurulmuşa dönen Murat, silahını indirip durum değerlendirmesi yaptı. Atiye'yi uyardığı büyük tehlike gerçek olmuştu demek. Şimdi ne yapacaktı? Ona bir şey olmasına izin veremezdi. Bir şeyler yapmalıydı. Üstelik, Bakan'a yönelik tehdit gerçek olmadığına göre, buradaki görevi bitmiş sayılırdı.

Telsizden Bakan'ın konuşması biter bitmez tören alanından çıkarılması talimatını verdikten sonra Servet'e dönüp, "Şu ayin..." dedi, "Nerede yapılacağını biliyor musun?"

"Tapınağın altındaki gizli galeride olmalı..."

"Oraya nasıl girebilirim?"

"Girişi bulamazsın. Beni de yanında götür!"

Murat başta tereddüt etse de Atiye'nin tehlikede olduğunu hatırlayınca çaresiz kabul etti. Birlikte D Tapınağı'nın olduğu tarafa doğru koştular.

Tapınağa vardıklarında, "Yönettiğim kazılardan birinde buna çok benzeyen bir tapınak vardı," dedi Servet, "O tapınakta yeraltı galerisine açılan gizli bir geçit bulmuştuk. Ayini yöneten Şamanlar, geçidi tapınağın altındaki haznede biriken kanı almak için kullanıyorlardı. Eğer orayı yapanlarla burayı yapanlar aynı külte inanıyorsa benzer bir geçit burada da olabilir."

"Tam olarak neredeymiş bu geçit?"

"Bir saniye," dedi Servet, tapınağın duvarlarından birini eliyle yoklarken, "buralarda bir yerlerde olmalı..."

Elini taşların arasına sokup bir süre daha yokladıktan sonra "Buldum!" diye bağırdı, "Şansımız varmış. Şimdi tek yapmamız gereken bunu ittirmek. Bana yardım et!"

Taş yana doğru hareket edince tek kişinin sığabileceği dar bir merdiven çıktı ortaya. Murat aceleyle içeri girerken Servet olduğu yerde kalakaldı. Tören alanının olduğu tarafta tanıdık bir yüz görmüştü.

"Geliyor musun?" diye seslendi Murat.

"B Planı!" diye kendi kendine mırıldandı Servet, "Tabii ya, tahmin etmeliydim."

Geçitten geri çıkan Murat, "Neler oluyor? Ne planından bahsediyorsun?" diye sordu sabırsızlanarak.

"Az önce Althor'u tören alanından çıkarken gördüm. Sanırım buraya neden geldiğini biliyorum."

"Althor da kim?"

"Althor, Gözcülerin lideri," dedi Servet, "Gözcüler kim diye sorma çünkü açıklayacak zaman yok. Bilmen gereken tek şey, beni hastaneden kaçırıp buraya gönderenin onlar olduğu. Traum'un saldırıdan canlı kurtulması ihtimaline karşı yedek bir plan yapmış olmalılar."

"Ne tür bir plan?"

"Sodom ve Gomore'nin hikâyesini bilir misin?"

"Hikâyeler için vaktimiz yok. Planları ne?"

"Özetle... Toptan temizlik! Kötülerin eline geçmesin diye Göbeklitepe'yi havaya uçuracaklar."

"Böyle bir şey mümkün değil! Bomba ekipleri tören alanını en ince ayrıntısına kadar aradılar."

"Gözcüleri tanımıyorsun! Sizin güvenlik önlemleriniz onlara vız gelir! İstedikleri zaman istedikleri yere istedikleri şeyi sokabilirler. Bu onlar için çocuk oyuncağı."

"Ne yapacağız peki?"

"Sen git Atiye'yi kurtar. Ben de Althor'la konuşup onu vazgeçirmeye çalışayım."

"Anlaştık! Dikkatli ol!"

"Sen de!"

Servet, doğruca otoparka koştu. Althor'un o tarafa doğru yürüdüğünü görmüştü. Oraya vardığında Althor arabasına binmiş, ayrılmaya hazırlanıyordu. Ellerini kaldırarak arabanın önüne atladı. "Arabayı durdur!" diye bağırdı, "Onunla konuşmak istiyorum."

Althor, arabanın açılan arka camında göründü. "Ne yaptığını sanıyorsun sen?" dedi.

"Bunu yapmak zorunda değilsiniz!" diye bağırdı Servet.

"Traum'u öldürmemeye karar verdiğinde bize başka çare bırakmadın."

"Hayır, sandığınız gibi değil. İşi bitirmek üzereyken enselendim. İnan bana, Traum'un ölmesini hiç kimse benden daha fazla isteyemez."

Althor saatine bakarak, "Bunun artık bir önemi yok," dedi, "Kısa bir süre içinde her şey sona ermiş olacak. İnsanlar buraya Göbeklitepe'yi değil, meşhur krateri görmeye gelirler artık."

"Buna hakkınız yok!" diye bağırdı Servet, "Oradaki insanlar masum ve hiçbiri ölmeyi hak etmiyor."

"Bu bir hak değil, bir görev. Biz sadece yapılması gerekeni yapıyoruz. İnsanoğlu kendisine verilen şeyleri kötü amaçlar için kullanmamayı bir kez olsun başarabilseydi, ne bugün ne de geçmişte böyle köklü tedbirlere gerek kalırdı. Onlar azgınlık ettiğinde, birileri devreye girip müdahale etmek zorunda. Böyle bir şeyi ilk kez mi yaptığımı sanıyorsun?"

"Henüz bir şey bitmiş değil. Lütfen kızımı ve bu masum insanları kurtarmak için bana bir şans verin. Başka bir yolu olmalı, lütfen!"

"Kader yazıldı, kalem kırıldı, bunu kabullensen iyi olur."

"Bana yalan söylediniz!" diye öfke içerisinde bağırdı Servet, "Kızımı görebileceğimi söylemiştiniz! Kullandınız beni!"

"Bunu konuşmuştuk. Kızını görmen görevi yerine getirmene bağlıydı, bunu biliyorsun. Ayrıca, şu an bile onu kurtarmaya çalışmak yerine burada benimle konuşuyorsun. Kızını görmek istediğine gerçekten emin misin sen?"

"Göbeklitepe gibi eşsiz bir hazineyi üzerindeki insanlarla birlikte yok etmenize göz yumamazdım."

"Ama kızının ölmesine göz yumabiliyorsun? İlginç..."

"Ne fark eder ki? Bombayı durdurmazsanız hepimiz havaya uçacağız zaten!"

"İşte bunda çok haklısın. Ve biliyor musun, bu söylediğin bana burayı bir an önce terk etmem gerektiğini hatırlattı. Gitmek istediğin bir yer varsa seni bırakabilirim. Bugün burada ölmek zorunda değilsin."

"Bana bombanın şifresini söyle."

"Hayır! Biz bir plan yaptık ve uyguladık. Planımızı beğenmiyorsan kendi planını yapmak zorundasın. Bombayı durdurmak mı istiyorsun? Denemekte serbestsin. Ama elini çabuk tutsan iyi edersin. Beş dakikadan az zamanın kaldı zira!"

"Lütfen!" diye yalvardı Servet, "Hiç değilse bir ipucu verin. Bombayı nasıl durdurabilirim?"

"Sen zeki bir adamsın Servet," dedi Althor, "Yeterince istersen bir yolunu bulursun." Bunu söyledikten sonra uzanıp Boran'ın omzuna dokundu.

Arabanın ardından bakakalan Servet, gözünden süzülen bir damla yaşı sildikten sonra, "Bekle beni Miriam! Sana geliyorum!" diyerek tören alanına doğru koştu.

Bir kez daha, kızını kaderiyle baş başa bırakmak zorunda kalmıştı.

Bu da onun kaderi olmalıydı...

ON İKİLER MECLİSİ

Atiye nerede olduğunu anlamak için etrafına bakmak istedi fakat başını ve kollarını hareket ettiremiyordu. Belli belirsiz ışıklar görüyor, boğuk sesler duyuyordu. Her şey kâbuslarındaki gibi cereyan etse de bu sefer kâbus görmediğinden emindi.

Bu seferki gerçekti. Gerçek bir sedyenin üzerinde, gerçek meşalelerin aydınlattığı gerçek bir dehlizde, neresi olduğunu bilmediği gerçek bir yere doğru taşınmaktaydı.

Kâbusların önceden haber verdiği dehşet verici akıbete doğru adım adım yaklaşıyordu.

"Buraya kadarmış," diye geçirdi içinden. Elinden geleni yapmış ama yeterli olmamıştı. Ağlarını usta bir örümcek gibi ören kader, zehirli iğnesini batırıp baştan ayağa uyuşturmuştu bedenini.

Onu kurtarmaya kimse gelmeyecekti, biliyordu; bunu yapabilecek tek kişi olan Murat'ı da ustalıkla uzaklaştırmıştı kendinden. Oysa başından beri haklıydı Murat; ne yaptıysa onu sevdiği için, onu bu dehşet verici sondan kurtarmak için yapmıştı. Jack'in gülümsemesiyle gözleri kör olan Atiye, iki dakika dinlemeyi bile çok görmüştü ona.

Son yolculuğuna hazırlanırken tek tesellisi Traum'un teklifini kabul etmemiş olmasıydı. Annesinden aldığı güç sayesinde, nasıl yaşayacağını olmasa da nasıl öleceğini seçebilmişti.

Bu da bir şeydi.

Bugün burada ne olursa olsun, hayatım dediği tuhaf hikâye nasıl son bulursa bulsun, doğru tarafı seçmiş olmanın verdiği huzur onu ebediyen sarıp sarmalayacaktı.

Genişçe bir mağaraya ulaşan adamlar, sedyeyi yere indirdikten sonra onu kollarından ve bacaklarından tutup taş sunağın üzerine yatırdılar. Mağarayı dolduran ruhsuz güruhun söylediği ilahiler duvarlarda yankılanırken Zotar'ı gördü; sunağın başucunda yerini almış, ayini başlatmak için her şeyin hazır olmasını bekliyordu.

Atiye'nin kendisine baktığını fark edince kulağına eğilerek, "Yaptığın fedakârlık için Lord Agni ve Efendi Traum başta olmak üzere hepimiz sana minnettarız," diye fısıldadı, "Merak etme, çok çabuk bitecek; acı çekmemen için ne gerekiyorsa yapacağım."

"Ne kadar da düşünceli!" diye aklından geçirdi Atiye.

O sırada mağaranın girişinde bir hareketlenme oldu. Yoğun ilgi ve tezahüratlar eşliğinde mağaraya gelen Traum, sunağın hemen önündeki kaideye çıkıp kollarını iki yana açtı. Üzerine ayine özel bir cübbe geçirmiş, yüzüğü de parmağına takmıştı.

Kalabalığın sakinleşmesini sabırla bekledikten sonra gür ve karizmatik sesiyle konuştu:

"Ateşin çocukları! Kardeşlerim! Yıllardır heyecanla beklediğiniz kutlu gün nihayet geldi çattı. Birazdan başlayacak Güneş tutulması, bizim çağımızın da başlangıcı olacak. Bugün burada yapacağımız ayinle, Lord Agni boyutumuza geçerek naçiz bedenimi şereflendirecek. Böylece, asırlardır bizden çalınanları geri alarak dünyayı hak ettiği ihtişama yeniden kavuşturacağız. Bugünden sonra, Ateşin Çocukları için ne korku ne de ölüm var. Burada bulunanlar, şahsımdan açığa çıkan bu büyük mucizeye tanıklık edecek, her biriniz yeni dünyanın kurucuları olacaksınız. Bizleri bekleyen bu muhteşem kaderi kucaklamaya hazır mısınız? Hazır mısınız? O halde ayin başlasın!"

Traum'un sözleriyle kendinden geçen kalabalık, ilahilere daha da gayretle eşlik etmeye başladı. Efendisi'nin yerini aldığını gören Zotar, sunağın üzerinde duran hançeri saygıyla eline aldı ve ayini başlatacak duayı mırıldanmaya başladı. Dudakları hızla kıpırdarken kolları gittikçe havaya kalkıyordu. Her şey en ince detayına kadar Atiye'nin kâbuslarındaki gibi gelişiyordu.

Peki ya Anima? O neredeydi? O da mı terk etmişti kendisini? Sonunun yaklaştığını hisseden Atiye, o sonun Emin Dede'nin söylediği gibi hayırlı olmasını umarak gözlerini kapattı.

İlahinin temposuyla birlikte yükselen hançer, beklenen anın geldiğini haber verircesine hızla aşağı indi. Karnının çeperlerini delip geçen soğuk çelik, Atiye'nin geçmişe ve geleceğe dair anılarını ortadan ikiye böldü. Gözleri kararmadan önce aklından geçen son şey, "bebeğine" ne olduğuydu...

Kurban ritüelinin gerçekleşmesiyle açığa çıkan karanlık enerji sunağın çevresindeki alandan başlayarak bir dizi tepkimenin oluşmasına yol açtı. Göbeklitepe'nin üzerinde toplanan karanlık bulutlar hızla dönerek bir boyut kapısına dönüşmeye başladı. Kapının ortasında beliren enerji önce D Tapınağı'na, oradan da tavandaki delikten mağaraya dolmaya başladı. Enerji, sunağın başucundaki Altın Yumurta heykelinden yüzüğe, oradan da Traum'un bedenine akıyordu. Bütün bunlar olurken, mağaranın duvarları deprem oluyormuşçasına büyük bir uğultu eşliğinde sarsılıyordu.

Mağaradaki kalabalık Traum'un mucizevi dönüşümünü hayranlık içerisinde izleyedursun, yukarıda festival alanında Güneş tutulmasını izleyen davetliler, gökyüzündeki tuhaf hareketliliği görüp dehşete kapılarak panik halinde sağa sola kaçışmaya başladılar.

Ölümden dönenlerin sıklıkla bahsettiği "tünelin sonundaki ışığı" görmedi Atiye. Yaşam enerjisi bedenini terk ederken, yeri göğü kaplayan muazzam bir boşluk kollarını açıp karşıladı ruhunu. Bu öyle büyük bir karanlıktı ki kocaman bir dağı ve hatta tüm denizleri bir anda içine çekebiliyordu. Ebedi bir uykuda buldu, kapısını çaldığı evreni. Duvarlar birer birer yok oldu, yıldızlar göründü tepede. "Sen de kendine bir yol çiz," dercesine hizalanmış, kristal bir avize gibi asılmışlardı gökyüzünün tavanına.

Karnında hissettiği tarif edilemez acıya eşlik eden bir üşüme sardı bedenini. Ruhu bir bilinmezlikler ırmağında sürüklenirken, evden kaçmış küçük bir çocuk gibi büzüşüp ağlamaya başladı.

Ne kadar sürdüğünü bilmediği bir sürenin sonunda, bedenini ve etrafını yavaş yavaş yeniden algılamaya başladı. Hâlâ sunağın üzerindeydi fakat az önce kurban edildiği mağara değildi burası. Bacakları toplanıp aralanmış bir halde sırtüstü yatıyor, elleriyle ritmik bir şekilde sancılanan karnını tutuyordu. Alnında boncuk boncuk terler birikmişti.

Başını hareket ettirebildiğini fark edince yerinden hafifçe doğrulup etrafına bakındı; sütunların üzerindeki figürler tanıdıktı.

D Tapınağı'ydı burası!

Kafası karışmıştı... Eğer öldüyse neden hâlâ buradaydı? Neden mağarada değil de tapınakta? Diğer boyuta yapacağı yolculuk buradan mı başlayacaktı?

Bu sorulara cevap aradığı sırada, altı yönün altısında da aynı anda yankılanan bir ses duydu:

"On İkiler Meclisi'ne hoş geldin, ey ölümlü!"

Ortamı örten sis tabakası dağıldığında, etrafını çevreleyen on iki sütundan her birinin yanı başında bir kişinin oturduğunu fark etti; yüzleri o kadar parlaktı ki boyunlarından yukarısını göremiyordu. Sancılar şimdilik durmuşa benziyordu. Neler olup bittiğini anlamaya çalışırken tam karşısındaki bölmeden yükselen sevecen sesle kendine geldi.

"Hoş geldin Atiye! Görüşmeyeli nasılsın?"

Hiçbir ses bu kadar tanıdık, bu denli huzur verici olamazdı! Terk edildiğini düşündüğü anda imdadına yetişen bu ses, onu düştüğü dipsiz kuyudan çıkarıp yeniden hayata bağladı.

"Anima?" dedi ürkek bir sesle, "Bu sen misin? Beni terk etmedin demek!"

"Asla!" dedi Anima, "Daima seninleydim."

"Seni neden göremiyorum?"

"Sabırlı ol küçüğüm, çok az kaldı..."

"Burası neresi? Neredeyim ben?"

"On İkiler Meclisi'ndesin."

"Buraya nasıl geldim? Öldüm mü? Öldüm değil mi, bana doğruyu söyle lütfen."

"Her canlı gibi sen de ölümün tadına baktın. Fakat ölümü tadan herkesin gelebileceği bir yer değildir burası; tüm sınavlarını geçtiğin için buradasın."

"Bir yanlışlık olmalı!" dedi Atiye tereddüt içerisinde, "Son sınavıma girmedim ben. Gerçekten çok üzgünüm, beni affet lütfen, seni hayal kırıklığına uğratmak istemezdim, inan bana..."

"Bundan emin misin?"

"Be-ben... Üçüncü sınava giderken yolda beni kaçırdılar. Ama sen bunu biliyor olmalısın. Girmediğim bir sınavı geçmiş olamam, öyle değil mi?"

Anima yerinden kalkıp sunağa doğru yürüdü. "Son sınavın en önemli ve en zor olandı," dedi, "Kaçırılman sonrasında sana yapılan teklif... O teklif, sınavın ta kendisiydi Atiye. O teklifi reddettiğinde buraya gelmeye hak kazandın."

"Anlayamıyorum..."

"Anlayamayacak bir şey yok. Kendini değil insanlığı kurtarmayı, nefsini insanlık için kurban etmeyi seçtin. Böylece, birazdan sana vereceğim gücü taşıyabilecek sorumluluk düzeyine sahip olduğunu ispatladın." Atiye konuşan Anima değil de kendisiymiş gibi hissediyor, onun sesini içinde net bir şekilde duyabiliyordu.

Atiye'nin başucunda duran Anima elini uzatıp nazikçe onun

göbeğinin üzerine koydu; bunu yapmasıyla sancıların yeniden başlaması da bir oldu. Bu sefer daha sıklaşmışlardı, doğum yakın olmalıydı.

"İlk buluşmamızda sana hamile olduğunu söylemiştim, hatırlıyor musun?" diye devam etti Anima, "Artık bebeğini doğurma zamanı geldi. Toprağa atılan kutsal tohum büyüyüp serpildi ve hem seni hem de dünyayı dönüştürmek için topraktan çıkmaya hazır hale geldi. Sana teslim edilmek üzere bize emanet edilen bu bebek, sana bahsettiğim gücün ta kendisidir Atiye. Bu öyle bir güçtür ki ona sahip olan, evrenin boyutlarını birbirine bağlayan geçitleri kontrol edebilir. Fakat onu gözü gibi korumalı ve daima iyilik için kullanmalıdır."

Atiye'nin şaşkın bakışları arasında, Anima dahil olmak üzere orada bulunan on iki kişinin yüzlerini kaplayan parlak ışık daha da parlak bir halde Atiye'nin göbeğine akmaya başladı. Karnının üzerinde birleşerek tek ve büyük bir ışık topuna dönüşen küreler, tarif edilmesi imkânsız bir esenlik duygusu eşliğinde Atiye'nin göğsüne doğru ilerledi ve oradan bütün bedenine yayıldı.

Anima'nın yüzü tamamen görünür hale geldiğinde, Atiye karşısındaki kişinin kendisi olduğunu görerek hayretler içinde kaldı. Olduğu yerde sendeleyerek, "Sen... Sen... Ben misin?" diyebildi sadece.

Anima şefkatle gülümseyerek onu kollarının arasına aldı. "Hayır Atiye," diye fısıldadı kulağına eğilip, "Ben yokum, sadece sen varsın..."

Birlikte dans eder gibi dönmeye başladılar. Hızları inanılmaz bir düzeye ulaştığında onlarla birlikte dünyanın, gezegenlerin ve hatta tüm evrenin döndüğüne şahitlik etti Atiye.

Anima'nın yankılanan sesi son bir kez duyuldu.

"Artık bana ihtiyacın yok! Tanrı'nın elini hisset! Bir derviş gibi hiç durmadan dön! Yeni boyutlara doğru ilerle! Dağılmış güç gürültülüdür, odaklanmış güç sessizdir. Bende bil, bende boz ezberlerini, benimle tanış, bana odaklan, bende kaybol!"

Atiye kendini hiç olmadığı kadar bütün hissediyordu. Ruhunu kamburlaştıran tüm yükler: Korku, suçluluk, pişmanlık, umut, umutsuzluk... Deneyimlediği bu yeni hâl ile birlikte hepsi birden buhar olup uçmuştu âdeta.

Eski Atiye ölmüş, yeni Atiye doğmuştu!

Dönme hareketi sona erdiğinde, Anima'ya sımsıkı sarılan kollarının boşluğu kucakladığını, iki Atiye'den geriye yalnızca birinin, kendisinin kaldığını fark etti.

"Elveda Anima." diye fısıldadı ondan geriye kalan boşluğa bakarak, "Hoş geldin Atiye!"

YENİDEN DOĞUŞ

Jack, emniyet şeridinde motoru çalışır halde duran arabanın camından dışarıya baktı.

Üzerinde ŞANLIURFA İL SINIRI yazıyordu.

Atiye'yi ve yüzüğü Zotar'a teslim eder etmez havalimanının yolunu tutmuş fakat ne olduğunu anlamakta zorlandığı bir şey bu noktadan ileriye geçmesine izin vermemişti.

Neden gidemiyordu? Gitmesine izin vermeyen, bir kement gibi boynuna dolanıp onu geriye çeken şey neydi?

Gurur olabilir miydi? Şantaja boyun eğmeye mecbur bırakılmak zoruna gittiğinden, geri dönüp ona bunu yapanlardan hesap sormak istiyordu belki de. Hayatı boyunca kontrolün kendisinde olmasına alışmıştı. Yüzünden bir an bile düşürmediği gülümsemenin sırrı buydu ve şu anda, uğruna büyük bedeller ödediği o sırrı yitirmiş hissediyordu kendini.

Bir süre düşündükten sonra, "Hayır," dedi kendi kendine. İtiraf etmekte zorlansa da, gidemeyişinin asıl sebebi Atiye'ye karşı hissettikleriydi. Onun gibi biri için kolay bir yüzleşme değildi bu.

Gerçek şu ki Atiye'ye karşı boş değildi fakat hissettiği şey, her neyse, aşk olamazdı. O sayfayı, bir daha açmamak üzere yıllar önce kapatmıştı. Dahası, o güne dek işi sebebiyle birçok çekici kadınla yakınlaşmış, hepsini de ait oldukları yerde, yani geçmişte bırakmayı bilmişti. Atiye neden özel olacaktı ki?

Aklı Atiye'nin onu amacına ulaştıran bir araç olduğunda ısrar etse de, bu hikâyeye gülüp geçen kalbi, "Ava giden avlanır Jack," diye fısıldadı kulağına, "Paha biçilemez eserleri çalmakla övünen sen, birinin bir gün gelip en değerli şeyini, yani beni çalabileceğini düşünemedin mi hiç?"

Kalbini yalanlamak, söylediklerinin her kelimesine ayrı ayrı itiraz etmek istese de bunu yapamadı. Tüm çabalarına rağmen kalbinin Atiye'ye meyletmesine engel olamamıştı.

Gerçek şu ki Atiye, hayatının en anlamsızlaştığı anda karşısına çıkıp bir bakışıyla değiştirmişti onu. Sonrasında yaşanan her şey ise, Atiye'nin onu kendinden kurtarabilecek yegâne kişi olduğunu kabullenmemek için verdiği beyhude çabadan ibaretti.

Atiye onun için bunları yapmıştı, peki karşılığında o ne yapmıştı? Ona değer veren ilk ve tek insana ihanet edip onu dehşet verici bir sona yollamıştı. Dikiz aynasında kendi yüzünü görerek ürperdi; ne ara böyle aşağılık birine dönüşmüştü?

Geri dönüp onu bulmalıydı. Onu bulamazsa kendini sonsuza dek kaybedecekti çünkü. Şimdi kaçarsa, hangi yoldan giderse gitsin kendine asla varamayacaktı. Ayrıca, koskoca dünyada vicdan azabı ve suçluluktan kaçabileceği tek bir yer bile olduğundan şüpheliydi...

Düşünmeyi bıraktı, direksiyonu sonuna kadar çevirip tüm gücüyle gaza bastı; fazla zamanı kalmamıştı!

Göbeklitepe'ye vardığında Güneş tutulması henüz başlamıştı; hâlâ bir şansı olabilirdi. Ayinin tapınağın altında bir yerde olacağını biliyordu. Atiye'ye söylememiş olsa da Göbeklitepe'nin altındaki dehlizlerden de haberi vardı.

İyi ama girişi nasıl bulacaktı?

Paniklemeden düşünmeye çalıştığı sırada, dikiz aynasında asılı duran kolyeyi fark etti; kolye zayıf bir şekilde parlıyordu. Atiye onu arabada unutmuş olmalıydı.

Kolyeyi alıp hemen iz sürmeye başladı. Sonunda dehlizlere bağlanan bir giriş bulup içeri girdi. Geriye sadece ayinin yapıldığı mağarayı bulmak kalmıştı. Mağarayı bulduğunda ne yapacağı hakkında hiçbir fikri olmasa da o güne dek hep yaptığı gibi, işin o kısmını daha sonra düşünecekti.

Mağaraya açılan dehlizi bulmak için birkaç deneme yapması gerekti. Geç kalmadığını umarak ilerledi. Mağaranın girişinde bekleyen adamı bayıltıp kıyafetlerini alması çok zor olmadı. Dikkat çekmemeye özen göstererek kalabalığın arasına karıştı.

Ayin başlamıştı anlaşılan; hipnotize olmuş insanların hayran bakışları arasında mağaranın tavanından giren ışınlar, sunağın önünde duran bir adamın zangır zangır titreyen vücuduna akmaktaydı. Biraz daha dikkatli baktığında bu adamı tanıdığını fark etti. Zotar'ın patronum diye bahsettiği kişinin ünlü milyarder Alexander Traum olması, birçok şeyi açıklıyordu.

Biraz daha ilerlediğinde, ışınların sunağın başucunda duran bir objeden sekerek yansıdığını fark etti. İşlemeli bir kaide üzerine yerleştirilmiş som altından bir yumurta heykeliydi bu. Bu yumurtalar hakkında baştan çıkarıcı hikâyeler duymuştu fakat gerçeğini ilk kez görüyordu. Tek kelimeyle büyüleyiciydi!

Bir anlığına oraya geliş amacını unutur gibi olsa da hemen silkelenerek kendine geldi. Öne doğru birkaç adım daha attı.

Keşke atmasaydı!

Atiye, sunağın üzerinde hareketsiz yatıyordu. Üzerindeki uzun beyaz elbisenin ön kısmı kızıl bir renge boyanmıştı. Karnına saplı hançeri gördüğünde dizlerinin bağı çözüldü.

Yetişememişti!

Tarifi mümkün olmayan bir üzüntü ve pişmanlık kapladı içini. Özgürlüğünü korumak adına, onu gerçek anlamda hayata döndürebilecek tek insanı kendi elleriyle ölümüne göndermişti. Ruhu bin parçaya bölünürken bir damla yaş süzüldü gözünden.

Şimdi ne yapacaktı? Vicdanında bu yükle nasıl yaşayacaktı? Özgürlüğünü kaybetmemek için yaptığı seçim, hayatının sonuna kadar onu kuşatıp esir edecekti.

Başını öne eğip mağarayı terk etmeye hazırlandığı sırada, hiç beklemediği bir şey oldu. Gözleri açılan Atiye, orada bulunanların dehşete düşmüş bakışları arasında, karnına saplı hançeri kavrayıp çıkardı ve doğrulup sunağın üzerine oturdu.

Mağarayı dolduran insanlar, Atiye'nin bu beklenmedik geri dönüşüne farklı tepkiler verdi. Çoğu bunu ayinin bir parçası sanırken, kimileri bir şeylerin yolunda gitmediğini anlayıp el kol hareketleri yapmaya başladı. Kimileri oldukları yerde saygıyla diz çökerken, kimileri arkalarına bakmadan kaçtı.

Sunağın üzerinde ayağa kalkan Atiye, iki elini kaldırıp tavandaki deliğe doğru uzattı. Ellerinden akan parlak beyaz enerji, delikten geçerek gökyüzünde açılan boyut kapısına ulaştı.

Yarısına kadar açılmış olan kapı, yavaş yavaş geri kapanmaya başladı.

Dönüşümü yarıda kesilen Traum, aksaklığın sebebini anlamak için etrafına bakındı. Sunağın üzerinde ayakta duran Atiye'yi görünce Zotar'a seslenip bir şeyler yapmasını emretti.

Yerinden fırlayan Zotar, belindeki palayı çıkarıp öfkeyle Atiye'nin üzerine yürümeye başladı. Aptal bir kızın Efendisi'nin planlarını bozmasına izin vermeyecekti!

Atiye'ye ulaşmasına ramak kala, kalabalığın arasından fırlayıp üzerine atılan birisi onu yere yuvarladı. Hayatında belki de ilk kez bir şeye hazırlıksız yakalanmıştı.

İlk şaşkınlığı üzerinden atar atmaz çevik bir hareketle ayağa kalktı. Üzerine atlayanın Jack olduğunu gördüğünde, sinsi bir gülümsemenin ardından aşağılayıcı bir bakış fırlattı ona.

"Demek fikrini değiştirdin," dedi, "Bunu yaptığına pişman olacaksın, sana söz veriyorum!"

Toparlanıp ayağa kalkan Jack, "Pişman olduğum için bunu yapıyorum zaten," diye cevap verdi.

Zotar'ın ilk hamlesiyle, kazananı aşağı yukarı belli olan kıyasıya bir dövüş başladı. Birkaç bar kavgası haricinde dövüş deneyimi olmayan Jack, Zotar için oldukça kolay bir lokmaydı. Üstünlüğünün farkında olan iri yarı adam, Jack'le kedinin fareyle oynadığı gibi oynuyordu. Jack'in bedeni bir o yana bir bu yana uçarken çatırdayan kemiklerinin sesi duyulabiliyordu.

Aldığı her darbenin ardından inatla ayağa kalkan Jack, suratına inen son tekmeden sonra uzunca bir süre yerde kaldı. Elinden düşürdüğü palayı yanı başında bulan Zotar, eğilip onu aldıktan sonra bitirici darbeyi vurmak üzere ona doğru yürüdü. Yanına geldiğinde, dizlerinin üzerine çöküp palayı havaya kaldırdı.

Fakat nereden geldiğini göremediği bir el bunu yapmasına mani oldu.

Bir gün içerisinde tam iki kez hazırlıksız yakalanmıştı ve şu an hiç olmadığı kadar öfkeliydi.

Zotar'ın bileğini kavrayan Murat, diğer elindeki silahı başının arkasındaki topuza dayayarak, "Kıpırdama," dedi, "Yoksa yılan ölür!"

Kıpırdamadan duran Zotar, gözlerini kapatıp bir şeyler mırıldanmaya başladı.

"Ayağa kalk!" diye bağırdı Murat.

Mırıldanması biten Zotar, sinir edici bir gülümsemeyle ayağa kalktı; arkasını dönmeden öylece duruyordu.

Murat, ondaki rahatlığın sebebini elinde tuttuğu silah akkor haline gelip elini yaktığında anladı. Silahı can havliyle elinden atarken son bir gayretle, Zotar'ın dizine arkadan bir tekme attı. Elinden fırlayan silah, havada birkaç kez döndükten sonra az ilerideki bir çukura düştü.

Dövüş sanatlarında usta olan Zotar dengesini sağlamayı başarsa da suratının ortasında patlayan yumruğu ve onu izleyen diz darbelerini durduramadı. Onu kollarından kavrayan Murat, kafasını suratının ortasına gömdükten sonra onu tüm gücüyle kenara savurdu.

Zotar kan fışkıran burnuna eliyle bastırırken Murat Jack'in ayağa kalkmasına yardım etti. Ayağa kalkamayacak kadar hırpalanan Jack, az sonra öksürerek kendine geldi ve Murat'ın yüzüne bakıp, "Sen?" dedi inleyerek, "İyi ama nasıl? Neden?"

"Bunlar için zamanımız yok," diyerek sözünü kesti Murat, "Ne durumdasın?"

Jack, ağzında biriken kanları tükürdü. "Teşekkür ederim, daha iyi günlerim oldu!"

Murat ve Jack ilişkilerinin dinamiklerini yeni baştan tanımlamakla meşgulken, Zotar yeniden ayağa kalkıp karşılarına dikildi.

"Beni durdurabileceğinizi sanıyorsanız yanılıyorsunuz! Size sadece acıyorum! Hiç kimse ama hiç kimse, bugün burada olacakların önüne geçemez! Bu bizim kaderimiz! Dünya, Efendi Traum'un önünde diz çökecek!"

Jack, dönüp Murat'a baktı. "Ee, şimdi ne yapıyoruz?"

"Teknik olarak, bu herif az önce sevdiğimiz kadını öldürdü," dedi Murat, "ve sen ne yapacağımızı mı soruyorsun?"

"Nasıl yapacağız demek istedim sanırım..."

"Onu tek başıma yenemem, birlikte hareket etmek zorundayız. Sürünebilir misin? Ben onu oyalarken sen silahımı bulacaksın, yoksa buradan tek parça çıkamayabiliriz."

Zotar'ın mırıldanmaya başladığını gören Jack, doğrulmaya çalışırken, "Acele et!" diye bağırdı, "Gücünü saçından alıyor; onu kesersen biraz zaman kazanabiliriz belki de!"

Murat'ın saldırı pozisyonu aldığını gören Zotar, ucundan alevler çıkan ellerini önünde birleştirip bir süre bekledikten sonra portakal büyüklüğünde bir ateş topunu ona doğru savurdu. Toptan son anda kaçabilen Murat, rakibine doğru koşmaya başladı. Zotar onu karşılamaya hazırlandıysa da sonuç beklediği gibi olmadı. Zotar'ın üzerine atlamak yerine kayarak bacaklarının arasından geçen Murat, yerde duran palayı kaptığı gibi hızlıca savurdu. Bu hamleyi başını öne eğerek savurduğunu sanan Zotar, Murat'ın asıl planını anladığında iş işten geçmişti.

Murat yere düşen saç topuzunu alıp gülümsedi. "Yılanı nasıl bilirdiniz?"

Öfkeden kudurmuş halde yüzünü buruşturan Zotar, bir kez daha üzerine atıldığı Murat'ı sağlı sollu yumruklarla sersemletip köşeye sıkıştırdı. Bu da yetmezmiş gibi, mengene gibi parmaklarını boğazına dolayıp onu yerden havaya kaldırdı. Ayakları boşlukta deli gibi çırpınan Murat, son nefesinin bedenini terk etmeye hazırlandığını hissetti.

Gözleri kararmaya başlamıştı ki birdenbire patlayan silah sesiyle boğazını sıkan parmaklar gevşedi, Zotar'ın gözleri dehşetle iri iri açıldı.

Ağzından kanlar gelerek yere yığıldığında, arkasında elinde silahla duran Jack göründü.

Nefesini toplar toplamaz Murat'ın ilk işi Jack'in elinden aldığı silahla Zotar'ın kafasına ve kalbine birer el ateş etmek oldu.

"Böyleleri dokuz canlı olur," dedi iğreti bir gülümsemeyle, "Seni bilmem ama şahsen onunla yeniden karşılaşmayı istemem."

"Al benden de o kadar!" dedi Jack.

Durumun kontrolden çıktığını gören Traum, arbedeyi fırsat bilerek sunağın arkasındaki gizli geçitten sıvıştı. Olaylar hiç beklemediği bir şekilde gelişmiş, ayini tamamlayamadığı gibi Zotar'ı da kaybetmişti.

Onsuz ne yapacaktı şimdi?

Panteon onu yaşatmazdı, kaçıp saklanmak zorundaydı!

Seri adımlarla yürürken bir yandan da helikopterinin hazırlanması için korumasını aradı fakat telefona cevap veren olmadı.

Murat, Jack'in iyi olduğundan emin olduktan sonra Atiye'ye yardıma gitti.

Jack bir süre ikisini uzaktan izledi. Atiye'nin yanına gidip ondan özür dileyebilmeyi çok isterdi fakat ihanetinden sonra onun yüzüne nasıl bakacaktı? Belki ikisinin de biraz zamana ihtiyacı vardı. Geri dönerek üzerine düşeni yapmıştı, Atiye kurtulmuştu. Şimdilik bununla yetinmeliydi belki de.

Kimbilir, belki başka bir gün, başka şartlar altında yeniden bir araya gelebilirlerdi.

Orada durup vicdan muhasebesi yaparken gözü sunağın başında duran Altın Yumurta heykeline takıldı. Düşünmeyi bırakıp ayağa kalktı. Sağa sola kaçışan insanların arasından sakince yürüyerek sunağın yanına kadar geldi. Derin bir nefes aldıktan sonra, Altın Yumurta'yı kucaklayıp duvardaki geçidin içine daldı.

Traum, endişeli bir yürüyüşün ardından helikopterine ulaştı. Neyse ki motor çalışır haldeydi. Arka koltuğa geçip kemerini bağlarken, pilota acilen havalanmasını söyledi.

Fakat bir tuhaflık vardı; pilot, herhangi bir tepki vermeden öylece duruyordu.

"Sağır mısın be adam?" diye bağırdı, "Derhal havalan dedim, duymadın mı?"

Pilot hiç acele etmeden emniyet kemerini çözüp arkasına döndü ve kaskının koyu renk camlı siperliğini açtı.

"Enrico'nun selamı var!" dedikten sonra, susturucu takılmış silahını çıkardı ve olup bitene bir anlam vermeye çalışan Traum'a iki el ateş etti. İlk mermiyi alnının ortasına, ikincisini göğsüne alan Traum, şaşkınlık ve dehşet içerisinde olduğu yere yığıldı.

Kaskını çıkarıp arkaya geçen pilot, Traum'un başucunda durup rujunu tazeledikten sonra parmağındaki yüzüğü sökercesine çıkarıp alarak oradan uzaklaştı.

Onu hiç kimsenin görmediğini sanıyordu.

FIRTINA SONRASI

Atiye mutfaktan aldığı kahveyle birlikte salona geçti. Kahvesini karıştırırken bir yandan da pencereden görünen Galata Kulesi'ne sortiler yapan martıları seyrediyordu.

Bunu daha önce defalarca yapmıştı ama bu sefer seyreden başka biriydi.

Anima'nın peşine takılıp çıktığı sıradışı yolculuk onu sonsuza dek değiştirmiş, varlığını en küçük zerrelerine kadar parçalayıp yeni baştan inşa etmişti. Sadece yeni insanlar değil, kendini tanıma fırsatı da bulmuştu bu ilginç yolculukta. Güçlü yönlerinden korkularına, tutkularından onu bir kısır döngüye hapseden yalanlarına kadar, Atiye ismiyle işaret edilen yapıyı avcunun içi gibi biliyordu artık.

Olaylı festivalin üzerinden neredeyse bir hafta geçmiş, Atiye'nin hayatı nispeten normale dönmüştü. İstanbul'a döner dönmez ilk işi Cansu'nun kapısını çalmak olmuş fakat defalarca zile basmasına rağmen açan olmamıştı. Halim Efendi'ye sorduğunda, komşusunun birkaç gün önce sessiz sedasız taşındığını şaşırarak öğrenmişti.

Cansu'ya ne olduğunu merak etse de, bu konunun üzerinde durmaya pek fırsatı olmamıştı. Zira zamanının çoğunu babasıyla kaybettiği yılları telafi edecek aktivitelerle geçiriyordu. Bu aktiviteler çoğunlukla

İstanbul'un birbirinden güzel köşelerine gidip saatler süren sohbetler etmek şeklinde oluyordu.

Murat'ın ifadesi sayesinde babası aleyhindeki tüm suçlamalar düşürülmüş, baba-kız huzurlu bir hayat sürerek yeniden aile olmalarının önündeki engeller de böylece ortadan kalkmıştı. Servet'in birikimleri sayesinde Atiye'nin bir süre daha çalışmasına gerek yoktu. Babası bunu söylediğinde başta itiraz etmiş fakat onunla daha fazla zaman geçirebilmek adına kabul etmişti. Yine de içinde zaman zaman duyduğu huzursuz bir ses, yolculuğunun henüz bitmediğini, bilakis yeni başladığını fısıldıyordu kulağına.

Cansu'nun sırra kadem basmasının Mardin'de yaşanan nahoş durumla ilgili olup olmadığını düşündüğü sırada kapı çaldı. Babası Kapalıçarşı'dan dönmüş olmalıydı. Elindeki fincanı sehpanın üzerine bırakıp kapıya yöneldi.

Kapı deliğinden baktı; gelen Murat'tı. Bu beklenmedik ziyarete nasıl tepki vermeliydi?

Festivalden sonra Murat konusunda kalbini bir kez daha yoklamış, gel gör ki nihai bir karara varamamıştı. Ona hayatında yer verip vermeyeceğini anlamak için biraz daha zamana ihtiyacı vardı galiba. Yine de bu onunla konuşmasına engel olmamalıydı. Kendisi için yaptıklarından sonra ona en azından bu kadarını borçluydu.

Kapıyı gülümsemeye çalışarak açtı. "Hoş geldin Murat."

"Merhaba Atiye," dedi Murat, "Müsaitsen beş dakikalığına girebilir miyim? Fazla zamanını almayacağım, veda etmeye geldim."

Atiye kapıyı ardına kadar açıp onu içeri buyur etti. Murat, onu sessizce salona kadar izleyip pencerenin önündeki koltuklardan birine oturdu. Mutfağa gidip kahve getiren Atiye, fincanı sehpaya koyduktan sonra geçip onun karşısına oturdu. Murat'ın konuşmadığını görünce, "Hayırdır?" diye sordu, "Nereden çıktı bu veda şimdi?"

"Bir görev için yurtdışına gidiyorum." dedi Murat gözlerini ondan kaçırarak.

"Görev mi? Ne görevi? Nereye gidiyorsun?"

"Bu konuda seninle konuşamam…"

"Evet, tabii ki, pardon! Ne kadar kalacaksın, onu söyle bari?"

"Bilmiyorum," dedi Murat, "Dönmem belki de… Sana verdiğim onca sıkıntıdan sonra… Ne bileyim, böylesi ikimiz için de en iyisi galiba."

"Böyle yapma lütfen Murat… Sana çok şey borçluyum. Sen olmasaydın hayatta olmazdım, biliyorsun."

"Hayatta olmanı sadece bana borçlu değilsin," dedi Murat. Bunu söylerken belli belirsiz yüzünü buruşturmuştu. Jack'i hatırlamaya bile tahammül edemiyor olmalıydı.

"Ondan haber aldın mı?" diye sordu, "Aradı mı seni?"

"Hayır" anlamında başını salladı Atiye.

Murat bir süre susup önüne baktı. "Sormak zorundayım Atiye..." dedi sonunda, "Onu sevdin mi?"

"Murat lütfen!"

"Tamam tamam, sustum… Ama gitmeden önce gözlerinin içine bakıp sana söylemem gereken bir şey var. Biliyorum kızacaksın, belki de kovacaksın beni ama sana olan duygularım değişmedi. Teklifim hâlâ geçerli; hâlâ her şeyi geride bırakıp birlikte uzaklara gidebiliriz."

"Kendimi yeni buldum Murat… Hayatımı, ailemi, umudumu… Yaşanan onca şeyden sonra kendimle biraz baş başa kalmaya ihtiyacım var. Hiç değilse bir süre… Beni anla n'olursun."

"Anlıyorum… Çok iyi anlıyorum hem de! Baş başa kalmak istediğin son kişi benim nedense. Bu dün de böyleydi, bugün de böyle, anlaşılan yarın da böyle olacak!"

"Ne söylememi istiyorsun?"

Murat ani bir hareketle ayağa kalktı. "Hiçbir şey!" dedi kapıya yönelerek, "Duyacağımı duydum ben…"

"Murat lütfen!" dedi Atiye onun ardından giderken.

Murat kapının önünde durup, "Buraya gelmem hataydı," dedi,

"Özür dilerim!"

"Kendine dikkat et Murat," dedi Atiye.

"Hakan."

"Efendim?"

"Adım Hakan! Gerçek adım yani... Olur da geri dönemezsem beni gerçek adımla hatırlamanı isterim."

Bunları söyledikten sonra, kaçar gibi asansöre binip kapıyı kapattı.

Atiye gözünden süzülen bir damla yaşı silerken, "Güle güle, Hakan," diye fısıldadı, "Her şey için teşekkür ederim..."

Kapıyı kapatıp salona döndü. Ne hissedeceğini bilmez halde oturup kahvesinden bir yudum daha aldı. Murat'a başından beri haksızlık ettiğini söyleyen iç sesini birtakım argümanlarla susturmaya çalıştı ama nafile!

Neden bu denli mücadele etmişti ki? Onu neden ısrarla geri çevirmişti? Bu soruların cevabını bir türlü bulamıyordu.

Ona evet demek için her şeyin mükemmel olması şart mıydı? Kendisini onun gibi seven biri daha çıkacak mıydı karşısına? Acele karar vermiş, ayağına son kez gelen mutluluk fırsatını geri tepmişti belki de. Murat gururlu adamdı sonuçta; gitmesine göz yumarsa bu sefer arkasına bakmazdı.

Bunları düşündüğü sırada kapı yeniden çaldı. O muydu? Geri mi gelmişti? Heyecanla antreye koşup, "Murat?" diyerek kapıyı açtı. Fakat gelen o değildi.

Ona meraklı gözlerle bakan babası, "Murat?" dedi, "Burada mıydı?"

"Evet."

"Hayırdır? Niye gelmiş?"

"Veda etmek için... Yurtdışında bir göreve gidiyormuş."

Servet içeri girip ceketini portmantoya astı. "Görev demek! Ee, ne zaman dönecekmiş?"

"Görünüşe göre, hiçbir zaman..." dedi Atiye dudağını bükerek.

"Murat, iyi bir adam…" dedi Servet, "Seni de çok seviyor belli ki, böyle bitmesine üzüldüm doğrusu."

"Başka şeylerden konuşabilir miyiz?"

"Özür dilerim," dedi Servet, "Aslına bakarsan ben de buraya tam olarak bunu yapmak için gelmiştim..."

Salona geçip karşılıklı oturdular.

Atiye, babasının yüzüne merakla bakarak, "Hayırdır?" dedi, "Ne hakkında konuşmak istiyordun?"

"Annen… Onun hakkında bilmen gereken bir şey var!"

"Başka boyuttan olmasını kastediyorsan bunu biliyorum zaten."

"Başka ne biliyorsun?"

"Çok değil! Tepedeki manastırda öldüğünü sadece…"

"Althor'la konuşana dek ben de öyle sanıyordum."

"Ne diyorsun? Annem ölmemiş mi yani?"

"Tek söyleyebileceğim, bildiğimiz anlamda ölmemiş olabileceği."

Atiye boş gözlerle babasına baktı. "Bildiğimiz anlamda ne demek, ölmüş mü ölmemiş mi?"

"Bunu açıklaması biraz zor... Özetle, alt boyutlardan birinde sıkışıp kalmış olabilir."

"Biliyordum!" dedi Atiye yumruğunu sıkarak, "Traum'un elinde tutsakken onu rüyamda gördüm. Tarif etmem mümkün değil ama rüya gibi değildi, farklıydı... Ee, oraya nasıl düşmüş peki?"

"En başından anlatsam daha iyi olacak galiba. Köyde kaldığımız eve operasyon yapıldığında, annenle tepedeki manastırda buluşmayı kararlaştırdık. Planımız bir kapı açarak Miriam'in geldiği boyuta kaçmaktı. Gözcüler, enerji kavşaklarını kullanarak boyutlar arası geçiş yapabiliyordu. Her neyse! Tepeye ayrı ayrı gittik. Annen peşimizdeki adamları uzaklaştırırken ben de seni Sabri'ye bıraktım. Fakat manastıra vardığımda, anneni kanlar içinde buldum. Adamları atlatmayı başarmıştı ama kötü yaralanmıştı. Kanamayı durdurup portalı açmasına yardım ettim. Küçük bir yapı olduğundan portal kısa bir süreliğine açık kalabiliyordu. Diğer tarafa geçmek üzereyken saldırganlardan biri beni ayak bileğimden yakaladı. Tüm uğraşlarıma rağmen adamdan bir türlü kurtulamadım. Bu arada portal kapanmaya başladı. Bir anda her şey tepetaklak oldu. Anneni var gücümle ittirdiğimi hatırlıyorum. O geçtikten sonra kapı kendi içine çökmeye başladı. Sonrasında neler olduğunu hatırlamıyorum. Bedenim savrulurken zihnim arada sıkışıp kalmış olmalı. Althor, Miriam'in kendi boyutuna hiç dönmediğini söyledi; muhtemelen alt boyutlardan birinde sıkışıp kalmış."

O ana kadar heyecanla dinleyen Atiye yerinden fırlayıp, "Onu kurtarmalıyız!" diye bağırdı, "Yeni gücüm sayesinde diğer boyutlara geçip onu arayabiliriz!"

Servet başını öne eğerek konuştu. "Bunun iyi bir fikir olduğunu sanmıyorum kızım, en azından şimdilik!

"İyi ama neden?"

"Birincisi, annenin hangi boyutta olduğunu bilmiyoruz. Dahası, Althor alt boyutların son derece tehlikeli yerler olduğunu söyledi. Eğer annen hayatta kalmayı başardıysa onu kurtarmayı herkesten çok ben isterim fakat bunu kendi başımıza yapamayız. Bunun için Gözcülerin yardımına ihtiyacımız olacak."

"Yardım isteyelim o zaman! Ne bekliyoruz?"

"Gözcülerin kafası o şekilde çalışmıyor maalesef; onlar her şeyi Büyük Plan'a göre yapmak zorundalar. Ayrıca kabul etmelisin ki şu an daha acil bir sorunumuz var."

"Neymiş o sorun?"

"Bildiğimiz bir şey varsa o da Traum'un Panteon'dan bağımsız hareket ettiği. Anlayacağın, onun ölümü örgütü asla durdurmayacak. Dahası, yüzük de büyük ihtimalle onların eline geçti. Çok yakında tüm güçleriyle üzerimize geleceklerdir. Önceliklerimizi iyi belirlemek zorundayız. Ne rehavete kapılabiliriz ne de herhangi bir şeyin dikkatimizi dağıtmasına izin verebiliriz."

"Hiçbir şey yapmayacak mıyız yani?" diye isyan etti Atiye, "O benim annem! Senin de hayatının aşkı!"

"Bunu bilmediğimi mi sanıyorsun Atiye?" dedi Servet, "Elimizden gelen her şeyi yapacağız tabii ki ama iyi bir plana ihtiyacımız var. Kaybedecek çok şeyimiz var! Bana inan, eğer anneni birazcık tanıyorsam o da böyle yapmamızı isterdi."

Atiye tekrar itiraz edecek oldu ama çalan kapı zili buna izin vermedi. Söylenerek kapıya giden Atiye, az sonra elinde büyükçe bir kutuyla geri döndü.

"O da neyin nesi?" diye sordu Servet.

"Bilmem, kurye getirdi," dedi Atiye, "ama üzerinde gönderenin adı yazmıyor."

"Dikkatli olmalıyız. Bomba filan olmasın..."

Kutuyu inceleyen Atiye, kırmızı bir iplikle bağlandığını görünce rahat bir nefes alarak, "Korkacak bir şey yok," dedi, "Kimden geldiğini biliyorum sanırım."

İhtiyatı elden bırakıp gelişigüzel hareketlerle açtığı kutudan Altın Yumurta heykeliyle bir de fotoğraf çıktı. Atiye, cep telefonuyla çekildiği anlaşılan fotoğrafa baktığında şaşkınlıktan küçük dilini yutacak gibi oldu.

Cansu'ydu bu!

Üzerinde pilot tulumu, elinde bir tabanca, Traum'un cansız bedeninin başında duruyordu.

Fotoğrafta gördüklerini anlamlandırmaya çalışırken, Cansu'nun diğer elinde tuttuğu yüzüğü fark etti. Hz. Süleyman'ın yüzüğüydü bu! Ayin sırasında kaybolan yüzük, polisin tüm aramalarına rağmen bulunamamıştı.

Babasına şaşkın bir bakış fırlattıktan sonra, fotoğrafı çevirip arkasına baktı.

Elle yazılmış bir nottan başka bir şey yoktu:

"Acilen görüşmemiz gerekiyor,

05XX-XXXXXXX…
Jack"

-SON-